Dark Worlds
David Wellington: Der letzte Vampir
Will Elliott: Hölle

PIPER

Zu diesem Buch

Zwei Dark-Fantasy-Bestseller in einem Band: In »Der letzte Vampir« von US-Horrorstar David Wellington werden die Cops Laura und Arkeley zu einem Einsatz in einem gottverlassenen Ort in Pennsylvania gerufen. Sie geraten in einen Hinterhalt. Ein bestialischer Vampir richtet ein Blutbad unter den Ermittlern an. Doch das ist nur der Anfang. Denn nun steht der Menschheit die wahre Apokalypse bevor … In »Hölle« von Will Elliott beginnt Jamies schwärzester Albtraum damit, dass er nachts versehentlich einen Clown überfährt. Von nun an wird er von einer Horde Clowns verfolgt, eiskalten Jägern und unberechenbaren Killern. Sie entführen Jamie in eine bizarre Welt, in der er sich wahnwitzigen Prüfungen stellen muss – und einer uralten, bösartigen Macht …

David Wellington arbeitete als Archivar bei den Vereinten Nationen und lebt inzwischen als freier Autor in New York City. Seine Romane um die Vampirjägerin Laura Caxton und seine Reihe um die »Stadt der Untoten« wurden zu großen Erfolgen.

Will Elliott gewann mit seinem Debüt »Hölle« auf Anhieb mehrere Preise und eroberte die junge Dark-Fantasy- und Horrorszene im Sturm. Sein neuer Roman ist der dunkle Thriller »Intrusion«. Will Elliott lebt in Australien.

DARK WORLDS

David Wellington: Der letzte Vampir
Will Elliott: Hölle

Zwei Bestseller in einem Band

Aus dem Englischen
von Andreas Decker und Birgit Reß-Bohusch

Piper München Zürich

Entdecke die Welt der Piper Fantasy:

Piper-Fantasy.de

Von David Wellington liegen bei Piper vor:
Der letzte Vampir
Krieg der Vampire
Vampirfeuer
Vergeltung der Vampire
Stadt der Untoten
Nation der Untoten
Welt der Untoten

Von Will Elliott liegen bei Piper vor:
Hölle
Intrusion

Ungekürzte Taschenbuchausgabe
November 2011

Titel der Originalausgaben: David Wellington, »Thirteen Bullets«, Three Rivers Press, Random House USA, New York, und Will Elliott »The Pilo Family Circus«, Quercus, London

Umschlagkonzeption: semper smile, München
Umschlaggestaltung: www.guter-punkt.de
Umschlagabbildung: Anke Koopmann unter Verwendung von Motiven von Shutterstock und Christophe Madura / Studio Clandestin
Satz: Uhl + Massopust, Aalen / C. Schaber Datentechnik, Wels
Druck und Bindung: Bercker Graphischer Betrieb GmbH & Co. KG, Kevelaer
Printed in Germany ISBN 978-3-492-26843-1

David Wellington
Der letzte Vampir

PIPER

Für meine Schwester Melissa,
die gar nicht so zerbrechlich ist, wie sie immer glaubt.
Ich sollte es wissen, hat sie mich doch oft genug
gestützt.

Lares

Obschon nah und fern
die Kugeln sausen,
entkam ich doch gar
blutiger Stund' als dieser hier.

George Gordon, Lord Byron, *Der Giaur*

1. Einsatzbericht von Special Deputy Jameson Arkeley, 4.10.83 (Tonbandprotokoll):

Der Regen erschwerte die Sicht. Das 24-Stunden-Diner lag an der Kreuzung zweier Durchgangsstraßen. Die Panoramafenster ließen etwas Licht auf den Bürgersteig fallen. Ich gab meinem Partner Webster das Fernglas. »Siehst du ihn?«, fragte ich.

Das fragliche Subjekt, ein gewisser Piter Byron Lares (vermutlich ein Deckname), saß nach vorn gebeugt an der Theke des Diners und unterhielt sich angeregt mit einer Kellnerin mittleren Alters. Im Stehen war er sicher groß, aber wie er sich so nach vorn beugte, sah er nicht besonders imposant aus. Er hatte ein ausgesprochen blasses Gesicht, sein schwarzes Haar war ein wilder Lockenschopf. Ein voluminöser roter Sweater hing förmlich an ihm runter – vermutlich ein weiterer Versuch, seine Größe zu kaschieren. Er trug eine Hornbrille mit dicken Gläsern.

»Ich weiß nicht, was sie dir auf der Bundesbullenschule beigebracht haben, Arkeley, aber ich habe noch nie gehört, dass einer von denen eine Brille braucht«, sagte Webster und gab mir das Fernglas zurück.

»Halt die Klappe.« Eine Woche zuvor hatte ich sechs tote Mädchen in einem Keller in Liverpool, West Virginia, gefunden. Sie hatten eine Pyjamaparty veranstaltet. Sie waren in so viele Stücke gerissen worden, dass drei Labortechniker Tag und Nacht in einer zur Verfügung gestellten Turnhalle damit beschäftigt gewesen waren, herauszufinden, mit wie vielen Leichen sie es hier eigentlich zu tun hatten. Ich war mies gelaunt. Ich hatte einen der Laufburschen von diesem Arschloch mit bloßen Fäusten zu Staub geprügelt, nur um seinen Decknamen herauszufinden. Jetzt würde ich nicht mehr aufgeben.

Lares stand auf, den Kopf noch immer gesenkt, und zog eine Lederbrieftasche hervor. Er fing an, kleine Scheine abzuzählen. Dann schien ihm etwas einzufallen. Er schaute auf, ließ den Blick durch das Diner schweifen, richtete sich zu voller Größe auf und schaute auf die Straße.

»Hat er uns entdeckt?«, wollte Webster wissen. »Bei diesem Wetter?«

»Ich bin mir nicht sicher«, erwiderte ich.

Etwa drei Liter hellrotes Blut spritzten auf die Fensterscheibe des Diners. Ich konnte drinnen nichts mehr erkennen.

»Scheiße!«, schrie ich und sprang aus dem Wagen, rannte über den Bürgersteig, augenblicklich bis auf die Haut durchnässt. Ich stürmte in das Diner, den Stern meiner Dienstmarke hell auf dem Jackettrevers, aber er war bereits weg, und es war kein Lebender mehr da, um sich davon beeindrucken zu lassen. Die Kellnerin lag auf dem Boden, ihr Kopf war fast vom Körper gerissen. Man liest darüber und würde erwarten, dass Vampirwunden harmlose kleine Dinger sind, so wie Knutschflecken. Lares hatte der Frau fast die halbe Kehle herausgebissen. Ihre Halsschlagader lugte hervor wie das Mundstück eines geschrumpften Luftballons.

Blut tropfte von der Theke und war bis an die Decke gespritzt. Ich zog die Dienstwaffe und ging an der Leiche vorbei. Hinten war eine Tür. Ich musste mich dazu zwingen, nicht darauf zuzurennen. Wenn er sich im hinteren Teil des Raumes aufhielt und ich ihm in den Schatten der Männertoilette über den Weg lief, würde ich das nicht überleben. Ich eilte zurück in den Regen, wo Webster bereits mit laufendem Motor wartete. Er hatte schon die örtliche Polizei alarmiert. Ein Helikopter donnerte tief über unsere Köpfe hinweg; wegen des Lärms würde es mit Sicherheit am kommenden Morgen Beschwerden hageln. Der Suchscheinwerfer des Helikopters riss Löcher in die Finsternis um das Diner. Webster trat aufs Gas, brachte uns in die Gasse hinter dem Restaurant. Ich spähte durch den Regen auf die Müllcontainer und den sich auftürmenden Abfall. Nichts passierte. Wir hatten eine solide Rückendeckung, die den Eingang im Auge behielt. Ein Scharfschützenkommando war im Anmarsch. Der Helikopter konnte, falls nötig, die ganze Nacht dort oben bleiben. Ich versuchte mich zu entspannen.

»Das SWAT-Team kommt«, sagte Webster. Er hängte das Mikrofon wieder ans Armaturenbrett.

Der Müllcontainer in der Gasse ruckelte kaum wahrnehmbar. Als hätte sich ein Obdachloser darin im Schlaf umgedreht. Eine Sekunde lang erstarrten wir. Lange genug, um sicher zu sein, dass wir es beide gesehen hatten. Ich hob die Waffe und überprüfte sie. Ich hatte JHPs für eine maximale Gewebezerstörung geladen und die Pistole selbst eingeschossen. Hätte ich sie von einem Priester segnen lassen können, hätte ich auch das getan. Dieser Psychopath würde heute Abend nicht entkommen, soviel stand fest.

»Special Deputy Arkeley, vielleicht sollten wir uns zurückziehen und das SWAT-Team mit ihm verhandeln lassen?«, schlug Webster vor. Er benutzte meinen offiziellen Dienstrang nur, um öffentlich zu Protokoll zu geben, dass er alles Mögliche tat, um den Einsatz von Gewalt zu vermeiden. Er schützte seinen Arsch. Wir wussten beide, dass Lares niemals freiwillig mitkommen würde. Keine Chance.

»Ja, vermutlich hast du recht«, sagte ich angespannt. »Ja.« Ich lockerte den Griff um die Pistole und trat wütend gegen den Wagenboden.

Der Müllcontainer zerplatzte in seine Einzelteile, ein weißer Schemen stürmte auf die Gasse. Kollidierte hart genug mit unserem Wagen, dass er auf die Seite kippte. Die Beifahrertür wurde eingedrückt und quetschte meinen Arm ein und damit auch die Waffe. Webster griff nach seiner Waffe, noch während der Wagen wieder zurückkippte, wir beide in die Sicherheitsgurte geschleudert wurden und mir die Luft aus den Lungen entwich.

Webster streckte den Arm an mir vorbei und gab drei Schüsse ab. Das austretende Pulver verbrannte mir Gesicht und Hände. Ich roch nur noch Kordit. Für gute dreißig Sekunden war ich taub. Mein Seitenfenster explodierte nach draußen, aber ein paar Splitter tanzten in meinem Schoß.

Ich wandte den Kopf, von dem Gefühl erfüllt, in geschmolzenem Glas gefangen zu sein – ich konnte normal sehen, war aber so gut wie gelähmt. Das zerstörte Sicherheitsglas rahmte Lares' grinsendes, zerfetztes Gesicht perfekt ein. Der Regen wusch das Blut von seinem Mund, aber das verbesserte sein Aussehen nicht im Geringsten. Seine Brille war kaputt, die Bügel aus Schildpatt verbogen und die Gläser von Sprüngen durchzogen. Eine von Websters Kugeln hatte Lares' rechtes Auge durchschlagen. Das weiße Gewebe war zerplatzt und herausgespritzt, blutiger Knochen schimmerte in der Höhle. Die anderen beiden Kugeln waren in die Nase und seine rechte Wange eingeschlagen. Es waren schreckliche Wunden, blutig und definitiv tödlich.

Noch während ich sie betrachtete, schlossen sie sich. Es war, als würde man über eine dieser unzerbrechlichen Mülltonnen fahren, deren Einbuchtungen sich sofort wieder glätten und innerhalb von Sekunden ihre ursprüngliche Form annehmen. Eine kleine weiße Rauchwolke in Lares' Augenhöhle verfestigte sich, blies sich zu einem neuen Augapfel auf. Die Wunde in der Nase schrumpfte zusammen, und die in der

Wange hätte genauso gut eine Lichtspiegelung sein können. Wie ein Schatten, der einfach verschwand.

Als er wieder heil und sauber war, nahm er langsam die zerbrochene Brille ab und warf sie über die Schulter weg. Dann öffnet er den Mund und grinste. Jeder seiner Zähne lief spitz zu. Es war nicht annähernd wie im Film. Es sah eher wie ein Hairachen aus, Reihe um Reihe kleine Messer im Zahnfleisch. Er gewährte uns einen ausführlichen Blick auf sein Gebiss und sprang über den Wagen. Ich konnte seine Füße auf dem Dach aufprallen hören, dann stand er schon auf der anderen Seite. Er war bereits in der Bewegung gelandet und lief nun auf die Liberty Avenue zu.

Das SWAT-Team erreichte die Ecke vor ihm und sprang aus dem Panzerwagen. Vier Agenten mit MP5 in den Händen. Sie trugen Helme und Sturmmontur, aber es handelte sich nicht um ihre Standardausrüstung. Der befehlshabende Offizier hatte darauf bestanden, dass ich ihnen Gelegenheit gab, ihre Körperpanzer zu modifizieren. Wir alle wüssten, worauf wir uns da einließen, hatte er gesagt. Wir hätten alle genug Filme gesehen.

Also waren auf ihren Körpern überall Kreuze aufgeklebt, alles, was sie hatten auftreiben können, von großen, aus Holz geschnitzten römisch-katholischen Kreuzen, an denen furchteinflößende Jesusfiguren hingen, bis zu Nickelkreuzen aus dem Ramschladen, wie man sie an Glücksarmbändern für Kinder finden konnte. Ich wette, sie fühlten sich ziemlich sicher unter all dem Müll.

Lares lachte laut auf und riss sich den roten Sweater vom Leib. Sein Torso bestand nur aus wogenden Muskeln. Weiße, haarlose Haut ohne Poren zuckte über den darunter verborgenen Höckern seiner Wirbelsäule. Ohne Hemd sah er bedeutend weniger menschlich aus. Eher wie eine Art Albinobär. Ein wildes Tier. Ein Menschenfresser.

2. Einsatzbericht von Special Deputy Jameson Arkeley, 4.10.83 (Fortsetzung)

»Keine Bewegung!«, schrie einer der mit Kreuzen bedeckten SWAT-Beamten. Die anderen drei ließen sich auf ein Knie fallen und hoben ihre MP5 an die Schultern.

Lares knickte in der Taille ein, griff mit beiden Armen zu, als könnte er sie aus der Ferne packen. Es war eine aggressive Bewegung. Es *sollte* aggressiv wirken. Die SWAT-Beamten taten, wozu sie ausgebildet waren: Sie eröffneten das Feuer. Ihre Waffen spuckten Flammenzungen in den Regen, und Kugeln zerrissen die dunkle Luft, unser Zivilfahrzeug nur knapp verfehlend. Webster drückte seine Wagentür auf und trat in eine große Pfütze. Ich war direkt hinter ihm. Wenn wir den Bastard in einem Kreuzfeuer erwischen konnten, dann würden wir ihm vielleicht schneller Schaden zufügen, als er sich wieder heilen konnte.

»Das Herz!«, brüllte ich. »Ihr müsst sein Herz treffen!«

Die SWAT-Leute waren Profis. Sie trafen ihr Ziel öfter, und zwar genau in der Mitte, als sie es verfehlten. Lares' großer Körper taumelte durch den Regen.

Der Helikopter dröhnte von oben heran und fing ihn im Lichtkegel des Suchscheinwerfers ein, damit wir besser sehen konnten, auf was wir schossen. Ich feuerte drei Kugeln in seinen Rücken, eine nach der anderen. Webster leerte sein Magazin.

Lares krachte wie ein umstürzender Baum vornüber, direkt in die Gosse. Er versuchte den Sturz mit den Händen abzufangen, aber sie rutschten unter ihm weg. Er lag reglos da, schien nicht einmal zu atmen, die Hände in die winzigen gelben Blütenblätter gekrallt, die den Gully verstopften.

Die Beamten tauschten Handsignale aus. Einer näherte sich, die Waffenmündung auf Lares' Nacken gerichtet, bereit zu einem Schuss in den Hirnstamm, dem finalen Tötungsschuss. Er zielte auf die falsche Stelle, aber ich glaubte nicht, dass das in diesem Moment noch von Bedeutung war. Lares wies keine sichtbaren Einschusswunden auf – sie mussten sofort verheilt sein –, doch er bewegte sich nicht. Der SWAT-Beamte ging noch näher heran und trat gegen eines der übermäßig muskulösen Beine.

Ohne Vorwarnung wirbelte Lares herum, schneller, als es jedem menschlichen Wesen möglich gewesen wäre. Er brachte ein Knie unter den Körper und griff nach dem Arm des Polizisten, um sich daran hochzuziehen. Die Kreuze bereiteten ihm dabei nicht die geringsten Probleme. Der Beamte reagierte endlich, riss die MP5 hoch, ließ sich in Schussposition sacken. Lares packte mit beiden Händen den Helm und riss ihn herunter. Der Kopf des Polizisten steckte noch drin.

Etwa eine Sekunde lang stand der enthauptete SWAT-Beamte in perfekter Schussposition da. Blut schoss wie eine Fontäne aus dem Halsstumpf. Lares beugte sich vor und schlürfte davon, tauchte Gesicht und Brust in das Blut. Er verspottete uns. Er machte sich verdammt noch mal über uns lustig.

Der SWAT-Anführer brüllte »Ein Mann tot, ein Mann tot!« ins Funkgerät, aber Lares kam bereits auf ihn zu. Er bahnte sich mit einer einzigen Bewegung einen Weg durch die Polizisten, seine Finger rissen an ihrer Schutzkleidung, sein Mund senkte sich auf den Hals des Gruppenführers. Die haifischähnlichen Zähne bissen durch den gepolsterten Kragen hindurch. Sie zerbissen ein Holzkreuz und zerlegten es in Einzelteile. Ich registrierte es für spätere Einsätze: Die Sache mit dem Kreuz war nur ein Mythos.

Ein SWAT-Beamter nach dem anderen starb, und ich konnte bloß zusehen. Ich riss die Pistole hoch, als sich Lares umdrehte und einen Satz auf uns zumachte. Ich hätte geschossen, aber ich hatte Angst, Webster zu treffen. Lares war so verflucht schnell. Er warf sich nach vorn und packte Webster um die Taille. Mein Partner war immer noch damit beschäftigt, seine Waffe nachzuladen.

Lares riss Webster das Bein am Oberschenkel ab. Dazu benutzte er seinen Mund. Überall war Blut, und Lares trank, so viel er nur schlucken konnte. Webster fing erst nach ein oder zwei schrecklichen Sekunden zu schreien an. Hatte noch Zeit, mich anzusehen, nichts als Überraschung auf seinem Gesicht.

Als Lares mit dem Trinken fertig war, richtete er sich zu voller Größe auf und lächelte mich an. Sein halbnackter Körper triefte vor Blut. Seine Augen waren blutunterlaufen, die Wangen schimmerten rosig und gesund. Er beugte sich zu mir runter. Er war gute zwei Meter groß und überragte mich um ein ordentliches Stück. Er legte mir die Hände auf die Schultern. Seine Augen fingen meinen Blick ein, und ich konnte ihn nicht von ihm losreißen. Die Hand mit meiner Waffe verlor alle Kraft und baumelte nutzlos an meiner Seite. Er schwächte mich, machte mich irgendwie mürbe. Ich konnte fühlen, wie es in meinem Gehirn juckte – er hypnotisierte mich. Oder was auch immer er da tat – ich weiß es nicht. Er konnte mich töten, wenn er Lust dazu hatte. Warum verschwendete er dann Zeit mit meinem Verstand?

Die Rotoren des Helikopters über unseren Köpfen zerschnitten wütend die Luft. Der Suchscheinwerfer beleuchtete Lares' Rücken und ließ sein Haar in hellem Glanz erstrahlen. Er kniff die Augen zusammen, als bereitete ihm das Licht Schmerzen. Dann packte er mich an der Taille und warf mich über seine Schulter. Ich konnte mich kaum rühren. Ich wollte treten und um mich schlagen und kämpfen, aber Lares drückte einfach bloß fester zu, bis meine Rippen eine nach der anderen wie Knallfrösche krachten. Danach hatte ich genug damit zu tun, weiter Luft zu holen.

Er brachte mich nicht um. Seine Arme waren kräftig genug, um mich mühelos zu töten, so fest zu drücken, dass mir die Eingeweide aus dem Mund geschossen wären. Aber er hielt mich am Leben, vermutlich, um eine Geisel zu haben.

Er lief los. Ich hüpfte auf seiner Schulter auf und ab, konnte nur sehen, was sich hinter uns befand. Er lief auf den Strip District zu, auf den Fluss. Als ich diesen Einzsatz geplant hatte, hatte ich die Verkehrsüberwachung von Pittsburgh überzeugen können, die Straßen weiträumig abzusperren. Ich hatte für die Konfrontation eine sichere Umgebung gewollt. Lares schien die ungewöhnliche Stille auf den Straßen zu spüren. Er rannte aus meiner Sicherheitszone heraus, direkt in den Verkehr hinein. Fahrzeuge wichen uns hektisch aus, die Lichter ihrer heißen Scheinwerfer verwandelten den strömenden Regen in Dampf, der wie der Atem wütender Stiere in die Höhe stieg. Überall um uns herum gellten Hupen, und ich geriet in Panik und rief Gott an – Lares wäre nichts geschehen, wenn uns eines dieser Autos erwischt hätte, aber ich wäre mit Sicherheit zermalmt, überrollt, aufgespießt worden.

Die Schmerzen, das Wasser in den Augen und die blendenden Scheinwerfer raubten mir fast völlig die Sicht. Ich hatte kaum mitbekommen, dass Lares auf die Brücke an der 16th Street gelaufen war. Ich konnte den Helikopter über mir fühlen, der mir folgte und dessen Rotorblätter in der Dunkelheit pulsierten. Ich spürte, wie Lares in die Knie ging, und dann – der freie Fall. Das Arschloch war einfach von der Brücke gesprungen.

Wir trafen so schnell und so hart auf dem eiskalten Wasser

des Allegheny auf, dass ich mir bestimmt ein halbes Dutzend Knochen brach. Die Kälte raste durch mich hindurch, als würden Eiszapfen auf mich einstechen. Mein Herz tat einen Satz, mein ganzer Kreislauf erstarrte. Lares zerrte mich in die Tiefe, in die Dunkelheit hinein. Ich konnte kaum sein weißes Gesicht erkennen, das von seinem im Wasser wallenden schwarzen Haar eingerahmt wurde. Es erinnerte an totes Seegras. Alle Luft schoss aus mir heraus, und ich fing an, Wasser zu schlucken.

Wir können nur wenige Sekunden untergetaucht gewesen sein. Länger hätte ich das nicht überleben können. Ich erinnere mich, dass der Suchscheinwerfer des Helikopters das Dunkel in einer schrägen Bahn durchdrang, mal hier, mal dort, dann zu weit weg. Auf einmal konnte ich nichts mehr sehen. Luft traf mein Gesicht, als hätte man mir eine Eismaske auf den Schädel genagelt, aber wenigstens konnte ich atmen. Ich sog die kalte Luft ein, bis mein Körper brannte. Lares zerrte mich über die Fiberglasreling eines Bootes, eines Bootes, das unter unserem gemeinsamen Gewicht beunruhigend schaukelte. Dann zog er mich halbtot unter Deck.

3. Einsatzbericht von Special Deputy Jameson Arkeley, 4.10.83 (Abschluss)

Langsam und qualvoll kroch Wärme in meine Fingerspitzen und meine Zehen zurück. Für eine Weile schien mein Gehirn Achterbahn zu fahren, und ich konnte meine Umgebung nicht erkennen. Meine Ohren dröhnten. Ich fühlte mich, als wäre ich dem Tod nur um Haaresbreite entgangen.

Lares beugte sich über mich, wühlte mir mit den Fingern in Ohren und Mund herum. Er riss mir das Hemd von Hals und Schultern und tastete nach den Adern, drückte auf ihnen herum, um den Kreislauf wieder in Schwung zu bringen. Dann ließ er mich einfach dort liegen, ungefesselt, als hätte er mich vergessen. Die ganze Zeit über hatte er kein einziges Wort zu mir gesagt. Mir wurde klar, dass ich keine Geisel war. Ich war der Mitternachtsimbiss. Ich hatte ihm genug eingeheizt, dass er zu der Ansicht gekommen war, nach Hause laufen und untertauchen zu müssen. Aber das bedeutete nicht, dass er hungrig zu Bett gehen wollte.

Mit der Zeit gewöhnten sich meine Augen an die fast völlige Dunkelheit des Laderaums, und ich erkannte ein paar Einzelheiten. Ich befand mich in einem engen, kleinen Raum, der nach Diesel und Moder roch. Es war kalt, nicht so kalt wie im Fluss, aber dennoch eisig. Vermutlich konnte man als Toter auf die Zentralheizung verzichten. In den Ecken stand der übliche Bootskrempel herum – Rettungsringe, die an gewaltige orangefarbene Süßigkeiten erinnerten, zwei Aluminiumruder, zusammengefaltete Persenning und Segeltuch. Fünf Särge lehnten an der Schiffswand oder standen auf dem Boden. Sie waren relativ schlicht und aus dunklem Holz, hatten diese lang gezogene hexagonale Form, die schon »Sarg« verkündet, wenn man sie nur sieht, obwohl ich glaube, dass seit fünfzig Jahren niemand mehr einen solchen Sarg gebaut hat. Sie hatten Messinggriffe und waren alle geöffnet, sodass ich die dicke Satinpolsterung sehen konnte. Einer war leer. Es war der größte und er schien gerade die richtige Größe für Lares zu haben. Die anderen vier waren besetzt.

Die Leichen waren bis zur Unkenntlichkeit verwest. Es handelte sich hauptsächlich um Knochen, zusammengehalten von ein paar Fleischfasern. Einige wiesen alte, braune Stellen auf, vermutlich Blutflecken. Eine Leiche hatte volles, langes weißes Haar, das wie ungekämmte Baumwolle aussah. Bei einer baumelte noch ein Augapfel aus dem Kopf, der allerdings geschrumpft und getrocknet war; er sah aus wie eine weiße Pflaume. Keiner der Schädel war menschlich. Die Kiefer bestanden aus dicken, kräftigen Knochen voller zerbrochener Zähne. Allein diese Zähne verrieten mir, dass es sich um Vampire handelte. Vielleicht handelte es sich perverserweise um Lares' Familie. Vielleicht schlief ja eine ganze Blutlinie in diesem engen Raum unter Deck.

Etwas an ihnen bereitete mir Unbehagen. Es dauerte einige Zeit, bis ich begriff, was es war: Die Knochen in diesen Särgen waren nicht tot. Sie bewegten sich. Nur ganz langsam, beinahe unmerklich; aber die Knochenhände streckten sich. Die Köpfe neigten sich mir entgegen. Sie wollten etwas. Und zwar verzweifelt, so verzweifelt, dass sie die ausgetrockneten Sehnen anspannten. So verfault und verfallen sie auch sein mochten, diese Leichen waren noch immer untot und sich ihrer Umgebung genau bewusst. Vampire waren angeblich unsterblich, solange man sie nicht tötete. Aber ewige Jugend gab es anscheinend doch nicht für sie. Vielleicht war das auch zu viel verlangt.

Lares erregte wieder meine Aufmerksamkeit, als er sich in dem engen Laderaum bewegte. Er sah verändert aus. Ich zwang meine Augen, genau hinzuschauen, und sah, dass sein Lockenschopf eine Perücke gewesen war – die hatte er nun abgelegt, und sein Kopf war so weiß und rund wie der Mond. Auf jeder Seite stachen dreieckige Ohren in die Höhe. Es waren keine menschlichen Ohren. Endlich erfuhr ich, wie ein Vampir wirklich aussah. Kein schöner Anblick.

Lares kniete neben einem der Särge nieder, stützte sich mit den Händen auf den hölzernen Rand. Er senkte den Kopf über den Leichnam, und sein Rücken fing an zu zucken. Aus einem seiner höhnisch blickenden Augen fixierte er mich die ganze Zeit über. Mit einem schrecklichen Würgen kotzte er einen Viertelliter Blut in den Sarg, direkt in das Gesicht der Leiche. Er stemmte die Hände in die Seiten und würgte immer wieder, bis der Schädel in klumpiges Blut getaucht war.

Dampf stieg von dem heißen Blut auf. Dampf umgab den Schädel und den Brustkorb der Leiche. Dampf verfestigte sich wässrigem Licht gleich um die Knochen, hüllte die Überreste des Vampirs scheinbar in Fleisch und Haut. Während das Blut in den Mund der Leiche tropfte, nahm der Körper an Masse zu und fing an, so etwas wie menschliche Gestalt anzunehmen.

Lares begab sich zum nächsten Sarg. Er fing an zu husten, seine Lippen waren blutbefleckt. Er hustete so lange, bis er sich wieder verkrampfte wie eine Vogelmutter, die ihre Jungen fütterte; Blut hing in dicken, schleimigen Fäden aus seinem Mund. Wo es die Leiche berührte, stieg Dampf empor, und eine zweite Transformation begann. Haut raschelte wie altes, verschimmeltes Pergament, als sie sich um den verfallenen Körper schmiegte. Dunkle Haut, von Narben überzogen. Der hier hatte eine Tätowierung auf dem Bizeps. Dort stand »SPQR« in gezackten, schlampig geführten Buchstaben.

Der rötliche Schimmer, den ich auf Lares' Wangen gesehen hatte, war verschwunden. Er war wieder so weiß wie ein Blatt Papier. Wenn er alle seine Ahnen füttern wollte, würde er einen weiteren Blutspender finden müssen, und zwar bald.

Meine Chancen waren ganz und gar nicht gut.

Er schaffte es, noch einen dritten Leichnam mit Blut vollzuspucken, nur mit dem, was er in sich hatte. Er würgte den Tod heraus. Den Tod der Kellnerin aus dem Diner. Den Tod des SWAT-Teams, die wir idiotischerweise unter zwanzig Pfund Kreuzen für sicher gehalten hatten. Er würgte Stücke von Webster hoch, dem guten Cop.

Dann drehte er sich um und sah mich direkt an. Er bebte

am ganzen Leib. Bebte, zitterte sogar. Seine Großeltern zu füttern hatte ihm alles abverlangt. War er genauso zittrig gewesen, bevor er die Kellnerin leergetrunken hatte? Er versuchte wieder, meinen Blick einzufangen, aber ich weigerte mich, mich erneut von ihm hypnotisieren zu lassen.

Ich starrte auf meine rechte Hand. Ich hielt noch immer die Pistole. Es blieb ein Geheimnis, wie ich sie die ganze Zeit über hatte festhalten können, auf Lares' Schultern, während des Schocks beim Eintauchen in den Fluss, während ich über das Boot geschleift wurde. Die Kälte musste meine Hand in eine Kralle verwandelt haben, die die Waffe nicht freigab.

Lares taumelte auf mich zu. Seine Schnelligkeit war weg, seine Koordination völlig durcheinandergeraten. Aber er war noch immer ein kugelsicherer Vampir.

Ich wusste, es war hoffnungslos. Die SWAT-Beamten hatten ihn mit dem Feuer aus vollautomatischen Maschinenpistolen in die linke Brustseite getroffen, aber die Kugeln hatten seine Haut nicht einmal geritzt. Sie waren nicht ein einziges Mal an sein Herz herangekommen, seinen einzigen verwundbaren Körperteil. Trotzdem hatte ich in diesem Augenblick nichts Besseres zu tun, als jede Kugel auf ihn abzuschießen, die ich hatte.

Ich leerte das Magazin in seine Brust. Ich schoss wieder und wieder, bis mich der Lärm taub und das Mündungsfeuer blind gemacht hatte. In der Waffe waren noch drei Kugeln gewesen, und ich schoss sie ihm alle in die Brust. Die Hohlspitzgeschosse rissen ihn auf, verteilten Fleischstücke und Streifen seiner weißen Haut im ganzen Laderaum. Er wollte lachen, aber seine Stimme war nur mehr ein schwaches Zischen, wie Luft aus einem aufgestochenen Reifen.

Ich sah, wie sein Leib aufplatzte. Ich sah seine Lungen, die leblos und schlaff in seinem Brustkorb hingen. Er kam näher. Immer näher. Nahe genug… Ich stieß mit der linken Hand zu und griff nach dem verkümmerten schwarzen Muskel, der einst sein Herz gewesen war.

Der Schmerz ließ ihn aufheulen. Mich auch. Sein Körper reparierte bereits den Schaden, den ich angerichtet hatte, seine Zellen wucherten um die Schusswunden herum zusammen. Seine Rippen wuchsen wie Scherenklingen, die gegen die zerbrechlicheren Knochen meines Handgelenks drückten und meine Hand in seinem Körper festklemmten. Seine Haut wuchs über meinen Arm und zog mich auf ihn zu.

Ich riss sein Herz heraus, wie man einen Pfirsich vom Baum pflückt.

Lares' Gesicht wurde vor Entsetzen dunkel, ein wilder Ausdruck trat in seine Augen, sein Mund klaffte offen, als könnte er ihn nicht kontrollieren, Blut und Speichel sprühten hervor. Seine Nasenlöcher weiteten sich, aus jeder seiner Körperöffnungen schoss ein Gestank wie aus einem offenen Abwasserkanal. Das Herz in meiner Hand hüpfte, wollte wieder dahin zurück, wo es hingehörte, doch mit meinen letzten Kräften drückte ich zu und hielt es fest. Lares schlug auf mich ein, aber seine Muskeln waren nicht mehr stark genug. Er sackte auf die Knie und stieß ein nicht enden wollendes Heulen aus. Nach einer Weile wurde es ein Wimmern. Er verlor sogar die Kraft zum Schreien.

Und noch immer wollte er nicht sterben. Er klammerte sich an jeden Funken seines seltsamen Nichtlebens, klammerte sich daran wie ein Junkie an eine leere Spritze, versuchte durch reine Willenskraft nicht zu sterben.

Unsere Blicke trafen sich, und es schien, als wollte er mich in sich hineinsaugen. Als wollte er mich hypnotisieren, mich erneut schwächen. Es funktionierte nicht.

Als seine Bewegungen endlich erlahmten, war es fast schon Morgen. Ich hielt sein Herz in meiner geballten Faust, und es fühlte sich wie ein Stein an. Die anderen Vampire, die verwesten, krochen aus ihren Särgen, griffen nach ihm, griffen nach mir. Sie verstanden nicht, was passiert war. Sie waren blind und taub und stumm, und sie kannten nur den Geschmack von Blut. Ich vertrieb sie durch heftige Tritte und schaffte es trotz Schock und Schmerzen, mich auf die Beine zu kämpfen.

Im Maschinenraum fand ich einen Kanister Benzin. In der unbenutzten Kombüse fand ich ein Streichholzbriefchen. Ich zündete sie alle an und stolperte in den kalten Regen hinaus, warf mich der Länge nach auf eine schmale Holzpier und wartete darauf, dass die Sonne aufging, gespannt, was zuerst passieren würde: ob mich die örtliche Polizei finden oder Unterkühlung, Schock und meine Verletzungen mich erledigen würden.

Congreve

Da gab es einen Narren,
der betete sie an
(so wie du und ich),
dabei war sie nur Lumpen, Knochen
und ein Büschel Haar.
(Wir hießen sie die Frau,
die herzlos war),
der Narr hingegen
nannte sie seinen lieben Schatz.

Rudyard Kipling, *Der Vampir*

4. Zwanzig Jahre später:

Pennsylvania State Trooper Laura Caxton zog die Warnfackel auseinander, bis rote Funken auf den Leder-Ellbogen ihrer Uniformjacke sprühten. Sie warf die knisternde Fackel auf die Straße und drehte sich um. Sie spürte etwas in ihrem Rücken, eine Präsenz, und in dieser Nacht hatte sie genügend Gründe, ausgesprochen nervös zu sein.

Der Mann hinter ihr trug einen hellbraunen Trenchcoat über einem schwarzen Anzug. Sein Haar hatte die Farbe von Stahlwolle und war kurzgeschnitten. Er schien in guter Form zu sein, war aber garantiert mindestens sechzig Jahre alt. Vielleicht sogar siebzig. Um vier Uhr morgens konnten die Einkerbungen in seinem Gesicht im Schein der Warnfackeln genauso gut Falten wie Narben sein. Seine Augen wurden von dicken Lidern beschattet, und der Mund war nur ein schmaler Strich.

»Guten Abend«, sagte er mit einer etwas heiseren Stimme. Sein Gesicht geriet in Bewegung. Als würde man eine billige Straßenkarte aus einer Tankstelle entfalten. Er lächelte, die Sorte Lächeln, die man einem Kind schenkte, das man nicht ausstehen konnte. Das Lächeln ließ seine winzigen Augen endgültig verschwinden. »Sie tragen kein Abzeichen an ihrer Uniform«, fuhr er fort, und es klang, als hätte sie vergessen, sich hinter den Ohren zu waschen.

»Wir tragen keine«, erwiderte sie. Der Kerl fing an, sie richtig sauer zu machen. »Das gute Betragen eines Polizisten ist das einzige Abzeichen, das er braucht«, zitierte sie mehr oder weniger das, was man ihr als Kadett beigebracht hatte. Der schwarze Anzug und der Trenchcoat verrieten ihn sofort als Federal Agent einer Bundesbehörde – auf seinem Rücken hätte genauso gut in großen weißen Buchstaben »FED« stehen können –, aber sie musterte seine Brust und entdeckte *sein* Abzeichen, einen fünfzackigen Stern in einem Kreis. Das Abzeichen des U.S. Marshals Service. »Der Sergeant hat gesagt, er wollte das FBI rufen.«

»Und die haben mich angerufen – genau, wie sie sollten. Ich wohne nur ein paar Stunden von hier entfernt, und man könnte sagen, ich habe sehr lange auf das hier gewartet. Halten Sie mich also bitte nicht noch länger hin. Bei meinem Eintreffen hat Ihr Sergeant mir gesagt, wo ich Sie finde. Er sagte, Sie wären die letzte Augenzeugin.«

Caxton nickte. Sie nahm den breitkrempigen Uniformhut ab und kratzte sich am Kopf. Müdigkeit und Schock wetteiferten darum, wer sie zuerst zwingen würde, sich hinzusetzen. Bis jetzt hatte sie beide erfolgreich bekämpft. »Das ist wohl richtig.« Sie streckte die Hand aus. Vielleicht rührte ihre Abneigung gegen diesen Mann ja daher, wie sehr sie diese ganze Nacht verabscheute.

Er ergriff die Hand nicht. Stand einfach da, als wäre er gelähmt. »Ich bin Special Deputy Arkeley, wenn es das ist, was Sie wissen wollen. Können wir jetzt anfangen und uns später um die Höflichkeiten kümmern?«

Vielleicht war er auch einfach nur ein Arschloch. Sie zuckte mit den Schultern und schob sich an ihm vorbei, in der Annahme, dass er ihr schon folgen würde. Als sie den Kamm des Hügels erreicht hatte, drehte sie sich um und zeigte auf die Straßensperre direkt vor der Auffahrt zur Mautstraße. Das Mobil für die Alkoholkontrolle stand im Moment verlassen mitten auf der Straße. Die orangefarbenen Blitzlichter auf dem Sperrbock stachen in die Dunkelheit, ihr Schein zuckte um die abgestorbenen Äste, die sich über die Straße beugten. Das Flackern ließ Caxtons Augenhöhlen schmerzen.

»Wir sind Troop T von der Highway Patrol, zuständig für

die Autobahn und dergleichen. Auf so etwas waren wir nicht vorbereitet.«

Er sah nicht aus, als würde ihn das irgendwie interessieren.

Sie fuhr fort: »Drei Beamte und ich haben hier eine routinemäßige Alkoholkontrolle durchgeführt. Nichts Besonderes, wir machen das jeden Samstagabend. Um fünfzehn Minuten nach zehn hatten wir drei Fahrzeuge aufgereiht. Ein weiterer Wagen, eine schwarze Luxuslimousine älteren Baujahrs, hielt ungefähr fünfzehn Meter vor der Reihe. Der Fahrer zögerte, dann versuchte er zu wenden. Das passiert oft. Den Leuten wird klar, dass sie den Alkoholtest nicht bestehen werden, also versuchen sie, uns aus dem Weg zu gehen. Wir wissen, wie man damit umgehen muss.«

Er stand still wie eine Statue. Seine ganze Haltung verriet, dass er konzentriert zuhörte, alles aufnahm, was sie zu sagen hatte. Sie fuhr fort.

»Die Trooper Wright und Leuski waren mit ihren Streifenwagen da und da positioniert.« Sie zeigte, wo die Dienstfahrzeuge am Straßenrand gestanden hatten. »Sie führten ein klassisches Zangenmanöver durch und zwangen die Person zum Anhalten. Der Mann öffnete die Wagentür und sprang auf die Straße. Bevor Wright und Leuski ihn stellen konnten, lief er nach Westen, auf diese Baumreihe dort zu.« Sie machte wieder eine Geste mit dem Arm. »Der Verdächtige entzog sich der Verhaftung, allerdings ließ er Beweismaterial zurück.«

Arkeley nickte. Er drehte sich um und ging auf das verlassene Fahrzeug des Verdächtigen zu. Es war ein Cadillac, ein CTS mit breitem Kühler. Er war voller Schlammspritzer, die Fahrerseite wies einen bösen Kratzer auf, aber davon abgesehen befand sich das Fahrzeug in makellosem Zustand. Es stand noch genauso da, wie der Mann es verlassen hatte – nur dass der Kofferraum geöffnet war. Die Warnblinkanlage pulsierte traurig, die helleren Lichter der Straßensperre imitierend.

»Was haben Ihre Leute dann getan?«, fragte Arkeley.

Caxton schloss die Augen und versuchte sich an den genauen Ablauf zu erinnern. »Leuski verfolgte den Verdächtigen und fand den … nun, das Beweisstück. Er kam zurück und öffnete den Kofferraum des verdächtigen Fahrzeugs, in der Überzeugung, dass die Umstände eine Durchsuchung des Fahrzeuginneren auf jeden Fall rechtfertigten. Als wir sahen, was da drin war, wurde uns klar, dass es sich hier nicht bloß um einen Betrunkenen handelte, der die Flucht ergriff, um nicht pusten zu müssen. Wright gab den Vorfall an die Zentrale durch, genau den Bestimmungen gemäß. Wir sind die Highway Patrol. Wir kümmern uns nicht um kriminelle Aktivitäten dieser Art; wir übergeben sie an die örtlichen Behörden.«

Arkeley runzelte die Stirn, was ihm wesentlich besser stand als sein Lächeln. »Ich sehe hier aber keinen von denen.«

Um ein Haar wäre Caxton errötet. Es war ihr peinlich. »Das ist hier eine ziemlich ländliche Gegend. Die meisten Cops arbeiten nur unter der Woche. Eigentlich soll immer jemand in Rufbereitschaft sein, aber so spät Nachts bricht das System manchmal zusammen. Wir haben die Handynummer des zuständigen örtlichen Beamten, aber er meldet sich nicht.«

Arkeleys Gesicht zeigte keinerlei Überraschung. Das war schon in Ordnung. Caxton hatte nicht mehr die nötige Energie, um sich noch für irgendjemanden Entschuldigungen auszudenken.

»Wir haben die Countybehörden informiert, aber in der Nähe von Reading gab es eine Massenkarambolage, und das Sheriffbüro war beschäftigt. Sie haben jemanden vorbeigeschickt, um Fasern, DNA und Fingerabdrücke sicherzustellen, aber der ist vor drei Stunden wieder gefahren. Am Morgen wollen sie mehr Leute vorbeischicken, haben sie gesagt, also müssen wir jetzt die ganze Nacht Wache stehen. Dem Sergeant ist das hier aufgefallen.« Sie zeigte auf das Nummernschild. Maryland. »Das ist ein klarer Beweis, dass ein mutmaßlicher Krimineller die Staatsgrenze überschritten hat. Und die Sache war wirklich übel genug, sogar so übel, dass der Sergeant der Ansicht war, man sollte das FBI einschalten. Und jetzt sind Sie da.«

Arkeley schritt hinter den Wagen und ignorierte sie, während er den Inhalt des Kofferraums untersuchte. Sie rechnete damit, dass er würgen oder zumindest zusammenzucken würde, aber das tat er nicht. Nun, Caxton hatte schon eine Menge Kerle erlebt, die auf hart machten, wenn sie ein Blutbad sahen. Sie trat an seine Seite. »Wir glauben, dass da drei Leute drinliegen. Ein Mann und zwei Kinder, Geschlecht noch unbekannt. Von der linken Hand des Mannes ist genug übrig, um Fingerabdrücke nehmen zu können. Da könnten wir Glück haben.«

Arkeley starrte weiter in den Kofferraum. Vielleicht war er zu geschockt, um zu sprechen, aber Caxton bezweifelte es. Sie arbeitete jetzt seit drei Jahren bei der Highway Patrol und hatte schon eine Menge Autowracks gesehen. Obwohl sie es hier mit Mord zu tun hatten – einem barbarischen Mord –, und die Leichen zerfetzt und verstümmelt waren, konnte sie mit Fug und Recht behaupten, schon Schlimmeres gesehen zu haben. Zum einen war kein Blut im Kofferraum. Nicht mal ein Tropfen. Zum anderen war es hilfreich, dass die Gesichter völlig ausradiert worden waren. So war es leichter, sie nicht als menschliche Wesen zu betrachten.

Nach einer Weile schaute Arkeley zur Seite. »Also gut. Das wird mein Fall«, sagte er. Einfach so.

»Moment mal, so geht das aber nicht… Sie sind als Berater hier und sonst nichts.«

Er überhörte das. »Wo sind die Beweise, die der Verdächtige zurückgelassen hat?«

»Oben an den Bäumen. Aber zum Teufel noch mal, was soll das heißen? Wie kann das Ihr Fall sein?«

Das ließ ihn innehalten. Innehalten und ihr dieses bösartige Lächeln schenken, bei dem sie sich wieder wie eine Sechsjährige fühlte. In einem Tonfall, der sie zu einer Fünfjährigen werden ließ, erklärte er: »Das ist mein Fall, weil das Ding, das die Menschen in diesem Kofferraum getötet hat, das Ding, das ihr Blut getrunken hat, ein Vampir ist. Und wenn es um Vampire geht, habe ich das Kommando.«

»Ach, kommen Sie, jetzt mal ernsthaft. Seit den Achtzigern ist kein Vampir mehr gesehen worden. Ich meine, gut, da war der, den sie vor zwei Jahren in Singapur erwischt und auf dem Scheiterhaufen verbrannt haben. Aber das ist weit weg.«

Er schien sie nicht einmal gehört zu haben. Er ging zu der Baumreihe hoch, und sie musste sich beeilen, um ihn einzuholen. Er war etwa zehn Zentimeter größer als sie und hatte einen längeren Schritt. Sie schoben ein paar Zweige zur Seite und sahen, dass die wild wuchernden Bäume nur eine Reihe bildeten und dass sich dahinter die langen, perfekten Alleen einer Pfirsichplantage erstreckten, deren knorrige Bäume im schwachen Mondlicht silbern glänzten. Ein bösartig aussehender fünfsträngiger Stacheldrahtzaun versperrte ihnen den Weg. Sie blieben stehen.

»Da ist es«, sagte sie. Sie wollte nicht hinsehen. Es war viel schlimmer als das, was im Kofferraum war.

5.

Arkeley ging neben dem Zaun in die Hocke und zog eine kleine Taschenlampe aus der Jacke. Im Zwielicht war ihr Strahl erstaunlich hell. Er wanderte das Beweisstück in seiner ganzen Länge entlang – es handelte sich um eine menschliche Hand und den Teil eines Unterarms. Die Haut war abgerissen und entblößte Knochen und Sehnen und Adern, die wie fleischige Schlingpflanzen aussahen. Am Ende des Stumpfes kräuselten sich die Gefäße zusammen, während das umliegende rohe Fleisch zermalmt war, als hätte man es mit einem nicht gerade scharfen Messer bearbeitet. Der Arm hatte sich im Stacheldraht verfangen. Man würde ihn nicht entfernen können, ohne den Zaun zu zerschneiden.

Caxton hatte schon eine Menge schlimme Dinge erlebt. Sie war bei Enthauptungen dabei gewesen, hatte Eingeweide aus Körpern herausspritzen sehen und wie Leute von innen nach außen gekrempelt worden waren. Das hier war schlimmer. Weil es sich noch immer bewegte. Die Finger griffen ins Leere. Die Muskeln des Unterarms spannten sich an und entspannten sich dann erschöpft wieder. Das machten sie seit fast sechs Stunden, seit der Arm vom Körper des Verdächtigen abgerissen worden war.

»Was hat das zu bedeuten?«, fragte Caxton. Sie war es leid, gegen die Erschöpfung anzukämpfen, und glaubte, Arkeley wüsste vielleicht mehr. »Wie kann so etwas passieren?«

»Wenn ein Vampir Ihr Blut trinkt«, sagte er beinahe freundlich, »dringt sein Fluch in Sie ein. Er nagt an Ihnen, an Ihrer Leiche. Er kann Sie wieder auferstehen lassen, und Sie gehorchen seinen Befehlen, weil das alles ist, was noch in Ihrem Herzen und Ihrem Gehirn existiert. Sie leben für ihn. Sie dienen ihm. Der Fluch brennt in Ihnen und macht Sie zu einem unreinen Gegenstand. Ihr Körper beginnt schneller zu verwesen, als er sollte. Ihre Haut schält sich ab wie ein Leichentuch. Ihre Seele erstarrt. Wir bezeichnen solche Wesen als Halbtote. In Europa nannte man sie die Gesichtslosen.«

»Dieser Typ war der Sklave eines Vampirs?«, fragte Caxton. »Ich habe gehört, dass sich Vampire Sklaven halten, aber ich wusste nicht, dass man ihnen den Arm abschneiden kann und er sich dann weiterbewegt. Davon ist in den Filmen keine Rede.«

»Er war gerade dabei, die Opfer seines Meisters wegzuschaffen. Darum hat er versucht, Ihrer Straßensperre zu entgehen. Er wollte in den Wald, um die Leichen in flachen Gräbern zu begraben. Flach genug, damit sie sich, wenn sie wieder zum Leben erwachen, den Weg freigraben und auferstehen können, um ihrem neuen Herrn zu dienen. Wir müssen die Leichen verbrennen.«

»Das dürfte den Familien nicht gefallen. Vor allem, weil wir ihre Identität nicht kennen.« Caxton schüttelte den Kopf. »Vielleicht können wir ja eine Wache im Leichenschauhaus postieren.«

»Ich kümmere mich um den Papierkram.« Arkeley zog ein Multifunktionswerkzeug aus der Brusttasche und bearbeitete den Stacheldraht mit dem winzigen Bolzenschneider. Bald hatte er den enthäuteten Arm frei. Er hielt ihn sich an die Brust, und die Finger griffen nach seinen Knöpfen. Sie waren zu schwach, um sie zu packen.

»Ich nehme an, Sie werden das Ding mitnehmen, ohne mir auch nur eine Quittung zu geben«, sagte sie, als er aufstand und den Arm wie ein Stofftier an sich drückte. »Ich könnte Sie erschießen, weil Sie eine offizielle Untersuchung behindern. Sie sollen nur als Berater fungieren!«

Er hatte sie gehört. Er wandte sich ihr nicht zu, das nicht, aber ihr war klar, dass er ihr zugehört hatte. Er hielt inne und verharrte reglos, als hätte man ihn abgeschaltet. Seine nächsten Worte kamen gepresst, wie Luft, die aus einem Dudelsack strömt. »Niemand weiß, wie das ist«, sagte er. Sie hatte keine Ahnung, was er meinte. »Sie glauben, Sie wüssten Bescheid. Sie haben all diese Filme gesehen, diese idiotischen Filme. Sie glauben, Vampire wären etwas, mit dem man vernünftig reden kann. Etwas, das man wegerklären kann. Sie begreifen es einfach nicht. Sie begreifen nicht, dass wir gegen Tiere kämpfen. Wilde Bestien.«

»Dann sagen Sie mir wenigstens, was Sie mit dem Beweisstück machen wollen.« Sie konnte sich nicht dazu überwinden, es als Arm zu bezeichnen.

Er nickte und setzte sich in Bewegung. Seine Kraftquelle sprudelte wieder. »In der Nähe von Arabella Furnace gibt es ein Hospital, das über die nötige Ausstattung verfügt. Sie können morgen dort anrufen und es zurückfordern, falls Sie es wirklich haben wollen. Ich rate Ihnen, es zu verbrennen, aber anscheinend sind wir noch nicht an dem Punkt, an dem Sie meinen Rat annehmen.«

»Wie ist die Nummer dieses Hospitals?«, fragte sie.

»Die gebe ich Ihnen morgen. Sie finden mich in Harrisburg, im Hauptquartier der State Police. Erstatten Sie dort Bericht und wiederholen Sie alles, was Sie mir gesagt haben, dem Commissioner gegenüber.«

Caxton musste bestürzt ausgesehen haben. Sie hatte nicht die geringste Ahnung, warum der Commissioner ihren Bericht höchstpersönlich würde hören wollen. Aber sie war klug genug, den direkten Befehl eines Feds nicht zu ignorieren.

»Fahren Sie nach Hause. Schlafen Sie etwas, und wir sehen uns dann morgen«, sagte er.

Dann ging er in die Nacht hinein.

Als sie wieder an der Straßensperre war, ergriff der Sergeant ihre Schulter. Offenbar nahm er an, sie würde gleich in Ohnmacht fallen. »Ich bin okay, ich bin okay«, sagte sie, und er ließ sie los. Er sagte kein Wort, als sie verkündete, sie gehe jetzt nach Hause.

Die Heimfahrt erlebte sie wie im Traum. Sie konnte sich nicht daran erinnern, am Steuer eingeschlafen zu sein, aber ganze Meilenmarkierungen huschten vorbei, ohne dass sie sie wahrnahm. Sie hielt am erstbesten Diner an und trank zwei große Tassen Kaffee. Das half etwas. Auf den Landstraßen, die sie auf dem letzten Drittel ihrer Fahrt nahm, fuhr sie langsam; unbeleuchtete, oftmals nicht asphaltierte Wege, wo die Bäume von beiden Seiten näher rückten und die gebogenen Äste im Scheinwerferlicht scheinbar nach ihr schlugen und graue Büsche wie Seetang aus dem Boden wucherten.

Sie konnte das Gefühl nicht abschütteln, dass sich die ganze Welt verändert hatte. Dass etwas Schreckliches und Neues in der Dunkelheit, die sie einhüllte, zum Leben erwacht war, in der kalten Finsternis, die den Himmel erfüllte. Etwas Großes und Gefährliches und Bissiges, noch immer formlos durch ihr Nichtwissen. Es infizierte alles, es war in ihren Kopf eingedrungen. Ihre Zähne fühlten sich klebrig an. Sie konnte den Schmutz unter ihren Fingernägeln spüren. Das alles, diese unterschwellige Furcht, lag bloß an ihrer Erschöpfung, das war ihr klar, aber trotzdem fühlte sie sich nicht wohl in ihrer Haut. Alles hatte sich in etwas Schlechtes verwandelt. Die alten, vertrauten Straßen, die sie schon tausende, zehntausende Male entlanggefahren war, erschienen gewundener, weniger freundlich. Für gewöhnlich schien der Wagen den Weg zu kennen, aber heute Nacht verlangte jede Kurve ihren Armen mehr Kraft ab. Sie bremste bei jedem Abhang und fühlte, wie sich der Wagen an jeder Steigung mühte.

Endlich lenkte sie den Streifenwagen vorsichtig neben dem Mazda in die Auffahrt und schaltete ihn aus. Einen Augenblick lang blieb sie im Auto sitzen, lauschte seinen ersterbenden Geräuschen und dem schwächer werdenden Lied der letzten Zikaden des Jahres. Dann stieß sie die Tür auf und ging durch die Garage hinein. Das Ranchhaus, das sie sich mit ihrer Partnerin teilte, war völlig still und größtenteils dunkel. Sie wollte diese Stille nicht stören, wollte keinen Schrecken in ihr Heim bringen, also machte sie kein Licht. Sie schnallte das Holster ab und hängte es auf dem Weg durch die Küche mit dem summenden Kühlschrank in einen Wandschrank. Im Korridor legte sie die Jacke ab, knöpfte die Uniformbluse auf und zog sie aus. Sie stopfte sie in den Hut und legte alles zusammen auf den Stuhl neben der Schlafzimmertür. Drinnen schlief Deanna in ihrem großen Bett, nur ein roter Haarschopf schaute unter der Decke hervor, und am anderen Ende drei perfekte kleine Zehen. Caxton lächelte. Es würde so gut sein, in dieses Bett zu schlüpfen, Deannas knochigen Rücken zu spüren, die spitzen kleinen Schultern. Sie würde sich nach Kräften bemühen, sie nicht zu wecken. Caxton öffnete den Reißverschluss der Uniformhose und zog die Stiefel aus. Sie unterdrückte das wohlige Stöhnen, als ihre Füße endlich befreit waren, stand einen Augenblick lang nur in BH und Höschen da und streckte die Arme über den Kopf.

Hinter ihr klopfte etwas gegen das Fenster. Sie schob den Vorhang zur Seite und schrie auf wie ein Säugling. Dort stand jemand, ein Mann. Seine Gesichtshaut baumelte in Streifen herab. Sie schrie erneut. Er schlug eine weiße Hand gegen die Scheibe, die Finger gespreizt. Sein Gesicht kam näher. Sie schrie erneut auf. Dann drehte der Mann sich um und rannte davon. Während sich Deanna hinter ihr regte und von der Decke befreite, konnte Caxton den Blick nicht von der dunklen Silhouette losreißen, die durch den Garten hinter dem Haus stürmte. Sie starrte ihr hinterher, bis sie zwischen den Hundezwinger und Deannas Schuppen schlüpfte und verschwand.

»Schatz, was ist denn los?«, rief Deanna immer wieder, sie hielt Caxton an den Schultern und schüttelte sie.

»Er hatte nur einen Arm«, stieß die Polizistin hervor.

6.

Das Hauptquartier der State Police in Harrisburg war ein rechteckiger Ziegelbau mit großen Fenstern und einem Funkmast auf dem Dach. Es stand nördlich der Stadt in einer strukturschwachen Gegend voller Streusalzhügel und Baseballplätzen. Trooper Caxton verbrachte den größten Teil des Tages damit, im Hof herumzusitzen und zu warten, dass Arkeley auftauchte. Eigentlich hätte das ihr freier Tag sein sollen, an dem sie mit Deanna zum Rockvale Square Outlet Store fahren und neue Winterkleidung kaufen wollte. Stattdessen saß sie hier und sah zu, wie die zivilen Funktechniker für ihre Rauchpausen an die frische Luft kamen und dann wieder hineilten. Es war ein kühler Novembertag.

Aber die Sonne schien, und das war wunderbar. Caxton hatte nicht schlafen können, nachdem der Halbtote an ihr Fenster geklopft hatte. Deanna hatte es irgendwie geschafft, sich unter die warme Decke zu schmiegen und wieder einzudösen, aber Caxton war aufgeblieben und hatte gewartet, bis die örtliche Polizei kam und zwischen den abgestorbenen Pflanzen in ihrem Garten herumsuchte. Sie hatte mit ihnen geredet und zugesehen, wie sie hundert Fehler machten, aber das hatte keine Rolle gespielt. Es gab keine Beweise im Garten, keine Spuren, dass der Halbtote je da gewesen war. Nicht, dass sie das überrascht hätte.

Jetzt, in der Sonne und an der frischen Luft, konnte sie sich beinahe einreden, dass es nie geschehen war. Dass es eine Art

Traum gewesen war. Sie saß am Picknicktisch hinter der Kantine des Hauptquartiers, ihren Hut in den Händen, und versuchte mit reiner Willenskraft, wieder ihr normales Leben zurückzuerlangen.

Aber eine Frage nagte ununterbrochen an ihr. Die Frage nach dem Warum. Warum der Halbtote zu ihrem Haus gekommen war. *Ihrem* Haus. Hätte er Wright oder Leuski nachgestellt, wäre das irgendwie verständlich gewesen. Die beiden hatten das Ding schließlich in den Stacheldraht gejagt. Aber warum sie? Sie hatte nur das Alkoholmessgerät bedient. Sie hatte die ganze Zeit im Mobil gesessen. Es ergab einfach keinen Sinn.

Wenn sie sich stark konzentrierte, konnte sie zeitweise minutenlang nicht an diese Frage denken. Sie weigerte sich, sich davon verrückt machen zu lassen. Sie war ein State Trooper, verflucht noch mal. Ein Soldat des Gesetzes – so hatte man sie genannt, als sie auf der Akademie den Abschluss gemacht hatte. Ein Soldat. Und Soldaten gerieten nicht in Panik, nur weil jemand versuchte, ihnen einen kleinen Schrecken einzujagen. Sie sagte sich das so oft vor, bis sie es schließlich glaubte.

Sie las Protokolle, um sich die Zeit zu vertreiben, was nur wenig interessanter war, als den Rauchern zuzusehen, die heraus- und wieder hineingingen. Um drei Uhr erschien Arkeley. Da war sie kurz davor, sich auszutragen und nach Hause zu gehen.

»Ich warte hier schon den ganzen Tag«, sagte sie, als er durch die Hintertür trat, um sie einzusammeln.

»Und ich habe den ganzen Tag mit dem Beantragen von Durchsuchungsbefehlen und Gerichtsbeschlüssen verbracht. Ich frage mich, wer von uns beiden mehr Spaß hatte.«

»Hören Sie auf, mit mir zu reden wie mit einem Kind!«

Sein Lächeln verbreiterte sich nur noch.

Er führte sie zum Büro des Commissioner, einem Eckbüro in der obersten Etage mit zwei Glaswänden. Die anderen beiden Wände waren mit Hirschgeweihen und dem Schädel eines sehr großen Zwölfenders geschmückt. Direkt hinter dem Schreibtisch hing ein Gestell mit antiken Vogelflinten, so als wollte der Commissioner stets bereit sein, jeden zu durchlöchern, der schlechte Neuigkeiten brachte.

Arkeley wäre ein guter Kandidat gewesen. Nachdem Caxton ihren Bericht beendet und Arkeley einige erklärende Worte abgegeben hatte, warf ihm der Commissioner einen Blick voll purem Hass zu. »Das gefällt mir nicht, aber das konnten Sie sich vermutlich ja schon denken. Der widerlichste, hässlichste mehrfache Mord seit Jahrzehnten, und Sie schneien einfach hier herein und nehmen ihn uns weg. Ein U.S. Marshal. So was wie Sie bewacht doch eigentlich Gerichtsgebäude.« Er lehnte sich in seinem Stuhl zurück. Er hatte einen kahlen Kopf, nur auf der Stirn waren noch ein paar Haare übrig. Der unterste Uniformknopf spannte sich etwas unter dem Druck des vordrängenden Bauches. Aber er trug das Rangabzeichen eines Colonel an den Schultern, darum stand Caxton die ganze Zeit in Habt-Acht-Stellung da.

Arkeley saß auf seinem Stuhl, als wäre seine Anatomie nicht dafür geschaffen, als könnte sich seine Wirbelsäule nicht richtig krümmen. »Wir fassen auch die Mehrzahl bundesweiter Flüchtlinge«, sagte er zum Commissioner.

»Trooper«, sagte der Commissioner, ohne Caxton anzusehen. »Was halten Sie von dieser Scheiße? Soll ich ihn aus der Stadt jagen?«

Sie war sich ziemlich sicher, dass die Frage rhetorisch gemeint war, aber sie antwortete trotzdem. »Sir«, sagte sie, »er ist der einzige lebende Amerikaner, der erfolgreich Vampire gejagt hat, Sir.« Sie bewahrte noch immer Haltung, den

Blick starr zur Hutkrempe gerichtet, wie man es ihr beigebracht hatte.

Der Commissioner seufzte. »Ich könnte das verhindern.« Er zeigte auf die Papiere, die ausgebreitet auf seinem Schreibtisch lagen. Die meisten waren vom Stellvertreter des Gouverneurs unterzeichnet. »Ich könnte das alles hier aufhalten, Bestätigungen verlangen, dreifache Kopien anfordern. Ich könnte Ihre Untersuchung so lange behindern, bis sich meine Jungs um den Vampir gekümmert haben.«

»Und in diesem Fall, junger Mann, würden mehr als nur ein paar Leute auf schreckliche Weise sterben.« Arkeley lächelte nicht, als er das sagte. »Ein Ereignis bedingt das nächste. Zuerst versuchen die Vampire, sich in unserer Mitte zu verstecken. Sie verkleiden sich und verstecken ihre Opfer an abgeschiedenen Orten. Aber im Laufe der Zeit wächst die Blutlust. Sie brauchen jede Nacht mehr Blut, um ihr Nichtleben aufrechtzuerhalten. Bald vergessen sie, warum sie diskret sein wollten. Und dann beginnt der Massenmord, ohne jede Reue und Gnade. Bis dieser Vampir geschnappt ist, wird die Zahl der Toten weiter steigen.«

»Warum sind Sie nur so scharf darauf?«, fragte der Commissioner. »Sie sind bereit, sich Feinde zu machen, nur, damit Sie sich in die Ermittlungen einmischen können.«

»Wenn Sie wissen wollen, warum ich mich entschieden habe, diesen Fall zu übernehmen, muss ich Ihnen leider sagen, dass ich meine eigenen Gründe habe, die ich Ihnen nicht darlegen werde.« Arkeley stand auf und nahm seine Papiere vom Schreibtisch, ein Blatt nach dem anderen. »Und wenn Sie mir jetzt fertig in die Schuhe gepisst haben – Ich brauche da ein paar Dinge. Ich möchte mit Ihrem Area Response Team sprechen. Ich brauche ein Fahrzeug, am besten einen Streifenwagen. Und ich brauche einen Verbindungsmann, jemanden, der die verschiedenen örtlichen Polizeidienste koordinieren kann. Einen Partner, wenn Sie so wollen.«

»Ja ja, schon gut.« Der Commissioner beugte sich vor und gab etwas in den Computer ein. »Ich habe ein paar Jungs für Sie, richtige Draufgänger aus der Ermittlungseinheit. Cowboytypen, die in den Bergen aufgewachsen sind und schießen konnten, noch bevor sie das erste Mal an sich rumgespielt haben. Für den Anfang wären das sechs Namen…«

»Nein«, sagte Arkeley. Die Zimmertemperatur sank um zehn Grad. Jedenfalls erschien es Caxton so. »Sie haben mich falsch verstanden. Ich habe nicht darum gebeten, dass mir jemand zugeteilt wird. Ich habe mir meinen Verbindungsmann bereits ausgesucht. Ich nehme sie.«

Caxton schaute nach wie vor auf ihre Hutkrempe. Sie verstand nicht, worauf Arkeley hinauswollte, und es dauerte viel zu lange, bis ihr endlich klar wurde, dass er sie zur Partnerin haben wollte.

»Entschuldigung, Sir«, sagte sie, als sich das Rauschen in ihren Ohren gelegt hatte, »aber ich bin Mitglied der Straßenpatrouille. Highway Patrol. Ich fürchte, ich eigne mich nicht für das, was Sie im Sinn haben.«

Anscheinend war er zumindest dieses Mal bereit, seine Entscheidung zu begründen. »Sie sagten, ich sei der einzige noch lebende Amerikaner, der einen Vampir getötet hat. Sie müssen also etwas über mich gelesen haben.«

Während sie darauf gewartet hatte, dass er endlich auftauchte, hatte sie alles gelesen, was sie über ihn finden konnte. Es war nicht viel gewesen. »Ich habe Ihren Bericht über den Piter-Lares-Fall gelesen, ja, Sir.«

»Dann sind sie die am zweitbesten informierte Person in diesem Gebäude. Commissioner, ich möchte, dass Sie sie von ihren üblichen Pflichten befreien.«

»Für wie lange?«, wollte der Commissioner wissen.

»Bis ich sie nicht mehr brauche.« Er schaute Caxton an. »Sie folgen mir und bleiben in der Nähe. Ich habe ein bestimmtes Tempo, und ich erwarte von Ihnen, dass Sie mithalten, weil Sie mich sonst ständig bitten werden, langsamer zu machen.«

Sie schaute den Commissioner an, aber der zuckte bloß mit den Schultern. »Er ist ein Fed«, schien seine Miene zu sagen. »Was will man da machen?«

Arkeley führte sie zum Schießstand des Area Response Teams hinter dem Gebäude. Das ART war die Antiterror-Einheit, aber sie wurden zum Beispiel auch bei Protesten in der Hauptstadt angefordert. Sie hatten die Ausrüstung und taktischen Mittel für Massenverhaftungen und -kontrollen, und sie verfügten über ein beträchtliches Budget für weniger tödliche Waffen (die man, wie Caxton wusste, früher als nichttödliche Waffen bezeichnet hatte, bis zufällig jemand damit getötet worden war). Die Jungs vom ART waren alle Waffenfanatiker und Gadget-Freaks; an einem speziellen Schießstand hinter dem HQ konnten sie ihre Spielzeuge ausprobieren, bevor sie sie im Ernstfall einsetzen mussten. Außerdem konnten sie dort Zielschießen üben, wenn es sie in den Fingern juckte. Caxton hielt sich die Ohren zu, als sie auf den Range Officer, den Schießstandleiter, zugingen. Der RO schoss mit etwas, das wie eine altertümliche Muskete aussah. Sie war so laut, dass sie den Eindruck erweckte, sie wäre mit Schwarzpulver geladen.

Arkeley schaffte es schließlich, durch lautes Brüllen die Aufmerksamkeit des Leiters zu erregen. Der RO nahm die Ohrenschützer ab, und die beiden Männer sprachen kurz miteinander. Was auch immer Arkeley sagte, es veranlasste den RO zu einem schnaubenden Lachen, und dann verschwand er in die Munitionskammer und kam mit einer Schachtel Patronen zurück.

Arkeley stellte dreizehn Stück auf dem Schießstand auf und lud langsam und methodisch das Magazin seiner Waffe. Caxton stellte fest, dass es sich um eine Glock 23 handelte. Größere Feuerkraft als die meisten Polizeidienstwaffen, aber sicher keine Handkanone. »Sie laden nur dreizehn Schuss?«, fragte sie und schaute ihm über die Schulter.

»So viele passen ins Magazin«, sagte er herablassend. Es würde größere Anstrengung kosten, sich für diesen Kerl zu erwärmen.

»Die meisten Leute laden eine zusätzliche Patrone in die Kammer, damit sie sofort schussbereit sind. Ich mache das.« Sie tätschelte die Beretta 92 an ihrem Gürtel.

»Verraten Sie mir etwas: Tragen Sie beim Fahren keinen Sicherheitsgurt, damit Sie beim Aussteigen eine halbe Sekunde sparen können?«

Caxton runzelte die Stirn und hätte am liebsten ausgespuckt. Sie zog eine Patrone aus der Schachtel und untersuchte sie. Wie erwartet waren es Teilmantelgeschosse aus Blei, und das erklärte die Reaktion des RO nicht. Jede Spitze war mit zwei rechtwinkeligen Einschnitten versehen, die ein perfektes Kreuz bildeten. Sie glaubte, Arkeley vielleicht bei einem Fehler erwischt zu haben. »Ich habe Ihren Bericht gelesen – sie schreiben, Kreuze würden bei Vampiren nichts ausrichten.«

»Bei Kugeln bewirken sie glücklicherweise Wunder.« Arkeley brüllte laut die Anweisung, den Schießstand freizumachen, dann zielte er auf ein Objekt in dreißig Meter Entfernung, eine Papierscheibe, die an einem Speerholzbalken befestigt war. Caxton hielt sich die Ohren zu. Er feuerte eine Kugel ab, und die Zielscheibe wurde ausradiert. Das Sperrholz explodierte in einer Wolke aus Holzspänen.

»Das Projektil wird im Ziel aufgepilzt und bricht dort auseinander«, erklärte er. »Jedes Schrapnellstück hat seine eigene Wundbahn und seine eigene Geschwindigkeit. So, als wäre jede Kugel eine kleine Sprenggranate.«

So sehr sie ihn auch verabscheute, sie stieß einen leisen Pfiff aus. Damit schoss man also auf Vampire. Sie bat den RO, ihr ebenfalls eine Schachtel im Kaliber 9 mm zu bringen.

»Kann ich machen«, sagte er leise genug, dass man es als Flüstern bezeichnen konnte. »Aber das sind keine Parabellum. Die Haager Landkriegsordnung verbietet Dum-Dum-Geschosse.«

»Ich werde es nicht verraten«, sagte Arkeley. »Geben Sie ihr die Munition.«

7.

Nehmen Sie die nächste rechts«, sagte Arkeley und stach mit dem Zeigefinger nach der Windschutzscheibe. Er saß auf dem Beifahrersitz, wo er sich wohler zu fühlen schien als auf dem Stuhl im Büro des Commissioners. Vielleicht verbringt er ja mehr Zeit in Autos als in Büros, dachte sie. Ja, vermutlich traf das zu.

Caxton lenkte den unmarkierten Dienstwagen um eine Gruppe niedriger Götterbäume, die ihre schwankenden Äste über die Motorhaube reckten. Die Dämmerung war fast vorüber; der Abend brach herein. Der Karte zufolge befanden sie sich genau in der Mitte der Stadt Arabella Furnace, benannt nach den Kaltwindöfen, die einst der ganzen Stadt Arbeit gegeben hatten. Von den Öfen selbst war nichts mehr übrig, abgesehen von einem rechteckigen, größtenteils zerbröckelten Ziegelfundament. Hier gab es ein Besucherzentrum, und Caxton hatte alles Wissenswerte über die Geschichte der Kaltwindöfen erfahren, während Arkeley austreten war.

Er hatte nur wenig zu sagen, außer seine Richtungsanweisungen, die er herausbellte. Sie hatte versucht, mit ihm über das hautlose Gesicht an ihrem Fenster zu sprechen. Sie hatte es nicht als etwas dargestellt, das ihr Angst gemacht hatte, auch wenn diese in dem Maß stieg, in dem das Tageslicht im Rückspiegel schwand. Sie präsentierte es als Teil ihres Falls.

Er grunzte zustimmend, als sie meinte, er sollte davon wissen. Aber darüber hinaus hatte er sich jeden Kommentars enthalten.

»Was halten Sie davon?«, fragte sie. »Warum war er da?«

»Hört sich an, als hätte der Halbtote Sie einschüchtern wollen«, sagte er. »Hätte er Sie verletzen oder töten wollen, dann hätte er es vermutlich auch getan.« Jeder ihrer Versuche, ihm mehr zu entlocken, resultierte in Schulterzucken oder, noch schlimmer, völligem Desinteresse.

»Herrgott noch mal!«, rief sie schließlich und bremste so hart, dass sie beide in die Sicherheitsgurte geschleudert wurden. »Ein Freak mit zerfetztem Gesicht folgt mir nach Hause, und alles, was Sie dazu sagen, ist, dass er mir vermutlich bloß Angst einjagen wollte? Passieren Ihnen solche Dinge so oft, dass Sie so abgestumpft reagieren?«

»Früher schon«, sagte er.

»Und jetzt nicht mehr? Was haben Sie gemacht? Wie haben Sie es losbekommen?«

»Ich habe ein paar Vampire vernichtet. Können wir bitte weiterfahren? Uns bleibt nicht viel Zeit, bevor sich die Leichen stapeln.«

Sie beobachtete ihn die ganze Fahrt über. Sie wollte ihn wenigstens einmal auf seinen Platz verweisen, um klarzustellen, dass sie keine alberne Göre war. Bis jetzt war sie gescheitert. »Sie kommen aus West Virginia«, meinte sie. Einen anderen Trumpf hatte sie gerade nicht in der Hand. »Sie haben einen leichten Akzent.« Außerdem hatte sie gelesen, dass seine Untersuchung im Fall Lares in Wheeling begonnen hatte, doch dieses Detail unterschlug sie.

»Eigentlich aus North Carolina«, erwiderte er. »Links.«

Sie schäumte innerlich und bog langsam in die Straße ein, die er angezeigt hatte. Sie sah mehr wie ein Feldweg aus. Im Scheinwerferlicht konnte sie erkennen, dass er einst gepflastert gewesen war, aber die Zeit hatte die Pflastersteine in zerklüftete Trümmer verwandelt, die einen Reifen aufschlitzen konnten, wenn man zu schnell fuhr. Die Strecke führte zwischen zwei Hainen flüsternder Bäume hindurch, Ahorn und Eschen. Eine dichte Blätterschicht bedeckte den Boden, ein Hinweis darauf, dass diese Straße nirgendwo hinführte als in die tiefe Vergangenheit. Aber vielleicht auch nicht – der Weg war an keiner Stelle versperrt. Möglicherweise hatte jemand versucht, dem Ort eine abschreckende Wirkung zu geben, aber den Zugang hatte niemand blockiert.

»Es gibt keinen Parkplatz, schon seit fünfzig Jahren nicht mehr. Sie können direkt bis zum Rasen fahren und dort irgendwo anhalten«, befahl Arkeley.

Den Rasen? Sie sah nur einen immer dichter werdenden Forst, dunklen Wald, der Pennsylvania vor Jahrhunderten zu seinem Namen verholfen hatte. Die Bäume erreichten eine Höhe von zwanzig Metern, an einigen Stellen wuchsen sie noch höher. Dann riss das Licht der Scheinwerfer den Rasen aus der Dunkelheit.

Es handelte nicht um die gepflegte Fläche, die sie erwartet hatte. Es war eher ein brachliegendes Feld, das vom Unkraut aggressiv zurückerobert wurde. Allerdings konnte sie niedrige Steinmauern ausmachen und in der Ferne sogar einen stillgelegten Springbrunnen, der mit grünen und schwarzen Algen bedeckt war. Sie hielt den Wagen an, und sie stiegen aus. Dunkelheit hüllte sie wie Nebel ein, nachdem die Autoscheinwerfer erloschen. Arkeley ging sofort auf den Springbrunnen zu. Sie folgte ihm, und dann sah sie ihr Ziel im Sternenlicht aufragen. Ein gewaltiges Konstrukt aus Ziegelsteinen, viktorianischer Stil, mit Giebeln und Nebenflügeln, die vom Hauptgebäude ausgingen. An einer Seite erhob sich ein Gewächshaus, das so gut wie keine Scheiben mehr aufwies, nur noch ein mit Schlingpflanzen überwuchertes Stahlskelett. Ein Flügel auf der anderen Seite war vollständig eingestürzt und teilweise niedergebrannt, möglicherweise vom Blitz getroffen. Ein Basrelief aus Zement über dem Haupteingang verkündete den Namen dieses Ortes:

**ARABELLA FURNACE
STATE HOSPITAL**

»Lassen Sie mich raten«, sagte Caxton. »Sie haben mich zu einem stillgelegten Irrenhaus gebracht.«

»Völlig daneben«, erwiderte er. Dieses Mal war sein Lächeln anders. Es erschien beinahe wehmütig, als wünschte er, es handelte sich um ein Irrenhaus. Sie kamen zu dem Springbrunnen, und er legte eine Hand auf den geborstenen Stein. Sie schauten gemeinsam zu der Frauenstatue hoch, die eine in die Hüfte gestemmte große Urne ausgoss. Die Urne war allerdings schon vor Jahren ausgetrocknet. Caxton konnte dort, wo das Wasser herausgesprudelt war, den Rost sehen. Der freie Arm der Statue, ungefähr doppelt so groß wie ein menschlicher Arm, streckte sich ihnen wohlwollend oder auch grüßend entgegen. Ihr Gesicht war völlig zerfressen, und es war nicht mehr ersichtlich, welchen Ausdruck sie den Besuchern einst gezeigt hatte. Saurer Regen, die Zeit oder vielleicht auch Vandalismus hatten ihre Züge ausgelöscht, bis die Kopfvorderseite nur noch eine Maske aus zerklüftetem Stein darstellte.

»Das war kein Irrenhaus, es war ein Sanatorium. Hierher schickte man Tuberkulosepatienten zur Kur«, erklärte Arkeley.

»Hat es funktioniert?«, fragte sie.

Er schüttelte den Kopf. »Im ersten Jahr starben drei von vier Patienten. Der Rest siechte weiter vor sich hin. Die Gesundheitsbehörden wollten sie hauptsächlich aus dem Weg schaffen, damit sie niemanden mehr anstecken konnten. Die Behandlung bestand aus frischer Luft und einfacher körperlicher Arbeit, mit der sie ihren Aufenthalt bezahlten. Immerhin erhielten die Patienten drei Mahlzeiten am Tag und so viele Zigaretten, wie sie rauchen konnten.«

»Das ist nicht Ihr Ernst. Zigaretten für Leute mit einer Lungenerkrankung?«

»Die Zigarettenindustrie hat dieses Haus gebaut, genau wie alle anderen dieser Sanatorien im ganzen Land. Vermutlich hatten sie den Verdacht, dass eine Verbindung zwischen Rauchen und Tuberkulose bestand – schließlich muss man vom Rauchen husten, genau wie von der Schwindsucht. Wer weiß? Vielleicht taten ihnen die Kranken auch einfach nur leid.«

Caxton starrte ihn an. »Ich habe heute Abend keine Geschichtsstunde erwartet«, sagte sie. Er erwiderte nichts darauf. »Sie haben behauptet, ich läge völlig daneben. Wo also noch?«

»Arabella Furnace wurde in den Fünfzigern geschlossen, es steht aber nicht leer. Hier gibt es noch immer Patienten. Nun, eine letzte Patientin.«

Wie üblich erhielt sie keine weiteren Informationen. Sie musste sich also selbst überlegen, welche Art Sanatorium für eine einzige Patientin geöffnet bleiben würde.

Sie traten durch den Haupteingang, vor dem ein einzelner Wachmann in einer marineblauen Uniform wartete, ein M4-Gewehr über die Stuhllehne gehängt. Seinen Abzeichen nach handelte es sich um einen Beamten der Strafvollzugsbehörde. Er sah gelangweilt aus. Anscheinend kannte er Arkeley, auch wenn er keine Anstalten machte, den Marshal zu begrüßen.

»Ich habe noch nie von diesem Ort gehört«, sagte sie.

»Sie machen keine Werbung.«

Sie gingen durch eine Eingangshalle mit schmalen Wendeltreppen in jeder Ecke, die sowohl nach oben wie nach unten führten. Hier und da hatte man Torbögen mit Ziegeln zugemauert und dann mit schmalen Türen versehen, die alle aufwendige Schlösser aufwiesen. An den Wänden hingen dicke Bündel aus Strom- und Ethernetkabeln; teilweise erstreckten sie sich auch quer durch den Raum, von Stahlhaken an der Decke gehalten.

Caxton berührte den dunklen Stein einer Wand und fühlte seine massive Kälte und Standhaftigkeit. Neben der Stelle, wo ihre Hand auflag, hatte jemand seine Initialen in die Wand geritzt, ein kompliziertes Akronym aus einer Zeit klar definierter Namen: G.F.X.MCC., A.D.1912.

Arkeley ließ ihr keine Zeit, die Atmosphäre in sich aufzunehmen. Er schritt eilig aus, seine quietschenden Schritte hallten in dem hohen Raum, und die Echos folgten ihr, als sie sich bemühte, mit ihm mitzuhalten. Sie passierten eine Stahltür, und sie sah, dass im Laufe der Zeit zahllose Hände die Farbe vom Türknauf gerieben hatten. Sie gingen durch einen weißen Korridor mit Rigipswänden, von dem Dutzende weiterer Türen abgingen, alle von Spinnenweben verhangen. Am anderen Ende verbarg sich hinter einer Plastikplane ein türloser Durchgang. Arkeley hob den Vorhang für sie zur Seite, eine seltsam tröstliche Geste, und Caxton trat ein.

Die dahinter befindliche Abteilung war in ein blaues Glühen getaucht, das von einer gewaltigen Lampenleiste an der Decke ausging. Die Glühbirnen waren lackiert worden, sodass alles Rote in dem Raum schwarz erschien. Das Mobiliar war sehr unterschiedlich und irgendwie ungewöhnlich. Es gab Reihen veralteter medizinischer Gerätschaften, emailleüberzogene Stahlschränke mit Bakelitgriffen, die vermutlich aus der Zeit stammten, als die Kurklinik noch in Betrieb war. Es gab Laptops und etwas, das wie ein Miniatur MRT-Scanner aussah. In der Mitte des Raums stand ein Holzsarg mit Messinggriffen, dessen Inneres verschwenderisch gepolstert war. Über dem Sarg hingen Kameras, Mikrofone und andere Sensoren, die Caxton nicht identifizieren konnte, an dicken, ineinander verschlungenen Kabeln, damit man den Sarg ständig und umfassend überwachen konnte.

Neben der Tür stand ein Kabelkasten, auf dem ein einziger Knopf montiert war. Arkeley drückte den Knopf, und tief im Inneren des Sanatoriums ertönte ein Summer. »Sie haben meinen Bericht gelesen. Sie wissen, dass ich auf dem Boot in Pittsburgh alle Vampire angezündet habe.«

Caxton nickte. Sie konnte sich denken, was jetzt kam.

»Sie werden sich auch erinnern, dass Lares nur genug Blut hatte, um drei seiner Vorfahren wiederzubeleben. Aber da war noch ein Vierter, der keine Nahrung bekam. Merkwürdigerweise brannten nur die mit Haut und Fleisch richtig gut. Der ohne wurde lediglich angesengt. Er hat das Feuer überlebt.«

»Aber in Amerika sind Vampire ausgestorben«, protestierte sie hilflos.

»In freier Wildbahn«, korrigierte er.

Auf der anderen Seite des Raums wurde eine Plastikabsperrung zur Seite gehoben und ein Rollstuhl in den Sargraum gerollt. Der Mann, der ihn schob, trug einen weißen Laborkittel, dessen Ärmel bis zu den Ellbogen hochgekrempelt waren. Er war ziemlich dürr – sonst war an ihm nichts weiter bemerkenswert. Andererseits konnte er im Vergleich mit seinem Schützling auch nur unscheinbar wirken. Die Frau im Rollstuhl trug ein zerlumptes, malvenfarbenes Kleid, mottenzerfressen und fadenscheinig vom langen Tragen. Sie war kaum mehr als ein Haufen Knochen, die in durchsichtige weiße Haut so dünn wie Kohlepapier gehüllt waren.

An ihrem Kopf war kein Haar zu sehen, mit Ausnahme von ein paar borstigen Wimpern. Die Haut auf ihrem Schädel war zerrissen, an manchen Stellen fehlte sie ganz – dort schimmerte der Knochen durch. Sie hatte einen dicken Augapfel, dessen Iris im blauen Licht farblos erschien. Ihre Ohren, lange, spitze Dreiecke, waren übersät mit offenen Wunden. Der Mund sah irgendwie kaputt aus oder zumindest falsch. Er war voller Splitter, milchiger, spitzer Knochenstücke. Caxton begriff nur langsam, dass es sich dabei um Zähne handelte. Die Frau hatte Hunderte davon, und sie waren gar nicht kaputt. Sie waren einfach nur scharf. Davon hatte sie in Arkeleys Bericht gelesen. Dies hier war eine der Kreaturen, die er im Laderaum des Bootes angezündet hatte – eine Vampirin; eine alte, ausgehungerte Vampirin. In ihrem ganzen Leben hatte Caxton noch nie etwas so Schreckliches gesehen, da kam nicht einmal der fast gesichtslose Halbtote mit, der in der vergangenen Nacht durch ihr Fenster geblickt hatte.

»Hallo, Deputy. Sie kommen genau richtig – es ist gleich Fütterungszeit«, sagte der Mann im Labormantel. Er schob den Rollstuhl näher an sie heran, als Caxton lieb war. Die Vampirin rief in ihr kein Gefühl hervor, keinen Hauch von Menschlichkeit, bloß Kälte. Es war, als stünde man an einem heißen Sommertag neben der Kühltheke eines Supermarkts. Die Kälte war deutlich spürbar und real. Und völlig unnatürlich.

»Special Deputy«, verbesserte Arkeley.

»Fütterungszeit?«, fragte Caxton entsetzt.

Das Auge der Vampirin funkelte sichtbar.

8.

»Dieses blaue Licht hier …«, sagte Caxton. »Das muss eine, was weiß ich, irgendeine Wellenlänge sein, die Vampire nicht wahrnehmen können, richtig? Damit sie uns nicht sehen kann?«

»Tatsächlich kann sie Sie sehr gut sehen. Sie würde Sie auch in totaler Dunkelheit sehen. Das hat sie mir gesagt«, erklärte der Mann. »Sie sieht Ihre Lebenskraft leuchten wie eine Lampe. Das blaue Licht schadet ihrer Haut weniger als das sanfteste Fluoreszieren.« Er streckte die Hand aus. »Ich bin Dr. Hazlitt. Ich glaube nicht, dass wir uns schon vorgestellt wurden.«

Caxton riss den Blick von dem rollenden Augapfel der Vampirin los, um den Mann zu mustern. Sie griff nach seiner Hand. Dann hielt sie inne. Aus der weichen Haut seiner Armbeuge ragte ein Plastikröhrchen, an dessen Ende getrocknetes Blut klebte. Im blauen Licht sah es völlig schwarz aus.

»Ein Shunt«, erklärte er. »Das ist einfacher, als jedes Mal eine Spritze zu setzen.«

Arkeley ging in die Hocke, um der Vampirin ins Gesicht sehen zu können. Die fleischlosen Hände auf ihrem Schoß zuckten zwanghaft, als wollte sie von ihm weg, als jagte er ihr schreckliche Angst ein. Vermutlich gab es dafür auch gute Gründe – der Fed hatte sie einst angezündet und tot zurückgelassen. »Hazlitt füttert sie mit seinem eigenen Blut, aus reiner Herzensgüte«, verkündete Arkeley. »Sozusagen.«

»Ich weiß, das muss Ihnen widerlich vorkommen«, sagte der Arzt zu Caxton. »Wir haben eine Reihe Alternativen ausprobiert – fraktioniertes Blutplasma und Thrombozyten-Konzentrate aus der Blutbank, Tierblut, eine Chemikalie, die in der Army als Blutersatz benutzt wird. Nichts hat funktioniert. Es muss menschlich sein, es muss warm sein, und es muss frisch sein. Es macht mir nichts aus, etwas davon abzugeben.« Er ging zu einer Arbeitsbank, die ein paar Schritte entfernt stand, und holte ein Pyrex-Becherglas aus einem Schrank. Ein Gummischlauch wurde in den Shunt gesteckt, das andere Ende ins Becherglas.

Caxton schaute weg.

»Warum?«, fragte sie Arkeley. »Warum füttern Sie es überhaupt?« Ihr Berufsinstinkt, Fragen zu stellen, bis sie genau verstanden hatte, was vorging, verlangte nach Antworten.

»Sie ist kein ›Es‹! Ihr Name« – Hazlitt unterbrach sich, um kurz aufzustöhnen, doch es klang nach einem erträglichen Schmerz – »ist Malvern. Justinia Malvern. Und sie war einst ein menschliches Wesen. Das mag zwar dreihundert Jahre her sein, aber Sie sollten etwas Respekt zeigen.«

Caxton schüttelte unverständig den Kopf. »Ich verstehe das nicht. Sie sind beinahe getötet worden bei dem Versuch, sie zu vernichten. Jetzt beschützen Sie sie hier und geben ihr sogar Blut?«

»Es war nicht meine Entscheidung.« Arkeley klopfte auf die Manteltasche, als sollte ihr das etwas sagen. Das tat es nicht. Er seufzte tief und starrte die Vampirin weiterhin an, während er erklärte: »Als wir sie auf dem Grund des Allegheny fanden, noch immer in ihrem Sarg, wussten wir nicht, was wir tun sollten. Ich war noch immer im Krankenhaus, abgesehen davon hörte mir sowieso niemand richtig zu. Meine Bosse übergaben ihren Körper an das Smithsonian-Institut. Das Smithsonian sagte, sie hätten zwar liebend gern ihre Überreste, aber solange sie lebte, könnten sie sie nicht nehmen. Sie baten uns, sie einzuschläfern, damit sie sie ausstellen konnten. Dann beging jemand einen Fehler: Er fragte einen Rechtsanwalt um Rat. Da sie, soweit wir wissen, nie einen Amerikaner getötet hat – sie war schon in diesem sterbenden Zustand, ehe die amerikanische Revolution begann –, entschied das Justizministerium, dass wir nicht das Recht hätten, sie zu exekutieren. Witzig, was? Lares bewegte sich und zeigte Zeichen von Intelligenz, aber kein Mensch protestierte, als ich ihn tötete. Malvern hier lag zur Hälfte vermodert in ihrem Sarg, aber hätte ich ihr einen Pflock ins Herz geschlagen, hätte man es möglicherweise als Mord bezeichnet. Nun, so läuft das eben. Sie hat weder Familie noch Freunde, aus offensichtlichen Gründen, also wurde sie zu einem Mündel des Gerichts. Den Bestimmungen nach bin ich für ihr Wohlergehen verantwortlich. Ich muss sie einkleiden, für ihre Unterkunft sorgen und, ja, auch für ihre Ernährung. Niemand weiß, ob es sie umbringen würde, wenn man ihr das Blut verweigert, aber ohne die Anordnung eines Bundesgerichts dürfen wir das nicht.«

»Sie hat sich ihre Pflege schon Dutzende Male verdient«, sagte Hazlitt. Er baute den Siphon ab, der Blut aus seinem Arm gezogen hatte. »Ich befasse mich jetzt seit sieben Jahren mit ihr, und jeder Tag und jede Nacht waren nützlich.«

»Ach ja? Was haben Sie denn gelernt?«, fragte Caxton.

Das Gesicht der Vampirin geriet in Bewegung. Ihre Nase hob sich und zuckte obszön. Sie hatte das Blut gerochen.

»Wir haben herausgefunden, dass das blaue Licht am besten für sie ist. Wir haben herausgefunden, wie viel Blut sie braucht, um eine gewisse Mobilität aufrechtzuerhalten. Wir haben herausgefunden, welche Luftfeuchtigkeit sie mag und welche Temperaturen sie beeinflussen.«

Caxton schüttelte den Kopf. »Das alles hilft ihr, am Leben zu bleiben. Und was haben wir davon?«

Zum ersten Mal sah Arkeley sie mit einem beifälligen Funkeln in den Augen an.

»Wir werden hier ein Heilmittel finden.« Hazlitt trat entschlossenen Schrittes um einen Labortisch herum. »Hier, in diesem Raum. Ich werde sie heilen. Und dann werden wir einen Impfstoff herstellen können, und davon wird die Gesellschaft profitieren.«

»Wenn sie ausgestorben sind, brauchen wir keinen Impfstoff«, sagte Arkeley.

Einen Augenblick starrten sich die beiden voller purem, unverfälschtem Hass an.

»Entschuldigen Sie mich, aber ich muss sie jetzt wirklich füttern.« Hazlitt kniete vor der an den Rollstuhl gefesselten Vampirin nieder und hielt das Becherglas hoch, um ihr die zwei Unzen schwarzes Blut zu zeigen.

»Herrgott, wie lange forschen Sie denn schon an ihr?«, fragte Caxton. »Seit sieben Jahren? Aber sie muss schon zwei Jahrzehnte hier sein. Wer hat vor Ihnen hier gearbeitet?«

»Dr. Gerald Armonk.«

»Der verstorbene Dr. Armonk«, sagte Arkeley.

Hazlitt zuckte mit den Schultern. »Das war ein bedauerlicher Unfall. Dr. Armonk und Justinia hatten eine ganz besondere Beziehung. Er fütterte sie auf direktem Weg: Er schnitt sich die Daumenkuppe auf und ließ sie sein Blut saugen. Sie müssen wissen, in den Neunzigern litt sie eine Weile unter einer schweren Depression und versuchte sogar einige Male, sich etwas anzutun. Es war vielleicht nicht unbedingt die klügste Idee, sie auf diese Weise zu füttern, aber es schien sie deutlich aufzumuntern.«

»Armonk hatte einen Doktortitel. Aus Harvard, stellen Sie sich vor«, sagte Arkeley.

»In den ersten Tagen, in denen ich hier arbeitete, war sie voller Leben und richtig schön«, sagte Hazlitt. »Dann fing sie an, wie eine welke Rose zu vergehen. Das wenige Blut, das ich für sie hatte, reichte einfach nicht.« Er hob das Becherglas, als wollte er es an ihre knochigen Lippen drücken.

Arkeley entwand es ihm und schwenkte die dicke Flüssigkeit. »Vielleicht sollten wir noch etwas warten«, sagte er.

Die Vampirin hob eine bebende Hand. In ihrem Auge blitzte Wut auf.

Einen langen Augenblick kehrte Schweigen ein. Hazlitt öffnete den Mund, schloss ihn aber schnell wieder, und Caxton stellte fest, dass er schreckliche Angst vor Arkeley haben musste. Er hatte den Marshal bei seinem Eintreffen erkannt, sogar mit einer gewissen Vertrautheit mit ihm gesprochen. Wie oft in den vergangenen zwanzig Jahren war Arkeley wohl in diesen kleinen Raum gekommen? Wie oft hatte er sich das Becherglas geschnappt?

Aber nein. Für alle außer ihr musste diese Szene völlig vertraut sein. Doch der Haltung der beiden Männer entnahm Caxton deutlich, dass Arkeley das Ritual noch nie zuvor gestört hatte.

Es war Arkeley, der das Schweigen brach. Er hielt das Becherglas mit beiden Händen umfasst und sah der Vampirin direkt ins Auge. »Wir haben Berichte über die Aktivitäten von Halbtoten«, sagte er leise und irgendwie sanft. »Gesichtslose. Die Frau dort drüben hat einen gesehen. Heute Morgen habe ich seinen Arm verbrannt. Es gibt nur eine Möglichkeit, einen Halbtoten zu erschaffen: Dazu braucht man einen jungen, aktiven Vampir. Einen neuen Vampir. Waren Sie unartig, Miss Malvern? Haben Sie etwas Dummes getan?«

Der Kopf der Vampirin ruckte auf ihrem dünnen Hals erst nach links und dann nach rechts.

»Es fällt mir schwer, Ihnen zu glauben«, sagte Arkeley. »Wer außer Ihnen kann noch Vampire erschaffen? Geben Sie mir einen Namen. Geben Sie mir eine letzte bekannte Adresse, und ich lasse Sie in Ruhe. Oder noch besser: Verraten Sie mir, wie Sie es gemacht haben. Verraten Sie mir, wie Sie dieses Monster zur Welt gebracht haben.«

Die Vampirin erwiderte nichts, ließ nur ihr Auge nach unten rollen, bis es auf das Blut im Becherglas gerichtet war.

»Benehmen Sie sich nicht wie ein Bastard«, zischte Hazlitt. »Jedenfalls nicht mehr als gewöhnlich. Sie wissen genau, wie sehr sie dieses Blut braucht. Sehen Sie doch – es fängt schon an zu gerinnen.«

»Also gut.« Arkeley drückte das Glas in die ausgestreckte Hand der Vampirin. Sie packte es mit einem zitterigen Todesgriff, der ihre Knöchel noch weißer hervortreten ließ. »Genießen Sie es, solange Sie noch können.«

»Was ist eigentlich Ihr Problem?« Hazlitt kreischte die Worte fast.

Arkeley richtete sich auf und klopfte wieder gegen die Manteltasche. Ein winziger, knisternder Laut ertönte – darin befand sich ein Stück Papier. »Ich sagte, ohne Gerichtsbeschluss könnten wir ihre Blutzufuhr nicht einstellen. Nun, die neuerliche Vampiraktivität hat unter einigen sehr wichtigen Hintern ein Feuer entzündet.« Er zog ein Papier mit einem notariellen Siegel hervor. »Hiermit erhalten Sie die Anordnung, auf der Stelle und unverzüglich die Fütterung dieser Vampirin einzustellen.« Er grinste breit. »Manchmal ist es hilfreich, einer von denen zu sein, die das Gerichtsgebäude bewachen.«

Die Vampirin hielt mit dem Becherglas auf halbem Weg zum Mund inne. Ihr Auge richtete sich auf Arkeley.

»Wenn Sie ein Mensch wären, würden Sie versuchen, etwas länger davon zu zehren«, sagte der Fed zu ihr. »Ihnen wäre klar, dass Sie das zum letzten Mal schmecken würden, und Sie würden versuchen, es zu genießen. Aber Sie sind kein Mensch, und Sie können nicht widerstehen, oder?«

Der Mund der Vampirin verzog zu sich zu einem höhnischen Grinsen. Dann züngelte eine lange, graue Zunge zwischen all diesen Zähnen hervor und fing an, das Blut aus dem Becherglas gierig aufzuschlabbern, lange, schwarze Streifen an der Innenseite hinterlassend. Innerhalb von Sekunden war es leer.

9.

Es wird mit Lähmungen anfangen. Unkontrolliertes Zittern. Dann wird sie nach und nach Muskelmasse verlieren. Die Haut wird sich von ihren Händen schälen, das Gewebe verfaulen. Die Hände werden sich in leblose Klauen verwandeln. Ihre Beine werden noch schneller atrophieren und sich in tote Stümpfe verwandeln. Nach einiger Zeit wird ihr Auge austrocknen und in sich zusammenfallen.«

Hazlitt saß auf einem antiken EKG-Gerät und paffte gelegentlich an einer Zigarette, die aber hauptsächlich unbeachtet zwischen zwei Fingern steckte. »Vielleicht wird sie irgendwann sterben. Wir wissen es nicht.«

»Wenn es sie davon abhält, weitere Vampire zu erschaffen, ist mir das egal«, sagte Arkeley. »Gibt es einen vernünftigen Grund, warum wir noch hier sind?«

Justinia Malvern hockte in der Nähe ihres Sargs im Rollstuhl, das leere Becherglas in der fast leblosen Hand. Ihre andere Hand ruhte auf der Tastatur eines Laptops, der oben auf dem Sargrand lag.

»Sie wissen doch, dass sie nicht sprechen kann. Ihre Luftröhre ist vor Jahren verfault. Das ist die einzige Möglichkeit für sie, sich auszudrücken.« Hazlitt rieb sich mit dem Daumen den Nasenrücken. Er lächelte seinem Schützling zu, während sie Kraft sammelte, um mit ihrem krallenähnlichen Finger auf eine Taste zu tippen. »Sie sollten geduldiger sein, Arkeley«, sagte der Arzt. »Dann könnten Sie etwas von jemandem lernen, der so viel älter und klüger ist.«

Als sie fertig war, faltete sie die Hände im Schoß und schaute bebend zu ihnen hoch. Hazlitt drehte den Laptop herum, damit alle den Bildschirm sehen konnten. Malvern hatte in sechsunddreißig Punkt großer Kursivschrift geschrieben:

meine brut wird euch alle verschlingen

Arkeley kicherte. Dann stand er auf und verließ den Raum. »Ich komme wieder, um euch beide zu überprüfen«, sagte er zu Hazlitt. »Bald.«

Caxton folgte ihm nach draußen.

Im weißen Licht des Korridors musste sie blinzeln und rieb sich die Augen. Sie ging Arkeley hinterher ins Innere des Gebäudes. Dort saß an einem Schreibtisch ein Corrections Officer, ein Strafvollzugsbeamter, mit den Abzeichen eines Sergeants; er starrte in einen kleinen Fernseher, vielleicht lief eine Sitcom. Der Empfang war so schlecht, dass das eingespielte Gelächter nicht vom Rauschen der Statik zu unterscheiden war.

»Was kann ich für Sie tun, Marshal?« Der CO nahm langsam die Füße vom Tisch und griff nach seiner Tastatur.

»Guten Abend, Tucker. Ich brauche ein paar Informationen über das Personal hier. Genau genommen brauche ich die Namen und Adressen von jedem, der hier in den, sagen wir, vergangenen zwei Jahren gearbeitet hat. Ich muss wissen, wer noch immer hier arbeitet, wer gegangen ist und warum. Können Sie mir diese Informationen beschaffen?«

»Kein Problem.« Tucker fummelte mit der Maus herum und drückte eine Taste. Ein Stück weiter spuckte ein Laserdrucker drei Seiten aus.

Arkeley lächelte, ein wärmeres und menschlicheres Lächeln, als er je für Caxton übrig gehabt hatte. »Man muss diese moderne Welt einfach lieben. Früher hat es Tage gebraucht, bis man so einen Bericht bekam. Sagen Sie, Tucker, wie ist hier so der Personalumschlag?«

Der Wächter zuckte mit den Schultern. »Scheiße, nachts

wird es unheimlich. Manche Leute kommen damit nicht klar. Andere, so wie ich, haben genug Mumm; die bleiben. Ich würde sagen, die Hälfte der Gesichter, die ich hier gesehen habe, hält keine Woche durch. Vielleicht zehn Leute im vergangenen Jahr. Dann gibt es da noch das Reinigungspersonal, die Wartung, Bauarbeiter, Sicherheitsinspektoren und dergleichen mehr. Die sind so kurze Zeit hier, dass sie sich nicht einmal vorstellen.«

Arkeley nickte. »Das hatte ich befürchtet.« Er wandte sich Caxton zu. »Jeder dieser Menschen kann Kontakt mit Malvern gehabt haben.«

»Was bedeutet, dass jeder von ihnen jetzt unser Vampir sein könnte«, erwiderte Caxton.

Arkeley nickte. Sie hatte etwas begriffen. Caxton fühlte sich zugleich peinlich berührt und bestätigt. Arkeley nahm die Blätter aus dem Drucker. »Hazlitt soll sie isolieren, aber Sie haben ihn ja gesehen. Er tut alles, was sie verlangt.« Er schüttelte angewidert den Kopf. »Jeder Arzt, den wir hier reinbringen, verliebt sich in sie.«

»Hypnotisiert sie die Ärzte?« Caxton erinnerte sich an diesen Teil des Berichts.

»Sie hat ihnen viel mehr zu bieten als nur ihren durchdringenden Blick«, erwiderte Arkeley und überflog die Blätter.

»Warum holen Sie ihn nicht auf der Stelle dort raus und ersetzen ihn?«, wollte Caxton wissen. »Sie haben ein paar komische Vorstellungen von Polizeiarbeit.«

Arkeley nickte bedächtig. »Passen Sie auf«, sagte er, »wenn jemand Ihr Feind sein will, dann müssen Sie eines tun: Sie geben ihm genau das, was er will. Das verwirrt ihn, und er fragt sich, was Sie vorhaben. Würde ich Hazlitt heute Abend feuern, würde er anfangen darüber nachzudenken, wie er Malvern hier herausholen kann. Wenn ich ihn aber bei ihr lasse, weiß ich wenigstens, wo ich beide finden kann.« Er schob die Seiten zusammen. »Gut. Jetzt fahren wir nach Hause und ruhen uns aus. Morgen früh fangen wir an, diese Namen zu überprüfen. Es ist immer besser, bei Tageslicht Vampire zu jagen.«

Das klang vernünftig, fand Caxton. Sie gingen zurück zum Wagen, dessen Motorhaube und Fenster von Tau bedeckt waren. Caxton startete den Motor und fuhr auf den nächsten Highway zu, Route 322, der sie den größten Teil des Wegs zurück nach Harrisburg bringen würde.

Sie drehte die Heizung auf und versuchte, die Kühle der Nachtluft zu vertreiben. Nach den Dingen, denen sie in den vergangenen zwei Tagen ausgesetzt worden war, fiel es schwer, warm zu werden. Die Kälte schien in ihr Fleisch gekrochen zu sein und ließ ihre Knochen schmerzen. Sie wollte das Radio anstellen, traute sich aber nicht – was, wenn Arkeley ihr Musikgeschmack nicht gefiel? Es wäre die Auseinandersetzung nicht wert oder die Auswirkungen auf ihr Selbstwertgefühl. Sie hatte es endlich begriffen: Sie war bloß ein Trooper der Highway Patrol, er ein einflussreicher Fed. Sie war bereit, sich seiner Erfahrung zu beugen, ihn mit Respekt zu behandeln. Doch jedesmal, wenn er sie rügte, fühlte sie sich wie eine völlige Versagerin. Sie musste sich eine dickere Haut zulegen, zumindest in Arkeleys Nähe.

Sie war so tief in Gedanken versunken, dass es sie überraschte, als er das Schweigen brach. Beinahe schockiert stellte sie fest, dass er sie lobte.

»Sie haben da ein paar ausgezeichnete Fragen gestellt«, sagte er. »Mit einer gewissen Ausbildung könnte eines Tages noch ein ordentlicher Detective aus Ihnen werden.«

Ganz tief in ihrem Inneren hatte sie sich vorgestellt, dass er, falls er einmal so etwas sagen würde (vermutlich, wenn er sie vor einem Haufen erledigter Vampire stehen sah), etwas verlegen klingen würde, als hätte er ihr Potenzial die ganze Zeit erkennen müssen, sich aber von seiner Arroganz blenden lassen. Stattdessen klang er so wie immer – wie ein Grundschullehrer, der Arbeiten zurückgab. Nur dass auf der hier »2 Plus« stand. Sie würde nehmen, was sie kriegen konnte.

»Ich muss mehr über diese Monster erfahren«, sagte sie, »wenn ich Ihnen eine Hilfe sein soll. Und ich will eine Hilfe sein.«

»Das werden Sie, auf die eine oder andere Weise. Und ich werde Ihnen auch helfen. Ganz egal, was passiert, das hier wird ein großer Fall. Als ich mich um Lares kümmerte, hat das meiner Karriere großen Auftrieb verliehen. Man wird Sie zweifellos befördern, wenn wir dieses Ding aufhalten können, bevor es allzu viele Leute tötet.«

Sie schüttelte den Kopf. Eigentlich hatte sie daran überhaupt nicht gedacht. »Ich bin nicht Trooper geworden, um mir Sergeantstreifen zu verdienen. Verstehen Sie mich nicht falsch, ich hätte nichts dagegen, eine Gehaltsstufe höher zu klettern. Aber ich sitze in diesem Wagen, weil ich an das glaube, was wir tun. Bei der Abschlusszeremonie auf der Akademie mussten wir das Ehrengelöbnis aufsagen. Wir mussten das überhaupt oft aufsagen, bis wir anfingen, daran zu glauben. ›Ich bin ein State Trooper von Pennsylvania. Ich bin ein Soldat des Gesetzes. Man vertraut mir die Ehre der Truppe an.‹ Das mit dem Soldatsein war übrigens ernst gemeint. Trooper dürfen nicht heiraten und leben zusammen in Kasernen, genau wie richtige Soldaten. Frauen werden erst seit den Siebzigern aufgenommen.«

Arkeley schwieg eine Weile. Als er wieder sprach, klang er beinahe nachdenklich. »Es muss nicht leicht für Sie gewesen sein, einer so konservativen Organisation beizutreten. Ich vermute, es gibt einigen Widerstand gegen Frauen in solchen Positionen, selbst heute noch.«

Sie lachte. »Wow, da predigen Sie den Bekehrten.«

»Tatsächlich dürften Sie selbst auf direkten Widerstand gestoßen sein. Eine Frau, die die Arbeit eines Mannes macht – es wird Gerede gegeben haben. Dumme Sprüche, vermutlich im Umkleideraum.«

»Sicher. Eine Menge der Typen haben einen großen Mund.«

»Sie haben Sie bestimmt zur Witzfigur gemacht. Haben sich Spitznahmen für Sie ausgedacht. Gehässige Spitznamen, vielleicht aber durchaus zutreffend.«

Caxton errötete. Sie war nicht sicher, worauf er eigentlich hinauswollte. »Ja, man hat mir Spitznamen verliehen. Die bekommt nun einmal jeder, also ...«

»Vermutlich sind sie darauf herumgeritten, dass Sie lesbisch sind.«

Sie presste die Lippen aufeinander; in ihren Ohren rauschte das Blut. Sie registrierte die Wagen auf der anderen Spur. Sie fuhr zu schnell und nahm mühsam den Fuß vom Gas.

»Sie sind doch lesbisch, oder? Ich vermute das eigentlich nur aufgrund Ihres Haarschnitts«, sagte Arkeley. »Natürlich könnte ich mich irren.«

Sie rutschte auf ihrem Sitz herum und warf ihm einen finsteren Blick zu. »Ja, ich bin lesbisch!«, rief sie. Anscheinend konnte sie ihre Stimme nicht beherrschen. »Und was bringt Ihnen das jetzt? Es ist mir egal, ob Sie das wissen oder nicht! Es ist mir egal, wer es weiß. Ich bin stolz auf das, was ich bin. Aber das gibt Ihnen keineswegs das Recht, mir... mir... Es sollte egal sein. Es hat nichts mit diesem beschissenen Fall zu tun!«

»Das ist wohl wahr«, stimmte er zu. Er wirkte völlig ungerührt.

»Warum sagen Sie dann so etwas? Verdammt noch mal, Arkeley!«

Er räusperte sich. »Ich habe mir die Zeit genommen, dieses kleine Spielchen mit Ihnen zu spielen, weil ich Ihnen die Angewohnheit austreiben muss, mir irgendwelchen Mist zu erzählen, Trooper. Sie können so lange davon reden, ein Soldat des Gesetzes zu sein, wie Sie wollen. Sie können sagen, dass Sie mir helfen wollen. Mir alles völlig gleichgültig. Sie sitzen nur aus einem einzigen Grund in diesem Wagen.«

Ein metallicblauer Honda schoss mit mindestens neunzig Meilen an ihnen vorbei und hinderte Arkeley daran, den Gedanken zu Ende zu führen. Die Beinahe-Kollision ließ den unmarkierten Dienstwagen auf seinen Stoßdämpfern schaukeln, und Caxton drückte auf die Hupe. Der Honda verringerte das Tempo gerade genug, um sich gefährlich nahe genau vor sie zu setzen.

»Was zum Teufel …?«, rief sie aus und drückte wieder auf die Hupe, nahm den Fuß ganz vom Gas, um zu bremsen.

Links von ihnen kam ein Chevrolet Cavalier heran, der dringend eine Wäsche gebraucht hätte. Er passte sich ihrer Geschwindigkeit an. Als sie langsamer wurde, bremste auch der Fahrer des Chevy ab. Im Rückspiegel sah sie einen dritten Wagen herankommen. Sie nahmen sie in die Zange. Sie schaute zu dem Fahrer des Chevy hinüber, gerade, als er sie ansah. Seine Gesichtshaut hing in Streifen herunter.

10.

Sie verfolgen mich – sie waren bei meinem Haus, und jetzt verfolgen sie mich«, sagte Caxton. Der halbtote Verfolger kam im Rückspiegel immer näher an die Stoßstange des Dienstwagens heran.

»Das bezweifle ich«, sagte Arkeley. »Passen Sie auf!« Der Wagen hinter ihnen – ein Hummer H2 – krachte in sie hinein, und der Dienstwagen ächzte, als sich Metall in Metall bohrte. Der Halbtote hatte nicht vor, sie von der Straße zu drängen. Caxton hatte genügend Erfahrung mit Polizeiverfolgungen, um das zu begreifen. Der Fahrer hinter ihr zeigte ihr die Grenzen des Kastens auf, in den man sie eingesperrt hatte. Sie fuhr etwas schneller, näherte sich dem Wagen, der sie vorn blockierte, bis auf wenige Zentimeter, und drehte sich hin und her, um alle drei Angreifer zugleich im Auge zu behalten.

»Sie sind nicht meinetwegen hier?«, fragte sie.

»Nein, das glaube ich nicht.« Arkeley zog die Waffe aus dem Holster. »Als ich Lares tötete, fütterte er gerade seine Vorfahren. Er brachte ihnen Blut. Ich habe ein paar Recherchen angestellt und bin auf andere Quellen gestoßen, die ein ähnliches Verhalten beobachteten. Vampire gieren nach Blut, aber sie beten die Kreaturen an, die den Fluch an sie weitergegeben haben. Das hier habe ich uns eingebrockt, als ich Malvern im Sanatorium bedrohte. Drehen Sie Ihr Fenster runter und lehnen Sie sich zurück.«

Sie tat wie befohlen, nur Sekunden, bevor er sich über sie beugte und zwei Schüsse auf den Chevy an ihrer Seite abgab. Der halbtote Fahrer riss die Hände vors Gesicht, aber sie explodierten in Wolken aus Knochenfragmenten und verfaultem Fleisch. Sein Kopf bekam Risse und zerplatzte; der Wagen raste von der Straße und krachte gegen einen Baum. Caxton sah im Rückspiegel, wie die Scheinwerfer des Chevy wie verrückt tanzten und in verschiedene Richtungen leuchteten, bevor sie erloschen.

Der Hummer H2 rammte sie erneut. Die Halbtoten waren nicht erfreut. Caxton packte das Lenkrad so fest, dass sie es in den Schultern spürte. »Okay, jetzt bin ich dran«, sagte sie. Sie wirbelte das Lenkrad herum und trat mit voller Wucht aufs Gas. Der Dienstwagen machte einen Satz und krachte in das rechte Hinterrad des Hondas vor ihnen. Der Reifen verlor den Kontakt zum Asphalt, der Wagen brach nach links aus, und der Dienstwagen raste an dem außer Kontrolle geratenen Fahrzeug vorbei. Wie jeder Angehörige der Highway Patrol hatte Caxton ein dreitätiges Training speziell für Ausweichmanöver in Verfolgungssituationen erhalten.

Als sie, endlich wieder frei, in die Dunkelheit schossen, wandte sie Arkeley den Kopf zu und grinste ausgesprochen selbstzufrieden. »Können Sie das Funkgerät des Wagens bedienen?«, fragte sie und deutete mit dem Kinn auf das Gerät am Armaturenbrett vor ihr. »Rufen Sie die Zentrale von Troop H. Wir brauchen jede verfügbare Einheit.«

Arkeley starrte sie an. »Dumme Kuh«, flüsterte er.

Sie sah ihn nicht an, konzentrierte sich nur darauf, den Wagen unter Kontrolle zu halten. Sie fuhr schneller als neunzig Meilen auf einer Straße, die bestenfalls für sechzig ausgelegt war. »Hätten wir sie gelassen, hätten sie uns direkt zu ihrem Meister gebracht.«

»Zu dem Vampir«, sagte sie.

»Ja.«

»Aber Sie haben diesen Kerl erschossen!«, protestierte sie.

»Es musste so aussehen, als würden wir nicht einfach mitspielen.«

Caxton biss die Zähne zusammen und schaute in den Rückspiegel. Der Hummer H2 war noch immer hinter ihnen, mühte sich, ihr Tempo mitzuhalten. Sie nahm etwas Gas zurück – nicht so viel, dass er auf den Gedanken kam, sie würde ihn absichtlich aufholen lassen. Der Honda versuchte immer noch, nach seinem plötzlichen Halt zu drehen. Ein grünes Verkehrssignal blitzte vorbei. »Da vorne kommt die Ausfahrt nach New Holland. Soll ich sie nehmen oder nicht?«

»Wir müssen aus ihrem Verhalten schließen, auf welcher Strecke sie uns haben wollen.« Arkeley spuckte die Worte förmlich aus. Mit der einen Hand hielt er sich am Türgriff fest, während er mit der anderen die Pistole hochhielt, den Lauf zur Decke gerichtet. Falls er bei der rasenden, unruhigen Fahrt aus Versehen den Abzug drückte, würde die Kugel das Gefährt auf direktem Weg durch das Dach verlassen. »Wenn er anfängt, nach links zu …«

Er brauchte den Satz nicht zu beenden. Zwei Motorräder brüllten hinter ihnen die Spur hoch und setzten sich direkt hinter den Dienstwagen. Die Fahrer trugen keine Helme, andererseits hatten sie auch keine Gesichter. Einer der Halbtoten fuhr rechts an Caxton vorbei und zwang sie auf die linke Spur, weg von der Abfahrt nach New Holland. Zumindest war ihre Frage damit beantwortet. Der andere Motorradfahrer ließ den Motor aufbrüllen und schob sich an ihr linkes Vorderrad heran.

Die Motorräder stellten keine große Bedrohung dar – sie konnte sie mit einer Lenkraddrehung von der Straße fegen. Aber der Fahrer zu ihrer Rechten hielt ein großes, rostiges Eisenstück in der Hand, ein mindestens fünfundvierzig Zentimeter langes Schlachterbeil. Damit schlug er zu, direkt in die Wagenseite. Es verursachte mehr Lärm als Schaden an der Karosserie, aber ihr rechter Scheinwerfer erlosch in einer Funkenwolke, und nun rasten sie halb blind mit fünfundachtzig Meilen in der Stunde durch den finsteren Wald. Noch während der Motorradfahrer das Schlachterbeil zurückriss, lenkte sie reflexartig nach links, um von ihm wegzukommen. Der Biker auf dieser Seite machte einen weiten Bogen zur Seite und entging nur um Haaresbreite ihrem linken Vorderrad. Glas- und Metallstücke prasselten über die Windschutzscheibe, als der Dienstwagen auf seinen Stoßdämpfern schaukelte und auszubrechen drohte.

Caxton bemühte sich verzweifelt, den Wagen unter Kontrolle zu halten. Das Licht ihres verbliebenen Scheinwerfers zuckte von rechts nach links über den Straßenbelag, während der Wagen auf seinen Reifen federte. Aber in so etwas war sie gut. Sie hatte jahrelange Übung darin, unter gefährlichen Umständen zu fahren, und sie geriet nicht in Panik. Sie brachte den Wagen wieder auf die Spur und legte etwas Tempo zu. Vielleicht würde der Hummer Probleme haben mitzuhalten, aber sie ging davon aus, dass auch die Motorradfahrer wussten, wo sie sie hinbringen sollten.

»Sind Sie sicher, dass sie uns nicht umbringen wollen?«, wollte Caxton wissen.

»Zu neunzig Prozent«, erwiderte Arkeley. »Normalerweise treiben Halbtote ihrem Meister die Opfer zu. Schließlich könnten die Vampire unser Blut nicht trinken, wenn wir hier und jetzt sterben würden. Andererseits – wenn sie mich für bedrohlich genug halten, könnten sie kein Risiko eingehen wollen.«

»Sie sind ein bekannter Vampirkiller«, sagte Caxton. »Ich an deren Stelle würde Sie für eine ziemlich ernste Bedrohung halten. Können wir nicht einfach die verdammte Verstärkung rufen?«

Er nickte. Ohne Zeit mit der Bemerkung zu verschwenden, dass sie dieses eine Mal vielleicht recht hatte und er sich irrte. Er griff nach dem Mikrofon und meldete sich, wie er es schon vor zehn Minuten hätte tun sollen. Die Zentrale von Troop H funkte die in der Nähe befindlichen Wagen an.

Dann raste ein orangefarbenes Schild so schnell vorbei, dass Caxton es kaum mitbekam, die phosphoreszierende Farbe leuchte unheimlich in der beinahe vollständigen Finsternis. Sie hatte keine Gelegenheit, die Aufschrift zu lesen, aber sie wusste, was die Farbe zu bedeuten hatte: Achtung! Fahrbahnarbeiten!

Sie nahm den Fuß vom Gas. Der Hummer im Rückspiegel wurde wieder größer. Sie hatte keine Ahnung, was da auf sie zukam – es konnte alles Mögliche sein – von einem Spurwechsel bis zur völligen Straßensperrung. Sie spürte die Panik in sich aufsteigen.

Der Motorradfahrer zu ihrer Linken hielt einen Schraubenschlüssel. Er holte mit dem Arm aus und hatte offensichtlich vor, auch den verbliebenen Scheinwerfer zu zerschmettern. Auf diesem Teil des Highway gab es keine Beleuchtung – sie waren auf dem Land, und hier wurde von den Leuten erwartet, dass sie ihr eigenes Licht mitbrachten. Wenn es dem Typen gelang, den Scheinwerfer zu zerschlagen, würde sie gar nichts mehr sehen.

Mit ungeahnter Verzweiflung wirbelte sie das Lenkrad herum und rammte ihn. Das Motorrad verbog sich durch den Aufprall, das Vorderrad wurde in die Höhe gerissen. Der Fahrer wurde gegen die Seite des Dienstwagens gedrückt, griff zu und versuchte sich an ihrer Tür festzuklammern, doch seine hautlosen Finger rutschten am glatten Metall und Glas ab. Er verschwand aus der Sicht und war in der nächsten Sekunde weit hinter ihr in der Finsternis verschwunden. Sein Motorrad rutschte kreiselnd über den Asphalt, Funken stoben auf.

Sie trat auf die Bremse, und der Hummer wich seitlich aus, um nicht mit ihr zu kollidieren. Der andere Motorradfahrer passierte sie, drehte den verfallenen Kopf, um sie im Auge zu behalten. Während er nicht auf die Straße vor ihm achtete, raste seine Maschine in einer perfekten, geraden Linie direkt in einen orangefarbenen Verkehrskegel hinein. Der PVC-Kegel überstand auch die schlimmsten Zusammenstöße; das Motorrad nicht. Es überschlug sich und landete auf seinem Fahrer.

Caxton trat wie verrückt auf die Bremse. Jetzt konnte sie die Schilder erkennen. Es gab eine Notfallabzweigung, die sie allerdings nicht mehr erreichen konnte. Die Straße war ab hier komplett gesperrt. Der Hummer hinter ihr stoppte mit quietschenden Bremsen.

Sie wollte den Wagen anhalten, aber das Fahrzeug blieb nicht so schnell stehen, wie sie wollte. Reine Willenskraft half nicht. Der Straßenbelag war mit kreidigem Staub bedeckt; an einigen Stellen war er abgetragen und enthüllte gröberen Untergrund. Der Wagen schaukelte auf und nieder, und Arkeley schob seine Waffe ins Holster. Endlich kam das Auto zum Stehen, rutschte die letzten paar Meter. Es kippte nach vorn, dann zurück, warf sie beide in den Sicherheitsgurt. Aufgewirbelter Staub regnete vom Himmel und legte sich auf die Straße, und mit ihm trat Stille ein.

Direkt vor ihnen erhob sich eine Straßensperre aus Sperrböcken und hellgelben Absperrgittern. Die Straße dahinter war komplett aufgerissen und in eine zwei Meter tiefe Grube verwandelt. Das Loch war voller schlammbespritzter Baufahrzeuge, liegengelassener Elektrogeräte, Materialkisten und aufgeschichteter Verkehrskegel. Ein Silberahorn beugte sich über die Straße, seine aerodynamischen Samen trieben durch die Nachtluft.

Hoch oben in den größtenteils freigelegten Ästen fingen ein paar verirrte Lichtstrahlen von Caxtons Scheinwerfern etwas Großes, Weißes ein. Während sie darauf starrte, spaltete sich ein Viertel des weißen Dings von der Hauptmasse ab und stürzte herab wie ein Stein. Es prallte mit solcher Wucht auf der Motorhaube des Dienstwagens auf, dass ihr ein Schrei entfuhr. Als Caxton ihre Selbstbeherrschung wiedererlangt hatte, erblickte sie durch die Windschutzscheibe einen Straßenbauarbeiter in einer orangefarbenen Weste, der sie aus toten Augen anstarrte. Seine Kehle war herausgerissen, ebenso Teile von Schlüsselbein und Schulter. Seine Haut war ganz blass, und an ihm klebte nicht ein Tropfen Blut.

Noch bevor der Wagen aufhörte, durch den Aufprall zu schaukeln, sprang der Vampir vom Baum und landete direkt neben ihr, nur noch durch die schmale Fahrertür von ihrem zerbrechlichen Körper getrennt. Ihre Blicke trafen sich, und sie konnte nicht wegsehen.

11.

Der Vampir war mindestens einen Meter fünfundneunzig groß. Er war nicht so muskulös, wie Caxton erwartet hätte – vielleicht hatte sie geglaubt, jeder Vampir sei so groß wie Piter Lares. Der hier mit seinem schmalen, peitschenartigen Körper erinnerte sie an eine Raubkatze – schnell, grausam, überentwickelt. Er war völlig nackt und haarlos. Die Ohren endeten in scharfen Spitzen.

Caxton betrachtete ihn genau. Er schien es keineswegs eilig zu haben – als würde er sie erst dann töten wollen, wenn er Lust dazu hatte. Seine Augen waren rötlich und hell. An einigen Stellen seines Körpers klebten Samenkapseln des Ahornbaumes, eine feine Schweißschicht bedeckte ihn von Kopf bis Fuß. Seine Haut, die zuvor so weiß ausgesehen hatte, wies in Wahrheit einen rosafarbenen Schimmer auf. Schließlich hatte er gerade dem Straßenbauarbeiter das Blut ausgesaugt. Der bedauernswerte Tote musste der Einzige gewesen sein, der sich noch an der Baustelle befunden hatte, möglicherweise der Nachtwächter.

Der Vampir räusperte sich, als wollte er, dass sie ihn noch etwas länger ansah. War er eitel? Wollte er, dass sie ihn für schön hielt? Fand sie ihn schön? Wie Malvern zuvor im Sanatorium strahlte er nichts Menschliches aus. Es war seltsam: Sie hätte Arkeley nie als besonders warmherzig bezeichnet. Und doch ging von dem Fed eine Art Aura aus, menschliche Wärme, vielleicht auch nur ein Geruch. Der Vampir wies nichts dergleichen auf. Sie verglich ihn mit einer Marmorstatue, deren Linien und Konturen noch so perfekt gemeißelt sein konnten, eine makellose Reproduktion, die man dennoch nie mit etwas Lebendigem verwechselt hätte. Er war wie Michelangelos David. Perfekt, aber hart und kalt. Sein Penis hing schlaff herunter, und sie fragte sich, ob er dafür überhaupt einen Nutzen hatte. Fand er Menschen attraktiv? Hatten Vampire Sex?

Er trat näher an das Auto heran und legte eine Hand auf den Rahmen des offenen Fensters. Er beugte sich herein, sein Unterkiefer klappte herunter, und er entblößte sein furchteinflößendes Gebiss. Caxton nahm hinter sich ein nervtötendes Summens wahr, wie der surrende Flügelschlag eines Moskitos. Als das Gesicht des Vampirs sich ihr näherte, verdoppelte sich der Lärm. Er war wirklich ausgesprochen lästig. Sie begriff, dass es Arkeley war. Er sagte etwas, aber sie konnte die Worte nicht verstehen. Nun, er hatte noch nie etwas gesagt, das sie unbedingt hören wollte, also sah sie keinen Grund, ihm ausgerechnet jetzt ihre Aufmerksamkeit zu schenken.

Die Hände des Vampirs senkten sich auf sie herab, seine kräftigen Finger griffen sie an ihrer Uniformbluse und dem Gürtel. Sie bewegte sich durch einen leeren Raum, auf unerklärliche Weise von seiner Macht angezogen. Mit einer leicht Übelkeit erregenden, fließenden Bewegung war sie außerhalb des Wagens und baumelte von seinen Händen. Sie trieb schwerelos dahin und fühlte sich wieder wie ein kleines Mädchen, so, wie sie sich gefühlt hatte, wenn ihr Vater sie hochgehoben und getragen hatte. Wie schön war es doch gewesen, alles dieser Umarmung zu opfern. Welche Freude hatte es ihr bereitet, eine Puppe in den Armen ihres Vaters zu sein.

Sie schaute dem Vampir wieder in die Augen, aber er hatte das Gesicht von ihr abgewandt. Sie runzelte die Stirn, wünschte sich so sehr, dass er sie wieder ansah. Ein Loch erschien in seiner Stirn, ein klaffendes schwarzes Loch, das dunkle Flüssigkeit und Knochenfragmente ausspie. Ein zweites Loch erschien in seiner Wange. Sie sah seinen Hinterkopf aufplatzen und plötzlich, völlig überraschend, fiel sie.

Und landete auf dem Boden. Schmerz durchzuckte ihren Arm wie ein Blitz.

Der Aufprall trieb ihr die Luft aus den Lungen. Sie keuchte auf. Ihr war gar nicht bewusst gewesen, dass sie die Luft angehalten hatte. Sie konnte wieder hören – und hatte nicht einmal mitbekommen, dass sie noch vor einem Moment taub gewesen war. Sie schaute auf ihre Hände, dann zu dem Vampir hoch. Dort stand keine Marmorstatue. Dort stand eine Bestie, ein Ding mit Reißzähnen und blutigen Augen, und es würde sie töten. Tatsächlich war es – er – dabei gewesen, sie zu töten, als Arkeley ihm zweimal ins Gesicht geschossen hatte.

»Mein Gott!«, schrie sie. »Mein Gott!« Der Vampir hatte zwei Kugeln in den Kopf bekommen, und alles, was er getan hatte, war, sie fallen zu lassen. Er war getroffen – schwer getroffen –, aber sie wusste, dass das nicht reichen würde. Sie eilte von ihm weg, auf allen vieren. Panik schoss in ihr hoch, und beinahe hätte sie sich übergeben.

Der Scheißkerl hatte sie hypnotisiert. Sie griff nach ihrer Pistole und wandte sich um, damit sie ihm ins Herz schießen konnte, so oft wie nur möglich.

Sie hatte den Pistolengriff im Holster noch nicht ganz umschlossen, als sich die Hand des Vampirs um ihren Nacken krallte. So schnell sie sich auch von ihm fortbewegt hatte, er war schneller gewesen. Er stemmte sie hoch und schleuderte sie zur Seite, während zwei weitere Schüsse die Nachtluft zerrissen. Sie flog durch die Luft, und dieses Mal wusste sie, dass ihr eine harte Landung bevorstand, wusste, dass es wehtun würde. Sie kollidierte mit einem orangeweißen Sperrbock. Er traf sie direkt unterhalb ihres Nabels, sie flog weiter, und dann klappte sie zusammen; Schmerz schoss durch ihre Oberschenkelknochen, als sie sich beugten und um ein Haar zerbrachen. Mit Schwung wurde sie über die Barriere geschleudert und in die Grube dahinter, wo man die Straße ausgehöhlt hatte.

Caxton fiel zwei Meter, die sich wie zwei Meilen anfühlten, in die Tiefe, ihre Hände krallten in die Luft, sie strampelte mit den Beinen. Sie landete in einer eiskalten Pfütze aus Schlamm, der ihr in Augen, Mund und Nase drang, sie zu ersticken, zu ertränken drohte. Sie spuckte, betastete ihr Gesicht und sog einen quälenden Atemzug ein, der ihre Rippen schmerzen ließ.

Sie war noch immer am Leben.

Oberhalb des finsteren Grabens knallten zwei weitere Schüsse. Dann noch einer. Sie wartete auf den vierten Schuss, aber der kam nicht. War Arkeley tot? Wenn ja, dann war sie jetzt ganz allein. Sie setzte sich in dem Loch auf und schaute sich um, konnte aber keinen Weg nach oben entdecken – keine Leiter, keine Rampe, nicht einmal ein Seil, an dem sie hinaufklettern konnte. Mit ein bisschen Zeit würde sie schon hinauskommen. Aber sie bezweifelte, dass ihr ein bisschen Zeit zur Verfügung stand.

Sie hatte den Gedanken noch nicht zu Ende geführt, da erschien der Vampir oben an der Absperrung. Er schaute zu ihr herunter, und seine Augen waren rote Spiegel, die das Sternenlicht reflektierten und zu ihr hinunterschickten. Eine Welle der Übelkeit schoss in ihr hoch, und sie riss den Blick zur Seite.

»Du.« Seine Stimme war dick und leise, und in ihr schwang ein knurrendes Grollen mit. »Bist du Arkeley?«

Er wusste es nicht? Er hatte eine so komplizierte Falle aufgebaut, um den Fed zu erwischen, aber niemand hatte sich die Mühe gemacht, ihm zu sagen, ob Arkeley ein Mann oder eine

Frau war? Caxton dachte nicht nach, bevor sie antwortete: »Ja, ich bin Arkeley.« Er schien zu zweifeln, also versuchte sie, ihn zu überzeugen. »Ich bin der berühmte Vampirkiller, du Blutegel. Ich habe deinem Daddy das Herz rausgerissen, ja, stimmt.«

Er starrte zu ihr herunter, und sie schaute auf ihre Füße. Sie konnte seinen Blick auf sich spüren wie die Laserzielpunkte zweier Scharfschützengewehre. Schließlich hörte sie ihn lachen. Es klang ein bisschen, als würde ein Hund an einem im Hals steckengebliebenen Knochen ersticken.

»Kleine Lügnerin«, sagte der Vampir und kicherte noch immer. »Lares war kein Verwandter von mir. Du bist die andere, die Partnerin. Zu dir komme ich gleich.« Dann verschwand er aus ihrem Sichtfeld.

»Verdammt«, sagte sie, sich nicht ganz darüber im Klaren, warum sie sich eigentlich für Arkeley ausgeben wollte. Hätte der Vampir ihr geglaubt, wäre er eine Sekunde später in die Grube gekommen und hätte sie ausgelöscht. Und doch hätte das dem echten Arkeley vielleicht eine Chance zur Flucht gegeben, oder zumindest die Möglichkeit, Verstärkung zu holen. Diese Vorstellung beruhte natürlich auf der durch keinerlei Fakten gestützten Annahme, dass der Vampir den Fed noch nicht getötet hatte.

Sie hieb mit den Fäusten gegen die Grubenwände, verteilte Erdklumpen und Steinchen und richtete nicht das Mindeste damit aus. »Scheiße!«, brüllte sie.

Wie ein Echo hörte sie einen weiteren Schuss, dieses Mal aus einer anderen Richtung.

12.

»Keine Bewegung!«, rief jemand, und sie hörte eine ganze Salve von Schüssen. »State Police!« Schreckliche Schreie folgten.

Die Grube war voller Straßenbauausrüstung. Caxton suchte in den Werkzeugkisten hektisch nach irgendetwas, mit dessen Hilfe sie hier wieder herauskam. Ihre Verstärkung war eingetroffen – die Unterstützung, die Arkeley vorhin während der Verfolgung angefordert hatte. Die State Trooper waren eingetroffen, und sie wurden niedergemetzelt.

Über ihrem Kopf durchbohrten zwei Lichtstrahlen die Dunkelheit – jemand hatte dort oben das Fernlicht eingeschaltet. Sie hörte den Vampir gequält aufstöhnen, der direkt in seinem Weg gestanden haben musste. Wieder erschien er am Grubenrand, dieses Mal als Silhouette in dem neuen Licht, den linken Unterarm gegen die Augen gedrückt. Von den Krallenfingern baumelte, am Haarschopf gepackt, ein Kopf mit einem Stück Hals. Caxton sandte ein stilles Stoßgebet aus, dass es nicht Arkeleys sein möge.

Austrittswunden erschienen auf dem Rücken des Vampirs, Dutzende, die blutloses, durchsichtiges Gewebe versprühten. Der Vampir taumelte, bis er zusammengeduckt am Grubenrand hockte und vor Schmerz aufheulte. Caxton zog ihre Waffe und zielte auf seinen Rücken.

Sein Kopf sackte nach vorn. Er senkte den Unterarm, und dann stürzte er wie ein gefällter Baum rückwärts um. Als sein langer Körper auf den Grubengrund auftraf, spritzte Erde auf.

Caxton erinnerte sich an Arkeleys Bericht, den sie sich Wort für Wort eingeprägt hatte. Sie wusste, dass sich der Vampir wieder erheben würde, solange man nicht sein Herz zerstörte. Sie hatte nur wenige Sekunden. Kugeln waren so gut wie nutzlos – selbst wenn sie das Magazin in sein Herz leerte, konnte sie nicht davon ausgehen, dass die Kugeln das Herz überhaupt erreichten. Sie schaute zur Seite, auf die Werkzeugkisten, und fand, was sie brauchte. Man hatte einen Stapel Pfähle in der Grube liegen gelassen, Holzlatten, mit denen Vermessungstechniker den Verlauf eines neuen Highwaystücks markierten. Sie griff sich eines dieser rechteckigen, schlammigen Holzstücke, es war etwa zwei Meter lang und vier Zentimeter dick. An seinem flachen Ende baumelte sogar ein orangefarbener Reflektorstreifen wie der Wimpel einer Lanze. Sie packte den Stock mit beiden Händen und hob ihn über den Kopf, um ihn hinunter zu stoßen.

Mit ganzer Kraft rammte sie ihn, das spitze Ende voraus, direkt in den Brustkorb des Vampirs, direkt in die weiße Haut, die so sehr an bearbeiteten Marmor erinnerte. Genauso gut hätte sie auf einen Felsen einstoßen können. Der Pfahl erzitterte bloß und trieb ihr lange Splitter in die Hände. Seine Spitze wurde stumpf und brach ab.

Sie strich die Holzspäne zur Seite und entdeckte auf der Vampirhaut, dort, wo sie auf ihn eingestochen hatte, eine winzige, rosarote Stelle.

»Diese Haut ist härter als Stahl«, sagte Arkeley. Sie schaute hoch und sah seinen Kopf und seine Schultern über der Barrikade. Er hatte eine böse Wunde auf der einen Gesichtshälfte, wirkte ansonsten aber unversehrt. Während sie überrascht stehen blieb, ließ er sich in die Grube herunterrutschen. Zu spät fiel ihr ein, ihn zu bitten, ihr hinaus zu helfen.

Der Vampir regte sich nicht, atmete nicht einmal. Er war ein totes Ding und sah so viel natürlicher aus. Caxton hob eine Hand an den Mund und versuchte, sich einen Splitter mit den Zähnen herauszuziehen. »Was machen wir jetzt?«, fragte sie, während Blut aus dem Daumenballen quoll. In der Dunkelheit konnte sie kaum den winzigen Tropfen sehen, der auf dem Fuß des Vampirs landete.

Der Effekt war jedoch unmittelbar und atemberaubend. Der Vampir schnellte hoch, den Mund weit aufgerissen. Wie ein Tiefseeungeheuer, das sie mit einem Biss verschlingen konnte, schob er sich aus den tiefen Schatten am Grund der Grube. Sie fing an zu schreien und sprang zurück. Doch das spielte keine Rolle mehr – der Vampir war schneller als sie.

Zu ihrem Glück war Arkeley darauf vorbereitet. Er feuerte ein Dum-Dum-Geschoss direkt in den Rachen des Vampirs und brach ein Dutzend Zähne ab. Es hatte zwar nicht den Anschein, als fügte das dem Monster irgendwelche Schmerzen zu, aber es änderte seine Richtung, gerade genug, damit sein Angriffsschwung Caxton um Haaresbreite verfehlte.

»Helfen Sie mir«, stieß Arkeley hervor. Caxton kam langsam wieder auf die Beine, schwer erschüttert darüber, wie knapp sie davongekommen war. »Ich kann ihn nicht lange in Schach halten«, brüllte er, und sie schüttelte endlich ihre Lähmung ab. Arkeley feuerte zwei Schüsse in die Vampirbrust. Ihr wurde klar, dass ihm langsam die Munition ausgehen musste.

Immerhin war der Vampir etwas langsamer geworden. Das Monster kniete mit gesenktem Kopf im Schlamm, seine geballten Fäuste trommelten auf den Boden. Er erhob sich langsam, und Arkeley schoss wieder. Er hatte dreizehn Kugeln gehabt – wie viele waren noch übrig?

Caxtons Blick huschte über die Werkzeuge, aber ihr war klar, dass hier nichts dabei war, was ihr helfen würde. Sie rannte zur anderen Seite der Grube und fand, was sie suchte. Es war ein kompaktes, kleines Vehikel mit außen liegendem Fahrersitz und einem einfachen Drei-Geschwindigkeits-Getriebe. Es diente dazu, sehr schmale Spalten in Zement oder Asphalt zu fräsen. Zu diesem Zweck bestand das ganze Vorderteil aus einem einzelnen Rad von einem Meter Durchmesser voller bösartig aussehender, funkelnder Stahlzähne. Auf der Seite stand in schwarzen Buchstaben der Herstellername: Ditch Witch. Caxton sprang auf den Fahrersitz und griff nach dem Anlasser.

Nichts passierte. Sie schlug frustriert auf das Armaturenbrett ein, als sie sah, dass der Schlüssel nicht steckte. Die Fräse war für die Nacht unbrauchbar gemacht worden, vermutlich, damit Teenager sie nicht stehlen und aus Spaß den Highway aufschlitzen konnten.

Arkeley schoss erneut, aber der Vampir war wieder auf die Beine gekommen. Er schwankte etwas, dann machte er einen Schritt auf den Fed zu. Es war unmöglich, dass jemand so viele Verletzungen einstecken und wieder überwinden konnte wie dieser Vampir. Er war vielleicht zwei Meter von Arkeley entfernt. Für ihn eine Distanz von Millisekunden.

Caxton packte den Kupplungshebel der Ditch Witch und riss ihn auf Neutral, dann löste sie die Handbremse. Sie sprang herunter und schob die Maschine an. Der Grubenboden war uneben, und die kompakte Baumaschine rollte langsam, aber unerbittlich vorwärts. Caxton zog die Pistole und feuerte auf den Kopf des Vampirs, einen Schuss nach dem anderen, zerschoss seine Augen, seine Nase, seine Ohren.

Der Vampir lachte sie aus, lachte über die Sinnlosigkeit ihrer Schüsse. Seine zerschmetterten Augen bildeten sich neu, füllten die zerbrochenen Augenhöhlen. Doch in den ein oder zwei Sekunden, die er brauchte, um sich zu heilen, war er blind. Er konnte die auf ihn zurollende Ditch Witch nicht sehen, bevor es zu spät war. Das Zahnrad grub sich tief in Oberschenkel und Unterleib. Die Masse der Maschine riss ihn von den Beinen, rollte auf ihn, hielt an und nagelte ihn am Boden fest. Er wollte aufstehen, versuchte die Ditch Witch von sich runterzuschieben, aber nicht einmal er war stark genug, um das eine halbe Tonne schwere Vehikel anzuheben.

»Hey«, rief jemand.

Caxton schaute nach oben und entdeckte einen State Trooper am Grubenrand, dessen breitkrempiger Hut sich vor dem tief liegenden Licht als Silhouette abzeichnete. »Hey, da unten alles in Ordnung?«

»Schaltet den Strom ein!«, rief Arkeley. »Dort oben muss irgendwo ein Hauptschalter sein. Schaltet den Strom wieder ein!«

Der Trooper verschwand. Einen Augenblick später erwachte ein Dieselgenerator hustend zum Leben und mäßigte sich dann zu einem dröhnenden Grollen. Caxton hatte keine Ahnung, was Arkeley im Sinn hatte. Ein Trooper brachte ein tragbares Flutlicht zur Absperrung und überschwemmte die Grube mit weißem Licht, sodass Caxton zur Seite schaute. Der Vampir, der sich noch immer zu befreien versuchte, stieß das Jaulen eines verwundeten Berglöwen aus. Sie mochten kein Licht, stellte Caxton fest. Nun, es waren schließlich auch Nachtwesen. Das klang plausibel.

Arkeley humpelte zu den Werkzeugkisten. Er fand, was er suchte, und verband es mit einer Verteilerdose. Caxton konnte es kaum glauben, als er mit einem Presslufthammer in den Händen an den Vampir herantrat.

Er hob die Meißelspitze auf die Brust des Vampirs, direkt neben die linke Brustwarze. Die gleiche Stelle, auf die Caxton mit ihrem Holzpflock eingestochen hatte. Arkeley schaltete den Presslufthammer ein und stemmte sich mit seinem ganzen Gewicht darauf. Die Haut des Vampirs leistete einen Augenblick lang Widerstand, dann riss sie weit auf, und eine wässrige Flüssigkeit – natürlich war es kein Blut – quoll aus der Wunde. Als sich der Hammer durch die Rippen des Vampirs bohrte, fing das Ungeheuer an, sich zu winden, aber Arkeley wich keinen Zentimeter zurück. Hautstreifen und Gewebestücke, die nach gekochtem Hühnchen aussahen – weißes Fleisch –, sprudelten aus der Wunde. Der Vampir schrie so laut, dass sie es mühelos über dem stakkatohaften Krach des

Presslufthammers hören konnte, und dann… war es vorbei. Der Kopf des Vampirs fiel zurück, sein Mund klaffte auf, und er war tot. Wahrhaftig tot. Arkeley legte den Presslufthammer zur Seite und griff mit bloßen Händen in den Brustkorb des Vampirs, wühlte darin herum, um sich zu vergewissern, dass das Herz auch wirklich zerstört war. Schließlich zog er die Hände heraus und setzte sich auf den Boden. Der Körper lag jetzt bloß da, reglos, nur noch ein Ding, als wäre es nie eine Person gewesen.

Die Trooper zogen sie beide aus der Grube, und Caxton sah, was geschehen war, während sie dort unten festgesteckt hatte. Zwei Dutzend State Trooper waren zu ihrer Verstärkung angerückt. Fünf von ihnen waren tot, die Körper in Stücke gerissen und leer gesaugt. Sie kannte sie alle vom Sehen, glücklicherweise gehörten sie einer anderen Abteilung an, Troop H, während sie zu Troop T gehörte. Sie hätte sie nicht als Freunde bezeichnet. Sie verspürte eine Leichtigkeit im Kopf und im Geist, während sie an den Leichen vorbeiging, als könnte sie nicht richtig begreifen, was eigentlich geschehen war.

Caxton war sich kaum ihres eigenen Körpers bewusst, als man sie in den Fond eines Streifenwagens setzte und sich vergewisserte, dass mit ihr alles in Ordnung war. Ein Rettungssanitäter behandelte ihre Verletzungen, und die überlebenden Trooper stellten endlose Fragen über das Vorgefallene, über die Verfolgungsjagd, den nackten Vampir, wie oft sie ihre Waffe abgefeuert hatte. Jedesmal, wenn sie den Mund öffnete, kam eine Antwort heraus, was sie immer aufs Neue überraschte. Sie stand unter Schock, was so ähnlich war, wie von einem Vampir hypnotisiert zu werden, das wurde ihr klar.

Schließlich durfte sie nach Hause fahren.

Reyes

Es ist die Natur des Vampirs,
sich haltlos zu vermehren;
das besagt ein
ewiges und geisterhaftes Gesetz.

Joseph Sheridan Le Fanu, *Carmilla*

13.

Am Morgen strömte Sonnenlicht durch das Fenster, und Caxton stand auf, ohne Deanna zu wecken, und zog sich irgendetwas an. In dem kleinen Haus war es eiskalt, der Garten war von Reif überzogen. Sie stellte die Kaffeemaschine an und ließ sie prustend und röchelnd arbeiten, dann ging sie nach draußen und fütterte die Hunde im Zwinger. Ihr Atem kam in Wölkchen aus den Käfigen. Sie sangen für sie, als sie eintrat, das uralte Lied der Greyhounds, das keinem Laut eines anderen Hundes ähnelt, ein atonales, trällerndes Kreischen. Für Caxton war es eine Symphonie. Sie waren glücklich, sie zu sehen. Sie ließ sie eine Weile auf dem kalten Gras herumlaufen, und keiner wollte die Grenzen des unsichtbaren Zauns austesten. Sie waren zufrieden damit, auf der kleinen, sicheren Rasenfläche zu bleiben, die von winterstillen Bäumen eingegrenzt wurde. Sie sah ihnen beim Spielen zu, wie sie einander gegenseitig umwarfen, das Spiel, das Hunde seit hunderttausend Jahren spielten und bei dem niemals einer gewann. Sie lächelte. Es ging ihr überraschend gut, vielleicht etwas steif, ein paar Prellungen hier und da. Aber größtenteils fühlte sie sich gut und gesund, so, als hätte sie etwas erreicht.

Darum verwirrte es sie sehr, als sie zu weinen anfing. Keine lauten, tiefen Schluchzer, nur ein beständiger Tränenfluss, der nicht aufhören wollte. Sie wischte die Tränen weg, putzte sich die Nase und fühlte, wie ihr Herz in der Brust pochte.

»Schatz?«, fragte Deanna. Sie stand fast nackt in der Hintertür, nur mit einem ärmellosen T-Shirt bekleidet, das alles bedeckte, was das Gesetz verlangte. Deannas rotes Haar stand wirr auf dem Kopf, und sie zitterte vor Kälte. Sie hatte noch nie schöner ausgesehen. »Schatz, was ist los?«, fragte sie.

Caxton wollte zu ihr gehen, ihre Taille umfassen, sie leidenschaftlich lieben. Aber sie konnte nicht. Sie konnte nicht aufhören zu weinen. »Es ist nichts. Ich meine, wirklich, ich habe keine Ahnung, warum ich weine. Ich bin nicht traurig oder … oder sonst was, wirklich nicht.« Sie wischte sich die Augen. Das musste eine verzögerte Stressreaktion sein. Auf der Akademie hatten sie gelernt, dass sie nicht härter als ein Zivilist waren. Schon klar, hatte sie wie jeder andere in ihrer Klasse gedacht und das Seminar verschlafen. Sie war hart genug. Sie war ein Soldat des Gesetzes. Aber sie konnte nicht aufhören zu weinen.

Deanna eilte auf den Rasen, der kalte Reif quoll zwischen ihren Zehen empor, und sie zog Caxton in eine steife Umarmung und tätschelte ihr den Rücken. »Da ist ein Kerl an der Tür, der dich sehen will. Soll ich ihn wegschicken?«

»Lass mich raten. Alt, eine Menge Falten, mit einem Silberstern am Revers.« Caxton schob Deanna nicht ohne Zärtlichkeit weg. Sie ergriff das Fleisch ihres Oberarms in Achselnähe durch ihr Hemd und kniff kräftig zu. Der Schmerz war plötzlich und real, und er stoppte das Weinen sofort.

Arkeley wartete geduldig an der Haustür, sein Mund war wieder ein ausdrucksloser Strich. Als er Deanna sah, rötete sich sein Gesicht. Caxton öffnete die Tür, bat ihn in die Küche und fragte, ob er eine Tasse Kaffee wolle. Sie hielt sich etwas abgewandt von ihm, um zu verhindern, dass er ihre geröteten Augen sah.

Er lächelte breit, schüttelte aber den Kopf. »Ich kriege das Zeug nicht runter. Bekomme ich Magengeschwüre von. Guten Morgen, Trooper.«

Caxton nickte ihm zu. »Ich habe nicht mit Ihnen gerechnet«, sagte sie. »Ich hatte angenommen, wir wären nach vergangener Nacht fertig miteinander.«

Er zuckte mit den Schultern. »Während wir gestern so viel

Spaß hatten, haben einige Leute richtige Polizeiarbeit geleistet. Fingerabdrücke, zahnärztliche Unterlagen von den Halbtoten und dergleichen mehr haben noch nicht zur Identifikation des Vampirs geführt, nicht mal zu einem Namen. Aber wir haben das hier.« Er gab ihr einen Computerausdruck.

Sie erkannte ihn sofort als einen Eintrag der Kfz-Zulassungsbehörde. Dort stand das Kennzeichen des Cadillac CTS, der die ganze Untersuchung erst ins Rollen gebracht hatte, des Wagens voller Leichen, den der einarmige Halbtote zurückgelassen hatte. Auf dem Blatt standen der Name und alle bekannten Adressen des Wagenbesitzers.

»Das ist unser Vampir?«, fragte Caxton.

Arkeley schüttelte den Kopf. »Vermutlich ist das das Opfer. Der Mann im Kofferraum. Seine Fingerabdrücke haben nichts ergeben, aber die seines Sohnes, und die Blutgruppen lassen darauf schließen, dass alle in diesem Auto miteinander verwandt waren.«

»Welchem Kind nimmt man denn Fingerabdrücke ab?«, fragte Deanna mit gerümpfter Nase. »Macht man so etwas nicht nur bei einer Festnahme?« Sie schüttete Frühstücksflocken in eine Schale, verzichtete aber auf die Milch. In ihrem Haus war das Frühstück keine große Sache.

»Wir nehmen Kindern schon seit einigen Jahren Fingerabdrücke ab, so schnell wir damit vorankommen«, erklärte Caxton. »Es hilft bei ihrer Identifizierung, falls sie entführt werden. Zumindest sagen wir das den Eltern. Es bedeutet aber auch, dass die Fingerabdrücke der nächsten Kriminellengeneration schon aktenkundig sein werden, wenn die Kids anfangen, kriminell zu werden.«

Arkeley setzte sich unaufgefordert auf einen der billigen Ikea-Stühle am Küchentisch. Er hatte die gleiche unbehagliche Haltung eingenommen, die ihr schon zuvor aufgefallen war, wenn er auf einem Stuhl saß. Er musste ihr die Frage vom

Gesicht abgelesen haben. »Der Fall Lares hat mich fast umgebracht«, erklärte er. »Drei Wirbel mussten versteift werden. Letzte Nacht war gar nichts dagegen.«

Caxton runzelte die Stirn und sah sich den Ausdruck an. Dort stand, dass der Besitzer Farrel Morton hieß und dass ihm eine Jagdhütte in der Nähe von Caernarvon gehörte. Nicht allzu weit von der Stelle entfernt, an der sie vor gerade mal zwei Nächten ihre übliche Alkoholkontrolle durchgeführt hatte. Sie setzte die Puzzlestücke zusammen. »Mein Gott. Er nimmt seine Kinder mit zur Jagd, und die ganze Familie wird bei lebendigem Leib gefressen. Danach stiehlt der lebende Tote seinen Wagen.«

»In der Jagdhütte sind Tote. Sogar eine Menge«, sagte Arkeley.

Deanna stampfte mit dem nackten Fuß auf den Boden auf. »Kein verfluchtes Cop-Gewäsch in der Küche!«, rief sie. Es war ein vertrauter Kriegsruf, und Caxton zuckte zusammen.

»Das ist auch richtig so. Für die blutigen Einzelheiten ist später noch genug Zeit.« Er und Deanna tauschten einen Blick, in dem eine solche Übereinstimmung lag, dass Caxton zusammenzuckte. Sie hätte er niemals so angesehen. Vielleicht hätte ihr das egal sein sollen, doch das war es nicht.

»Sie haben da eine tolle Partnerin, Trooper«, sagte Arkeley und erhob sich mühsam. »Sind Sie schon lange zusammen?«

»Fast fünf Jahre«, sagte Caxton. »Sollten wir nicht los? Der Tatort wird nicht jünger.« Nicht, dass das noch eine große Rolle spielte, da der Täter tot war, aber Polizeiarbeit hatte ihre Regeln.

»Wie haben Sie sich kennengelernt?«, fragte er.

Caxton erstarrte. Jetzt musste sie entscheiden, ob sie ihn in ihr Privatleben hineinließ oder nicht. Die Polizeidinge, der Kampf gegen Vampire, das war wichtig, keine Frage, aber das hier war ihr Zuhause, das waren ihre Hunde, ihre Deanna.

Die Seite, an der sie niemanden teilhaben ließ, auch nicht ihre Kollegen. Natürlich hatte sie noch nie zuvor mit einem solchen Partner zusammengearbeitet. Er würde mindestens für die Dauer dieser Untersuchung an ihrer Seite sein, und es wurde erwartet, dass man seinen Partner zum Abendessen einlud und dergleichen mehr. Aber er würde auch bald wieder verschwinden, jetzt, da der Vampir tot war. Sie kam zu dem Schluss, dass die Gefahren, die es mit sich brachte, ihn näher heranzulassen, minimal sein würden. »Ich rette Greyhounds«, sagte sie. »Von den Hunderennbahnen. Wenn sich eines der Tiere verletzt oder einfach zu alt wird, schläfern sie sie ein. Ich biete ihnen eine humanere Option – ich rette die Hunde und mache sie zu Familientieren. Es ist ein teures Hobby. Die meisten der geretteten Hunde sind verletzt oder krank, und man braucht viel medizinische Hilfe. Deanna hat früher als Veterinärtechnikerin gearbeitet. Sie hat für mich Herzwurmpillen und Tollwut-Teststreifen mitgehen lassen. Tatsächlich wurde sie deswegen gefeuert.«

Deanna beugte sich über die Küchenanrichte, streckte sich, hob ein Bein in die Luft. »War eh ein beschissener Job. Wir mussten dauernd Tiere einschläfern, weil die Leute nicht für ihre Behandlung bezahlen wollten.«

»Ich kann mir vorstellen, dass das sehr ernüchternd ist«, sagte Arkeley freundlich. Deannas Gesicht erstrahlte unter der Wärme seines Mitgefühls.

Caxtons Eingeweide verkrampften sich vor Eifersucht. »Jetzt beschäftigt sie sich nur noch mit ihrer Kunst.«

»Aha, ich wusste es«, sagte Arkeley. »Sie haben Künstlerhände.«

Deanna wackelte mit den Fingern und lachte. »Wollen Sie sehen, woran ich gerade arbeite?«, fragte sie.

»Oh, Süße, ich weiß nicht«, versuchte Caxton sich einzumischen. Sie sah Arkeley an. »Es ist zeitgenössisch. Es ist nicht unbedingt für jeden was. Hören Sie, wenn Sie wollen, können Sie meine Hunde sehen. Hunde mag doch jeder, nicht wahr?«

»Wenn sie sicher hinter einem Zaun sind, klar«, erwiderte Arkeley. »Ich kann es nicht ausstehen, wenn sie mich ablecken. Aber im Ernst, Trooper, ich würde gern die Arbeit ihrer Partnerin sehen.«

Also blieb ihr nichts anderes übrig, als zu Deannas Schuppen zu gehen. Deanna zog Schuhe und einen dicken Wintermantel an und eilte über den Rasen, um das Zahlenschloss zu öffnen. Caxton und Arkeley ließen sich etwas mehr Zeit.

»Was, zum Teufel, soll der Mist?«, fauchte Caxton, sobald Deanna außer Hörweite war.

Arkeley wich nicht aus. »Man ist immer nett zur Frau seines Partners. So wird man öfter zum Abendessen eingeladen«, sagte er.

Sie betraten den Schuppen mit geröteten Wangen – anscheinend würde es auch den Tag über richtig kalt bleiben. Caxton trat an eine Schuppenwand, ihr war das alles schrecklich peinlich. Ihre Wangen brannten, nicht nur wegen der Kälte.

Deanna war so schamlos wie immer. Sie zeigte ihre Arbeit jedem, der auch nur ansatzweise bereit war, sie sich anzusehen. Meistens bestand die Antwort aus höflichem Schweigen. Ein paar Leute bezeichneten ihre Arbeit als »interessant« oder »fesselnd« und ließen sich dann eine Weile über Theorien wie Körperkunst oder Postfeminismus aus, bis sie der Schwung verließ. Die Leute, denen die Sachen tatsächlich gefielen, machten Caxton Angst. Sie schienen nicht ganz bei Trost zu sein – und was noch schlimmer war, sie weckten in ihr die Frage, ob auch Deanna nicht ganz bei Trost war.

Arkeley ging langsam durch den Schuppen und schaute sich alles an. Drei große, weiße Bettlaken hingen von den Dachbalken des Schuppens. Zwischen ihnen war nur wenig Platz.

Sie schwangen leicht in der kalten Luft des Schuppens hin und her, nur von der frühen Morgensonne erhellt, die durch die Tür schien. Jedes Laken war mit Hunderten beinahe identischer Flecken versehen, die alle ungefähr rechteckig waren und dieselbe rötlich-braune Farbe aufwiesen. An einem kalten Tag gab es keinen Geruch, aber selbst am heißesten Sommertag rochen die Flecken nur entfernt nach Eisen.

»Blut«, verkündete Arkeley, als er um alle drei Laken herumgegangen war.

»Menstruationsblut«, korrigierte Deanna ihn.

Und jetzt ist es so weit, dachte Caxton, dies ist der Augenblick, in dem Arkeley ausflippt und Deanna als Freak bezeichnet. Das war schon vorgekommen. Häufig. Aber die Worte blieben aus. Er nickte und studierte die Laken weiter, nahm den Kopf zurück, um alles betrachten zu können. Als er sich nach einer vollen Minute noch immer nicht geäußert hatte, wurde Caxton nervös. Deanna sah verwirrt aus.

»Es geht um das Verborgene«, platzte Caxton heraus, und beide schauten sie an. »Etwas, das man normalerweise versteckt und im Geheimen entsorgt, wird öffentlich zur Schau gestellt.«

Der Stolz auf Deannas Gesicht ließ Caxton beinahe auf der Stelle dahinschmelzen. Aber sie musste mit ihren beiden Partnern jonglieren. Sie durfte Arkeley gegenüber keine Schwäche zeigen, vor allem nicht hier, am intimsten Ort ihres Heims.

Arkeley atmete tief ein. »Das hat Kraft«, sagte er. Er machte sich nicht die Mühe, es zu interpretieren, was gut war. Er versuchte nicht, es wegzuerklären.

Deanna verneigte sich vor ihm. »Ich habe Jahre gebraucht, um so weit zu kommen, und es ist nicht einmal annähernd fertig. Ein Typ in Arizona macht etwas Ähnliches – ich habe ihn vor kurzem beim Burning-Man-Festival gesehen –, aber er benutzt alle Arten Blut und lässt jeden mitmachen. Das hier bin nur ich. Nun ja, Laura hat ein paar Mal ausgeholfen.«

Caxtons Hände fingen an zu zittern. »Okay, das reicht jetzt wohl«, entfuhr es ihr. Es kam einfach so aus ihr heraus. Beide schauten sie an, aber sie schüttelte bloß den Kopf.

»Vielleicht sollten wir zum Tatort fahren«, schlug Arkeley vor. Sie war noch nie so froh über einen Befehl gewesen.

14.

»Was ist mit Knoblauch?«, fragte Caxton. Bei Tageslicht wirkten die abgestorbenen Bäume, die den Highway säumten, viel weniger bedrohlich. Vermutlich half es auch, dass der Vampir tot war. Dort draußen trieben sich noch ein paar Halbtote herum – da waren mindestens der Fahrer des Hummer H2, der sie gerammt hatte, und der Einarmige, der sie erschreckt hatte –, aber die würde man leicht zusammentreiben und überwältigen können, da es ihren Meister nicht mehr gab. Der letzte freie Vampir war tot – da sah die ganze Welt gleich besser aus. Caxton gab endlich ihrer Neugier nach, die sie zuvor an der kurzen Leine gehalten hatte, weil sie sich vor den Antworten auf die Fragen fürchtete. Jetzt erschienen sie harmlos, akademisch. »Schützt Knoblauch vor Vampiren?«

Arkeley schnaubte. »Nein. '93 habe ich mit Malvern spontan ein paar Experimente gemacht. Ich brachte ein Glas kleingehackten Knoblauch mit und schüttete es über ihr aus, als Armonk gerade mal nicht hinsah. Es war eine hübsche Sauerei, und es hat sie echt wütend gemacht, aber es richtete keinen Schaden an. Ich hätte genauso gut Mayonnaise nehmen können.«

»Was ist mit Spiegeln? Haben sie ein Spiegelbild?«

»Malvern sagte, sie habe in den guten alten Tagen nichts lieber getan, als sich im Spiegel zu betrachten. Ihr jetziges Aussehen gefällt ihr gar nicht, soviel steht fest.« Er zuckte mit den Schultern. »Vermutlich liegt da ein Funken Wahrheit drin. Die Alten zerbrechen jeden Spiegel, den sie sehen. Den Jungen ist das egal.«

»Kreuze taugen nichts, das haben Sie bereits gesagt. Was ist mit Weihwasser, Hostien, was weiß ich… Was ist mit anderen Religionen? Mit einem Davidstern oder Buddhastatuen? Rennen sie vor einer Ausgabe des Korans weg?«

»Das funktioniert alles nicht. Sie beten Satan nicht an – und ja, ich habe gefragt –, und sie praktizieren keine Schwarze Magie. Sie sind unnatürlich. Wenn sie das auch zu etwas Unheiligem machen sollte, nun, es scheint ihnen nicht zu schaden.«

»Silber«, schlug sie vor. »Oder waren das Werwölfe?«

»Ursprünglich war das für Vampire gedacht. Seit zweihundert Jahren wurde keine Werwolfsichtung mehr gemeldet, also kann ich Ihnen nichts über deren Verwundbarkeit erzählen. Auf Vampire hat Silber jedenfalls keine Wirkung.« Er rutschte auf dem Beifahrersitz herum. Er sah wesentlich weniger beweglich aus als noch am Vortag. Anscheinend verlangte der Kampf gegen Vampire ihm viel ab. »In den ersten paar Jahren haben wir diese Dinge alle bei Malvern ausprobiert, in der Zeit, bevor Armonk anfing, sie anzubeten und wegen ihrer Bürgerrechte herumzujammern. Wir fanden heraus, dass sie kein Licht mag. Es setzt sie nicht in Brand, aber es bereitet ihr Schmerzen. Das gilt für so gut wie jede Art von Licht. Sie *muss* am Tag schlafen; es ist unmöglich, sie wachzuhalten. Wenn die Sonne am Himmel steht, verwandelt sich ihr Körper buchstäblich, repariert jeden Schaden, den sie in der vorigen Nacht erlitten hat. Sie müssen sich die Metamorphose irgendwann einmal ansehen. Sie ist schrecklich, aber faszinierend.«

»Nein, danke«, sagte Caxton. »Wenn dieser Fall abgeschlossen ist, bin ich mit Monstern fertig. Sie können Ihren Titel als einziger amerikanischer Vampirjäger behalten. Ich glaube, ich bleibe bei alkoholisierten Fahrern und Blechschäden. Aber... Wie ist es denn zu all diesen Geschichten gekommen, wenn nichts davon stimmt?«

»Ganz einfach. Keiner mag eine Geschichte ohne glückliches Ende. Bis ins letzte Jahrhundert – und dem Aufkommen verlässlicher Feuerwaffen – konnten Vampire mit uns so ziemlich machen, was sie wollten. Die Dichter und Schreiberlinge veränderten die Details, um ihre Leser nicht damit zu deprimieren, wie schlecht die Welt wirklich sein kann.«

»Aber wenn sie wussten, wie die Realität aussieht...«

»Aber das ist es ja gerade – sie wussten es eben nicht.« Arkeley seufzte. »Jedesmal wenn ein Vampir auftaucht, sagen die Leute das Gleiche: ›Ich dachte, sie wären ausgestorben‹. Das kommt daher, weil es zu keiner Zeit mehr als eine Handvoll von ihnen gab. Und dafür können wir Gott danken. Wären sie zahlreicher oder besser organisiert, wären wir alle tot.«

Vor lauter Anstrengung, zu intensive Gedanken über das Thema zu vermeiden, traten Falten auf Caxtons Stirn. Während der restlichen Fahrt nach Caernarvon zur Jagdhütte verzichtete sie auf jede Unterhaltung. Arkeley konnte gut schweigen, eine Tatsache, die sie langsam zu schätzen lernte. Manche Dinge waren einfach keine Unterhaltung wert.

Bei Ihrem Eintreffen parkten auf dem Gras in der Nähe der Hütte Streifenwagen aus drei verschiedenen Zuständigkeitsbereichen – von der State Police, dem Sheriff des County (einem der siebenundsechzig Verwaltungsbezirke Pennsylvanias) und ein Fahrzeug des örtlichen Polizeireviers. Der Beamte, ein Mann mittleren Alters in einer dunkelblauen Uniform, stand draußen und sah aus, als würde er sich gleich übergeben. Technisch gesehen war es sein Tatort, und er musste Caxton und Arkeley die Erlaubnis erteilen hineinzugehen. Sie warteten, bis er sich gut genug fühlte, um ihre Ausweise zu überprüfen.

»Kommen Sie damit klar?«, fragte Arkeley sie. Es klang nicht wie eine Herausforderung, aber sie wollte es so auffassen. »Das wird kein schöner Anblick.«

»Ich habe genug Schulballköniginnen vom Asphalt gekratzt, harter Bursche«, erwiderte sie. »Ich habe Zähne aus dem Armaturenbrett gepult, damit wir die zahnärztlichen Unterlagen vergleichen konnten.«

Arkeley schenkte ihr ein trockenes Lachen.

Aus fünfzehn Metern Entfernung sah es gar nicht so schlimm aus. Die Hütte war eindrucksvoller, als Caxton sich vorgestellt hätte. Sie stand neben einem murmelnden Bach, beschützt vom Schatten einiger hoher Weiden. Die meisten Jagdhütten waren nach Caxtons Erfahrungen zugige kleine Holzbauten mit steilen Satteldächern, damit sie unter der Last des Schnees nicht zusammenbrachen. Farrel Mortons Haus war schon mehr als eine einfache Hütte. Das große Hauptgebäude mit vielen Fenstern ging in einen neueren Anbau und eine Küche über, die nach Caxtons Einschätzung halb freistand – sie hatte sich die Schornsteine und Lüftungsklappen genauer angesehen. Eine Veranda säumte die ganze Länge des Gebäudes, gut ausgestattet mit Schaukelstühlen aus grob zurechtgehauenem Holz, das noch immer über seine Rinde verfügte. Unter dem Dachfirst hatte Morton mit heller Farbe ein Hexenzeichen angebracht, ein uraltes Symbol gegen das Böse, das noch von den holländischen Siedlern herrührte.

Anscheinend hatte es nicht besonders gut gewirkt. Cops mit aufgeknöpften Uniformhemden und zur Seite gelegten

Hüten gruben Löcher in den Küchenhof und hinter dem Haus. Sie mussten nicht sehr tief graben.

»Ich dachte, alle Vampiropfer würden als Halbtote zurückkommen«, sagte Caxton und betrachtete den Haufen aus Knochen und Fleischstücken, der aus einem dieser Löcher stammte. Maden ließen den Brustkorb blubbern. Sie musste zur Seite schauen. Das war schlimmer als Unfallopfer. Die waren frisch und ihre Farbe normal. Doch diese Leichen hier verströmten einen widerlichen Geruch. Einen *wirklich* widerlichen Geruch.

»Nur, wenn er sie ruft«, erklärte Arkeley. »Er brauchte nicht viele Diener, vor allem, wenn er innerhalb unserer Reichweite bleiben wollte. Halbtote können sich nicht so gut tarnen wie Vampire. Seine Blutlust zwang ihn, sich immer mehr Opfer zu holen, aber er wollte keine dreißig Sklaven herumrennen lassen, die bloß Aufmerksamkeit erregen.«

»Wohl eher hundert, wenn man die drinnen mitzählt.« Das kam von dem Cop. Er war immer noch grün im Gesicht. Er gab ihnen die Ausweise zurück und ließ sie eintreten.

Als Caxton die Küche sah, wünschte sie sich beinahe, er hätte ihnen den Zugang verweigert. Der Anblick dort war purer Irrsinn, und ihr Verstand weigerte sich, ihn zu akzeptieren. Der Geruch spielte ihren Sinnen Streiche. Er war schlimm, sogar außerordentlich schlimm, aber es war mehr als das. Er war *falsch*. Der Reptilienteil ihres Gehirns wusste, dass dieser Geruch Tod bedeutete. Er wusste genug, dass sie sich dort weg wünschte. Sie konnte förmlich fühlen, wie er sich an ihrer Schädelbasis wand und versuchte, ihr Rückgrat herunterzukriechen.

Sie konzentrierte sich auf die Einzelheiten, versuchte, nicht das große Ganze zu sehen. Das war schwierig. Überall waren Polizisten in unterschiedlichsten Uniformen, die Beweise sicherten und ihre Arbeit erledigten. Vor lauter Knochen nahm sie sie kaum wahr. Hier war es wie in einer Gruft, nicht wie in einem Haus. Knochen waren wie Feuerholz aufgestapelt, an den Wänden, auf dem weißen Emailleherd, in Schränken. Jemand hatte sie nach Schädeln, Beckenknochen, Rippen und Gliedmaßen sortiert. »Zwangsstörung«, hauchte Caxton.

»Nun, da könnte allerdings etwas dran sein«, meinte Arkeley. »In Osteuropa hat man Senfkörner um einen Vampirsarg gestreut. Man nahm an, der Blutsauger müsste sie alle zählen, bevor er gehen konnte, und wenn man nur genug verstreute, würde er bei Einbruch der Morgendämmerung noch immer zählen. Wir wissen nicht viel darüber, womit sich Vampire und Halbtote beschäftigen, wenn sie nicht auf der Jagd sind. Wir wissen, dass sie nicht fernsehen – es verwirrt sie. Sie verstehen unsere Kultur nicht, und sie interessieren sich auch nicht dafür. Vielleicht haben sie ihren eigenen Zeitvertreib. Vielleicht sitzen sie da und sortieren Knochen.«

Caxton ging weiter in den Wohnraum, hauptsächlich, um von den Knochen wegzukommen. Was sie hier vorfand, war noch schlimmer. Sie verschränkte die Arme vor dem Leib und klammerte sich so an sich selbst. Um einen großen Kamin standen eine Couch und drei bequem aussehende Stühle. Tote in verschiedensten Stadien der Verwesung waren dort in Pose gesetzt; manche hatten den Arm um ihren Nachbarn gelegt, andere stützten sich auf ihre Ellbogen. Draht stabilisierte sie aufrecht und in bequem aussehender Haltung.

»Mein Gott.« Es war zu viel. Nichts davon leuchtete ihr ein. »Ich verstehe das nicht. Der Vampir hat all diese Menschen leergesaugt. Er hat die Leichen behalten. Dann hat er Farrel Morton und seine Kinder getötet und kam auf die Idee, dass er ihre Leichen verstecken musste. Warum der plötzliche Gesinnungswandel? Was war an Morton anders?«

»Jemand konnte ihn vermissen.« Das war eine Fotografin

aus dem Sheriffbüro. Sie war eine Asiatin, die ihr Haar in langen Zöpfen um den Kopf gewunden trug. Caxton hatte sie schon einmal gesehen, an irgendeinem Tatort. »Soweit wir das sagen können, handelt es sich hier um Latinos, alles Männer im Alter zwischen fünfzehn und vierzig Jahren.«

Arkeley runzelte verwirrt die Stirn. »Und was folgt daraus?«

Da kam endlich Caxtons Gelegenheit, sich ins richtige Licht zu rücken. Das Verlangen, Arkeley zu beeindrucken, spülte ihre Übelkeit hinweg. »Es deutet darauf hin, dass sie Migranten waren. Mexikaner, Guatemalteken, Peruaner – sie kommen jedes Jahr her, um in den Pilzhütten zu arbeiten oder auf den Plantagen Obst zu pflücken. Sie ziehen von Stadt zu Stadt, immer der Erntesaison nach, und sie bezahlen immer nur in bar, darum hinterlassen sie auch keine Spuren, die man anhand von Kreditkartenabrechnungen und dergleichen verfolgen könnte.«

»Illegale Immigranten«, sagte Arkeley und nickte. »Das klingt plausibel.«

»Es ist schlau«, sagte die Fotografin. Sie sah verärgert aus, sogar richtig wütend. Caxton wusste, dass manche Polizisten Furcht und Misstrauen in Wut umwandelten. Es half ihnen, ihre Arbeit zu tun. Die Fotografin hob die Kamera und schoss drei schnelle Aufnahmen eines fleischlosen Beckens auf dem Kaffeetisch. Jemand hatte es als Aschenbecher benutzt. »Scheiße, wirklich schlau. Niemand kümmert sich um Migranten. Selbst wenn sie zu Hause jemand vermissen sollte, was könnten sie schon tun? Herkommen und die amerikanische Polizei um Hilfe bitten? Keine Chance. Man würde sie bloß ausweisen.«

»Also hat der Vampir hier monatelang gelebt und unsichtbare Menschen gefressen«, sagte Caxton. »Dann taucht der Besitzer mit seinen Kindern auf. Verdammt.« Sie dachte nach.

»Die Halbtoten wollten die Leichen nicht wegschaffen, um mehr Halbtote aus ihnen zu machen. Sie wollten sie irgendwo abladen, um von diesem Ort abzulenken.«

»Ja«, fauchte die Fotografin. »Wollten nicht scheißen, wo sie aßen.« Sie machte ein weiteres Bild, dieses Mal von einem Schirmständer, der zur einen Hälfte mit Schirmen, zur anderen mit Oberschenkelknochen gefüllt war.

»Also gut, Clara.« Ein stämmiger Deputy griff nach dem Arm der Fotografin. »Es reicht. Wir haben genug Aufnahmen.« Er schaute Arkeley und Caxton an. »Waren Sie schon im Keller?«

Caxtons Gedanken überschlugen sich. Der Keller. Die Jagdhütte hatte einen Keller. Was für eine Schreckenskammer erwartete sie dort?

Sie gingen eine Treppe hinunter. Caxton stützte sich mit der einen Hand an der glatt verputzten Wand ab und hielt sich mit der anderen am Geländer fest. Sie passierten Regale mit Eingemachtem, dick und süß in Gläser abgefüllt. Sie stiegen über Stapel von Sportsachen und Dachdeckermaterialien. Am anderen Ende des Kellers stand eine Gruppe State Trooper mit Latexhandschuhen in einem Halbkreis. Was bewachten sie? Sie traten zur Seite, als sie Arkeley und seine Partnerin kommen sahen.

Caxton bewegte sich weiter vorwärts. Sie fühlte sich, als würde sie schweben statt zu gehen. In dieser unheimlichen Hütte kam sie sich wie ein Geist vor. Sie schob sich an den Troopern vorbei. In einem schattenverhüllten Alkoven standen drei identische Särge, alle offen. Alle leer.

Drei Särge. »Nein«, stieß sie hervor. »Nein.« Es war nicht vorbei. Es gab noch mehr von ihnen, dort draußen lauerten noch mehr Vampire.

Arkeley schloss einen der Sargdeckel mit einem Tritt. Es dröhnte hohl.

15.

Draußen setzte sich Caxton ins Gras und legte den Kopf auf die Knie. Es war nicht vorbei. Sie hatte geglaubt, sie wären wieder sicher. Sie hatte all die Toten in der Jagdhütte gesehen und gedacht, dass das schrecklich war, ja, aber auch in Ordnung, auf eine traurige Weise in Ordnung, weil der Vampir tot war. Weil niemand mehr in Stücke gerissen würde, niemandem mehr das Blut aus dem noch immer zuckenden Kadaver gesaugt würde.

»Sie hat ›Brut‹ gesagt. Sie sagte, ihre Brut würde uns verschlingen.« Arkeley starrte über das Wasser auf die blauen Hügel in der Ferne. Zwischen den Bäumen stieg Nebel auf; Caxton musste an Geister denken, umherirrende Geister, die herauskamen und darum bettelten, dass man ihnen ihr Leben zurückgab.

Geister. Geister konnten einen erschrecken, aber sie konnten einem nichts tun, nicht in der Realität. Sie konnten einen nicht zerfetzen und einem das Leben aussaugen. Sie benutzten Knochen nicht als Möbel.

»Sie hat mich reingelegt. Ich dachte, sie meinte das poetisch.« Arkeley trat gegen ein paar Kiesel, und sie verschwanden platschend im Bach. »Ich hielt Lares für ziemlich clever. Er konnte als Mensch durchgehen, er war so ein guter Schauspieler. Aber Malvern ist wirklich durchtrieben. Sie wusste, dass ich sie beobachte. Sie wusste, dass ein Vampir, nur einer, schlimm sein und großen Schaden anrichten würde. Aber das reichte ihr nicht. Was kostet es sie, eines dieser Monstren zu gebären? Und es zu tun, während sie Tag und Nacht überwacht wird. Zwanzig Jahre lang habe ich geglaubt, wir wären sicher. Dabei hat sie sich einfach nur Zeit gelassen, Kräfte gesammelt.«

Caxtons Brust hob sich. Sie war nicht sicher, ob es ein

Schluchzen war oder sie sich gleich übergeben müsste. Es kam krampfhaft und spontan, und dann wieder, ihre Rippen dehnten sich, als wollte etwas aus ihrem Inneren ausbrechen.

»Gehen wir«, sagte Arkeley. »Wir müssen den Spuren nachgehen. Wir haben nur die Liste der Leute, die in Arabella Furnace gearbeitet haben. Wer weiß. Wer zum Teufel weiß das schon. Wir könnten Glück haben.«

»Moment«, sagte sie. Das Ding in ihrem Bauch wand sich wütend. Sie hätte nicht reden sollen. Husten brach aus ihr hervor.

»Wir verschwenden Tageslicht«, sagte er. »Stehen Sie auf.«

Sie schüttelte den Kopf. Keine gute Idee. Sie stieß auf, dann schoss ein Strom Galle zwischen ihren Lippen hervor. Ihr Frühstück kam in einer großen Welle hoch, eine braune Flut, die sie nicht bei sich behalten konnte. Sie rollte sich auf die Seite, unkontrolliert am ganzen Körper zitternd. »Ich erwarte nicht, dass Sie sich für meine Gefühle interessieren«, stieß sie weinerlich hervor. »Aber ich kann nicht mehr.«

Er ging neben ihr in die Hocke, rammte zwei Finger in ihren Hals, fühlte den Puls. Nahm die Hand wieder weg, und sie schaute zu ihm hoch, die Wange gegen das kühle Gras gedrückt, und ließ ihn nicht aus den Augen. Dann schlug er ihr mit der flachen Hand ins Gesicht.

Der brennende Schmerz ließ sie aufschreien, ihr Körper schüttelte sich. Sie rollte sich hoch und zwang sich aufzustehen, drückte den Rücken gegen das Gebäude und schob sich daran hoch, bis sie stand. Sie starrte ihn an, von heißem, purem Hass erfüllt. Er stand da und nahm ihn reglos entgegen.

»In diesem Haus sind Tote«, sagte er. »Heute Nacht wird es noch mehr Tote geben. Und in jeder folgenden Nacht. Bis wir die anderen beiden erwischen.«

Fünf Minuten später saßen sie im Auto. Dieses Mal fuhr er. Er fuhr langsam, die Augen auf die Straße gerichtet. Sie saß auf dem Beifahrersitz, das Fenster war heruntergekurbelt. Es war kalt, aber die eisige Luft auf ihrem Gesicht schien zu helfen. Sie telefonierte den größten Teil der Fahrt über ihr Handy, koordinierte das ART, versuchte einige der siebenundneunzig Verdächtigen auf Arkeleys Liste auszuschließen. Das Reden fiel ihr schwer, ganz zu schweigen von dem Versuch, die verschiedenen Behörden, die sie mit verschiedenen Aufgaben betraute, auseinanderzuhalten. Das Bureau of Forensic Services – die Abteilung für Spurensicherung – musste mit der Abteilung für Personendaten in Kontakt treten, damit sie ein Profil erstellen konnten, wie ein Vampirmord aussah. Diese Unterlagen wurden wiederum an das Bureau of Investigation – die Kriminalpolizei – geschickt, das dann auf der Troop-Ebene Ermittlungseinheiten mit dem Fall beauftragte. In der Zwischenzeit schrien die Medien nach Einzelheiten und Interviews mit den Vampirkillern. Caxton hatte vom Commissioner den Befehl erhalten, eine Presseerklärung an sein Büro zu schicken. Sie hielt sie so kurz und sachlich wie möglich. Als sie endlich fertig war und sich abmeldete, näherten sie sich dem Centre County.

Während sie das Telefon zuklappte, fühlte sie sich, als würde ihre Seele mit neunzig Meilen die Stunde durch eine verkehrsberuhigte Zone rasen. »Ich bin für so etwas nicht geschaffen«, meinte sie.

»Wofür, mit der Bürokratie zu arbeiten? Da habe ich schon Schlimmeres erlebt.«

»Nein«, sagte sie. »Ich bin nicht für die Vampirjagd geschaffen.« Sie schloss die Augen, aber sie sah dennoch nur Knochen, menschliche Knochen. »Letzte Nacht hat mich der Vampir hypnotisiert.«

»Ich erinnere mich«, sagte er. »Ich war dabei.«

»Nein, ich meine, ich konnte nichts dagegen tun. Ich konnte nicht dagegen ankämpfen. Was passiert, wenn mich der nächste ebenfalls hypnotisiert, Sie aber nicht rechtzeitig auf ihn schießen können?«

»Dann sterben Sie.« Sein Blick blieb auf die Straße gerichtet.

»Ich bin nicht schwach«, beharrte sie.

»Das hat damit nichts zu tun. Empfänglichkeit für Hypnose ist wie Haarfarbe oder Größe. Das ist genetisch bedingt und hat meistens keinerlei Bedeutung.«

»Aber ich bin dafür empfänglich, das meinen Sie doch. Ich bin mental nicht stark genug, um gegen Vampire zu kämpfen. Ernsthaft. Ich bin dafür nicht geschaffen. Ich kann das nicht.« Angst fraß an ihr wie ein Wolf, der ein Stück Fleisch verschlang. Sie zitterte, ihre Zähne klapperten und die Härchen auf Armen und Nacken stellten sich auf. Ihre Mutter hatte das immer stolzes Fleisch genannt. Ihr Vater nannte es Gänsehaut. Allein der Gedanke, dass sie möglicherweise erneut einem Vampir gegenübertreten musste, jagte ihr eine Höllenangst ein.

»Als ich Sie geschlagen habe, waren Sie kurz davor, Beschwerde gegen mich einzureichen. Und es wäre Ihr Recht gewesen. Aber Sie haben es nicht getan. Stattdessen haben Sie mich begleitet. Das bedeutet, dass Sie hier richtig sind«, sagte er.

Sie schüttelte den Kopf. Sie musste aufhören zu reden und etwas tun. Das würde helfen. »Wie sieht unser nächster Schritt aus?«

Arkeley überraschte sie, indem er von der Straße abbog, um zum Mittagessen anzuhalten.

»Sie haben Hunger? Ich fühle mich, als hätte man mir in den Magen getreten«, sagte sie.

Er zuckte mit den Schultern. »Versuchen Sie das nächste

Mal, nicht zu kotzen.« Er rollte auf den Parkplatz von Peachey's Diner, direkt neben einen auf Hochglanz polierten Amish-Einspänner. Das Pferd warf Caxton einen Blick zu, als sie aus dem Wagen stieg. Es wedelte mit dem Schweif, und sie schnalzte mit der Zunge, um es zu beruhigen. Arkeley trat ein, ohne auf sie zu warten. Caxton schaute zu dem Bergkamm, der sich gegenüber dem Restaurant erhob, und seufzte. Im tiefen dunklen Herzen ihres Bundesstaates ragten hohe Felsmassive aus dem Boden empor, die Mobiltelefone und Radiowellen blockierten und die fruchtbaren Täler vom Großteil der menschlichen Gesellschaft isolierten. Darum gab es hier so viele Amish. Caxton hatte diesen Teil Pennsylvanias noch nie besonders gemocht. Hier waren sie und ihresgleichen nicht gerade willkommen, in diesem Machtzentrum des Ku Klux Klan und der Neonazis. Sonst sah man im Bundesstaat an fast jeder Straße Plakatwände mit Werbung für Penn's Cave oder Einkaufszentren, aber hier gab es kaum welche. An ihrer Stelle sah man kleinere, weniger bunte, von den örtlichen Kirchen gesponsorte Schilder mit Botschaften wie »DIENE Deinem HERRN voller Furcht« und »Welche SÜNDE hast Du heute begangen?« Sie befanden sich in Zentral-Pennsylvania, die Leute von außerhalb auch wenig schmeichelhaft als »Pennsyltucky« bezeichneten – eine Verschmelzung von »Pennsylvania« und »Kentucky«. Gemeint war damit das Land der Hinterwäldler, Waffenfetischisten und reaktionären Spinner, wo der Bruder seit Generationen die Schwester heiratete.

Sie trat ein. Sie kannte das Restaurant. Es war neutrales Territorium, wo die Talbewohner in Frieden zusammenkommen konnten. Das Angebot des Peachey's richtete sich an Farmer, die sich für einen Tag voll schwerer, körperlicher Arbeit stärken wollten, und an Leute, die große Portionen zu schätzen wussten und nicht auf ihr Cholesterin achteten. Arkeley schritt das Buffet ab und lud sich Brathähnchen, deutschen Kartoffelsalat und süße, gebackene Bohnen in dicker Soße auf. Caxton schob sich in eine Nische mit künstlicher Holztäfelung und bestellte eine kleine Diätlimonade. Sie betrachtete eine Amish-Familie auf der gegenüberliegenden Seite: ein graubärtiger Patriarch mit einem Leberfleck auf der Wange; seine Frau, deren Gesichtshaut an einen verschrumpelten Apfel erinnerte, und zwei pausbäckige Söhne, die hellblaue Hemden und breite Strohhüte trugen. Ihre Augen waren geschlossen, die Hände gefaltet. Sie sprachen ein Tischgebet. Vor ihnen standen Teller voller Schweinekoteletts und überquellende Schüsseln mit Kartoffelbrei und brauner, klebriger Soße.

Arkeley schob sich mühsam in die Nische und widmete sich seinem Teller. Beim Anblick des fettigen Huhns, das von Arkeleys Zähnen zerfetzt wurde, musste Caxton wegschauen. Sie musterte eine Frau in einem gewaltigen Sweatshirt mit einem heulenden Wolf auf der Vorderseite, die sich rote Götterspeise in den Mund schaufelte. Caxton schloss die Augen und versuchte, ganz normal zu atmen.

»Sie trinken Blut, so wie wir essen«, sagte sie. Sprechen half ihr, das ganze Essen um sie herum zu ignorieren. »Sie haben davon gesprochen, dass sie immer mehr brauchen, je älter sie werden. Wie diese Monster auf Lares' Boot.«

Er nickte. »Malvern müsste in Blut baden, um sich zu regenerieren. Man würde ein halbes Dutzend Opfer brauchen, um sie wiederherzustellen, und sie würde in der folgenden Nacht wieder genauso viel Blut brauchen. Und in jeder weiteren Nacht wieder.«

»Mein Gott«, sagte Caxton. Der Amish auf der gegenüberliegenden Seite warf ihr einen finsteren Blick zu, weil sie gerade Gott gelästert hatte. Sie unterdrückte den Drang, ihm den Mittelfinger zu zeigen. »Sie brauchen immer mehr? Das muss sich doch nach einer Weile einpendeln, oder nicht? Sonst gibt es doch irgendwann nicht mehr genug Blut auf der ganzen Welt.«

»Sie sind dem Bösen noch nie zuvor begegnet, oder?«, fragte Arkeley. Er hielt einen mit Ambrosia-Obstsalat beladenen Löffel in die Höhe. »Nicht dem wahren Bösen.«

Sie dachte eine Weile darüber nach. Die Schrecken der Jagdhütte verfolgten sie noch immer. Sie musste nur die Augen schließen, um sie wieder vor sich zu sehen. Selbst jetzt noch. Sie war schon zuvor Killern begegnet, menschlichen Killern, doch die hatten ihr keinen solchen Schrecken einjagen können. Es waren armselige, erbärmliche Menschen, die einfach nur krank waren, denen die nötige Vorstellungskraft fehlte, um ihre Probleme gewaltlos zu lösen. Das machte sie nicht zu etwas Bösem – sie waren einfach nur geschädigt, aber nicht böse. »Ich bin mir nicht sicher, ob es das Böse gibt, nicht so, wie Sie es meinen.« Sie legte beide Hände auf den Tisch und stemmte sich dagegen, die Arme durchgedrückt. »Ich meine, sicher, es gibt eine moralische Komponente in unserem Leben, und wenn man weiß, dass man etwas Falsches tut …«

»Das Böse«, unterbrach Arkeley sie, »ist nie befriedigt. Das Böse kennt kein Ende, keinen Schluss.« Er schluckte geräuschvoll. »Wenn man es nicht aufhält, wird es die Welt verschlingen. Vampire sind etwas Unnatürliches. Sie sind tote Kreaturen, die sich wieder erheben und ein Zerrbild des Lebens nachäffen, und sie zahlen dafür einen hohen Preis. Das Universum verabscheut sie noch mehr, als es ein Vakuum verabscheut.«

Sie nickte, auch wenn sie es nicht richtig verstand. Aber sie konnte fühlen, mit welcher Inbrunst er daran glaubte. Dass er die übrig gebliebenen Vampire einfach vernichten *musste*. Und sie konnte auch fühlen, wie in ihrem Inneren etwas

Gestalt annahm, das seinem Verlangen ähnelte. Sie wollte die übrig gebliebenen Särge schließen. Sie wollte die Vampire vernichten. Sie stand noch am Rand dieses Verlangens, und sie war nicht sicher, ob es, wenn sie diesen Schritt machte, jemals gestillt werden würde. Und ihr wurde klar, dass mit Arkeley genau das passiert war. Er wollte Vampire mit der gleichen Besessenheit töten, wie die Vampire sein Blut wollten.

»Es ist gefährlich, zu viel über sie zu erfahren, nicht wahr?«, fragte sie. »Man fängt an, selbst zu etwas Unnatürlichem zu werden.« Sie betrachtete all die normalen, gesunden Leute um sich herum, die zu Mittag aßen. Sie waren nicht monströs. Sie waren nicht widerlich. Sie waren nicht gut oder böse. Sie waren normal. »Warum haben Sie mich hergebracht?«, fragte sie. »Keiner der Verdächtigen lebt so weit westlich.«

»Ich will Ihnen jemanden vorstellen«, sagte er und stand auf, um zu bezahlen.

16.

Die Straße führte sie auf einen Hügelkamm und auf der anderen Seite wieder hinunter, dann beschrieb sie einen Bogen, dem Lauf eines Baches entlang. Die Sonne folgte ihrem Weg und hüpfte die Wasseroberfläche entlang. Sie schmerzte Caxton in den Augen, und schließlich setzte sie ihre Sonnenbrille auf, was ein wenig half.

Kurz darauf bog Arkeley ab und überquerte eine überdachte Holzbrücke. Obwohl sie höchstens zehn Meilen schnell fuhren, bebte die Brücke. Dahinter wurde das Tal golden und braun, das grasige Weideland verwandelte sich in Maisfelder, die sich meilenweit erstreckten. Die Straße war von uralten Elektrozäunen gesäumt, die verrostet und voller Lücken waren. Sie passierten alte Hütten, die durch Wind und Regen eingestürzt waren. Caxton sah ein Aluminiumsilo, das vor Jahren der Blitz getroffen hatte, seine Kuppel sah aus wie von einem riesigen Büchsenöffner aufgerissen.

Die Straße wurde zu einem unbefestigten Weg, aber Caxton machte sich keine Sorgen über entgegenkommenden Verkehr. Das Tal, durch das sie fuhren, strahlte etwas Altes und Stilles aus – es gab Krähen im Mais, gewaltige schwarze Vögel, die sich dabei abwechselten, sich in die Luft zu erheben und nach Gefahren zu spähen. Auf diesen Feldern gab es garantiert auch Mäuse, Erdhörnchen und Hasen und Schlangen, aber Menschen zeigten sich nirgendwo.

»Sind Sie sicher, dass ihr Freund an dieser Straße wohnt?«, fragte sie. »Das sieht hier ziemlich verlassen aus.«

»So mag er es.« Die Straße gabelte sich, und Arkeley nahm die linke Abzweigung. Wenige Minuten später war die Straße beinahe völlig verschwunden, es gab nur noch zwei schmale Fahrspuren auf einem Grasweg zwischen zwei Maisfeldern. Der Wagen schaukelte und hüpfte und rüttelte Caxton ziemlich durch, aber schließlich kamen sie in einer Staubwolke zum Stehen. Caxton stieg aus und blickte sich um; in der beißend kühlen Luft rieb sie sich die Arme.

Um sie herum erhoben sich Gebäude – alte, sehr alte Farmgebäude. Ein einstöckiges Haus, weiß mit einer Hexenhausverkleidung. Eine Scheune mit offenem Heuboden. Ein Silo aus Metallleisten, das ziemlich undicht aussah. Sonnenlicht drang zwischen den Lücken hindurch und warf Streifen an die Hauswand.

Über der Haustür hing ein schwarz-weißes Hexenzeichen, mit geometrischer Präzision aufwendiger gezeichnet, als sie je zuvor gesehen hatte, und Caxton hatte in ihrem Leben schon eine Menge Hexenzeichen gesehen. Normalerweise waren sie harmonisch und bunt. Das hier wirkte spitz und beinahe bösartig. Es weckte in ihr den Wunsch, nicht einzutreten. An einem der Fenster blitzte etwas Gelbes auf, und sie sah ein kleines Mädchen, das auf sie heruntersah. Das Mädchen riss den Vorhang zurück und war verschwunden.

»Urie!«, rief Arkeley. Vermutlich rief er seinen Freund. »Urie Polder!«

»Ich bin hier, ich bin hier drin«, sagte jemand hinter der Scheunentür. Die Stimme war sehr leise, als käme sie von weit her, und sie wies einen schweren Akzent auf, wie Caxton ihn seit ihrer Kindheit nicht mehr gehört hatte. Sie gingen zur Scheune, und sie nahm die Sonnenbrille ab.

Sie wusste nicht, was sie erwartet hatte – vielleicht Kühe oder Ziegen. Pferde. Stattdessen wurde die Scheune als Trockenschuppen für irgendwelche Tierhäute benutzt, die in fast völliger Dunkelheit hingen. Sie waren über in gleichmäßigem Abstand positionierte Gestelle gelegt, die Caxton ungefähr bis zur Schulter gingen. Keine zwei Häute hatten die gleiche Form oder Größe, aber alle waren von einer so intensiven Helligkeit, dass sie in der dunklen Scheune beinahe leuchteten. Caxton streckte die Hand aus, wollte wissen, wie sie sich anfühlten. Aber bevor sie sie berühren konnte, glitt ein Schatten über die Oberfläche, oder vielmehr fünf kleine, ovale Schatten, wie Fingerspitzen, die von hinten dagegen drückten. Sie keuchte auf und riss die Hand zurück. Hätte sie sie berührt, hätte sie eine Hand gefühlt, die den Druck erwiderte, das wusste sie genau, aber hinter der Haut war keiner; es war niemand in der Nähe.

»Was ist das?«, verlangte sie zu wissen.

Arkeley runzelte die Stirn. »Teleplasma«, sagte er. Sie wusste nicht, was das war. »Gehen Sie weiter.«

Sie schüttelte den Kopf. »Ich habe genug von dieser verrückten Scheiße.«

Aber seine Miene änderte sich nicht. Er würde den ganzen Tag dort warten, bis sie weiter in die Scheune hineinging.

Caxton ging zwischen zwei Gestellen vorbei, tiefer in die Dunkelheit hinein. Die Schatten füllten die Scheune beinahe vollständig aus – nach ein paar Schritten schob sie sich stückchenweise in fast völliger Finsternis voran, das einzige Licht kam von den lumineszierenden Häuten auf beiden Seiten. Die Substanz zog ihren Blick an, da es nichts anderes gab, was man ansehen konnte. Sie konnte die eigenen Hände mit den ausgestreckten Fingern nicht mehr sehen, die nach der gegenüberliegenden Scheunenwand tasteten, aber sie konnte jede Falte und jeden Makel auf den Häuten erkennen. Sie schienen zu schimmern, vielleicht bewegten sie sich auch einfach nur im Luftzug. Sie spiegelten ihr eine Tiefe vor, als wären sie Fenster an einen vom Mondlicht beschienenen Ort. Caxton hatte das Gefühl, durch das Gewebe hindurchsehen zu können; Gesichter schienen sich abzuzeichnen und genauso schnell wieder zu verschwinden, wie ein Atemhauch auf einer kalten Glasscheibe. Das Einzige, was sich nicht permanent veränderte, war die Farbe, obwohl Caxton gelegentlich den Eindruck hatte, dass am Rand ihres Sichtfeldes Farben aufblitzten, ein rötlicher Schimmer wie ein Blutfleck, der sofort wieder verblasste.

Sie ging vorsichtig, um in der Dunkelheit nicht zu stolpern, aber auch, um die Häute ja nicht zu berühren. Die erste Begegnung mit den geisterhaften Fingern reichte ihr.

Sie hatte das andere Ende der Scheune fast erreicht – zumindest glaubte sie das, als die Gestelle mit den Häuten plötzlich aufhörten und vor ihr nur noch Dunkelheit lag –, da schien etwas durch ihr Haar zu streichen. Sie wirbelte herum und hörte eine leise Stimme ihren Namen flüstern. Oder war das nur Einbildung? Die Stimme war verschwunden, bevor sie sie richtig wahrgenommen hatte, und nun war die Stille so allumfassend, so eindeutig, dass es unmöglich erschien, etwas gehört zu haben.

»Arkeley«, rief sie. »Was tun Sie mir jetzt schon wieder an?«

Keine Antwort. Sie drehte sich um und sah, dass die Scheunentür hinter ihr geschlossen worden war. Sie war mit diesen Häuten eingesperrt, diesem Teleplasma, was auch immer das sein sollte, und sie wollte um Hilfe schreien, oder einfach nur so schreien, nur um des Schreiens willen...

»Laura«, sagte jemand, und dieses Mal fand es nicht nur in ihrem Kopf statt. Aber diese Stimme... so vertraut, so unmöglich. Die Stimme ihres Vaters.

Er stand da. Hinter ihr. Eine Haut hatte sich von dem Gestell gelöst, war heruntergeflattert und hatte sich zu einer beinahe menschlichen Gestalt verformt. Mit der Stimme ihres Vaters. Und seinen Augen. Er war in Ketten gehüllt, die klirrten, als er auf sie zuglitt, Ketten, die über den Scheunenboden schleiften, die ihn unten hielten, ihn zurückhielten. Sie streckte eine Hand aus und wusste selbst nicht, ob sie ihn berühren oder wegstoßen wollte. Er war schon so lange tot. Sie wusste, dass er es nicht sein konnte. Oder doch? War das ein Rest von ihm, der übrig geblieben war, nachdem sein Fleisch verwest war?

Sein Geruch erfüllte die Luft um sie herum, ein Geruch nach Shampoo und Old Spice. Die Temperatur in der Scheune fiel innerhalb weniger Sekunden um zehn Grad. Er stand ganz nahe bei ihr, so nahe, dass sie seine rauen Hände fühlen konnte. Sie konnte die Härchen auf seinem Arm spüren, dabei hatten sie sie noch gar nicht wirklich berührt. Sie vermisste ihn so. Jeden Tag hatte sie an ihn gedacht, selbst als der Vampir sie vergangene Nacht in die Luft gehoben hatte. Seit seinem Tod war nichts mehr gut, nichts mehr richtig, nicht einmal, dass sie Deanna kennengelernt hatte; auch das hatte diese Wunde nicht heilen können.

»Daddy«, hauchte sie, trat in seine Umarmung hinein. Und dann flammten Lampen auf, und es war nur eine Haut, etwas Ähnliches wie eine Tierhaut, die auf einem Holzgestell hing.

»Sie haben recht«, sagte jemand. Eine sehr menschliche, sehr lebendige Stimme. Ein Mann stand hinter den Gestellen, eine Baseballmütze auf dem Kopf; seine langen Koteletten wuchsen unter seinem Kinn zusammen. Aus weichen, tiefen Augen starrte er sie an. Seine Stimme war reinstes Pennsyltucky, bis zu dem räuspernden Schlucken, das wie ein hörbares Ausrufezeichen klang. »Sie hatten recht, Arkeley. Die werden von ihr angezogen, ähm. Sie ist ein Geisterköder.«

»Um die Geister mache ich mir keine Sorgen«, sagte Arkeley. Er stand keine drei Meter von ihr entfernt.

Der andere – Urie Polder, nahm sie an – trat um eines seiner Gestelle herum und kam auf sie zu. Er war groß genug, um auf sie herunterzuschauen, während er versuchte, ihren Blick festzuhalten. Sie brach den Blickkontakt ab, so wie es vermutlich die meisten Menschen taten, wenn sie ihm begegneten. Ihm fehlte der linke Arm. Der Ärmel seines T-Shirts schlackerte über einem Ast, den er an Stelle des Arms trug, einem Stück mit grauer Rinde überzogenem Baumholz, das einen knorrigen Ellbogen und sogar drei zweigähnliche Finger aufwies.

Was ihr an Urie Polders Arm aber wirklich Entsetzen einflößte, war nicht die Tatsache, dass er aus Holz war. Es war die Tatsache, dass er sich bewegte. Die dünnen Finger fuhren über seine Gürtelschnalle und zogen die Hose hoch. Holzschulter und Fleischschulter zuckten gleichzeitig. »Wir sollten sie ins Haus bringen, ähem. Vesta wird es da machen.«

»Ja, gut«, sagte Arkeley. Er sah besorgt aus.

Caxton rieb sich die Augen. »Mein Vater – das war der

Geist meines Vaters. Sie haben mir den Geist meines Vaters gezeigt, bloß um… bloß…« Sie hielt inne. »Was zum Teufel ist Teleplasma?«

»Die meisten Menschen bezeichnen es als ›Ektoplasma‹, was das Gleiche ist, aber dann hätten Sie es sich sofort denken können«, erklärte Polder. »Das ist Geisterhaut, ähem.«

»Wie zieht man denn einem Geist die Haut ab?«

»Nun ja«, sagte er und grinste verlegen, »nicht so, wie es dem Geist gefallen würde, ähem…«

17.

In der Scheune war es kalt. Für einen Herbsttag war es auch an der frischen Luft kalt gewesen, aber in der Scheune herrschte der pure Winter. Die beiden Männer wandten sich der Tür zu, um hinauszugehen, aber Caxton blieb wie angewurzelt an Ort und Stelle stehen. In ihr brodelte die Wut. »Moment mal«, sagte sie, und überraschenderweise blieben beide stehen. »Das war mein Vater. Sie haben den Geist meines Vaters auf einem Gestell hängen.« Sie hatte keine Ahnung, wie das geschehen sein konnte, nicht die geringste Ahnung, warum sich ausgerechnet der Geist ihres Vaters in dieser Scheune befinden sollte, aber sie würde keinen Schritt weiter gehen, bis sie es herausgefunden hatte.

»Nun, ja, das mit den Geistern, das ist ne schwierige Sache, ähem.« Polder kratzte sich mit der Holzhand am Kinn. »Eigentlich ist es alles ganz anders…«

Sie schüttelte wütend den Kopf. »Ich kenne seine Stimme. Ich habe ihm in die Augen gesehen.«

»Ja«, sagte Arkeley. »Möglicherweise war er es sogar. Jedenfalls sein Geist – es kann aber auch ein boshafter Spuk gewesen sein, der mit Ihnen spielen wollte. Möglicherweise war es nicht einmal eine menschliche Erscheinung. Aber was immer es auch war, es ist nicht in einer dieser Häute gefangen. Das Teleplasma ist nicht der Geist selbst. Es ist eher wie Kleidung, die die Geister anlegen können. Es ist eine Substanz, die gleichzeitig von dieser und der anderen Welt Besitz ergreift, das ist alles.«

Sie nickte Arkeley zu. »Ich kann mir schon denken, was das hier sollte, aber ich bin trotzdem stinksauer! Wenn dieses Teleplasma stark auf mich reagiert, dann bedeutet das, dass psychische Phänomene irgendwie auf mich wirken. Ich bin ›empfänglich‹.«

»Lady, nach dem, was wir hier gerade gesehen haben, könnten Sie nebenher als Medium arbeiten«, sagte Polder. »Bitte, wir müssen ins Haus gehen. Die Begegnung mit Ihrem Vater hat in der Geisterwelt eine Menge Lärm verursacht. Jeder Lauscher dürfte das gehört haben – und sie könnten kommen und nach Ihnen Ausschau halten.«

Während sie sie zum Haus führten, sagte Caxton: »Wenn ich also für Geister empfänglich bin, dann bin ich auch für Vampire empfänglich. Das erklärt, wieso mich der Vampir gestern Nacht so mühelos hypnotisieren konnte.«

»Es hat mich überrascht«, bestätigte Arkeley, »wie wenig Widerstandskraft Sie hatten. Darum habe ich Sie hergebracht, wo wir etwas dagegen tun können.«

Polder blieb vor dem Hexenzeichen über seiner Haustür stehen, hob den Arm und winkte. Mit seinem richtigen Arm. Er zeichnete mit dem Daumen ein kompliziertes Muster auf seine Stirn, und etwas Unsichtbares entspannte sich. Caxton spürte, wie das Hexenzeichen losließ.

»Urie ist ein Hexenmeister. Ich nehme an, Sie kennen diese Bezeichnung?«

»Dort, wo ich aufwuchs, nannten wir sie hauptsächlich

Pow-Wow-Doktor, weil sie angeblich über alle möglichen Arten indianischer Magie verfügten.« Caxton hatte die alten Geschichten nie ernst genommen, andererseits hatte sie auch nie wirklich an Vampire geglaubt. Nach ihren Abenteuern in der vergangenen Nacht und dem, was sie eben in der Scheune gesehen hatte, war sie bereit, etwas von ihrer Skepsis aufzugeben.

Sie betraten das Haus, wo eine Frau auf sie wartete. Sie trug ein langes, schwarzes Kleid mit engem Kragen. Ihr blondes Haar fiel in dichten Locken herab. An ihren langen weißen Fingern steckten Dutzende identische Goldringe. »Vesta, wie lange haben wir uns nicht gesehen!«, sagte Arkeley und küsste sie auf die Wange. Der Blick der Frau wich keinen Augenblick von Caxtons Gesicht.

»Ich habe Teewasser aufgesetzt. Darjeeling, wie Sie ihn mögen«, sagte sie. »Mit Zucker, nicht mit Honig, und einem Spritzer Milch. Bitte seien Sie nicht überrascht, Laura Beth Caxton. Ich weiß bereits viel über Sie. Und ich möchte noch mehr erfahren.«

Caxton machte sich nicht einmal die Mühe, den Mund zu öffnen. Sie drehte den Kopf, weil sie im Augenwinkel etwas Gelbes hatte aufblitzen sehen. Es war das Mädchen, das sie am Fenster gesehen hatte, und es verschwand genauso schnell wie zuvor.

»Und Sie, Special Deputy, Sie sollten etwas netter zu ihr sein. Sie riskiert so viel, um Ihnen bei Ihrem grausamen Kreuzzug zu helfen.«

Arkeley senkte den Kopf.

»Nun schauen Sie nicht gleich so düster. Ich habe hier eine Kleinigkeit für den Fuß Ihrer Frau«, sagte Vesta und gab dem Fed eine Plastiktüte mit einer rötlichen, faserigen Pflanze. »Machen Sie daraus einen Breiumschlag, den soll sie jede Nacht umlegen, bis sie sich besser fühlt.«

»Sie sind verheiratet?«, fragte Caxton.

»Ich habe vor zwanzig Jahren einen Vampir getötet und vergangene Nacht einen weiteren. In der Zwischenzeit musste ich mich mit etwas beschäftigen«, sagte er. Er dankte Vesta für die Medizin, dann gingen er und Urie Polder weiter ins Haus hinein. Caxton nahmen sie nicht mit. Stattdessen führte Vesta Polder sie in ein Wohnzimmer, einen dunklen, aber ordentlichen Raum mit einem flackernden Kaminfeuer und vielen schweren, dunklen Holzmöbeln. An der Wand standen sechs Stühle mit hohen Lehnen. Die Mitte des Raums wurde von einem runden Tisch mit einer Samtdecke beherrscht, hinter dem ein gepolsterter Lehnsessel stand. Vesta wählte diesen Sessel, lümmelte sich hinein und ließ ein Bein über die Armlehne baumeln. Caxton blieb einen langen Augenblick vor dem Tisch stehen, bevor sie sich einfach entschloss, einen Stuhl von der Wand zu nehmen und ihn Vesta gegenüber hinzustellen.

Auf dem Tisch standen eine Teekanne und eine einzige Tasse sowie ein großes, geschnitztes Holzkästchen mit einem chinesischen Drachen auf dem Deckel und ein schmales Kartenspiel. »Die haben Sie schon einmal in einem Film gesehen«, sagte Vesta, tippte mit dem Handgelenk auf die Karten und schob sie dann mit einer Hand auseinander. »Aber Sie wissen nicht, wie sie heißen. Das sind Zener-Karten.« Sie fächerte ein paar von ihnen aus, als würde sie ein Pokerblatt aufdecken. »Parapsychologen benutzen sie, um außersinnliche Wahrnehmungen zu testen. Sie haben aber noch andere Vorzüge.« Jede Karte zeigte ein in dickem schwarzem Strich gemaltes Symbol: ein Dreieck, einen Stern, einen Kreis, drei Wellenlinien, ein Rechteck. »Nun«, fuhr sie fort, »Ihr Instinkt wird mir verraten, was Sie sehen.« Sie hielt eine Karte hoch, sodass Caxton sie sehen konnte. Ein Stern.

»Das ist ein Stern«, sagte sie.

»Ja, meine Liebe, das weiß ich.« Vesta legte die Karte auf den Tisch und öffnete das Kästchen. »Ich sehe alles. Und von jetzt an sagen Sie bitte nichts. Versuchen Sie, keine Regung zu zeigen, geben Sie mir keine Hinweise. Sehen Sie einfach nur auf die Karten.«

Caxton rührte den Tee nicht an. Vesta hob eine Karte nach der anderen, so, dass nur Caxton sie sehen konnte. Nach einem Moment legte sie sie mit dem Bild nach unten auf den Tisch. Gelegentlich hielt sie inne, um Caxtons Gesicht so intensiv zu studieren, als würde sie es zeichnen wollen. Dann griff sie in das chinesische Kästchen und nahm eine lange, braune Zigarette und ein genauso langes Streichholz heraus. Sie paffte die Zigarette und füllte den Raum mit scharfem, übelriechendem Rauch, bis Caxton die Augen tränten. Dann zog sie eine weitere Karte.

Das alles wiederholte sich, bis keine Karten mehr übrig waren; Vesta mischte sie dann erneut und fing von vorn an. Und mit jedem Mischen gab es neue Instruktionen. Caxton sollte die Karten nicht ansehen. Sie sollte das Symbol in Gedanken nur benennen, statt es sich bildlich vorzustellen. Sie sollte sämtliche Gedanken aus ihrem Kopf verbannen. Die Zeit schien langsamer zu vergehen oder vielleicht auch ganz aufzuhören. Möglicherweise enthielten die Zigaretten noch etwas anderes als Tabak.

Vesta nahm die Karten und mischte sie erneut. »Gut. Versuchen Sie dieses Mal, an ein anderes Symbol zu denken als das, das Sie sehen.« Caxton gehorchte. Nachdem sie fünf oder sechs Karten durchgegangen waren, überraschte Vesta sie: »Sie sorgen sich um Deanna.«

Es fiel schwer, sich auf die Karte vor ihr zu konzentrieren, aber Vesta ließ sie zwischen zwei Fingern hin- und herschnappen, und Caxton nahm den Blick vom Gesicht der anderen Frau. »Sie ist schon lange arbeitslos«, sagte sie dann.

»Sie hat schlimme Träume. Gewalttätige Träume – Sie mussten sie letzte Nacht wecken, weil Sie Angst hatten, sie könnte sich verletzen. Sie hat auch Angst, Angst, dass Sie getötet werden könnten.«

Damit wären wir schon zu zweit, dachte Caxton.

»Konzentrieren Sie sich auf die Karte in Ihrem Kopf, selbst wenn Sie die Karte in meiner Hand ansehen. Für mich klingt das so, als hätte Deanna Angst vor der Zukunft. Angst, weil sie nicht weiß, ob Sie mit ihr zusammenbleiben wollen. Dabei ist es Ihnen nicht einmal in den Sinn gekommen, sie wegzuschicken.«

Caxton biss sich auf die Lippe. Es fiel schwer, die Karte in Vestas Hand anzusehen, wenn sie an Deanna dachte. »Sie können auch ihre Gedanken lesen? Aber sie ist fünfzig Meilen weit weg.«

Vesta seufzte. Sie legte die Karten ab und nahm eine weitere Zigarette aus dem Kästchen. Mittlerweile war es ihre fünfte. »Ich sehe den Teil von ihr, der in Ihnen existiert.« Sie verteilte die Karten auf dem Tisch. »Es ist hoffnungslos. Manche Menschen verstehen die Technik augenblicklich, während andere zusätzliche Hilfe brauchen. Mit genügend Zeit und genügend Sitzungen könnte ich Ihnen ein paar Grundzüge psychischer Selbstverteidigung beibringen. Für den Augenblick muss das hier reichen.« Sie klappte das Kästchen wieder auf und nahm ein Messingamulett an einem schwarzen Band heraus. »Tragen Sie das ständig, und versuchen Sie jeden Blickkontakt mit jemandem zu vermeiden, der Ihnen Schaden zufügen könnte.«

Caxton nahm den Anhänger entgegen und legte ihn an. Das Amulett bestand aus einer engen Spirale, die als Schmuckstück durchgehen konnte. Caxton war froh – sie hatte schon mit einem Drudenfuß oder einem fürchterlichen Kruzifix gerechnet.

»Die würden bei Ihnen nichts bewirken. Ihre Macht erfordert Glauben, über den Sie nicht verfügen.«

Caxton berührte das kühle Metall an ihrem Hals. Deanna. Jetzt, da sie einmal an Deanna gedacht hatte, konnte sie nicht mehr damit aufhören. »Es geht nicht nur darum, sie nicht hinauszuwerfen. Ich will sie nicht so verlieren, wie ich meine Mutter verloren habe.«

Vesta starrte sie an und sagte kein Wort. Es war, als erwartete sie von Caxton die ganze traurige, erbärmliche Geschichte über ihre wahnsinnge Mutter zu hören, über deren Depressionen nach dem Tod ihres Ehemanns, den anschließenden Selbstmord.

»Sie hat sich aufgehängt«, sagte Caxton schließlich und errötete. »In ihrem Schlafzimmer. Ein Nachbar fand sie und schnitt sie ab, versuchte, sie etwas herzurichten. Meine Mutter war immer sehr stolz auf ihr Aussehen. Als ich eintraf, lag sie auf dem Bett, und ihr Haar war gekämmt und jemand hatte ihr sogar Makeup aufgelegt. Aber den Striemen von dem Seil um ihren Hals konnten sie nicht verbergen.«

Vesta nickte und blies eine Rauchwolke aus. »Sie machen sich Sorgen, dass Sie Deanna verlieren könnten. Nun, das ist bloß natürlich. Aber wenn die Zeit kommt, werden Sie bereit sein, sie loszulassen. Das werden Sie müssen. Ich sehe das so deutlich wie die Wellen in Ihrem geistigen Auge.«

Die letzte Bemerkung verwirrte Caxton – bis sie schließlich auf die Karte in Vestas Hand sah. Sie zeigte drei Wellenlinien.

»Kommen Sie, sammeln wir die Jungs ein.« Sie erhoben sich und gingen in die Küche, wo Arkeley und Urie an einem gewaltigen Tisch saßen, der einst eine Tür gewesen war und jetzt auf einfachen Holzböcken lag. Zwischen ihnen lag ein Haufen kleiner Gegenstände; sie waren dreieckig und schimmerten beinahe perlmuttartig. Caxton hob einen davon hoch und erkannte, dass es sich um einen Vampirzahn handelte.

Nachdem der Fed vergangene Nacht den Vampir getötet hatte, musste er ihm mit einer Zange sämtliche Zähne gezogen haben.

Urie Polder schob die Zähne in einen Satinbeutel und band ihn mit einer Schnur zu. »Das reicht dicke als Bezahlung, ähem.«

»Was haben Sie damit vor?«, fragte Caxton.

»Er wird dafür eine sinnvolle Verwendung finden«, sagte Vesta und schob sie auf die Haustür zu. »Spare in der Zeit, dann hast du in der Not.«

Als sie losfuhren, schaute ihnen das kleine blonde Mädchen vom Fenster aus zu. Caxton hatte es nicht kennengelernt, kannte nicht einmal seinen Namen.

18.

Caxton fuhr zum State College, das nur etwa ein Dutzend Meilen entfernt war, bloß um aus der erstickenden Atmosphäre von Pennsyltucky herauszukommen. Die von Bäumen gesäumten Straßen der Universitätsstadt waren voller Studenten in hellen und farbenfrohen Parkas und Windjacken. Sie gingen zu zweit oder in Gruppen, lachten, trugen Rucksäcke, die Gesichter vor Kälte gerötet, aber ohne Kopfbedeckung. Sie waren lebendig; das war die Hauptsache. Richtig lebendig, und ihre Bedürfnisse drehten sich um die einfachsten Dinge – Sex, Noten, Bier. Keiner von ihnen wollte einen Geist häuten oder einem noch lebenden Opfer das Blut aussaugen. Sie waren auch jung, ohne Falten, auf ihre Weise unschuldig. Sie zu sehen tat gut.

Caxton verlor die Kontrolle, und das wusste sie. Dass sie so weit fuhr, nur um ein paar junge Leute zu sehen, ließ ihr bewusst werden, wie dunkel ihr Leben in kürzester Zeit geworden war. Sie parkte auf der College Avenue vor einem großen Steintor, durch das sie bis zum Innenhof sehen konnte. Sie löste ihren Sicherheitsgurt, stieg aber nicht aus dem Wagen.

Arkeley schaute auf. Er hatte sich die ganze Fahrt über mit seinem BlackBerry beschäftigt. »Gute Neuigkeiten«, sagte er. »Die Ermittlungseinheit hat schon siebzehn der Verdächtigen ausschließen können. Sie haben zuerst das medizinische Personal und die Vollzugsbeamten überprüft – also alle, die möglicherweise direkten Kontakt zu Malvern hatten. Jetzt haben sie etwa die Hälfte durch.«

Caxton nickte. Das war wirklich gut. »Malvern. Es führt alles wieder zu Malvern zurück. Wie ist sie überhaupt hergekommen?«, fragte sie. »Sie haben sie in Pittsburgh gefunden, aber sie ist nicht hier geboren, oder?«

»Nein«, sagte er und steckte den BlackBerry in die Tasche. »Vampire bleiben immer in Bewegung – so sind sie Leuten wie uns immer einen Schritt voraus. Ich habe Jahre gebraucht, um ihren Weg nachzuvollziehen, und ich bin noch immer nicht fertig. Ich weiß, dass sie in Manchester geboren wurde, in England, so um das Jahr 1695. Fünfundsechzig Jahre lang hat sie die Stadt terrorisiert, bevor die Blutlust zu stark wurde und sie sich nicht mehr aus dem Sarg erheben konnte. Eine Weile lebte sie dann von der Fürsorge eines anderen Vampirs, Thomas Easling, der 1783 in Leeds auf dem Scheiterhaufen verbrannt wurde. Malverns Körper wurde unter Easlings Besitztümern gefunden, man hielt sie für tot, für eine mumifizierte Leiche. Eine Kuriosität. Ein Plantagenbesitzer aus Virginia kaufte sie für fünfunddreißig britische Pfund, ein gewisser Josiah Caryl Chess, der auf Naturgelehrter machte. Er hatte eine recht große Sammlung von Dinosaurier- und Säugetierfossilien, also kam ihm ein dem Tode geweihter

Vampir offenbar wie ein großartiger Fund vor. Er machte sich nie die Mühe, ihr Herz zu entfernen. Schließlich konnte sie sich nicht bewegen, und obwohl er gewusst haben muss, dass sie auf eine andere Weise noch am Leben war – möglicherweise hat er sie sogar gefüttert –, war er davon überzeugt, dass sie niemandem mehr schaden konnte. Aller Wahrscheinlichkeit nach hat sie ihn irgendwie beeinflusst, obwohl seine Tagebücher das genaue Gegenteil aussagen. Er war mindestens einmal mit ihr intim.«

»Scheiße, das ist nicht wahr«, sagte Caxton, und ihr Magen zog sich zusammen wie ein Gummiball. Ihr fiel wieder ein, was Arkeley über Malvern und ihren derzeitigen Pfleger Dr. Hazlitt gesagt hatte. *Sie hat ihnen viel mehr zu bieten als nur ihren durchdringenden Blick*. »Aber sie wäre … Hören Sie, es tut mir leid, wenn das obszön klingt, aber sie wäre zu trocken.«

»Gleitmittel gab es schon in ferner Vergangenheit. Ich weiß, dass die alten Römer Olivenöl benutzten. Und wenn man sie lässt, wenn man mitspielt, kann sie genau so aussehen, wie man es will. Ihre Traumfrau. Die Illusion hat so lange Bestand, wie sie es will.«

Etwas in Arkeleys Tonfall beunruhigte sie. »Haben Sie gesehen, wie sie das macht?«, fragte sie. Eigentlich hatte sie ihn fragen wollen, ob sie für ihn das Erscheinungsbild verändert hatte – und ob er auf sie hereingefallen war. Aber das brachte sie nicht fertig, jedenfalls nicht so direkt.

Er kicherte. »Sie hat es mit vielen Tricks bei mir versucht. Ich besuche sie jetzt seit zwei Jahrzehnten alle paar Wochen – und sie hat die ganze Zeit versucht, mich auf ihre Seite zu ziehen. Bis jetzt konnte ich widerstehen.« Er klang, als könnte er nicht garantieren, dass er standhaft bleiben würde. »Wie dem auch sei. Chess starb natürlich an Blutverlust. Offiziell hat man Malvern dafür nie verantwortlich gemacht. Sie hatte sich nie aus ihrem Sarg erhoben, der als eine Art Ausstellungsstück im Wohnzimmer stand. Im Nachhinein liegt es natürlich auf der Hand, dass sie Chess leergesaugt hat, aber damals hat man einen rebellischen Sklaven für seinen Tod verantwortlich gemacht. Man schloss Malvern auf dem Dachboden ein und vergaß sie. Im Bürgerkrieg wurde die Plantage niedergebrannt, und Malvern verschwand für eine Weile von der Bildfläche. Tatsächlich tauchte sie das nächste Mal erst wieder im Zusammenhang mit Piter Byron Lares auf, und die Geschichte kennen Sie ja.«

»Lares besaß viele dem Tod geweihte Vampire, nicht nur Malvern.«

»Ja. Sie kümmern sich umeinander. Das ist fast so etwas wie Ahnenverehrung und eines der wenigen Dinge, die sie zu irrationalem Handeln veranlassen können. Ich ging ursprünglich von der Annahme aus, dass die vier Vampire auf Lares' Boot alle von einer Linie abstammten, dass einer von ihnen Lares erschaffen hatte, während ein anderer wiederum den erschuf, der Lares erschuf, und so weiter. Da irrte ich mich allerdings. Als ich Lares entdeckte, sammelte er schon seit Jahrzehnten alte Vampire. Vielleicht dachte er, er würde etwas Gutes tun, indem er für sie Blut beschaffte und sich um sie kümmerte. Oder er beruhigte dadurch sein Gewissen, vorausgesetzt natürlich, dass er so etwas wie ein Gewissen hatte. Ich weiß es nicht. Ich beschäftige mich nun schon seit zwanzig Jahren mit Vampiren und weiß immer noch nicht, wie sie denken. Sie sind uns einfach zu fremd.«

Caxton kratzte sich unter der Achsel. Sie starrte durch die Windschutzscheibe auf die vorbeigehenden Achtzehnjährigen, die einander im Arm hielten, um sich zu wärmen, und deren Gesichter so rein waren. Keiner von ihnen wusste, was die Zukunft bringen oder was aus ihnen werden würde. »Sie haben die ganze Zeit nur diesen einen Fall bearbeitet?«

»Viele Cops definieren ihre Karriere über einen Fall. Der Mörder, der davonkam, das vermisste Kind, das nie wieder auftaucht.« Arkeley zuckte mit den Schultern. »Also gut. Sie haben mich erwischt. Ich habe es nie geschafft, den Fall Lares zu vergessen. Ich bin nach Pennsylvania gezogen, um ihn wiederaufzunehmen. Ich habe Jahre gebraucht, um mit Leuten wie den Polders in Kontakt zu kommen, die möglicherweise Informationen hatten. Und ich habe Malvern wie ein Adler im Auge behalten.«

»Und wenn jetzt jemand das FBI anruft und sagt, wir haben einen Vampirmord, dann holt man Sie.« Caxton runzelte die Stirn. »Das ist eine schwere Bürde.«

»Ich schaffe das schon«, erwiderte Arkeley.

Wie auch immer. Sie sollte sich auf den Fall konzentrieren und nicht Arkeley bemitleiden. »Das ist meine erste echte Ermittlung«, sagte sie. »Ich bin kein Detective. Aber ich glaube, ich habe eine Vorstellung davon, was passiert ist. Lares hat Malvern am Leben erhalten, bis Sie ihn vernichtet haben. Aufgrund verschiedener bürokratischer Vorgänge landete sie in diesem Sanatorium, in Arabella Furnace.«

»Richtig.«

»Sie hat versucht, sich den Weg herauszuzaubern, sie hat sogar einen der Ärzte ausgesaugt, aber das hat alles nichts gebracht. Sie sitzen ihr im Nacken, warten nur darauf, dass sie etwas Böses tut, damit Sie sie bestrafen können. Aber sie kann nicht einfach aufgeben. Sie wird ewig leben, wird für alle Zeiten in einer verwesten Leiche eingesperrt sein, also bleibt ihr nichts anderes übrig, als weiterhin die Flucht zu planen, selbst wenn es zwanzig Jahre dauert. Sie bekommt etwas Blut, aber das reicht nicht, um sie richtig zu ernähren. Sie braucht mehr Muskeln. Also erschafft sie drei Vampire.«

»Es ist wahrscheinlicher, dass sie einen erschuf und er die anderen beiden – das minimierte ihr Risiko.«

Caxton schnalzte mit der Zunge. »Aber warum drei? Warum müssen sie das Blut überhaupt zu ihr bringen? Ein Vampir allein könnte sie doch mitsamt ihrem Sarg stehlen und irgendwo verstecken, wo wir sie nie finden würden. Dann könnte er sie nach eigenem Fahrplan zurückholen.«

»Ihr Körper ist zu zerbrechlich, um so bewegt zu werden. Und wenn sie in zwei Stücke zerbricht, wird sie womöglich nie wieder die nötige Kraft aufbringen, um sich zu regenerieren. Sie muss Arabella Furnace aus eigener Kraft verlassen.«

Caxton verband das mit den Fakten, die sie hatte. »Okay. Also besteht der große Plan darin, ihr Blut zu bringen, so wie es Lares tat. Aber dieses Mal eine Menge Blut, genug, um sie völlig zu heilen. Damit das geschieht, erschafft sie also einen Vampir. Er geht in die Wälder und übernimmt Farrel Mortons Jagdhütte, die er zu seiner Operationsbasis macht. Er erschafft ein paar Halbtote, damit der Laden läuft, und zwei weitere Vampire. Monatelang bleiben sie in Deckung, fressen ausländische Lohnarbeiter, zeigen sich nicht. Warten ab. Aber warum? Warum haben sie noch nicht versucht, Malvern zu befreien? Werden Vampire im Laufe der Zeit stärker?«

»Nein. Sie sind nie stärker als in der Nacht, in der sie das erste Mal zur Jagd auferstehen.«

Caxton nickte. »Je länger sie also warten, desto schwächer werden sie, und desto größer ist das Risiko, mit dem sie leben müssen. Sie riskieren, dass jemand zur Jagdhütte kommt und bemerkt, dass man sie in ein Mausoleum verwandelt hat. Was auch tatsächlich passiert. Wäre der Halbtote nicht in meine Alkoholkontrolle geraten, hätten wir immer noch keine Ahnung, was da vorging. Farrel Morton taucht also mit seinen Kindern auf, für ein Wochenende im Wald. Doch statt seiner Jagdhütte betritt er ein Schreckenshaus. Die Vampire haben solche Angst vor ihrer Entdeckung, dass sie einen Halbtoten losschicken, um die Leichen anderswo loszuwerden und es so aussehen zu lassen, als wäre Morton nie bei der Jagdhütte gewesen. Warum das Risiko eingehen? Nun ja, als dieser Plan nicht aufging, mussten sie ihr Heim so schnell verlassen, dass sie nicht einmal ihre Särge mitnehmen konnten. Mittlerweile müssen sie ziemlich verzweifelt sein.«

Arkeley nickte.

»Verzweifelt genug, um das Sanatorium anzugreifen?«

»Malverns Plan ist noch nicht so weit, dass er in die Tat umgesetzt werden kann – noch nicht. Dieses Biest kann wirklich erstaunlich geduldig sein, wenn es nötig ist. Aber sie verschwendet auch keine Gelegenheiten. Sie wird einen Ersatzplan gefasst haben, und sie wird ihn so schnell wie möglich ausführen. Trotzdem rechne ich nicht sofort mit einem Angriff. Ich glaube, ich weiß, warum die Drei abgewartet haben.«

»Ja?«

»Einfache Logistik. Sie benötigt eine bestimmte Menge Blut. Drei Vampire können nicht genug Blut heranholen, um sie vollständig wiederzubeleben. Vier schon. Sie wollten noch einen weiteren erschaffen.«

»Mein Gott. Aber jetzt … Sie sind nur noch zu zweit, halb so viele, wie nötig wären. Das ist doch schon etwas, oder? Das ist doch gut.«

Arkeley sah sie finster an. »Es verschafft uns etwas Zeit, das ist alles.«

Caxton schaute auf. Während sie hier gesessen und sich unterhalten hatten, war der Rest des Nachmittags verstrichen. Ein gelber Strich markierte den westlichen Horizont – die Sonne ging unter. In einer Viertelstunde würde es dunkel sein. »Heute Nacht werden Menschen sterben«, sagte sie, »auf die eine oder andere Weise.«

Arkeley machte sich nicht die Mühe, das zu kommentieren.

Er griff nach dem BlackBerry, das in seiner Tasche summte. Als auch ihr Handy läutete, wusste sie, dass etwas passiert sein musste. Etwas Schlimmes.

19.

Caxton fuhr schnell, aber sicher. Das Blaulicht auf dem Armaturenbrett ließ ihre Nachtsicht zum Teufel gehen, aber dafür war sie ausgebildet worden. Als sie Farrel Mortons Jagdhütte erreichten, schaltete sie Blaulicht und Scheinwerfer aus und rollte in der Dunkelheit weiter. Es bestand keine Notwendigkeit, sich zum Ziel zu machen.

Eine Stunde zuvor, bei Einbruch der Dämmerung, war die regelmäßige Meldung der an der Hütte stationierten State Trooper ausgeblieben. Es waren gute Männer mit vielen Jahren Berufserfahrung – sie vergaßen nicht einfach, das Hauptquartier zu rufen. Der diensthabende Cop hatte die Zentrale von Troop J gerufen und durchgegeben, dass er vorbeifahren und nachsehen würde. Er ging davon aus, dass die Trooper Probleme mit dem Funkgerät hatten. Zwanzig Minuten später meldete er sich mit der Nachricht, dass die Trooper nirgendwo zu finden waren. Er wollte sich in der unmittelbaren Nähe im Wald umschauen. Seitdem hatte auch er sich nicht mehr gemeldet, und wenn man sein Handy anrief, klingelte es eine Weile und schaltete dann auf Mailbox um.

Der Sheriff schickte zwei Einheiten los. Troop J aus Lancaster kam mit jedem verfügbaren Wagen. Caxton und Arkeley hatten nicht gewartet, um zu hören, was sonst noch in die Wege geleitet wurde. Sie waren am nächsten an der Hütte dran, und Arkeley schien das zu gefallen.

»Gleich fangen Sie noch an zu lächeln«, sagte sie und

zog den Schlüssel aus der Zündung. »Hoffen Sie, dass das alles irgendwie ein großes Missverständnis ist, dass alle okay sind?«

»Nein«, erwiderte er. »Ich hoffe, dass es genau das ist, wonach es aussieht. Ich hoffe, dass wir heute Nacht einen zweiten Vampir erwischen. Allerdings bezweifle ich das. Die sind nicht dumm.«

Caxton öffnete den Kofferraum des unmarkierten Dienstwagens. Sie holte eine Polizeischrotflinte hervor, eine Remington 870, und hängte sie sich über die Schulter. Die Waffe hatte einen gekürzten Lauf und keinen Kolben, sodass sie sich leichter tragen ließ; sie war schwarz beschichtet, damit sie nicht im schwachen Licht schimmerte. Gegen Vampire würde sie nutzlos sein – die Schrotpatronen vom Kaliber 1 Buckshot waren dazu gemacht, ein menschliches Wesen zu stoppen, aber die Haut eines Vampirs konnten sie nicht einmal ritzen. Gegen Halbtote würden sie vielleicht effektiver sein.

»Wir konnten doch nicht damit rechnen, dass sie zurückkehren«, sagte sie und schloss den Kofferraum so leise wie möglich. »Oder? Für die Vampire war eine Rückkehr zu gefährlich. Sie wussten ja, dass wir den Ort überwachen. Sie ließen ihre Särge hier und würden nicht zurückkehren, um sie zu holen. Das haben Sie mir gesagt.«

»Wollen Sie mich dafür verantwortlich machen, wo wir nicht einmal genau wissen, was passiert ist?«

Caxton lud die Schrotflinte durch und hebelte eine Patrone in die Kammer. Mit der anderen Hand schnippte sie den Sicherungsriemen des Pistolenholsters auf. »Gehen Sie voraus?«

»Mit dieser Feuerkraft im Rücken? Vergessen Sie's. Beim ersten Anzeichen von Gefahr schießen Sie mich zu Brei. Sie gehen vor, und ich decke Sie.«

Das Anwesen lag im Dunkeln, nur eine einzelne Lampe brannte an der Seite des Gebäudes. Sie machte die Schatten nur noch tiefer. Caxton umrundete den Küchenflügel, geduckt, die Schrotflinte in den Himmel gerichtet. Sie kam zu einem offenen Fenster und entschied, das Risiko einzugehen. Sie knipste die auf der Flinte angebrachte Taschenlampe an und überprüfte, ob Arkeley ihr den Rücken deckte. Natürlich tat er es. Er schien sie nicht besonders zu mögen, aber er war ein erfahrener Polizist. Caxton richtete sich auf und leuchtete ins Haus. Niemand sprang sie an, also sah sie sich schnell um, schwenkte das Licht von einer Seite des Raums zur anderen, so wie man es ihr beigebracht hatte.

Alles sah genauso aus, wie sie erwartet hatte. Herd. Kühlschrank. Knochenstapel. Ein Halbtoter hätte sich überall in der Küche verstecken können, in den Schatten, außerhalb ihres Lichtkegels. Aber nichts bewegte sich. Sie umkreiste das Haus, Arkeley folgte ihr.

Als sie zur Rückseite kam, in die Nähe des Bachs, wehte ein raues, gackerndes Lachen von den Bäumen herüber und fuhr ihr eiskalt den Rücken hinunter. Sie verharrte, nahm geduckte Schusshaltung an und starrte in die Dunkelheit um sich herum. Ihre Taschenlampe fuhr die Bäume am Bachufer entlang und hielt inne, als sie die Quelle des Lachens fand. An einem der Bäume hing ein Halbtoter. Nein, er hing nicht. Man hatte ihn mit Draht am Baum befestigt, seine Arme und Beine sicher angebunden.

Sie musste augenblicklich an die Toten denken, die man im Wohnzimmer der Jagdhütte mit Draht in sitzende Posen gebracht hatte. »Keine beschissene Bewegung!«, kreischte sie.

Der Mistkerl lachte wieder. Das Geräusch reizte sie. Es fuhr ihr unter die Haut, und sie fühlte sich schmutzig, als wäre sie voller kaltem Schweiß und Dreck. »Oh, das verspreche ich«, sagte er. Seine Stimme klang nicht menschlich, aber auch nicht wie eine Vampirstimme. Sie war quiekig, infantil und bösartig.

Arkeley schob sich links neben sie, die Waffe in die Luft gerichtet. Er sah sie nicht an, nur den Halbtoten.

»Ich habe eine Nachricht für euch, aber ich verrate sie nur, wenn ihr lieb seid«, kicherte der Halbtote. Bevor sie antworten konnte, schoss Arkeley ihm in die Brust. Seine Rippen und das sehnige Fleisch, von dem sie zusammengehalten wurden, rissen und zersplitterten. Knochenstücke flogen vom Baum weg. Der Halbtote schrie, ein Laut, der seinem Lachen seltsam ähnlich war.

»Sag es mir jetzt, oder ich schieße dir die Füße ab«, sagte Arkeley.

»Mein Meister erwartet euch, und er wird euch nicht sehr gefallen!«, höhnte der Halbtote. »Er sagt, dass ihr sterben werdet!«

»Gib uns die gottverdammte Botschaft«, knurrte Caxton.

Der Halbtote schüttelte sich, seine Knochen stemmten sich gegen den Draht. Als würde ihm die einfache Bewegung einen hohen Preis abverlangen, hob er einen Arm und zeigte mit einem Knochenfinger über den Bach, tief in den Wald hinein.

»Wo ist er?«, wollte Arkeley wissen. »Sag mir, wo er ist. Sag es mir.«

Doch der Halbtote zitterte noch immer, er verkrampfte sich, riss sich selbst in Stücke. Ohne Vorwarnung sackte sein Kopf nach vorn und fiel zu Boden. Offensichtlich würden sie von ihm keine Antworten mehr bekommen.

Der Arm zeigte weiterhin auf den schattenerfüllten Wald.

Caxton starrte den ausgestreckten Finger an. »Das ist eine Falle«, sagte sie.

»Ja«, erwiderte Arkeley. Dann watete er durch den Bach in den Wald hinein. Sie rannte ihm nach, um ihn einzuholen und wieder die Führung zu übernehmen. Als sie in den Bach sprang, spritzte das eiskalte Wasser auf, ihre Socken saugten sich voll. Auf der anderen Seite lief sie in die Dunkelheit hinein, der Lichtkegel der Taschenlampe hüpfte über die Bäume, streifte die Stämme, sprang zu den Ästen hoch, glitt über die Wurzeln.

Als klar wurde, dass sie nicht auf der Stelle sterben würden, nahm sie an, dass sie es sich leisten konnte, weitere Fragen zu stellen. »Was ist aus der Vorsicht geworden?«, wollte sie wissen. »Sicherheitsgurte tragen und bloß keine Patrone in der Kammer haben?«

Er drehte sich um, um sie in der fast völligen Dunkelheit anzusehen. »Auf diese Weise wissen wir, dass wir in Gefahr schweben. Würden wir zum Wagen zurückgehen, könnten sie sich ohne Warnung auf uns stürzen. Wenn man weiß, dass einen der Feind in eine Falle locken will, bleibt einem nur eine Möglichkeit: Man stürmt vorwärts. In der Hoffnung, dass man in die Falle platzt, bevor der Feind völlig bereit ist.«

Die Hälfte der Zeit glaubte sie, dass er solche Dinge einfach nur von sich gab, damit er recht und sie unrecht hatte. Sie stapfte ihm ins Zwielicht hinterher.

Sie brauchten nicht lange, um die beiden State Trooper und den Cop zu finden. Wie der Halbtote waren sie mit Draht an Bäume gefesselt. Ihre Körper waren verstümmelt. Sie waren unter grausamen Schmerzen gestorben.

»Der Vampir«, hauchte Caxton.

»Nein.« Arkeley ergriff den Lauf ihrer Schrotflinte und schob ihn herum, bis der Lichtstrahl der darauf befestigten Taschenlampe ins Gesicht des toten Polizisten schien. Blut tropfte von seiner zerfleischten Nase, Blut, das durch die restliche Körperwärme noch immer dampfte. »Kein Vampir würde einen Körper so zurücklassen. Sie würden kein Blut auf den Boden tropfen lassen, nicht, wenn sie genug Zeit hatten.«

»Aber Lares hat das Blut überall verteilt. Ich habe Ihren Bericht gelesen.«

»Lares war verzweifelt und in Eile. Dieser Vampir kann sich Zeit lassen. Wir kennen nicht mal seinen Namen.« Er ließ ihre Waffe los. »Wir verschwenden unsere Zeit.«

Sie setzte sich wieder in Bewegung.

Arkeley schüttelte den Kopf. »Ich habe nicht gesagt, wir wären hier fertig.«

Caxton drehte sich um – und zwischen zwei Bäumen brach der Waldboden auseinander. Eine skelettierte Hand schoss in die Höhe und griff in die Luft. Caxton drehte sich erneut um und sah einen Halbtoten auf sich zukommen, in jeder Hand ein Fleischermesser. Sie hob die Schrotflinte und drückte ab.

Der Körper des Halbtoten explodierte in einer Wolke aus Asche und Staub, Knochen zersplitterten zu Fragmenten, weiches Gewebe platzte auf, klatschte gegen die Bäume und wurde zurückgeschleudert. Die Messer flogen durch die Luft und fielen zu Boden.

»Mein Gott!«, schrie sie. Das Ding war einfach… explodiert, die Tungsten-Munition hatte seinen Körper buchstäblich zerfetzt.

»Sie verfaulen ziemlich schnell. Nach einer Woche oder zehn Tagen können sie kaum noch Körper und Seele zusammenhalten«, erklärte Arkeley. Neben ihm tauchte ein Halbtoter auf, und er schlug ihm mit dem Pistolenlauf den Unterkiefer ab, dann feuerte er eines seiner Dum-Dum-Geschosse mitten in das linke Auge.

Plötzlich waren da Dutzende von ihnen, die in der Dunkelheit gackerten und zwischen den Bäumen umherliefen; ihre Waffen funkelten im Mondlicht, blitzten in Caxtons Lampenstrahl auf.

Verstärkung war unterwegs. Der Sheriff schickte zwei Wagen. Sie wollte ihr Handy herauszerren und fragen, wann sie eintreffen würden, aber das hätte bedeutet, eine Hand von der Flinte zu nehmen. Und das war unmöglich.

Direkt oberhalb ihres Stiefels grub sich etwas Scharfes in das Fleisch ihrer Wade. Sie schrie auf und trat nach der hautlosen Klaue, die nach ihr griff. Fingerknochen flogen durch die Luft, als ihr Stiefel traf, aber der Halbtote unter ihren Füßen versuchte sich trotzdem aus dem Boden zu erheben. Sie widerstand dem Drang, direkt nach unten zu schießen, wobei sie vermutlich den eigenen Fuß pulverisiert hätte. Stattdessen wartete sie darauf, dass sich der Kopf des Halbtoten aus der dunklen Erde schob, dann stampfte sie mit dem Stiefel darauf. »Vorsicht!«, rief sie. »Sie kommen aus dem Boden!«

Arkeley schaute finster in die Dunkelheit. »Wir haben nicht genug Munition.«

Caxton warf sich mit dem Rücken an einen Baum und lud die Schrotflinte durch. Wo zum Teufel blieb die Verstärkung?

20.

»Ob einer von ihnen eine Schusswaffe hat?«, fragte sie beinahe starr vor Angst.

»Unwahrscheinlich«, erwiderte Arkeley. »Ihnen fehlt die nötige Koordination, um vernünftig schießen zu können. Aber sie werden bewaffnet sein. Mir ist noch keiner dieser Bastarde begegnet, der nicht etwas für Messer übrig gehabt hätte.«

»Ich glaube, wir sollten zum Haus zurück«, sagte Caxton und gab sich alle Mühe, die offensichtliche Furcht in ihrer Stimme zu kontrollieren. Am liebsten hätte sie angefangen, nach Hilfe zu schreien, aber davon hätte niemand etwas gehabt. »Lassen Sie uns wenigstens von diesen Bäumen weggehen.« Die Halbtoten umzingelten sie. Ließen sich Zeit mit dem Angriff. Den Grund dafür konnte sich Caxton denken. Die Angreifer wollten sie überrennen: Einzeln schafften sie es nicht einmal in ihre Nähe, aber wenn eine Horde gleichzeitig zuschlug, würden sie und Arkeley über den Haufen gerannt werden und niemals schnell genug schießen können, um die messerschwingenden Monster auf Distanz zu halten.

Arkeley hob die Pistole und feuerte. Ein Halbtoter, den sie nicht mal gesehen hatte, löste sich mitten im Sprung auf. »Wenn wir uns zu weit entfernen, verlieren wir sie vielleicht. Aber Sie haben recht, wir gehen hier ein unnötiges Risiko ein.« Er wandte sich dem Bach zu, der zwischen ihnen und dem Haus floss. Vor ihm trat ein Halbtoter hinter einem Baum hervor, und Arkeley versetzte ihm mit der freien Hand einen Hieb, dass er auf den mit Blättern übersäten Boden stürzte. Caxton trampelte auf ihn drauf, als sie dem Fed dichtauf folgte.

»Machen Sie das gleiche wie ich«, zischte Arkeley. »Wenn wir sie nicht verscheuchen, könnten wir heute Nacht etwas in Erfahrung bringen.«

Sie schafften es fast bis zum Wasser, ohne dass sich ihnen jemand in den Weg stellte. Am Bach warteten fünf Halbtote auf sie, die in der Dunkelheit kaum zu sehen waren. Caxton sah ein Beil auf ihren Kopf zufliegen und konnte gerade noch rechtzeitig ausweichen, sodass die Waffe nur ihren Jackenärmel aufschlitzte. Hätten ihre Reflexe nicht im richtigen Augenblick funktioniert, hätte sich das Beil in ihr Brustbein gegraben. Sie verdrängte den Gedanken und hob die Schrotflinte. Ihr Schuss vernichtete einen der Halbtoten völlig und riss einem zweiten den Arm ab. Arkeley feuerte nacheinander zwei Schüsse ab, und zwei weitere Halbtote stürzten ins Wasser, nun nicht mehr als ein Haufen alter Knochen.

Damit blieb nur noch ein Halbtoter übrig, der auf den Beinen stand und unverletzt war. Er griff sie an, mit beiden Händen eine Schaufel über dem Kopf schwingend. Wütend kreischte er auf, als er die kurze Distanz überbrückte, dann brachte er die Schaufel hart nach unten, die scharfe Seite nach vorn gerichtet, direkt auf Caxtons Schulter.

Die Schaufel traf sie. Sie fühlte den Aufprall, Schmerz schoss ihren Arm hinauf und hinunter und weiter bis in ihre Brust hinein. Der Schlag hörte damit aber nicht auf – die scharfe Kante zerfetzte eine Schicht Stoff nach der anderen und grub sich schließlich tief in ihre Haut. Blut floss zwischen ihren Brüsten und über ihre Rückenwirbel nach unten. Ihre Haut spannte sich und riss, ihre Muskeln schrien in Panik, als sie zerteilt wurden. Es fühlte sich an, als würde sie sterben, als würde ihr Körper auseinandergerissen.

Arkeley ließ sich Zeit, zielte für den perfekten Schuss und blies dem Halbtoten endgültig den Rest seines Gesichts weg. »Stehen Sie auf«, sagte er.

»Ich will Sie ja nicht beunruhigen«, keuchte sie, lehnte sich gegen einen Baumstamm, stemmte sich wieder auf die Füße, »aber ich glaube, ich bin verletzt.« Sie hatte gar nicht gemerkt, wie sie hingefallen war. Die Wunde schmerzte furchtbar, und sie zitterte am ganzen Körper, als sie endlich wieder stand und an dem zerrissenen Jackenärmel herumfingerte. »Ich glaube … ich glaube, es ist schlimm.«

»Sie sind in Ordnung«, sagte er, obwohl er sich die Wunde nicht einmal angesehen hatte. Er starrte in die Richtung, aus der sie gekommen waren. Die Halbtoten zwischen den Bäumen sammelten sich. Im nächsten Moment würden sie kommen, sie einfach überrennen. »Bewegen Sie sich einfach ein paar Schritte.«

Sie glaubte, sie würde dort sterben, an diesem dunklen Ort, nur weil er sie nicht ernst nahm. Sie glaubte, sie würde

Deanna niemals wiedersehen. Aber sie folgte ihm, als er durch den Bach lief, und ihre Füße fühlten sich wie erfrorene Klumpen an. Ihr Atem ging schnell, jedoch ohne Rhythmus, sie konnte ihr Herz in der Brust pochen hören, und es war lauter als ihre Füße, unter denen das Wasser aufspritzte.

»Ich kann nicht… ich kann nicht mehr«, stieß sie hervor. Die Schmerzen machten sie benommen.

Er wandte sich um und starrte sie an, die Augen zu schmalen Schlitzen zusammengekniffen. Sie hatten keine Zeit anzuhalten, und sie wusste das. Sie hielt ihn auf. Er sah sie an und sagte: »In einer Sekunde werde ich Sie fragen, ob Sie okay sind. Ihre Antwort ist außerordentlich wichtig. Wenn Sie weiterkämpfen oder zumindest weiterlaufen können, dann müssen Sie ›Ja‹ sagen. Andernfalls müssen wir fliehen und denen diesmal den Sieg überlassen. Also. Sind Sie okay?«

Ein Kloß in ihrem Hals verhinderte eine Antwort, egal welche. Sie schaffte es, den Kopf zu schütteln. Nein, sie war nicht okay. Sie war verletzt, sie war mit einer Schaufel aufgehackt worden. Sie verblutete in der Dunkelheit, von Feinden umgeben. Sie war nicht im Mindesten okay.

Der Ausdruck auf seiner Miene verwandelte sich zu äußerstem Missfallen. Sie vermochte nicht zu sagen, ob es daran lag, dass er sich um sie sorgte oder daran, dass sie den Kampf verloren. »Dann lassen Sie uns hier abhauen«, sagte er und schob sie vorwärts.

Sie stieg das andere Ufer hoch und dann weiter zu der soliden, stabilen Jagdhütte. Sie drückte die gesunde Seite gegen eine Wand und griff an ihre Schulter, um die Verletzung zu untersuchen.

»Das machen Sie später, wenn Sie in Sicherheit sind«, sagte Arkeley, und seine Stimme klang sehr laut. Er drückte ihre Hände nach unten und zog sie von der Wand fort.

Er stieß die Haustür auf und schob sie hinein. Dann verriegelte er die Tür und drehte sich um, um im Wohnzimmer das grausame Bild der in lebensähnliche Posen gebrachten Leichen zu überfliegen. Der Lauf seiner Glock 23 fuhr von rechts nach links, bevor er überhaupt das Licht einschaltete.

Die Halbtoten draußen schrien nach Blut. Wo zum Teufel blieb der Sheriff? Wo waren die Wagen von Troop J? Caxton machte Anstalten, sich zu setzen – sie fühlte sich unsicher auf den Beinen, als würde sie gleich das Bewusstsein verlieren –, aber Arkeley warf ihr bloß einen finsteren Blick zu, und sie richtete sich wieder auf. Beide fuhren sie herum, als in der Küche Lärm ertönte – jemand versuchte einzubrechen. »Da ist ein offenes Fenster«, stieß sie hervor. Dasselbe Fenster, durch das sie bei ihrem Eintreffen geschaut hatte.

Arkeley rannte in den Küchenflügel und feuerte zwei Schüsse ab. Dann knallte er das Fenster zu und verriegelte es. »Das wird sie nicht lange abhalten«, rief er.

Draußen auf der Veranda schlugen die Halbtoten gegen die Hauswände. Ihre Stimmen verlangten nach Einlass, riefen ihnen zu, sich zu ergeben. Einer von ihnen rief Caxtons Namen, und sie wimmerte, aber sie hielt sich die Ohren zu und gewann langsam ihre Selbstkontrolle zurück. Als Arkeley zurückkam, zeigte sie auf den anderen Flügel, wo das Schlafzimmer war. Dort gab es nur ein Fenster, ein rechteckiger Schlitz hoch oben an der Wand, der ein paar verirrte Strahlen Mondlicht einließ.

»Wenn wir da reingehen, dann bleiben wir da«, sagte er. »Wir können die Tür verbarrikadieren, und das wird sie eine Weile fernhalten. Vielleicht aber nicht lange genug.« Er schaute nach oben und zeigte auf ein Dachfenster in der Decke, in etwa drei Meter Höhe. Eine weiße Schnur baumelte von dem Riegel, vermutlich, damit man es öffnen und an einem warmen Abend die Brise hereinlassen konnte. Arkeley schob einen Stuhl unter das Dachfenster, stieg drauf und griff nach dem Seil. Er riss daran, und das Fenster klappte auf. »Also gut, kommen Sie.«

»Ich kann nicht.« Caxton hielt sich die verletzte Schulter und schüttelte den Kopf. »Ich kann dort nicht raufklettern, nicht so.«

Eine Sekunde lang studierte Arkeley ihr Gesicht. Dann packte er einfach ihren verletzten Arm am Handgelenk und zog ihn in einer Kreisbewegung herum, die sie zu einer Pirouette zwang.

Schwarze Funken explodierten vor ihren Augen. Ihr Gehirn erbebte vor Schmerz.

Er schien es nicht für so schlimm zu halten. »Wäre etwas gebrochen, wären Sie jetzt ohnmächtig. Und jetzt rauf hier. Ich helfe Ihnen, so gut ich kann.«

Sie wollte das nicht. Sie wollte nichts tun außer in einen Krankenwagen steigen und sich mit Schmerzmitteln vollpumpen lassen. Sie stieg auf den Stuhl und griff in die Höhe. Sie kam fast an den Fensterrahmen heran, aber es fehlte ein Stück.

»Nehmen Sie das Seil«, schlug er vor.

»Hält das denn mein Gewicht?«

»Mir fällt nur ein Weg ein, das herauszufinden. Tun Sie es einfach!«

Sie saugte an der Unterlippe, wickelte sich das Seilende um die Faust. Dann sprang sie hoch und ergriff den Rahmen. Das scharfe Metall grub sich in ihre Handfläche und öffnete eine neue Wunde, aber sie schaffte es, sich festzuhalten. Das Seil schnitt in ihre andere Hand. Sie konnte fühlen, wie es unter ihrem Gewicht zerriss, aber einen Moment lang würde es sie halten. Arkeley stieß sie von unten, fest, und plötzlich war sie an der kalten, dunklen Luft. Ein paar Sterne funkelten am Himmel und erhellten das Schindeldach. Es sah zu steil aus; wenn sie das Dachfenster losließ, würde sie abstürzen. Aber sie musste Arkeley heraufhelfen. Sie drehte sich in der Taille, spreizte die Beine, um wenigstens minimalen Halt zu finden, streckte ihm den gesunden Arm entgegen und zerrte ihn herauf. Er war viel schwerer, als sie erwartet hatte.

Auf dem Weg nach oben brachte er das Seil mit. Er schloss das Fenster. Falls nicht einer der Halbtoten zwei Meter groß war, bestand keine Möglichkeit, dass sie ihnen aufs Dach folgen würden. Sie waren in Sicherheit – mehr oder weniger.

Unten versammelten sich die Halbtoten an der Vorderseite der Hütte. Im Sternenlicht waren ihre zerfetzten Gesichter weiß und bösartig. »Kommt da runter!«, rief einer von ihnen, und seine widerwärtige Stimme nervte Caxton. »Kommt runter, und wir reden!«, sagte das Ding. »Wir wollen dich doch nur ein bisschen besser kennenlernen, Laura!«

Sie hob die Schrotflinte, die sie die ganze Zeit über behalten hatte, entschied sich dann aber dagegen. Aus zehn Meter Entfernung würde die Ladung zu sehr streuen, um viel Schaden anzurichten, selbst bei einem kaum intakten Halbtoten. Sie griff mit der blutenden Hand nach dem Holster und zog die Pistole.

»Du wirst eine von uns werden, Laura!«, summte der Halbtote. »Es ist nur eine Frage der Zeit! Unser Meister ist in deinem Kopf, in deinem Gehirn!«

Sie zielte, aber Arkeley hielt sie auf. »Verschwenden Sie die Kugel nicht.« Er riss eine der Schindeln vom Dach los und hielt sie lose in der Hand. Sie maß beinahe neunzig Quadratzentimeter, und als er sie schleuderte, flog sie wie ein Frisbee. Sie prallte von der Brust des Halbtoten ab. Aber das reichte, damit das Ding brüllend vor Angst die Flucht ergriff.

»Es sind Feiglinge. Das müssen Sie lernen«, sagte er. »Jetzt können wir uns Ihre Schulter ansehen.«

Caxton konnte auf dem Schrägdach kaum das Gleichgewicht halten, aber sie schaffte es, die Jacke abzustreifen. Die kalte Luft ließ sie sofort wieder zittern. »Habe ich einen Schock?«, fragte sie und erinnerte sich an das Schlüsselwort aus dem Erste-Hilfe-Kurs auf der Akademie. Eigentlich sollte man ihn jedes Jahr auffrischen, aber das überprüfte niemand, und sie war nie dazu gekommen.

Er riss den Ärmel ihrer Uniformbluse auf und entblößte ihre Haut. Er berührte die Wunde, und seine Finger waren blutig. Das hatte sie erwartet, aber sie hatte auch erwartet, dass sie vor Blut triefen würden. Seine Finger waren kaum beschmutzt.

»Um Himmels willen«, sagte er verächtlich. Sie zuckte vor seinen Fingern zurück.

»Was? Was ist? Sagen Sie es mir!«, rief sie mit sich überschlagender Stimme. »Muss ich sterben?«

Er starrte sie angewidert an. »Das«, sagte er und zeigte auf die Wunde an ihrer Schulter, »ist nicht mal tief genug, um eine Hauskatze zu töten. Lassen Sie mich es so ausdrücken: Wenn Sie das nächste Mal so schlimm verwundet sind, sparen Sie sich die Mühe, es mir zu sagen. Ich kann nicht fassen, dass wir wegen dieses lächerlichen Kratzers eine echte Gelegenheit verschwendet haben.«

»Mein Gott«, sagte sie und wandte ihm den Rücken zu. »Es hat sich angefühlt, als hätte man mich in zwei Teile gerissen.«

Er schnalzte bloß mit der Zunge. Die Halbtoten unten auf dem Hof lachten sie aus. Sie trat gegen die Schindeln, bis sich einige lösten und auf die Menge unten prasselten. Die Halbtoten lachten nur noch lauter.

21.

Schließlich traf die Verstärkung ein, Blaulicht blitzte zwischen den Bäumen auf, Sirenen übertönten das Gejohle der Halbtoten. Caxton setzte sich auf und wäre beinahe vom Dach gefallen. Arkeley griff nach ihr, sah sie aber nicht an, als sie hektisch nach einem Halt griff.

Es wurde viel geschossen, wovon sie aber nichts sehen konnte. Sie musste daran denken, wie sie in der Grube festgesessen hatte, als sie den Vampir getötet hatten. »Mein Gott, ich habe eben wirklich geglaubt, ich müsste sterben.«

»Wenn für Sie die Zeit zum Sterben gekommen ist, lasse ich es Sie wissen.« Arkeleys Stimme klang höhnisch. »Verdammt.« Er streckte den Arm aus, und sie sah eine Horde Halbtoter auf die Bäume zulaufen. »Sie werden entkommen. Ich wollte mindestens einen gefangen nehmen, damit wir ein paar Informationen aus ihm herausfoltern können.«

»Ich weiß nicht, ob ich mir ansehen könnte, wie Sie jemanden foltern. Nicht mal einen dieser Freaks.«

»Dann muss ich es eben tun, während Sie wegsehen.«

Als der Sheriff und die State Trooper die Jagdhütte gesichert hatten, stellte man eine Leiter ans Dach, damit Caxton und Arkeley heruntersteigen konnten. Auf sie wartete ein Ambulanzwagen, während der Sheriff mit dem Fed sprechen wollte.

»Ziehen Sie die Bluse aus und setzen Sie sich«, sagte eine Emergency Medical Technician, eine Rettungssanitäterin, mit Plastikhandschuhen. Sie gehorchte und setzte sich auf den Rand des geöffneten Wagens. Es wurde immer kälter, und es gefiel ihr nicht, nur in ihrem BH hier zu sitzen, aber ein anderer Sanitäter legte ihr eine silberne Rettungsdecke um, und das half. Die erste Sanitäterin reinigte ihre Wunde mit einer antiseptischen Lösung, die ihre Haut orange färbte und dem

Schnitt die Farbe von würzigem Tacofleisch verlieh. »Das ist halb so wild«, sagte sie. »Ich habe schon wesentlich Schlimmeres gesehen.«

Das ging Caxton natürlich nicht anders. Sie war nur noch nie selbst verletzt worden, nicht einmal so oberflächlich. »Muss ich damit ins Krankenhaus?«

»Sie brauchen eine Tetanusimpfung, und ein Arzt wird alle drei Tage den Verband wechseln. Aber Sie können heute Nacht nach Hause fahren und dort schlafen – das ist das Wichtigste.«

Schlafen. Das wäre großartig. In den letzten paar Nächsten hatte sie insgesamt bestenfalls sechs Stunden Schlaf gehabt. Sie schloss die Augen, aber das pulsierende Blaulicht des Ambulanzwagens traf ihre Lider und brachte sie in die Gegenwart zurück. Die Sanitäterin bedeckte ihre Schulter mit einem Verband und schickte sie weg. Die Schulter schmerzte, aber der Arm ließ sich mühelos bewegen. Sie suchte nach Arkeley und fand ihn auf der Veranda, wo er eine große Karte des Bundestaates studierte. Der Sheriff stand steif neben ihm und hielt eine Taschenlampe genau so, dass der Fed mit dem Finger verschiedene Routen und Nebenstraßen verfolgen konnte. »Hier, richtig?«

»Ja, es heißt Bitumen Hollow. Winziger Ort.«

Caxton beugte sich neben Arkeley hinunter. Der Fed drehte den Kopf und starrte sie an, als würde sie ihm im Licht stehen. Was sie nicht tat. »Was?«, wollte sie wissen.

Er erklärte, was passiert war. Was ihre zweite Frage gewesen wäre. »Die Vampire haben heute Nacht zugeschlagen.« Er zeigte auf den Wald, wo die Halbtoten sie angegriffen hatten. »Das hier war gar keine Falle. Es war eine Ablenkung von dem, was dort geschieht.« Er pochte mit dem Finger auf die Karte.

»Sie sagten gerade, die Vampire hätten zugeschlagen. Vampire, wie Mehrzahl?«

Arkeley bleckte die Zähne und starrte auf die Karte, als wollte er ein Loch hineinbrennen. »Sie haben zusammengearbeitet. Die vorliegenden Informationen sind ziemlich nutzlos, um den Ablauf der Geschehnisse vernünftig zusammensetzen zu können. Wir haben ein paar panische Notrufe auf der Neun-Eins-Eins, ein paar Handyaufzeichnungen, die mir der Sheriff freundlicherweise weitergegeben hat. Keine richtigen Einzelheiten, aber sie stimmen alle in einer Tatsache überein: Es waren zwei von ihnen, zwei Männer, und sie waren hungrig. Sie haben ein ganzes Dorf ausgelöscht. Wir fahren sofort hin, um zu sehen, ob sie möglicherweise Beweise zurückgelassen haben.«

Sie nickte und griff nach den Wagenschlüsseln. Die waren in ihrer Jacke, die noch immer auf dem Dach lag. Arkeley stapfte mürrisch los, als sie ihm das sagte. Der Sheriff schaltete die Lampe aus und faltete seine Karte zusammen. »Nicht der freundlichste aller Hurensöhne, was?«, fragte er. Auf seiner Stirn war eine Narbe, die seine Augenbraue in zwei Hälften teilte.

»Für die Vampire zu arbeiten wäre garantiert witziger«, sagte sie, und er kicherte. Sie warf einen Blick auf die Karte, um sich einzuprägen, wo es hinging. Ein Sergeant von Troop J stieg aufs Dach und holte ihre Jacke. Er warf sie runter, und sie fing sie aus der Luft.

Im Wagen wollte Arkeley nicht einmal mit ihr reden. Sie startete das Fahrzeug und steuerte es zurück auf den Highway. Sie waren nur eine halbe Stunde Fahrt von dem Dorf entfernt. Etwa nach der halben Strecke wurde ihr klar, dass sie sein Schweigen nicht die ganze Fahrt über ertragen würde. »Hören Sie, ich weiß nicht, was ich getan habe, dass Sie so stinksauer sind, aber es tut mir leid.«

Ausnahmsweise war er in redseliger Stimmung. »Hätte ich gewusst, dass Sie nicht richtig verletzt sind, hätte ich keinen so überhasteten Rückzug angetreten«, sagte er in einem Ton, als würde er einen Bericht schreiben. »Ich wollte mindestens einen von ihnen gefangen nehmen. Was glauben Sie, warum ich sonst direkt in die Falle gelaufen bin? Vielleicht wäre diese Nacht dann kein solches Fiasko geworden. Vielleicht wären wir noch rechtzeitig nach Bitumen Hollow gekommen, solange noch die Chance bestand, dort zu helfen.«

»Jetzt machen Sie *mich* dafür verantwortlich, bevor wir überhaupt wissen, was dort passiert ist.« Aber natürlich wusste sie, was sie erwartete, so wie er es wusste. Sie wollte das Dorf nicht sehen – oder das, was davon noch übrig war. Sie wollte nichts von alldem tun, was sie hier tat. »Wenn ich Ihnen nicht hart genug bin …«

»Das werden Sie schon noch werden. Und zwar ganz schnell«, sagte er.

»Oder was?«

»Da gibt es kein ›oder was‹. Sie werden härter werden, und das war es. Mir bleibt keine Zeit, einen neuen Partner zu finden. Mir bleibt keine Zeit, jemand anderem beizubringen, wie gefährlich dieses Spiel ist. Lassen Sie mich nicht noch einmal hängen.«

Das war alles. Eines hatte sie immerhin gelernt – nämlich, wann er nichts mehr zu sagen hatte und es sinnlos war, weitere Fragen zu stellen. Bis zu ihrer Ankunft unterbrach sie sein brütendes Schweigen nicht mehr.

Bitumen Hollow befand sich direkt auf der anderen Seite der Mautstraße, in der Nähe des French-Creek-State-Park. Es stellte sich als kleines Depotdorf an der Bahnlinie heraus. Ein Jahrhundert zuvor hatte es womöglich als Verladestation für die örtlichen Kohleminen gedient, wenn man die riesigen, vor sich hin rostenden Loren betrachtete, die hinter der einzigen echten Straße des Dorfes standen. Nun diente es lediglich als Ort, an dem die Farmer aus der Umgebung Futtermittel und Dünger kauften. Oder hatte vielmehr bis vor ein paar Stunden diesem Zweck gedient. Es gab ein kleines Cafe, eine christliche Buchhandlung, einen Discountschuhladen und eine Post. In allen vier Gebäuden brannte Licht, aber niemand war da.

Gelbes Polizeiabsperrband riegelte beide Enden der Straße ab. Innerhalb des Kordons hielten sich keine Lebenden auf. Dafür eine Menge Leichen.

Arkeley sprach nicht mit ihr. Das war in Ordnung. Sie brauchte nicht noch mehr Schuldgefühle. Sie duckte sich unter dem Absperrungsband hindurch und schritt die Straße ab. Zählte vierzehn Leichen. Sah ihre aufgerissenen Augen. Ein Mädchen im Teenageralter hing über einer Sitzbank, der Leib durch einen Schlag von unaussprechlicher Gewalt zerschmettert. Der Ärmel ihres Mantels war aufgerissen, der Arm darunter kaum mehr als zerfetztes Fleisch. Caxton konnte den Blick nicht von ihrem Gesicht wenden. Dünne blonde Haarsträhnen hingen ihr in die Stirn und über die Nase. Sie klebten an dem getrockneten Speichel im Mundwinkel fest. In der Dunkelheit war schwer zu sagen, welche Farbe ihre Augen hatten, aber sie waren hübsch – oder waren es zumindest gewesen.

In der christlichen Buchhandlung lagen drei Leichen hinter der Theke, denen man allen die Kehle herausgerissen hatte. Ob sie sich hatten verstecken wollen oder die Vampire sie dort aus unerfindlichen Gründen aufgestapelt hatten, vermochte Caxton nicht zu sagen. Da war ein Mann, der eine geringfügige Ähnlichkeit mit Deannas großem Bruder Elvin hatte. Er trug eine Jagdkappe mit roten Ohrenschützern.

Am Ende der Straße war ein Auto, ein Prius, mit einem Laternenpfahl kollidiert. Der Fahrer lag über die Vordersitze verteilt. Caxton konnte nicht erkennen, ob es ein Mann oder eine Frau gewesen war. Das Gesicht war völlig weg, und das blutleere Gewebe darunter nahm dem Kopf alles Menschenähnliche.

Ein Lichtblitz ließ Caxton zusammenzucken. Sie blinzelte das Nachglühen weg und schaute auf. Auf der anderen Seite der Absperrung standen etwa zwanzig Sheriff-Deputies. Sie warteten respektvoll, wie Leute, die sich aufgestellt hatten, um eine Parade zu verfolgen. Clara, die Fotografin, hatte ein Bild gemacht – das war die Quelle des Blitzes. »Hi«, sagte sie, und Caxton nickte grüßend zurück.

»Wann immer Sie soweit sind, Trooper«, sagte der Sheriff. »Lassen Sie sich Zeit.« Sie begriff, dass man darauf wartete, dass sie und Arkeley ihre Untersuchungen abschlossen. Man hatte ihnen das Recht überlassen, den Tatort als Erste zu begutachten. Das Sheriff's Department würde übernehmen, sobald sie fertig waren.

»Arkeley«, sagte sie. »Haben Sie etwas Nützliches gefunden?«

Der Fed beugte sich über das Mädchen auf der Bank. »Nichts, was ich nicht schon zuvor gesehen hätte. Also gut, lassen Sie sie rein.« Er ging an ihr vorbei und hob das Absperrungsband. »Vielleicht fällt ihnen was auf, das ich übersehen habe. Ich bin außerordentlich müde, Lady, und ich glaube, ich will nach Hause.«

Sie starrte ihn an, dann trat sie zur Seite, um die Deputies unter dem Band durchtreten zu lassen. »Also gut«, sagte sie, ernstlich überrascht. »Ich hole den Wagen.«

»Wenn Sie nichts dagegen haben, wäre ich gern allein. Ich bin sicher, der Sheriff kann sie nach Hause bringen.«

Sehr seltsam, dachte sie. Bestimmt hatte Arkeley etwas vor. Er würde etwas tun, von dem er nicht wollte, dass sie es sah. »Okay.« Sie war ziemlich sicher, dass sie es auch gar nicht sehen wollte, und gab ihm den Schlüssel des Dienstwagens.

»Holen Sie mich morgen ab, wann es Ihnen passt«, sagte sie, aber er hatte sich bereits in Bewegung gesetzt.

»Was hat der denn?«, fragte Clara, aber Caxton konnte bloß den Kopf schütteln.

22.

Clara kniete sich auf den Asphalt, um ein Foto von der Hand des toten Mädchens zu machen. Ein blutloser Riss lief die Handfläche entlang. »Das sieht wie eine Abwehrverletzung aus«, sagte sie. Die Uniformkrawatte baumelte zwischen ihren Knien. »Finden Sie nicht?«

»Ich bin wirklich nicht für solche Dinge ausgebildet«, entschuldigte sich Caxton. Sie war sich nicht darüber im Klaren, was sie noch immer in Bitumen Hollow machte, außer auf eine Mitfahrgelegenheit zu warten. Sie schaute auf die Uhr und war überrascht, dass es erst halb neun war. Es kam ihr vor, als hätte der Kampf gegen den Halbtoten die ganze Nacht gedauert, aber in Wirklichkeit war kaum mehr als eine Stunde vergangen, selbst die Zeit mitgerechnet, die sie auf dem Dach der Jagdhütte verbracht hatten.

Sie war Clara gefolgt, weil die Fotografin ein bekanntes Gesicht war, die einzige Angehörige des Lancaster County Sheriff's Department, die sie mit Namen kannte. Augenscheinlich überwachte sie den Tatort, der technisch gesehen Arkeley und dem U.S. Marshals Service gehörte. Gelegentlich trat einer der Detectives des Sheriffs zu ihr und ließ sie ein Formblatt oder eine Verzichtserklärung unterzeichnen. Sie machte sich nicht einmal die Mühe, sie zu lesen. Arkeley interessierte sich ziemlich offensichtlich nicht für traditionelle Polizeiarbeit. Sein Modus Operandi bestand darin, sich (und seine ganze Umgebung) in Gefahr zu bringen und dann alles mit Gewalt zu lösen.

Wohin er verschwunden war – allein, in einem Dienstwagen der State Police, für den sie verantwortlich war – blieb ihr ein Rätsel. Ihr fiel wieder ein, dass er davon gesprochen hatte, Halbtote zu foltern, um Informationen zu gewinnen. Sie hatte erwidert, dass sie sich so etwas nicht ansehen würde, und er hatte gemeint, dann würde er es eben tun, wenn sie wegschaute. Aber es befanden sich keine Halbtoten in Polizeigewahrsam. Wo wollte er einen finden?

Möglicherweise hätte sie hartnäckiger versucht, dieses Rätsel zu lösen, wenn sie nicht so müde gewesen wäre. Sie sank vor der christlichen Buchhandlung auf eine Bank und rieb sich die Augen. Clara kam heran und blieb neben ihr stehen. »Brauchen Sie etwas?«, fragte sie. »Ich habe eine ganze Apotheke in meiner Tasche. Sie ist im Wagen – ich gehe sie holen.«

»Nein, nein.« Caxton winkte ab. »Schon in Ordnung. Ich laufe bloß schon eine Weile nur noch auf Reserve. Eine ordentliche Mütze voll Schlaf, und ich bin wieder hundert Prozent fit.« Sie lächelte die Fotografin an, die bloß mit den Schultern zuckte.

Clara ging zu der Leiche eines Farmers mit einer Lederjacke, der keine drei Meter entfernt auf der Straße lag. Einer seiner Arme war abgerissen und in einen Mülleimer geworfen worden. Der größte Teil seiner Brust fehlte, wie auch der gesamte Hals. Clara schien über ihm zu schweben, keine dreißig Zentimeter von seiner schlaffen, weißen Gesichtshaut entfernt, und machte mit ihrer Digitalkamera ein Bild.

»Sie sind furchtlos«, sagte Caxton und bewunderte die andere Frau. »Ich käme mit dem ganzen Blut nicht klar.«

Clara erhob sich und starrte sie an. »Waren Sie nicht bei

der Vernichtung dieses Vampirs letzte Nacht auf der Drei Zweiundzwanzig dabei?«

»Das war etwas anderes. Wenn man um sein Leben kämpft, hält einen das Adrenalin aufrecht. Aber wenn einfach so Leichen herumliegen, kann ich nicht damit umgehen. Zu viele traumatische Erinnerungen, verstehen Sie?«

Clara nickte und kam wieder zur Bank. »Früher hat mich das auch gestört, aber richtig. Warten Sie, ich zeige Ihnen einen Trick.« Sie gab Caxton die Kamera und bedeutete ihr, ein Foto zu schießen. Caxton richtete die Kamera auf den Toten auf der Straße und musterte den kleinen LCD-Schirm auf der Rückseite der Kamera. Sie wollte sich wieder abwenden, aber Clara verhinderte das. »Nein. Sehen Sie hin. Ist das Bild zu dunkel?«

»Nun, ja«, sagte Caxton. »Es ist Nacht. Sie brauchen das Blitzlicht.«

»Richtig.« Clara zeigte auf die Blitztaste, und Caxton stellte ihn an. »Jetzt versuchen Sie, das Bild besser einzufangen. Nehmen Sie alle Details auf, aber ohne zu viel Hintergrund. Nun, wie ist die Farbbalance?«

Caxton begriff sofort, worauf sie hinauswollte. »Ja. Okay. Es ist kein menschliches Wesen mehr. Es ist das Bild eines menschlichen Wesens. Das ist nicht so schlimm.«

Clara nickte zufrieden. »Es sind alles nur Farben und Schatten und Komposition. Ich beschäftige mich mehr damit, die Farbe des Blutes richtig hinzubekommen, als damit, wie viel Blut da ist. Jetzt…« Sie unterbrach sich und drehte den Kopf, als hätte sie etwas gehört.

Caxton schoss hoch. »Was? Was ist?« Aber dann hörte sie es auch. Es war nicht schwer. Jemand schrie. Ein Mann schrie, aus der Ferne und gedämpft, als wäre er unter der Erde gefangen. Caxton folgte dem Laut, bis sie in der Mitte der Straße einen Gullydeckel erspähte. Sie und Carla riefen nach Hilfe, knieten sich auf den Asphalt und versuchten, den Deckel mit den Fingern hochzuziehen. Es war wie der Versuch, einen liegengebliebenen Streifenwagen den Berg hochzuschieben. Ein Deputy eilte mit einer Brechstange herbei und stemmte den Deckel mit viel Ächzen und Anstrengung hoch. Als er zur Seite kippte, enthüllten die Straßenlampen eine verrostete Metalleiter, die in tintige Schwärze hinunterführte. Caxton übernahm die Spitze, sie eilte die knirschenden Sprossen hinunter, bis sie den Boden erreichte. Abwasser spritzte unter ihren Füßen auf, der Gestank überwältigte sie beinahe. Sie griff in die Tasche und fand ihre Maglite. Der schmale Strahl enthüllte verwitterte Ziegelmauern, die über ihrem Kopf einen Bogen beschrieben, und sie hatte das Gefühl, sie würden sie jeden Augenblick einschließen.

Sie richtete das Licht weiter in den Gang hinein und entdeckte die zitternde Gestalt eines Mannes, der mit beiden Armen ein großes Holzkreuz an sich drückte, fast einen Meter lang und sechzig Zentimeter breit. Entsetzen spiegelte sich in seinen Zügen, als das Licht ihn traf, und er schrie wieder. »Nein, nein«, stammelte er, »nein, nein, nein. Bleibt weg, bleibt weg von mir, weiche von mir, Satan, Gott der Herr, der Herr, der Herr!«

Caxton bewegte sich langsam auf ihn zu, eine Hand ausgestreckt, um zu zeigen, dass sie leer war, in der anderen die Lampe. Der Mann war kein Vampir und kein Halbtoter, aber offensichtlich konnte er nicht klar denken.

»Ich wollte nicht schreien«, flüsterte er. »Ich wollte mein Versteck nicht verraten! O mein Gott, o mein Gott, o mein Gott! Sie dürfen mich nicht kriegen. Sie dürfen mein Blut nicht kriegen!«

»Ich bin von der State Police, Sir«, sagte sie leise und sanft, beinahe summend. »Jetzt ist alles gut. Die Vampire sind weg.« Sie war fast nahe genug, um ihn anzufassen. Sie streckte die

Hand aus, um ihn an der Schulter zu berühren, so wie man es ihr beigebracht hatte. Eine nette, beruhigende Geste, die niemanden bedrohen würde.

»Die Macht Gottes zwingt dich!«, brüllte er und schwang das Kruzifix wie einen Baseballschläger. Es traf sie in den Magen, was ihr sofort die Luft raubte. Sie ließ die Maglite in den Dreck fallen und klappte zusammen, die plötzliche Dunkelheit brach über sie herein wie ein Höhleneinsturz. »Die Macht Gottes beschützt mich!«, brüllte er und versuchte, sie erneut zu schlagen. Sie hörte das Kreuz durch die Finsternis pfeifen und riss die Hand hoch, um es abzuwehren. Sie knickte in der Taille ein und nahm es ihm ab. Vor Anstrengung sah sie Sterne. Sie ließ das Kreuz fallen und packte ihn, fing seine Arme ein. Hoffte, dass er sie nicht zu beißen versuchte. Sie stieß ihm das Knie in den Unterleib, hart genug, um ernsthaft Schaden anzurichten.

Hinter ihr kam jemand mit einer größeren Lampe, und sie sah, wie sich die Pupillen des Mannes zusammenzogen. Sein Gesicht war nur wenige Zentimeter von ihrem entfernt, der Mund weit aufgerissen, von seinen Zähnen tropfte Speichel. Aber es waren menschliche Zähne. Er schnappte nach Luft – sie hatte ihn so hart getroffen, dass er kaum atmen konnte.

Dumm, dachte sie. Der Kampf gegen die Vampire hatte sie vergessen lassen, wie man Menschen überwältigte. Sie hätte den Kerl wirklich verletzen können, dessen einziges Verbrechen darin bestand, Angst zu haben. Sie ließ ihn los, und die Deputies drängten sich an ihr vorbei, um ihm Handschellen anzulegen und auf Waffen zu überprüfen. »Er ist kein Täter«, sagte sie, eine Hand vor dem Gesicht, zutiefst beschämt. »Er ist ein Überlebender.«

Oben auf der Straße untersuchte sie ihre Verletzungen. Nur eine Prellung in der Magengegend, aber sie fühlte sich wund an und würde am Morgen gelb und blau sein. Nun, sie konnte sie dem Schnitt an der Hand und der Schaufelwunde an der Schulter hinzufügen und das Ganze unter der Rubrik Nachtdienst abhaken.

»Wissen Sie was, die Bilder kann jemand anders machen«, sagte Clara. »Ich bringe Sie jetzt nach Hause.«

Caxton nickte, aber sie war noch nicht ganz mit Bitumen Hollow fertig. »Wer ist der Mann?«, fragte sie.

»Der stellvertretende Leiter der Buchhandlung«, sagte Clara. »Er beruhigte sich, nachdem wir ihn aus dem Abwasserkanal geholt haben. Soweit wir es sagen können, ist er der Einzige aus dem ganzen Dorf, der es geschafft hat.« Sie runzelte wütend die Stirn. »Er sagt, er erinnert sich nicht, wie er in den Kanal gekommen ist. Die Deputies sind gerade bei ihm, arbeiten mit dem virtuellen Identikit auf dem Laptop des Sheriffs.«

Sie hatten den Vampir, den sie getötet hatten, nicht identifizieren können. Was, wenn ihnen das bei einem der anderen gelang? Das könnte eine gute Spur sein, genau das, was sie brauchten. »Schicken Sie mir alles, was sie herausfinden, sofort auf meinen PDA, okay?«

»Ja, klar«, sagte Clara. »Sie bekommen den vollständigen Bericht und all meine Fotos, wenn bei Ihnen die Bandbreite ausreicht.«

Caxton nickte. Die State Police testete neue Handhelds, die einen größeren Speicher und bessere drahtlose Internetverbindungen hatten als die Laptops in den Streifenwagen.

»Das wird wohl hinhauen.« Sie rieb sich die Nase. »Und jetzt bringen Sie mich hier weg.«

»Ich trage mich bloß schnell beim Sheriff aus.« Clara eilte los und überließ Caxton ihrer neuesten Prellung. Als sie zurückkehrte, hatte sie die Krawatte abgenommen und den obersten Knopf ihrer Uniformbluse geöffnet. »Kommen Sie«, sagte sie. »Im Wagen können Sie schlafen.«

23.

Sie konnte nicht im Wagen schlafen. Claras Auto war ein umgebauter Crown Victoria, wie fast alle Polizeiwagen. Er hatte große Ähnlichkeit mit Caxtons Streifenwagen. Dafür ausgelegt, Polizisten mit allen nötigen Informationen zu versehen, war das Armaturenbrett mit Instrumenten übersät: Die Anzeige für eine Radarpistole, der allgegenwärtige befestigte Laptop für die Überprüfung von Kennzeichen, der Videorekorder, der alles überwachte, was sowohl im Wagen wie auch aus der Perspektive der vorderen Stoßstange geschah. Die verschiedenen Funkempfänger krächzten in unregelmäßigen Abständen. Wegen der kugelsicheren Trennwand direkt hinter Caxtons Kopf konnte man den Sitz nicht zurücklehnen. Dieser Wagen war ein Arbeitsplatz, kein Schlafzimmer. Nachdem sie sich fünfzehn Minuten zu entspannen versucht hatte, zupfte sie sich stumm und frustriert an den Haaren herum.

Clara warf ihr einen Blick zu. »Ich weiß, was Sie brauchen«, sagte sie und nahm die nächste Ausfahrt. Sie fuhr auf den Parkplatz eines eingeschossigen Gebäudes, unter dessen Dachkante weiße Lichterketten aufgehängt waren. Eine kleine Taverne, aus deren Fenstern helles, fröhliches Licht drang, das von den gedämpften Lauten einer Jukebox begleitet wurde, die irgendeinen scheußlichen Countrysong spielte. Sie traten ein, schnappten sich einen Stuhl an der Bar, und Clara bestellte Coronas mit extra Limone. »Sie werden nicht schlafen können. Sie sind angespannt wie eine Feder.«

Caxton wusste, dass das stimmte. Sie verspürte keine große Lust auf das Bier, auch wenn sie es nicht ablehnte. Sie war keine große Trinkerin – eigentlich war sie ein Morgenmensch und noch nie bis zum Zapfenstreich in einer Bar geblieben. Aber die kalte, feuchte Flasche in der Hand und der Limonengeschmack auf den Lippen machten ihr klar, dass sie schon seit langem die unbeschwerte, gute Laune vermisst hatte, die sich einstellte, wenn man von freundlichen Leuten umgeben in einer Bar saß. Vermutlich war sie nicht mehr an einem solchen Ort gewesen, seit sie Deanna kennengelernt hatte.

Auf einem großen Plasmabildschirm am anderen Ende der Bar lief ein Football-Spiel. Caxton sah auch nicht viel fern, und das helle Licht und die beständige Bewegung zogen ihren Blick an. Football interessierte sie nicht im Mindesten, aber die nichtssagende Normalität des Ganzen war irgendwie nett.

Langsam lockerten sich ihre Schultern. Allmählich ließ die Anspannung nach, und sie sackte leicht auf dem Barhocker zusammen. »Das«, sagte sie, »ist gar nicht so übel.«

»Hey, sehen Sie mal«, meinte Clara und zeigte auf den Bildschirm. Der Lokalsender brachte jetzt die Nachrichten. Es war erst zweiundzwanzig Uhr. Der Aufmacher begann mit einem Bericht aus einem Waldgebiet, mit viel Scheinwerferlicht und einem Reporter, der ständig mit aufgerissenen Augen und gespitzten Lippen in die Kamera starrte. Caxton hatte keine Ahnung, was da eigentlich vor sich ging, bis sie ihr eigenes Gesicht erblickte, das sich blass und geisterhaft aus der Dunkelheit schälte, um in Videokameralichter getaucht zu werden. »Stellen Sie doch bitte den Ton lauter«, bat Clara den Barmann.

»Ich erinnere mich überhaupt nicht an Kameras«, sagte Caxton und erkannte, dass es sich um den Ort des Vampirangriffs handelte. Jedenfalls das Nachspiel.

»... durften noch immer nicht die Toten sehen«, leierte die Reporterin herunter, »und hier herrscht eine Atmosphäre echter Geheimhaltung, das muss ich schon sagen, als wollte der Marshals Service etwas vertuschen. Vierundzwanzig Stunden später haben wir noch immer keine Informationen über den angeblichen Vampir. Die Behörden haben nicht einmal seinen Namen freigegeben.«

Vierundzwanzig Stunden? Dauerte das alles wirklich erst einen Tag? Caxton legte eine Hand auf den Mund. Im Fernsehen wandte sich ihr emotionsloses Gesicht vom Licht ab. Da war eine vage Erinnerung, dass ein Licht sie belästigt hatte, aber es war ihr nicht bewusst gewesen, dass die Medien eingetroffen waren, während sie ihren Bericht erstattete. Der Kampf mit dem Vampir musste sie so geschockt haben, dass sie wie benommen gewesen war.

»Eine Quelle bei der Pennsylvania State Police gab uns heute Nachtmittag ein Interview unter der Bedingung der Anonymität. Der Mitarbeiter sagt, der angebliche Vampir habe keinerlei Warnung erhalten oder eine Gelegenheit, sich den Behörden zu ergeben. Diane, in den kommenden Tagen werden wir bestimmt noch eine Menge über diese Geschichte hören.«

»Danke, Arturo«, sagte die Nachrichtenmoderatorin im Studio. Sie sah ruhig und völlig unbeeindruckt aus. »Bleiben Sie dran für weitere …«

»Wollten Sie das hören?«, fragte der Bartender. Als Clara nickte, dämpfte er wieder den Ton und schaltete zu einer Realityshow um: Unterwäschemodels, die in einer Metzgerei arbeiteten.

»Wow, Sie werden zu einer Prominenten, ist Ihnen das klar?«, fragte Clara. »Jeder Nachrichtensender im Land wird ein Interview haben wollen.«

»Klar, wenn ich so lange überlebe«, sagte Caxton kaum hörbar.

»Was?«, fragte Clara. Als Caxton es nicht wiederholte, schüttelte sie den Kopf. »Wow. Also, wie war der Vampir?«

»Blass. Groß. Mit vielen Zähnen«, antwortete Caxton.

»In der High School war ich richtig besessen von Vampiren. Meine Freunde und ich hatten Umhänge und falsche Vampirzähne, und damit machten wir kleine Filme, wie wir einander mit unseren besten verführerischen Blicken hypnotisierten. Mann, ich sah als Vampir richtig gut aus.«

»Das bezweifle ich«, meinte Caxton. Claras Brauen schossen in die Höhe; sie war auf dem besten Weg, beleidigt zu sein. »Verstehen Sie mich bitte nicht falsch. Ich wette, Sie sahen großartig aus. Aber nicht, wenn Sie wie ein Vampir aussehen. Zum einen sind sie so kahl wie Billardkugeln. Und diese kleinen spitzen Reißzähne? Glauben Sie mir, die wollen Sie nicht in der Realität sehen.«

Clara schlug mit der Hand auf die Bar. »Vampire sind sexy!«, verkündete sie keck. »Hören Sie auf, meine Schulmädchenphantasien zu ruinieren! Es interessiert mich nicht, ob sie kahl sind. Ich sage, solange wir hier in dieser Bar sind, ist alles an Vampiren sexy. Sehr, sehr sexy.«

Wider Willen musste Caxton lächeln. »Ach ja?«

»Aber klar doch!« Sie streckte die Hand aus und griff nach Caxtons Bizeps. »Und große harte Vampirjäger sind erst recht sexy!« Beide lachten. Es war wunderbar, dieses freundliche Lachen. »Finden Sie nicht, dass sie sexy ist?«, wollte Clara von dem Barmann wissen. Ihre Hand blieb auf Caxtons Arm ruhen, tat nichts, wogegen man hätte Einwände haben können. Clara sah sie nicht einmal an, trank aus ihrer Flasche, aber sie nahm die Hand auch nicht weg.

»Ich würde sie nehmen«, sagte der Barmann und sah zu, wie die Unterwäschemodels mit einem industriellen Fleischwolf Würstchen herstellten.

»Ich bin sofort wieder da«, sagte Caxton und entzog sich Claras Griff, als sie vom Hocker rutschte. Deren Hand bewegte sich zur Bar. Caxton rannte beinahe zur Damentoilette, wo sie sich Wasser ins Gesicht spritzte. Wow, dachte sie. Wow. Die Hand auf ihrem Arm war nicht nur warm gewesen.

Sondern heiß, richtig heiß. Ihr war klar, dass das eine Illusion gewesen war. Trotzdem. Wow. So hatte sie sich schon lange nicht mehr gefühlt. Sie vermisste dieses Gefühl. Sie vermisste es wirklich.

Als sie von der Toilette kam, stand Clara am Münztelefon. Sie lächelte von einem Ohr zum anderen, ihre Augen verrieten aber nichts. Sie wollte gleichzeitig cool und aggressiv sein. Caxton erinnerte sich an diesen Tanz, sie erinnerte sich sogar, die gleichen Manöver durchgeführt zu haben. Als Clara den Blick senkte und nach links trat, als Caxton gleichzeitig nach rechts trat, wusste sie genau, wie es in ihr aussah: die kleinen, bebenden Ängste, die sich hochschaukelten, je länger man sich zurückhielt, die große Hoffnung, die man unterdrückte, damit sie einen nicht überwältigte, die aber dennoch hervorplatzte.

Die Jukebox spielte sogar einen guten Song. Sie konnte sich nicht an den Namen des Sängers oder den Titel erinnern, aber es war ein guter Song.

Sie vermisste dieses Gefühl, die Schmetterlinge im Bauch, die Gänsehaut. Sie vermisste es so sehr, dass sie, als Clara die Hände ausstreckte, direkt an sie herantrat, die Augen schloss, als sie ihr Gesicht berührten, diese glühenden kleinen Finger, die die glatte Linie ihres Kieferschwungs nachzeichneten. Caxton blieb gerade noch Zeit auszuatmen, bevor Claras weiche Lippen die ihren berührten. Weich, feucht, genau die richtige Wärme. Das hatte sie am meisten vermisst, diese ersten, forschenden Küsse. Der erste Geschmack der Lippen einer Frau. Claras Mund bewegte sich, und Caxton hob die Hände, aber nicht, um Claras Gesicht zu berühren, sondern, um den Kuss ganz sanft zu beenden.

Claras Augen waren feucht, ihr Mund eine einzige Frage. »Bist du…?«, fragte sie flüsternd.

»Ich lebe in einer Beziehung«, sagte Caxton. Sie schwitzte

unter dem Verband an der Schulter. »Ich muss nach Hause. Zu ihr.«

Clara nickte und trat nach rechts, um sie vorbeizulassen. Nur dass Caxton im gleichen Augenblick nach links trat. Beinahe kollidierten sie miteinander, und das reichte aus, um die Anspannung zu brechen. Beide seufzten, teilten ein leises Lachen. Caxton bezahlte die Rechnung, und sie stiegen wieder in den Streifenwagen. Sie sagten nur wenig auf der Fahrt zu Caxtons Haus, aber die ganze Zeit lag ein kleines Lächeln auf Claras Lippen. Als sie den Wagen vor der Einfahrt anhielt, blieben sie noch einen Moment dort sitzen und lauschten dem Lied der Hunde in ihrem Zwinger. Normalerweise waren die Greyhounds still, aber Caxton machte sich deswegen keine Sorgen. Sie reagierten auf die Anwesenheit eines Fremden. »Ich liebe Hunde«, sagte Clara. »Welche Rasse?«

»Gerettete Greyhounds«, sagte Caxton, als würde sie ein Verbrechen gestehen.

Claras Augen leuchteten auf. »Vielleicht stellen Sie sie mir einmal vor?«

»Klar – irgendwann vielleicht.« Caxton errötete. Erst als sie die Tür aufstieß und die kalte Luft an den Wangen spürte, wurde sie sich bewusst, dass sie die ganze Fahrt über gerötet gewesen waren. Kein Wunder, dass Clara die ganze Zeit über gelächelt hatte. »Danke fürs Fahren«, sagte sie. »Wir … äh, sehen uns.«

»Keine Angst«, erwiderte Clara. »Ich kann warten, bis ich meine süßen kleinen Fangzähne in Ihren Hals schlage.« Sie lachte, als sie losfuhr.

Caxton fütterte die Hunde – Deanna hatte es wieder einmal vergessen, selbst die Trinknäpfe waren trocken – und ging rein. Sie zog sich in der Küche aus und eilte ins Bett, schlüpfte unter die Decken, bevor ihr kalt werden konnte. Deannas Körper unter der Decke war scharf und eckig, aber Caxton führte die Hand über den Bauch ihrer Geliebten und dann weiter nach oben, um ihre Brüste zu umfangen. Deanna rührte sich im Schlaf, und Caxton küsste ihr Ohr.

»Oh, Schatz, heute nicht«, flüsterte Deanna. »Du riechst nach Blut.«

Bei den Wunden an Hand und Schulter ließ sich dagegen wohl nichts sagen.

Caxton ging lange duschen, spielte mit dem Spiralanhänger, den Vesta Polder ihr gegeben hatte, sah zu, wie der Dampf um sie herumwogte, bis sie endlich entspannt in der Duschwanne einnickte. Es kostete sie ihre letzte Energie, sich abzutrocknen und wieder ins Bett zu schlüpfen, und bevor sie noch weiter darüber nachdenken konnte, war sie eingeschlafen.

24.

Am Morgen spielte sie eine Weile mit den Hunden. Draußen war es kalt, und der Zwinger war gut geheizt, also blieb sie bei ihnen und ließ sie um sich herumtanzen, nach ihren Haaren und ihrem Gesicht schnappen, so wie Greyhounds ihre Zuneigung zeigten. Sie waren wunderschön, ihre Körper so schlank und geschmeidig. Wilbur, der nur drei Beine, dafür aber schönes, braunes Fell hatte, drehte sich ununterbrochen auf ihrem Schoß, als wollte er sich verknoten, bevor er sich endlich niederließ. Sie streichelte ihn hinter den Ohren und sagte ihm, er sei ein guter Hund. Lola, ein italienischer Greyhound, auf die bereits ein gutes Zuhause außerhalb von New York auf dem Land wartete, drückte ständig die lange Nase gegen die Tür, aber immer, wenn Caxton sie aufstieß, tänzelte sie vor dem kalten Windschwall zurück, der hereindrang, schnappte nach der Luft und stellte sich auf die Hinterbeine, um gegen den Wind zu kämpfen.

Als Deanna sie dort fand, von Greyhounds umgeben, fühlte Caxton sich beinahe schon wieder wie ein Mensch. Deanna grinste sie an, als hätte sie sie mit der Hand in der Keksdose erwischt. Sie drückte ihr das PDA in die Hand und verschwand wortlos.

Sie hatte eine Mail von »Hsu_C@lesd.pa.us«, was nur Clara sein konnte. Mit zitternder Hand öffnete sie sie – was, wenn Deanna sie gesehen hatte? Was, wenn Clara angerufen hätte, statt eine Mail zu schicken, und Deanna an den Apparat gegangen wäre? Aber das war bloß Paranoia. Zum einen hatte sie nichts Schlimmes getan. Sie hatte Clara gestoppt, bevor etwas passiert war. Davon abgesehen war Claras Mail nicht im Mindesten peinlich. Es war eine der professionellsten Nachrichten, die sie je gelesen hatte, und sie enthielt nichts außer dem Bericht des Sheriff's Department über Bitumen Hollow. Es gab nicht einmal einen freundlichen Gruß.

Tatsächlich war sie sogar etwas enttäuscht. Es war ein Problem, dass Clara sie auf diese Weise angemacht hatte, trotzdem… es war schön gewesen. Sie verbannte den Gedanken und studierte den Bericht. Er war emotionslos und klinisch, und sie versuchte, ihn mit der gleichen Einstellung zu lesen, weigerte sich, den Schrecken der Menschen an sich herankommen zu lassen, die in der Nacht zuvor in dem verschlafenen Nest gestorben waren. Der größte Teil des Berichts basierte auf der Aussage des Augenzeugen, des stellvertretenden Leiters der christlichen Buchhandlung, der sie mit dem großen Kreuz geschlagen hatte. Nachdem er sich wieder beruhigt hatte, hatte er sich als recht guter Beobachter entpuppt. Er war Zeuge gewesen, wie die beiden Vampire die Hauptstraße betreten hatten, beide mit langen schwarzen Mänteln bekleidet, mit hochgeschlagenem Kragen, um den

Mund zu verhüllen. Falls sie als Menschen durchgehen wollten, hätten sie sich die Mühe sparen können. In Bitumen Hollow kannte jeder jeden – die Vampire (beide über einen Meter achtzig groß) stachen hervor wie abgerissene Daumen. Opfer Nr. 1 war die Teenagerin gewesen, Helena Saunders. Der eine Vampir hatte sie einfach in die Höhe gestemmt, während der andere ihren Mantelärmel aufriss und in den Arm biss. »Als würde man einen Maiskolben abnagen«, hatte der Zeuge gesagt. Danach wurde es hässlich.

Es hatte keinen Versuch gegeben, das Dorf zu verteidigen. Niemand hatte sich gewehrt, obwohl man unter der Theke des Cafés ein geladenes Jagdgewehr gefunden und die Frau, die die Post leitete (Opfer Nr. 4) eine registrierte Faustfeuerwaffe im Auto aufbewahrte. Als die Polizei eintraf, war es viel zu spät gewesen. Das überraschte Caxton nicht besonders. Ein so kleines Dorf hatte keine eigene Polizeidienststelle und war auf den lokalen Sheriff angewiesen.

Caxton überflog große Teile des Berichts bloß. Insgesamt gab es vierzehn Opfer, und sie musste nun wirklich nicht wissen, wie sie im einzelnen gestorben waren.

Vierzehn. Die beiden Vampire, die Bitumen Hollow angegriffen hatten, waren noch ziemlich neu. Ihr Blutdurst hätte schnell gestillt sein müssen – eigentlich hätte jedem von ihnen ein Opfer reichen müssen. Und doch hatten sie das ganze Dorf entvölkert. Warum? Sie dachte an Piter Lares, der sich bewusst überfressen und mit Blut vollgesogen hatte, damit er seine Ahnen füttern konnte, Justinia Malvern eingeschlossen. Vielleicht hatten die neuen Angreifer (der Bericht listete sie in lupenreiner Amtssprache als Gewalttäter Nr. 1 und Gewalttäter Nr. 2 auf) sich vollsaugen wollen, um Malvern zu füttern; aber nein, sie brauchten vier Vampire, um sie zu regenerieren. Außerdem war sie noch immer hinter den Mauern von Arabella Furnace in Sicherheit.

Soweit Caxton wusste.

Bei dem Gedanken, dass die Vampire das ehemalige Sanatorium angegriffen haben könnten, fuhr ihr ein eiskalter Schauer den Rücken herunter… Konnte es sein, dass Malvern frei war, jetzt, in diesem Augenblick? Aber nein, sicherlich hätte Arkeley dann schon angerufen.

Es sei denn, sie hatten angegriffen und Arkeley dabei getötet.

Sie fütterte schnell die Hunde und eilte ins Haus zurück. Sie wollte nicht wegen einer paranoiden Eingebung unbegründeten Alarm schlagen, aber sie musste es wissen. Im Telefonbuch gab es keinen Eintrag für das Arabella Furnace State Hospital, und die Datenbanken der State Police, auf die sie über das Internet Zugriff hatte, führten es nicht einmal auf. Während sie sich anzog, versuchte sie die Nummer beim Bureau of Prisons, der Strafvollzugsbehörde, zu erfragen, aber man sagte ihr, solche Anfragen müssten über die offiziellen Kanäle erfolgen. Der Mann am anderen Ende der Leitung wollte natürlich nicht einmal zugeben, dass es überhaupt existierte.

»Hören Sie, die Leute dort könnten in Gefahr sein. Ich weiß über diesen Ort Bescheid. Ich war da. Es ist ein Hospital für eine Patientin, und sie ist eine Vampirin. Justinia Malvern.«

»Beruhigen Sie sich, Lady«, sagte er. »Verstehen Sie doch, wir haben nichts mit Krankenhäusern zu tun. Bei uns geht es um Gefängnisse.«

Irgendwie gelang es ihr, ihn nicht anzubrüllen. Er versprach, ihre Nachricht weiterzuleiten. Caxton legte auf und stürmte aus dem Schlafzimmer. »Dee?«, rief sie. »Dee? Ich muss mir deinen Wagen leihen.«

Deanna lag im Wohnzimmer auf der Couch und sah fern. Die Fernbedienung fest umklammert, die Hand, die sie hielt, zur Hälfte in dem Flauschteppich begraben. »Ich habe letzte Nacht von dir geträumt«, sagte sie, als Caxton hereinstürmte. »Du warst an einem Pfahl festgebunden, und römische Soldaten peitschten deinen nackten Rücken aus. Blut floss in langen, roten Rinnsalen deine Hüften hinunter; es sah aus wie Schokoladensirup. Ich finde nicht, dass du heute irgendwo hinfahren solltest.«

Caxton ballte die Faust und schob sie in die Jackentasche. Für so etwas hatte sie jetzt keine Zeit. »Ich muss mir wirklich dein Auto borgen.«

»Warum? Vielleicht habe ich heute ja etwas zu erledigen.«

»Hast du?«, fragte Caxton. Heute war nicht Deannas Einkaufstag. Ihr Wagen stand sowieso die meiste Zeit unbenutzt in der Auffahrt. »Hör mal, das ist wirklich superwichtig. Ernsthaft, sonst würde ich nicht fragen.«

Deanna zuckte mit den Schultern und schaute auf den Bildschirm. »Na gut, wenn du mich zur Gefangenen in meinem eigenen Haus machen willst.«

Caxton merkte, dass sie die Luft anhielt. Sie stieß sie langsam aus und atmete dann genauso langsam wieder ein. Deannas Schlüssel hingen an einem Haken in der Küche, direkt neben dem Wandschrank, in dem sie ihre Waffe aufbewahrte. Sie holte beides. Die Luft draußen war mehr als kühl. Sie schloss die Uniformjacke über der Brust und sprang in Deannas kleinen roten Mazda. Nahm den Hut ab und wollte ihn auf den Beifahrersitz legen, aber auf dem bereits von Flecken übersäten Stoff lagen die Reste eines Mittagsmenüs von McDonald's einschließlich eines zur Hälfte gegessenen Hamburgers. Der schmale Rücksitz war voller Farbdosen und ungeöffneten Packungen mit Pinseln und Farbrollen, obwohl Deanna seit über sechs Monaten nicht mehr gemalt hatte. Sie hatte sich auf das titellose Projekt im Schuppen konzentriert.

Caxton legte den Hut vorsichtig auf eine geöffnete Farbdose, deren Inhalt zu einer harten, plastikähnlichen Masse getrocknet war, und hoffte das Beste. Sie stieß rückwärts aus der Einfahrt, stellte die Rückspiegel ein und war in wenigen Minuten auf dem Highway, in Richtung Arabella Furnace.

Unterwegs spielte sie am Autoradio herum, auf der Suche nach einem Nachrichtensender. Im Irak hatte es wieder einen Selbstmordanschlag gegeben, dann war da ein Golfskandal… Caxton interessierte sich nicht für Sport und verstand nicht einmal, wovon der Sprecher überhaupt redete. Es gab keine Berichte von Vampirangriffen auf stillgelegte Tuberkulosekliniken, keinen Zapfenstreich für einen im Dienst getöteten Bundesagenten, aber die fehlenden Nachrichten konnten sie nicht beruhigen.

Als sie ankam, war der Mittag schon lange vorbei, und es regnete. Die feuchten Blätter auf der Straße glänzten, und die schmale Zugangsstraße des Sanatoriums hatte sich in einen Schlammpfad verwandelt. Beinahe wäre der kleine Mazda stecken geblieben, aber Caxton hatte jahrelange Erfahrung darin, Autos bei schwierigen Straßenverhältnissen zu manövrieren. Sie parkte auf dem Rasen vor der gesichtslosen Statue der Gesundheit oder Hygiene oder was auch immer und verspürte eine gewisse, wenn auch nicht große Erleichterung, ihren Dienstwagen dort stehen zu sehen. Arkeley war in der Nacht nach Arabella Furnace gefahren. Als er behauptet hatte, allein sein zu wollen, musste er zu Malvern gefahren sein.

Ihr kam der Gedanke, ein Blick auf Bitumen Hollow habe ihm sicher verraten, dass sich die Vampire vollsogen und in der Nacht angreifen würden. Aber warum war er dann allein losgezogen und hatte sie zurückgelassen?

Weil er ihr nicht vertraute, natürlich. Weil sie sich wie ein Weichei benommen hatte, als man sie mit einer Schaufel ankratzte. Weil sie nicht zusehen konnte, wie er einen Halbtoten folterte. Er hatte entschieden, dass sie bloß eine Behinderung war.

Der CO am Tisch in der Eingangshalle erkannte sie, ließ sie sich aber trotzdem eintragen. Als sie ihn sah, wusste sie, dass ihre schlimmsten Befürchtungen nicht eingetroffen waren. Malvern saß noch immer hinter verschlossenen Türen.

»Was ist hier vergangene Nacht passiert?«, fragte sie und legte den Stift aufs Klemmbrett mit dem Formular zurück.

»Irgendetwas ist passiert, etwas Wichtiges«, sagte er mit weit aufgerissenen Augen.

»Etwas? Was heißt etwas?«

Er zuckte mit den Schultern. »Ich arbeite in der Tagschicht. Nachts, hier? Da müsste man mir schon die Füße am Boden festnageln, damit ich nicht das Weite suche.«

Sie wollte ihm noch eine Million Fragen stellen, aber vermutlich gab es kompetentere Informanten. Sie versuchte Malverns Station aus dem Gedächtnis zu finden, verirrte sich aber und musste den Rückweg antreten. Schließlich hatte sie es geschafft, ging nach links statt nach rechts und entdeckte den Plastikvorhang, der die Station abriegelte. Das Sanatorium war riesig und lag größtenteils im Dunkeln. Wenn sie nicht schon einmal hier gewesen wäre, wäre sie stundenlang umhergeirrt.

Sie schob sich an dem Plastik vorbei in das blaue Licht hinein, und da war natürlich Arkeley, saß geduldig auf einem Stuhl. Er erschien unversehrt, hatte aber anscheinend nicht geduscht, seit sie ihn zuletzt gesehen hatte.

Malvern war nirgendwo in Sicht, aber der Deckel ihres Sargs war geschlossen. Caxton ging direkt auf Arkeley zu. »Sind Sie in Ordnung?«

»Natürlich bin ich das, Trooper. Ich habe nett mit meiner alten Freundin geplaudert.« Er klopfte an den Sarg. Keine

Antwort ertönte, aber Caxton ging davon aus, dass Malvern dort sicher verwahrt lag. »Warum setzen Sie sich nicht?«

Caxton nickte. Sie schaute sich um, konnte Hazlitt aber nicht entdecken. Vielleicht schlief er tagsüber. »Ich dachte ... ich weiß, es klingt verrückt, aber mir kam da diese Idee. Die Vampire, die jeden in Bitumen Hollow ermordet haben, haben sich mit Blut vollgesogen. Ich dachte, dass sie hier angreifen könnten, dass sie das Blut für sie sammelten. Aber das war ja wohl nur ein dummer, voreiliger Schluss von mir.«

»Kaum«, erwiderte er. »Genau das haben sie getan. Oder zumindest versucht.«

25.

In der vergangenen Nacht, als Caxton in einer Bar von einem hübschen Mädchen geküsst wurde, hatte Arkeley um sein Leben gekämpft. Er berichtete ihr die Geschichte verhältnismäßig ruhig und ohne große Vorwürfe. Allerdings sagte er nicht einmal, dass er sich gewünscht hätte, sie wäre da gewesen, um ihm zu helfen.

Tatsächlich hatte ein Blick auf die Leichen in Bitumen Hollow Arkeley verraten, dass sich Ärger zusammenbraute. Er hatte die Zahl der Toten gesehen, und er wusste, mit wie vielen Vampiren sie es zu tun hatten. Er hatte es sich ausgerechnet. Hatte sich daran erinnert, wie Lares seine Vorfahren gefüttert hatte – »Nicht, dass ich das jemals vergessen könnte«, sagte er mit einem Schaudern –, und ihm war klar geworden, dass die Vampire nicht länger warten wollten. Die beiden konnten nicht genug Blut aufnehmen, um Malvern völlig zu regenerieren, aber sie konnten zumindest dafür sorgen, dass sie sich erheben und aus eigener Kraft gehen konnte. Sie würden noch in derselben Nacht zuschlagen – da war er sicher gewesen. Also hatte er den Dienstwagen genommen und war sofort nach Arabella Furnace gefahren.

»Ohne mich«, sagte Caxton etwas eingeschnappt.

»Soll ich meine Geschichte zu Ende erzählen, oder wollen wir streiten?«, fragte er.

Er war um einundzwanzig Uhr eingetroffen. Er hatte die Vollzugsbeamten gewarnt, dass etwas passieren würde, und war dann zu Malverns Privatstation gegangen. Ihr Verfall war seit ihrer letzten Begegnung, also seit er ihre Blutzufuhr beendet hatte, beträchtlich vorangeschritten. Sie konnte sich nicht mehr aufsetzen und lag in ihrem Sarg. Der größte Teil ihrer Kopfhaut hatte sich aufgelöst, ihr verbliebenes Auge war trocken und entzündet. Ein Arm lag quer über der Brust. Der andere baumelte schlaff aus dem Sarg, die krallenähnlichen Finger ruhten auf der Tastatur des Laptops. Zuerst dachte Arkeley, sie hätte ihn einfach verzweifelt dort hingelegt, aber ihr Zeigefinger zitterte und tippte auf das »R«, dann erstarrte er, als hätte diese unbedeutende Anstrengung sie vollkommen erschöpft.

Hazlitt trat ein; er schien über etwas sehr unglücklich zu sein. Er erklärte, dass Malvern durchschnittlich vier Anschläge die Minute schaffte. Der Arzt zeigte Arkeley, was sie bis jetzt geschrieben hatte:

ein tropfen mein junge
ist meine einzige medizin
ein tropfen ein tropfen nur einer

»Sie bringen sie um, Arkeley«, sagte der Arzt. »Es ist mir egal, ob sie bereits tot ist. Es ist mir egal, ob das ewig so weitergehen kann. Für mich ist das der Tod oder Schlimmeres.«

»Wenn sie so verzweifelt leben will, sollte sie ihre Kräfte sparen«, sagte Arkeley. »Vielleicht sollten Sie ihr den Computer wegnehmen.«

Hazlitt sah aus, als hätte man ihn geschlagen. »Das ist ihre einzige Verbindung zur Außenwelt«, beharrte er.

Arkeley tat das mit einem Schulterzucken ab. Er schickte den Arzt um zweiundzwanzig Uhr nach Hause, obwohl Hazlitt deutlich zeigte, dass er bei seiner Patientin bleiben wollte. Arkeley versicherte ihm, dass er gut aufpassen würde.

Sie waren allein. Das einzige Geräusch war das sporadische Klicken ihres verfallenen Nagels auf der Tastatur. Arkeley zog die Waffe und legte sie außerhalb von Malverns Reichweite auf den Herzmonitor. Er sollte keine Gelegenheit bekommen, sie zu benutzen.

Die Vampire, die beiden übrig gebliebenen Mitglieder von Malverns Brut, kamen gegen zwei Uhr morgens. Ihre Wangen waren gerötet, ihre Körper strahlten eine deutlich spürbare Hitze aus. Sie erschienen völlig lautlos, der eine im Haupteingang zur Station, der andere aus den blauen Schatten des Raumes. Arkeley hatte sie nicht hereinkommen sehen, obwohl er sie erwartet hatte.

Ein Vampir versuchte den Special Deputy zu hypnotisieren. Der andere schoss schnell wie ein Blitz durch den Raum, die Hände ausgestreckt, um Arkeleys Schultern zu packen, den Mund aufgerissen, um ihm den Kopf abzubeißen. Beide verharrten mitten im Angriff, als sie sahen, um was Arkeley seine Hand gelegt hatte.

Vor ihrer Ankunft hatte er mithilfe der überall herumliegenden chirurgischen Instrumente gewisse Vorsichtsmaßnahmen getroffen. Mit einer Knochensäge und einer Zange hatte er einen Teil von Malverns Brustkorb entfernt. Ein junger, gesunder Vampir konnte einen solchen Schaden fast sofort reparieren, aber Malvern hatte nie genug Blut bekommen und war viel zu alt, um überhaupt zu spüren, was er da eigentlich machte. Seine Amateurchirurgie hatte Malverns Herz freigelegt, einen kalten Klumpen schwarzes Muskelgewebe, das sich in seiner Hand wie ein Kohlebrikett anfühlte.

Als die beiden Vampire angriffen, drückte er ihr Herz zusammen. Es fing an, schon unter dem geringen Druck zu zerbröckeln. So schwach sie war, fand sie dennoch die Energie, den Kopf in den Nacken zu legen, der reißzahnbewehrte Mund klappte in einem lautlosen Schrei auf.

Die Vampire erstarrten. Sie schauten sich an, als würden sie lautlos diskutieren, was sie jetzt machen sollten.

»Ich werde euch ein paar Möglichkeiten aufzeigen«, sagte Arkeley. Er vermied es, ihnen in die Augen zu blicken – obwohl er überzeugt war, ihrem Willen widerstehen zu können, wollte er nicht im Belastungstest herausfinden, ob das auch stimmte. »Ihr könnt mich töten. Das könntet ihr beide, es würde nur einen Augenblick dauern. Unglücklicherweise würde meine Hand ein letztes Mal zucken und dieses Herz zerquetschen. Ihr könnt die ganze Nacht da stehen bleiben und darauf warten, dass mein Arm müde wird, aber bis Sonnenaufgang sind es nur vier Stunden. Wie weit seid ihr von euren Särgen entfernt?«

Sie antworteten nicht. Sie standen da, ihre roten Augen beobachteten ihn. Sie warteten auf eine dritte Möglichkeit.

»Ihr könnt einfach gehen«, sagte er und versuchte vernünftig zu klingen. »Und alle überleben.«

»Warum sollten wir dir vertrauen?«, fragte einer von ihnen. Das Blut, das in seiner Kehle blubberte, ließ seine Stimme rau und dick klingen.

»Du hast unseren Bruder getötet«, sagte der andere, biss

die Worte in die Luft. »Du könntest Malvern in dem Moment vernichten, in dem wir diesen Raum verlassen.«

»Wenn ich sie töte, würde man mich wegen Mordes vor Gericht stellen. Ich weiß, ich weiß, ich finde das auch sinnlos.« Arkeley wollte mit den Schultern zucken, aber die Geste hätte seine Hand in Bewegung versetzt und Malverns Herz aus ihrer Brust gerissen. In dem Augenblick, in dem das geschah, gäbe es für die Vampire keinen Grund mehr, ihn am Leben zu lassen. »Wenn ich heute Nacht hier sterbe, werde ich sie mit mir nehmen.«

Die Vampire verschwanden ohne jedes weitere Wort, gingen so schnell, wie sie gekommen waren.

Als er sicher war, dass sie fort waren, kontrollierte Arkeley die Wachmannschaft des Sanatoriums. Sie hatten seine Befehle befolgt. Die Vampire hatten kein Verlangen nach Blut verspürt – sie waren satt –, und als die Vollzugsbeamten keinen Widerstand boten, gingen sie einfach an ihnen vorbei. Niemand hatte auch nur den kleinsten Kratzer abbekommen.

Als Arkeley auf die Privatstation zurückkehrte, entdeckte er, dass Malvern auf dem Computer eine neue Zeile getippt hatte:

jungs meine jungs tötet ihn

Zum Glück für Arkeley hatte ihre Brut den Befehl nicht erhalten.

»In Ihren Adern fließt kein Blut«, sagte Caxton, als er mit seiner Geschichte geendet hatte, »sondern Eiswasser.«

»Ich freue mich, dass Sie so denken. Als sie dort standen, habe ich jeden Augenblick damit gerechnet, dass sich gleich meine Hand verkrampft.« Er lächelte. Es war nicht sein herablassendes Lächeln, nicht das Lächeln, das er der Freundin seiner Partnerin gezeigt hatte. Einfach nur ein normales, menschliches Lächeln. Es passte nicht zu ihm, war aber auch nicht völlig abstoßend. »Schließlich ging die Sonne auf. Sie zog den Arm zurück, und ich schloss den Sarg. Und da sind wir nun.«

»Sie hätten mich mitnehmen sollen. Wir hätten sie gemeinsam bekämpfen können«, wiederholte Caxton.

»Nicht auf diese Weise. Sie waren so voller Blut, dass ihnen nicht einmal eine Bazooka etwas ausgemacht hätte. Es hat schon einen Grund, warum sie immer fressen, bevor sie kämpfen. Allerdings hat das auch etwas Gutes. Sie brachten das Blut für sie, um es über sie zu erbrechen, so wie es Lares in der Nacht auf dem Boot tat. Jetzt werden sie es selbst verdauen müssen. Es wird sie stark machen, aber auch langsamer. Heute Nacht und vielleicht auch morgen Nacht werden sie vermutlich kein Blut wollen.«

»Also haben Sie mich nicht mitgenommen, weil Sie mich für ein Hindernis hielten. Sie glaubten, ich würde Ihnen Ihren Plan versauen.«

»Ich befürchtete, Sie könnten verletzt werden«, erwiderte er. »Müssen wir das jetzt klären? Ich habe die ganze Nacht nicht geschlafen.«

Caxton kochte innerlich, aber sie wusste, dass sie sich in diesem Augenblick lieber nicht mit ihm streiten sollte. »Toll. Wenn Sie mich nicht mehr brauchen – großartig. Dann gehe ich nach Hause zu meinen Hunden.«

Er schüttelte den Kopf. »Nein. Wir ändern Ihre Pflichten, aber Sie sind noch immer im Team. Sie können die Ermittlungen koordinieren, für mich die Namen und Adressen von Malverns Jungs herausfinden. Es wird immer etwas für Sie zu tun geben.«

»Ist ja toll, danke«, fauchte sie.

»Stellen Sie sich nicht so an. Nur wenige Leute bringen das mit, was nötig ist, um Vampire zu bekämpfen, Trooper. Sie haben Ihr Bestes getan. Nur weil das nicht ausgereicht hat, gibt es für Sie keinen Grund, sich schlecht zu fühlen. Hey.« Er schaute den Sarg an, dann wieder sie und hob die Brauen. »Wollen Sie mal einen Blick reinwerfen?«

26.

Nein, ich will nicht …«, sagte sie, aber sie war nicht sicher. Sie war nicht einmal sicher, was sie da ablehnte. Wollte sie überhaupt weiterhin an dem Fall mitarbeiten? Wollte sie überhaupt noch ein einziges Detail über Vampire erfahren, darüber, wie böse und grässlich die Welt war?

»Das ist, als würde man einer Raupe dabei zusehen, wie sie sich in eine Motte verwandelt. Es ist ekelig, aber auch faszinierend, wenn einen so etwas nicht aus der Bahn wirft.«

Sie wollte ablehnen. Sie würde ablehnen und sich umdrehen.

»Sie macht das jeden Morgen durch, verwandelt sich wie eine Larve in der Puppe. Ihr Körper muss sich verwandeln, damit er den Schaden beheben kann, den er in der Nacht erlitten hat.« Er hob den Sargdeckel an. Ein seltsamer Geruch nach Tier breitete sich aus, heiß und moschusartig, aber unnatürlich. Sie musste an den Hundezwinger denken, daran, wie er roch, wenn die Hunde krank waren. »Genau das bedeutet Unsterblichkeit.«

Nein. Sie brauchte bloß »Nein« zu sagen, und er würde den Deckel wieder zuklappen. Sie war mit diesem Fall fertig, und mit den Vampiren. Wenn er sie wieder zu ihrem Schreibtisch zurückschicken wollte, dann ging das in Ordnung.

Sie trat näher an den Sarg heran. Er öffnete den Deckel ganz, und sie schaute hinein.

Malverns Knochen lagen völlig durcheinander. Der gewaltige Unterkiefer hatte sich vom Schädel gelöst. Ihr Herz, das wie eine verfaulte Pflaume aussah, lag völlig frei im Brustkorb. Der Rest ihres Fleisches war zu einer schleimigen Suppe zerfallen, die das Seidenpolster des Sargs befleckte, eine wabbelige Masse, die ihr Becken und einen Teil der Wirbelsäule bedeckte. Pfützen davon schimmerten in den Sargecken und einer der Augenhöhlen. In der Flüssigkeit trieben Stücke, die wie angekohlte Hautfetzen aussahen, während sich in der Mitte der Schweinerei winzige, gekrümmte Dinger zusammenballten, die an abgeschnittene Fingernägel erinnerten. Der Geruch war stark, beinahe überwältigend. Caxton beugte sich ein Stück vor und studierte die abgeschnittenen Nägel. Mühsam konnte sie kleine Häkchen ausmachen, die aus einem Ende herausragten, und Ringe, die die winzigen Körper in Segmente teilten.

»Maden«, keuchte sie. Ihr Gesicht war nur Zentimeter von einem Klumpen Maden entfernt. Sie schoss hoch. Jetzt, da sie sie erkannt hatte, konnte sie unmöglich so tun, als wären sie etwas anderes. Ihre Haut juckte, ihr Gesicht verzog sich angewidert.

»Eines der größten Wunder der Evolution«, sagte er und wirkte dabei völlig ernst. »Jedenfalls, wenn Sie über Ihre Vorurteile hinwegsehen können. Sie fressen die Toten und meiden die Lebenden. Ihre Münder sind so beschaffen, dass sie nur durch Nahrung überleben können, die diese zähflüssige Konsistenz hat. Sie sind so geschickt darin, nekrotisches Gewebe gemeinsam aufzubrechen, dass sie buchstäblich ein gemeinsames Verdauungssystem teilen. Ist das nicht erstaunlich?«

»Mein Gott, Arkeley«, sagte sie und schmeckte ihren

Mageninhalt in der Kehle. »Sie haben Ihre Meinung klar zum Ausdruck gebracht. Decken Sie sie wieder zu, bitte.«

»Aber Sie haben so vieles noch nicht gesehen. Wollen Sie nicht beobachten, wie sie wieder zum Leben erwacht, wenn die Sonne untergeht? Wollen Sie nicht sehen, wie sich ihr Gewebe wieder zusammensetzt, sich ihr Augapfel aufbläst, ihr Herz mit dem Rest verwächst?«

»Machen Sie einfach nur zu«, stieß sie leise hervor. Sie hielt sich den Bauch, aber das machte es nur noch schlimmer. Sie versuchte, ganz ruhig zu atmen. »Dieser Geruch.«

»Er ist verkehrt, nicht wahr? So riechen natürliche Dinge einfach nicht.« Sie hörte, wie sich der Sarg hinter ihrem Rücken schloss. Das half etwas. »Den Maden scheint das egal zu sein, aber Hunde jaulen, wenn sie sie riechen, und Kühe geben keine Milch mehr, wenn sie vorbeikommt. Selbst Menschen bemerken den Geruch irgendwann. Irgendetwas an ihr ist falsch, einfach nicht richtig. Natürlich hat sie einem dann schon längst eine der großen Adern aus dem Arm gerissen, damit sie all das Blut im Körper schlucken kann.«

»Sie genießen das richtig, oder?«, wollte sie wissen. »Sie fühlen sich wohl, wenn Sie dem kleinen Mädchen zeigen können, wo es hingehört.« Caxton ging mit großen, steifen Schritten in die andere Ecke des Raums, so weit weg von dem Sarg, wie sie nur konnte. »Jetzt fühlen Sie sich wie ein richtig harter Bursche.«

Er stieß einen langen, übertriebenen Seufzer aus. Sie drehte sich um. Sein Gesicht zeigte nicht das geringste Vergnügen. Nicht das geringste Verlangen, sie zu verletzen, das sah sie. Nur Müdigkeit.

»Sie wollten mich zu Ihrem Nachfolger ausbilden«, sagte sie. »Jemand, der die Vampire bekämpft, wenn es Sie nicht mehr gibt.«

Er schüttelte den Kopf. »Nein, Trooper, nein. Ich habe Sie

nicht einmal als Kandidatin in Betracht gezogen. Ich erzähle Ihnen da keinen Mist. Zumindest das schulde ich Ihnen, da Sie ehrlich zu mir waren.«

Sie nickte resigniert. Diese Diskussion konnte sie nicht gewinnen. Genauso war es gewesen, wenn sie sich mit ihrem Vater gestritten hatte. Auch er war ein guter Mann gewesen, aber in seinem Haus hatte er immer recht. So waren die Regeln. Als Teenager war es ihr schwerer gefallen, das nicht zu vergessen.

Mein Gott, dachte sie. Warum dachte sie in letzter Zeit nur so oft an ihren Vater? Seit der Vampir sie hypnotisiert hatte, der nun tote Vampir, hatte sie viel an ihn gedacht. Und sie hatte Vesta Polder von ihrer Mom erzählt. Bis sie Deanna das erste Mal von ihren toten Eltern erzählt hatte, waren Monate vergangen. Arkeley hatte das in Rekordzeit an die Oberfläche gezerrt.

Genug davon. Es war vorbei. Das hatte sie auch gedacht, als sie den ersten Vampir hatte sterben sehen. Aber jetzt stimmte es. »Auch ich habe etwas, das Sie sehen sollten«, sagte sie, und er blickte sie erwartungsvoll an. Die Auseinandersetzung hatte ihn nicht im Mindesten gestört, weil er wusste, dass es seine Untersuchung war und er deshalb recht hatte. Schön, okay, was soll's, dachte sie und wusste, dass sie später in die Luft gehen würde, wenn er nicht in der Nähe war. Sie holte den PDA hervor und scrollte zu Claras E-Mail. Sie öffnete zwei der Bilder aus dem Anhang und schob sie nebeneinander. »Die haben wir von einem Überlebenden in Bitumen Hollow.«

Er beugte sich nahe heran, um die Bilder auf dem kleinen Bildschirm erkennen zu können. Sie hatte sie bereits studiert und wusste, was er sehen würde. Die Fotos waren mit einem virtuellen Identikit erstellt worden, einer Software, mit der das Sheriff's Department farbige Phantombilder von Gewalttäter Nr. 1 und Nr. 2 erstellt hatte. Wie bei solchen Bildern üblich, waren sie nicht exakt und sahen klobig und seltsam aus, eher wie Bilder von Frankensteins Monster als von Vampiren. Die Hauttönung war falsch, weil das Identikit keine Option für totenblasse Haut hatte, sie wiesen auch keine roten Augen auf (ein dunkles, warmes Braun kam am nächsten heran), und auch Kiefer und Zähne wiesen nicht die geringste Ähnlichkeit mit denen eines Vampirs auf.

Doch die Bilder trafen bei Arkeley sofort einen Nerv. »Ja. Das sind sie«, sagte er. »Das ist gut. Das ist nützlich.«

Caxton nickte. »Das fand ich auch. Und schauen Sie, bei einem von ihnen haben wir sogar ein identifizierbares Merkmal.« Der Identikit-Künstler hatte die langen, dreieckigen Ohren von Gewalttäter Nr. 2 eingezeichnet. Der Zeuge hatte jedoch darauf bestanden, dass Gewalttäter Nr. 1 normale menschliche Ohren gehabt hatte, die oben verfärbt und beinahe schwarz waren. »Seine Ohren sind anders.«

»Weil er sie sich täglich abreißt«, stimmte Arkeley ihr zu.

»Er tut bitte was?«

Der Fed nahm den PDA und hielt ihn nahe vors Gesicht. »Die Ohren sind ein unverkennbares, verräterisches Zeichen. Manche Vampire, vor allem junge, versuchen sie zu verbergen, damit sie menschlicher aussehen. Lares hat das auch zur Tarnung gemacht. Ich habe in anderen Quellen gelesen, dass sie es auch aus Selbstekel machen. Sie wollen wieder menschlich aussehen. Sie tragen Perücken und blaue Kontaktlinsen, legen sogar Rouge auf und kleben Nasen an, um mehr wie wir auszusehen.«

»Aber jeden Tag… Dieser Kerl reißt sich jeden Tag die Ohren ab?«

Arkeley zuckte mit den Schultern. »Jede Nacht. Wenn er bei Sonnenuntergang aufwacht, sind sie wieder nachgewachsen.«

Das ließ Caxton an die Maden im Sarg denken. »Einige von ihnen müssen sich hassen. Sie hassen sich und das, was sie tun müssen.«

»Das weiß niemand. In den Filmen heißt es immer, dass sie ein düsteres und grüblerisches Innenleben haben, aber ich kaufe ihnen das nicht ab. Ich glaube, sie denken die ganze Nacht nur an Blut. Wie gut es schmeckt und wie schlecht sie sich fühlen, wenn sie es nicht bekommen. Wie sie mehr davon bekommen können, ohne erwischt und exekutiert zu werden. Und wie lange es wohl dauern wird, bevor es ihnen egal ist, ob sie dabei erwischt werden.«

Plötzlich fröstelte Caxton. »Wie Junkies«, meinte sie. Bevor sie das College geschmissen hatte, hatte sie ein paar Mädchen gekannt, die Heroin nahmen. Bevor sie angefangen hatten, die Droge zu nehmen, waren es individuelle Persönlichkeiten mit Gedanken und Gefühlen gewesen. Danach waren sie austauschbar, die Sucht hatte ihre Persönlichkeiten völlig unter sich begraben. »Wie Junkies, die von ihrer Sucht nicht loskommen.«

»Mit einem Unterschied«, sagte er. »Junkies sterben am Ende.«

27.

Hier ist vergangene Nacht etwas passiert, oder? Etwas, das schlimm hätte ausgehen können«, sagte Sergeant Tucker und starrte sie über den Schreibtisch hinweg an. Als Caxton ihn das letzte Mal gesehen hatte, hatte er die Füße auf dem Tisch liegen gehabt und ferngesehen. Jetzt beugte er sich vor, behielt die vier Korridore im Auge, die von seiner Station ausgingen. »Wir hatten gestern vierundzwanzig COs im Dienst, aber ich bekomme aus keinem eine vernünftige Antwort heraus. Ein Kerl sah sich bewegende Schatten, als wäre sein Raum voller flackernder Kerzen und so ein Mist. Ein anderer sah definitiv einen Vampir über den Rasen gehen, bleiche Haut, viele Zähne, so kahl wie ein Ei, aber er durfte dem Arschloch nicht mal den Befehl geben, stehen zu bleiben.«

»Das war mein Befehl«, bestätigte Arkeley.

Tucker nickte. »Und dann, um zwei Uhr fünfzehn, fiel die Temperatur in diesem Flügel des Krankenhauses um zweieinhalb Grad. Ich habe die Aufnahme hier auf meinem Computer. Erst waren es dreiundzwanzig Grad, dann zwanzig. Um halb drei waren es wieder einundzwanzig. Die Überwachungskamera hat etwas Blasses, Verschwommenes aufgezeichnet, das so schnell durchs Schwimmbad läuft, dass ich es nicht einmal mit der Bildbearbeitung schärfer bekomme.« Tucker kniff die Augen zusammen. »Wenn Sie nicht dagewesen wären, nur meine Männer…«

»Ich war da. Die Situation war die ganze Zeit unter Kontrolle.«

Tucker musterte lange Arkeleys Gesicht, dann schaute er zur Seite und kratzte sich am Kopf. »Ja, schon gut. Was kann ich jetzt für Sie tun?«

Caxton gab ihm ihr PDA, und Tucker starrte auf den Bildschirm. »Das sind die Vampire, die letzte Nacht hier waren«, erklärte Arkeley. »Ich muss wissen, ob sie irgendwem von der Liste ähneln.«

Tucker klapperte auf der Tastatur herum. »Richtig, die Liste mit den Leuten, die hier in den vergangenen zwei Jahren gearbeitet haben. Ich kann nicht behaupten, dass ich einen von ihnen erkenne, aber schauen wir mal nach.« Er drehte den Monitor, damit sie ihn alle sehen konnten. Die Namen erschienen auf dem Bildschirm, und er klickte jeden an, um ein Foto aufzurufen.

»Eine ziemlich fortschrittliche Datenbank...«, staunte Caxton.

Tucker schürzte die Lippen und klickte sich durch die Namen, einen nach dem anderen. »Das muss sie auch sein. Ich weiß ja nicht, wie das hier für Sie aussieht, aber für mich ist das eine Justizvollzugsanstalt. Ich leite sie, wie ich jedes Gefängnis leiten würde – was bedeutet, dass ich genau Buch führe, wer reinkommt und wer rausgeht.«

»Da«, sagte Arkeley und zeigte auf den Bildschirm. »Gehen Sie ein paar zurück.«

Tucker gehorchte, und gleich darauf starrten sie auf das Foto eines gewissen Efrain Zacapa Reyes, eines Elektrikers des Bureau of Prisons, der im vergangenen Jahr in Arabella Furnace gearbeitet hatte. »Ich erinnere mich dunkel an ihn. Er sollte ein paar Leuchtstoffröhren austauschen und das blaue Licht einrichten, das Hazlitt haben wollte.«

Caxton fröstelte.

Arkeley runzelte die Stirn. »Also wäre er ihr nahe genug gekommen, um mit ihr zu kommunizieren. Nahe genug, dass sie den Fluch weitergeben konnte.«

Caxton setzte zu einer Frage an, aber dann fiel ihr wieder etwas ein. Eigentlich arbeitete sie nicht mehr aktiv an dem Fall. Sie konnte Arkeley in der Funktion helfen, die er ihr zugeschrieben hatte, aber ihre Meinung war nicht länger willkommen. Ein seltsames Verlustgefühl durchfuhr sie, seltsam, weil es so sehr dem ähnelte, was sie gespürt hatte, als Clara sie geküsst hatte. Als könnte sie einen völlig neuen, aufregenden Aspekt des Lebens sehen, nur um zu festzustellen, dass sie ihn niemals würde erforschen dürfen.

»Da besteht eine gewisse Ähnlichkeit, zugegeben, aber das ist nicht Ihr Mann«, sagte Tucker und riss sie aus ihren Gedanken.

»Und warum nicht?«, fragte Arkeley.

»Nun, er war höchstens eine Stunde im Krankenhausflügel. Er hat bloß ein paar Glühbirnen eingeschraubt, und ich hatte drei COs mit ihm mitgeschickt, die die ganze Zeit bei ihm waren. Hätte er irgendetwas versucht, hätten sie ihn auf der Stelle niedergeschlagen – wir hier in Arabella Furnace fackeln nicht lange. Niemand hat etwas davon erwähnt, Blut oder Speichel oder sonst etwas Feuchtes aufgewischt zu haben.«

Arkeley nickte, aber offensichtlich hatte er Reyes noch nicht als Verdächtigen ausgeschlossen. Caxton starrte die beiden Bilder an, das auf ihrem PDA und das auf dem Monitor. Stirn und Nase des einen Vampirs und des Elektrikers ähnelten sich auffällig. Es gab aber auch einen großen Unterschied zwischen den beiden.

»Er ist ein Latino«, sagte sie. Reyes' Haut wies die Farbe einer reifen Walnuss auf. Der Vampir war natürlich schneeweiß.

»Den Fehler haben schon andere gemacht«, verkündete Arkeley. »Andere, die jetzt tot sind. Wenn sich Vampire aus dem Grab erheben, verliert ihre Haut sämtliche Pigmente. Es spielt keine Rolle, ob sie vorher Afrikaner, Japaner oder Eskimos waren, sie werden weiß. Sie haben doch selbst gesehen, dass Vampire Albinos sind.« Er tippte auf den Computerbildschirm. »Das ist einer unserer Männer.«

Tucker verschwendete keine Zeit und druckte Reyes' Daten aus. Caxton holte schnell das ausgedruckte Blatt aus dem Drucker.

»Sagen Sie mir seine LBA«, verlangte Arkeley und meinte seine letzte bekannte Adresse. »Wir haben die Vampire aus der Jagdhütte vertrieben. Sie brauchen ein neues Versteck, und wahrscheinlich werden sie einen Ort wählen, der ihnen vertraut ist.«

Sie fand die Informationen mühelos, schüttelte aber den

Kopf. »Das ist ein Apartmenthaus in Villanova. Das werden sie nicht nehmen, oder? Zu belebt, das Risiko, dass man sie kommen und gehen sieht, ist zu groß.«

Arkeley nickte. »Sie ziehen Ruinen und Farmen vor.«

»Dann steht hier nichts. Reyes wohnt seit Jahren dort, mindestens seit 2001. Hören Sie, ich telefoniere mal kurz, vielleicht finde ich ja etwas heraus.« Vielleicht... wenn es ihr gelang, nützliche Informationen zu beschaffen, dann würde Arkeley sie nicht als eine solche Versagerin betrachten. Sie verfluchte sich dafür, dass es für ihr Selbstbewusstsein so wichtig war, wie er über sie dachte. Konnte man sich noch dämlicher verhalten? Und dennoch. Sie zog ihr Handy aus der Tasche und wählte die Notfallkontaktnummer des Apartmenthauses, die gleichzeitig die Nummer des Managers war. Als sie klargestellt hatte, dass sie Polizeibeamtin war, war der Manager mehr als bereit, mit ihr zu sprechen. Sie brachte so viele Einzelheiten wie möglich in Erfahrung und legte auf.

»Und?«, fragte Arkeley.

»Efrain Reyes war ein netter Bursche, der größtenteils für sich blieb, keine Frau oder Freundin, keine Familie oder zumindest keine Familie, die zu Besuch kam. Der Manager vermutete, dass er ein Illegaler war, hatte aber keinen Beweis dafür.«

»Um hier hereinzukommen, brauchte er zumindest eine Arbeitserlaubnis«, stellte Tucker klar.

Caxton nickte. »Der Mann mochte Reyes, weil er vor ein paar Jahren ein Problem mit den Fehlerstrom-Schutzschaltern im Haus beseitigte, ohne etwas dafür zu nehmen. Vor sieben Monaten informierte die Ortspolizei den Manager darüber, dass Efrain Reyes bei einem Unfall an seinem Arbeitsplatz starb. Er wollte zur Beerdigung gehen, aber man sagte ihm, er wäre auf Staatskosten auf dem Armenfriedhof von Philadelphia beigesetzt worden, weil niemand Anspruch auf den Leichnam erhoben hätte. Er hat Reyes' paar persönliche Besitztümer in einem Karton verwahrt – er sagt, da sei nichts Ungewöhnliches dabei, nur Kleidung und Toilettenartikel. Das Apartment war möbliert, und Reyes hat anscheinend nichts Eigenes mitgebracht.«

»Er scheint eher ein Geist zu sein als ein Vampir«, meinte Tucker.

Caxton zuckte mit den Schultern. »Nach dem, was ich gehört habe, klang er eher wie jemand mit einer ernsthaften Depression. Das Einzige, worüber er sich je beklagt hat, war Müdigkeit, aber der Manager meinte, er hätte öfter bei der Arbeit gefehlt, vor allem im Winter. Nach seiner Post zu urteilen, hat er viele Männermagazine gelesen – Playboy, FHM, Maxim –, hatte aber nie eine Verabredung und ging höchstens mal ins Kino.«

Arkeley nickte, als würde sich langsam alles zusammenfügen. »Gewissermaßen ein Niemand, den keiner wirklich vermisste, als er nicht mehr da war. Sagen Sie mir, wie er gestorben ist.«

»Ein Arbeitsunfall. Er kam an eine Stromleitung oder dergleichen und starb an Herzstillstand, noch bevor der Notarztwagen eintraf. Das hat jedenfalls der Manager gesagt.« Sie studierte den Ausdruck in ihrer Hand. »Es passierte in einem Umspannwerk in Kennett Square.« Sie schaute erneut auf den Ausdruck. »Lassen Sie mich noch mal telefonieren.«

Arkeley stand stocksteif da, während sie in der Verwaltung des Umspannwerks anrief. Tucker fing eine Partie Solitär auf dem Computer an, musste sie aber schließen, als sie keine Minute später wieder auflegte. »Das wird Ihnen gefallen«, sagte sie.

Arkeleys Brauen schoben sich auf seinen Haaransatz zu.

»Er hat nicht im Umspannwerk gearbeitet. Er hat geholfen, es abzureißen. Das Umspannwerk war hundert Jahre alt, und es wurde geschlossen. Die meisten der Gebäude dort stehen noch, sind aber mit PermaSeal behandelt worden. Was bedeutet, dass alle Fenster mit Sperrholz verrammelt und die Türen mit Vorhängeschlössern versperrt sind.«

»Ein Vampir könnte ein Vorhängeschloss mit bloßen Händen abreißen«, sagte Arkeley. Auf seinem Gesicht wurde ein sehr breites Lächeln sichtbar.

»Sie haben gesagt, die Vampire mögen Ruinen. Sollen wir losfahren? Wir haben nicht mehr viel Tageslicht, aber wir könnten uns zumindest einen Eindruck von dem Gelände verschaffen. Und einen Exhumierungsbeschluss für Reyes' Grab anfordern.«

Das Lächeln auf Arkeleys Gesicht verschwand. »Wir?«

Caxton wollte etwas darauf erwidern, als ihr Handy klingelte. Sie vermutete, dass es der Gebäudemanager war, dem noch etwas eingefallen war – doch der Anruf kam vom Hauptquartier der State Police, vom Büro des Commissioners. »Trooper Laura Caxton«, meldete sie sich. Als der Assistent des Commissioners seine Nachricht übermittelt hatte, schaltete sie das Telefon sofort aus. »Wir haben den Befehl, unverzüglich nach Harrisburg zu kommen.«

»Wir?«, fragte Arkeley erneut.

»Wir, Sie und ich. Der Commissioner will uns sehen, und er sagt, es eilt.«

28.

Bei ihrem Eintreffen stand der Commissioner in der Tür – kein gutes Zeichen. Das bedeutete wohl, dass er es kaum erwarten konnte, sie fertig zu machen. Sie betraten sein Büro und nahmen vor seinem Schreibtisch Platz. Die Luft im Raum war heiß, und Caxton hätte nur zu gern den obersten Knopf ihrer Uniformbluse geöffnet und die Krawatte gelockert, aber das war nicht erlaubt. Es galt die Kleiderordnung zu wahren. Arkeley setzte sich auf seine übliche Art; die versteiften Wirbel machten es ihm unmöglich, bequem zu sitzen. Er gab sich alle Mühe, den Anschein zu erwecken, dass es sich hier nur um eine Routinebesprechung handelte, vielleicht eine Gelegenheit, eine neue Strategie zu planen. Während Caxton in unbehaglichem Schweigen weichgekocht wurde, beschäftigte sich der Commissioner eine Weile mit ein paar Papieren und Klebeband auf seinem Schreibtisch und sagte kein Wort.

Als er fertig war, hingen fünf DIN A4-Laserdrucke von der Tischkante. Portraitfotos von State Troopern, vermutlich am Tag ihres Abschlusses auf der Akademie aufgenommen. Sie trugen die Kinnriemen ihrer Hüte tatsächlich unter dem Kinn (wie Caxton nur zu genau wusste, würden sie am Tag darauf gelernt haben, dass man die Riemen besser über den Hinterkopf schob) und schauten über Caxtons Schulter wie auf ein besseres Morgen.

»Möchten Sie ihre Namen wissen?«, fragte der Commissioner, als sie Zeit gehabt hatten, sich die Portraits anzusehen. »Das ist Eric Strauss. Und Shane Herkimer. Und Philip Toynbee. Und…«

»Mir missfällt Ihre Unterstellung«, sagte Arkeley so ruhig und leidenschaftslos, wie er alles sagte. Seine linke Hand griff nach dem Schreibtisch, und er zog sich nach vorn, um dem Commissioner direkt in die Augen zu starren.

»Ich habe noch nicht einmal damit angefangen«, schoss der Commissioner zurück. Er beugte sich ebenfalls vor und umschloss mit beiden Händen die Enden des Hirschgeweihs, aus dem man einen Ständer für Füllfederhalter und Kugelschreiber gemacht hatte. »Diese fünf Männer sind vor zwei Nächten gestorben. Sie gehörten zu Troop H, und sie erwiderten einen Ruf nach Verstärkung. Ihr Tod ist unentschuldbar – fünf Männer verloren wegen einem Schweinehund? Das waren gut ausgebildete Trooper. Sie hätten gewusst, wie man sich in gefährlichen Situationen zu verhalten hat. Wenn sie gewusst hätten, was sie erwartete. Sie wurden nicht ausreichend informiert, und sie starben, weil ihnen niemand vorher gesagt hat, dass sie gegen einen Vampir antreten.«

Caxton war verwirrt. Sie wusste, dass ihr nicht zustand, etwas zu sagen – beide Männer erwarteten von ihr während dieser Besprechung Schweigen –, aber sie konnte nicht stillhalten. »Das wussten wir selbst nicht, als wir sie riefen«, wandte sie ein, aber Arkeley hob nur eine Hand. Er sah sein Gegenüber an, bereit, sich anzuhören, was als Nächstes kam.

Der Commissioner stieß einen leisen Laut aus; es klang wie ein Knurren aus tiefster Kehle. »Und wir wollen nicht die beiden Trooper und den Cop vergessen, die bei der Bewachung der Jagdhütte gestorben sind. Sie starben, weil sie auf der Veranda saßen.«

Caxton schüttelte den Kopf. Sie würde nichts sagen, nicht nachdem Arkeley sie gewarnt hatte, aber sie musste irgendwie ihr Unverständnis zum Ausdruck bringen.

»Ich habe meine besten Spurenleser zu dieser Hütte geschickt«, sagte der Commissioner und sah sie an, als wollte er ihre Reaktion beobachten. »Die Besten der Ermittlungseinheit, die Besten der Akademie, lebenslange Jäger, Jungs aus den Bergen – diese beiden haben mit Pfeil und Bogen Jagd auf Bären gemacht, und zwar erfolgreich. Sie hatten hundert Meter von der Hütte entfernt einen Jagdunterschlupf errichtet und gewartet, um zu sehen, ob jemand an den Tatort zurückkehrte. So sah jedenfalls der Plan aus, bis Arkeley hier sie anrief und ihnen sagte, ihnen würde nicht die geringste Gefahr drohen und sie könnten offen auf der Veranda sitzen, wo sie jeder sehen kann. Jetzt sind sie tot.«

Sie sah zu Arkeley hinüber. Er nickte bloß. Er musste angerufen haben, als sie bei Vesta Polder gesessen hatte. Aber warum? Was hatte ihn zu der Annahme gebracht, dass die Veranda für die Trooper sicher war? Er musste doch zumindest den Verdacht gehabt haben, dass die Halbtoten zurückkehren würden.

»Ihre Bilder habe ich auch hier«, sagte der Commissioner und verschob ein paar Papiere auf dem Tisch. »Wollen Sie sie sehen?«

Arkeley rutschte auf seinem Stuhl herum und räusperte sich, bevor er sprach. »Ich bin mir nicht sicher, worauf Sie eigentlich hinauswollen, aber ich weiß, was Sie dabei übersehen. Was Sie nicht verstehen, Colonel: Wir kämpfen hier nicht gegen Gangmitglieder oder Terroristen oder Drogenhändler. Wir kämpfen gegen Vampire.«

Der Commissioner plusterte sich auf. »Ich glaube, ich weiß …«

Arkeley unterbrach ihn. »Im Mittelalter konnte ein Vampir jahrzehntelang ungestört leben, trank jede Nacht das Blut von Leuten, deren einzige Verteidigung darin bestand, die Fenster und Türen zu verriegeln und immer – immer! – vor Einbruch der Dunkelheit zu Hause zu sein. Vampire zu töten war nur auf eine einzige Art möglich. Damals gab es keine Feuerwaffen und ganz gewiss keine Presslufthämmer. Die Vampirjäger riefen alle kräftigen Männer der Gemeinde zusammen. Der Mob ging mit Fackeln und Speeren und falls nötig Knüppeln auf den Vampir los. Viele mussten beim ersten Angriff sterben, aber schließlich konnten sie den Vampir zu Boden ringen und festhalten.« Er hielt inne und hob einen Finger. »Damit das klar ist – sie stiegen auf den Vampir drauf, um ihn an der Flucht zu hindern, hielten ihn mit den eigenen Körpern fest, setzten sich notwendigerweise seinen Zähnen aus. Die, die es bis dahin geschafft hatten, starben für gewöhnlich, wenn sich der Vampir zu befreien versuchte. Oft genug konnten sich die Vampire losreißen, und alles begann von vorn. Schließlich konnten sich unsere Vorväter durchsetzen, aber nur durch ihre schiere Überzahl. Die Männer – und die Jungen – in diesem Mob schreckten nicht vor ihrer Pflicht zurück. Sie verstanden, dass ihre schrecklichen, schmerzlichen Verluste die einzige Möglichkeit waren, ihre Dörfer und Familien zu beschützen.«

Der Commissioner stand schäumend auf und baute sich vor dem Schreibtisch auf, kam so nahe heran, dass Caxton die Knie zur Seite nehmen musste, um ihn vorbeizulassen. »Ich werde auf diese Geschichte zurückkommen, wenn ich nächste Woche bei der Beerdigung spreche. Ganz bestimmt wird das die Familien trösten. Ganz bestimmt verstehen sie dann, warum ihre Kinder eingeäschert werden mussten, bevor sie überhaupt Abschied nehmen durften. Ganz bestimmt verstehen sie dann, warum Sie es für nötig hielten, ihre Babys den Wölfen zum Fraß vorzuwerfen.«

Arkeley stand auf, als wollte er gehen.

»Wir beenden das hier und jetzt«, sagte der Commissioner.

Arkeley war größer. Darum konnte er auf ihn heruntersehen, als er sagte: »Sie haben nicht die geringste Befehlsgewalt über mich.« Er drehte sich um und ging tatsächlich.

»Halt, Marshal«, sagte der Commissioner.

Arkeley gehorchte, drehte sich allerdings nicht um. Sein Rücken bewegte sich kaum merklich, als er atmete. Er sah nicht aus wie ein Mann mit versteiften Wirbeln. Er sah aus wie jemand, der in der einen Hand ein Breitschwert und in der anderen eine Flagge hätten halten sollen. In dem heißen, engen Büro erschien sein Körper gewaltig und mächtig. Er sah aus wie ein Mann, der gegen Vampire kämpfen konnte. Unwillkürlich fragte sich Caxton, ob sie selbst jemals einer solchen Präsenz nahe kommen würde, dieser Art Selbstvertrauen.

»Ich habe die Befehlsgewalt über *sie!*«, sagte der Commissioner. Nun wandte Arkeley sich um. »Ich ziehe Trooper Caxton mit sofortiger Wirkung von diesem Fall ab. Sie wollen gegen mich antreten? Ich suspendiere sie wegen Gebrauchs unautorisierter Munition. Ha! Ich glaube, jetzt habe ich Sie erwischt.«

Arkeley stand stumm da, starrte auf den Commissioner herunter. Caxton verstand nicht, was hier vor sich ging. Sie war ein Nichts, ein Niemand, jemand, der kaum gut genug war, für den Fed ein paar Anrufe zu tätigen. Die beiden Männer benahmen sich, als wäre sie ein Pfand. Was wusste der Commissioner? Welchen Verdacht hegte er über Arkeleys Beweggründe, der ihr noch immer verborgen blieb?

»Sie wollen sie unbedingt haben, oder? Mir ist das schon bei unserer letzten Begegnung aufgefallen, als Sie sie sich sofort geschnappt haben. Ich habe Ihnen Ex-Marines und Jungs von der Spezialabteilung angeboten, aber Sie wollten dieses kleine Mädchen von der Highway Patrol.« Das Lächeln des Commissioner war ein Schlitz in der Mitte seines puterroten Gesichts. »Sie ist etwas Besonderes. Aus irgendeinem Grund ist sie etwas Besonderes, und Sie brauchen sie.«

Arkeley wartete, bis er fertig war. Dann räusperte er sich, schaute Caxton an (der Blick war undeutbar) und setzte sich wieder. »Was wollen Sie eigentlich von mir?«, sagte er schließlich. »Bitte, spucken Sie es schon aus. Ich bin ein vielbeschäftigter Mann.«

»Ich will meine Trooper beschützen«, sagte der Commissioner. Sein Benehmen veränderte sich sofort – er hatte gewonnen, und das wusste er. Er setzte sich auf die Schreibtischkante. Er und Arkeley hätten alte Freunde sein können, die ausknobelten, wer fürs Mittagessen zahlen muss. »Das ist alles. Ich will, dass Sie mich meine Arbeit erledigen lassen. Es wird gewisse Sicherheitsmaßnahmen für jeden geben, der an dieser Untersuchung beteiligt ist, in Ordnung? Zwei Vampire müssen noch getötet werden, aber wir werden kein Personal mehr verlieren. Es wird alles nach den Vorschriften erledigt, nach unseren besten Methoden. *Meinen* besten Methoden. Ich lasse nicht mehr zu, dass Sie meine Jungs als lebende Köder benutzen.«

Caxton klappte der Unterkiefer herunter.

»Die Überlebenden haben mir alles über Sie erzählt, Arkeley. Ich habe mich bereits mit Ihren Vorgesetzten in Washington in Verbindung gesetzt. Es hat sie sehr interessiert, wie Sie meine Jungs einfach haben sterben lassen, einen nach dem anderen, auf den richtigen Zeitpunkt gewartet und sich selbst in den Schatten versteckt haben. Meine Trooper hatten keine Vorstellung, gegen was sie da antraten, und Ihnen schien das egal zu sein. In zweiundzwanzig Jahren Berufserfahrung habe ich noch nie von einem solchen Verhalten …«

»Einverstanden«, sagte Arkeley.

»Ich … Sie … Moment. Was?«, stotterte der Commissioner.

»Ich bin mit Ihren Bedingungen einverstanden. Der ganze Rest, dieser ganze Unsinn, ich würde State Trooper als Köder benutzen, die Drohung, meine Vorgesetzten anzurufen, ist völlig unnötig. Mir ist wirklich völlig egal, was Ihrer Meinung nach in den vergangenen zwei Nächten passiert ist. Ich war da und Sie nicht. Aber wenn Sie Trooper Caxton als Geisel nehmen, stimme ich Ihren Bedingungen zu.«

Caxton wurde in der Hitze des Büros schwindelig. »Hier geht es um mich?«, fragte sie.

Offensichtlich tat es das.

29.

Arkeley stand wieder auf, und dieses Mal würde er tatsächlich gehen. Caxton spürte es. »Noch Fragen?«

Der Commissioner nickte. »O ja. Ich will über jeden Ihrer Schritte informiert werden. Ich habe so viele Fragen, dass Sie sich von jetzt an wie die Telefonauskunft vorkommen werden.«

Arkeley lächelte, sein schrecklichstes verzerrtes Lächeln. Das, das er benutzte, wenn er wollte, dass sich jemand klein fühlte. »Nun, Sir, ich habe vor, morgen früh in der Morgendämmerung ein Vampirnest zu stürmen. *Das* ist mein nächster Schritt. Ich brauche Unterstützung am Boden, und Ihre Trooper stellen dafür meine besten Ressourcen dar. Ergreifen Sie alle Sicherheitsmaßnahmen, die Sie für angebracht halten – Gasmasken, Kevlarwesten, was auch immer, aber lassen Sie sie morgen früh um vier Uhr dreißig in dem Revier antreten, das Kennett Square am nächsten ist. Trooper Caxton muss nicht dabei sein.« Er schaute sie an und schenkte ihr eine neue Version seines Lächelns. Es sah etwas melancholisch aus. »Lady, Sie können ausschlafen. Sie haben geholfen, Reyes' Versteck zu finden, das reicht.«

Sie besaß genügend Geistesgegenwart, um zu nicken und seine Hand zu schütteln. Er ging, ohne sich zu verabschieden – nun, damit hatte sie gerechnet. Aber da war noch immer eine Sache, die sie von ihm wissen musste.

Der Commissioner gab ihr den Rest des Tages frei, und sie rannte sofort zur Fahrbereitschaft, um Arkeley zu erwischen, bevor er gehen konnte. Sie brauchte die Antwort auf diese Frage, die sie in dem überheizten Büro nicht hatte stellen können. Auf dem Parkplatz quittierte Arkeley den Erhalt eines unmarkierten Dienstfahrzeugs, damit er nicht länger auf ihren Wagen angewiesen war. Er sah etwas eingeschnappt aus, als er sie kommen sah, aber immerhin fuhr er nicht einfach los.

»Ich habe ein Recht, es zu erfahren«, sagte sie. »Im Büro des Commissioners haben Sie sofort aufgegeben, als er versuchte, mich von dem Fall abzuziehen. Sie sind ein harter Bursche, aber Sie sind meinetwegen eingeknickt.« Sie versuchte, ihre nächsten Worte mit etwas Selbstbewusstsein auszustatten, aber sie klangen trotzdem, als würde sie ihren Wert als menschliches Wesen in Frage stellen. »Was ist so wichtig an mir? Warum können Sie es sich nicht erlauben, mich zu verlieren?« Ursprünglich war sie davon überzeugt gewesen, dass sie am besten für die Vampirjagd geeignet war, weil sie seinen Bericht gelesen hatte. Später hatte sie geglaubt, er würde sie zur Nachfolgerin ausbilden wollen. Als er sie zu den Polders brachte, war sie ernsthaft davon überzeugt gewesen, dass er sie beschützen wollte, dass er um ihre Sicherheit besorgt war – aber nach ihrem Versagen bei der Jagdhütte hatte er sie einfach abgeschrieben. Sie verstand gar nichts mehr. Sie begriff nicht, warum er sie einmal schätzte und dann wieder missachtete. Warum er sie einerseits beschützte, es ihm aber andererseits völlig egal zu sein schien, ob sie verletzt wurde.

»In der Nacht, in der ich den Fall übernahm«, sagte er mit neutralem Gesichtsausdruck, »in der Nacht, in der wir uns kennenlernten, verfolgte Sie ein Halbtoter nach Hause.«

Sie verstand auch nicht, was das jetzt zu bedeuten hatte. »Ich erinnere mich.«

»Sie waren vor mir an dem Fall dran. Sie waren ein Teil davon. Die Vampire kennen Sie, und sie wollen etwas von Ihnen. Ich wäre ein Narr, Sie aus den Augen zu lassen.«

Ihr fiel wieder ein, was er über Hazlitt gesagt hatte. Wenn jemand entschlossen ist, ein Feind zu sein, dann gib ihm genau das, was er will. Die Vampire wollten sie. Sie wollten sie verschlingen, auf die eine oder andere Art. Also würde er ihnen mit ihr vor dem Rachen herumwedeln, damit er nahe genug an sie herankam, um sich auf sie stürzen zu können.

»Darum geht es …?«, fragte sie. In ihr öffnete sich ein Loch. Die ganze Zeit, die sie mit dem Versuch verbracht hatte, sich zu beweisen, ihn zu beeindrucken … alles nur Verschwendung.

»Darum geht es«, sagte er. Er öffnete die Wagentür und stieg ein. Sie ließ ihn gehen.

Sie war ein Vampirköder. Das war alles. Mehr nicht.

Sie sah ihm hinterher, als er losfuhr. Sie hatte keine Ahnung, wo er hinwollte. Vielleicht wollte er sich das Umspannwerk allein ansehen, vielleicht wollte er Efrain Reyes exhumieren. Vielleicht wollte er sie auch nicht um sich haben. Vielleicht befürchtete er, sie wäre wütend.

Und das war sie. Und verwirrt. Und traurig. Und verängstigt. Und ein kleines bisschen erleichtert.

Erleichtert, weil sie endlich herausgefunden hatte, wie sie in diesen Fall hineinpasste. Weil sie jetzt ganz genau wusste, wo sie bei Arkeley stand.

Sie holte ihren Wagen und fuhr nach Hause. Ihr überarbeitetes Gehirn wurde durch das Geräusch der über den Asphalt rauschenden Reifen und dem auf- und abschwellenden Dröhnen des Motors ein wenig besänftigt. Sie rieb sich die Augen und blinzelte häufig, als würde sie gleich losheulen, aber das tat sie nicht. Sie konnte nicht einmal sagen, warum sie damit rechnete. Von den vielen Gefühlen, die in ihr tobten, stach keins stark genug hervor, um eine derartige Überreaktion zu rechtfertigen.

Sie hatte Hunger, und sie wusste, dass er groß sein musste, wenn er mit ihren ganzen anderen Sorgen mithalten konnte. Sie parkte vor einem Lokal in Reading, wo sie gute Käsesteaks machten, und bestellte einen »Wit Wiz«, was bedeutete, dass sie Zwiebeln und Cheese Whiz haben wollte, die üblichen würzigen Zutaten. Sie setzte sich mit einer Cola light und ihrem Steaksandwich in eine Nische und aß. Es tat gut, aber ihre Gedanken schweiften umher, und ihre Zunge hörte auf, etwas zu schmecken. Sie hatte zur Hälfte aufgegessen, ehe sie anfing, über das wahre Problem nachzudenken. Eigentlich hätte sie von Panik erfüllt sein und in Tränen ausbrechen müssen.

Die Vampire wollten sie. Für etwas ganz Bestimmtes, etwas, das mit ihrem Leben zu tun hatte. Der Halbtote, der ihr in der ersten Nacht nach Hause gefolgt war, sollte eine Mission erfüllen. Aber welche Mission? Sollte er sie bloß erschrecken? In diesem Fall hatten sie Erfolg gehabt. Aber sie konnte sich nicht vorstellen, dass die Vampire Zeit damit verschwenden würden, ihr einen Schrecken einzujagen.

Mit einer gewissen Verzweiflung ließ sie noch einmal alles Revue passieren, suchte nach irgendetwas, das das Interesse der Vampire erklären konnte. Sie dachte an frühere Fälle, die sie bearbeitet hatte, aber da gab es nichts Bemerkenswertes. Sie arbeitete bei der Highway Patrol – wieso sollte das für Malvern und ihre Brut relevant sein? Sie versuchte sich an die Autounfälle zu erinnern, die sie erlebt hatte, versuchte irgendeine Verbindung herzustellen, aber ihr fiel nichts ein. Sie hatte ein paar Leute wegen Trunkenheit am Steuer oder wegen Drogenbesitz ins Gefängnis geschickt. Sie hatte sie erwischt, verhaftet, vor Gericht gegen sie ausgesagt. Die Täter waren armselige, gebrochene Menschen, Menschen, bei denen der Drang zur Flasche oder zu Metamphetaminen stärker war als der, dem Gefängnis zu entgehen. Keiner hatte großartig Widerstand geleistet, und keiner hatte ihr vor Gericht in die Augen sehen können. Welche Bedeutung sollten ein paar betrunkene Geschäftsmänner und bekiffte Teenager für Justinia Malvern haben?

Also musste es etwas Persönliches sein. Aber was? Sie war niemand, der sich viele Feinde machte. Sie hatte auch nicht viele Freunde – was sie wieder an Efrain Reyes denken ließ. Arkeley hatte ihn als einen Niemand bezeichnet. Jemanden ohne eigenes Leben. Jemanden, den keiner vermisste, wenn er starb. Caxton hatte ein eigenes Leben, jedenfalls gewissermaßen, aber es war voller Löcher. Ihre Eltern waren tot, und sie hatte keine Geschwister. Sie hatte ein paar Freunde in der Truppe, aber sie unternahmen nur selten etwas gemeinsam. Der Barbesuch mit Clara Hsu war der erste seit Monaten gewesen. Clara … Clara würde sich fragen, was mit ihr geschehen war, sollte sie verschwinden, aber nicht lange. Deanna würde am Boden zerstört sein, mental zerstört, aber die einzige wirkliche Veränderung in Deannas Nach-Caxton-Leben würde darin bestehen, dass sie wieder bei ihrer Alkoholiker-Mutter einziehen müsste. Wenn der eine Mensch, der das Zentrum des eigenen Lebens bildete, selbst kein nennenswertes Leben hatte – was sagte das über einen aus? Sie hatte die Hunde, die sie schrecklich vermissen würden; aber zählten Hunde?

Malvern hatte nach einem vierten Kandidaten gesucht, jemandem, den sie ihrer Brut hinzufügen konnte. Jede Zelle in Caxtons Körper vibrierte. Sie starrte das Fett und die Knorpel auf ihrem Teller an und fühlte, wie ihr Mageninhalt nach oben stieg. Würde Malvern sie zum Vampir machen? Konnte sie das überhaupt?

Sie stieg wieder in den Wagen und raste nach Hause. Sie musste in ihre eigenen vier Wände, musste sich eine Weile sicher fühlen. Am nächsten Morgen würde sie ausschlafen, entschied sie, und andere, qualifiziertere Leute das Umspannwerk stürmen lassen.

Sie kannte die Straßen zu ihrem Haus wie ihre Westentasche. Sie konnte den Weg im Halbschlaf fahren und tat es auch oft. Aber als sie sich der Auffahrt näherte, kam es ihr plötzlich vor, als hätte sie das Grundstück noch nie zuvor gesehen. Als wäre sie in ihrem eigenen Haus nicht mehr willkommen.

Unnatürlich, pflegte Arkeley zu sagen. Vampire waren ein Verbrechen wider die Natur. Ob das wohl so ein Gefühl war? Von Leben und Wärme umgeben zu sein und sich dann zu fühlen, als würde man einen fremden Planeten besuchen?

Sie bog in die Auffahrt ein und hielt ruckartig an, als sie etwas hörte. Ein Klirren, der hohe Klang von zerbrechendem Glas, als wäre ein Fenster eingeschlagen worden. Sie zog die Waffe und betrat langsam und unendlich vorsichtig den Rasen. An der Frontseite des Hauses konnte sie nichts Auffälliges erkennen, also ging sie langsam um die Ecke, auf den Zwinger und Deannas Schuppen zu.

Fenstersplitter verunreinigten den schmalen Gartenweg, lange, dreieckige Stücke, die an der Hauswand lehnten. Neben dem eingeschlagenen Fenster stand jemand in einem Kapuzensweatshirt, vielleicht ein Teenager, dessen Hände auf dem leeren Rahmen ruhten. Er sah aus, als würde er sich mit jemandem im Haus unterhalten.

»Keine Bewegung!«, bellte sie.

Der Junge drehte sich um, sah sie an. Haut hing in langen Streifen von seinem Gesicht herunter. Er war ein Halbtoter. Sie feuerte ohne nachzudenken, und sein zerbrechlicher Körper zerplatzte in tausend Stücke. Die Klumpen klatschten zu Boden. Der Gestank, der davon ausging, trieb Caxtons die Tränen in die Augen. Sie trat trotzdem näher, in der Absicht, seine Taschen zu durchsuchen, und hatte dabei endlich Gelegenheit, durchs Fenster zu schauen.

Deanna stand dort, mit nacktem Oberköper, die ausgestreckten Hände, die untere Gesichtshälfte, die nackte Brust voll hellrotem Blut.

30.

»Mein Gott, Dee, was hat er dir angetan?«, schluchzte Caxton. Sie fuhr mit einem nassen Wachlappen über Deannas Gesicht und entdeckte eine etwa zehn Zentimeter lange Wunde am Kinn. Sie würde genäht werden müssen, wenn sie Deanna überhaupt ins Krankenhaus bekam, bevor sie verblutete. Mit spitzen Fingern zog Caxton große Glassplitter aus dem Schnitt, aber das verstärkte nur die Blutung. Sie riss die Schublade auf, in der sie Scheren und Verpackungsmaterial aufbewahrten, und fand eine dicke Rolle Klebeband. Weil ihr nichts Besseres einfiel, drückte sie ein Stück davon auf den Schnitt.

Deanna heulte vor Schmerzen auf. Ihre Augen waren fest geschlossen; mit an die Brust gezogenen Knien lag sie auf dem Küchenboden. Caxton hatte ein altes T-Shirt um ihre Hände gewickelt, das bereits blutdurchtränkt war. Die Vorderseite ihres Körpers war mit Wunden übersät, mit winzigen Schnitten und großen Rissen. Caxton hatte die 911 gewählt, ein Rettungswagen war unterwegs, aber das Blut floss und floss.

»Was hat er dir nur angetan?«, fragte Caxton erneut und schmierte sich Blut ins Gesicht, als sie die Tränen wegwischen wollte. Wenn der Rettungswagen nicht bald kam, würde sie Deanna verlieren, so wie sie ihre Mutter verloren hatte. Es war mehr, als sie ertragen konnte. »Was hat er getan?«

»Wer?«, wimmerte Deanna.

Als Caxton sie gefunden hatte, war sie hypnotisiert gewesen, vielleicht hatte sie auch einfach nur unter Schock gestanden, aber jetzt kam sie wieder zu sich, und das brachte die Schmerzen mit sich. Caxton gab beruhigende Laute von sich und streichelte ihr rotes Haar, aber die Blutungen wollten einfach nicht aufhören. Sie wusste nicht, was sie tun sollte, wie sie

Deanna retten sollte. Am liebsten hätte sie geschrien. »Wer?«, fragte Deanna erneut.

»Der Halbtote, das Ding am Fenster«, keuchte Caxton.

»Da war niemand …« Deanna unterbrach sich und schrie vor Schmerzen auf. »Niemand. Niemand außer mir, und ich … ich konnte nicht aufwachen, ich hatte einen Traum und konnte nicht, konnte nicht …« Sie schrie wieder, und Caxton hielt sie fest. Caxton weinte so heftig, dass sie nicht sehen konnte, wo Blut war und wo nicht. »Ich träumte, du würdest unter diesem … diesem schweren Stein liegen, und deine Eingeweide kamen heraus, all dein Blut. Ich wachte auf, aber nicht richtig, und da war dein zerfetzter, in Stücke gerissener Körper, und ich sah ihn immer noch, wenn ich die Augen schloss.«

»Pst«, machte Caxton und hielt Deanna fester. Dann befürchtete sie, dass sich Deannas Wunden durch zu viel Druck womöglich wieder öffneten. Sie löste ihren Griff.

»Ich kam hier rein«, wimmerte Deanna, »in die Küche, weil ich etwas zerbrechen hörte … Glas. Ich trat ans Fenster, und ein Riss verlief von oben zur Seite, und aus dem Riss quoll Blut. Ich konnte diesen Anblick nicht ertragen, also versuchte ich, das Blut mit der Hand abzuwischen, aber da kam nur noch mehr Blut, und als ich drückte, als ich gegen den Riss drückte, zerbrach es ganz, und überall war Glas.« Sie vergrub das Gesicht in Caxtons Uniformbluse. »Überall war Blut.«

Im Schlafzimmer krachte etwas zu Boden. Caxton schaute auf, und ihre plötzliche Wachsamkeit überraschte sie selbst. Eine leise Stimme fluchte auf Spanisch, eine Stimme, die nicht menschlich war.

Im Haus war noch ein Halbtoter.

»Dee, ich muss dich für eine Sekunde loslassen«, flüsterte sie. »Ich muss etwas erledigen, aber gleich kommt Hilfe.«

»Nein«, bettelte Deanna.

»Sie werden sich um dich kümmern. Der Krankenwagen wird jede Minute hier sein. Tu alles, was die Sanitäter sagen; und ich bin sofort wieder da.«

»Nein, bitte, bitte verlass mich nicht«, jammerte Deanna. Aber das war unmöglich. Caxton legte sie sanft auf dem Küchenfußboden ab. Sie überprüfte das Klebeband auf Deannas Kinn und sah, dass es sich löste. Sie drückte es wieder fest, und es blieb halbwegs haften. Sie zog die Waffe und huschte durch den Korridor aufs Schlafzimmer zu.

»Schatz, komm zurück!«, schrie Deanna. »Es tut so weh!«

Aber Caxton wusste, was zu tun war. Sie betrat das Schlafzimmer. Neben der Schranktür stand ein Halbtoter mit einer Baseballkappe und einer Windjacke. Er hatte ihr Nachtschränkchen umgekippt; der Radiowecker lag zerbrochen auf dem Holzboden.

»*Hostia puta*«, quiekte er. Er schaute von einer Seite zur anderen, die ausgebreiteten Arme gegen die Wand gedrückt. Es war ziemlich klar, was er als Nächstes vorhatte. Er stand gegenüber dem offen stehenden Fenster. Wenn er schneller als Caxton rennen konnte, würde er mühelos entkommen.

Er hatte noch keine drei Schritte zurückgelegt, als ihm Caxton auch schon die Beine unter dem Körper wegtrat und er der Länge nach zu Boden knallte. Er schrie auf, aber sie sprang mit Schwung auf sein Kreuz, und er konnte nur noch mit Armen und Beinen rudern, als wollte er davonschwimmen.

»Was hast du mit ihr gemacht?«, fragte sie so kalt, wie sie nur konnte. Wenn sie jetzt die Kontrolle verlor, dann würde sie ihm einfach den Schädel einschlagen, und das wäre es dann. Nicht, dass sie das gestört hätte, aber Informationen waren jetzt wichtiger als Vergeltung. »Sag es mir, und ich lasse dich gehen.«

»*La concha de tu hermana*!«, rief der Halbtote, wand sich unter ihr, versuchte sich zu befreien. Sie war stärker, und das schien er zu spüren. Er würde nirgendwo hingehen, ohne sich dabei selbst in kleine Stücke zu zerlegen.

»Du hast hier nach mir gesucht, oder? Du wolltest mich, aber stattdessen hast du versucht, Deanna zu töten. Warum? Warum?« Sie hüpfte auf dem Halbtoten herum, bis er schrie.

»Ich weiß nicht, wer du bist, Lady«, schrie er auf Englisch. »Ich habe keine Ahnung!«

»Du warst meinetwegen hier. Ich will den Grund wissen!«

Der Halbtote erschauderte sichtlich. »Wenn ich etwas sage, reißt er mich in Stücke.«

»Wer? Der Vampir, Reyes?«

»Sicher nicht Präsident Bush, Lady!« Der Halbtote grunzte und ächzte, erhob sich den Bruchteil eines Zentimeters vom Boden, stemmte ihr Gewicht mit übernatürlicher Willenskraft in die Höhe. Mit einem frustrierten Keuchen brach er wieder zusammen. »*Me cago en Jesús y la Virgen*, du kannst mich genauso gut jetzt töten und es hinter dich bringen.«

Caxton musste an Arkeley denken und überlegte, was er wohl tun würde, um an Informationen zu kommen. Er würde den Halbtoten foltern. Er würde genau das tun, wovor der Halbtote solche Angst hatte – genau das gleiche wie der Vampir. Der Halbtote fürchtete weniger den Tod als vielmehr Schmerzen. Sie würde nicht dabeistehen und zusehen, wie Arkeley so etwas tat, hatte sie gesagt. Sie konnte Folter nicht billigen, hatte sie gesagt.

Aber da hatte auch noch niemand versucht, Deanna zu töten.

Sie packte den linken Zeigefinger des Halbtoten. Er fühlte sich seltsam an, nicht einmal annähernd wie ein menschlicher Finger. Da war keine Haut und nur wenig Fleisch – beinahe, als würde man rohe Spareribs halten. Sie verbog ihn mit aller Kraft, und er löste sich von der Hand.

»*Coño*!«, kreischte der Halbtote, in einem reinen, schrecklichen Laut unverfälschten Schmerzes.

Der abgerissene Finger wand sich wie eine Raupe in ihrer Hand. Sie warf ihn weg. Dann beugte sie sich vor und ergriff den Mittelfinger derselben Hand. Sie ließ dem Halbtoten eine Sekunde, um über das nachzudenken, was passieren würde, und dann riss sie ohne jeden Kommentar auch den Mittelfinger ab.

Seine linke Hand wies nur noch den Daumen auf, als er endlich redete. »Er hat uns befohlen, alle zu holen, die hier sind, das ist alles, Lady, bitte, aufhören!«

»Wer hat das befohlen? Efrain Reyes?«

»Ja, er war es! Er hat befohlen, dich zu holen, deine *tortillera* Freundin, deine Hunde, jeden. Er hat uns sogar gesagt, wie wir es machen sollen, mit dem *hechizo*.« Sie ergriff den Daumen und fragte ihn, was ein *hechizo* war. »Das ist ein Zauber, eine Art magische Beschwörung! Hey, Lady, ich habe dir gesagt, was du wissen wolltest, sei lieb, okay?«

»Du hast sie hypnotisiert? Du hast Deanna hypnotisiert, stimmt das?«

Der Halbtote wehrte sich wieder, aber er wurde mit jeder Minute schwächer. Er konnte kein Blut vergießen, aber die Schmerzen schienen ihm jeden Widerstand zu rauben. »Ja, aber es funktioniert nur, wenn sie schläft und träumt.«

»Warum wir? Warum hat man dich zu diesem Haus geschickt?«

»Er verrät uns so etwas nicht. Er weiht uns nicht in seine großen Pläne ein, er sagt bloß *vamos*, und ich gehe. Bitte, Lady, bitte, ich habe dir alles gesagt, was ich weiß.«

Eine Sirene schrillte durchs Haus. Caxton hörte Türen zuschlagen und Leute herbeilaufen. »Also gut«, sagte sie.

Dann nahm sie ihre Pistole und zerschmetterte dem Halbtoten den Hinterkopf. Er hörte sofort auf, sich zu winden. Sie stand langsam und steifbeinig auf, ihre Kleidung klebte zusammen, wo das Blut in den Falten getrocknet war. Sie steckte die Pistole ins Holster, ging in die Küche und ließ die Rettungssanitäter herein. Deanna lag zusammengekrümmt auf dem Boden und schluchzte herzerweichend. Ihr Blut war überall.

31.

Eine Trage rollte keine zehn Zentimeter an Caxtons Gesicht vorbei. Sie wurde im Eiltempo die Rampe zur Notaufnahme emporgeschoben, aber für Caxton schien sie zu schweben, wie durch einen endlosen Raum, ganz langsam. Der Körper auf der Trage war nur ein Haufen blutiger Lumpen. Sie konnte nicht einmal ein Gesicht erkennen. Aber dann streckte der Körper eine Hand nach ihr aus. Die Haut war verbrannt und blätterte an einigen Stellen ab. Die Finger waren mit geronnenem Blut verklebt. Sie konnte nicht einmal sagen, ob es eine männliche oder weibliche Hand war.

Trotzdem. Sie streckte ihre Hand aus und berührte die Finger. Sie schlossen sich um die ihren, aber dann wurde die Hand von ihr fortgerissen, die Trage bewegte sich fort. Jemand brüllte nach Blutplasma, und sie kniff die Augen zusammen und versuchte den Kopf klar zu bekommen.

Seit Stunden saß sie in diesem Korridor, ohne jede Ablenkung außer der konstanten Parade verstümmelter Körper, die vorbeifuhren. Sie hätte überhaupt nicht in diesem Korridor sein dürfen – für Leute wie sie gab es einen Aufenthaltsraum, komplett mit Fernseher und ein paar hundert Pfund Frauenzeitschriften für Heteros –, aber ein Cop hatte Privilegien. Die meisten der Rettungssanitäter und Schwestern, die vorbeieilten, hatten nicht einmal einen Blick für sie übrig, sie nahmen einfach an, sie bewachte den Eingang. Tatsächlich war sie hier auch nur ein Stückchen näher an Deanna dran. Sie würden sie nicht in den Operationssaal oder den Aufwachraum lassen. Näher würde sie nicht an Deanna herankommen.

Diese Hand. Sie war wie aus einem Traum erschienen, aber sie wusste, dass sie real gewesen war. Sie hatte sie berührt. Caxton schaute nach und entdeckte echtes Blut an ihren Fingern. Ihre Hand roch nach Benzin und Scheiße, ein Geruch, der ihr nur zu vertraut war. Der Geruch eines wirklich schlimmen Autounfalls. Die Hand war real und warm und lebendig gewesen.

So ganz anders als der Halbtote, den sie auf dem Boden ihres Schlafzimmers gefoltert und exekutiert hatte. So ganz anders als die Vampire, die gekommen waren, um ihr Leben zu zerstören.

Caxton seufzte, verschränkte die Arme und wartete. Sie hatte versucht, eine Zeitschrift zu lesen, aber sie konnte sich nicht konzentrieren. Bilder und Worte stiegen ungebeten in ihr hoch. Nicht einmal Dinge, die mit dem Fall zu tun hatten, nicht einmal Erinnerungen an Deanna, nur seltsame kleine Gedankenfetzen. Immer wieder fragte sie sich, ob die Milch auf der Küchentheke wohl schlecht werden würde. In der Küche war es so kalt gewesen wie draußen, da das Fenster nicht mehr da war. Jeder konnte durch das Loch einsteigen – sollte sie jemanden anrufen, das Haus überprüfen lassen, wenigstens das Fenster mit einer Sperrholzplatte verrammeln lassen? Und wenn sie das tat, sollte sie sie auch gleich bitten, kurz reinzugehen und die Milch in den Kühlschrank zu stellen?

Sie konnte ihre Gedanken nicht abstellen. So funktionierte das nicht. Nur Schlaf allein konnte das Gehirn ausschalten, und von Schlaf war sie endlos weit entfernt. Die banalen Gedanken, die endlosen, kreisenden Nichtigkeiten hatten einen Zweck, so quälend sie auch sein mochten. Sie hielten sie davon ab, an das große Thema zu denken, das eigentliche Thema. Die Gedanken, die ihr Angst machten.

Gedanken, die besagten, dass die Vampire sie töten wollten. Und dafür sogar ihre Sklaven aussandten, um jeden in ihrem Haus zu töten. Jeden. Die Halbtoten hätten vermutlich auch ihre Hunde getötet, nur um gründlich zu sein.

Gedanken wie der, dass Arkeley sich von ihr abgewandt hatte. Sie konnte sich nicht einmal darauf verlassen, dass er sie gegen die finsteren Dinge verteidigte, die ihr das Leben nehmen wollten. Er war noch nicht fertig mit ihr, er hatte noch Verwendung für sie, aber sie würde nicht aktiv an seiner Untersuchung teilnehmen.

Gedanken wie: Gab es wirklich einen Unterschied zwischen jemandem, der hypnotisiert wurde, damit er ein Fenster zerbrach und sich auf den Glasscherben aufspießte … und jemandem, dessen Gehirn eines Tages zu arbeiten aufhörte und der sich in seinem Schlafzimmer aufhängte? Ihre Mutter hatte einen guten Job und viel Geld gehabt. Sie hatte eine anständige Tochter gehabt, für die es sich zu leben lohnte, ein hübsches Haus, Bridgepartner, Gemeindetreffen. Ferien. Familie. Reisen. Ruhestand. Ihr Selbstmord war für jeden, der sie gekannt hatte, ein absolutes Rätsel gewesen. Er hatte ein Irrtum sein müssen, wirklich, etwas anderes war unmöglich.

Deanna hatte nichts, für das es sich zu leben lohnte. Keinen Job, eine Familie, die sie für das verachtete, was sie war. Eine Partnerin, die sich sorgte und Mühe gab, die aber einfach nicht die nötige Zeit für sie aufbrachte. Keine Zukunft. Kunst, die keiner verstand.

War es immer noch Selbstmord, wenn man eine Entschuldigung hatte? Wenn man dazu getrieben wurde?

»Officer«, sagte jemand in der Nähe. Es war wie der Geist, der in Urie Polders Scheune nach ihr gerufen hatte, eine richtungslose, körperlose Stimme. »Officer« sagte die Stimme erneut. Caxton runzelte die Stirn und wandte den Kopf. Eine Krankenschwester im blutverschmierten OP-Kittel stand da, eine Frau mittleren Alters, die das weiße Haar zu einem Knoten gebunden hatte. Sie trug dicke Handschuhe, solche, die man beim Geschirrspülen trug. »Officer, sie ist wach«, sagte die Krankenschwester.

Caxton folgte ihr durch lange Gänge, um Ecken herum und Treppen hoch. Sie kamen zu einem Zweibettzimmer. In dem einen lag eine krankhaft fettleibige Frau, deren gesamter Unterleib und Oberschenkel in Gips steckten. Ein Operationskittel war über ihre Brüste gebreitet. Im anderen Bett lag etwas, das man aus Ersatzteilen wieder zusammengesetzt hatte.

Es war Deanna, wie Caxton entsetzt erkannte. »Du siehst aus wie Frankensteins Ungeheuer«, sagte sie.

Deanna versuchte zu lächeln, aber die Nähte an ihrem Kiefer verhinderten, dass sie den Mund richtig bewegen konnte. »Schatz… du hast mich allein gelassen«, nuschelte sie. Caxton nahm den Hut ab und beugte sich hinunter, um Deanna auf die geschwollenen Lippen zu küssen. Die fette Frau im anderen Bett stieß eine Mischung aus schockiertem Keuchen und Zungenschnalzen aus, aber Caxton hatte schon vor langer Zeit gelernt, diesen Laut zu ignorieren. Sie trat zurück, um Deanna besser ansehen zu können. Beim zweiten Mal war der Anblick auch nicht besser. Funkelnde Klammern hielten Deannas Gesichtshälfte zusammen. An Brust und Schultern stachen die Enden der Nähte, schwarz und rau wie Pferdehaar, aus der Haut, während die Verbände um ihre Hände wie blutige Fäustlinge aussahen. »Du hast mich ganz allein gelassen«, sagte Deanna.

»Nicht sprechen, Dee. Ruh dich einfach nur aus.« Caxton strich sanft über die Klammern in ihrem Gesicht. Sie waren real, fest, und das Fleisch darunter war gerötet und entzündet.

Ein Arzt betrat das Zimmer. Caxton sah ihn nicht einmal an. Sie hielt Deannas Blick fest und weigerte sich, ihn loszulassen.

»Ich möchte jemanden hinzuziehen, der mit ihr spricht. Ich weiß, dass Sie das vermutlich nicht wollen, aber ich bin mir nicht einmal sicher, ob Sie das Recht haben, mich daran zu hindern – haben Sie eine eingetragene Partnerschaft?«

Das hatten sie nicht. Sie hatten sich nie die Mühe gemacht, da es vor dem Gesetz sowieso nicht zählte. Es spielte keine Rolle. »Ich habe keine Einwände«, sagte Caxton. Sie wollte nach Deannas Händen greifen, aber sie waren so schlimm zugerichtet, dass sie sie nicht berühren wollte. Stattdessen griff sie nach dem Bettgitter.

Deanna wollte protestieren, aber Caxton sagte bloß: »Psst, es soll nur jemand mit dir reden.«

»Alles in allem hat sie viel Glück gehabt. Sie hätte leicht sterben können. Sie hat viel Blut verloren, und ein paar Glassplitter steckten ziemlich tief. Wir müssen abwarten, ob an den Händen Nerven beschädigt sind. Der Schnitt in ihrem Gesicht wird eine plastische Operation erfordern, und selbst dann werden Narben bleiben.«

Caxton hielt sich an dem Bettgestell fest, als würde sie auf einem finsteren Meer fortgespült werden, falls sie den Halt verlor. Es spielte keine Rolle, sagte sie sich. Deanna würde überleben. Jedenfalls bis zum nächsten Mal, bis zum nächsten Tötungsversuch. Vielleicht würde Reyes das nächste Mal selbst kommen. »Ich werde eine Wache anfordern, die vor dem Zimmer Posten bezieht, Doktor. Das war ein Mordanschlag.« Die Worte klangen lächerlich, als sie aus ihrem Mund kamen, wie etwas, das sie erfand. Aber es war real, sie musste sich davon überzeugen, dass es real war. »Ich bleibe bei ihr, bis die erste Schicht eintrifft.«

»Gut.« Der Arzt ging zu der fetten Frau, um nach ihr zu sehen. »Es ist fast zwei Uhr morgens, aber ich rufe unten bei der Anmeldung an und werde alles veranlassen.«

»Zwei Uhr?«, fragte Caxton überrascht. Sie schaute auf die Uhr. »Scheiße. Dee, Süße«, sagte sie. »Ich muss gehen.«

»Was?«, fragte Deanna.

»Ich muss etwas erledigen.« Sie hatte es während der langen Stunden im Korridor beschlossen. Es war ihr nächster Schritt.

32.

Caxton wusste nicht, wie man die Weste festschnallen musste. Einer der Männer vom Area Response Team zog die Riemen fest auf ihrem Rücken an und schloss die Schnalle. Er half ihr auch mit Knieschützern, Schienbeinschützern und Schulterpolstern. Mit dem Helm kam sie alleine klar. »Larry Reynolds«, sagte er und hielt ihr die behandschuhte Hand hin. Sie schüttelte sie und stellte sich vor.

»Entschuldigung, ich kenne mich mit diesen Dingen schlecht aus. Ich trage zum ersten Mal einen Körperpanzer.« Dieses Eingeständnis war ihr einen Augenblick lang peinlich, dann fügte sie hinzu: »Normalerweise bin ich bei der Highway Patrol.«

»Sie waren vor ein paar Nächten dabei, als der Vampir getötet wurde, nicht wahr? Das hat man uns gesagt, als wir für diesen Auftrag eingeteilt wurden.« Reynolds hatte schwarze

Tarnfarbe unter die Augen geschmiert, was es erschwerte, ihren Ausdruck zu lesen. Sie konnte nicht sagen, ob es ihn störte, eine blutige Anfängerin wie sie aufgebürdet zu bekommen, und er das nur gut verbergen konnte, oder ob er wirklich versuchte, nett zu sein. »Bleiben Sie in unserer Nähe, halten Sie den Kopf unten, dann wird Ihnen nichts passieren.«

Ein weiterer ART-Beamter kam heran und schlug Reynolds auf den Helm. »Den Kopf unten zu halten ist eigentlich Larrys Job hier.« Reynolds tat so, als würde er seinen Kameraden in die Nieren boxen, und sie stoben lachend auseinander, tänzelten umeinander wie Caxtons Greyhounds. »Ich bin DeForrest, und ich bin heute Morgen Ihre Stewardess«, sagte der neue Mann. Er hatte Reynolds in den Schwitzkasten genommen. »Wir hoffen, Sie genießen Ihre Reise mit der Granola Roller Airlines.«

Caxton begriff überhaupt nicht, was er da redete, aber sie lächelte trotzdem. Sie hatte kräftig betteln müssen, um dieser Einheit zugeteilt zu werden, und sie wollte nicht, dass die ART-Leute ihre Anwesenheit störte. Als eine Frau in voller Schutzmontur herankam und ihr aus einer Thermoskanne Kaffee anbot, bedankte sie sich so höflich, wie sie konnte.

In Wahrheit brauchte sie das Koffein genauso sehr, wie sie akzeptiert werden wollte. Sie hatte keinen Augenblick geschlafen, seit sie am Vortag aufgewacht war und begriffen hatte, warum die Vampire Bitumen Hollow ausgelöscht hatten. Ihre Hände zitterten, und wenn sie etwas zu lange oder genau anschaute, verschwamm alles.

»Ich weiß, sie sind kindisch, aber es sind gute Männer«, sagte die Frau mit dem Kaffee. »DeForrest war Feuerwehrmann, bevor er zu uns kam. Es habe ihn gelangweilt, meinte er. Bei unserer ersten Begegnung glaubte ich, er wollte bloß mit Knarren herumspielen, so wie viele Leute, die zum ART wollen. Aber seit er zu uns stieß, hat er nicht einmal seine

Waffe abgefeuert, auch nicht, als die bösen Jungs auf ihn schossen. Reynolds hat sich letztes Jahr die Schulter ausgekugelt, als er einen Fünfjährigen aus einem Trailer rettete, den ein Tornado umgestürzt hatte.«

»Wow«, sagte Caxton.

»Ich bin Suzie Jesuroga. Captain Suzie«, sagte die Frau und schüttelte Caxton die Hand.

»Laura Caxton, Trooper.«

Captain Suzie lächelte. »Ich weiß genau, wer Sie sind. Wir sind alle über die Vampirtötung informiert worden, die Sie auf der Drei Zweiundzwanzig vollzogen haben. Der Commissioner hat uns die Details eingehämmert. Der heutige Einsatz sollte nicht ganz so haarig werden, wenn man die zusätzlichen Sicherheitsmaßnahmen und das gute Tageslicht bedenkt, aber ich bin dennoch froh, Sie dabeizuhaben. Wollen wir?«

Sie machten sich fertig und überprüften Waffen und Ausrüstung. Man hatte ihnen M4-Karabiner zugeteilt, fürs Militär entwickelte Sturmgewehre mit Schrotflintenuntersatz. Caxton trug zusätzlich ihre Beretta mit den Dum-Dum-Geschossen. Die anderen hatte ebenfalls ihre persönlichen Waffen dabei – Kampfmesser, Revolver, Tränengas und Rauchgranaten. Anscheinend konnten die Leute vom ART relativ frei entscheiden, was sie bei einer Operation mitnahmen. Sie verließen den Umkleideraum im Harrisburg Headquarter und traten auf den Parkplatz hinaus, der von einer Baumreihe abgeschirmt wurde. Das dunkle Blau des nahenden Sonnenaufgangs, das wie eine Decke über dem Parkplatz lag, war von schwarzen Streifen durchzogen. Arkeley wartete dort auf sie, nicht in Schutzkleidung, sondern nur im Mantel. Er stand offen, und Caxton war klar, dass er nichts weiter als seine Glock 23 mit ihren dreizehn Patronen dabei hatte.

»Captain«, sagte er zur Begrüßung, »ich weise noch einmal auf meinen Wunsch hin, dieses Fahrzeug zurückzulassen.« Er deutete mit dem Kinn auf einen riesigen weißen Truck, der gleich zwei Parklücken einnahm. Die Konstruktion war auf dem Chassis eines Humvee errichtet und so stark gepanzert, als sollte er durch Tikrit statt durch Scranton fahren. Türen, Motorhaube und Dach waren mit schweren Stahlplatten versehen; das galt auch für die Fenster, die nur schmale Sichtschlitze aufwiesen. Selbst die Reifen des Trucks waren mit schweren Ketten verstärkt. Oben auf dem Dach war etwas montiert, das wie eine selbstgebastelte Luftkanone aussah.

»Bei höherem Tempo ist er ganz schön laut, das gebe ich zu«, erwiderte Captain Suzie. »Haben Sie Angst, wir könnten die Vampire aufwecken?«

Arkeleys Oberlippe zuckte widerwillig. »Nein. Vampire schlafen nicht am Tag. Sie sterben buchstäblich jeden Morgen. Es sind die Halbtoten, die mir Sorgen bereiten.«

Captain Suzie zuckte bloß mit den Schultern. »Der Commissioner selbst hat mir Befehl gegeben. Sie können mit ihm sprechen, wenn Sie den Plan ändern möchten, aber er kommt nicht vor neun ins Büro. Ich würde jetzt gern losfahren.«

Arkeley kniff die Augen zusammen, aber dann nickte er und stolzierte zu seinem Wagen, einem neutralen Dienstwagen, der im Vergleich winzig aussah.

Einer nach dem anderen stiegen die ART-Mitglieder in den Panzerwagen. Das Innere war mit so viel Ausrüstung vollgestellt und die Teammitglieder waren in ihrer Montur so massig, dass kaum genug Platz für alle vier war. Reynolds fuhr, und DeForrest saß neben ihm – die Schrotflinte in den Händen. Captain Suzie saß neben Caxton auf dem Rücksitz.

Ein Mann kam aus dem Hauptgebäude, mit aufgeknöpftem Uniformhemd und unrasiert. Caxton erkannte ihn; es war der Range Officer vom Testgelände für weniger tödliche Waffen, der ihr die Dum-Dum-Geschosse gegeben hatte. Er öffnete die Motorhaube des Panzerwagens und fummelte eine Minute am Motor herum.

»Das ist sein Baby, und er lässt es nie ohne persönliche Inspektion vom Hof«, sagte DeForrest zu Caxton und drehte sich auf seinem Sitz herum, um sie ansehen zu können; der Helm stieß dabei gegen die Kopfstütze und rutschte ihm übers Auge. »Er hat den Granola Roller fast ganz allein gebaut.«

»Ich nehme mal an, ich sitze in besagtem Granola Roller«, sagte Caxton.

Reynolds schnaubte. »Yeah. Der war nie für die Vampirjagd gedacht. Der Alte hat ihn zur Aufruhrbekämpfung entworfen, Sie wissen schon, für Demonstrationen, Protestmärsche und dergleichen. Wir nennen ihn manchmal auch ›Fleischwolf‹.«

Caxton versuchte das zu verstehen, aber ihr müder Verstand schaffte es nicht. »Warum das?«, fragte sie schließlich.

»Weil«, erwiderte DeForrest und konnte nur mühsam ein Losprusten unterdrücken, »wenn man damit einen Hippie überfährt, nur noch etwas übrig bleibt, das aussieht wie durch den Fleischwolf gedreht.«

»Seid nicht so vulgär«, sagte Captain Suzie, als DeForrest und Reynolds loswieherten. Sie wandte sich Caxton zu. »Ich bin davon überzeugt, dass ich das heute hundert Mal machen muss, aber ich entschuldige mich hiermit offiziell das erste Mal für meine Männer. Reynolds, haben Sie vergessen, wie man einen Wagen mit Schaltgetriebe fährt, oder warten wir darauf, dass die Vampire an Altersschwäche sterben? Fahrt los!«

»Ja, Ma'am«, sagte Reynolds und startete den Motor des Panzerwagens. Es donnerte, als würde eine Felslawine vom Berg stürzen. Der Range Officer winkte ihnen zu und fing an, sich das Hemd zuzuknöpfen.

Sie folgten Arkeleys Wagen auf den Highway und machten

es sich für die lange Fahrt nach Kennett Square gemütlich, das beinahe an der Grenze zu Delaware lag. Der ächzende und lärmende Motor des Panzerwagens machte jede Unterhaltung im Führerhaus unmöglich, aber Caxton störte das nicht besonders. Sie konnte kaum einen zusammenhängenden Satz im Kopf bilden, geschweige denn ihn aussprechen.

Sie musste sich an die Tür lehnen, um aus dem Sichtschlitz sehen zu können, was bedeutete, ihre Knochen ständiger Vibration auszusetzen, da sich jede kleine Unebenheit auf der Straße in den schweren Truck fortpflanzte. Aber irgendwie überstand sie es. Sie sah Vorstadtrasen vorbeisausen, silbern vor Reif und dunkel von gefallenen Blättern. Als sie durch die ländlicheren Gegenden rollten, ließ sie den Blick über die geometrische Regelmäßigkeit der Äcker schweifen oder folgte dem Zittern der dunklen Äste, deren Bäume über die Straße ragten.

Wenn sie die Augen schloss, sah sie jedes Mal einen Totenkopf vor sich und fühlte sich windende Fingerknochen in den Händen. Sie sah die blutverschmierte Deanna. Sie erinnerte sich daran, wie es gewesen war, von einem Vampir hypnotisiert zu werden, an ein Gefühl, als würde man im Tod ertrinken, als hätte sich die Luft in Glas verwandelt und einen eingesperrt. Sie hob die Hand und berührte Vesta Polders Amulett durch das dicke Nylon und die Kevlarschichten ihrer schusssicheren Weste.

Als die Sonne hinter den Bergkämmen emporstieg, ein limonenfarbener Splitter am Horizont, fühlte sie sich langsam etwas besser. Immerhin handelte sie nun, eilte zu den Waffen gegen das Ding, das sie töten wollte, das beinahe Deanna getötet hatte. Als Arkeley gehört hatte, dass sie darum gebeten hatte, bei dem Einsatz dabei zu sein, war er vehement dagegen gewesen. Er habe geglaubt, seinen Standpunkt klar gemacht zu haben, sagte er ihr. Er wolle sie nicht in Gefahr bringen. Er sei nicht der Meinung, dass sie damit klarkommen werde.

Sie hatte ihm berichtet, wie sie den Halbtoten getötet hatte, wie sie dem Bastard die Finger ausgerissen hatte, und er hatte langsam und kaum merklich eingelenkt. Er hatte nie gesagt, dass es in Ordnung war, aber er hatte nicht länger stur darauf beharrt, dass sie zurückblieb. Und sie wusste, mehr konnte sie nicht verlangen.

33.

Außerhalb von Lancaster mussten sie tanken. Als der schaukelnde Truck endlich zum Stehen kam, fand Caxton die eintretende Stille erschreckend. Sie stieg aus dem Granola Roller, um sich die Beine zu vertreten, dann lehnte sie sich zusammen mit Captain Suzie gegen das Fahrzeug, während DeForrest tankte. Er hatte an der Wagenseite ein Stück Panzerung abschrauben müssen, um an den Tank zu kommen. Der Tankstellengehilfe sah ihnen mit trübem Blick zu, als sähe er jeden Morgen State Trooper in voller Kampfmontur. Schließlich wurde Caxton klar, dass er schlief, dass er auf seinem Stuhl schlief. Vermutlich waren sie die ersten Kunden in seiner Schicht.

Plötzlich erstarrte Reynolds, als Caxton gerade darüber nachdachte, ob sie den Tankstellengehilfen wecken sollte, um etwas zu essen zu kaufen. Der ART-Mann ließ die Zapfpistole los und trat von der Benzinsäule weg. Er sah Captain Suzie an und zeigte wortlos auf eine Baumreihe auf der anderen Seite des Highway. »Da drüben«, sagte er.

»Können Sie seine Sichtung bestätigen, Caxton?«, fragte Captain Suzie.

Angst trieb Eisnadeln in ihr Herz. »Bestätigen … was?« Sie suchte die blätterlosen Bäume nach den verwüsteten Gesichtern von Halbtoten ab, der schrecklichen weißen Haut von Vampiren, nach irgendwelchen Bewegungen. Dann bemerkte sie dunkle Flecken, wie kleine Stücke aus Schatten, die zwischen den Bäumen umherschossen.

Ein Lächeln entspannte ihr Gesicht, und sie drehte sich um und schüttelte den Kopf. Die ART-Mitglieder hinter ihr hatten geduckte Schießstellung eingenommen, die Waffen an den Schultern. Sie waren todernst. Sie waren erschrocken, und alle sahen sie an.

»Das sind bloß Fledermäuse«, sagte sie. »Sie sind nachtaktiv, und die Sonne geht auf. Sie fliegen nach Hause.« Sie zuckte mit den Schultern. »Fledermäuse.«

Captain Suzie runzelte die Stirn und richtete die Waffe nach oben, behielt die Verteidigungsstellung aber bei. »Also keine Gefahr?«

»Nein«, sagte Caxton. »Da gibt es keine Verbindung. Das ist bloß ein Mythos.« Unvermittelt wurde ihr bewusst, dass die ART-Mitglieder ihre Anwesenheit keineswegs als lästig empfanden. Als sie wieder in den Wagen stiegen, um die Fahrt fortzusetzen, begriff sie, dass sie froh waren, sie dabeizuhaben. Sie war ihr ausgebildeter Vampirkiller.

Sie hoffte bloß, dass der Erfolg ihrer Mission nicht auf ihrem Wissen beruhen würde.

Sie erreichten Kennett Square, als die weißen Straßenmarkierungen in der Morgendämmerung funkelten und über dem dunklen Asphalt zu schweben schienen. Vielleicht lag das auch einfach nur an Caxtons Schlafmangel. Während die Sonne am Horizont in die Höhe schlich, bewegten sie sich durch das malerische kleine Städtchen, das auf der Karte tatsächlich wie ein Square, ein rechteckiger Platz, aussah.

»Was ist das für ein Geruch?«, fragte Reynolds.

Caxton hatte ihn auch bemerkt, einen erdigen Duft, der gelegentlich scharfe, widerwärtige Züge annahm.

»Das ist die Pilzhauptstadt der Welt«, erklärte Captain Suzie. »Wussten Sie das nicht? Es riecht nach dem Zeug, in dem sie Pilze züchten.«

DeForrest schnüffelte. »Scheiße?«, fragte er.

Captain Suzie zuckte mit den Schultern. »Auf jeden Fall Mist. Sie müssen ihn in diesen langen Schuppen kochen, Tag und Nacht, um ihn zu sterilisieren. Dieser ganze Teil von Pennsylvania riecht so, fast immer. Ich habe mal hier gelebt. Man gewöhnt sich dran.«

»Man gewöhnt sich an den Geruch von kochender Scheiße«, sagte Reynolds, als müsste er versuchen, diese Vorstellung in seinen Kopf zu kriegen.

»Damit man ihn kaum noch wahrnimmt«, versicherte Captain Suzie ihm. »Nach ein paar Tagen gewöhnt man sich an alles.«

Caxton fragte sich, ob das auch für Folter galt. Konnte man sich daran gewöhnen, seine Feinde zu foltern, um an Informationen zu kommen? Sie fürchtete, die Antwort zu kennen.

Sie überquerten ein paar Schienen, die den Granola Roller bedrohlich schaukeln ließen, und dann waren sie da – am Umspannwerk. Das Versteck von Efrain Reyes, wenn sie Glück hatten. Oder Pech, je nachdem.

Caxton überprüfte ihre Waffen, kontrollierte die beweglichen Teile, lud durch und ließ die Patronen auswerfen. Das ART folgte ihrem Beispiel. Arkeley parkte vor dem Zaun und stieg aus. »Was macht er da?«, wollte Captain Suzie wissen.

Der Fed antwortete ihr, indem er sich eine Freisprecheinrichtung über das Ohr schob. Er berührte das winzige Mikrofon, und das Funkgerät des Wagens erwachte krächzend zum Leben. DeForrest drückte ein paar Knöpfe. »Bitte wiederholen«, verkündete er.

»Ich sagte, ich gehe von hier an zu Fuß«, sagte Arkeley. »Sie können mir folgen, wenn Sie wollen, aber dieser Ort ist nicht für eine Militärparade gebaut.«

»Er macht sich über Ihren Truck lustig«, sagte Caxton zu Captain Suzie.

Die Frau runzelte die Stirn. »Er kann sich auch über meine große Nase lustig machen, aber ich steige trotzdem nicht aus und gehe zu Fuß«, sagte sie. Aber sie lächelte nicht.

Das Umspannwerk nahm eine Fläche von einem knappen Hektar ein und war mal von einer Ziegelmauer, mal von einem Maschendrahtzaun umgeben. Das ART hatte sich den Lageplan besorgt. Das örtliche Versorgungsunternehmen hatte es ein Jahr zuvor stillgelegt (ein größeres, besseres und sichereres Umspannwerk war gebaut und bereits ans Stromnetz angeschlossen worden), und man war noch immer mit dem Abriss beschäftigt. Das war nicht nur ein einfacher Abbruch – in den gigantischen Transformatoren, die den größten Teil der Anlage ausmachten, gab es alle möglichen umweltschädlichen Chemikalien und Präparate, von Schwefelhexafluoridgas bis hin zu flüssigem PCB. Die Transformatoren mussten Stück für Stück von Fachkräften auseinandergenommen werden. Von Elektroingenieuren, um genau zu sein – Männern wie Efrain Reyes, bevor er gestorben war.

Arkeley hatte von den Eigentümern des Umspannwerks die Erlaubnis erhalten, die Anlage zu durchsuchen, und den Schlüssel für das Vorhängeschloss am Tor bekommen. Es hatte die Befürchtung gegeben, dass Reyes das Schloss ausgetauscht haben könnte, aber der Schlüssel funktionierte einwandfrei. Arkeley stieß das schwere Tor auf und trat hindurch.

Reynolds legte den Gang ein und fuhr im Schritttempo, blieb ständig acht Meter hinter Arkeley. Der Fed schlug ein forsches Tempo an, als wüsste er genau, wonach er suchte. Sie passierten einen schmalen Weg, der an beiden Seiten von zwei

Reihen hoher Stromwandler gesäumt wurde, die mit ihren aufgeschichteten, runden Isolatoren wie Türme futuristischer Kirchen aussahen. Dahinter ruhten die Transformatoren – dicke, stabile Metallblöcke in perfekten Reihen.

»Ich dachte, wir wären hinter Vampiren her und nicht hinter Frankensteins Monster«, scherzte DeForrest. Keiner beachtete ihn. »Wozu braucht man den ganzen Mist überhaupt?«

»Hier wird die Spannung der Elektrizität, die aus den Kraftwerken kommt, transformiert«, erklärte Caxton, »bis man sie sicher an die Haushalte weiterleiten kann.« Sie drückte das Gesicht gegen die Schießscharte in ihrem Fenster und bemühte sich, das zu sehen, was Arkeley sehen musste.

Abgesehen von ein paar vom Wind aufgewirbelten Blättern rührte sich nichts.

Weiter vorn, am Ende der Reihe, stand ein altes Umspannhaus. Hier befanden sich ursprünglich die Sicherungen – vielleicht sogar die für die Hochspannung, falls die Anlage alt genug war. Es handelte sich um ein eingeschossiges Gebäude aus dunkelbraunen Ziegeln, mit kleinen Verbundfenstern, die nicht viel Licht hineinließen.

Das musste der Ort sein. Dahinter lag der Maschendrahtzaun. Jenseits von ihm standen zweieinhalb Meter hohe, gelbe Maispflanzen, üppige Felder, die sich in allen Richtungen erstreckten. Wenn sich Reyes in dem Umspannwerk verbarg, dann in diesem Gebäude.

Arkeley ging zur Tür und stieß sie auf. Was auch immer sich darin befinden mochte, die Sonne hatte es noch nicht berührt. Er zog die Waffe aus dem Holster und holte eine Taschenlampe aus der Manteltasche. »Ich gehe rein. Wenn jemand Lust hat, sich mir anzuschließen …«, sagte er über Funk.

»So war das aber nicht geplant«, sagte Captain Suzie in ihr

Mikro. »Das enstpricht nicht dem, was der Commissioner wollte. Es könnte gefährlich werden.«

»Die Sonne ist aufgegangen. Wir sind sicher. Richtig? Wir sind sicher«, meinte Reynolds. »Die Sonne ist aufgegangen. Vampire können am Tag nichts tun.«

»Das stimmt«, sagte Caxton.

»Das ist mir egal«, sagte Captain Suzie. »Wir bleiben im Wagen.« Sie starrte in Arkeleys Richtung, als könnte sie vom Rücksitz des Panzerwagens aus seinen Blick erwidern.

Der Fed trat in die Dunkelheit. Keines der ART-Mitglieder rührte sich.

»Deputy«, rief Captain Suzie. »Deputy? Deputy, bitte kommen. Geben Sie mir einen Status-Bericht, geben Sie mir irgendetwas. Irgendetwas.«

»Special Deputy«, berichtigte Arkeley sie. Er blieb außer Sichtweite. »Im Moment gibt es da nicht viel zu berichten. Ich habe viele Spinnenweben und verrostete Maschinen gefunden. Warten Sie. Ich habe gerade eine Falltür entdeckt. Anscheinend gibt es hier eine untere Etage. Ich gehe runter.«

Caxton stieß die Tür auf und sprang aus dem Wagen, bevor ihr überhaupt richtig bewusst wurde, was sie da eigentlich tat. Captain Suzie griff nach ihr, aber sie schlüpfte durch ihre Hände. Sie bewegte sich auf das Umspannhaus zu, als das Funkgerät an ihrem Kragen anfing, Befehle zu brüllen.

Sie hatte das Haus fast erreicht, als sie aus dem Augenwinkel eine Bewegung wahrnahm. Sie drehte sich mit dem Gewehr im Anschlag um und sah es erneut. Hinter dem Zaun bewegte sich etwas. Sie schaute nach rechts und links und entdeckte, dass jemand ein Loch in den Zaun geschnitten hatte, groß genug, dass sich ein ausgewachsener Mann hindurchzwängen konnte. Sie rannte dorthin und krallte die Finger in den Maschendraht. »Arkeley«, rief sie. »Ich habe einen

Hintereingang in das Umspannwerk gefunden. Da draußen ist jemand.«

»Caxton«, erwiderte er. »Scheren Sie sich zurück in den verdammten Truck. Ich habe Ihnen schon einmal gesagt...«

Sie kümmerte sich nicht um ihn. Dort vorne bewegte sich definitiv etwas, schlich durch das Maisfeld. Und das war bestimmt kein Tier. Sondern eine Person oder mehrere Personen oder... oder mehrere Halbtote. Sie duckte sich durch das Loch im Zaun und hörte sofort ein Rascheln, ein vielfaches Schleichen, als sich zahllose Körper durch die Stängel schoben. Sie wirbelte herum, ein Auge am Zielfernrohr des Sturmgewehrs, und dann sah sie sie, sechs oder sieben Halbtote in Kapuzenshirts. Sie zerrten etwas durch den Mais, etwas Großes aus dunklem Holz mit Messinggriffen.

Es war ein Sarg.

34.

Sie hob das Sturmgewehr an die Schulter und gab einen schnellen Feuerstoß aus drei Schüssen ab, traf aber nichts. Sie hatte auch nicht damit gerechnet. Die Halbtoten bewegten sich hinter Dutzenden Reihen von Maispflanzen. Die Waffe in Caxtons Händen war stark genug, um das halbe Feld niederzumähen, aber sie wusste es besser. Eine Gewehrkugel konnte eine halbe Meile weit fliegen, bevor die Schwerkraft sie zu Boden zwang. Solange sie nicht garantieren konnte, dass sich im Umkreis von einer halben Meile keine Zivilisten aufhielten, konnte sie unmöglich blindlings das Feuer eröffnen.

Also musste sie zusehen, wie die Halbtoten den Sarg durch das Feld schleiften. »Arkeley«, keuchte sie in ihr Mikro.

»Arkeley, bitte kommen. Ich habe eine Gruppe von Halbtoten gesichtet, die einen Sarg tragen. Ich bitte um Anweisungen. Arkeley, was soll ich tun?«

»…Knochen, menschliche Knochen in … keine Anzeichen für kürzliche … viel Staub«, sagte er. Er musste vom Keller des Umspannhauses sprechen und davon, was er dort gefunden hatte. Vermutlich hatte er sie nicht gehört – sie konnte nur einen Bruchteil von dem verstehen, was er sagte. Vermutlich wurde das Signal durch die zwischen ihnen liegende Erdschicht blockiert. Aber das spielte jetzt keine Rolle. Die Halbtoten entkamen. Sie schaute zurück zum Zaun und sah den Panzerwagen dort stehen. Eines der ART-Mitglieder beugte sich aus der offen stehenden Tür und starrte zu ihr herüber.

»Captain Suzie«, sagte Caxton. »Ich brauche hier Unterstützung. Sie entkommen!«

»Meine Befehle lauten, beim Wagen zu bleiben, egal was passiert. Unsere Sicherheit ist wichtiger, als Ihren Vampir zu fangen. Das sind auch Ihre Befehle, Trooper.«

»Reyes wird entkommen, wenn wir ihn jetzt nicht schnappen«, erwiderte Caxton. »Wenn wir ihn jetzt erwischen, bei Tageslicht, können wir sein Herz zerstören.«

»Sie haben gesagt, dass es sich möglicherweise um sieben dieser Kreaturen handelt. Wir sind nur zu dritt. Sie kommen sofort zurück, Caxton. Wenn Sie schon keine Befehle vom Commissioner befolgen, dann vielleicht von mir. Kommen Sie auf der Stelle zurück.«

Caxton schaute erneut zum Maisfeld. Sie konnte noch immer die Pflanzen rascheln hören, aber es wurde leiser. Sie wusste nicht, was sie tun sollte. Aber sie wusste, was Arkeley an ihrer Stelle tun würde. Sogar ganz genau.

Sie schob sich in das Feld hinein und rannte hinter den Halbtoten her, ihre Stiefel glitschten auf dem schlammigen Untergrund.

Die Blätter der Maispflanzen glitten über ihren Helm und schlugen gegen ihre entblößten Handgelenke. Die dicken Stängel setzten ihr Widerstand entgegen, und sie war sicher, dass sie, wenn sie die Halbtoten nicht bald erwischte, ausrutschen und sich den Knöchel verstauchen würde. Oder Schlimmeres. Wie dumm das wäre, dachte sie, sich zu verletzen, nur weil sie so versessen auf Rache war? Nach ihrem dritten Sturz, bei dem sie sich mit den Händen im klebrigen Matsch abfing, zwang sie sich, das Tempo zu verringern. Die Halbtoten konnten sich unmöglich so schnell bewegen wie sie, oder? Ihre hinfälligen Körper konnten diese Geschwindigkeit nicht aufrechterhalten, vor allem nicht, da sie den Sarg schleppen mussten. Sie bahnte sich mit dem Sturmgewehr einen Weg durch eine Maisreihe, und der Lauf blieb hängen, nur einen Moment lang, aber es hielt sie auf.

Ihr Funkgerät krächzte. »ART ruft das Hauptquartier. Wir benötigen die sofortige Abklärung eines Befehls.« Es klang fern und blechern. Caxton wusste, dass Captain Suzie ihr nicht zu Hilfe kommen würde, und dieses Wissen machte ihr zu schaffen, aber es würde sie nicht von ihrem Vorhaben abbringen. Das durfte sie nicht zulassen.

In ihr stieg Müdigkeit auf und drang in ihre Knochen. Sie musste im Kopf behalten, dass sie völlig übermüdet war, dass sie sich nicht auf ihren Körper verlassen konnte. Sie atmete keuchend, riss das Gewehr von dem Maisstängel los und hängte es sich über die Schulter. Auf diesem engen Raum stellte es eine Behinderung dar.

Sie blieb einen Moment reglos stehen, schaute sich um, versuchte wieder zu Atem zu kommen, sich wieder zu orientieren. Sie war dabei, sich in dem hohen Feld zu verirren. Schon fragte sie sich, ob sie den Rückweg finden würde – es gab keine Orientierungspunkte, keine Möglichkeit, eine Pflanzenreihe von der anderen zu unterscheiden.

Aber es half alles nichts. Sie war so nahe dran. Sie schüttelte den Kopf, holte tief Luft und weigerte sich aufzugeben.

Also lief sie weiter und fand schnell, was sie gesucht hatte, eine Lücke in einer Pflanzenreihe, wo der Sarg den Mais niedergedrückt hatte. Geduckt folgte sie der Spur, davon überzeugt, jetzt näher an den Gegner heranzukommen. Bald hörte sie, wie der Sarg über die papierartigen Pflanzenabfälle schabte, die den Boden übersäten. Einen Moment später hörte sie die Halbtoten flüstern, nur etwa fünf Meter von ihrer Position entfernt. Sie konnte nicht verstehen, was sie sagten. Als das Geräusch des schleifenden Sargs plötzlich verstummte, blieb auch sie stehen.

»Siehst du sie, gibt es da eine Spur von ihr?«, zischte einer der Halbtoten. Keine Erwiderung.

Langsam und äußerst vorsichtig zog sie das Sturmgewehr in Feuerposition. Ergriff den Schrotflintenaufsatz unter dem Lauf mit der behandschuhten Hand und bewegte sich in Zeitlupentempo weiter; ihre Stiefel verursachten kaum einen Laut auf dem weichen Untergrund. Jenseits der nächsten Reihe dicht gedrängt stehender Pflanzen konnte sie schattenhafte Gestalten ausmachen. Sie trat einen Schritt näher heran und schob den Mais mit dem Gewehrlauf zur Seite.

Durch den schmalen Spalt konnte sie auf eine Art Lichtung sehen, einen freien Raum, den man als Feuerschneise in das Feld geschnitten hatte. Die Lichtung war voller Halbtoter. Sie hatten sich um den Sarg herum versammelt, die Köpfe gesenkt. Einer von ihnen stand auf dem Sarg, versuchte vermutlich, einen besseren Blick auf sie zu erhaschen.

Sie zielte mit dem Schrotflintenaufsatz und riss den Abzug durch. Der Halbtote auf dem Sarg explodierte in einer Wolke aus dreckigen Lumpen und Knochensplittern. Die anderen stießen ein Heulen aus und spritzten entsetzt auseinander. Einer kam direkt an ihr vorbei, nahe genug, um ihn zu packen.

Sie ließ ihn entkommen – es gab Wichtigeres zu erledigen. Sie betrat die Feuerschneise und drehte sich langsam um die eigene Achse, schaute sich um, ob einer der Halbtoten mutig genug gewesen und geblieben war. Sie konnte keinen entdecken. Sie zwang sich, den Sarg zu ignorieren, bis sie davon überzeugt war, allein zu sein. Dann beugte sie sich vor, um ihn näher in Augenschein zu nehmen.

Er war anders. Im Gegensatz zu den hexagonalen Kiefernsärgen der anderen Vampire hatte sich Reyes für ein Deluxemodell entschieden, schlicht und rechteckiger, mit Zierleisten. Einst war es ein schönes Stück Handwerksarbeit aus poliertem Kirschbaumholz gewesen. Die Messinggriffe hatten vermutlich hell gefunkelt – bevor man den Sarg Meter um Meter durch den Matsch gezogen hatte. Jetzt war das Holz mit dunkler Erde bespritzt, das eine Ende sah aus, als hätte man es in Schlamm getaucht.

Sie trat näher heran und legte eine Hand auf das Oberteil, rechnete gewissermaßen damit, darunter die Präsenz des Bösen zu fühlen, aber da war nichts. Sie erinnerte sich an das kalte Gefühl, das sie in Malverns Nähe verspürt hatte, das Fehlen von Menschlichkeit. Hier konnte sie das Gleiche erwarten. Sie befeuchtete die Lippen und versuchte, den Sarg zu öffnen. Etwas hielt ihn verschlossen. Nun, das war logisch. Die Halbtoten hatten gewiss nicht gewollt, dass er unterwegs aufging. Sie tastete den Rand ab und fand drei Nägel, die den Deckel festhielten.

Sie sprach in ihr Funkgerät, erhielt aber keine Antwort. War sie so weit gelaufen, dass sie außer Reichweite war? Unmöglich. Sie war sicher nicht mehr als eine Viertelmeile entfernt. Sie schaute sich um. Es war unwahrscheinlich, dass sie den Rückweg finden würde – und selbst wenn, würde das bedeuten, den Sarg zurückzulassen. Das Beste, das Vernünftigste wäre, dies zu akzeptieren, einfach zurückzulaufen, wieder Kontakt mit dem ART herzustellen und die anderen dann hoffentlich zum Sarg zu führen. Aber wie sollte sie das schaffen? Selbst wenn sie den Sarg nur wenige Minuten allein ließ, würden die Halbtoten bestimmt zurückkommen. Oder nicht?

Ihre Sicht verschwamm, und es dauerte einen Moment, bis alle Konturen wieder scharf waren. Sie würde wirklich bald schlafen müssen. Sobald Reyes tot war, entschied sie. Sobald sie ihn getötet hatte. Sie zog das Magazin aus dem Sturmgewehr und schnippte die Patronen heraus. Die am Rand hervorstehenden Magazinlippen wiesen scharfe Eisenkanten auf, mit der sie die Nägel zerbrechen konnte. Das würde das Magazin garantiert kaputtmachen, das Gewehr war dann nutzlos. Aber sie hatte noch immer ihre Beretta, die sie auf den Sarg legte, wo sie sofort zur Hand war.

Sie schob den hervorstehenden Magazinrand zwischen Deckel und Sarg und versuchte, den ersten Nagel durchzusägen. Das Magazin bewegte sich ein paar Mal hin und her, bevor es aus ihrem Griff und über ihren Handrücken rutschte, wo es einen blutigen Striemen hinterließ. Ein paar Blutströpfchen spritzten auf den Sarg, und ihr stockte der Atem. Jetzt würde sich Reyes dort drinnen rühren, würde ihn das Blut irgendwie rufen. Aber im Sarg bewegte sich nichts, als wäre er leer.

Sie freute sich nicht darauf, hineinzusehen und mit den Maden, den Knochen und den verflüssigten Überresten konfrontiert zu werden, wie sie sie in Malverns Sarg gesehen hatte. Und dennoch. Dort würde auch Reyes' Herz sein, getrocknet und zusammengeschrumpft, bis sie es mit den Händen zerquetschen konnte. Sie nahm das Magazin und zwängte es wieder unter den Sargdeckel. Sie stemmte ihr ganzes Gewicht dagegen, und der Nagel brach; das Holz ächzte, als er sich löste. Der zweite Nagel gab fast sofort nach.

Schweiß sammelte sich unter dem Helm und rann ihr hinter den Ohren hinunter. Ihr Rücken schmerzte, und sie wusste, dass er gequält protestieren würde, sobald sie sich aufrichtete. Nur noch ein Nagel. Sie brachte das Magazin ein drittes Mal unter den Deckel, aber bevor sie zu sägen anfing, schloss sie die Augen und dachte an Deanna, wie sie blutig und hilflos auf dem Küchenboden gelegen hatte. Die Inbrunst, mit der sie Reyes vernichten wollte, gab ihr einen Teil ihrer Kraft zurück. Der dritte Nagel kam stückchenweise raus, sodass sie auf das Holz einhacken musste, um ihn freizubekommen. Der Deckel war offen; sie konnte ihn zurückwerfen und hineinsehen.

Eine urtümliche Furcht ergriff von ihr Besitz, und sie stand einen Moment lang da, während sich ihre Arme mit Gänsehaut überzogen. Sie richtete sich auf, und ihr steifer Rücken ließ sie aufstöhnen. Sie nahm die Beretta vom Deckel und hielt nach zerstörten Gesichtern im Maisfeld Ausschau. Es war nichts zu sehen.

Das Herz. Sie musste das Herz vernichten. Mit dem Stiefel hob sie den Deckel an und trat ihn auf. Hob die Waffe und richtete sie in das mit roter Seide ausgepolsterte Sarginnere.

Nichts. Er war leer. In ihrem erschöpften Zustand konnte sie hören, wie der Vampir sie auslachte, in eiskaltem Entzücken kicherte.

Dann fuhr etwas über ihre Waden, schnitt durch die Uniformhose, und ihr ganzer Körper erzitterte vor Schmerz. Haltlos brach sie in die Knie, stürzte vorwärts, direkt in den Sarg hinein. Das alles nahm nicht mehr Zeit in Anspruch, als sie brauchte, um die Sicherung ihrer Pistole zu lösen. Der Deckel krachte gegen ihren Rücken und drückte sie in den ausgepolsterten Sarg. Es war eine Falle.

35.

Licht sickerte durch einen Spalt, dort, wo sie den Deckel beschädigt hatte. Ansonsten wäre sie in totaler Dunkelheit gefangen gewesen. Sie versuchte sich aufzubäumen und den Sarg aufzustemmen, aber die Halbtoten saßen darauf, lachten sie aus. Nägel wurden ins Holz getrieben, versiegelten ihn wieder. Sie hatte nicht genug Platz, um sich dagegenzustemmen – sie konnte sich kaum umdrehen. Die Schnitte an ihren Beinen schmerzten. Man würde sie lebendig begraben.

Bei diesem Gedanken schrie sie auf – sie würden sie unter zwei Meter Dreck begraben. Schon konnte sie nichts mehr außer ihrem eigenen Schweiß und ihrer Angst riechen, die Luft im Sarg wurde muffig. Bei jedem Einatmen war etwas weniger Sauerstoff darin. Wie lange würde es dauern, bis alles verbraucht war?

Sie schrie erneut, aber es war sinnlos. Die Einzigen, die sie hören konnten, würden sich an ihren Qualen erfreuen. Es spielte keine Rolle – sie schrie ein drittes Mal und hieb gegen den gepolsterten Deckel in dem verzweifelten Versuch, sich zu befreien.

Ihr Körper wurde durchgeschüttelt, und sie begriff, dass die Halbtoten sie aus der Feuerschneise schleiften. Schmerzhaft prallte sie gegen die Seiten, als der Sarg über Erhebungen und Spalten, Maisstängel und zur Hälfte im Boden begrabene Steine holperte. Caxtons Herz raste, ihr Atem ging immer schneller. Sie konnte nichts dagegen tun.

Die Beretta polterte im unteren Teil des Sargs herum. Sie musste hineingefallen sein, als man ihr in die Beine geschnitten hatte. Sie versuchte, danach zu greifen, kam aber nicht heran. Die Enge machte ihr erneut klar, wie klein ihr Gefängnis war, und sie schrie wieder gegen das Wissen an, dass sie sich nicht aufsetzen konnte, nicht einmal die Knie anziehen konnte. Alle Muskeln in ihrem Körper zuckten, als könnten sie die Enge spüren.

Der Sarg machte einen Satz, als er über ein besonders großes Hindernis gezerrt wurde, und die Pistole schlug mit einem brennenden Schmerz gegen ihren Knöchel, der die Dunkelheit um sie herum einen Augenblick lang grün aufflammen ließ, eine optische Täuschung, geboren aus Erschöpfung, Panik und körperlichem Schmerz. Sie versuchte sich daran zu erinnern, ob die Waffe noch gesichert war, ob sie eine Patrone in die Kammer geladen hatte. Wenn sie das getan hatte – wenn die Pistole schussbereit war –, konnte sie bei der nächsten Erschütterung losgehen. Ein Dum-Dum-Geschoss kam schneller als der Schall aus dem Lauf. Es konnte in alle Richtungen fliegen, aber viele dieser Wege endeten in ihrem Körper.

Noch etwas, wofür es sich zu schreien lohnte.

Sie streckte die Hand so weit nach unten, wie sie konnte. Ihre Fingerspitzen glitten von dem harten Rand der Pistolenmündung ab, und sie konnte die Glätte des Metalls spüren. Ihre Schulter zerfetzte die Sargpolsterung, kam in Kontakt mit dem darunter liegenden Holz. Sie schob und drückte, versuchte sich mit den Beinen abzustützen.

Noch ein Ruck, ein harter Ruck, der ihre Schulterblätter erschütterte und sie schmerzerfüllt grunzen ließ, aber die Beretta rutschte ein paar Zentimeter näher. Sie erwischte sie mit den Fingerspitzen und zog sie nun Millimeter für Millimeter an ihre Handfläche heran. Die Pistole wollte wieder weghüpfen, aber Caxton weigerte sich, sie herzugeben. Schließlich hielt sie sie in der Hand. Das Gewicht und die Macht der Waffe halfen ihr, sich zu beruhigen, etwas leichter zu atmen.

»Ja!«, schrie sie, als sie den Finger durch den Abzugsbügel schob.

Der Sarg hörte auf, sich zu bewegen, mit einem plötzlichen Ruck, der ihr durch Mark und Bein ging. Einer der Halbtoten klopfte auf den Deckel. Die Stimme klang so nervenzehrend wie immer, als er fragte: »Alles okay da drinnen?«

Sie versuchte festzustellen, wo die Stimme herkam, wobei sie sich allein auf ihre Ohren verlassen konnte. Es war schwierig – die Akustik in dem Sarg war miserabel. Sie drückte den Pistolenlauf gegen den Sargdeckel.

Der Halbtote kicherte. »An deiner Stelle würde ich es mir bequem machen. Es ist ein langer Weg…«

Sie drückte den Abzug – und Licht und Hitze und Lärm erfüllten den Sarg mit einer Druckwelle, die ihr das Blut in die Ohren trieb. Sie war blind und taub, ihre Hände brannten, und sie begriff, welch schrecklichen Fehler sie begangen hatte. Was, wenn die Schockwelle der Explosion ihr das Trommelfell zerrissen hatte?

Langsam kehrte ihr Sehvermögen zurück. Ein schräger Strahl schwaches Sonnenlicht strömte durch ein beinahe perfektes Loch im Sargdeckel. Durch die Öffnung konnte sie den Himmel sehen, das Gelb der Maispflanzen. Ob sie den Halbtoten getroffen hatte, der sie verspottet hatte, vermochte sie nicht zu sagen.

Korditgestank füllte ihre Nase, und sie wollte würgen, die Pulverdämpfe nicht einatmen, aber ihr Körper wusste es besser als ihr Verstand. Er sog in tiefen Zügen den Sauerstoff ein, der durch das Kugelloch kam.

Lange Zeit geschah nichts. Der Sarg bewegte sich nicht. Sie hörte ihr Herz schlagen, aber es klang seltsam, dröhnender und langsamer, als sie erwartet hätte. Dann hörte sie endlich einen Laut, ein leises Zwitschern, einen Vogel, der irgendwo im Feld trällerte. Ihr Trommelfell war intakt.

Der Sarg setzte sich wieder in Bewegung, holperte und hüpfte über den Boden, schneller als je zuvor. Sie hielt sich so gut fest, wie sie konnte, schob die Waffe ins Holster und verkrallte die Hände in der Polsterung, um nicht herumgeschleudert zu werden. Die glatte Seide entglitt ihr immer wieder, und bald schmerzten ihre Finger von der ständigen Anstrengung.

Minuten vergingen, lange Minuten, die sie nur abschätzen konnte, indem sie langsam zählte. Einnns, zweiii, dreiii … Sie zählte bestimmt zu langsam oder zu schnell, aber ihr fiel keine andere Möglichkeit ein, die Zeit zu messen. Ihre Beine zuckten immer noch, entweder durch die Verletzungen an ihren Waden oder weil sie auf so engem Raum eingeklemmt waren. Sie wusste es nicht.

Nach einer Weile ergriffen die Halbtoten den Sarg und trugen sie. Sie bewegten sich nun langsamer, aber das störte Caxton nicht. Die Reise war jetzt wesentlich weniger holprig.

Dunkelheit schob sich über das Kugelloch im Deckel. Möglicherweise hatten sie die Öffnung mit einem Tuch verdeckt. Sie schob den kleinen Finger durch die Öffnung, achtete darauf, ihn nicht zu weit hindurchzuschieben, um den Halbtoten keine Gelegenheit zu geben, ihn zu packen und schreckliche Dinge damit anzustellen. Sie fühlte nichts außer kalter Luft. Sie versuchte es erneut und fühlte wieder nichts.

Plötzlich kippte der Sarg steil nach unten, und sie rutschte in die obere Hälfte, ihr Kopf wurde schmerzhaft zur Seite gedrückt. Sie strengte sich an, die Hände an den Schultern vorbei zu bekommen, sich oben abzustützen, um den Druck von ihrem Nacken nehmen zu können.

Der Sarg hob und senkte sich. Dann noch einmal. Einen kurzen Augenblick lang geschah nichts, dann hob er sich – und senkte sich wieder. Sie begriff, was passierte. Das Kugelloch hatte sich verdunkelt, weil sie sich im Inneren eines Gebäudes befanden. Das Heben und Senken kam davon, dass die Halbtoten sie eine Treppe hinuntertrugen.

Sie versuchte, die Bewegungen zu zählen, kam aber bei jedem Ruck durcheinander. Es war ein langer Weg nach unten, und sie hatte jedes Zeitgefühl verloren. Es kam ihr vor, als schwebte sie im luftleeren Raum und würde dann von gewaltigen, geisterhaften Fingern umschlungen, die ihren Körper bei jeder weiteren Stufe brutal durchschüttelten.

Zuerst fiel ihr gar nicht auf, dass die Bewegung aufhörte. Die Halbtoten setzten sie ohne jede Vorankündigung ab, der Sarg knirschte auf einem Boden aus Stein oder Zement. Dann hörte sie ihre Schritte und deren Echo, immer leiser, während sie sich entfernten.

Stille trat ein.

Sie schlug wieder gegen den Sargdeckel, erhielt aber keine Antwort.

»Hallo«, sagte sie, bereit, ihre quiekenden Stimmen zu ertragen, solange nur eine Antwort kam. »Hallo!«, rief sie, wollte, dass jemand mit ihr sprach, egal wer. Sicher, sie hatte auf sie geschossen, aber hätte sie das nicht provozieren müssen, sie noch mehr zu verhöhnen? »Hey, ihr Arschlöcher!«, schrie sie. »Hey, an alle gesichtslosen Scheißkerle da draußen, jemand soll etwas sagen!«

Sie hörte ihr eigenes Echo, aber das war es auch schon.

»Ihr könnt mich doch nicht einfach hier stehen lassen!«, schrie sie hysterisch. Aber sie wusste, dass sie es konnten. Und es gerade getan hatten.

36.

Caxton schlief.

Irgendwann hatte ihr Körper aufgegeben, die Stunden der Panik waren verebbt, jegliche Kräfte verbraucht und kleine Stücke Schlaf herangetrieben, eine dunkle Brandung an der Küste eines sonnenlosen Planeten. Ihr Atem war flacher geworden, die Augen waren in ihren Höhlen zurückgerollt. Sie war eingeschlafen.

Falls sie in diesem dunklen Schlummer etwas geträumt hatte, konnte sie sich später nur noch an wenig erinnern. Da war das Gefühl gewesen, durch Dunkelheit zu stürzen, in freiem Fall durch unendlichen, lichtlosen Raum. Im Traum hatte es keine Furcht gegeben, aber als er endete, schrie sie, ihr Puls hämmerte. Ihre Augen flatterten, und sie war wach, lag stumm in dem gepolsterten Sarg. Sie räusperte sich und blinzelte und versuchte, den Ort, an dem sie war, mit erwachendem Leben in Einklang zu bringen. Es war nicht leicht.

Ein kümmerlicher Lichtfinger drang durch das Kugelloch im Sargdeckel. Er war so blass und schwach, dass sie ihn zuerst für eine Halluzination hielt, aber er wurde stärker, während sie ihn beobachtete. Er tanzte von einer Seite zur anderen, und bald gesellte sich ein Laut dazu, ein sich wiederholendes Klatschen, plitsch platsch, plitsch platsch.

Nackte Füße auf Stein. Und das Licht – es hatte die warme gelbe Farbe und die flackernde Bewegung einer Kerzenflamme.

»Hallo«, hauchte sie, aber ihre Kehle war trocken, quälend trocken. Sie versuchte die Luftröhre freizubekommen, aber es wollte sich nichts lösen. Sie hustete ein paar Mal, und die Schritte hielten inne, und sie hielt den Atem an, wollte, dass sie zurückkehrten, voller Angst, sie würden sie in ihrem Sarg allein lassen, obwohl sie doch genau wusste, dass wer auch immer diesen Laut verursachte, was auch immer sich da näherte, kein Freund und auch kein Retter sein würde, sondern ein Monster.

Die Füße näherten sich, das Licht wurde heller. Es neigte sich zur Seite und verharrte dann, als hätte der Besitzer der Füße es neben dem Sarg abgestellt. Caxton versuchte so ruhig wie möglich zu atmen.

Der Sarg wackelte hin und her, als das unsichtbare Ungeheuer am Deckel riss. Es gab keinen Laut von sich, kein Grunzen und auch kein Ächzen. Die Nägel im Holz quietschten und rissen aus. Der Holzdeckel verschwand, Luft rauschte in den Sarg, selbst durch das erbärmliche Licht der Kerze musste Caxton die Augen zusammenkneifen. Vielleicht fünf Meter über ihr erhob sich die Decke, eine von massiven rechteckigen Pfeilern gehaltene Ziegelkuppel. Die Wände des Kellers wurden von Regalen gesäumt, die mit Krügen, Pappkartons und zusammengerollten Decken vollgestellt waren. Sie hatte nicht die geringste Vorstellung, wo sie sich befand.

Ein bleiches Gesicht schob sich in ihr Sichtfeld. Sie hatte auf einen Halbtoten gehofft, doch diese Hoffnung zerplatzte. Über sich sah sie den runden, haarlosen Kopf, die dreieckigen Ohren und das Gesicht von Efrain Reyes. Seine Augen waren dunkle Schlitze, leicht rötlich im flackernden Licht. Sein Mund war mit diesen Zähnen bestückt. Sie spürte, dass er gerade erst aufgewacht war, dass er noch immer halb schlief, genau wie sie. War die Nacht gerade hereingebrochen? Hatte sie einen ganzen Tag in dem Sarg gelegen, allein mit ihren Träumen?

Reyes trug nur Stoffhosen. Seine Haut war schneeweiß, wies aber einen rötlichen Schimmer auf, der ihm ein fiebriges, ungesundes Aussehen verlieh. Er beugte sich herunter, bis sein Gesicht keine fünfundvierzig Zentimeter von ihrem entfernt war. Sie fühlte das gleiche Fehlen von Menschlichkeit oder Wärme, das sie in Justinia Malverns Nähe verspürt hatte. Diesmal überraschte es sie nicht.

Er starrte ihr in die Augen. Sie wollte zur Seite schauen, aber er packte ihr Kinn und hielt sie fest. Es fühlte sich an, als wäre ihr Gesicht mit seiner Hand verschraubt worden. Sie würde niemals die Kraft aufbringen können, diesen Griff zu sprengen.

Seine Augen wurden größer, und sie sah rote Tränen über seine Pupillen wandern, als hätte das Blut jede Flüssigkeit in seinem Körper ersetzt. Die Pupillen wuchsen unablässig, bis sie ihr halbes Sichtfeld einnahmen. Sie war schon von einem Vampir hypnotisiert worden, aber das hier war nicht mit der Lähmung zu vergleichen, die sie seinerzeit erfasst hatte. Damals war es eine allgemeine Taubheit gewesen, ein anästhesierender Effekt. Dieses Mal war sie sich fast schon schmerzhaft bewusst, was mit ihr geschah. Da fand ein Austausch statt, von seinem Bewusstsein in das ihre. Es war eine lautlose und unsichtbare Bewegung, aber durchaus real. Es spielte sich nur in ihrem Bewusstsein ab, aber es wurde von einer deutlichen Empfindung begleitet, dem spürbaren, sehr unangenehmen Gefühl, dass etwas in sie eindrang.

Caxton war nie vergewaltigt worden. Auf der High School gab es einen Jungen, der sie nicht verstehen wollte, als sie sagte, sie wolle warten, sich aufsparen wollte. Im Grunde hatte sie es selbst nicht verstanden und auch nicht gewusst, wie sie ihn daran hindern sollte, wenn er seine Hände unter ihre Kleidung schob und sie schmerzhaft in ihrem Fleisch vergrub. Eines Tages nach der Schule bei ihr zu Hause hatte er seinen Penis hervorgeholt und ihn über ihren Handrücken gerieben, hatte sie angebettelt, ihn so anzufassen, wie er sie immer angefasst hatte. Das verzweifelte Verlangen des Jungen hatte sie angeekelt, und sie hatte sich abgewandt. Da hatte er sich neben ihrem Bett aufgestellt, und ihr war deutlich bewusst geworden, dass sie allein im Haus waren und ihr Vater nicht vor sechs heimkommen würde. »Nimm ihn in den Mund«, hatte er gesagt und damit vor ihr herumgewedelt. »Lutsch ihn.« Seine Stimme war irgendwie gebrochen und scharf gewesen, voller potenzieller Gefahr.

Sie hatte in Tränen Zuflucht gesucht, lauten, tiefen, panikerfüllten Schluchzern, und der Junge hatte sich so geschämt, dass er gegangen war und sie nie wieder angesprochen hatte. Es war das letzte Mal gewesen, dass sie versuchte hatte, sich mit einem Jungen zu verabreden – sechs Monate später war sie ihrem ersten weiblichen Schwarm begegnet und hatte endlich begriffen, wer sie war. Wenn sie heute an den Jungen denken musste, durchfuhr sie stets ein Stich des Unbehagens.

Aber was Reyes da mit ihr machte, stellte eine viel schlimmere Verletzung dar. Er drängte sich in ihre innersten Gedanken, ihre Geheimnisse, die tiefsten, dunkelsten Bereiche ihres Bewusstseins. Er las sie wie ein Buch, durchforstete ihre Erinnerungen. Er fand die Erinnerung an den Jungen und die Tränen, und sie fühlte, wie es ihn amüsierte. Sie konnte ihn fühlen, als würde er auf ihr liegen, spürte seine kalte, wächserne Haut, die leichte Wärme des Blutes, den Blutgeruch, der an ihm haftete. Sie stand völlig unter seiner Kontrolle. Ihr fehlte der Wille, gegen ihn zu kämpfen, sich überhaupt zu wehren, einen Fluchtversuch zu unternehmen.

Nach einer Weile schloss der Vampir die Augen. Die Vergewaltigung hörte sofort auf, aber sie spürte ihn noch immer, einen Rest seines Eindringens in ihren Kopf. Es ließ ihr Gehirn jucken. Vesta Polders Amulett hatte nichts ausgerichtet. Der Vampir griff in den Sarg, vermutlich, um sie herauszuholen.

Eine bessere Chance würde sie nicht bekommen. Sie richtete die Beretta gegen sein Herz und schoss, drückte immer wieder ab. Der Lärm zerriss die Stille, das Mündungsfeuer flammte so viel heller als die Kerze auf, sodass es den Anschein hatte, als wäre in dem Raum die Sonne aufgegangen. Pulverdampf wehte wie Rauch um Caxtons Gesicht, der Gestank war atemberaubend. Ihre bereits malträtierten Ohren klingelten, und der Vampir knurrte wie ein wildes Tier.

Als sie zu schießen aufhörte, packte er den heißen, qualmenden Pistolenlauf mit der Hand und schleuderte die Waffe in die Zimmerecke. Ihre Schüsse hatten ihn nicht einmal verletzt. Sie erinnerte sich an Arkeleys Worte: Er hatte so viel Blut in sich, dass ihn vermutlich nicht einmal eine Bazooka ankratzen könnte. Etwas hatte sie allerdings geschafft: Der Teil von ihm in ihrem Kopf brannte, außer sich vor Wut. Sie wusste, dass sie ihn zornig gemacht hatte, sie konnte seine Wut in ihrem Inneren fühlen. Er packte sie mit beiden Händen, hob sie hoch und warf sie gegen die Wand.

Ihr Rücken kollidierte mit einem staubigen, trockenen Regal, das durch die Aufprallwucht zerbrach. Glaskrüge regneten auf ihren Kopf und die Schultern herab und zersplitterten auf dem Boden. Der Schmerz elektrisierte sie, und sie krümmte sich zusammen, fast ohnmächtig, während sie zugleich endgültig wach wurde.

Er würde sie umbringen. Davon war sie überzeugt. Er würde ihr den Kopf abreißen und aus dem Halsstumpf trinken. Vielleicht würde er ihr auch nur einfach das Gesicht zu Brei schlagen. Es gab so viele Möglichkeiten, wie er sie vernichten konnte. Tränen quollen aus ihren Augen, und sie konnte nichts tun, außer Angst zu haben. Sie konnte nicht einmal Deannas Namen rufen. Sie hatte keine Zeit, sich darüber zu sorgen, was Arkeley über den Schlamassel denken würde, den sie angerichtet hatte. Sie hatte nur noch Angst, für alles andere reichte ihre Energie nicht.

Er kam auf seinen muskulösen Beinen auf sie zu, die Augen hasserfüllt. Dann blieb er plötzlich stehen, mitten im Keller, und starrte sie an. Sie hatte keine Ahnung, was er da machte, aber sie konnte spüren, dass er Schmerzen litt. Sein ganzer Körper schüttelte sich kurz, ein einzelnes, schreckliches Würgen, dann öffnete sich sein Mund, und ein dicker Strahl geronnenes Blut kam heraus.

Reyes sackte auf die Knie, in dem Raum mit der Kuppeldecke dröhnte der Aufprall auf dem Steinboden wie ein Donnerschlag. Er hustete und würgte und spuckte Blut auf die Steinfliesen. Er griff sich an die Brust und riss mit seinen gemeingefährlichen Fingernägeln an der Haut, hinterließ lange rosafarbene Streifen auf seinen Brustmuskeln. Er schüttelte sich, dann brach er endgültig auf dem Boden zusammen und lag in seinem eigenen Erbrochenen.

Caxton konnte bloß nach Luft schnappen, während sie zusah, wie er sich vor Qualen wand. Das Fragment von ihm in ihrem Kopf heulte auf, und sie schlug die Hände vor die Ohren, aber der Laut war in ihr drin. Man konnte ihn nicht aussperren.

Schließlich erholte er sich von seinem Anfall. Sie hatte sich keinen Zentimeter bewegt. Er kam auf die Füße, packte sie an der Taille, warf sie sich über die Schulter und stieg die Treppe hinauf.

37·

Reyes würde sie nicht töten – jedenfalls nicht sofort. Er hatte noch immer zu viel unverdautes Blut von dem Massaker in Bitumen Hollow in sich. Immer, wenn er nur daran dachte, ihr Blut zu trinken, stieg Übelkeit in ihm auf.

Sie konnte das spüren. Er hatte ihr Gehirn vergewaltigt und etwas von sich zurückgelassen, als er sich zurückzog, ein

Relikt, ein Bild von sich. Jetzt konnte sie seine Gedanken erfühlen. Dieser Kanal transportierte keine Worte, auch keine Bilder. Aber sie konnte das Schlagen seines unnatürlichen Herzens spüren, das schwer arbeitete, um das ganze träge Blut durch seinen Körper zu pumpen, und sie bemerkte seine Übelkeit. Sie bekam kleine Dinge von ihm mit, Ahnungen und Gedankenfragmente. Durch diese Verbindung erfuhr sie von seinen Stimmungen und einigen seiner Motive.

Er würde sie nicht töten, denn das wäre Blutverschwendung. Bei Malverns Fütterung hatte Hazlitt behauptet, das Blut müsse frisch und warm sein. Wenn Reyes sie jetzt tötete, wäre ihr Blut vergeudet. Er konnte es weder selbst trinken noch irgendwo verwahren.

Aber da war noch mehr. Er würde sie nicht töten, weil er etwas von ihr wollte. Das machte ihr Angst, aber langsam gewöhnte sie sich daran, Angst zu haben. Das Gefühl wurde ihr allmählich so vertraut, dass sie sich merkwürdig fühlte, wenn es ausblieb. Wenn sie sich einmal nicht fürchtete, hatte sie beinah den Eindruck, es fehlte etwas.

Reyes trug sie die Treppe hinauf. Der Weg nach unten, in dem Sarg, war ihr endlos erschienen. Die Treppe endete in einer riesigen Halle mit dicken Mauern. Der Zementboden wies überall Sprünge auf; Unkraut wucherte aus den Spalten. Die Größe und die Leere ließ Caxton an eine stillgelegte Fabrik denken, aber dann gewöhnten sich ihre Augen an das Mondlicht, das schräg durch die langen Fenster einfiel, und sie konnte Einzelheiten erkennen. Von der Decke hingen viele Ketten. Gussformen standen überall verstreut am Boden herum, wie das Spielzeug eines Riesen, der aus dem Spielalter herausgewachsen war. Die hohen Fenster waren teilweise zerbrochen, Milchglasscheiben durch Sperrholzplatten ersetzt, in einigen waren riesige Ventilatoren angebracht worden. In weiter Ferne, am anderen Ende des Zementbodens, erhob sich ein gewaltiger, mit Koks zu befeuernder Hochofen, der schon vor Jahrzehnten stillgelegt worden sein musste. Davor hing eine zehn Meter breite Roheisenpfanne, die einst Hunderte Tonnen geschmolzenen Stahl aufgenommen hatte; sie baumelte nur noch an einer breiten Kette, die andere war abgerissen. Ihr Rand berührte den Boden, stecken geblieben in einem dicken Schwall erstarrter Schlacke. Reyes' Versteck war ein aufgegebenes Stahlwerk. Davon gab es in Pennsylvania eine Menge, vor allem in der Umgebung von Pittsburgh, aber Caxton konnte sich nicht vorstellen, so weit transportiert worden zu sein. Sie konnte Meilen von dem Maisfeld entfernt sein, wo man sie gefangen genommen hatte, oder auch nur ein paar hundert Meter weit weg. In dem Sarg hatte sie keine Entfernungen abschätzen können. Ihre Gedanken überschlugen sich förmlich, versuchten herauszufinden, wie weit man sie weggebracht hatte, aber es war sinnlos.

Wenigstens war sie irgendwo, an einem Ort mit Licht und Geräuschen, und ihr Bewusstsein trieb nicht länger in der Dunkelheit. Sie studierte ihre Umgebung, so gut sie konnte, während sie von dem Vampir getragen wurde. Reyes und seine Halbtoten benutzten nur eine Ecke des weitflächigen, aufgesprungenen Bodens. Die gesichtslosen Sklaven hatten ein ordentliches Lagerfeuer in Gang gesetzt und darum ein paar Möbel aufgebaut, alte Stühle und Sofas, aus deren verrottenden Polstern die Federn herausragten. Etwa fünfzehn von ihnen hatten sich um das Feuer versammelt und schauten dem Tanz der Flammen zu, über einen unausgesprochenen Witz kichernd. Als Reyes kam, verstummten sie. Er warf Caxton auf einen mit Schimmelflecken übersäten Fernsehsessel und hockte sich vor das Feuer. Er unternahm keinen Versuch, sie zu fesseln.

»Wenn du nicht…«, setzte Caxton an und verstummte augenblicklich, als sich ihr sofort sämtliche Köpfe zuwandten.

Die vielen verstümmelten Gesichter machten sie nervös und ließen sie an ihre eigene Sterblichkeit denken. »Wenn du mich nicht umbringen willst, muss ich mal austreten«, sagte sie dann.

Sie rechnete damit, dass die Halbtoten sie verspotten würden, und das taten sie auch. Caxtons Wangen röteten sich, als sie ihre weinerlichen, schrillen Beleidigungen hörte, aber sie musste tatsächlich.

»Piss dir doch ins Höschen, Schlampe«, schrie einer der Halbtoten. Sein gehäuteter Unterkiefer klappte vor Vergnügen nach unten. »Yeah, komm schon, tu es, das will ich sehen. Piss dir ins Höschen!« Er stimmte die Worte als Singsang an, und einige der anderen fielen mit ein.

Reyes stand auf und ergriff mit der einen langfingerigen Hand den Kopf des Spötters und mit der anderen dessen Schulter. Er riss einmal kräftig, und der Halbtote brach in zwei Teile. Der Vampir warf beide ins Feuer. Die Flammen schossen in die Höhe, als der zerstörte Körper verbrannte, und der Gestank von ungewaschenem Schrecken hüllte sie alle ein.

Der Gesang verstummte augenblicklich. Reyes suchte in einem Müllhaufen herum und fand einen verrosteten Zinneimer. Er warf ihn Caxton zu, und sie fing ihn auf.

»Toll, danke«, sagte sie und ging vom Feuer weg. Der Vampir sah ihr nicht einmal hinterher, als sie durch die Stahlwerkshalle ging, weit weg von den Halbtoten. Das brauchte er auch nicht. Sie konnte ihn in ihrem Kopf fühlen und wusste, dass sie nie wieder von ihm loskommen würde. Er war selbst dann noch bei ihr, als sie sich über den Eimer hockte. Sie schloss die Augen und versuchte ihn auszusperren, aber das war unmöglich.

Sie ließ den Eimer dort stehen und ging zurück zum Feuer. In der ungeheizten Halle herrschte eine brutale Kälte, und Caxton kam zu dem Schluss, dass es besser war, ihr Unbehagen gegenüber ihrem Gefangenenwärter zu überwinden, als an Unterkühlung zu sterben.

Ein Halbtoter wartete auf sie, eine Tüte Fast Food in der knochigen Hand. Sie nahm sie entgegen und stellte fest, dass sie furchtbar hungrig war. Seit mehr als einem Tag hatte sie nichts mehr gegessen, und auch wenn das Adrenalin ihren Körper dazu gebracht hatte, auf Essen zu verzichten, konnte das dennoch nicht ewig so weitergehen. Sie öffnete die Tüte und fand einen kalten Hamburger und einen abgestandenen Softdrink. Der Hamburger war bereits angebissen. Sie war sich nicht sicher, ob die Halbtoten das Essen aus einem Müllcontainer gefischt hatten, oder ob einer von ihnen abgebissen hatte. Es spielte keine Rolle. Sie verschlang den Burger und spülte ihn mit der klebrigen Limo runter. Ihre Lippen waren vor Durst aufgesprungen.

Nachdem auch dieses Bedürfnis gestillt war, hockte sie sich wieder auf den Sessel und legte die Arme um den Körper. Sie wusste nicht genau, was sie nun tun sollte.

Einen Moment lang nagte die Erschöpfung an ihr, und sie musste blinzeln, um den Kopf klar zu bekommen. Sie war nicht müde, jedenfalls nicht richtig – sie hatte den ganzen Tag geschlafen. Doch das Gefühl kehrte zurück, eine Woge der Trägheit, die ihre Arme so schwer werden ließ, dass sie neben ihr herunter sanken. Ihr Nacken schmerzte, weil er ihren Kopf halten musste.

Es war Reyes, erkannte sie. Der Vampir spielte mit ihrem Verstand herum. Vielleicht wollte er nur mit der Macht angeben, die er über sie hatte – oder er wollte aus irgendeinem Grund tatsächlich, dass sie schlief.

Ihr fiel der Halbtote ein, den sie auf dem Boden ihres Schlafzimmers gefoltert und getötet hatte. Er hatte ihr von dem *hechizo* erzählt, den sie benutzt hatten, damit Deanna das Fenster zerbrach. So etwas funktioniere nur bei Träumenden, hatte er behauptet. Träume. Man musste schlafen, um träumen zu können. Was auch immer der Vampir von ihr wollte, er würde Magie benutzen, um es zu bekommen, und seine Magie war nur wirksam, wenn sie nicht klar genug bei Verstand war, um dagegen anzukämpfen. Sie starrte ihn stirnrunzelnd an. »Ich bin nicht im Mindesten schläfrig. Wirklich, ich könnte bis zur Morgendämmerung wach bleiben«, sagte sie zu ihm, »und zusehen, wie du dich in eine matschige Pfütze verwandelst.«

Seine Reaktion gab ihr das Gefühl, dass sich die Schwerkraft verdoppelt hatte. Ihre Gliedmaßen zogen sie in das Polster, ihr Körper krümmte sich zusammen, ihre Augen schlossen sich krampfhaft. Sie kämpfte dagegen an, hatte gerade genug Willenskraft, um es wegzustoßen, um bei Bewusstsein zu bleiben. Das kostete sie ihre ganze Kraft. Beim nächsten Versuch, das wusste sie, würde sie nicht widerstehen können.

Er hatte noch immer kein Wort gesprochen. Piter Lares hatte seinerzeit auch nicht mit Arkeley gesprochen, als er ihn in seinen Schlupfwinkel zerrte. Caxton hätte zu gern gewusst, was das zu bedeuten hatte. Sie hätte zu gern gewusst, was zum Teufel hier eigentlich vorging.

Reyes sah sie nicht an. Stattdessen kniete er nieder und schob eine Hand tief in die Flammen. Schmerz schoss in ihm empor, und Caxtons Körper krümmte sich als Antwort zusammen. Sie fühlte nur einen Bruchteil von dem, was er fühlen musste, aber es reichte aus, dass ihr ein gequältes Stöhnen entfuhr.

Als er die Hand aus dem Feuer zog, war sie rußgeschwärzt. An den Fingern war Fleisch verbrannt und enthüllte schmale Knochen. Das Fleisch wuchs innerhalb weniger Sekunden nach, aber der Ruß blieb. Reyes stampfte heran und fuhr ihr mit den Fingern über Stirn und Wangen. Sie wollte das Gesicht abwenden, aber seine Stärke war übermenschlich. Er konnte sie perfekt ruhig halten, so ruhig, dass sie sich nicht einmal wie ein Wurm winden konnte.

Seine Hände rochen nach Holzrauch und verbranntem Fleisch. Sie spürte seine Ungeduld, als er mit dem Ruß unter den Fingernägeln komplizierte Symbole auf ihr Gesicht malte. Sie begriff, dass er ein Wort schrieb, ein einzelnes Wort:

SUEÑO

Sueño, ein luzider Traum. Es hätte nicht so schwer sein dürfen, sie dazu zu bringen, dass sie den Fluch akzeptierte. In seinem Fall hatte ein Blick ausgereicht, eine zufällige Begegnung der Augen. Sie wehrte sich zu heftig, und es dauerte zu lange.

»Welchen Fluch?«, fragte sie.

Reyes riss die Augen auf. Anscheinend hätte sie nicht so viele seiner Gedanken mitbekommen dürfen. Er runzelte die Stirn und packte ihren Kopf mit beiden Händen. Sie versuchte, die Augen zu schließen, aber er drückte sie mit den Daumen auf.

Sein roter Blick grub sich in ihre Augen hinein wie ein Bohrer in weiches Holz. Er riss ihr Bewusstsein weg, als würde er ihr die Kleider vom Leib fetzen. Sie konnte sich nicht wehren. Sie konnte kaum kläglich protestieren, zischte ein leises »Nein …«

Im nächsten Moment war sie eingeschlafen.

38.

Dunkelheit umfing sie, eine Dunkelheit, die viel tiefer war als alles, was sie in dem Sarg erlebt hatte. Da gab es keinen Boden unter ihr, auch nicht neben ihr oder über ihr. Sie lag reglos da. Dann veränderte sich etwas.

Wo zuvor kein Licht gewesen war, gab es plötzlich welches. Ein matter, orangeroter Funken, der zusammen mit ihr in der Dunkelheit gestrandet war. Er pulsierte und flammte kurz gelb auf, als hätte sie einen brennenden Holzscheit angehaucht, aber dann kühlte er wieder zu einem dumpfen Orange ab. Sie griff danach, versuchte ihn am Leben zu halten, weil sie wusste, dass er verlöschen würde, wenn sie es nicht tat, und dann würde sie wieder ganz allein sein.

Der Funke schwoll an, als sie ihren Willen hineinströmen ließ. Er wuchs und glomm, und sie roch Rauch und war froh. Er wurde zu Glut und dann zu einem Teich brennender Helligkeit, und plötzlich gab er genug Licht ab, damit sie sehen konnte, wo sie war.

Sie stand in dem Stahlwerk, genau dort, wo sie gewesen war, als sie einschlief. Der Funke, den sie zu nähren geglaubt hatte, befand sich dreißig Meter entfernt auf dem Grund der zur Hälfte zerborstenen Roheisenpfanne. Aber es war mehr als nur ein kleiner Funke. Er hatte nur so ausgesehen, weil er so weit weg war. Es war ein See aus geschmolzenem, weiß glühendem Metall, der größer wurde. Er schwoll stetig an und quoll bald über den dicken Rand der Roheisenpfanne.

Das flüssige Metall lief durch Rinnen im Boden. Es füllte Gussformen und grub feurige Linien in die Spalten im Zement. Es sammelte sich in großen, glühenden Schlackehaufen, die abkühlten und sich schwarz verfärbten, nur um von neuen Wellen superheißen Metalls erneut geschmolzen zu werden, das unablässig aus der Roheisenpfanne floss.

Auf jeder metallenen Oberfläche in der Halle funkelte rotes Licht. Schwarzer Rauch füllte Caxtons Lungen, und sie musste krampfhaft husten. Das fließende Metall drohte sie zu überspülen, und sie musste auf eine hohe Gussform klettern, damit ihr nicht die Füße abgebrannt wurden.

Rote Funkenwolken erfüllten die Luft um die Pfanne. Dunkle Rauchschwaden verhüllten die Decke, während sich das Metall über den Boden ausbreitete, ein See aus Feuer. Die Hitze war immens – sie versengte ihre Brauen und brannte ihr in der Nase. Sie bekam kaum Luft.

»Nein«, schaffte sie hervorzustoßen, bevor die Dämpfe in ihren Hals drangen und sie erstickten. Sie hustete, bis sie nicht mehr sprechen konnte. »Das ist nicht real. Das ist nur ein Traum!« Aber so einen Traum hatte sie noch nie gehabt. Sie berichtigte sich. »Das geschieht alles nur in meinem Kopf!«

Es stimmte, und sie wusste es. Aber es spielte keine Rolle. Fiel sie in das geschmolzene Eisen, würde sie verbrennen. Ihre Haut würde braten und sich von den Muskeln pellen, ihr Haar würde Feuer fangen. Die Schmerzen würden unerträglich sein.

Das flüssige Metall stieg immer weiter. Caxton griff nach einer Kette, die von der Decke hing. Die heißen Eisenglieder würden ihre Handflächen versengen, aber sie wusste, dass sie daran hochklettern konnte, wenn sie musste.

Die Luft um sie herum toste, ein Hydrokarbonwind aus brennendem Eisen. Ihre Lungen trockneten aus, als sie die Luft einsog, einen sauberen Atemzug zu nehmen versuchte. Dann wackelte der Untergrund. Caxton schwankte auf der Gussform, als diese unter ihr zu schmelzen anfing. Der Rauch in ihrer Kehle erschwerte es ihr, das Gleichgewicht zu halten, doch sie konnte nicht aufhören zu husten, ein trockener Husten, der ihre Lungen schmerzen ließ. Sie griff wieder nach der

Kette, und das Metall verbrannte ihre Hand so schlimm, dass sie sie reflexartig zurückriss. Sie verlor das Gleichgewicht; ihre Füße kamen ins Rutschen und versuchten neuen Halt zu finden, während das Metall höherschwappte und ihre Stiefel berührte…

…und sie schlug die Augen auf.

Sie war wach.

Sie lag mit dem Gesicht auf dem Boden des Stahlwerks, die Wange gegen den kalten Zement gepresst. Die Roheisenpfanne stand leer und kalt am anderen Ende des Raumes. Die Halbtoten waren um das Feuer versammelt und kicherten vor sich hin. Wie sie sich im Schlaf so weit von ihnen entfernt hatte, blieb ein Geheimnis. Sie hörte ein Geräusch wie laufendes Wasser und schaute zur Seite.

Reyes stand anderthalb Meter entfernt. Die Hose war über seine Oberschenkel gezogen, und er erleichterte sich auf einen Stapel altes, verrostetes Eisen, pisste keinen Urin, sondern Blut. Als er fertig war, zog er die Hose wieder hoch und kam zu ihr herüber.

Ihr fehlte die Kraft zum Aufstehen. Ihr fehlte die Kraft, das Gesicht vom eisigen Boden zu heben. Sie konnte bloß seine bleichen, weißen Füße sehen. Die Zehennägel waren dick und gezackt. Sie sahen aus, als könnten sie Fleisch wie ein Steakmesser durchtrennen.

»Du machst mir keine Angst«, schaffte sie zu krächzen. Sie erwartete, dass ihre Kehle verbrannt war – sie konnte noch immer den Rauch schmecken. Aber natürlich war alles nur ein Traum gewesen. »Du warst mal ein Mensch. Du warst ein trauriger kleiner Mann, der zu Hause blieb und sich auf die BH-Werbung in Zeitschriften einen runterholte…«

Ein Fuß bewegte sich nach hinten, hob sich vom Boden. Er schwang von ihr weg. Und kam zurück. Er trat sie in den Leib, und sie war nicht darauf vorbereitet. Es fühlte sich an, als würden sich ihre Eingeweide verflüssigen und ihr die Kehle hochsteigen, gegen ihr Rektum drücken. Sie biss fest die Zähne zusammen und schaffte es irgendwie, alles zusammenzuhalten.

»Du hattest nichts. Du warst ein Niemand«, stieß sie hervor. »Jetzt bist du noch weniger. Du bist etwas Unnatürliches. Das Licht der Sonne verwandelt dich in Schleim, du…«

Er holte zum nächsten Tritt aus. Sie schrie auf, und er hielt inne, die Füße breitbeinig auf den Zement gesetzt, würde wieder zutreten, wenn sie nicht das sagte, was er hören wollte. Sie hätte gern etwas gesagt, egal was, leider hatte sie keine Ahnung, wie die richtigen Worte lauteten. »Wie spät ist es?«, fragte sie, bloß um Zeit zu schinden.

Der Fuß schwang zurück und traf sie erneut. Es war, als würde man von einem fahrenden Auto gestreift. Sie fühlte, wie Knochen in ihrer Brust nachgaben. Der Schmerz schoss ihr bis ins Gehirn, und ohne Vorwarnung…

…riss sie die Augen auf und sah schwarzen Qualm über die Decke treiben. Sie schaute nach unten, und da war wieder das rote Glühen des brennenden Metalls. Sie war zurück in ihrem Traum.

In den paar Augenblicken, in denen sie wach gewesen war, war ihr Traum selbst fleißig gewesen. Caxton hatte den brennenden Schmerz in ihren Händen ignoriert und war die Kette hochgeklettert; sie hing drei Meter über der Oberfläche des geschmolzenen Metalls. Arme und Beine um die Kette geschlungen, war sie im Moment in Sicherheit, aber sie hatte nicht viele Möglichkeiten. Der Boden war nicht mehr zu sehen – das flüssige Eisen hatte die Halle geflutet, bis die Gussformen und Werkzeuge und alles bis auf den Rand der Roheisenpfanne mit brennendem, rauchendem Metall bedeckt waren. Die Gussform, auf der sie zuvor gestanden hatte, war geschmolzen und nur noch ein schwarzer Fleck auf der roten

Oberfläche der brodelnden See. Das Feuermeer stieg immer weiter an – sie beobachtete, wie es die Fenster erreichte, und eine dicke Schicht dunkel funkelnder Schlacke breitete sich über die Ziegelwände aus, als weiterhin geschmolzener Stahl aus der Roheisenpfanne quoll.

Es blieb nur der Weg in die Höhe, und über ihr war nur noch wenig freier Raum.

Sie versuchte aufzuwachen. Sie versuchte es mit Kneifen, packte eine Hautfalte am Bauch und drehte sie um. Kräftig. Der Schmerz schoss durch ihren Bauch, aber nichts passierte. Sie zog einen Handschuh aus und ließ ihn in die brodelnde Flüssigkeit unter ihr fallen. Er traf auf die Oberfläche und flammte zischend auf, dann verschwand er für immer. Sie packte die empfindliche Hautfalte zwischen Daumen und Zeigefinger mit den Zähnen und biss fest zu. Noch fester. So fest, dass es blutete.

Der Schmerz weckte sie nicht. Voller Verzweiflung schloss sie die Augen und versuchte alles fortzudenken, versuchte durch reine Willenskraft den Rückweg in die reale Welt zu finden. Wieder scheiterte sie.

Sie dachte an das kalte Stahlwerk, das seit langem stillgelegte Werk in der Realität, wo die Halbtoten darauf warteten, sie weiter zu verspotten, wo Reyes immer noch damit beschäftigt war, ihr die Scheiße aus dem Leib zu prügeln. Wollte sie wirklich dorthin zurück? War das so viel besser als das brennende Stahlwerk ihrer Träume?

Verzweifelt, allein, wegen des Rauchs kaum in der Lage zu sehen oder zu atmen, klammerte sie sich an die heiße Kette und schluchzte. Sie konnte es nicht mehr ertragen. Die Traumwelt war eine Hölle aus Feuer. Die Realität war Schmerz und Folter. Es gab eine dritte Alternative, das wusste sie.

Sie konnte einfach loslassen.

Sie versuchte den Gedanken zur Seite zu schieben, ihn zu

ignorieren, aber er kam immer wieder. Er verfolgte sie. Sie konnte einfach loslassen. Loslassen und stürzen. In alle Ewigkeit stürzen.

39.

Als sie erwachte, schien ihr Mondlicht ins Gesicht. Sie blinzelte die silbrige Helligkeit weg und setzte sich auf. Durch eine zerbrochene Scheibe in den hohen Werksfenstern leuchtete der Mond und malte einen breiten Streifen auf den Boden.

Caxton versuchte aufzustehen. Das war nicht einfach. Ihr Leib protestiere bei jeder Bewegung in einem ziehenden Schmerz, als würde sie jemand in Stücke reißen. Ihre Beine schmerzten, wo die Halbtoten sie am Vortag geschnitten hatten. Ihr Kopf war voller hässlicher Bilder, und sie musste schnauben und sich räuspern, spuckte blutigen Speichel. Manches wollte nicht herauskommen, so sehr sie sich auch anstrengte.

Langsam und den schmerzenden Brustkorb schonend stellte sie sich auf die Füße. Sie schaute sich um. Reyes war nirgendwo zu sehen. Die Halbtoten und ihr Feuer waren eine halbe Halle weit weg. Sie hatte sich im Schlaf bewegt oder war fortgetragen worden, bis sie außer Hörweite ihrer Gefangenenwärter war. Niemand beobachtete sie. Nichts hinderte sie daran, die Flucht zu ergreifen.

Es war, als hätte man ihr kaltes Wasser in den Kragen gegossen. Das war unmöglich. Man hatte ihr einen Aufschub gewährt – irgendwie hatten der Vampir und seine Sklaven einfach entschieden, sie zu ignorieren. Hielten sie sie noch immer für besinnungslos, glaubten sie, dass sie in dem Stahlwerk schlafwandelte? Hielten sie sie für zu schwach, um gehen zu können?

Es war zu schön, um wahr zu sein – das wusste sie. Es musste eine Falle sein, aber sie wusste auch, dass sie jede kleinste Chance nutzen musste. Sie behielt die Halbtoten im Auge und eilte auf die Hallenwand zu. Dort standen kaputte Loren übereinander, Miniaturfrachtwaggons, die einst Stahlbarren durch das Werk transportiert hatten. Das zersplitterte Holz und die verrosteten Räder verursachten jede Menge Lärm, als sie an ihnen hinaufkletterte, aber das ließ sich nicht vermeiden. Der Stapel geriet in Bewegung, war aber stabil genug, um sie zum Sims eines hohen Fensters zu bringen.

Sie fand eine zerbrochene Scheibe, eine handbreite Öffnung, die mit Maschendraht versperrt war. Im Draht hingen noch immer Milchglassplitter. Sie wischte sie behutsam weg und sah hinaus.

Der Mond erhellte eine ländliche Gegend, eine Reihe dunkler Bäume wiegte sich im kalten Wind. Direkt hinter dem Stahlwerk befand sich ein leerer Platz, einst möglicherweise ein Parkplatz oder ein Güterbahnhof, so von Unkraut überwuchert, dass er nicht länger nutzbar war. Direkt unter ihr stand eine Reihe vergessener, rostzerfressener 200-Liter-Ölfässer.

Es gab keinen Weg nach draußen. Sie befand sich in etwa sechs Meter Höhe. Selbst wenn sie das Glas hätte einschlagen können und irgendwie durch den Draht gekommen wäre, hätte sie sich auf unbekannten Untergrund fallen lassen müssen, in der Hoffnung, sich dabei nicht die Beine zu brechen.

Hinter ihr bewegte sich etwas, und sie geriet in Panik und wäre beinahe von den Karren gestürzt. Sie blickte zurück und entdeckte eine Gruppe Halbtoter in der Hallenmitte. Sie hielten Fackeln und tuschelten miteinander. Sie schauten sie nicht an, aber sie mussten sie sehen – oder etwa nicht? Vielleicht war ihre Sehkraft nicht so gut wie die ihre? Vielleicht überschätzte sie sie.

Caxton wandte ihr Gesicht wieder dem zerbrochenen Fenster zu. Es war gut und hilfreich, einen Hauch frischer Luft zu bekommen. Gleich würde man sie entdecken und wieder in Schlaf versetzen. Allein der Blick auf das Mondlicht auf den Bäumen war die Mühe wert.

Sie atmete tief ein – und hätte beinahe gewürgt. Draußen lag schwer der Geruch von kochendem Mist in der Luft. Sie wandte sich von dem Fenster ab und versuchte, nicht zu husten.

Die Halbtoten zogen an einer Kette, die von der Decke hing. Das Eisen ratterte durch die Skeletthände und erwachte plötzlich zu Eigenleben. Schon senkte sich ein Gegengewicht von den Deckenstützen, während eine weitere Kette in die Höhe schoss. An dem Gegengewicht war ein in Segeltuch eingewickeltes Bündel befestigt. Caxton war nicht überrascht, als die Halbtoten es losschnitten und es sich als Leiche herausstellte, eine schwergewichtige Frau in der braunen Uniform eines UPS-Fahrers. Sie sah sehr bleich aus, was bedeutete, dass man ihr das Blut entzogen haben musste. Eines von Reyes' Opfern. Die Halbtoten legten die Frau behutsam auf den Boden und knöpften ihre Kleidung auf, zogen aber nichts aus. Seltsamerweise sah es aus, als wollten sie es ihr bequem machen.

Dann trat der Vampir aus den Schatten. Er hatte auf einem Stück erstarrter Schlacke gelegen, ein bleicher Punkt in der Dunkelheit. Caxton verlor jede Hoffnung. Er musste sie die ganze Zeit beobachtet haben, während sie die alten Karren hinaufkletterte und an der stinkenden Luft draußen schnüffelte. Nun, natürlich hatte er das. Er war nicht so dumm, sie ohne Aufsicht hier herumwandern zu lassen.

Aber er schenkte ihr keinen Blick. Er trat zu der Leiche und berührte die Brust der Toten. Seine Hand drückte die Stelle, an der sich das Herz befinden musste. Er starrte tief in die glasigen, leblosen Augen und murmelte etwas mit seiner leisen, grollenden Stimme.

Die Leiche fing an sich zu bewegen, hier und da zuckte unter der Kleidung ein Muskel.

»Komm zurück«, sagte Reyes. Er rief sie – rief sie buchstäblich von den Toten zurück. Die Bewegungen wurden zu richtigen Krämpfen, ihre Fersen trommelten auf den Boden, der Kopf zappelte hin und her wie ein Fisch an Land. Ihr Körper bog sich durch, und ein saurer Gestank breitete sich aus, ähnlich dem Mistgeruch draußen, nur viel schärfer und penetranter. Die Hände der Toten verformten sich zu Krallen und griffen nach ihrem Gesicht. Sie setzte sich langsam auf, krallte dabei immer wieder nach der Haut um die Augen herum.

Sie fing an zu schreien, als sich Hautstreifen von ihrem Gesicht schälten, aber sie hörte nicht auf, die Nägel in Stirn und Wangen zu bohren. Wenn überhaupt, wurde das Kratzen nur noch schlimmer. Sie würde sich das Gesicht herunterreißen, Stück für Stück. Caxton beobachtete die Geburt einer neuen Halbtoten, eines Ersatzes für den, den Reyes ins Feuer geworfen hatte.

Der Vampir spürte ihren Abscheu. Er sah zu ihr herüber, und einen langen Augenblick starrten sie sich gegenseitig in die Augen. Caxton fühlte ihn in ihrem Kopf herumkriechen, beinahe so, als wühlte er sich durch das Ablagesystem ihres Bewusstseins, würde nach etwas suchen und es nicht finden. Er war aufgebracht, wütend, nervös – doch als sie diese Regungen in ihm spürte, trat er hart auf die psychische Verbindung, die sie teilten. Caxton wand sich, als hätte sie eine Stromleitung angefasst. Er schaute wieder weg, und sie brach auf dem Karren zusammen, schnappte keuchend nach Luft. Ihre Lider schlossen sich und…

...sie war wieder in dem brennenden Stahlwerk, noch immer an die Kette geklammert.

Sie konnte kaum glauben, dass sie noch immer nicht losgelassen hatte. Plötzlich verspürte sie das überwältigende Verlangen, genau das zu tun. Sie konnte sich alles bildlich vorstellen. Ihr Körper würde ein paar Sekunden lang durch die Luft fallen. Sie würde auf die Oberfläche des geschmolzenen Metalls prallen. Ihre Haut würde auf der Stelle verbrennen. Ihre Muskeln und ihr Fleisch würden etwas länger standhalten. Es würde schmerzen. Sie war davon überzeugt, dass es stärker schmerzen würde als alles, was sie je erlebt hatte. Aber nur eine Sekunde lang. Und dann... was? Das große Vergessen? Das Nichts?

Wie verlockend das war... wie verlockend, alles hinter sich zu lassen. Sie dachte an das Leben, das sie geführt hatte, bevor man sie in den Sarg gesperrt hatte, und wie viel davon nacktes Elend gewesen war. So hart für die Anerkennung ihrer Vorgesetzten zu arbeiten, für Arkeleys Anerkennung, die Anerkennung ihres toten Vaters. Keiner von ihnen hatte sie je ernst genommen. Dann war da Deanna, Deanna, die sie so sehr liebte, Deanna, die unter ihren Augen dahinwelkte. Deanna, die einmal voller Leben und sexy gewesen war und jetzt die Hälfte der Zeit nicht einmal mehr von der Couch herunterkam. Wenn Caxton nach Hause kam, fand sie sie meistens dort vor, in eine Decke gehüllt, die Augen auf eine Promishow im Fernseher gerichtet. Oder sie starrte einfach bloß ins Leere, ohne überhaupt etwas wahrzunehmen. Caxton hatte sich geschworen, Deanna zu retten, sie ins Leben zurückzuholen. Aber sie wusste, dass sie versagte. Wenn überhaupt etwas geschah, dann zerrte Deanna *sie* mit hinunter.

Die Hunde – die Greyhounds, ihre wunderschönen Tiere. Sie würden sie vermissen. Sie würden jammern. Aber dann würde jemand anders kommen und sie füttern und tätscheln, und nach kurzer Zeit würden sie sie vergessen. So wie die ganze Welt Laura Caxton nach einer kurzen, pflichtgemäßen Trauerzeit vergessen würde. Wenn sie einfach zu existieren aufhörte, würde sich nichts verändern, nicht richtig jedenfalls. Das hieß, doch, ja, eine Sache würde sich verändern. Auf dem großen Saldozettel würde ein gewisser Betrag an Qual von der Welt abgezogen werden. War das keine gute Sache? Wenn sie die Gelegenheit hatte, die Qualen der Welt zu reduzieren, indem sie ihren eigenen ein Ende bereitete, war das dann nicht genau der richtige Weg?

Und dafür musste sie nur eines tun: Sie musste einfach loslassen.

Sie nahm eine Hand von der Kette, und irgendwo außerhalb ihres Traums fühlte sie, wie Reyes, der Vampir, lächelte. Sie starrte ihre Hand an. Er wollte, dass sie losließ. Reyes wollte, dass sie den Traum beendete.

Es spielte keine Rolle. Es spielte keine Rolle, wer was wollte. In einer Sekunde würde sie weg sein, aus der Welt gestrichen, und danach … Wen kümmerte es? Wen kümmerte es schon, ob die Vampire die Hälfte von Pennsylvania fraßen? Wen kümmerte es? Sie würde nicht mehr da sein, um sich schuldig fühlen zu können.

Sie löste die andere Hand von der Kette. Ihre Oberschenkelmuskeln bebten, als sie gezwungen waren, ihr ganzes Gewicht zu halten. Sie fing an, sich zurückzulehnen. Es war so einfach. So einfach, und es würde jedes ihrer Probleme lösen.

Starke Finger packten ihr linkes Handgelenk. Sie schrie auf, erwartete Schmerz, aber die Finger hielten sie bloß, gruben sich nicht in ihr Fleisch. Sie ließen sie nicht fallen. Caxton versuchte den Kopf zu drehen, um zu sehen, wer sie festhielt, aber es funktionierte nicht – ihr Nacken streikte. Sie konnte die Finger nicht sehen, als sie den Griff veränderten, sich wie ein Paar Handschellen um ihr Gelenk schlossen.

»So weit sind Sie noch nicht«, sagte der Besitzer der Finger. Die Stimme war ziemlich leise und ging beinahe im Tosen des brennenden Stahlwerks unter. Aber sie wusste, dass es Arkeleys Stimme war.

40.

Genug!«, brüllte Reyes von irgendwo, aus dem Nichts. Alles hielt an – die Zeit, jede Bewegung. Caxton war allein. Das geschmolzene Metall wich zurück, floss ab und enthüllte den Hallenboden. Der Stahl füllte noch immer die Bodenrinnen, was für eine gewisse Helligkeit sorgte, und der Hochofen qualmte nach wie vor und spuckte dichte rote Funkenwolken aus. Aber die Hitze wurde, wenn nicht erträglich, dann doch zumindest überlebbar, und die Luft wurde dünner, bis Caxton ohne Schmerzen atmen konnte. Das Metall, das aus der Roheisenpfanne strömte, versiegte zu einem Tröpfeln, und sie kletterte die Kette hinunter, bis sie wieder auf dem Boden stand. Sie verbrannte nicht.

In einer Ecke der Halle öffnete sich quietschend eine Falltür an rostigen Angeln. Sie ging zögernd zu der Öffnung, unsicher, was gerade passierte. Sie konnte Stufen erkennen, die in die Dunkelheit hinunterführten, mehr aber auch nicht.

Auf müden Füßen trat sie auf die erste Stufe. Der Stein war kalt unter ihren nackten Sohlen, sodass sich ihre Zehen zusammenkrümmten. Nachdem sie so lange Zeit in der Hitze des brennenden Werks verbracht hatte, hatte sie vergessen, wie sich Kälte wirklich anfühlte. Sie machte einen weiteren Schritt und stützte sich auf den Eisenrahmen der Falltür. Eigentlich war sie ziemlich sicher, dass die Tür zufallen würde, sobald sie tief genug gestiegen war, mit einem markerschütternden Knall. Vielleicht würde sie auch nach nur ein paar Schritten wie eine Mausefalle auf ihrem misshandelten Körper zuschnappen. In diesem Albtraum konnte alles passieren.

»Laura, bitte komm zu mir«, sagte jemand in der Dunkelheit. In der Stimme lag eine Menge Zentralamerika, ein Akzent, mit dem sie nicht gerechnet hatte. Sie machte noch einen Schritt, dann den nächsten. Die Falle schnappte nicht zu. Schließlich nahm sie einen schwachen Lichtschein wahr, der von unten nach oben drang, gelbes Licht, das wie eine Flamme im Wind flackerte.

Sie ging weiter – und stellte fest, dass sie den Raum gut kannte. Schmal, mit Kuppeldecke, die Wände von Regalen gesäumt, die mit Glaskrügen und Pappkartons und zusammengerollten Decken gefüllt waren. Es war derselbe Lagerraum, in dem sie aufgewacht war. Der Ort, an dem die Halbtoten ihren Sarg abgestellt hatten. Das abscheuliche Ding stand noch immer da; jetzt war der Deckel geschlossen. Auf dem einen Ende stand eine Kerze in einem antiken Kerzenhalter. Am anderen Ende saß ein Mann von durchschnittlicher Größe und Körperbau. Er trug ein Sweatshirt mit zurückgeschlagener Kapuze über einem weißen Hemd. Seine Haut hatte die Farbe einer Walnuss, und er hatte schwarze, sorgfältig gekämmte Haare. Er lächelte sie an und zeigte ihr einen Mund mit kleinen, runden, sehr menschlichen Zähnen, aber sie wusste, dass es Efrain Reyes war. Es war Reyes, wie er als Lebender ausgesehen hatte. Bevor er gestorben war und sich in einen Vampir verwandelt hatte.

»Als das Werk noch betrieben wurde, lagerte man hier unten Borax und Kalk. Das riechst du«, sagte er. Er klopfte neben sich auf den Sarg, bot ihr einen Sitzplatz an.

Sie hatte nichts gerochen. Der Rauch des brennenden Werks hatte ihre Nase verbrannt, sie konnte gar nichts riechen. Aber sie berichtigte ihn nicht, sondern setzte sich einfach. Auf dem Sarg war nicht genug Platz, also musste sie ihn berühren, Hüfte an Hüfte, Arm an Arm.

»Ich wollte persönlich mit dir sprechen«, sagte er. »Sie rät davon ab.« Irgendwie wusste Caxton, dass er Malvern meinte, dass Justinia Malvern die Regeln dieser Unterhaltung festgelegt hatte. Diese Information musste sie aus dem Reyes-Teil in ihrem Kopf haben. »Das soll alles schweigend ablaufen. Sie nennt es sogar den Stummen Ritus.«

»Du stehst mir ihr in Kontakt … jetzt, in diesem Augenblick?«, fragte Caxton.

Ja, hörte sie in ihrem Bewusstsein, aber er schüttelte bloß den Kopf. »Das kann ich nicht beantworten.« Es war, als wüsste er nicht, was sie gehört hatte. Als wüsste er nicht, dass ihre Verbindung in beiden Richtungen funktionierte. »Ich kann dir nichts weiter sagen, bis du den Fluch akzeptiert hast.«

»Was gibt es dann zu reden? Weil ich mich weigere, das … zu tun, was du willst?«, sagte sie. Sie konnte es genauso wenig tun, wie sie das Wort laut aussprechen konnte. »Du wirst mich selbst töten müssen.«

»Ich will nichts von dir. Es muss deine eigene Entscheidung sein. Du musst diese Sache akzeptieren, um eine von uns zu sein.«

»Ich kann nicht … Ich habe Malvern gesehen, in ihrem Sarg …«

Seide raschelte hinter ihr, und Caxton versuchte, sich umzudrehen, aber sie bewegte sich so langsam. Hinter ihr stand jemand, aber nein, da war nichts Menschliches. Endlich schaffte sie es, sich weit genug umzudrehen, um die Frau zu sehen, die sich zu ihnen gesellt hatte. Eine Vampirin, die sich gegen das Regal drückte, als würde sie sonst zusammenbrechen. Sie trug ein langes, purpurnes Seidenkleid mit einem gewagt tiefen Ausschnitt, das sich unten allen Ernstes zu einem Reifrock verbreiterte. Auf dem kahlen Kopf türmte sich eine gepuderte graue Perücke und verbarg die spitzen Ohren. Eine schwarze Satinaugenklappe verdeckte ein Auge, die Lippen waren mit geronnenem Blut verschmiert.

Es war Malvern. Justinia Malvern, wie sie ausgesehen haben musste, als sie eine aktive, wohlgenäherte Vampirin gewesen war. Eine Ikone der Kraft und Macht. Sie bewegte sich nicht. Oder lächelte oder sprach. Ihr Auge musterte Caxton, ohne zu blinzeln. In ihm stand die Wahrheit, die das starke Erscheinungsbild so gut verbarg. Malvern war verzweifelt. Sie bat um Hilfe, und gleichzeitig inspizierte sie Caxton, versuchte zu entscheiden, ob sie würdig war.

»Sie braucht uns, Laura. Du kannst dir ihre Qualen nicht vorstellen. Wir müssen ihr helfen, und damit das gelingt, musst du eine von uns werden. Dein Leben ist irgendwie erbärmlich, okay? Ich will nicht grausam sein.« Seine Stimme veränderte sich beim Sprechen, der Akzent wurde dichter, verwandelte sich in ein Grollen. Malvern verschwand ohne Vorwarnung, hinterließ nichts als einen Blutgeruch, der in der Luft schwebte und sich langsam, beinahe fließend in den Gestank von kochendem Mist verwandelte.

Zuerst verstand Caxton das nicht – dann drehte sie langsam den Kopf, um ihn wieder anzusehen. Der Traum war vorbei, und die Realität war zurückgekehrt. Nichts hatte sich verändert. Sie saßen noch immer nebeneinander auf dem Sarg, und das einzige Licht kam von der flackernden Kerze. Er wollte sie glauben machen, dass sie noch immer in dem Traum war – warum sonst die subtile Veränderung? Aber wo er zuvor menschlich und völlig bekleidet gewesen war, trug er jetzt nur seine Hosen, und seine Haut war weißer als Waschpulver. Sie schaute auf und sah den kahlen Kopf, die spitzen Ohren. Den Mund mit den grausamen Zähnen.

Zuvor hatte er wie ein Individuum ausgesehen, wie ein menschliches Wesen, das einzigartig auf der Welt war. Jetzt sah er bloß so ähnlich aus wie der Vampir, bei dessen Tötung sie dabei gewesen war, den Arkeley mit dem Presslufthammer vernichtet hatte.

Congreve, hörte sie in ihrem Kopf. Das war der Name des vernichteten Vampirs. Reyes hätte das bestimmt nicht freiwillig preisgegeben, oder? Es sei denn, es war ihm egal. Falls er sicher war, dass sie sterben würde.

»Es ist deine Entscheidung«, sagte er und gab ihr einen schweren, seltsam geformten Gegenstand. Sie schaute langsam nach unten und erkannte, dass es eine Handfeuerwaffe war. Tatsächlich sogar ihre Beretta. »Sie glaubte, du würdest es vielleicht verstehen. Dass du vielleicht helfen möchtest… Aber das ist ganz allein deine Sache. Du hebst das Ding hoch, du schiebst dir den Lauf in den Mund.«

Caxton runzelte verwirrt die Stirn. Ihre Hand hob die Waffe mühelos. Ihre Muskeln spannten sich, um die Pistole näher an ihr Gesicht zu bringen. Es würde viel schwerer sein, sie wieder zu senken, als das zu tun, was er sagte, das war ihr klar. Sie versuchte, das Gefühl des Nichts wieder heraufzubeschwören, das sie in dem Traum gehabt hatte. Versuchte sich darauf zu konzentrieren, wie dieser eine Schritt alles lösen würde.

Sie wollte ihm eine Freude machen. Diese Erkenntnis überraschte sie. Bis jetzt hatte sie jede Autoritätsfigur in ihrem Leben zufriedenstellen und beeindrucken wollen – ihren Vater, ihre Vorgesetzten bei der Highway Patrol. Arkeley. Warum nicht den Vampir, der solche Kontrolle über sie hatte?

»Komm schon, Laura. Ich habe noch anderes zu tun, okay?« Er berührte weder sie noch die Waffe. »Die meisten Leute kapieren das recht schnell. Als ich sie in ihrem Sarg sah, habe ich es sofort verstanden. Ich wusste, was sie anbietet, und ich wusste, dass ich es wollte. Unsterblichkeit, Laura, und die ist ansteckend. Was für eine wunderbare Sache! Warum sträubst du dich?«

Caxton hatte nicht den Eindruck gehabt, dass sie das tat. Sie war doch brav, wie es sich gehörte. Die Pistole kam immer näher, wanderte stückchenweise auf ihre Lippen zu. Ihr Mund öffnete sich. Ihre Zunge drückte ihre trockenen Lippen auseinander.

Ihr Wille und Reyes' Wille waren miteinander verschmolzen. Sie konnte ihn in sich fühlen wie einen Wurm, der sich zwischen die Hemisphären ihres Gehirns grub. Genau das hatte Justinia Malvern mit ihm gemacht, das wurde ihr schlagartig klar, mit nur einem Blick hatte sie seine Augen einen Moment lang eingefangen. Die alte Vampirin hatte den Elektriker quer durch den Raum vergewaltigt, in einer Zeitspanne, in der man eine Glühlampe einschraubte. Jetzt machte er das Gleiche mit ihr, benutzte die gleiche Macht. Er hatte Congreve und den anderen erschaffen, den Vampir, der sich jeden Tag die spitzen Ohren abschnitt. Reyes war Experte. Wie sollte sie ihm widerstehen?

Die Waffe berührte ihre Lippen. Das Gefühl des kalten Metalls auf der empfindlichen Haut war wie ein Stromschlag. Ihre Augen verdrehten sich, als sie auf den Lauf hinunterschaute. Nur noch ein paar Zentimeter. Die Waffe musste nur noch ein paar Zentimeter zurücklegen, und sie wusste, dass ihr Finger dann den Abzug drücken würde.

»Deine Mutter hat es getan. Dein Vater hat drei Päckchen am Tag geraucht, er hat es verstanden.« Reyes atmete. Er war so nahe. Er sah sie nicht an. »Deine Geliebte ist auch auf diesem Weg. Ich habe keinen Augenblick lang gezögert. Es ist wirklich nicht schwer.«

Caxtons Finger krümmte sich um den Abzug. Ein Zucken, nur eine winzige Bewegung.

Da kam Arkeley die Treppe herunter, seine Füße verursachten keinen Laut auf den Stufen. Er trat hinter sie und legte ihr die Hand auf die Schulter. Sie konnte ihn nicht sehen, aber sie wusste, dass er es war. Genau wie in der brennenden Werkshalle. »Sie sind nicht so zerbrechlich, wie Sie glauben«, sagte er zu ihr. Es war das Netteste, was man ihr jemals gesagt hatte. Ein netter, letzter Gedanke, um ihr Leben zu beschließen.

Du bist nicht wirklich hier, dachte sie. Aber dann stockten ihre Gedanken – wie konnte er hier sein, wo sie doch hellwach war? Er war ihr in ihrem Traum erschienen, aber das hier, dass er hier im wahren Leben war, das war unmöglich.

Sie hatte diesen Gedanken noch nicht zu Ende geführt, da verschwand er. Seine Hand hinterließ nur eine leichte Wärme auf ihrer Schulter. Ihr Arm war plötzlich sehr, sehr schwer, und die Pistole fiel von ihren Lippen. Sie zeigte noch immer auf ihr Fleisch, aber der Lauf ruhte jetzt auf ihrer Brust, links vom Brustbein. Wenn sie jetzt feuerte, würde sie sich das Herz zerfetzen.

»Nein«, sagte Reyes. Ein tosender Laut in dem kleinen Raum. Er bewegte sich schnell, zu schnell, als dass sie es mitbekam. Die Waffe flog in die Zimmerecke, ihre Hand schmerzte, als wäre sie geschlagen worden. »Nein, nein, nein, nein«, stöhnte er, »wie kann man nur so blöd sein? Dafür habe ich wirklich keine Zeit.« Er sah sie an, und in seinen blutigen Augen leuchteten Wut und Hass. Sein Arm schwang herum, und sie flog von dem Sarg und landete zusammengekrümmt in einer Ecke.

41.

Reyes erhob sich und vergrub eine der enormen Hände in ihrem Haar. Er zerrte sie hoch und schaute ihr in die Augen, bis sie aufrecht stand.

»Ich war der Ansicht, dass diese Sache mit dem Schweigen *mierda* ist, aber anscheinend ist sie das wohl doch nicht. Ich will, dass du alles vergisst, was ich dir gesagt habe, okay? Du vergisst alles, und du bleibst genau hier sitzen und rührst dich nicht, bis ich zurückkomme.«

Sie nickte. Sie hatte nicht die geringste Willenskraft. Hätte er ihr befohlen, sich auf ein Bein zu stellen und wie ein Huhn zu gackern, hätte sie es getan.

»Also gut. Schön, verdammt! Wenn du so stur sein willst, ich kann noch sturer sein, *perra*. Wir fangen morgen noch einmal von vorn an.« Er fuhr sich frustriert über Augen und Mund, dann wandte er sich von ihr ab. Sie rechnete damit, dass er die Kerze nahm und sie im Dunkeln zurückließ, dass er die Treppe hinaufsteigen und sie allein lassen würde. Aber sein Ziel war viel näher. Er öffnete den Sarg und stieg hinein, ließ sie bei flackerndem Kerzenlicht zusehen.

Draußen musste der Tag anbrechen. Die Nacht musste vorüber sein.

Jedenfalls die erste Nacht. Wie oft würde sie noch dem Traum mit dem brennenden Stahlwerk ausgesetzt werden? Wie viele Nächte würde es dauern, bevor sie sich erschoss, bevor sie schließlich seinen Fluch akzeptierte?

Aus dem Sarg kam ein gurgelnder, flüssiger Laut. Er war so fest davon überzeugt, dass er sie in der Hand hatte und sie ihm nichts tun konnte, dass er sie in unmittelbarer Nähe seines sich zersetzenden Körpers duldete. Und er hatte recht. Sie konnte nicht einmal den Daumen krümmen. Zur Bestätigung schaute sie auf ihre Hände hinunter, auf den rechten Daumen.

Sie konzentrierte sich darauf, ihn zu einer Bewegung zu veranlassen, ihre ganze übrig gebliebene geistige Energie in ihn hineinströmen zu lassen, nur damit er einmal zuckte. Ein sinnloses Unterfangen, aber sie hatte den Eindruck, dass sie es versuchen musste, bevor sie endgültig aufgab. Wenn sie sich davon überzeugen konnte, dass sie nicht einmal dazu imstande war, den Daumen zu krümmen, warum sollte sie dann noch einen Augenblick länger kämpfen? Dann würde sie einfach tun, was Reyes von ihr verlangte. Sie fing an, ihrem Daumen den Befehl zu geben, sich zu bewegen, aber bevor sie es richtig angehen konnte, ertönte aus dem Nichts eine Stimme, bei der sie innerlich zusammenzuckte.

»Und wenn es klappt?«, fragte Arkeley. Er stand auf der Treppe, außerhalb ihres Sichtfelds. Aber es war unverkennbar seine Stimme.

Was?, dachte sie, unfähig, den Mund zu öffnen. Aber sie konnte es denken.

»Was ist, wenn sich der Daumen bewegt?«, fragte er. »Was wollen Sie dann machen? Kämpfen Sie dann weiter?«

Eine absurde Frage. *Sie sind nicht real*, erwiderte sie wie schon zuvor. Und genau wie zuvor funktionierte es. Er verschwand. Es erfüllte sie mit einer leisen Befriedigung, dass sie es wenigstens schaffte ihre eigenen Halluzinationen zu kontrollieren.

Als er weg war, versuchte sie sich wieder dem anstehenden Problem zuzuwenden, aber sie brauchte lange, um sich daran zu erinnern, was sie getan hatte. Sie schien nicht richtig denken zu können. Jedesmal wenn sie einen Gedanken festhalten wollte, schien er ihr sofort zu entgleiten. Sie erinnerte sich, dass sie etwas hatte tun wollen. Etwas Wichtiges. Ein entscheidender, letzter Schritt. Ja. Sie würde den Daumen bewegen.

Sie schaute ihn an und dachte: *Okay, wenn du zucken kannst, dann zucke*.

Der Daumen bewegte sich. Nur ein kleines, ruckartiges Zucken, beinahe so etwas wie ein Zittern. Aber er bewegte sich.

Sie schaute zur Treppe hinüber, um zu sehen, ob Arkeley dort stand, triumphierend, um sie zu fragen, wie es weiterging. Natürlich war er nicht da, weil er nie da gewesen war. Er war nicht real gewesen. Aber das ließ sie nicht los. Was nun? Was sollte sie als nächstes tun?

Die ganze Hand bewegen – das schien eine gute Idee. Sie versuchte die Faust zu ballen. Die Hand krümmte sich zu einer schwachen Faust zusammen – langsam, ganz langsam, weil sie so müde war.

Eine seltsame Wut stieg in ihr auf. Wenn sie ehrlich war, hatte sie gewollt, dass ihr die Hand den Gehorsam verweigerte. Es war viel bequemer, dort zu sitzen und nichts zu tun, darauf zu warten, dass Reyes aus dem Sarg stieg. Aber wenn sie eine Faust machen konnte, dann konnte sie vermutlich auch aufstehen. Und das bedeutete, dass sie aufstehen musste.

»Sie müssen mehr als nur das tun«, sagte Arkeley. Er war wieder da, verbarg sich irgendwo in der Nähe, aber nicht da, wo sie ihn sehen konnte. Sie konnte ihn fühlen, aber sie hätte nicht zu sagen vermocht, wo er sich befand. »Sie müssen den Sarg öffnen.«

Sie stand auf, ließ sich dabei Zeit. Verspürte nicht die geringste Eile. Hätte Arkeley darauf bestanden, dass sie sich schneller bewegte, hätte sie ihn augenblicklich wieder aus ihrer Nähe verbannt, vermutlich für immer. Aber das tat er nicht. Weder unterstützte er sie irgendwie, noch äußerte er sich verächtlich. Er schwieg. Aber er war noch immer da.

Sie schlurfte zum Sarg, bis sie direkt davor stand. Ihr Blick fiel auf das versengte Loch im Deckel, dort, wo sie durch das Holz geschossen hatte. Am Rand krümmte sich eine weiße Made.

Caxton ging in die Knie und umfasste den Sargdeckel. Mit einer schnellen Bewegung stemmte sie ihn hoch. Sie hatte mit dem gerechnet, was sich ihr da präsentierte, aber nicht in diesem Ausmaß. Sie sah Reyes' Knochen, so wie sie Malverns Skelett gesehen hatte, aber während das Fleisch der Vampirin zu einem oder zwei Liter breiigem Matsch reduziert gewesen war, stand in Reyes' Sarg die zähflüssige Suppe bis zur Hälfte. Nun, bei ihm gab es ja auch viel mehr Fleisch zu verflüssigen als bei Malvern. Ein paar der langen Knochen trieben an der Oberfläche; an den knorpeligen Vorsprüngen klebten ganze Madenkolonien. Der Schädel lag völlig untergetaucht auf dem Grund, starrte sie mit weit aufgeklapptem Unterkiefer an.

»Sie müssen das Herz nehmen«, sagte Arkeley.

Sie drehte sich um, hielt nach dem Fed Ausschau. Er war so nah neben ihr, dass sie seine Körperwärme spüren konnte. So, wie sie das kalte Fehlen von Reyes' Menschlichkeit fühlte. Aber sie konnte Arkeley nicht sehen. Er befand sich nur in ihrem Kopf. Doch sie bemühte sich, das nicht auszusprechen. Derartige Dinge in Worte zu fassen schien ihn verschwinden zu lassen, und sie wusste, dass sie seinen Rat brauchen konnte.

»Nehmen Sie das Herz«, wiederholte er.

Sie hielt nach dem Herzen Ausschau, konnte es aber nicht sehen. Es trieb nicht in der Nähe von Reyes' Wirbelsäule, drückte auch nicht gegen seinen Brustkorb. Da, auf dem Grund, war etwas Schattenhaftes, unten auf dem Seidenpolster des Sargs. Etwas Dunkles, kein Knochen. Sie wollte danach greifen, hielt dann aber inne. Sie wusste ja nicht, ob sie durch das verflüssigte Fleisch greifen konnte.

»Sie haben den Daumen bewegt«, sagte Arkeley. »Sie haben sich selbst das Versprechen gegeben weiterzukämpfen, wenn Sie das schaffen. Das ist der einzige Weg.«

Sie schloss die Augen und schob den Arm in den Sarg. Die

Flüssigkeit klebte an ihr, klebte an den Härchen auf ihrem Handgelenk und am Unterarm. Sie fühlte einen Knochen gegen ihre Haut stoßen, rau und furchteinflößend. Maden krochen auf ihre Haut, schoben sich langsam den Arm hinauf. Sie wollte schreien, war aber noch immer zu benebelt, um den Laut produzieren zu können. Ihr war klar, dass sie das Herz überhaupt nur würde ergreifen können, weil sie noch immer zur Hälfte hypnotisiert war.

Aber in ihrem halbwachen Zustand fühlte sie, wie sich ihre Finger um das schattenhafte Organ schlossen und es anhoben. Die Organbrühe, die Reyes' Tageskörper darstellte, tropfte von dem Herzen. Sie platschte auf ihre Stiefel. Das Herz wimmelte vor Maden. Sie versuchte sie abzuschütteln, aber das funktionierte nicht – sie klebten fest daran. Der Muskel in ihrer Hand pulsierte sanft, ein kaum wahrnehmbarer, tickender Rhythmus. Er verriet ihr, dass sie noch nicht fertig war.

Sie schaute sich um. Reyes hatte behauptet, der Keller habe einst dazu gedient, Borax und Kalk zu lagern, und jetzt, da sie halb wach war, konnte sie das tatsächlich auch riechen; eine Art alkalischer Biss lag in der Luft. Aber irgendwann hatte man den Keller in einen Lagerraum verwandelt, und die Regalbretter waren mit allem Möglichen gefüllt. Da waren Gläser voller Nägel, Schrauben und anderer Eisenwaren. Da waren Ersatzkerzen und zahllose Kartons mit Materialformularen und behördlich vorgeschriebenen Aufstellungen darüber, welche Chemikalien im Werk vorhanden und wie giftig sie waren.

Sie nahm den größten Glasbehälter, den sie finden konnte, und leerte seinen Inhalt in den Sarg. Dann zerknüllte sie ein Dutzend Seiten und stopfte sie hinein, sorgfältig darauf achtend, genug Platz zu lassen, damit die Luft zirkulieren konnte. Sie war Pfadfinderin und oft genug zelten gewesen, um zu wissen, wie man ein Feuer machte.

Die Kerze, mit der Reyes den Keller beleuchtet hatte, war fast niedergebrannt, als sie endlich so weit war, aber es dauerte nur einen Moment, den provisorischen Brandbeschleuniger zu entzünden. Hellrote Flammen züngelten die Glaswände entlang. Das Papier verfärbte sich schwarz und zerbröckelte schnell, aber es gab ja genug, und Caxton stopfte immer mehr hinein. Dann ließ sie das Herz ins Glas fallen.

Sie ging davon aus, dass sie das Feuer stundenlang füttern musste, während das feuchte Herz austrocknete. Muskelgewebe, und dazu gehörte auch das Herz, war dafür bekannt, dass es schlecht verbrannte. Aber das galt nicht für ein Vampirherz. Es hätte genauso gut aus Paraffin bestehen können – es flammte sofort auf, blaue Flammen, die so heiß brannten, dass das Glas zersprang und brennende Stücke in den Kellerraum spritzten.

Reyes' Schädel trieb im Sarg an die Oberfläche, der Kiefer zu einem Schrei aufgerissen, den Caxton genau hören konnte, ein langgezogener, entsetzlicher Schrei. Der Schrei einer Kreatur, die bei lebendigem Leib verbrannte, aber nicht aus den Flammen rollen oder laufen oder springen konnte.

Und das war es dann. Sie hatte mit etwas Dramatischerem gerechnet – oder es erhofft. Aber nach wenigen Augenblicken versank der Schädel wieder in der Brühe und rührte sich nicht mehr. Der Schrei in ihrem Kopf verhallte, blieb aber wie das ferne Echo einer Melodie. Er verschwand nicht ganz, sondern wurde vom Hintergrundgeräusch ihrer eigenen Gedanken verschlungen.

»Haben Sie kein Mitleid für ihn«, sagte Arkeley.

Sie hustete, um ihre Stimme wiederzufinden. »Habe ich auch nicht. Dieser Hurensohn hat mich vergewaltigt. Selbst jetzt ist er noch in mir. Ich bin froh, dass er das fühlen kann.«

Sie kniete neben dem brennenden Herzen nieder und sah zu, wie es zusammenschrumpfte und in Stücke zerfiel. Als es nur noch ein paar glühende Reste gab, schaufelte sie sie auf ein zusammengefaltetes Papier und warf sie in den Sarg. Das verflüssigte Fleisch explodierte wie ein Feuerball, und fröhliche kleine Flammenbahnen züngelten die Sargwände entlang.

»Was haben Sie jetzt vor?«, wollte Arkeley wissen.

»Ich gehe nach oben«, erwiderte sie, weil es so einfach war. Aber zuerst suchte sie ihre Beretta. Sie lag gut und sehr wichtig in ihrer Hand.

42.

Neben der Falltür standen ein paar Halbtote. Sie schleppten einen Sarg, eine einfache Holzkiste, in der man einst vermutlich Werkzeug gelagert hatte, die aber groß genug für einen Menschen war. Der Sarg war für Caxton bestimmt, für ihre vampirische Wiedergeburt.

Der eine trug eine Pickelhaube aus Chrom. Vier Tage zuvor war er noch ein Biker gewesen, ein stämmiger harter Bursche mit einer Vorliebe für Leder und Schmieröl. Reyes hatte ihn an einer Telefonsäule erwischt. Niemand erinnerte sich daran, wen er anrufen wollte.

»Es kann nicht mehr lange dauern«, sagte der Halbtote mit hoher, schriller Stimme. Er rieb sich die skelettähnlichen Hände, bis ausgetrocknetes Fleisch herunterrieselte. »Die Sonne ist fast aufgegangen.«

Sein Gegenüber, eine halbtote Frau, schüttelte den Kopf. »Die Sonne. Ich hätte nicht geglaubt, dass ich sie je wieder sehen würde. Ich hätte dafür bezahlt, und jetzt… mein Gott. Was bin ich? Zu was hat er mich gemacht?« Sie klang verwirrt und sehr verängstigt. Reyes war ihr kurz vor Sonnenaufgang beim Joggen begegnet, auf einer einsamen Landstraße, die noch immer in Nacht gehüllt war. Sie hatte weglaufen wollen, aber Reyes war schneller gewesen. »Das ist … das ist die Hölle. Ich bin in der Hölle. Das muss es sein.«

»Sei nicht so voreilig«, meinte der Biker. »Es hat auch seine Vorteile.«

Die Halbtote drehte den Kopf, um ihren Gefährten anzusehen. »Vorteile? Die Ewigkeit als untoter Freak ohne Gesicht zu verbringen hat einen Vorteil, willst du mir das sagen? Ich kann nicht essen, ich kann nicht schlafen. Mein Körper fällt auseinander, während ich ihn anschaue, zersetzt sich durch den Kontakt mit der Luft. Wo zum Teufel ist da der Silberstreif am Horizont?«

»Nun«, sagte er, »es dauert höchstens eine Woche.«

Da trat Caxton aus den Schatten, eine anderthalb Meter lange, solide Eisenstange in den Händen. Sie schwang sie in einem weit ausholenden Bogen, der dem ehemaligen Biker den gesichtslosen Kopf sauber von den Schultern riss. Sein stämmiger Körper brach langsam zusammen.

Sie wandte sich der Frau zu. Die Halbtote wich mit ausgestreckten Armen vor ihr zurück, um Verschonung bettelnd. Im nächsten Moment war sie außer Reichweite, und die schwere Stange war bestenfalls eine unhandliche Waffe. Caxton warf sie in ihre Richung und zuckte zusammen, als die Stange laut klirrend auf dem Zementboden landete, weit von ihrem Ziel entfernt.

Die Halbtote drehte sich um und lief auf wackeligen Beinen los. Caxton rannte hinter ihr her und holte sie mühelos ein. Sie packte ihre Hand und riss sie ab, warf sie in eine dunkle Ecke der Halle. Sie ergriff den linken Arm, und er löste sich fast wie von selbst.

Die Halbtote schrie jämmerlich. Schließlich brach sie zusammen. Caxton trampelte mit beiden Füßen auf ihrem Kopf herum, bis das Schreien aufhörte.

Sie gönnte sich einen Moment, um Luft zu holen. Einfach nur Luft zu holen. Sie stand allein in der Dunkelheit des Stahlwerks. Der Vampir war tot.

»Sie müssen noch immer lebend hier rauskommen«, sagte Arkeley. Sie hatte aufgehört, nach ihm Ausschau zu halten. Er war in der Nähe, das war alles, was zählte. »Der Lärm wird die anderen anlocken.«

Sie nickte; er hatte recht. Sie überprüfte die Beretta. Es waren noch drei Kugeln darin. In dem Werk gab es mindestens dreizehn Halbtote. Gegen alle auf einmal konnte sie nicht antreten. Einen oder zwei, das ging – den Biker und die Joggerin hatte sie allein durch den Überraschungsmoment überwältigen können. Ihre Arme zitterten vor Überlastung und Abscheu. Sie war kaum fähig gewesen, die Stange zu heben.

Okay, dachte sie, wenn du nicht kämpfen kannst, dann renn. Das Problem war nur, sie hatte keine Ahnung, in welche Richtung. Das Feuer der vorherigen Nacht war niedergebrannt, und die Werkshalle war voller Dunkelheit. Es musste einen Ausgang geben, eine Tür, die in den Tag hinausführte, aber sie hatte keine Ahnung, wie sie die finden sollte.

»Wenn Sie sich nicht entscheiden können, gehen Sie zur nächsten Ihnen bekannten Stelle. So können Sie sich wenigstens orientieren«, sagte Arkeley. Sie drehte sich um und begab sich tiefer in die Halle hinein, auf die Roheisenpfanne und den Hochofen zu. Die Sonne zeichnete helle Flecke auf die hohen Fenster, und sie konnte hier und da ein paar Einzelheiten ausmachen, genug, um nicht über den Müll oder die fußhohen Schlackereste auf dem Boden zu stolpern.

Zerstörte Gesichter schälten sich aus dem Zwielicht, Körper, die auf sie zuzuschwimmen schienen. Skelettierte Hände griffen nach ihr. Eine berührte ihre Seite, die verfaulten Muskeln einer Halbtotenhand schlossen sich um den Stoff ihrer

Uniformbluse. Sie stieß den Ellbogen nach hinten, hart, und die Hand löste sich mit einem schrillen Quieken.

Vor ihr trat eine rote Gesichtsruine aus den Schatten, und sie hob die Beretta und feuerte, als die Arme des Halbtoten nach ihr griffen. Der Angreifer zerbarst, aber jetzt hatte sie nur noch zwei Patronen. Sie duckte sich unter dem Griff eines anderen Halbtoten hinweg, rannte an der Seite der Roheisenpfanne vorbei und erblickte eine Doppelschwingtür. Bläulicher Lichtschein kroch unter ihr hindurch. Sie rannte darauf zu und hieb mit beiden Armen nach dem Türhebel. Die Türhälften öffneten sich quietschend, und sie platzte auf einen Hof, der auf allen Seiten von hohen Ziegelmauern umgeben war. Überall wucherte gelbes Gras aus dem Boden. Sie sah Werkbänke und alte Werkzeugregale, aber keinen Ausgang.

Sie saß in der Falle.

Wenigstens war blauer Himmel über ihrem Kopf. Wenigstens war sie draußen. Sie roch den Mistgeruch von Kennett Square und wusste, dass Hilfe nicht weit sein konnte. In der südöstlichen Ecke von Pennsylvania gab es viel Industrie. Wenn sie aus diesem Hof rauskam, würde sie frei sein.

Aber es gab keinen Ausgang. Keinen Weg hinaus. Sie war direkt in eine Sackgasse gelaufen. Alle Mauern waren noch intakt. Zu hoch, um darüber klettern zu können.

Die Doppeltür ratterte, ein Halbtoter streckte seinen fleischlosen Kopf an die frische Luft. Sie hob die Pistole, und er verschwand wieder nach drinnen. »Arkeley«, sagte sie, »was soll ich tun?«

Er antwortete nicht. Vielleicht wusste er auch nicht weiter. Sie hatte zwei Kugeln und zehn oder zwölf Halbtote, die sie jagten. Die Zeit lief ihr davon.

Caxton ergriff die raue Kante eines Holztisches – im Grunde nur ein großes Stück Sperrholz, das man auf zwei Holzböcke genagelt hatte – und zerrte ihn zur Mauer. Mit einem Satz stand sie darauf, aber bis zur Mauerkante fehlten noch immer zwei Meter.

Die Doppeltür geriet wieder in Bewegung. Zentimeterweise öffnete sich die eine Hälfte, kratzte über den unebenen Boden. Sie starrte sie an, beinahe, als wäre sie wieder hypnotisiert, zu keiner Bewegung fähig. Die Halbtoten mussten nur herauskommen, sie mussten nur mit Messern oder Keulen bewaffnet sein, und sie wäre tot. Sie konnte sie nicht alle abwehren.

»Sie sind feige«, sagte Arkeley. Seine Stimme war sehr leise.

»Was?«, fragte sie, aber sie verstand genau. »Ich habe doch nur noch zwei Kugeln«, sagte sie flehentlich, dabei wusste sie zu diesem Zeitpunkt ganz genau, dass er bloß in ihrem Kopf existierte. Dass er ihr Überlebensinstinkt war, abstrakt personifiziert.

Sie wartete einen Moment, bis sie sicher war, dass sich die Halbtoten dicht zusammendrängten, dann feuerte sie beide Schüsse direkt in den Spalt zwischen den beiden Türhälften. Ein schriller Schrei und viele aufgeregte Rufe ertönten. Gut so. Sie schob die leere Pistole ins Holster. Dann sprang sie zu Boden und schnappte sich einen weiteren Arbeitstisch sowie einen Stapel loser Balken. Bald hatte sie einen wackeligen Holzstapel errichtet, der aussah, als würde er gleich unter seinem eigenen Gewicht zusammenbrechen und erst recht unter ihrem. Sie starrte ihn an und dachte, dass sie unmöglich hinaufklettern konnte, dass es unmöglich sein würde, von dort bis zum Mauerrand zu springen.

Sie wusste, was Arkeley sagen würde. Sie würde es nur einmal versuchen müssen, und wenn sie sich dabei den Hals brach, spielte das auch keine große Rolle mehr.

Mit stark zitternden Händen zog sie sich auf das provisorische Gerüst. Sie stieg auf die oberste Ebene, eine umgedrehte Schubkarre. Sie setzte einen Fuß auf das Rad, und es rollte unter ihr weg. Sie versuchte es erneut. Ihr Körper zitterte wie ein Grashalm im Wind, aber sie schaffte es und stieß sich in die Höhe. Unter ihr brach der Stapel krachend zusammen.

Eine Hand schlug auf den Mauerrand und krallte sich dort fest. Ihre andere Hand schwang durch die Luft, aber sie kämpfte gegen die Bewegung an und packte auch mit ihr die Mauer. Dann zog sie, zerrte sich hoch. Von dort oben konnte sie sehen, dass der Hof auf drei Seiten von Werksgebäuden umgeben war. An der vierten Seite war eine Landstraße. Eine Straße – die irgendwo hinführen musste. In Sicherheit. Vor ihr ging es viereinhalb Meter in die Tiefe. Sie erlaubte sich nicht, darüber nachzudenken, senkte sich herab, so weit die Arme reichten, und ließ los.

Der Boden kam sehr hart und sehr schnell heran. Es trieb ihr die Luft aus den Lungen, ließ ihre gebrochenen Rippen gequält aufheulen, aber der Rest schien in Ordnung. Jedenfalls hatte sie keine gebrochenen Gliedmaßen. Sie rollte ab und lief zur Straße, bereit, den ersten Wagen zum Anhalten zu zwingen, den sie sah.

Sie war frei.

Scapegrace

Seine Gedanken waren blutrote Gedanken,
und seine Zähne schimmerten weiß.

– Saki, *Sredni Vashtar*

43.

In den hinteren Räumen des örtlichen Polizeireviers gab es eine Dusche, mit sauberen Handtüchern, guter Seife und allem. Was keine große Überraschung war – der Polizeichef war eine Frau. Caxton war etwas enttäuscht, dass es keine Badewanne gab, obwohl das vermutlich keinen besonders professionellen Eindruck gemacht hätte. Sie verbrachte mehr Zeit damit, sich zu waschen, als vermutlich nötig gewesen wäre.

Beim Ausziehen bemerkte sie Vesta Polders Amulett, das noch immer um ihren Hals hing, schmierig von Schweiß und Dreck. Sie säuberte es, hielt es ans Licht und konnte keine Veränderung daran erkennen. Sie hatte keine Ahnung, ob es ihr nun geholfen hatte oder nicht. Vielleicht funktionierten solche Dinge so. Vielleicht war es nur ein Placebo, vielleicht war es auch das Einzige gewesen, das sie vor Reyes' Dominanz gerettet hatte. Sie würde es vermutlich nie erfahren.

Nachdem sie wieder sauber war, trafen die Sanitäter ein, um sie in Augenschein zu nehmen. Sie teilten ihr mit, dass sie großes Glück gehabt habe; die Rippen waren lediglich geprellt und nicht gebrochen und würden in ein, zwei Wochen wieder in Ordnung sein. Sie hatte viele geringfügige Abschürfungen und Quetschungen, die sie mit Antiseptika bemalten und mit Pflastern verklebten, bevor sie wieder abzogen.

Caxton zog die Straßenkleidung an, die der Chief ihr angeboten hatte und die nur etwas zu groß war, dann setzte sie sich mit einem großen gelben Block in den Pausenraum. Sie fing an, ihre Geschichte aufzuschreiben. Caxton war noch nie besonders gut darin gewesen, lange Berichte zu schreiben. Sie erinnerten sie immer an die Aufsätze ihres gescheiterten Collegeaufenthalts. Aber sie erzählte die Geschichte so schlicht und so detailliert, wie sie konnte. Sie hörte erst auf, als Clara eintraf.

Clara. Caxton hatte ausdrücklich verlangt, dass die Fotografin des Sheriff's Department sie abholen und nach Hause fahren sollte. Sie hätte auch Deanna anrufen können. Aber Deanna lag noch immer im Krankenhaus und konnte sie nicht holen. Caxton redete sich ein, dass Clara ihre zweite Wahl gewesen war. Aber als sie den Pausenraum betrat, wusste sie es besser – das Gefühl, als sie Clara wiedersah, verriet es ihr. Sie streckte eine bandagierte Hand aus, und Clara nahm sie, dann trat sie näher heran und stand einen Moment lang da, bevor sie sich unbeholfen herunterbeugte und Caxton aufs Haar küsste.

Wärme breitete sich auf Caxtons Gesicht und ihrem Hals aus – sowohl aus Verlegenheit wie auch aus anderen Gründen.

»Wir haben Sie für tot gehalten«, sagte Clara mit leicht zittriger Stimme. »Wir haben die ganze Nacht gesucht. Jemand rief mich gestern Morgen an, weil … weil sie dachten, ich würde wissen wollen, dass Sie vermisst werden, und ich habe mich sofort der Suchmannschaft angeschlossen. Wir haben überall gesucht. Wir haben sogar dieses Stahlwerk überprüft, aber dort war alles verschlossen. O mein Gott, ich habe mich selbst da umgesehen, und ich habe nichts gefunden.«

»Nehmen Sie es nicht so schwer«, hörte Caxton Arkeley sagen. »Sie sind Meister darin, ihre Verstecke zu verbergen. Sie haben Zauber, um das Bewusstsein zu beeinflussen, vor allem im Mondlicht.«

»Er hat darauf bestanden mitzukommen«, sagte Clara.

Caxton runzelte die Stirn. Sie wollte fragen, was Clara damit meinte, ob sie auch Arkeleys Stimme gehört hatte, aber dann betrat der Fed den Pausenraum und setzte sich auf die

Tischkante. Caxton begriff langsam, dass er nicht mehr nur in ihrem Kopf existierte. Es war der reale Jameson Arkeley, der Vampirkiller.

Ihn wiederzusehen war ausgesprochen seltsam. Sie hatte ihn verinnerlicht, seine Persönlichkeit zu einem Teil ihrer selbst gemacht, und allein aus diesem Grund hatte sie Reyes' Gefangenschaft überlebt. Er hatte etwas Entscheidendes und für sie Notwendiges repräsentiert. Verglichen damit war der Arkeley aus Fleisch und Blut nicht unbedingt jemand, den sie sehen wollte.

Sie seufzte. Und dennoch hatte sie ihm so viel zu sagen. Er musste so vieles erfahren.

»Special Deputy«, sagte sie, »ich muss Ihnen Bericht erstatten.«

Sein Gesicht verzog sich, die Falten bewegten sich erst in eine Richtung und dann in die andere, als könnte er sich nicht entscheiden, ob er lächeln oder die Stirn runzeln sollte. Schließlich begnügte er sich mit einer gequält aussehenden Grimmasse. »Ich habe die Kurzversion schon gehört. Sie haben Reyes getötet.«

»Ich habe bis zur Morgendämmerung gewartet, dann habe ich sein Herz verbrannt.«

»Unnötige Untertreibung ist fast so schlimm wie sinnlose Übertreibung.«

Sie starrte mit emotionsloser Miene zu ihm hoch. Was sie zu sagen hatte, war wichtig für ihn. »Er wollte mich zu einer von ihnen machen.«

Danach sagte keiner mehr ein Wort, keiner rührte sich. Niemand wagte es, das Schweigen zu brechen, bis Arkeley sich den Nacken rieb. »Okay«, sagte er. »Erzählen Sie es mir auf der Fahrt.«

Caxton bedankte sich beim Chief, und sie gingen hinten raus, wo Claras Privatwagen wartete. Es war ein hellgelber

Volkswagen, ein New Beetle mit einer ins Armaturenbrett eingebauten Blumenvase. In vielerlei Hinsicht war er wie Clara – winzig, süß und aus einer ganz anderen Welt als der, in der Caxton lebte. Eine Welt, die sie eine Weile besuchen konnte, aber in der man ihr nie gestatten würde zu bleiben. Dafür würden die Vampire sorgen.

Caxton zwängte sich auf den Rücksitz, während Arkeley den Beifahrersitz nahm. Seine versteiften Wirbel übertrumpften ihre geprellten Rippen, wie er verkündete. Sie beugte sich zwischen die Vordersitze und erzählte ihm von ihrer Feuerprobe. Clara fuhr nicht nach Westen, in Richtung Harrisburg, sondern nach Südosten, zurück nach Kennett Square. Niemand machte sich die Mühe, Caxton den Grund dafür zu verraten, und sie war viel zu sehr mit ihrem Bericht beschäftigt, um danach zu fragen.

»Er hat mich dem Stummen Ritus unterzogen, jedenfalls nennt Malvern das so. Nur eine Sache in einer langen Liste, die sie *orisons* nennt. Reyes bezeichnete es als *hechizo*, als Zauber.« Sie erwähnte nicht, wie sie dieses Wort gelernt hatte, wie sie einen Halbtoten gefoltert hatte, indem sie ihm die Finger abriss. Sie wollte nicht, dass Clara davon erfuhr. »Es ist ein Zauber, vielleicht auch eine Art psychische Macht. Auf jeden Fall wird der Verstand vergewaltigt. Er stieß einen Teil von sich durch meine Augen in mich hinein und übernahm die völlige Kontrolle über meine Träume. Er konnte mich gegen meinen Willen einschlafen lassen, und er hielt mich nach Belieben in diesem Traumzustand und holte mich wieder heraus. Er zeigte mir eine Vision der Hölle, könnte man sagen, und wartete darauf, dass ich Selbstmord beging.«

»Hmmm«, machte Arkeley.

»Wollen Sie noch etwas hinzufügen?«, fragte sie.

Er erwiderte ihren Blick mit weit aufgerissenen Augen, als hätte sie den ihr zustehenden Rang vergessen. Vermutlich hatte sie noch nie zuvor in diesem Ton mit ihm gesprochen. Es weckte in ihr den Wunsch, selbst »Hmmm« zu sagen.

»Ich habe jeden Vampir, den ich getötet habe, genau untersucht«, erwiderte er. »Es ist von zentraler Bedeutung für den Fluch. In Europa war Selbstmord ein fraglicher Akt. Früher hat man Selbstmörder an Kreuzungen begraben, in dem Glauben, dass sich der Vampir verirren würde, wenn er auferstand, und den Heimweg nicht finden würde. Zu anderen Zeiten, an anderen Orten, hat man Selbstmörder mit abgeschnittenem Kopf und verkehrt herum begraben oder ihnen eine Kugel ins Herz geschossen.«

»Eine Silberkugel?«, fragte Clara.

»Das ist ein Mythos«, sagten Arkeley und Caxton gleichzeitig. Eine weitere Gelegenheit, einander anzustarren.

»Der Fluch treibt einen dazu, sich das Leben zu nehmen. Sobald sich der Gedanke in einem festgesetzt hat, nagt er an einem. Man denkt dann, dass alle Probleme verschwinden, wenn man tot ist. Das ist der letzte Schritt in der Veränderung, und er ist nötig. Er war da sehr entschieden.«

»Reyes hat vermutlich den gleichen Prozess durchgemacht«, meinte Arkeley betont neutral, nur auf die Fakten konzentriert. »Und Lares und Malvern vor ihm.«

Caxton schüttelte den Kopf. »Nein. Reyes ist ohne diesen ganzen Traum- und Magiescheiß ausgekommen. Er wollte ohnehin sterben. Malvern hat in seine Seele geschaut, und er hat Ja gesagt, so einfach war das. Congreve – das ist der Vampir, den wir zusammen getötet haben – benötigte drei Stunden, bis er überzeugt war. Reyes hat ihn und den anderen verwandelt, den mit den gekappten Ohren. Congreve war Bauarbeiter. Darum hat er diesen Ort für seinen Hinterhalt ausgewählt. Er hatte einen Abschluss in Musik der Renaissance, fand damit aber keinen Job, also endete er als Straßenbauarbeiter auf dem Highway. Er hat es gehasst, er hat alles an seinem Leben gehasst. Reyes machte sich das zunutze und überzeugte Congreve, sich das Hirn aus dem Schädel zu pusten. Es fiel Malvern zu schwer, glückliche, gesunde Menschen zu Vampiren zu machen, also hielt sie nach den echten Verlierern Ausschau. Leute, denen das Leben nichts zu bieten hatte.«

»Mein Gott«, sagte Clara und seufzte. »So fühle ich mich die Hälfte der Zeit.«

Arkeley ignorierte sie. »Der andere. Der mit den verstümmelten Ohren. Wissen Sie seinen Namen?«

Caxton dachte eine Sekunde lang nach. Sie biss sich auf die Lippe. Plötzlich wurde ihr völlig grundlos bewusst, dass Clara ihr vertraute und sie vermutlich nicht einmal zu hindern versuchen würde, wenn sie sich nach vorn lehnte, das Lenkrad packte und kräftig nach rechts zog. Sie fuhren am bewaldeten Ufer eines ausgetrockneten Flussbetts entlang, das beinahe zehn Meter tiefer lag. Der New Beetle würde wie eine Coladose zerknüllt, wenn er unten auf den Felsen prallte.

Sie setzte sich zurück, drückte die Knöchel gegen den Kopf und stieß den Gedanken weit von sich. Es war nicht ihr Gedanke, auch wenn er ihr wie jeder andere der Millionen Gedanken in ihrem Kopf vorkam. Es war Reyes, der Teil von Reyes, der ihren Verstand kolonisiert hatte. Sein Fluch versuchte sie noch immer zu vernichten.

»Scapegrace«, sagte sie, hustete den Namen förmlich aus. Sie musste darum kämpfen, dass Reyes ihn freigab, aber sobald sie den Namen hatte, kannte sie auch die ganze Geschichte. »Kevin Scapegrace. Er war sechzehn Jahre alt. Hochgewachsen, aber dürr, zu eingeschüchtert, um auf der High School vernünftige Noten zu bekommen. Die Kids in der Schule haben auf ihm herumgehackt. Einer von ihnen, ein älterer Junge, hat Kevin während des Sportunterrichts in der Dusche vergewaltigt. Kevin war ziemlich sicher, dass er davon schwul geworden ist, und er kam damit nicht klar.« Caxtons Mund verhärtete sich zu einem Strich. »Als Reyes ihn fand, hatte er gerade ein Fläschchen Aspirin geschluckt. Reyes setzte sich neben ihn, während die Halbtoten einen Drugstore ausräumten. Sie brachten eine Flasche Valium mit, und die schluckte er auch. Kevin begriff eigentlich gar nicht so richtig, was ihm da angeboten wurde. Er hat Reyes beschuldigt, ihn auch vergewaltigt zu haben, und jetzt hasst er das, was aus ihm geworden ist.«

Sie schaute auf und sah, dass Arkeley sie anstarrte. Auch Clara schaute immer wieder über die Schulter, und ihr Blick war schwieriger zu erwidern. Er war voller Verwirrung und Sorge und einem kleinen bisschen Furcht.

»Das alles hat Reyes Ihnen erzählt, bevor Sie ihn getötet haben?«, fragte Arkeley leise, als wüsste er die Antwort bereits.

»Nein«, erwiderte Caxton. Plötzlich wünschte sie sich, Clara wäre nicht anwesend. Sie fuhr sich über die trockenen Lippen. »Nein. Danach.«

Arkeley nickte geduldig. Zum Teufel mit ihm. Er zwang sie dazu, es laut auszusprechen. Er würde sie zwingen, es vor Clara zu sagen. »Und wie ist das möglich, Trooper?«

Sie schloss die Augen. »Weil er noch immer in meinem Kopf ist.«

44.

Clara fuhr sie zu dem Umspannwerk, dem Ort, den sie ursprünglich für Reyes Versteck gehalten hatten. Es kam ihr vor, als wäre es ein ganz anderer Ort. Zum einen kam sie mit einem Wagen, der halb so groß wie der Granola Roller war, ohne Panzerung und mit nur sehr wenigen Waffen.

Darüber hinaus wusste sie, dass das Werk leer war. Hier gab es nichts. Abgesehen von den Geistern.

Clara blieb im Wagen sitzen, während Arkeley sie in die Tiefen des Umspannhauses führte. Wolken zogen auf, und die Luft hatte einen kühlen Biss. Möglicherweise würde es bald schneien. Als sie an den Stromwandlern vorbeigingen, ließ Arkeley ihr einen Moment lang Zeit, die Jacke enger zu ziehen, dann stellte er seine Fragen.

»Sie können ihn hier spüren? Obwohl er tot ist?«

Sie zuckte mit den Schultern, zog den Kragen höher. »Das kann man nur schwer beschreiben. Da ist ein Stück von ihm in meinem Kopf. Ich habe Gedanken, von denen ich weiß, dass sie von ihm stammen und nicht von mir. Ich kann auf seine Erinnerungen zugreifen, als wären es meine eigenen.«

»Befiehlt er Ihnen, Dinge zu tun? Hören Sie seine Stimme?«

Beinahe wäre sie über ihren eigenen Schatten gestolpert. Nein, sie hörte Reyes' Stimme nicht. Aber sie hatte Arkeleys gehört, obwohl er gar nicht da gewesen war. Hieß das, dass sie wahnsinnig wurde? »Er ist… passiv. Es ist, als wäre er dort eingeschlafen. Wenn ich etwas will, so wie bei Ihrer Frage nach Kevin Scapegrace, dann wacht er auf, und wir kämpfen gegeneinander. Bis jetzt habe ich immer gewonnen.«

Arkeley sah aus, als würde er am liebsten ausspucken. Er tat es nicht, dazu war er viel zu kultiviert, das wusste sie. »Wenn Scapegrace und Malvern tot sind, bringen wir Sie zu den Polders. Sie werden wissen, wie man ihn wieder aus Ihnen herausbekommt.«

»Ernsthaft?«, fragte sie. Das Angebot war beinahe nett, so etwas hätte sie gar nicht von Arkeley erwartet.

»Wenn Malvern tot ist, ja.«

Sie runzelte die Stirn. »Aber gibt es da nicht diesen Gerichtsbeschluss, der besagt, dass Sie sie nicht einfach töten dürfen? Sie kann nicht exekutiert werden.«

»Nicht, solange sie nicht das Gesetz bricht. Es ist schwer, jemanden zu ermorden, wenn man nicht aus seinem eigenen Sarg klettern kann. Wenn ich aber Beweise beibringen kann, dass sie mit Reyes und Congreve und Scapegrace eine Verschwörung angezettelt hat… wenn ich ihr Bitumen Hollow anhängen kann – glauben Sie, irgendein Richter in diesem Staat würde mir dann noch dieses Vergnügen verweigern?«

Caxton runzelte die Stirn. Sie hatte das Gefühl, dass sich eine Menge Hinweise zusammenfügten, als wären Puzzlestücke aus ihrem Kasten gefallen und so gelandet, dass sie genau zusammenpassten. Sie war da auf etwas gestoßen. »Darum geht es hier also.«

»Vereinfachen Sie die Dinge nicht zu sehr.«

»Oh, ich glaube, das ist Ihr Job, und ich würde es nicht wagen, Ihnen auf die Zehen zu treten. Zwanzig Jahre lang haben Sie diesen Fall in perfektem Schwarz und Weiß gehalten. Ganz egal, was dazu nötig ist, ganz egal, wer Nein sagt, Sie wollten Malvern schon immer töten. Um den Job zu Ende zu bringen, den Sie in Pittsburgh begonnen haben.« Er unterbrach sie nicht. Sie fuhr fort. »Sie können nicht ertragen, dass sie überlebt hat. Dass Sie die Chance hatten, sie zu vernichten, sie aber allein aufgrund chemischer Prozesse nicht so schnell brannte wie die anderen. Sie können nicht ertragen, dass Sie versagt haben. Als das Gericht seine Entscheidung traf, als es beschloss, dass Sie sie nicht töten dürfen… das hat Sie bei lebendigem Leib aufgefressen, oder? Sie sind verheiratet. Vesta Polder sagte, Sie seien verheiratet. Haben Sie Kinder?«

»Zwei. Mein Sohn ist auf dem College, oben in Syracuse. Meine Tochter ist Austauschstudentin. In Frankreich.« Seine Miene versteinerte. Er sah sie nicht einmal an – seine Augen waren nach oben gerichtet, als würde er von einem Notizzettel ablesen, der auf der Innenseite seines Schädels klebte. »Nein«, sagte er. »Belgien.«

»Da mussten Sie jetzt aber lange überlegen.« Sie war gehässig, aber sie war der Meinung, dass Arkeley das aushalten konnte. »Dieser Fall ist alles, was Sie haben. Er ist Ihr Lebenswerk. Darum sind Sie auch so unbeugsam. Darum lassen Sie sich nicht helfen: weil Sie den Ruhm am Ende nicht teilen wollen.«

»Ich arbeite größtenteils allein, das ist wahr. Es verhindert, dass andere Menschen getötet werden. Hätten Sie gestern ausgeschlafen, wie Sie sollten …«

Sie unterbrach ihn. »Was ist das Hauptfach Ihres Sohns? In Syracuse?«

Er machte sich gar nicht erst die Mühe, ihr zu antworten. Machte ihr auch keinen Vorwurf. Marschierte einfach stur weiter, auf das Umspannhaus zu.

»Sie würden alles tun, um Malvern zu erwischen, oder?«

»Ja«, sagte er. »Alles.« Er öffnete die Tür des Umspannhauses, als wünschte er sich, sie aus den Angeln reißen zu können. Er schaltete eine Taschenlampe ein und gab sie ihr. Er hatte noch eine eigene. Sie traten ein, in eine fast perfekte Dunkelheit. Durch die kleinen Fenster drang nur ein diffuser gelber Glanz, ein dumpfes Licht, das nichts erhellte. Caxton ließ den Strahl ihrer Lampe über gewaltige Konstruktionen aus aufgerolltem Kupferdraht und lackierten Holzhebeln, so lang und dick wie ihre Arme, wandern. Sie waren verziert wie Bettpfosten. Das mussten die ursprünglichen Leitungsschutzschalter sein, aus der Zeit, als das Umspannwerk eröffnet worden war, vor hundert Jahren.

»Was machen wir hier?«, fragte sie. Sie richtete das Licht auf den Boden und sah eine Falltür. Wie die im Stahlwerk. Sie wollte nicht da runtergehen. Wirklich nicht. »Was ist da unten?«

Er richtete seine Taschenlampe auf ihr Gesicht. »Sagen Sie es mir«, sagte er mit ausdrucksloser Stimme.

Vielleicht wollte er sich einfach nur für ihre Fragen über sein Privatleben revanchieren. Vielleicht wollte er es auch einfach wissen.

»Wir hatten recht, oder?«, fragte sie. »Reyes hat diesen Ort als Versteck benutzt. Bevor er ins Stahlwerk zog.« Das war reine Spekulation. Für alles andere musste sie den Vampir in ihrem Kopf fragen. Sie seufzte und schloss die Augen. Arkeley machte die Lampe aus, und sie stand in völliger Dunkelheit. Sie griff in die finsterste Ecke ihres Gehirns – und fühlte eine bleiche Hand nach ihr schnappen. Es war aber nur eine Metapher, und sie löste sich mühelos aus dem Griff des Geistes. »Er hat dort unten viele einsame Nächte verbracht. Hat nachgedacht. Geplant. Dort hat er beschlossen, einem von uns eine Falle zu stellen. Malvern gefiel die Idee nicht, aber er hielt das für witzig. Er wusste auch, dass Sie und ich für Congreves Tod verantwortlich waren.« Sie öffnete die Augen, sah aber bloß bunte Lichtreflexe. Dinge, die das Auge sieht, wenn es keine Reize gibt. »Er hat Malvern gesagt, er wollte einen von uns fangen und auseinandernehmen. Es würde Spaß machen, und es würde sie wieder sicher machen. Ich nehme an, er hätte lieber Sie erwischt, da Sie es waren, der getötet hat.«

»Denken Sie noch einmal nach«, sagte Arkeley. Seine Kleidung raschelte, als er sich in der Dunkelheit bewegte. Er hob die Falltür, und sie hörte Echos von unten emporwallen.

Sie richtete ihr Licht die Treppe hinunter und zwang sich zum Weitergehen. Unten kamen sie in einen weitläufigen Raum voll feuchter Luft, die nach Moder und verfaulenden Blättern und, schwächer, nach etwas anderem roch, das noch fauliger war. Sie schwenkte den Lichtstrahl umher und sah die Leichen.

Viele Leichen. Es war schlimmer als in der Jagdhütte. Diese Leichen hingen an den Füßen von der Decke, ihre Arme baumelten nach unten, Wasser rann ihre Finger herunter und tropfte zu Boden. Sie waren an den Wänden festgemacht, mit riesigen Eisenringen, die im Laufe der Zeit verrostet waren. Sie hockten in den Ecken, als würden sie sich vor dem Licht verstecken, als würden sie die verwesenden Arme heben, um sich zu schützen, als Caxton näher kam. Sie waren mit Draht befestigt, damit sie in Position blieben.

In der Mitte des Raums nahmen zwei Leichen einen Ehrenplatz ein. Sie stellten offensichtlich das Meisterstück der Sammlung dar. Beide waren Frauen, und ihre Haut war ganz weiß, mit dunklen Flecken übersät, wo sich nach ihrem Tod die Flüssigkeit gesammelt hatte. Einer fehlte ein Arm, davon abgesehen waren sie vollständig. Man hatte ihnen das Haar aus der Kopfhaut gerissen. Sie waren in einer intimen Umarmung erstarrt, küssten sich.

Nein, das stimmte so nicht. Caxton ging näher heran, um besser sehen zu können. Sie küssten sich nicht nur. Die unteren Gesichtshälften waren miteinander verschmolzen, Lippen und Zähne entfernt, sodass sie wie siamesische Zwillinge an den Mündern miteinander verbunden waren.

»Sagen Sie mir, falls ich mich irre. Aber ich glaube, er hatte es speziell auf Sie abgesehen«, sagte Arkeley. »Ich glaube, Sie haben ihn angemacht.«

Der Anblick reichte nicht aus, um ihr Übelkeit zu bereiten. Sie wollte sich übergeben, aber ihr Körper war nicht in Stimmung dafür. Ihre Gefühle gehörten nicht ihr allein. Sie wollte eine unverkennbare Reaktion auf den ganzen Tod hier zeigen, doch Reyes ließ das nicht zu. Er war stolz auf das, was er hier geschaffen hatte. Und was auch immer er fühlte, sie fühlte es ebenfalls. Die Leichen zu sehen holte ihn ins Leben zurück, jedenfalls ein bisschen. Er krümmte sich in ihr zusammen, voller Aufregung, sein altes Zuhause wiederzusehen. »Ich muss hier raus«, sagte sie zu Arkeley. Nicht, weil sie angeekelt fliehen wollte. Sondern weil ihr irgendwie gefiel, was sie da sah.

»Was hat Reyes geplant? Was war sein nächster Schritt?«, fragte Arkeley. Er wollte, dass der Vampir aufwachte, in Caxton an die Oberfläche stieg. Ihre Identifizierung mit Reyes war für ihn nur ein weiteres Werkzeug. Er glaubte, das würde es ihr erleichtern, sich an Reyes' Pläne zu erinnern. Und das tat es, auch wenn diese Pläne, an die sie sich erinnerte, aus einer früheren Zeit stammten, als er das erste Mal von Laura Caxtons Existenz erfahren hatte.

Er hatte sie ins Visier genommen. Um diese Information musste sie nicht einmal kämpfen. Reyes wollte, dass sie unwillkürlich daran dachte, als wäre es ein Lieblingslied. Reyes hatte auf sie Jagd gemacht, auf Pennsylvania State Trooper Laura Caxton, ganz egal, was er Malvern gesagt haben mochte. Es war ihm nicht darum gegangen, die Vampirkiller auszuschalten. Er hatte sie gewollt, ihren Körper. Als er erfahren hatte, dass sie lesbisch war, als seine Halbtoten ihr Haus beobachtet und gesehen hatten, wie sie mit Deanna schlief (O Gott, was hatten sie gesehen? Wie viele Nächte hatten sie draußen vor dem Fenster gestanden und ihnen zugesehen?), hatte ihn das sexuell erregt.

Vampire sollten Menschen nicht als sexuelle Wesen wahrnehmen, das wusste sie jetzt. Es war, als wollte ein Mann eine Kuh ficken. Aber Reyes war von ihr besessen gewesen. Er hatte sich an all die Männermagazine erinnert, die er zu Lebzeiten betrachtet hatte. Er hatte immer viel für die Lesbenfotos übrig gehabt. Sie hatten ihn immer scharf gemacht. Er hatte sich vorgestellt, wie sie sich zum Orgasmus leckten, sich dabei verzweifelt nach einem richtigen Mann sehnten, der vorbeikam und ihnen zeigte, was ihnen zu wahrem Glück fehlte. Wenn er sie zum Vampir machte, vielleicht konnte er sie dann ficken. Vielleicht würde sie ihn dann ficken wollen.

Diese Erinnerung reichte endgültig aus – Übelkeit schoss in ihr hoch. »Ich muss hier raus!«, schrie sie. Sie wirbelte herum, und die Leichen starrten sie an, ihre toten Augen richteten sich auf ihr Gesicht. Wie sie Reyes angebetet hatten. Oder ihn gefürchtet hatten, ja, sie hatten ihn alle gefürchtet, das war das Letzte gewesen, was sich auf ihren Gesichtern abgezeichnet hatte, diese Furcht. Reyes hatte es geliebt.

»Wie sah sein nächster Schritt aus?«, fragte Arkeley. Er stand vor der Treppe. »Wollte er weitere Vampire erschaffen? Wollte er warten, bis er vier zusammen hatte, um Blut zu Malvern zu bringen? Wo ist Scapegrace in diesem Augenblick?«

Sie schüttelte den Kopf. »Lassen Sie mich raus.« Die Knochen. Die Knochen der Toten – der Tod selbst. Der Tod rief nach ihr, ihr eigener Tod, Selbstmord, der Tod anderer, Mord. Reyes streckte sich in ihrem Kopf wie eine Raubkatze, wohlig erschöpft, zufrieden mit dem, was er erschaffen hatte. Nein, in diesem Keller gab es keine Schöpfung – zufrieden mit dem, was er zerstört hatte. »Lassen Sie mich hier raus! Gehen Sie weg von mir!«, heulte Caxton, nicht sicher, wen sie meinte – den Fed oder den Vampir. »Lasst mich in Ruhe!«

45.

Oben über der Erde lehnte sich Caxton an Claras Volkswagen, rieb sich unablässig das Gesicht, versuchte, einen klaren Kopf zu bekommen. Sie wollte sich übergeben, konnte aber die Vorstellung nicht abschütteln, geronnenes Blut hochzuwürgen, so wie Reyes es getan hatte. Sie wollte sich setzen, aber sie wusste, wenn sie das tat, würde sie nie wieder aufstehen wollen.

»Der einzige Grund, warum ich noch am Leben bin«, murmelte sie Arkeley zu, »ist: Ich passte zufällig in die Phantasie eines Vampirs. Und nicht nur irgendeines Vampirs. Eines perversen Vampirs.« Sie wollte zu atmen aufhören. Ihr Körper rastete aus, geriet in Panik, sie hyperventilierte.

Vampire atmeten natürlich nicht. Sie waren tot, und Tote brauchten nicht zu atmen. Lebende Wesen, so wie State Trooper beispielsweise, mussten allerdings ständig atmen.

»Sein Fluch lebt«, stöhnte sie. »Sein Fluch lebt in mir.«

Clara drückte ihr eine Papiertüte in die Hand. Caxton schloss daraus, dass Clara mit ihr geredet haben musste, aber sie konnte sie nicht hören. Sie konnte gar nichts hören. Sie atmete in die Tüte und wurde langsam wieder ruhiger. Sie fühlte, wie alles um sie herum wieder ruhiger wurde. Sie fühlte die Luft auf ihrer Haut und roch Obst, möglicherweise Erdbeeren.

Sie nahm die Tüte vom Gesicht. »Erdbeeren?«, fragte sie.

Clara runzelte die Stirn. »Erdbeeren und eine Kiwi, und einen Becher Naturjoghurt. Woher ... woher wissen Sie, was ich zum Frühstück hatte?« Der Ausdruck auf ihrem Gesicht grenzte an Furcht.

Caxton winkte ab. »Ich bin keine Hellseherin.« Sie zerknüllte die Tüte. »Ich habe bloß eine gute Nase.« Sie lachten gemeinsam. Das half. Tatsächlich half es sehr.

»Lassen Sie mich wissen, wenn Sie Ihre Panik unter Kontrolle haben«, sagte Arkeley. »Dann können wir wieder da runter.«

Mit geschlossenen Augen konnte sich Caxton einbilden, dass Arkeley gar nicht da war. Dass er wieder nur in ihrem Kopf existierte. Aber dann musste er natürlich weiterreden und die Illusion zerstören.

»Ich kann nicht bis morgen warten. Ich bin mir ziemlich sicher, dass Scapegrace noch immer zu voll ist, um heute Nacht auf die Jagd zu gehen. Zu achtzig Prozent jedenfalls.

Was bedeutet, dass die Chance, dass er jemandem die Kehle herausreißt, nur weil Sie zu viel Angst hatten, mir zu helfen, bei zwanzig Prozent liegt.«

Sie schlug die Augen auf und sah Clara keinen halben Meter von dem Fed entfernt stehen.

»Hey, Arschloch«, sagte sie. Sie war gute vierzig Zentimeter kleiner als Arkeley. Er war mindestens hundert Pfund schwerer. »Ja, Sie sind gemeint, Arschloch«, sagte sie. »Ich lasse nicht zu, dass Sie ihr das antun, nicht noch ein Mal. Und mir ist egal, welcher Einsatz auf dem Spiel steht.«

»Laura, pfeifen Sie Ihre Hündin zurück, ja? Das Gekläffe nervt.«

Claras ganzer Körper verkrampfte sich. Ihre Muskeln spannten sich, und sie sah aus, als wollte sie Arkeley einen Hieb in den Magen versetzen.

»Wollen Sie mich schlagen, Deputy Hu? Ist das Ihre Absicht? Denn ich muss sagen, so wie Sie Ihren Schlag ankündigen, dürften Sie sich glücklich schätzen, meinen Mantel zu berühren, bevor Sie mit zwei gebrochenen Armen am Boden liegen.«

Clara rollte mit den Schultern und wackelte mit dem Kopf. »Sie sind den Papierkram nicht wert«, sagte sie, und plötzlich wich sie zurück. Dabei bewegte sie sich keinen Zentimeter, aber ihre Haltung und die hängenden Schultern sprachen Bände.

»Wenn Sie mich nicht schlagen«, sagte Arkeley, »dann lassen Sie uns bitte in Ruhe. Der Trooper und ich haben etwas zu besprechen.«

Clara nickte und begab sich zu ihrem Wagen, an dem Caxton noch immer lehnte. »Sie müssen nichts tun, was Sie nicht wollen.«

»Ich wünschte, es wäre so einfach«, flüsterte Caxton.

Clara überbrückte die Distanz zwischen ihnen und ergriff

Caxtons Kinn. Sie drückte es sanft, dann verzog sie sich hinter einen Geräteturm. Vermutlich konnte sie noch immer zuhören, aber Arkeley schien das nicht zu stören.

»Ich will Ihnen helfen«, sagte sie zu ihm. »Das will ich wirklich.«

Er trat auf sie zu, als hätte er sie nicht gehört. Als hätte sie nichts gesagt. Sofort fühlte sie sich schuldig. Sie fühlte sich wie in ihrer Kindheit, wenn ihr Vater sie zur Strafe angeschwiegen hatte. Sie versuchte, das Gefühl aus ihrem Inneren zu verbannen, aber es war sinnlos. Sie spannte sich an, erwartete fast schon eine Ohrfeige.

»Ich werde alles tun, was Sie wollen. Aber ich gehe nicht zurück in dieses Loch.«

Er nickte und kam noch näher. Nahe genug, um sie zu berühren, aber das tat er nicht.

»Als ich da unten war, schwamm er an die Oberfläche, als wollte er die Nase rausstrecken. Als wollte er seine Schöpfung ein letztes Mal sehen. Es war schrecklich. Ich habe gefühlt, was er fühlte. Ich glaube nicht, dass mein Körper den Unterschied zwischen meinen und seinen Gefühlen feststellen kann. Ich… Es tut mir leid, aber ich kann Ihnen so nicht helfen.«

»Also gut«, sagte er. Es klang wie ein Seufzer.

»Nein, nein, es ist nicht gut«, sagte sie und fühlte sich wie kurz vor einem Zusammenbruch. »Reyes hat dort unten zu mir gesprochen. Er hat direkt in meinem Kopf gesprochen. Vielleicht nicht mit Worten, aber… aber er war ein Bewusstsein. Irgendwie in mir noch immer lebendig.«

Er nickte. »Okay. Ich habe eigentlich schon damit gerechnet, dass sein Geist Sie heimsuchen würde.«

»Sie haben damit gerechnet… Sie wussten… Woher wissen Sie das? Woher haben Sie überhaupt eine Vorstellung davon, was ich durchmache?«

»Ich weiß es«, sagte Arkeley.

»Wie?«, wollte Caxton wissen. Sie sah ihn mit zusammengekniffenen Augen an. »Wie können Sie das wissen?«

Er hob einen Stein auf und warf ihn hart gegen einen fünf Meter entfernten Transformator. Der Metallkasten klirrte. Caxton zuckte zusammen.

»Piter Byron Lares hat mich in sein Versteck geschleift und mich mithilfe von Hypnose festgehalten. Er hat mich nicht absichtlich verletzt. Er hat mir nicht die Waffe abgenommen. Und er hat kein einziges Wort zu mir gesagt.«

Caxton dachte an seinen Bericht zurück. Sie hatte gelesen, wie gewalttätig und rücksichtslos Lares gewesen war, wie er das ganze SWAT-Team in Stücke gerissen hatte, und es hatte sie ziemlich überrascht, dass der Vampir den Fed in einem Stück durch den Fluss auf sein Boot gebracht hatte. Aber es hatte eine Erklärung gegeben. »Er hat Sie sich als Mitternachtsimbiss aufgehoben.«

»Nein, das hat er nicht.« Arkeley lehnte sich neben ihr an den Wagen und verschränkte die Arme.

»Das ist nicht Ihr ...«

»Er hatte gerade erst mit dem Prozess begonnen, als ich ihn tötete. Er kam nicht annährend so weit wie Reyes bei Ihnen. Mir war nicht einmal bewusst, dass mich der bleiche Hurensohn vergewaltigte. Aber auch in meinem Kopf brach ein Teil von ihm ab, so wie ein Teil von Reyes in Ihrem stecken blieb. Nicht so viel, dass ich ihn spüren würde, nein. Nur gerade genug, dass ich gelegentlich, vielleicht zweimal im Jahr, von Blut träume.«

»Sie müssen nicht ...«

Arkeley drehte sich um und starrte sie an. »Es schmeckt wie Kupferpennys. Es ist heiß, heißer als man erwartet, und zuerst sehr feucht, aber es verklumpt, während es einem in den Mund strömt. Es verklebt einem den Hals, aber man schluckt es herunter, man kann es sämig und dunkel im Rachen spüren, aber man zwingt es herunter, um Platz für mehr zu machen, noch einen Mundvoll, und dann noch einen. Ich weiß mittlerweile so gut, wie es sich anfühlt. Seine Trockenheit, wie es zwischen den Zähnen kleben bleibt. Das Verlangen.«

Sie musste wegsehen. Weil es nicht so widerlich klang, wie er beabsichtigt hatte. Es klang beinahe... verlockend. Sie konnte es nicht ertragen, dass er das nackte Verlangen sah, das sie auf ihrem Gesicht leuchten spürte.

»Er erinnert sich an den Geschmack. Er ist so lange tot, dass sonst nichts von ihm übrig ist, nur das Verlangen nach diesem Geschmack. Und es wird niemals verschwinden. Wenn ich mich heute umbringen würde, ich wüsste nicht, ob ich als Vampir zurückkäme oder nicht.«

»Aber Sie wissen, dass ich es tun würde«, sagte sie. »Sie wissen, dass ich bereits einer von ihnen bin, ob es mir gefällt oder nicht. Und es gibt keinen Rückweg.«

»Das weiß ich überhaupt nicht. Ich hoffe von ganzem Herzen, dass die Polders eine Möglichkeit kennen, diesen Fluch aus Ihnen zu vertreiben, Laura. Aber der erste Schritt muss sein, Scapegrace und Malvern zu vernichten. Damit niemand sonst Ihre Träume teilen muss. Darum will ich, dass Sie zurück in diesen Keller gehen und sich diese Leichen noch einmal ansehen und mir sagen, was er als nächstes vorhatte.«

Er stieß sich mit einem Stöhnen vom Wagen ab und stellte sich vor sie. Er streckte die Hand aus, aber sie nahm sie nicht.

»Nein«, sagte sie.

»Bitte?«

»Nein. Ich steige nicht noch einmal da runter. Ich weiß nicht, wie ich diesen Fluch loswerden soll, aber ich weiß, dass alles noch schlimmer wird, wenn ich da runtergehe. Suchen Sie mir eine andere Aufgabe, irgendetwas, womit ich Ihnen helfen kann, und ich spiele mit. Aber nicht, wenn ich dafür noch einmal in diese Schreckenskammer steigen muss. Nie wieder.«

46.

»Himmel, es ist noch nicht einmal Thanksgiving, aber sehen Sie sich das an«, meinte Caxton und deutete auf den Himmel. Außerhalb des Wagens war Winter. Dicke weiße Schneeflocken wirbelten umher und sammelten sich an den Fensterrändern des Wagens. Der Himmel hatte sich zu einem wässrigen Grau verfärbt, das von Wolkenriffen durchsetzt war. Der Asphalt verdunkelte sich und schimmerte eisig, und Clara musste das Tempo verringern, um den kleinen Wagen auf der Straße zu halten. Caxton auf dem Rücksitz hatte das Gefühl, nicht mehr warm werden zu können. Die Heizung war zwar aufgedreht, aber das reichte nicht. Caxton hatte die Arme eng an den Körper gelegt, damit sie nicht mit dem kalten Glas der Scheiben in Kontakt kamen, und zitterte. Sie war eine von ihnen. Eine Art Vampir in der Ausbildung. Sie dachte an die Kälte, die sie bei den Vampiren gespürt hatte – vor allem bei Malvern, als sie neben dem vertrockneten Monster in seinem Rollstuhl gestanden hatte.

Sie musste eine Weile von all dem Tod und Schrecken weg. Sie musste nach Hause, mit den Hunden spielen und eine lange Zeit an nichts denken. Doch zuvor musste sie noch ein paar Zwischenstopps einlegen.

Sie setzten Arkeley am Polizeirevier ab. Caxton stieg kurz aus, um auf seinen Platz zu rutschen, damit sie vorn neben Clara und in Nähe der Heizung sitzen konnte. Mit vor der Brust verschränkten Armen versuchte sie Blickkontakt mit dem Fed aufzunehmen, aber er schaute nicht zurück, sondern stolzierte zu seinem Wagen und stieg ein.

Caxton warf sich in den Volkswagen und knallte die Tür zu. Die Kälte verursachte ihr Krämpfe, ihr Körper zitterte unkontrolliert, ihre Zähne klapperten so laut, dass sie kaum hören konnte, wie sich Clara nach ihrem Befinden erkundigte.

»Ich weiß, dass das eine blöde Frage ist«, sagte Clara, als sie nicht antwortete. Die kleinere Frau starrte geradeaus durch die Windschutzscheibe. Die Scheibenwischer schwenkten hin und her, ein Pendel, das die verstreichende Zeit markierte.

»Hören Sie«, sagte Clara schließlich. »Warum schlafen Sie heute Nacht nicht bei mir?«

Caxton schüttelte den Kopf. Ihr ganzer Körper bebte. »Sie … du weißt, dass das nicht geht.«

»Nein, ich meine nicht das, wir würden nicht zusammen schlafen. Ich meine, du könntest in meinem Bett schlafen. Mit mir, weil ich weder ein Gästezimmer noch eine vernünftige Couch habe. Aber wir würden die Klamotten anbehalten. Ich halte es bloß nicht für eine gute Idee, dass du heute Nacht allein bist.«

»Du hast keine Ahnung, wie allein ich im Augenblick bin.« Es klang bitter, und sie wollte sich bei ihr entschuldigen. Sie setzte dazu an, aber der Ausdruck auf Claras Gesicht ließ sie innehalten. Die Verletzung war ihr trotz aller gegenteiligen Bemühungen zu deutlich anzusehen – wenn sie bestätigt hätte, was gerade passiert war, hätte das Clara nur noch mehr verletzt.

Clara startete den Motor und bog auf den Highway nach Westen ein, in Richtung Harrisburg. Caxton musste Deanna sehen, bevor sie etwas anderes tun konnte. Sie musste Dees Hand halten und darüber nachdenken, wie ihr nächster Schritt aussehen sollte.

Sie machten das Radio an und fuhren schweigend. Caxton

sah zu, wie der Schnee immer dichter wurde, je weiter sie kamen, und wünschte sich, sie könnten sich einfach auf magische Weise an ihr Ziel versetzen. Sie war überzeugt, dass es im Krankenhaus wärmer sein würde. Bei ihrer Ankunft gab es vor dem Seidle Hospital jedoch keinen Parkplatz, und sie mussten ein paar Mal um den Block fahren, bis sie einen fanden.

»Du musst nicht mit reinkommen«, sagte Caxton. Sie hatte nur nett sein wollen, aber Clara zuckte zusammen, als hätte man sie geschlagen. »Ich meine, es würde mir wirklich helfen, wenn du es tust, aber du musst das nicht machen.«

»Jetzt bin ich schon so weit mitgekommen«, sagte Clara beinahe aggressiv, aber da lag ein kleines Lächeln auf ihrem Gesicht.

Caxton hätte alles getan, um die entspannte Atmosphäre zwischen ihnen wieder herzustellen. Aber vermutlich würde ihr Leben noch eine Weile kompliziert sein. Gemeinsam gingen sie zurück zum Krankenhaus, einem großen, modernen Klotz, das über den Fluss auf die Ruine der Walnut Street Bridge schaute. Caxton hatte es noch nie durch den Haupteingang betreten – sie hatten Deanna durch die Notaufnahme reingebracht –, darum dauerte es einen Moment, bis sie sich orientiert hatte. Schließlich führte sie Clara in einen Aufzug und dann durch einen langen Korridor. »Übrigens, es ist ein Privatzimmer, und ihre Zimmergenossin hält nichts von Frauen wie uns«, sagte sie. »Nur damit du Bescheid weißt.«

»Ich werde mich bemühen, dir nicht die Zunge in den Hals zu stecken, während wir am Bett deiner schrecklich verletzten Lebensgefährtin stehen«, sagte Clara mit übertriebenem Ernst.

Ein Lachen stieg in Caxton auf, und sie schnaubte ihre ganze Frustration heraus, ließ sich schwer gegen die Wand sacken und schloss kurz die Augen. Gott, das hatte sie gebraucht. »Danke«, sagte sie, und Clara zuckte bloß mit den Schultern.

Caxton klopfte an und drückte die Tür auf. Sie gingen lautlos am Badezimmer vorbei in den Raum, der nur vom Flackern des Fernsehers erhellt wurde. Die fette Frau in dem zweiten Bett schlief, das Gesicht der Wand zugedreht, und Caxton bemühte sich, so leise wie möglich zu sein, um sie nicht zu wecken. Clara blieb an der Tür stehen.

Caxton ging zu Deannas Bett, und ihr entfuhr ein Keuchen. Es war leer.

Sie schlug eine Hand vor den Mund und rannte in den Korridor hinaus. Clara packte sanft ihren Arm. »Sie haben sie nur verlegt. Bestimmt«, sagte sie. »Es ist okay. Sie haben sie nur verlegt.«

Caxton eilte zum Schwesternzimmer und starrte finster die Frau an, die etwas in den Computer eingab. »Deanna Purfleet!«, schrie sie, als die Schwester nicht aufsah. »Deanna Purfleet!«

Die Schwester drehte sich langsam um und nickte. »Ich hole den Arzt. Nur eine Sekunde.«

»Sagen Sie mir einfach, wo man sie hinverlegt hat. Ich bin Laura Caxton. Ich bin ihre Lebensgefährtin.«

Die Schwester nickte wieder. »Ich weiß, wer Sie sind.« Sie setzte eine Lesebrille auf und studierte das Telefonverzeichnis. »Bitte setzen Sie sich und warten auf den Arzt. Sie werden mit ihm sprechen wollen.«

Caxton setzte sich nicht. Sie marschierte vor dem Dienstzimmer auf und ab, musterte die Auszeichnungen an den Wänden, nahm den Becher mit Wasser, den Clara ihr brachte, aber sie konnte sich nicht setzen, nicht, wenn sie jemals wieder aufstehen wollte. Der Arzt trat aus dem Aufzug am anderen Ende des Korridors, und sie rannte ihm entgegen. Es war nicht derselbe Arzt, mit dem sie seinerzeit gesprochen hatte. »Deanna Purfleet.«

»Sie sind Miss Caxton?«, fragte er. Er war ein kleiner Inder mit perfekt gekämmtem Haar und sehr schwermütigen Augen. Er sah aus, als hätte er noch nie in seinem Leben gelächelt. »Ich bin Dr. Prabinder. Möchten Sie sich setzen …«

»Mein Gott, sagen Sie mir einfach, wo sie ist! Warum sagt mir keiner, wo sie ist?«

»Es hat Komplikationen gegeben«, sagte der Arzt, und alles verwandelte sich in weichen, nachgiebigen Gummi. Der Boden kam ihrem Gesicht entgegen.

47·

Caxton saß in der Leichenhalle. Deannas Körper lag auf einer Bahre. Dr. Prabinder und Clara waren nirgendwo zu sehen. Sie war ganz allein in dem abgedunkelten Raum, von allen Seiten von Vorhängen umgeben. Wie genau sie hierher gekommen war, vermochte sie nicht zu sagen. Sie hatte den Weg vom vierten Stock ins Kellergeschoss zurückgelegt – er war nur so unwichtig, dass sie sich nicht die Mühe gemacht hatte, die Information zu registrieren.

Es hatte Komplikationen gegeben, erinnerte sie sich. Sie stand auf und ging um die Bahre herum. Sie berührte Deanna hier und da. Zog das Laken zurück, das sie bedeckte. Wenigstens war Deannas Gesicht entspannt. Die Augen geschlossen, das rote Haar sauber. Ihre Lippen waren blass, aber davon abgesehen sah sie gar nicht so schlimm aus. Caxton bewegte das Laken noch ein Stück und wünschte sich, es nicht getan zu haben. Deannas Brüste zeigten in die falsche Richtung. Ihre Brust klaffte wie ein hungriger Rachen auf, ihre Rippen waren wie Zähne, die nach einem Stück Fleisch schnappten. Lungen und Herz lagen wie eine schlaffe Zunge auf dem Grund dieser Wunde.

Es hatte Komplikationen gegeben. Deanna hatte so viel Blut verloren, als sie das Küchenfenster zerbrochen hatte, dass sie fünf Einheiten Blutplasma gebraucht hatte. Zusätzlich hatte man ihr Vollblutkonserven gegeben, weil sie Anzeichen akuter Anämie gezeigt hatte – Kälte in den Extremitäten, während der Rumpf warm war, dauerhafte und gefährliche Atemnot.

Es hatte Komplikationen gegeben. Ein Blutgerinnsel hatte sich gebildet, vielleicht aus einer der Wunden, möglicherweise eine Reaktion auf die Transfusionen. Dr. Prabinder hatte nicht spekulieren wollen. Das Gerinnsel war in Deannas Kreislauf eingetreten und vermutlich mehrere Male durch den Körper gekreist, bevor es die linke Lunge erreicht hatte.

Es hatte Komplikationen gegeben. Einen pulmonalen Embolus hatte Dr. Prabinder es genannt. Als sie es entdeckt hatten, war sie natürlich sofort in den OP gebracht worden. Sie hatten versucht, ihn herauszuschneiden. Und das war dann eine Komplikation zu viel gewesen.

»Miss Caxton, ich muss wirklich darauf bestehen«, sagte der Arzt und zog den Vorhang zur Seite. Clara stand neben ihm. »Sie dürfen hier nicht rein, und es ist nicht richtig vom Leichenhallenpersonal, Sie zu ihr zu lassen, so wie sie aussieht…«

»Das ist Trooper Caxton«, verkündete Clara. Sie hielt die Dienstmarke hoch.

»Oh, das… das wusste ich nicht«, sagte Dr. Prabinder.

»Das ist eine Morduntersuchung, Doktor.« Clara steckte die Marke weg. Was sie da tat, war völlig illegal. Sie befand sich weit außerhalb ihrer Jurisdiktion. Genau wie Caxton. Eine Ermittlung vorzutäuschen konnte zu ihrer beider Entlassung führen.

Caxton würde sie nicht verraten. Sie zog das Laken wieder über Deannas Brust. Es saugte sich sofort mit Blut voll.

»Wann?«, fragte sie. Sie konnte nur dieses eine Wort herausbekommen.

»Wann war der offizielle Todeszeitpunkt?«, fragte Clara.

Der Arzt sah auf seinen PDA. »Vergangene Nacht, gegen vier Uhr fünfzehn.«

»Vor der Morgendämmerung«, sagte Caxton. Während sie in einem stillgelegtem Stahlwerk gegen Vampire gekämpft hatte, war Deanna langsam gestorben, und keiner hatte es bemerkt. Niemand war an ihrer Seite gewesen. Vielleicht hätte man alles noch abwenden können, wenn irgendwer da gewesen wäre. Wenn sie da gewesen wäre, auf Deannas schwere Atemzüge gehört hätte... Möglicherweise hätte sie einen Unterschied wahrgenommen. Sie hätte einen Arzt rufen können. Und Deanna wäre schneller in den OP gekommen.

Zumindest hätte sie ihre Hand halten können. »Ich war nicht da«, sagte sie.

»Nein, nein, komm jetzt«, sagte Clara.

»Äh, Ladys, ich weiß, dass mir die Frage nicht zusteht, aber ist es akzeptabel, dass diese Frau den Tod von jemandem untersucht, der ihr so nahe steht? Besteht da kein Interessenkonflikt?«

»Sie war allein«, sagte Caxton und ignorierte ihn.

»War jemand vergangene Nacht in ihrem Zimmer? Irgendwelche Besucher?«, fragte Clara.

Der Arzt schüttelte verständnislos den Kopf. »Nein, natürlich nicht. Nach sieben Uhr ist kein Einlass mehr für Besucher, und es war ohnehin eine Wache aufgestellt.« Er zeigte mit dem PDA auf Caxton. »Wussten Sie das nicht?«

Clara schaute erst sie und dann den Arzt an. »Man hat mir den Fall gerade erst zugeteilt. Ich bin noch nicht über alle Einzelheiten informiert.«

»Ich … ich verstehe.« Doktor Prabinder drückte die Brust heraus. »Stellen wir doch mal eines klar: Natürlich möchte ich der Polizei auf jede erdenkliche Weise helfen. Aber das ist mein Krankenhaus, und ich …«

»Doktor«, sagte Caxton und drehte sich das erste Mal zu ihm um. Sie schenkte ihm ihren eisigsten Blick. Sie trug keine Uniform, sie hatte keinen Dienstausweis, und ihre Waffe steckte unter der Jacke. Es spielte keine Rolle. Der Blick war es, der einen zum Cop machte. Dieser völlig unbeteiligte, potenziell gewalttätige Blick, bei dem die meisten Leute erstarrten. »Ich muss wissen, ob vergangene Nacht hier etwas Ungewöhnliches passiert ist. Ich muss wissen, ob irgendjemand etwas Ungewöhnliches gesehen oder gehört hat. Egal, was.«

»Natürlich, natürlich«, sagte er. Er schaute auf seine Schuhe. »Aber wir sind hier in einem Unfallkrankenhaus in einer Großstadt. Da müssen Sie schon etwas deutlicher werden, ich habe so viele seltsame Dinge gesehen …« Er verstummte.

»Ich spreche nicht von verrückten Unfällen. Ich spreche davon, ob man hier Leute ohne Gesichter gesehen hat. Ich spreche von Vampiren.«

»Vampire, hier?« Er murmelte etwas auf Hindi, das wie ein kurzes Gebet klang. »Ich habe das in den Nachrichten gesehen … Ich habe davon gehört, ja, und die Leichen, die reinkamen … Aber nein, o je, so etwas ist vergangene Nacht nicht passiert! Das schwöre ich.«

»Gut.« Caxton nahm Deannas Hand. Sie war eiskalt, aber das war ihre auch. »Jetzt muss jemand diese Frau wieder zunähen, damit ich sie begraben kann. Können Sie dafür sorgen?«

Dr. Prabinder nickte und zückte das Handy. »Man wird natürlich ein paar Papiere unterschreiben müssen, falls das nicht zu viel verlangt ist.«

»Natürlich«, sagte Caxton. Sie griff nach dem eigenen

Handy. Deannas Bruder Elvin war in ihrem Nummernspeicher. Hoffentlich hatte er die Nummer von seiner – und Dees – Mutter. Plötzlich gab es viel zu tun.

»Es tut mir so leid«, sagte Clara und griff nach ihr, aber Caxton wehrte sie ab.

»Im Moment fühle ich gar nichts«, versuchte Caxton zu erklären. Sie vermochte nicht zu sagen, ob die Trauer zu groß war und sie sich davor zu schützen versuchte, oder ob Reyes ihre Gefühle kontrollierte. Für ihn war Deannas Tod nur deshalb bedauerlich, weil das ganze Blut verschwendet war.

Es half, dass viele Anrufe zu erledigen und viele Fragen zu beantworten waren. Man musste ruhig bleiben und die Kontrolle behalten.

Elvin war nicht zu Hause. Sie hinterließ eine Nachricht, damit er sie zurückrief. Jemand trat an sie heran und fragte nach Organspenden. Sie sagte ihnen, sie sollten sich nehmen, was sie brauchten. Deanna wurde weggebracht. Sie brachten sie zurück – ihr Gewebe war nicht für Organspenden geeignet. Sie war zu lange tot, als dass die Hauptorgane noch von Nutzen sein konnten, und Haut und Augen passten nicht. Caxton rief Elvin erneut an. Jemand vom Transplantationszentrum kam herunter und wollte wissen, was sie sich überhaupt einbildete, Deannas Körperteile zur Transplantation freizugeben, wo sie doch nicht einmal eine Angehörige war. Diese Unterhaltung dauerte viel zu lange. Vielleicht zum ersten Mal wünschte sie sich, sie hätten sich doch die Mühe mit der eingetragenen Partnerschaft gemacht. Es hätte ihr nicht mehr Rechte eingeräumt, aber es hätte ein paar der unerfreulicheren Fragen abgewendet. Schließlich erreichte sie Elvin, und er versprach, auf der Stelle zu kommen. Er würde Deannas Mutter mitbringen. Caxton klappte das Handy zu und steckte es weg. Sie drehte sich um, und da war Clara.

»Wie lange habe ich herumtelefoniert?«, fragte sie. Sie

hatte das Gefühl, dass viel mehr Zeit vergangen war, als ihr bewusst war. Sie befand sich mittlerweile im Empfangsbereich. War sie nicht eben noch in der Leichenhalle gewesen? Irgendwie war sie in den großen, beheizten Empfangsbereich mit einem großen Fenster und bequemen Stühlen und vielen zerlesenen Zeitschriften gebracht worden. Vielleicht hatte Clara sie hergebracht.

»Nun, ich habe bereits zu Mittag gegessen. Ich habe dir ein Sandwich gebracht.«

Clara nahm die Tüte entgegen und öffnete sie. Thunfischsalat, weißes Fleisch mit weißer Mayonnaise auf weißem Brot. Es sprach sie überhaupt nicht an. Sie wollte Roastbeef und verspürte eine beinahe kindliche Wut – warum konnte Clara ihr kein Roastbeef besorgen? Warum ging sie nicht einfach selbst los und kaufte ein großes Steak, saftig und so richtig … blutig?

Sie verbannte diesen Gedanken auf der Stelle und fing an, das Thunfischsandwich zu essen. Sie würde nicht zulassen, dass der Vampir durch sie lebte.

»Hör mal, da ist etwas, das noch keiner erwähnt hat, aber ich halte es für wichtig«, sagte Clara. Sie runzelte die Stirn, schürzte die Lippen und spuckte es schließlich aus. »Müssen wir über eine« – sie betonte jedes Wort – »nun ja, über eine Einäscherung nachdenken?«

Caxton blinzelte. »Du meinst für Deanna?«, fragte sie. »Natürlich meinst du sie. Sonst ist ja keiner tot. Ja, stimmt. Eine Einäscherung.« Sie dachte weniger darüber nach, als dass sie es einfach aus sich herausströmen ließ. »Nein.«

»Nein«, wiederholte Clara zögernd.

»Nein. Du hast das ganze Blut gesehen. Kein Vampir würde so viel Blut zurücklassen. Es war bloß ein Unfall, Clara. Nur ein dummer, beschissener Unfall, wie sie immer wieder passieren, weißt du? Nicht jeder wird von Monstern umgebracht.«

Clara nickte bestätigend, dann setzte sie erneut an. Sie hielt inne, als hinter ihr die Tür aufgestoßen wurde. Ein gewaltiger Mann mit dünnem roten Haar, das über seine Schultern fiel, stürmte herein. Er trug einen Schaffellmantel und wirkte völlig durcheinander. Ihm folgte eine Frau, deren gefärbtes Haar zu seinem passte, bis auf den grauen Ansatz. Ihr Gesicht war mit roten Flecken übersät, als hätte sie geweint oder getrunken. Vermutlich beides.

»Wer ist das, deine neue Freundin?«, fragte Deannas Mutter.

»Hallo, Roxie.« Caxton wollte es wenigstens versuchen. Sie schaute zu dem großen, rothaarigen Mann hoch. »Oh, Elvin, es tut mir so leid.«

Er schüttelte den großen Kopf. »Ja. Danke. Danke dir«, sagte er. Er schaute sich um, als wüsste er nicht genau, wo er war.

»Ich gehe jetzt«, sagte Clara.

»Um Himmels willen, doch nicht meinetwegen.« Roxie Purfleet widmete Caxton ein hämisches Grinsen. »Du bist schnell, was? Die eine ist noch nicht mal kalt, und schon krallst du dir die nächste.«

Clara ging ohne jede weitere Bemerkung. Caxton setzte sich mit den Purfleets hin und fing an zu erklären, was geschehen war.

48.

Deanna war tot. Es fiel nicht schwer, das zu akzeptieren, wenn man nur die Fakten betrachtete. Caxton konnte das Wissen in ihrem Kopf bewahren, sie konnte darum herumgehen, es aus allen Winkeln betrachten. Sie sah die Auswirkungen, den zu erledigenden Papierkram. Beispielsweise würde sie Deannas sämtliche Zeitschriftenabonnements kündigen müssen. Sie würde ihre Versicherung ändern müssen, eine knifflig ausbalancierte Reihe von Dokumenten, die Caxton erlaubt hatten, mit ihrer Staatsbedienstetenversicherung Deannas Arztrechnungen zu bezahlen.

Aber es erklärte nicht einmal im Ansatz, wie sie sich fühlte. Die Einzelheiten von Deannas Leben addierten sich nicht zu dem, was gerade passiert war. Deanna war tot. Als hätte die Farbe Blau aufgehört zu existieren. Etwas, auf das Caxton immer gezählt hatte, etwas, auf das sie ihr ganzes Leben gebaut hatte, gab es nicht mehr.

Es war nicht die Angst vor der Einsamkeit, die sie am meisten verunsicherte. Es war dieses existenzielle Loch in ihrer Weltsicht. Deanna war weg, für immer, und es war einfach so passiert, in der Zeit, in der man laut sagen konnte: Deanna war tot.

Viel später fuhr sie nach Hause, eine Stunde oder zwei nach Sonnenuntergang. Roxie Purfleet hatte im Krankenhaus ihre Pflichten entdeckt und an sich gerissen, in der festen Überzeugung, dass sie am besten wusste, wie ihre Tochter bestattet werden wollte. Sie hatte sich sogar geweigert, sich von Caxton bei der Planung der Trauerfeier helfen zu lassen. Deanna würde nach Boalsburg gebracht werden, wo sie geboren war. Caxton hatte sich eine Million Mal anhören müssen, wie Deanna über diesen Ort hergezogen hatte, wie sehr sie sich schon in der Grundschule danach gesehnt hatte, dort wegzukommen. Aber dort würde sie jetzt für immer liegen.

Fahren… Caxton fuhr, darauf musste sie sich jetzt konzentrieren. Sie betrachtete die gelben Straßenmarkierungen, aber bald bemerkte sie, dass sie sich darauf fixierte, nicht mehr wegsehen konnte. Sie zwang sich, den Rückspiegel und den toten Winkel zu kontrollieren.

Deanna war tot. Sie wollte Deanna anrufen und ihr erzählen, was gerade passiert war. Sie wollte sich auf die Couch setzen, den Fernseher ausschalten und einfach nur darüber reden, was das alles zu bedeuten hatte. Wem sonst hätte sie eine so monumentale Nachricht anvertrauen können? Zu wem konnte sie sonst zuerst gehen?

Die Fahrt. Richtig. Caxton kniff die Augen zusammen, als ein entgegenkommender Lastwagen vorbeiraste, seine Scheinwerfer zogen grelles Licht über ihr Gesicht. Sie blinzelte den Nachglanz fort und konzentrierte sich auf den Wagen, das Tachometer, die Tankanzeige. Egal, was es war, das sie im Hier und Jetzt festhielt.

Elvin, vermutlich die einzige Person auf der Welt, die noch weniger als sie begriff, was da passiert war, war so freundlich gewesen, sie zum Hauptquartier von Troop H zu fahren, wo sie die geliehenen Sachen gegen eine Ersatzuniform eingetauscht und ihren Wagen geholt hatte. Er hatte dort gestanden, seit sie in den Granola Roller gestiegen war. Bevor sie zu ihrem Spind gegangen war, hatte sie die Karosserie des Streifenwagens berührt, als wäre er eine Zeitmaschine, mit der sie zu dem Augenblick zurückreisen könnte, bevor Deanna gestorben, bevor sie selbst zu einem halben Vampir gemacht worden war. Dann hatte sie sich umgedreht, weil sie Elvin hinter sich gefühlt hatte. Er hatte an der Schwelle zwischen Gehen und Näherkommen verharrt, eine Masse, die von einer Art emotionaler Physik in diese und die andere Richtung gezerrt wurde. *Überragen* war das Wort, das einem einfiel. Er überragte sie, und er runzelte lange die Stirn, bevor er endlich sprach.

»Sie hat dich wirklich geliebt«, sagte er. »Sie hat es geschworen. Als ich herausfand, dass sie eine Lesbe ist, wollte ich sie umbringen, aber dann hat sie gesagt, dass sie dich wirklich liebt, und ich fand, dass es dadurch akzeptabel wurde. Ich meine, man sucht sich nicht aus, wen man liebt. Das tut keiner.«

»Das wohl nicht«, erwiderte Caxton, unsicher, was er erwartete. Eine Umarmung? Ein Andenken an seine Schwester? »Danke fürs Bringen«, sagte sie, und er nickte, und das war es dann.

Sie blinzelte eine zur Hälfte geformte, unerklärliche Träne weg. O Gott, die Fahrt – sie musste aufpassen, wo sie hinfuhr. Sie hatte gerade die Abzweigung verpasst. Sie hielt an und schaute nach hinten. Niemand war auf der Straße. Langsam setzte sie zurück, bis sie auf dem richtigen Weg war. Dann fuhr sie nach Hause. In der Auffahrt schaltete sie den Motor aus. Die Scheinwerfer erloschen, und alles war dunkel. Sie saß in dem sich abkühlenden Auto und starrte das dunkle Haus an. Deanna hatte immer ein Licht für sie angelassen.

Es war das Winseln der Hunde, das sie in Bewegung brachte. Sie hatte sie vergessen – wie hatte sie sie vergessen können? Aber so war es. Sie hatte ihre Hunde vergessen, und sie hatten seit über einen Tag nichts mehr gefressen. Wasser bekamen sie automatisch über eine Anlage, aber sie hatten nichts gefressen. Sie mussten am Verhungern sein. Caxton ging gar nicht erst ins Haus, sondern rannte zum Zwinger und schnappte sich einen Zwanzig-Pfund-Sack Hundefutter. Sie schaltete das Licht im Zwinger an, und ihr entfuhr ein Keuchen.

Die Hunde sahen unversehrt aus – aber irgendetwas hatte versucht, ihre Käfige aufzureißen. Die Greyhounds lagen zusammengerollt hinter verbogenen Gittern, wimmerten und jaulten furchterfüllt und verwirrt. An einem Eisenstab in der Nähe klebte Blut und etwas, das wie ein Stück Stoff aussah. Caxton trat näher und berührte den beschädigten Käfig. Es war kein Stoff. Es war verwestes Fleisch, das in der Eile abgerissen war. Ein Halbtoter war hier gewesen, und das war gar nicht so lange her. Offensichtlich hatte er die Hunde umbringen wollen, doch stattdessen hatte er sich den Arm aufgerissen.

Sie ließ die Hunde heraus und umarmte sie; schüttete ihnen Futter in die Schüsseln. Der Hunger siegte über ihre Verunsicherung, und sie fraßen gierig. Caxton drückte Vitamine aus einer Plastiktube in das Trockenfutter. Dann ging sie zurück zum Wagen, um die Beretta und die Packung Dum-Dum-Geschosse zu holen. Mit nervösen, halb erfrorenen Fingern lud sie die Pistole, dann ging sie zur Vordertür des Hauses.

Warum waren sie gekommen? Sie hätte erwartet, dass sie das Haus in Frieden lassen würden, wenn es leer stand. Sie konnte es sich nicht erklären. Sie berührte den Türknauf und merkte sofort, dass nicht abgeschlossen war. Vorsichtig, darauf gefasst, dass jemand direkt hinter der Tür lauerte, schaltete sie die Taschenlampe an und trat ein.

Kaltes Schweigen wehte an ihr vorbei, kühle Luft blies durch das Haus. Sie drang durch die Ränder der Sperrholzplatte vor dem Küchenfenster, dem Fenster, das Deanna getötet hatte. Sie wehte durch den Korridor zum Schlafzimmer. Caxton griff nach dem Lichtschalter, aber es passierte nichts, als sie ihn nach unten drückte. Ein Blick zur Lampe verriet ihr, dass sämtliche Glühbirnen zerschlagen waren.

Selbst in der Dunkelheit konnte sie sehen, dass das Haus verwüstet war. Überall im Korridor lag Bettwäsche auf dem Boden, als hätte man sie vom Bett gerissen. Teller und Töpfe und Bratpfannen türmten sich in einer Ecke zu einem Haufen. Ein paar waren zerbrochen, aber es war keine methodische Zerstörung. Wer auch immer das getan hatte, war entweder überhastet oder blindwütig vorgegangen. Bilder waren von den Wänden gerissen worden. Ihr Taschenlampenstrahl traf eines und blendete sie, als das Glas reflektierte. Sie schaute genauer hin. Es war ein Bild von Deanna und ihr auf einer Hundeschau; beide bückten sich und lockten Wilbur über einen Schwebebalken. Gott, was war das für ein wunderbarer Tag gewesen. Das Glas war gesprungen und der Rahmen zerbrochen. Sie fischte das Foto heraus und schob es in die Hosentasche, in einem hilflosen Versuch, wenigstens etwas zu retten.

Das Schlafzimmer war ein Saustall. Scharfe Krallen oder Messer hatten die Matratze aufgeschlitzt und Schaumgummistücke im ganzen Raum verteilt. Caxtons Kleiderschrank war durchwühlt worden, der größte Teil ihrer Kleidung lag auf einem Haufen. Es würde viel Zeit brauchen, das alles wieder aufzuräumen. Sie drehte sich um und keuchte erneut auf, als sie sah, dass ihr der Eindringling eine Botschaft hinterlassen hatte. Sie schien mit Blut geschrieben und bedeckte die halbe Schlafzimmerwand:

Kein Leben =
kein Schlaf
Komm zu mir

Caxton brauchte keine Unterschrift, um zu wissen, von wem die Nachricht stammte. Scapegrace, der Letzte aus Justinia Malverns Brut. Er wollte, dass sie die Transformation beendete, die Reyes begonnen hatte. Er wartete darauf, dass sie Selbstmord beging und ihm half, Malvern wiederzubeleben. Irgendwie musste er zu der Überzeugung gekommen sein, dass er sie dazu bringen würde, indem er ihr Zuhause zerstörte. Vielleicht hatte er geglaubt, es würde sie in Depressionen stürzen.

Das Stück von Reyes, das sich noch immer um ihr Gehirn wand, verwarf die Idee, und sie begriff etwas – oder erahnte zumindest, wie wenig Scapegrace verstanden hatte. Für den

Teenager war Vampirismus ein dunkles Geschenk. Wie konnte jemand eine solche Macht und Kraft ablehnen? Er sagte ihr, dass sie nicht länger schlafen müsste, dass sie aus dem Gefängnis ihres schwächlichen menschlichen Fleisches und ihrer Gefühle ausbrechen und zu so viel mehr werden könnte.

»Und warum schneidet er sich dann jeden Sonnenuntergang die Ohren ab?«, fragte sie, aber bei diesem Thema verstummte Reyes. An den toten Jungen zu denken machte sie eher traurig als wütend. Er konnte seine Wut nur noch am Besitz anderer Leute auslassen, jetzt, nachdem er sich selbst zerstört hatte.

Sie kontrollierte den Rest des Hauses, aber es war niemand mehr da. Scapegrace und seine Sklaven waren lange fort. Sie warf noch einen Blick auf das Bett und erkannte, dass sie hier niemals die Nacht verbringen konnte. Sie entschied, Clara anzurufen und zu fragen, ob die Einladung noch galt. Um ein besseres Signal zu bekommen, ging sie hinten wieder raus, auf Deannas Schuppen zu. Natürlich stand die Tür weit offen. Scapegrace hatte versucht, ihre Hunde zu verletzen. Er hasste alles an den Lebenden. Er hatte sicher auch Deannas Kunst zerstört.

Sie trat ein und klappte das Handy zu, bevor sie Claras Nummer gefunden hatte. Das Licht funktionierte tatsächlich noch, an der Decke flammten die Hundertwattglühbirnen auf. Der Schuppen sah völlig unberührt aus. Die drei Laken hingen schlaff von der Decke, das Licht schimmerte gelb und rot durch den Stoff. Vielleicht hatte Scapegrace etwas in Deannas Kunst erkannt. Vielleicht hatte ihm gefallen, dass man Blut als Medium benutzte – obwohl er mit Sicherheit nicht gewusst hatte, welche Art Blut es war. Sie drehte sich um, um wieder zu gehen, hielt aber inne. Da waren Schritte, aber es waren nicht die ihren.

»Laura«, sagte jemand, und einen Augenblick lang glaubte

sie, dass es der Geist ihres Vaters war, der die Laken belebte, so wie er das Teleplasma in Urie Polders Scheune belebt hatte.

Aber es war Arkeley, der hinter den Kunstwerken hervortrat.

»Special Deputy«, sagte sie mit pochendem Herzen. Es wurde wieder ruhiger, als sie ihn herankommen sah. »Ich habe nicht damit gerechnet, Sie hier zu sehen.«

Seine Miene war das personifizierte Mitleid. »Laura«, sagte er erneut, »es tut mir so leid. Ich wollte Sie nicht so weit in die Sache hineinziehen.«

Entschuldigte er sich tatsächlich dafür, dass er die Schuld an Deannas Tod trug? Ihre Trauer war wie eine Art dicke Haut, die sie sich übergezogen hatte. Was auch immer er sagte, es drang nicht zu ihr durch. »Schon gut«, sagte sie. Das war es zwar überhaupt nicht, aber die Worte kamen wie ein Gähnen aus ihr heraus, einfach nicht zu vermeiden.

»Sie müssen das verstehen, ich brauchte einen Köder. Ich brauchte Sie, weil die Sie brauchten. Die einzige Methode, einer Falle zu entkommen, besteht darin, sie auszulösen, bevor sie bereit sind, erinnern Sie sich?«

»Sie haben mir so viel beigebracht.« Es war ihr Körper, der da sprach, nicht ihr Herz. Ihr Körper wollte zu Bett gehen. Clara. Sie musste Clara anrufen. Clara musste kommen und sie abholen. Es würde noch mindestens eine Stunde dauern, bis sie schlafen konnte. Sie fing an, eine Nachricht an Clara zu verfassen, weil es einfacher war, eine SMS zu schicken, als mit ihr zu sprechen. Sie hatte für diese Nacht genug geredet.

»Sie verstehen nicht …«, beharrte Arkeley, aber sie schüttelte bloß den Kopf. »Laura, Sie müssen sich konzentrieren, jetzt sofort.« Er stürmte auf sie zu, und sie war davon überzeugt, er würde sie wieder einmal schlagen. Sie hielt die Luft an und riss die Augen auf.

»Was ist so wichtig?«, fragte sie und fand endlich ihre

eigene Stimme wieder. »Was ist so beschissen wichtig, dass ich Ihnen zuhören muss, ausgerechnet heute Nacht?«

Arkeley zog die Waffe. Unwillkürlich stieß sie ein leises Keuchen aus – sie hatte keine Ahnung, was er vorhatte.

»Sie sind draußen«, sagte er, »und warten darauf, dass wir rauskommen. Dutzende Halbtote und mindestens zwei Vampire.«

49.

Was soll das heißen, zwei Vampire?«, wollte Caxton wissen. »Bis auf Scapegrace haben wir sie alle getötet. Sie meinen doch nicht Malvern – das kann doch nicht Ihr Ernst sein.«

»Nein, das meine ich auch nicht.« Arkeley überprüfte die Funktion seiner Glock 23. Er zeigte auf die Beretta, die in ihrer Hand herabhing. Sie schaute nach, ob eine Patrone in der Kammer war, dann hob sie die Waffe auf Schulterhöhe, die Mündung zur Decke gerichtet. »Malvern ist noch immer in Arabella Furnace. Ich habe es Tucker vor fünfzehn Minuten überprüfen lassen, und es gab keine Veränderung an ihrem Zustand. Also müssen wir wohl davon ausgehen, dass wir zumindest einen Fehler gemacht haben.«

»Wir haben in der Jagdhütte drei Särge gesehen«, beharrte sie. Sie wollte nicht hören, was er als Nächstes sagen würde, obwohl es bereits durch den dunklen Kreuzgang ihres Schädels hallte.

»Das bedeutet nicht, dass nicht noch einer anderswo war.« Arkeley ging zum Lichtschalter, achtete sorgfältig darauf, sich nicht in der breiten Schuppentür sehen zu lassen. »Rekapitulieren wir, was ich weiß. Ich kam heute Abend her, um Sie offiziell von Ihrem Dienst zu entbinden. Ich wollte Sie zurück zur Highway Patrol schicken. Dann sah ich, dass etwas nicht stimmte. Auf der Straße parkten vielleicht zehn Wagen und Pickups. Ich schaute mich um, aber keiner Ihrer Nachbarn veranstaltete eine Party. Ich ließ meinen Wagen stehen und ging zu Fuß durch den Wald. Da bereiteten sie bereits ihren Hinterhalt vor. In der Nähe der Auffahrt verbergen sich sechs Halbtote, fünf weitere sind auf dem Nachbargrundstück, drei weitere auf dem Zwingerdach. Es wird noch mehr geben – das sind nur die, die ich entdecken konnte. Ich sah einen Vampir Befehle geben. Seine Ohren waren gekappt, also können wir davon ausgehen, dass es Scapegrace ist. Dann stieg ein weiterer Vampir aus Ihrem Schlafzimmerfenster.«

»Sind Sie absolut sicher, dass es ein Vampir war? Wie gut konnten Sie ihn erkennen?«

Er schüttelte den Kopf. »Ich kann mir über gar nichts sicher sein. Aber ich habe etwas Bleiches mit langen Ohren gesehen. Seine Hände waren rot.«

Caxton huschte zur anderen Seite der Tür, wie man es ihr beigebracht hatte. Wenn sie den Schuppen verließen, würden sie zusammen gehen, jeder in eine andere Richtung blicken, damit sie einander den Rücken decken konnten.

Sie bat Clara per SMS, Verstärkung zu schicken. Dann rief sie im Hauptquartier an und berichtete, dass hier ein Officer in Not war. Ihr war klar, dass keiner mehr rechtzeitig kommen würde – die nächste Kaserne war meilenweit entfernt. Sie würden sich den Weg allein freikämpfen müssen, nur sie beide. Sie schaute zu Arkeley. »Gibt es einen Plan?«, fragte sie.

»Ja«, erwiderte er. »Auf alles schießen, das sich bewegt.«

Gemeinsam traten sie aus der Tür. Arkeley hob die Waffe und feuerte, noch bevor sich ihre Augen an die Dunkelheit gewöhnt hatten. Sie sah einen Schatten auf sich zukommen, einen Schatten mit zerstörtem Gesicht, und sie schoss mitten hinein. Lautlos sackte er in sich zusammen.

Plötzlich waren sie überall.

Schatten lösten sich aus den Bäumen, bleiche Umrisse umkreisten sie wie angreifende Wölfe. Dieses Mal gab es keine Warnung, keine kryptischen Botschaften, um sie aus der Deckung zu locken. Ein Halbtoter wirbelte aus der Dunkelheit heran, ein Messer mit einer zwanzig Zentimeter langen Klinge in der Hand, und Caxton hieb ihm die Pistole ins Gesicht. Er krachte zu Boden, aber in der Zeit kamen drei weitere auf sie zu. »Es sind zu viele!«, rief sie. »Wir müssen hier weg!«

»Hauen Sie ab!«, brüllte der Fed zurück, obwohl er keine anderthalb Meter von ihr entfernt war. »Sofort!«

Caxton rannte los und eilte zur Seite des Zwingers. In der Absicht, wenigstens eine Art Deckung im Rücken zu haben. Sonst hätten sie sich von hinten anschleichen können. Sie ging davon aus, dass auch Arkeley Deckung suchte.

Das tat er nicht.

Der Fed nahm geduckte Schießstellung ein und setzte sich in Richtung der freien Fläche zwischen Zwinger und Haus in Bewegung. Sein Schussarm stand im rechten Winkel vom Körper ab und schwenkte hin und her, während er einen Angreifer verfolgte, den Caxton nicht sehen konnte. Er drückte den Abzug, grelles Mündungsfeuer blitzte aus dem Lauf. An ihrer Seite, nur Zentimeter von ihrer Schulter entfernt, krachte ein Halbtoter zu Boden und wand sich in Qualen.

Arkeley fuhr herum und schoss erneut – dann noch ein drittes Mal. Schatten heulten auf und zuckten in der Dunkelheit, aber es erschienen weitere, als würde die Nacht sie ausspucken, als würden sie aus den vom Mondlicht beschienenen Wolken fallen. Einer sprang Arkeley auf den Rücken und biss mit scharfen Zähnen nach seinem Hals. Er rammte ihm die freie Faust auf die Nase und schickte ihn zu Boden. Eine Halbtote warf sich ihm gegen die Beine und zwang ihn auf die Knie. Er schoss ihr in die Brust, und sie zuckte zurück.

Ein anderer packte Arkeleys Schussarm und verdrehte ihn. Er schrie schmerzerfüllt auf – ausgerechnet Arkeley schrie schmerzerfüllt. Der Halbtote musste ihn völlig überrascht haben.

Aber Caxton hatte eigene Probleme. Die Halbtoten stürzten sich auf sie, wenn auch mit weniger Nachdruck und mit weniger Leuten. Offensichtlich betrachteten sie sie nicht als Bedrohung von Arkeleys Kaliber. Beinahe war sie enttäuscht.

Sie feuerte auf einen dunklen Umriss, der sich vom Zwingerdach stürzte, und er fiel mit dem Zischen ausgestoßener Luft zu Boden. Sie trat ihm gegen das Bein und fühlte sein Fleisch nachgeben. Ein weiterer Halbtoter griff von oben nach ihren Schultern, und sie schoss, ohne hinzusehen.

»Hauen Sie ab!«, brüllte Arkeley erneut. Sie schaute in seine Richtung, konnte ihn aber kaum sehen. Er war von allen Seiten von Scapegraces Dienern umgeben. Sie schoss immer wieder, versuchte die Menge auszudünnen, während sie vom Zwinger aus loslief. Arkeley wurde praktisch überrannt, und sie wusste das, aber sie konnte kaum etwas dagegen unternehmen. Sie konnte ihn nicht retten – dazu hatte sie nicht genug Munition. Ihre einzige Hoffnung bestand darin, fortzukommen und Hilfe zu holen.

Das Problem war nur, dass sie nicht wusste, welche Richtung sie einschlagen sollte. Die Auffahrt führte direkt zur Straße und möglicher Hilfe. Jeder Polizeieinsatz würde aus dieser Richtung kommen, vorausgesetzt, sie überlebte, bis jemand kam. Aber Arkeley hatte gesagt, dass auch dort Halbtote stationiert waren. Sie würden mit Sicherheit auf der Lauer liegen.

Also entschied sie sich gegen die Auffahrt und rannte auf einen drei Meter hohen Zaun zu, der zwischen den Bäumen verlief. Stemmte einen Fuß zwischen zwei Bretter und sprang in die Höhe, ergriff einen der überhängenden Äste. Adrenalin beförderte sie auf die andere Seite, und sie rutschte den Baum hinunter. Zweige peitschten ihr ins Gesicht und fügten ihr an Händen und Armen lange Kratzer zu. Sie rollte einen steilen Hang hinunter auf den Parkplatz der benachbarten Grundschule. Der schwarze Asphalt schimmerte im Mondlicht.

Auf der anderen Seite des Zauns blitzte Mündungsfeuer. Ein Schuss – dann zwei weitere. Dann nichts mehr. Sie versuchte normal zu atmen, versuchte den Drang zur Panik zu kontrollieren. Arkeley war vermutlich tot, aber das änderte ihre Situation nicht.

Die Bäume am Zaun schwankten, ihre trockenen Blätter raschelten. Zwei Halbtote kletterten ihr hinterher. Verfolgten sie. Würden jede Sekunde da sein.

Sie kontrollierte ihre Waffe. Nur noch eine Patrone. Besser, sie bewahrte sie auf. Sie stemmte sich auf die Füße und rannte los.

Das Schulgebäude war niedrig und rechteckig, eine schwarze Kante in der Nacht, an der sie sich orientierte. Sie wusste nicht, ob die Halbtoten in völliger Dunkelheit sehen konnten oder nicht. Vampire nahmen das Blut als hellen Schimmer wahr, aber was war mit ihren Dienern? Das war eine der vielen Fragen, die sie Arkeley hätte stellen sollen, als sie noch die Gelegenheit dazu hatte.

Als er noch am Leben gewesen war.

Schuldgefühle machten sich in ihrer Magengrube breit, als sie um eine Ecke und dann eine kurze Treppe hinauf rannte. Sie konnte gleichzeitig laufen und sich schuldig fühlen. Vor ihr lagen ein Sportplatz und ein Maschendrahtzaun, die hellen Markierungen des Baseballfeldes schimmerten. Sie quetschte sich durch einen schmalen Spalt im Zaun und rutschte auf einer zur Hälfte gefrorenen Schlammpfütze aus. Weiter hinten erhoben sich Bäume. Keine große Überraschung. In Pennsylvania gab es überall Bäume. Möglicherweise konnten sie ihr Deckung geben. Sie vor den Augen der Halbtoten verstecken. Aber sie erkannte sofort ihren Fehler, als sie dazwischen untertauchte. Nachts konnte man in einem Wald nicht rennen – oder zumindest nicht sehr weit. Ganz egal, wie dunkel die Nacht auch erschien, im Unterholz war es zehnmal dunkler. Sie konnte nichts sehen und frontal gegen einen Stamm laufen oder über Wurzeln stolpern. Die Taschenlampe steckte noch in ihrer Jacke, aber sie einzuschalten würde sofort ihre Position verraten.

Ohne Licht konnte sie sich den Hals brechen oder, noch schlimmer, ein Bein. Sie konnte bewegungsunfähig, aber noch immer bei Bewusstsein sein, gezwungen, darauf zu warten, dass die Halbtoten sie fanden. Sie musste wieder aus dem Wald heraus – aber ein Rückzug kam nicht in Frage.

In der Ferne schimmerte es hell, und sie hielt mit ausgestreckten Händen darauf zu, sich den Weg ertastend. Ihre Stiefel zuckten über den Untergrund, und sie rechnete jeden Moment damit, sich im Unterholz zu verheddern oder in einem Schlammloch zu versinken.

Das Licht entpuppte sich als ungefähr fünfzig Meter breite Lichtung, deren Form seltsam rechteckig wirkte. Dort wuchsen ein paar schmale Schösslinge, aber hauptsächlich wucherte dort Gras, das zu dieser Jahreszeit gelb und dünn war. Caxton trat aus dem Wald auf den relativ hellen Platz. Erleichterung durchflutete ihren Körper, und dann stolperte sie über einen Stein. Sie prallte mit dem Kinn auf den harten, halb gefrorenen Untergrund, und ihre Zähne schlugen mit einem schrecklichen Laut aufeinander.

Sie wälzte sich mühsam herum, dann setzte sie sich auf und

schaute hinter sich. Der Stein, über den sie gestolpert war, schimmerte im Mondlicht beinahe gespenstisch weiß. Die Oberkante war zerklüftet, die Seiten hingegen verhältnismäßig gerade; Regen und Wind hatten ihn im Verlauf der Jahrhunderte verwittern lassen, aber einst musste er gerade und glatt gewesen sein. Eine Steintafel, die man aufrecht im Boden versenkt hatte. Wie ein Grabstein.

Sie war direkt auf einen ehemaligen Friedhof gestolpert.

50.

Als sie wusste, wonach sie Ausschau halten musste, war es offensichtlich. Die niedrigen Steine waren beträchtlich erodiert, von der Zeit abgeschliffen, bis sie gerade noch hoch genug waren, um darüber zu stolpern. Caxton sah allerdings, dass sie ordentliche Reihen bildeten, und am anderen Ende der Lichtung entdeckte sie verbogene Eisenstangen, die Überreste eines schmiedeeisernen Tors.

Caxton war bekannt, dass es in Pennsylvania auf dem Land überall solche kleinen Friedhöfe gab. Bauunternehmer hassten sie, weil sie vom Gesetz her verpflichtet waren, die Toten umzubetten, wenn sie das Land bebauen wollten. Darum ließen sie sie häufig in Ruhe. Es war keine große Überraschung, einen in den Wäldern direkt hinter ihrem Haus zu finden. Vor Jahrzehnten oder im vergangenen Jahrhundert musste es eine Kirche in der Nähe gegeben haben, aber sie war entweder abgerissen worden oder niedergebrannt. Von diesen Gräbern ging keine Gefahr aus, Vampire schliefen in Särgen, ja, aber sie begruben sich nicht auf uralten Friedhöfen nur des Ambientes wegen.

Keine zehn Meter von ihrem Kopf entfernt krachte es. Ein

zu Boden gefallener Zweig oder eine Eiskruste. Es konnte auch eine Katze oder ein Hirsch sein – oder eben doch nur ein Ast, der endlich vom Baum fiel.

Caxton erstarrte trotzdem. Ihr ganzer Körper spannte sich an; sie wartete auf den nächsten Laut.

Er kam – es waren mehrere gedämpfte, berstende Geräusche, wie explodierende Knallfrösche, nur bedeutend leiser. Vielleicht war jemand in einen Haufen Kiefernnadeln getreten. Caxton duckte sich Zentimeter für Zentimeter, bis sie flach am Boden lag und versuchte, ganz klein zu werden, unsichtbar.

»Hast du das gesehen?«, gurgelte jemand. Es war die quiekende Stimme eines Halbtoten. Einen Augenblick später hörte sie eine gemurmelte Antwort.

Sie verfluchte sich dafür, dass sie sich hingelegt hatte, dass sie sich überhaupt bewegt hatte. Vielleicht wären sie in der Dunkelheit direkt an ihr vorbeigegangen, wenn sie sich nicht bewegt hätte.

In der Beretta war noch eine Kugel. Das Fleisch der Halbtoten war verfault und weich, und einen zweiten konnte sie möglicherweise in Stücke schlagen. Aber wenn sie zu dritt waren oder schneller als erwartet, war alles vorbei.

Sie spannte die Muskeln an, zum Angriff bereit, falls jemand in ihre Nähe kam. Sie würde ihr Bestes versuchen, um sie zu vernichten, wenn es zwei waren. Waren es drei oder mehr, würde sie sich ins Herz schießen. Das würde verhindern, dass sie als Vampir wiedergeboren wurde.

»Da, was ist das?«, fragte ein Halbtoter.

Sie waren zu zweit. Sie mussten zu zweit sein. Sie betete, dass es nur zwei waren.

Dann hörte sie die dritte Stimme.

»Ihr beiden, lasst uns allein«, sagte ein anderer, jemand, der direkt hinter ihr stehen musste. Sie rollte sich herum und blickte auf eine bleiche Silhouette mit einem runden Kopf. Sie trug enge Jeans und ein schwarzes T-Shirt. Die Ohren waren dunkel und sahen zerfleddert aus.

Scapegrace.

Caxton riss die Pistole hoch und feuerte ihre letzte Kugel aus kurzer Distanz in die Brust des Vampirs. Das Geschoss durchbohrte das T-Shirt, dann flog es weiter in Richtung der Bäume. Es kratzte den weißen Körper nicht einmal an. Sie hatte nicht ernsthaft damit gerechnet, ihn töten zu können – selbst in der Dunkelheit konnte sie den rötlichen Schimmer des frischen Blutes sehen, das unter seiner Haut zirkulierte –, aber sie hatte wenigstens erwartet, dass er sie anfauchte. Aber er lachte sie nicht einmal aus. Er ging einfach neben ihr in die Hocke und berührte den Grabstein, über den sie gestolpert war. Weder sah er sie an, noch berührte er sie.

Sie wollte eine Frage stellen, aber ihr Hals war wie zugeschnürt. »Was … was hast du mit mir …«

»Rede nicht mit mir«, sagte er. »Sag nichts, außer, du wirst gefragt. Ich kann dich auf der Stelle töten. Wenn du zu fliehen versuchst, werde ich dich einfangen. Ich bin viel schneller als früher. Aber ich will dich lebend abliefern. So lauten meine Befehle. Ich glaube, du weißt, was *sie* will. Man hat mir aber auch gesagt, dass es völlig in Ordnung ist, wenn ich dir ein wenig wehtue. Das könnte sogar helfen.«

Dann schaute er sie an, und es schockierte sie, wie jung er war. Scapegrace war noch ein Kind gewesen, als er sich umgebracht hatte. Bestenfalls ein Teenager. Sein Körper war noch immer auffallend dürr und zusammengesunken. Der Tod hatte ihn nicht über Nacht zu einem Erwachsenen gemacht. Er sah noch immer wie ein kleiner Junge aus.

»Bitte sieh mich nicht so an«, sagte er. »Ich hasse das.«

Caxton wandte schnell das Gesicht ab. Ihr war klar, dass ihre Züge vor Furcht verzerrt sein mussten. Rotz sickerte auf ihre Oberlippe, kalter Schweiß trat auf ihre Stirn.

»Ich kann so manches in der Dunkelheit erkennen, aber das kann ich nicht lesen«, sagte er und strich mit den Fingern über den Grabstein. Die Inschrift war größtenteils verwittert, aber an einigen Stellen waren noch immer die geschwungenen Fragmente der einstigen Buchstaben zu sehen. »Vielleicht kannst du es entziffern. Lies es mir vor.«

Caxton glaubte, sich übergeben zu müssen. Sie kämpfte gegen ihren Körper an, bis sie ihn wieder unter Kontrolle hatte. Sie konnte die Buchstaben nicht genau erkennen, aber vielleicht würde es helfen, sie mit den Fingerspitzen abzutasten. Mit vor Furcht zitternder Hand strich sie über die Steinfläche. Sie konnte etwas ausmachen.

ST PH N DELANC
JU 854 – JULI 1854

»Ich glaube … Ich glaube, da steht Stephen Delancy, gestorben im Juli 1854. Das Geburtsdatum ist … schwerer … zu entziffern«, stammelte sie mit klappernden Zähnen.

Sie fühlte sich, als würde ihr jemand Eiswasser über den Rücken gießen. Es musste sich teilweise um das seltsame Gefühl handeln, das sie immer in der Nähe von Vampiren hatte, der Eindruck von Kälte, den sie neben Malverns Sarg verspürt hatte oder wenn Reyes sie berührte. Aber der überwiegende Teil dieses markerschütternden Entsetzens musste von der Tatsache herrühren, dass er sie jeden Augenblick umbringen konnte. Sie in Stücke reißen konnte, bevor sie überhaupt die Arme zur Vereidigung hob.

»Glaubst du, er wurde im Juni oder im Juli geboren? Hat er einen ganzen Monat gelebt oder nur ein paar Tage?« Scapegrace kniete sich neben sie und fuhr mit der Hand über den Grabstein. »Ich schätze, das können wir nur auf eine Weise herausfinden.«

»Nein!«, schrie sie, als er die bleichen Finger in den Boden grub und anfing, große Erdklumpen herauszureißen. Sie warf sich auf seinen Rücken und schlug mit der leeren Beretta auf seinen Nacken ein. Schließlich reagierte er doch.

Er drehte sich um, griff sie an der Taille und stieß sie von sich. Die leere Beretta flog aus ihrer Hand und verschwand in der Dunkelheit. Sie konnte nicht sehen, wo sie landete, da sie selbst durch die Luft flog. Sie krachte hart gegen einen weiteren Grabstein, der kaum noch mehr als eine Felskante darstellte, die wie ein verfaulter Zahn aus dem Boden ragte. Ihr Ellbogen kollidierte mit dem Stein, und ein wilder Schmerz durchzuckte ihren Arm. Sie glaubte nicht, dass sie sich etwas gebrochen hatte – sie hatte sich nur den Musikknochen gestoßen.

Als sie wieder stehen konnte, hatte Scapegrace ein ein Meter tiefes Loch gegraben. Die Knochen und Sehnen ihrer Hand summten noch immer vor Schmerz, aber sie würde funktionieren. Doch ihr wurde bewusst, dass sie weinte, als er eine Holzkiste aus dem Boden hob. Sie konnte es nicht ertragen – hin- und hergerissen zwischen ihrer Furcht und seinem schrecklichen Vorhaben, glaubte sie schreien zu müssen, blindlings weglaufen zu müssen, obwohl sie genau wusste, dass er sie einholen würde.

Die Kiste war aus hellem Holz, möglicherweise Kiefer, das mit Wurmlöchern übersät war. Sie war so zerfallen, dass man unmöglich feststellen konnte, ob sie verziert oder nur ganz schlicht gewesen war. Der Säuglingssarg zerbrach in Scapegraces Händen, obwohl er offensichtlich versuchte, sanft damit umzugehen. Er wischte die Fragmente aus feuchtem Holz und Dreck und Sediment beiseite, die sich um die darin liegende Leiche gesammelt hatten.

»Meine Familie hat für mich ein großes Begräbnis veranstaltet«, erzählte er. »Irgendwie konnte ich das alles sehen, als wäre ich ein Geist, der an der Kirchendecke schwebt. Jeder aus meiner Schule war da, und sie gingen vorbei und schauten mir ins Gesicht, und einige weinten, und andere sagten ein paar Worte. Teilweise waren es Leute, die ich nicht einmal kannte. Mädchen, die im Flur nicht mit mir geredet hätten, auch nicht, wenn sie nur einen Stift gebraucht hätten. Manche waren wirklich betroffen, als hätten sie endlich begriffen, was sie mir angetan hatten. Das war schon irgendwie beeindruckend. Aber niemand wollte mich berühren.« Sanft strich er Holzreste von dem winzigen Körper.

»Bitte«, sagte Caxton. Das Wort kam bemüht und krampfhaft aus ihr heraus. »Bitte. Bitte.« Er schlug sie nicht, aber er hörte auch nicht auf. Er schüttelte den Sarg, und Holz und Erde und andere Dinge bröckelten zu Boden.

Ihr schoss der Mageninhalt in die Kehle, und sie wandte sich ab, beschämt, solche Respektlosigkeit zu zeigen, aber doch unfähig, es zu unterdrücken.

»Wenn du auf der anderen Seite bist, dann verliert der Tod seinen Schrecken. Tatsächlich wird er sogar irgendwie faszinierend. Das gilt für vieles, wenn man zum Vampir wird. Es verändert deine gesamte Perspektive.« Er hielt etwas Rundes in der linken Hand, etwas von der Größe eines Apfels. Mit einem Ruck entfernte er es aus dem Sarg. Der Rest der Säuglingsgebeine kam zurück in das Loch, und er trat Erde darüber. Dann drehte er sich um und zeigte ihr, was er da gefunden hatte.

Es war der Schädel. Stephen Delancys Schädel, der hundertfünfzig Jahre im Grab gelegen hatte. »Sieh mal«, sagte er. »Er war nur ein paar Tage alt, als er starb.« Er zeigte ihr den Schädel. Erde klebte daran sowie getrocknete Flüssigkeiten. Es war ein schrecklicher, Übelkeit erregender Anblick. »Vielleicht ist er nie richtig geboren worden.« Er musterte die Hirnschale des Babys eingehend. »Ja, das wird funktionieren.« Er rieb mit den Daumen über den Schädel und starrte dann tief in die leeren Augenhöhlen, während er leise summte. Sie verstand die Worte nicht – sie war sich nicht einmal sicher, ob es überhaupt Worte waren.

Als er fertig war, schloss er die Augen, dann streckte er die Hand aus. Der Schädel balancierte auf der weißen Handfläche. Einen Moment später fing er an zu vibrieren. Seine Umrisse verschwammen. Ein Laut drang aus ihm hervor, eine Art wimmerndes Stöhnen, das der Schädel unmöglich selbst hervorbringen konnte – er verfügte doch nicht einmal über einen Unterkiefer. Der Schrei wurde immer lauter, bis Caxton sich die Ohren zuhalten wollte. Stattdessen drückte Scapegrace ihr das Ding in die Hände. »Nimm ihn«, sagte er, und sie konnte ihn mühelos über das Kreischen hinweg verstehen. »Mach schon – meine Ohren sind empfindlicher als deine. Nimm ihn!«

Sie nahm ihn in die Hände, und das Geschrei verstummte augenblicklich.

»Ich werde dich mitnehmen, zurück in ihren Schlupfwinkel. Aber du musst dich benehmen. Also werden wir ein kleines Spiel spielen. Du wirst Stephen in beiden Händen halten, weil er sich nur dann still verhält. Nicke, damit ich weiß, dass du das begriffen hast.«

Sie erschauderte. Ihr Kopf wackelte, als wäre er nicht richtig an ihrem Hals befestigt. Sie legte beide Hände fester um den Totenschädel. Etwas bewegte sich darin, irgendein Insekt in der Erde, die die Nasenhöhle des Babys füllte. Caxton stöhnte leise, aber sie ließ den Schädel nicht fallen.

»Und jetzt passt du gut darauf auf. Wenn du ihn loslässt oder ihn fallen lässt oder ihn zerdrückst, weil du ihn zu fest hältst, dann werde ich ihn schreien hören. Dann werde ich dich verletzen müssen. Und zwar richtig.« Er kniff die Augen zusammen und starrte ihr durchtrieben ins Gesicht. »Ich werde dir das Rückgrat brechen. Du weißt, dass ich das kann, oder?«

Sie nickte wieder. Zitterte am ganzen Körper.

»Okay, Laura«, sagte er. »Dann wollen wir mal.«

51.

Scapegrace führte sie zurück durch den Wald auf den Parkplatz der Grundschule. Sie schaute sich verstohlen um, in der verzweifelten Hoffnung, dass jemand sie sah und die Polizei verständigte. Aber da hatte sie kein Glück. Sie und Deanna hatten das Haus ausgesucht, weil es so nah am Wald stand. Viel Platz für den Schuppen und den Hundezwinger. Keiner in der Nähe, der sich über die manchmal bizarren Geräusche der Greyhounds beschweren konnte. Nachts war niemand in der Gegend.

Ein Wagen wartete mit laufendem Motor und eingeschalteten Scheinwerfern auf sie, ein weißer Sedan älteren Baujahrs. Doktor Hazlitt saß am Steuer und sah nervös aus.

»Sie hat Hazlitt versprochen, dass er einer von uns wird«, sagte Scapegrace. Er stand hinter Caxton, so nah, dass sie seinen kalten Atem im Nacken spüren konnte. »Sie hat ihm vieles versprochen.« Der Vampir hielt ihr die Beifahrertür auf. Sie konnte sie schlecht selbst öffnen mit dem verfluchten Babyschädel in den Händen. Sie stieg ein und erkannte, dass sie so unmöglich den Sicherheitsgurt anlegen konnte. Aber vermutlich spielte das nun wirklich keine Rolle mehr.

»Hallo, Officer«, sagte Hazlitt. Sie sah ihn nicht an. Er seufzte und versuchte es erneut. »Ich weiß, dass Sie im Augenblick keinen Grund haben, mich zu mögen«, fuhr er fort. »Aber in ein paar Stunden werden wir Verbündete sein. So wird das alles enden. Können wir jetzt nicht wenigstens höflich miteinander umgehen?« Als sie nicht antwortete, legte er den Gang ein und fuhr zum Highway. In Richtung des Tuberkulosesanatoriums, in dem Justinia Malvern so geduldig wartete.

Sie würden sie in den Selbstmord treiben. Das war ihr schon zuvor bewusst gewesen, aber sie hatte nicht darüber nachgedacht, wie sie es anstellen wollten. Reyes hatte gewollt, dass sie diese Entscheidung selbst traf, und er hätte sie beinahe dazu überredet, sich zu erschießen. Er hatte Zeit mit dem Versuch verschwendet, sie zu überzeugen – und die Sonne war aufgegangen, bevor er damit fertig gewesen war. Scapegrace würde diesen Fehler nicht machen. Er würde sie zwingen. Nach seinen bisherigen Überredungsmethoden zu urteilen würde er sie vermutlich foltern, bis sie um den Tod bettelte. Dann würde er ihr die Möglichkeit verschaffen, es selbst zu tun.

Arkeley konnte sie dieses Mal nicht aufhalten. Arkeley war tot. *Heute Nacht werde ich sterben*, dachte sie, *und morgen Nacht werde ich als Vampir wieder auferstehen*.

Sie wollte gegen sie kämpfen. Sie wollte es so sehr – ihr ganzer Körper wurde von dem Drang geschüttelt, sie anzugreifen, von dem Verlangen, den Vampir und den Arzt zu töten. Adrenalin schoss durch ihr Blut, lockte sie. Aber wie? Sie hatte keine Waffen. Sie hatte keine Ausbildung im waffenlosen Kampf.

Kurz vor einer Panik, fing sie an, schnell und flach zu atmen. Hyperventilation. Sie wusste, was da passierte, aber sie wusste nicht, wie sie es aufhalten sollte. Hazlitt sah zu ihr herüber; auf seinem Gesicht zeichnete sich Sorge ab.

Auf dem Rücksitz erschien Scapegrace größer, als er tatsächlich war. Er wirkte wie ein enormes Krebsgeschwür, das weiß und schlaff da hockte und den halben Wagen ausfüllte.

»Sie hat bloß Angst. Ihr Puls ist beschleunigt. Sie könnte das Bewusstsein verlieren.«

»Ja, danke«, fauchte Hazlitt. »Ich kenne die Symptome einer Panikattacke. Glauben Sie, wir sollten sie sedieren? Sie könnte sich selbst oder jemand anderen verletzen.«

»Sie könnte dich verletzen«, sagte Scapegrace und lachte leise. »Keine Sorge. Ich schnappe sie mir schon, wenn sie einen Anfall bekommt oder so.«

Winzige Lichtfunken blitzten in Caxtons Augen auf. Sie schwammen durch ihr Blickfeld und waren so schnell verschwunden, wie sie auftauchten. Ihr Hals fühlte sich trocken und dick und sehr kalt an, die Luft zischte in ihren Körper hinein und wieder heraus. Sie konnte ihren eigenen Herzschlag hören. Dann erschienen oben und unten an ihrem Sichtfeld dunkle Balken, so wie bei alten Filmen im Fernsehen. Die Balken vergrößerten sich, ein schrilles Winseln füllte ihren Kopf. Alles wurde weich und verschwommen.

Sie konnte Hazlitt und Scapegrace reden hören, aber es klang, als würden sie durch dicke Wollschichten schreien. Das Dröhnen in ihren Ohren blendete sie aus. Sie konnte ihren Körper wahrnehmen, aber er war völlig taub und tot. Sie hätte sich bewegen können, wenn sie gewollt hätte, aber im Augenblick wollte sie es nicht.

Die Furcht war völlig verschwunden.

Das war das Beste daran. Sie wusste, dass es immer noch verdammt schlecht aussah und es kein gutes Ende geben würde, aber die Angst war weg, und sie konnte wieder klar denken. Sie wollte sich nicht aufsetzen – das hätte diesen Zustand beenden können –, aber sie schaute nach vorn durch die Windschutzscheibe und versuchte, den Weg zu erkennen. Dort draußen war etwas, aber es war nicht der Highway. Es war bleich und groß und hatte dreieckige Ohren. Es war ein Vampir, vielleicht Malvern. Der Vampir streckte ihr die Hände entgegen, und sie waren voll rotem Blut. Er bot ihr diese Röte als Geschenk an.

Scapegrace gab ihr eine Kopfnuss, und alles verschwamm kurz. Dann war sie wieder da und das Dröhnen in den Ohren hatte aufgehört.

»Ich fragte, sind Sie okay?«, brüllte Hazlitt. Er hatte eine Hand auf ihrem Hals, fühlte vermutlich den Puls.

Sie wollte seine Hand wegschlagen, aber ihr Blick fiel auf den Babyschädel. Was auch immer passiert war, sie hatte es geschafft, ihn nicht fallen zu lassen. Sie erinnerte sich, dass sie ihn nicht loslassen durfte. Sie wehrte Hazlitt mit den Schultern ab, so gut das ging. »Mir geht es gut«, schaffte sie hervorzustoßen. Ihre Stimme klang schwächer, als sie sich fühlte. »Was ist passiert?«

»Sie sind in Ohnmacht gefallen«, sagte der Arzt. Seine Stimme troff vor Häme.

Sie runzelte die Stirn. Sie gehörte nicht zu den Frauen, die in Ohnmacht fielen. Aber sie dachte darüber nach. Als sie und Ashley – Deannas Vorgängerin – einmal in Hershey im Urlaub gewesen waren, hatte sie Sweet Martinis getrunken, buchstäblich bis zur Besinnungslosigkeit. Sie war auf dem Boden der Damentoilette aufgewacht, umgeben von einer Horde erschrocken aussehender Kellnerinnen. Es war ein ähnliches Gefühl gewesen – aber nicht einmal dieser Vorfall war ihr so peinlich gewesen wie das hier.

Wow, dachte sie. Hätte Arkeley sie sehen können, hätte er einen konkreten Beweis für all die schrecklichen Dinge gehabt, die er je von ihr behauptet hatte. Gott sei Dank saß er nicht im Auto. Weil er tot war.

Sie bewegte die Gesichtsmuskeln, streckte das Kinn vor, blies die Wangen auf, versuchte wieder munter zu werden. Als sie das Sanatorium erreichten, fühlte sie sich wieder halbwegs hergestellt. Hazlitt fuhr auf den Rasen und blieb neben der

Statue der Hygiene stehen. Sie stiegen aus, und Caxton bemühte sich, den Schädel nicht fallen zu lassen, obwohl ihre Hände schweißnass waren.

Auf dem Rasen parkten bereits ein Dutzend Wagen kreuz und quer. Alle waren leer. In der Nähe des Eingangs brannte ein großes Feuer. Caxton war ziemlich sicher, dass die Wächter, die hier arbeiteten, kein Grillfest veranstalteten. Sie hatte recht. Als sie auf den Eingang zugingen, sah sie die COs in der Nähe des Feuers auf dem Boden aufgereiht liegen, die Hände auf dem Rücken gefesselt, die Gesichter im Gras.

Sie hielt sie für tot. Der Gedanke war beinahe eine Erleichterung. Als sich einer von ihnen bewegte, sackte ihr Körper vor neu entfachtem Entsetzen zusammen.

Tucker, der CO, der Arkeley dabei geholfen hatte, die Informationen über Reyes herauszufinden, verdrehte den Hals, um zu sehen, wer da gekommen war. Caxton bemühte sich nach Kräften, zur Seite zu schauen, nicht gesehen zu werden, aber das funktionierte nicht. Ihre Blicke trafen sich kurz, und es war, als hätten sie eine Unterhaltung, als verfügten sie über einen Teil der Vampirmagie und könnten bloß mithilfe des Feuerscheins kommunizieren, der sich in ihren Augen spiegelte.

Es tut mir so leid, versuchte sie mit den Augen zu sagen. *Aber ich bin machtlos.*

Sein Blick war leicht zu lesen, selbst aus sechs Meter Entfernung. *Helfen Sie mir*, sagte er. *Bitte. Bitte, helfen Sie mir.*

Das war natürlich ihr Job – Menschen zu helfen. Aber im Augenblick war sie indisponiert. Tucker würde sterben, weil sie nicht stark genug gewesen war. So wie alle anderen auch. An ihren Händen klebte Blut – jedenfalls metaphorisch.

»Bedeutet dir der Kerl was?«, fragte Scapegrace. Er gab ihr keine Chance, es zu verneinen. Er stürmte zu Tucker und riss den großen CO mit einem Arm hoch. Tucker war mindestens hundert Pfund schwerer als der Vampir, aber das schien keine Rolle zu spielen. Scapegrace drückte den großen Mund mit den zahllosen scharfen Zähnen auf Tuckers Hals und biss zu, beinahe sanft. Als würde er in einen Apfel beißen und nichts von seinem Saft verschwenden wollen. Dann fing er an zu saugen.

Caxton konnte nichts tun, außer ihn anzubrüllen, damit aufzuhören. Genauso gut hätte sie eine herabstürzende Lawine anbrüllen können – wenn überhaupt, feuerte sie ihn damit nur an. Das Gesicht des COs wurde grau, dann weiß – allerdings nicht so weiß wie die Haut des Vampirs. Seine Augen rollten zurück, und sein Körper zitterte, aber er schrie nicht. Vielleicht hatte Scapegrace seine Luftröhre zerbissen. Als es vorbei war, warf der Vampir den Körper einfach zu Boden. Er war nutzlos. Blut klebte an seinem Mund, hellrotes Blut. »Sie werden alle sterben«, sagte er zu Caxton. Ein paar der COs wimmerten. Einer fing mit brechender Stimme an zu beten. Scapegrace nahm ihn als Nächsten.

Nachdem das vierte Opfer leergesaugt war, räusperte sich Hazlitt. »Heben Sie sich den Rest für später auf«, sagte er. »Justinia will mit unserem Gast sprechen.«

Scapegrace fuhr sich mit dem Unterarm über den nassen Mund. Er bewegte sich so schnell über das Gras, dass er Spuren in der Luft hinterließ. Plötzlich hatte er die Hände um Hazlitts Hals. Er zwang den Arzt nach unten, bis er auf dem feuchten Rasen kniete und nach oben in die Augen des Vampirs starrte; Angst trieb wächsernen Schweiß auf seine Stirn.

»Noch bist du keiner von uns«, sagte Scapegrace. »Glaubst du, du kannst dir das merken?«

Der Arzt nickte heftig. Der Vampir ließ ihn wieder aufstehen, und sie traten ein.

52.

Der winzige Schädel in Caxtons Händen erbebte, und sie hätte ihn beinahe fallen gelassen. Sie stieß ein leises Kreischen aus. Scapegrace und Hazlitt blieben stehen und schauten zu ihr zurück. Der Vampir grinste unverschämt.

Aus der linken Augenhöhle des Schädels war ein Tausendfüßler mit langen, haarigen Fühlern gekrochen und krabbelte über Caxtons Handrücken. Sein Körper sah feucht und schleimig aus. Seine Beine verursachten ein Jucken auf ihrer Haut. Es kostete sie ihre ganze Beherrschung, nicht die Hand wegzureißen. Aber sie wusste genau, dass Scapegrace sie auf der Stelle zum Krüppel machen würde, falls sie es doch tat. Vermutlich würde der Vampir ihr den Tausendfüßler danach ins Haar stecken, nur um sie zu quälen.

Sie ging in die Knie und biss die Zähne zusammen, versuchte sich keine Gedanken darüber zu machen. Es ist nur ein Insekt, sagte sie sich. Es war außerordentlich unwahrscheinlich, dass er giftig war.

Vorsichtig hob sie den Schädel auf Mundhöhe. Sie holte tief Luft und blies gegen den Tausendfüßler, versuchte ihn von der Hand herunterzupusten. Sein Kopf schwankte im Luftzug, aber dann verankerte er die hinteren Beine zwischen zwei ihrer Knöchel. Sie blies stärker, immer stärker, bis sie glaubte, gleich wieder das Bewusstsein zu verlieren.

Scapegrace stieß ein spöttisches Lachen aus. Sie holte tief Luft und pustete den Tausendfüßler an, bis er schließlich von ihrer Hand flog. Der Vampir schüttelte amüsiert den Kopf und bedeutete ihr dann, ihm zu folgen. »Hier entlang«, sagte er, »wenn du so weit bist.«

Hazlitt rannte voraus in die Dunkelheit und betätigte einen Lichtschalter im Korridor. Bis auf eine waren sämtliche

Leuchtstoffröhren zerschlagen. Wie gezackte Glaszähne hingen sie über ihrem Kopf, sprühten gelegentlich Funken. Das wenige Licht reichte kaum aus, dass sie ihren Weg ans andere Ende des Korridors fand. Sie gingen auf direktem Weg zu Malverns Privatstation – sie kannte die Route noch von ihren vorherigen Besuchen.

Scapegrace warf Hazlitt einen Blick zu, dann hob er den Plastikvorhang und trat ein. Caxton wollte ihm folgen, aber der Arzt berührte ihren Arm und schüttelte den Kopf. Sie warteten scheinbar endlose Minuten, lauschten, wie Scapegrace seine Ladung gestohlenes Blut hochwürgte. Tuckers Blut, dachte Caxton. Vielleicht auch Arkeleys. Er fütterte natürlich Malvern, so wie Lares in der Nacht, in der Arkeley ihn getötet hatte. Als der Lärm endete und Scapegrace fertig war, nickte Hazlitt ihr zu. Sie schob sich durch den Plastikvorhang und trat in den Raum mit dem blauen Licht. Ihre Augen brauchten einen Augenblick, um sich daran zu gewöhnen, und sie verspürte eine kurze Benommenheit. Sie glaubte jemanden ihren Namen rufen zu hören und konzentrierte sich. Sie hatte solche Angst, dass sie fürchtete, den Verstand zu verlieren. »Laura«, hörte sie es erneut, eine Frauenstimme. War das Malvern? Nein, unmöglich. Malverns Stimmbänder waren schon vor hundert Jahren verrottet. »Laura.« Es kam so klar und laut, als stünde jemand hinter ihr. Sie drehte sich um, dabei wusste sie, dass da niemand sein konnte. Es war, als würde ein Geist sprechen, so wie der Geist in Urie Polders Scheune.

»Officer?«, sagte Hazlitt mit besorgter Miene.

»Nichts«, erwiderte sie. Langsam gewöhnten sich ihre Augen an das blaue Licht. Es hatte einige Veränderungen in dem Raum gegeben. Die medizinische Ausrüstung war in die Ecken geschoben worden; die Mikrofone und Messgeräte, die von der Decke gehangen hatten, um Malvern ständig zu überwachen, waren alle verschwunden. Der Laptop war noch da, auf einem Metallstuhl. Caxton warf einen Blick auf den Sarg, der auf den Holzböcken stand. Er war fast bis zum Rand mit Blut gefüllt. Sie war überzeugt, dass Malvern dort lag, in der dunklen Flüssigkeit untergetaucht, aber sie konnte nicht einmal einen Schatten wahrnehmen. Wie zur Erwiderung auf ihren forschenden Blick ging eine Welle durch das Blut, und fünf winzige Spitzen erschienen an der Oberfläche. Sie stiegen in die Höhe, und sie erkannte, dass es Fingernägel waren.

Malverns Hand schob sich aus dem Blut, geronnene Klumpen perlten von den Fingern ab. An den Fingern war mehr Fleisch als je zuvor – das Bad in Menschenblut hatte offensichtlich den gewünschten Effekt. Malvern verjüngte sich. Ihre Hand griff nach dem Laptop, und sie tippte. Buchstabierte langsam die Botschaft für ihren neuen Gast:

will kommen laura

Als die Vampirin fertig war, glitt die Hand in den Sarg zurück. Es war alles so still und höflich und majestätisch, dass Caxton den absurden Drang verspürte, einen Knicks zu machen und ihrer Gastgeberin für die Gastfreundschaft zu danken. Scapegrace tippte ihr auf die Schulter, und sie drehte sich um. Ihr stockte der Atem. Über einem schlichten Holzstuhl baumelte eine Schlinge von der Decke. »Die … ist … für mich«, stammelte sie. »Damit ich … mich umbringen und den Ritus vollenden kann.«

»Ja«, erwiderte Hazlitt. »Ich möchte Ihnen noch sagen, dass ich für eine Todesspritze war. Ich habe sogar selbst eine für mich vorbereitet. Aber sie wollten nichts davon hören.«

»So hat es doch deine Mutter getan, oder?«, fragte Scapegrace. Er klang beinahe eifrig bemüht, als wäre es ihm wichtig, dass er alles richtig gemacht hatte. »Sie hat sich doch erhängt? Uns gefiel die Symmetrie des Ganzen.«

»Ja, das ist richtig.« Sie nickte, versuchte sich zu wehren, indem sie noch lässiger war als er. Ihr Magen schmerzte, aber sie weigerte sich, es sich anmerken zu lassen. Symmetrie. So etwas gefiel dem verdrehten, zwanghaften Verstand eines Vampirs offenbar. »Sie hat sich erhängt. Als ich noch sehr jung war. Ist es jetzt so weit?«, fragte sie mit einem Kloß im Hals. »Ist es Zeit für mich…« Sie konnte den Satz nicht zu Ende bringen. »Ihr wisst schon.«

»Wir sind noch nicht ganz fertig«, sagte Scapegrace.

Ein Halbtoter trat ein und stieg auf eine Trittleiter, um zwei dicke Ketten an der Decke aufzuhängen. Als er fertig war, räumte er die Leiter weg und machte Platz für zwei weitere Halbtote, die einen großen Segeltuchsack hereinschleppten. An seinem einen Ende waren ein paar hässliche Flecken. Sie stöhnten und fluchten, während sie mit ihrer Last kämpften, aber sie beschwerten sich nicht. Gelegentlich schauten sie zu Scapegrace herüber, als rechneten sie damit, dass er sich aus reinem Vergnügen auf sie stürzen und in Stücke reißen würde.

Schließlich hatten sie den Sack geöffnet. Darin befand sich ein menschlicher Körper, ein großer, in einem dunklen Anzug. Hände und Gesicht waren so blutüberströmt, dass Caxton weder die Rasse noch das Geschlecht des Kadavers bestimmen konnte.

Nein, Moment mal, dachte sie. Er war nicht tot. Er bewegte sich, wenn es auch sicher nur Reflexe waren, ein Zucken hier und da, ein letzter Krampf, bevor der Körper endlich den tödlichen Verletzungen erlag. Die Halbtoten befestigten die baumelnden Ketten an den Fußknöcheln und zogen den Körper dann in die Höhe. Scapegrace half ihnen, ihn über dem Sarg zu positionieren, bis er über Malverns untergetauchter Gestalt baumelte und seine Fingerspitzen beinahe die Oberfläche des gerinnenden Blutes berührten.

Der Körper schwang herum, erst nach links, dann nach rechts. Scapegrace und Hazlitt schauten sie an, als erwarteten sie irgendeine Reaktion von ihr. Eigentlich wollte sie ihnen sagen, dass sie schon Schlimmeres gesehen hatte. Sie hatte Schulballköniginnen der Highschool vom Asphalt gekratzt. Dann begriff sie, dass es um diesen ganz bestimmten Menschen ging.

Am Revers steckte ein kleines, silbernes Abzeichen, ein Stern in einem Kreis. Die Dienstmarke eines Special Deputy des U.S. Marshals Service.

53.

Arkeley«, sagte sie. »O mein Gott, das ist Arkeley. Ihr habt ihn getötet.« Sie hatte gewusst, dass er tot war, hatte es bereits akzeptiert, aber das hier – das war der Beweis. Tränen schossen aus ihren Augen, tropften auf ihre Uniformbluse.

»Oh, der ist noch ganz lebendig«, verkündete Scapegrace. »Jedenfalls sollte er es lieber sein.« Die Halbtoten wichen von dem Sarg zurück, und Caxton begriff nun. Als sie ihr Haus angegriffen hatten, hatten Scapegraces Befehle gelautet, beide Cops lebendig zu fangen. Caxton, damit sie zur Vampirin gemacht werden konnte, und Arkeley, damit Scapegrace ihn für das zu Tode foltern konnte, was er Reyes und Congreve und Lares und Malvern und jedem anderen Vampir, den er in die Hände bekommen hätte, angetan hatte.

Hazlitt berührte den Hals des Feds. »Der Puls ist noch da. Etwas fadenscheinig, aber spürbar. Und er atmet definitiv. Allerdings ist er ohnmächtig.«

Scapegrace lächelte. »Dann wollen wir ihn mal aufwecken.« Er trat an den baumelnden Körper heran und griff nach Arkeleys linker Hand. Einen Augenblick lang streichelte er über die blutverschmierte Haut, dann führte er die Hand zum Mund und biss mit einer schnellen Bewegung alle vier Finger bis zur Handfläche ab.

Frisches Blut schoss aus den Wunden und vermischte sich mit dem Blut im Sarg. Arkeley riss die Augen auf, ein wimmernder, katzenhafter Laut drang aus seiner Brust. Er schnappte nach Luft, aber der Atemzug stockte, als wäre er an etwas Zerbrochenem in seinem Inneren hängen geblieben, dann bewegte er die Lippen, als wollte er etwas sagen.

Scapegrace spuckte die abgetrennten Finger in Malverns Sarg. Sie versanken spurlos im Blut. »Was ist, Deputy? Raus damit.«

»Spuh«, ächzte Arkeley. Es klang wie zwei Blatt Papier, die man aneinander rieb. »Speh.«

»Special Deputy«, sagte Caxton für ihn. Auf dem kopfüber hängenden Gesicht des Feds erschien eine Art Lächeln, ein grauenerregendes Lächeln, aber ein Lächeln.

»Cax«, spuckte Arkeley. »Caxt… Sie. Knie.« Er nahm einen weiteren ächzenden Atemzug. »Müssen…« Er schien den Gedanken nicht zu Ende führen zu können.

Scapegrace gefiel das alles nicht. Er griff nach Arkeleys anderer Hand. »Hast du noch etwas zu sagen?«, fragte er. »Ein letztes aufmunterndes Wort für deine junge Freundin hier? Du hast sie im Stich gelassen, Alter. Sie wird sterben, du wirst sterben. Alle werden sterben. Du hast alle im Stich gelassen. Vielleicht möchtest du ja sagen, dass es dir leid tut. Mach schon. Flüstere es ihr ins Ohr. Wir werden hier alle geduldig darauf warten, dass du deine letzten Worte formulierst.«

Caxton trat an den Sarg heran und beugte sich vor. Ihre Krawatte tauchte in das Blut ein. »Jameson«, wisperte sie. Sie hatte seinen Vornamen noch nie zuvor ausgesprochen, und er klang seltsam aus ihrem Mund. »Bitte keine Entschuldigungen.«

»Knien«, sagte der Fed. Es war nicht gerade das, was sie erwartet hatte. »Knien Sie vor ihr nieder.«

Die Worte, allein die Vorstellung ließen sie zurückzucken. Sie suchte seinen Blick, um ihn wissen zu lassen, wie wütend sie darüber war, dass er sich einfach auf diese Weise ergab, dass er wollte, dass sie ihr Verderben mit offenen Armen empfing. Aber das Funkeln in seinen Augen passte nicht dazu. Darin lag eine gehörige Portion Trotz.

Er hatte sich nie zuvor geirrt. Sie ließ sich auf die Knie fallen und senkte den Kopf, als würde sie beten. Dabei wusste sie ganz genau, dass es mehr als eines einfachen Gebetes bedurfte, um sich selbst zu retten.

Zusammengesunken auf den Knien sah sie etwas – einen Schatten, der aus der beinahe vollständigen Dunkelheit unter dem Sarg hervorstach. Sie sah die dreieckigen Umrisse der Holzböcke und dazwischen etwas anderes, etwas Flaches, Rechteckiges. Sie kniff die Augen zusammen und sah, dass man etwas unter dem Sarg befestigt hatte; das silberne X vom Klebeband war nun deutlich erkennbar. Sie kniff die Augen erneut zusammen und begriff endlich. Es war eine Handfeuerwaffe. Eine Glock 23.

Er musste sie hier platziert haben. Vielleicht schon in der Nacht, in der Scapegrace und Reyes gekommen waren und er gedroht hatte, Malvern das Herz herauszureißen. Er musste diese Situation einkalkuliert haben, so wie er für jeden möglichen Notfall plante. So kämpfte man gegen Vampire – man ließ einfach nicht zu, dass sie einen überraschten.

Sie schaute zu Arkeley hoch. Er ließ sich nichts anmerken. Sie sah zurück auf die Pistole. Sie wusste, dass sie dreizehn Kugeln enthielt – und keine in der Kammer. Sie schaute auf und ließ den Blick durch den Raum schweifen. »Scapegrace«, sagte sie.

Der Vampir kam näher. Er war nicht mehr als anderthalb Meter entfernt. »Was?«

»Fang.« Sie warf den Totenschädel in die Luft. Sofort hallte das Kreischen aus dem Jenseits durch die Luft. Scapegrace griff mit seinen langen weißen Händen danach.

Caxton riss die Glock von der Sargunterseite los. Zog den Schlitten, um eine Patrone in die Kammer zu hebeln, und sah, wie der Vampir die roten Augen weit aufriss. Sein Verstand begriff, was hier geschah, aber seine Hände griffen unwillkürlich noch immer nach dem Schädel. Er fing ihn und zerbrach ihn in tausend kleine Stücke. Gelbe Knochenfragmente und vor Würmern wimmelnde Erdklumpen regneten auf sein T-Shirt herab. Das Kreischen verstummte.

Caxton rammte den Pistolenlauf gegen seine Brust und feuerte. Er stürzte hinten über, sein Kopf krachte auf den Zementboden. Er richtete den Blick fest auf sie. »Nicht schlecht«, meinte er und versuchte sich aufzurichten, damit er sie töten konnte. Aber seine Gliedmaßen schienen ihm nicht so richtig gehorchen zu wollen. »Scheiße«, sagte er und fiel zurück.

»Los! Holt Hilfe!«, brüllte Hazlitt die Halbtoten an. Einer von ihnen stürmte auf den Eingang und die dahinter liegende Dunkelheit zu. Caxton fuhr auf dem Absatz herum und feuerte einen Schuss ab, und der Rücken des Halbtoten explodierte in einer Wolke aus verfaultem Fleisch und zerrissener Kleidung. Sie drehte sich zum nächsten um, aber der war bereits weg. Der dritte Halbtote kauerte auf dem Boden und hielt die Knie an die Brust gedrückt.

Als Nächstes wandte sie sich Hazlitt zu. Sie richtete die Glock nicht auf ihn – man zielte niemals mit einer Waffe auf einen Menschen, wenn man ihn nicht erschießen wollte. Er trat hinter einen Wagen mit medizinischer Ausrüstung und hob die Hände. Er war zu schlau, um hier etwas Dummes zu versuchen.

Scapegrace hatte sich auf die Seite gerollt und stemmte sich gerade in eine sitzende Position, als sie wieder in seine Richtung sah. Er erwiderte ihren Blick nicht. »Du hast es angeritzt«, sagte er.

»Was?«

»Du hast mein Herz angeritzt.« Er kam auf ein Knie, aber seine Arme zitterten. »Das war echt clever.« Er schob sich auf beide Knie. »Du hast gewartet, bis ich *ihr* mein ganzes Blut gegeben hatte. Du hast auf den Moment gewartet, in dem ich am schwächsten bin. Wirklich clever. Hör zu.« Er stand auf und breitete die Hände aus. »Ich gehe, okay? Töte mich nicht.« Sein Atem pfiff beim Sprechen – hatte sie eine Lunge durchbohrt? In diesem Augenblick hätte sie alles für eine Röntgenaufnahme gegeben. »Bitte«, fuhr er fort. »Du kannst mich für alle Ewigkeit einsperren, mach mit mir, was du willst. Aber bitte töte mich nicht. Ich bin nicht mal achtzehn Jahre alt.«

»Nicht«, keuchte Arkeley hinter ihr. Nicht auf ihn hören, wollte er sagen. Arkeley. Er lebte noch? Nicht mehr lange, wenn sie ihn nicht schnell dort runterholte und seine Wunden verband. Sie wandte den Kopf ein Stück, um nach ihm zu sehen.

Das war die Gelegenheit, auf die Scapegrace gewartet hatte. Er warf sich quer durch den Raum, ein bleicher Blitz. Blut schoss aus Hazlitts Kehle, als der Vampir ihm den halben Hals wegfetzte. Der Arzt gurgelte einen Schrei heraus. Caxton feuerte eine Kugel in Scapegraces Hinterkopf, schoss instinktiv. Er wurde nicht einmal langsamer. Sie schoss ihm in den Rücken, aber er verdoppelte seine Bemühungen nur noch, drückte das Gesicht und die Reihen dreieckiger Zähne noch tiefer in das Loch, das er in Hazlitts Hals gerissen hatte.

Jeder Tropfen Blut, den er trank, machte ihn stärker. In wenigen Sekunden würde er kugelsicher sein. Sie musste ihn sofort töten. Sie streckte den Arm aus, hielt die Luft an, zielte genau und feuerte erneut in seinen Rücken. Die Kugel bahnte sich ihren Weg durch den Körper des Vampirs, und er krümmte sich heulend vor Schmerz zusammen. Er stolperte von Hazlitt weg und fiel auf ein Infusionsgestell. Die Flaschen landeten klirrend auf dem Boden, während seine Hände ins Leere griffen. Seine Beine bebten wie Gummi. Er brach auf dem Boden zusammen, zuckte noch einmal und starb endlich.

Hazlitt ließ einen letzten Blick durch den Raum schweifen, sein Gesicht, seine Brust, sein ganzer Oberkörper waren blutüberströmt. Dann sackte auch er zu Boden, tot, wie der Vampir.

Der Halbtote in der Ecke sprang auf und rannte in Richtung Tür. Caxton schoss reflexartig und verfehlte ihn. Sie schoss erneut und pulverisierte seinen linken Arm. Der Halbtote heulte auf, blieb aber nicht stehen. Sie schoss ein drittes Mal, und sein Körper zerplatzte.

Malvern

Da steckt ein Pfahl
in deinem fetten schwarzen Herzen,
und die Dorfbewohner
konnten dich nie ausstehen.
Sie tanzen und trampeln
auf dir herum.
Sie wussten immer,
was du bist.

Sylvia Plath, *Daddy*

54.

»Fünf«, stöhnte Arkeley.

Caxton schob die Pistole in das leere Holster an ihrem Gürtel. Sie passte beinahe. Dann holte sie die Trittleiter, stieg in die Höhe und schaffte es mit zitternden Fingern, Arkeley auf den Boden zu senken. Auf einem der herumstehenden Wagen fand sie Verbandsmull und medizinisches Klebeband.

»Fünf«, sagte er erneut, als wäre ihm gerade etwas Wichtiges eingefallen.

Seine Verletzungen waren schrecklich. Die Halbtoten hatten ihn wirklich bearbeitet – seine Haut war ein Labyrinth aus Schnitten, die meisten bereits entzündet, und der Teil der Haut, der nicht aufgeschlitzt oder gerissen war, war mit Blutergüssen übersät und trug an einigen Stellen sogar Bissmale. Seine Augen waren zugeschwollen, sein Mund war schwarz und dick. Dann war da natürlich die Hand, deren Finger Scapegrace abgebissen hatte. Caxton hüllte die ganze linke Hand in Mull, der sich sofort mit hellem, arteriellem Blut vollsog. Sie wickelte immer mehr um die Wunden, fest, aber nicht zu fest. Wenigstens war es die linke Hand. Die rechte würde er immer noch gebrauchen können. Er könnte noch immer schießen.

Wenn man davon absah, dass er fürs Erste nicht mehr schießen würde. Nicht in dieser Nacht, vermutlich für Monate nicht. Er konnte sich nicht einmal aufsetzen.

Ein kalter Stich durchfuhr sie, als sie feststellte, dass sie die ganze Zeit erwartet hatte, er würde sich aufsetzen und seine Waffe zurückverlangen. Sie hatte ernsthaft geglaubt, dass ihr Teil hiermit erledigt war und sie ihm das Aufräumen überlassen konnte.

»Fünf«, murmelte er.

»Pst«, machte sie.

Das würde nicht passieren. Er würde nicht gegen die Halbtoten kämpfen. Er würde Arabella Furnace nicht auf eigenen Beinen verlassen. Sie musste loslaufen und Hilfe holen. Vielleicht konnte sie ihm das Leben retten – vielleicht –, aber alles ruhte auf ihren Schultern.

»Fünf.«

»Okay, schon gut«, sagte sie. »Fünf was? Fünf Halbtote? Ich glaube, bei meiner Ankunft waren es noch mehr. Wenn Sie mir sagen wollen, dass es hier fünf aktive Vampire gibt, werde ich mir in die Hosen machen.« Sie lächelte und tätschelte seine gesunde Hand.

Er holte gequält Luft und sprach in aller Eile. »Es gibt nur noch einen Vampir«, sagte er. Hielt kurz inne und beendete den Satz: »Sie haben noch fünf Schuss im Magazin.«

Langsam zog sie die Glock.

Sie warf das Magazin aus und zählte die restlichen Patronen. Es waren nur noch fünf übrig, genau wie er gesagt hatte. Aber das war unmöglich – sie konnte keine acht Kugeln abgefeuert haben, oder doch? In Gedanken ging sie den Kampf noch einmal durch. Es stimmte.

Sie ließ das Magazin wieder einrasten und steckte die Waffe zurück ins Holster.

»Seien Sie vorsichtiger«, sagte er. Seine Kopf rollte hin und her. »Von jetzt an.«

Sie nickte. Vermutlich bekam er das aber nicht mit, denn genau in diesem Augenblick erlosch das Licht.

Es geschah so schnell, dass Caxton zuerst glaubte, es wäre nur in ihrem Kopf geschehen. Sie blinzelte, aber das blaue Licht kehrte nicht zurück. Um sie herum war nur undurchdringliche Dunkelheit, so dicht, dass sie das Gefühl hatte, sie scheuerte an ihren trockenen Augen.

»O Gott«, sagte sie. »Sie wissen es. Sie wissen, dass hier etwas passiert. Was machen wir jetzt?«

Arkeley antwortete nicht. Sie griff nach seinem blutigen Handgelenk. Der Puls schlug noch, aber der Fed musste das Bewusstsein verloren haben.

Caxton durchsuchte ihre Taschen, auf der Suche nach irgendeiner Lichtquelle. Egal was für einer. Scapegrace hatte ihr fast alles abgenommen: Handy, PDA, Handschellen. »Danke, danke«, flüsterte Caxton, ohne zu wissen, an wen sie sich eigentlich wandte. Der Vampir hatte ihre MiniMaglite übersehen. Vermutlich weil man damit niemanden verletzen konnte. Sie richtete sie auf Arkeley. Die Taschenlampe spuckte einen nebeligen, hellblauen Lichtstrahl aus, der sie einen Augenblick lang blendete. Das Licht reichte gerade aus, um zu sehen, dass er noch atmete.

An der einen Wand war ein Telefon befestigt. Sie schnappte sich den Hörer und hielt ihn ans Ohr. Kein Freizeichen. Sie drückte die Gabel ein paar Mal herunter, aber das nutzte nichts. Wer auch immer den Strom unterbrochen hatte, musste auch die Telefonleitungen des Sanatoriums gekappt haben.

Was bedeutete, dass sie alles wussten. Sie wussten, wo sie war und wie ihr erster Zug aussehen würde.

Wenn die Halbtoten – und der letzte Vampir – wussten, dass sie auf Malverns Station war, dann musste Caxtons erstes Ziel sein, hier zu verschwinden. Sie konnte Arkeley nicht bewegen – er war beträchtlich schwerer als sie, und sie konnte ihn nicht über den Boden schleifen –, also würde sie ihn zurücklassen müssen. Wenn die bösen Jungs ihn aus Spaß töteten, würde sie sich für alle Ewigkeit dafür hassen. Sie konnte nur hoffen, dass der Feind zu sehr damit beschäftigt sein würde, sie zu töten.

Sie schwenkte die Lampe, fand den Ausgang und schob sich

die Korridorwand entlang. Die Glock blieb im Holster, damit sie keine Kugel verschwendete, falls sie vor ihrem eigenen Schatten erschrak. So hätte Arkeley gehandelt, und es erfüllte sie mit Stolz, daran gedacht zu haben. Natürlich hätte Arkeley an diesem Punkt bereits einen Plan gehabt. Und wäre schon dabei gewesen, ihn auszuführen.

»Denk nach«, sagte sie und versuchte die Furcht zu durchbrechen, die ihren Verstand wie eine Eisschicht einhüllte. »Denk nach.« Was konnte sie realistisch erreichen? Sie war nicht stark genug, um einen weiteren Vampir und eine unbekannte Anzahl Halbtoter anzugreifen. Reyes hatte sie nur mithilfe von Vesta Polders Amulett schlagen können, und Scapegrace war gestorben, weil sie ihn überrascht hatte und nicht, weil sie über irgendwelche besonderen Fähigkeiten verfügte. Wenn sie also nicht kämpfen konnte, was konnte sie dann tun?

Sie konnte fliehen. Sie konnte das Sanatorium verlassen und Verstärkung rufen. Es war der einzige umsetzbare Plan. Die Halbtoten würden versuchen, sie aufzuhalten, das war ihr klar. Sie versuchte, wie ein gesichtsloser Freak zu denken.

Sie hatten sie nicht frontal angegriffen – nein, das würden sie nicht tun. Sie waren Feiglinge. Das hatte Arkeley ihr immer wieder gesagt. Sie würden sich zurückziehen, sie ihrer Sicht und Kommunikationsmöglichkeiten berauben. Sie würden versuchen, sie aus der Reserve zu locken, sie direkt in ihre Fallen laufen zu lassen. Die Halbtoten hatten bestimmt den Haupteingang gesichert. Den Weg zu gehen, den sie gekommen war, wäre Selbstmord. Sie betrat den ersten abzweigenden Korridor, den sie fand.

Sie erinnerte sich an ihren ersten Besuch im Sanatorium. Damals hatte sie es für ein großes, unheimliches Labyrinth gehalten. Ohne Licht war es noch viel nervenaufreibender, und es fiel noch schwerer, den Weg zu finden. Sie wusste, dass sie in südöstliche Richtung ging, auf den Gewächshausflügel zu. Ja, das wäre gut. Wenn sie es bis nach draußen schaffte, würde sie sich viel sicherer fühlen. Möglicherweise würde das Mondlicht etwas Nützliches enthüllen.

Die Taschenlampe stach in die Dunkelheit und erhellte weniger, als ihr recht war. Sie lief durch eine Galerie matter Reflektionen und langer Schatten. Dort vorne im Dunkeln konnte alles Mögliche auf sie warten. Alles. Sie hielt den Rücken an die Wand gedrückt und schob sich weiter, Schritt für Schritt. Sie hatte keine andere Wahl.

Nach einer Weile hörte sie plötzlich ein Geräusch, als würde etwas hinter ihr durch die Wand kriechen. Sie zuckte zurück und hörte, wie es vor ihr forteilte, als hätten sie sich gegenseitig erschreckt. Es war ein rhythmischer, dahinjagender Laut oder vielmehr eine ganze Reihe von Lauten, das Getrappel winziger Krallen auf Holz, das dumpfe Aufplatschen eines weichen Körpers, der über Gips streifte. Ein Stück den Korridor hinunter quoll etwas aus der Wand und fiel zu Boden.

Sie schwenkte die Lampe und spießte eine Ratte mit dem Lichtstrahl auf. Ihre winzigen Augen blitzten. Ihre Nase witterte, dann schoss sie davon.

»Nichts«, sagte Caxton und versuchte sich zu beruhigen. Es kam etwas lauter heraus als beabsichtigt.

Am Ende des Korridors zischte ein Halbtoter: »Was war das?«

Sie blieb wie angewurzelt stehen. Hörte auf zu atmen. Schaltete die Lampe aus. Schwacher Lichtschein sickerte durch die rechteckigen Fenster in der Flügeltür am Ende des Ganges. Ein Schatten huschte durch das Licht, ein Schatten wie ein menschlicher Kopf.

»Hast du das gesehen?«, fragte ein anderer mit der gleichen quiekenden, rattenartigen Stimme. Noch ein Halbtoter. »Jemand hatte eine Taschenlampe und schaltete sie aus.«

»Hol die anderen«, befahl die erste Stimme.

Die Flügeltür wurde aufgestoßen, und ein scheinbar nicht endender Strom menschlicher Silhouetten strömte herein.

55.

Caxton griff nach der Waffe, hielt dann aber inne. Dutzende Füße trampelten ihr über den Korridor entgegen. Sie hatte nur noch fünf Kugeln. Mit der Pistole konnte sie es unmöglich mit all diesen Halbtoten aufnehmen.

Sie schaltete die Lampe ein und richtete sie auf sie. Die zerfetzten Gesichter und ihre glasigen Augen reflektierten das Licht. Ihre Kleidung war dreckig. Einer trug eine Brille. Einigen fehlten Hände oder Arme. Es mussten mindestens zwölf sein, und alle waren bewaffnet: mit Küchenmessern, angespitzten Schraubenziehern, Beilen und Schlachtermessern. Einer trug eine Heugabel. Als das Licht sie traf, rissen sie die Münder weit auf und rannten noch schneller auf Caxton zu.

Wenn sie stehen blieb, würden sie sie einfach überrennen. Sie schaltete die Lampe aus und stürmte auf eine Türöffnung zu. Die Tür selbst lag auf dem Zimmerboden, wahrscheinlich waren ihre Angeln weggerostet.

Am anderen Ende des Raumes gab es ein Fenster, aber es war vergittert. Es sah aus wie eine Gefängniszelle. War hier einst die Psychiatrie gewesen?

Sie hörte sie kommen. Der pure Instinkt hatte sie in den Raum getrieben, sie wollte einfach nur weg. Hatten sie sie gesehen? Sie wusste nicht, ob Halbtote in der Dunkelheit besser sehen konnten als Menschen. Hatten sie sie gesehen? Sie warf sich neben der Tür gegen die Wand und atmete durch den geöffneten Mund. Sie hörte sie draußen im Korridor, ihre

Füße donnerten auf den Linoleumfliesen, ihre Hände schlugen gegen die Rigipswände. Hatten sie gesehen, wo sie hingelaufen war? Sie mussten nahe sein. Sie mussten näher kommen.

Da glaubte sie sie direkt an der Tür vorbeigehen zu hören. Sie musste sichergehen. Also warf sie einen Blick nach draußen und starrte einem direkt ins Gesicht. Seine Wangen zeigten das rohe Fleisch, wo er sich die Haut heruntergerissen hatte. Seine Augen blickten weniger hasserfüllt als vielmehr erbärmlich, waren von einer müden Traurigkeit, die tiefer reichte als alles, was sie sich vorstellen konnte.

Ohne überhaupt auch nur nachzudenken griff sie mit beiden Händen zu, packte seinen Kopf, drehte, riss und zog. Er schrie, aber sein Fleisch gab nach. Es fühlte sich weniger an, als würde man mit einem menschlichen Körper ringen – vielmehr wie ein Ast, den man von einem Baum brach. Knochen knackten in seinem Hals, als die Wirbel nachgaben, und plötzlich hielt sie einen menschlichen Kopf in den Händen. Die Augen starrten sie an, Trauer hatte sich endgültig in Furcht verwandelt. Der Mund bewegte sich weiter, aber er hatte weder Luft noch Halsröhre, um schreien zu können.

»Bah«, sagte sie und warf den Kopf in eine schattenerfüllte Ecke. Draußen im Korridor ging der Körper des Halbtoten einfach weiter, aber er hatte jegliche Koordination verloren. Es waren nur noch sinnlos zuckende Muskeln. Schuld und Ekel schossen in ihr hoch, und sie glaubte sich gleich übergeben zu müssen. Sie warf einen Blick in die dunkle Ecke und fragte sich, ob sich der Kopf auch noch bewegte. Fragte sich, wie sehr das wohl geschmerzt hatte, geköpft zu werden, ohne sofort zu sterben.

Dann erinnerte sie sich an die Halbtoten, die sie auf dem Dach von Farrel Mortons Jagdhütte verhöhnt hatten. Sie dachte an den mit der Schaufel, der sie angegriffen hatte – und an den, der vor ihrem Fenster gestanden und Deanna dazu veranlasst hatte, sich selbst in Streifen zu schneiden. Die Schuld flog auf Mottenschwingen fort.

Der kopflose Körper ging weiter und stieß bald gegen eine Wand, versuchte, sich selbst in Stücke zu zerlegen, seine Schulter grub sich in die Wand, als wollte er sich hindurchquetschen.

Die restlichen Halbtoten drehten sich um. Sie standen in lockerer Formation im Korridor, die Waffen bereit, aber noch nicht auf Caxton gerichtet. Sie waren an ihr vorbeigegangen, ohne zu merken, dass sie sich in dem Zimmer verbarg – hätte sie nicht nachgesehen, wären sie einfach weitergegangen. In dem dunklen Flur war das schlecht zu erkennen, aber Caxton glaubte, dass sie überrascht aussahen.

Die Heugabel, die der Mann ohne Kopf gehalten hatte, landete klirrend auf dem Boden. Caxton hob sie mit beiden Händen auf und testete ihr Gewicht. Sie war schwer und schlecht ausbalanciert, die gekrümmten Metallzinken zeigten nach unten, als sie sie aufhob. Es war eine lächerliche Waffe, und sie konnte nichts damit anfangen.

Caxton warf sie zu Boden. Dann zog sie die Glock.

Die Halbtoten wichen zurück. Vor ihr zurück. Das war gut. Ein paar hoben die Hände, allerdings ließen sie ihre Waffen nicht fallen.

Sie richtete die Pistole auf einen, dann auf einen anderen. Sie machte ihnen Angst. Sie konnten nicht wissen, wie viel Munition sie hatte. Sie trat in den Korridor, hielt sie in Schach. Der Erste, der sich bewegte, würde eine Kugel abgekommen. Vielleicht würde das reichen, damit sie wie verängstigte Ratten flohen. Caxton hoffte es von ganzem Herzen.

Einer von ihnen hielt eine Küchenschere. Nervös ließ er sie immer wieder zuschnappen; die Klingen funkelten in den paar verirrten Strahlen Mondlicht. Ein anderer trug ein dunkelblaues Sweatshirt mit der Aufschrift *Penn State*; die hochgeschlagene Kapuze verbarg sein zerstörtes Gesicht. Er hielt einen Kugelhammer. Er konnte ihr in einer Sekunde den Arm brechen, wenn sie ihm zu nahe kam.

Sie machte einen Schritt zurück. Die Halbtoten machten einen nach vorn. Es würde nicht funktionieren. In einer Sekunde würden sie ihre Furcht überwinden und sich auf sie stürzen. Wenn sie nicht bald einen von ihnen erschoss, würde sie nichts mehr halten, und es wäre vorbei.

Caxton wählte einen aus. Den mit dem Hammer. Er sah nicht so verängstigt aus wie die anderen. Sie ließ sich Zeit, zielte mit ausgestrecktem Arm, richtete die Pistole genau auf sein Herz und feuerte, und als sie abdrückte, dachte sie: Vier.

Die Brust des Halbtoten zerplatzte, und der Gestank nach verfaultem Fleisch wallte durch den Korridor. Die anderen wichen zurück.

Und kamen wieder auf sie zu. Rückten mit den drohend erhobenen Waffen in den Händen heran, als wüssten sie genau, was sie dachte. Als hätten sie ebenfalls alle Schüsse mitgezählt und wüssten, dass sie keine Chance hatte.

Sie feuerte erneut, ungezielt, verfluchte sich selbst, noch während sie den Schuss abgab. Falls er etwas traf, wartete sie nicht ab, um es zu sehen. Sie rannte den Weg zurück, den sie gekommen war. Spürte förmlich, wie die anderen die Verfolgung aufnahmen, hörte ihre Schritte in der Dunkelheit auf dem Linoleum. Konnten sie im Zwielicht besser sehen als sie? Sie wusste es nicht. Nicht im Mindesten. Sie ließ die Taschenlampe aufblitzen, den Weg zu sehen war jetzt wichtiger, als ihre Position zu verbergen.

Sie stieß eine Tür auf und hastete um eine Ecke, kollidierte um ein Haar mit einem Aktenschrank, den jemand mitten im Korridor hatte stehen lassen. Sie stieß ihn einfach um, das Adrenalin verlieh ihr die nötige Kraft, und der donnernde

Aufprall hallte durch den Korridor. Vielleicht würden einer oder zwei der Halbtoten darüber stolpern.

In ihrem Hals brannte der keuchende Atem, und sie rannte, der Lichtstrahl der Taschenlampe zuckte wild über die Wände und den Boden vor ihr.

56.

Caxton eilte um eine Biegung in einen schmaleren Korridor ohne Fenster. In der Dunkelheit ging sie in die Hocke und versuchte Herzschlag und Atmung in den Griff zu bekommen. Das Blut dröhnte ihr so laut in den Ohren, dass sie glaubte, jeder in der Nähe müsste es ebenfalls hören können.

Blut. Das war das Problem, oder? Sie war voller Blut. Die Halbtoten wollten es vergießen, vielleicht als Vergeltung für das, was sie ihnen und ihren Meistern angetan hatte. Vielleicht trug man im untoten Zustand schlicht Eifersucht auf die Lebenden im Herzen. Sie wollten ihr Blut. Dann war da der Vampir, der unbekannte Vampir, der durch das Sanatorium streifte und ebenfalls nach ihr suchte, ebenfalls ihr Blut wollte. Aber aus einem anderen Grund.

Sie hörte einen Halbtoten in der Nähe. Seine Füße verursachten weniger Lärm auf dem Linoleum als eine Katze im Garten, aber sie hörte sie. Es gab nichts Besseres als Angst, um die Sinne zu schärfen.

Noch drei Kugeln. Ihr war klar, dass sie im Grunde nutzlos waren. Eine konnte sie sich selbst ins Herz schießen – auf diese Weise würde sie wenigstens nicht als Vampir zurückkommen.

Oder sie konnte sich in den Kopf schießen. Dann würde sie zurückkommen.

Wäre das wirklich so schrecklich? Es wäre Verrat an Arkeley, das ganz gewiss. Aber er hatte sie nie gemocht. Wenn sie sich in einen Vampir verwandelte, wäre ihr Leben wenigstens nicht vorbei. Es würde sich in vielerlei Hinsicht verändern. Aber es würde nicht enden.

Ja, flüsterte Reyes in ihrem Kopf. Er hatte die ganze Nacht geschwiegen. Entweder verlor er die Macht über sie und löste sich auf, oder er wartete bloß auf den richtigen Zeitpunkt.

Ja, stimmte ihm jemand anderes zu. *In den Kopf.* Jemand anderes.

Ein Zittern überfiel sie. Sie hörte, wie der umherschleichende Halbtote keine drei Meter entfernt abrupt stehen blieb. Dann ging er an ihrem Versteck vorbei, und sie hielt die Luft an. Als er außer Hörweite war, atmete sie leise aus.

Jemand anders hatte in ihrem Bewusstsein gesprochen. Es hatte sich überhaupt nicht wie Reyes angehört. Da war noch jemand anders in ihrem Kopf.

»Ihr könnt alle die Schnauze halten«, sagte sie zu ihnen. Ein gebrochenes Kichern erstarb in ihrer Kehle, als hätte sie über sich selbst gelacht. Nicht nett, dachte sie, aber sie wollte ihnen nicht die Befriedigung einer Erwiderung geben.

Sie stand auf und bahnte sich einen Weg zum Ende des schmalen Durchgangs, ließ die MiniMaglite immer nur kurz aufblitzen, um zu sehen, wo sie hintrat. Der Gang führte in einen größeren Korridor voller Paletten mit Baumaterial – Stapel aus Dachziegeln und ordentlich gebündelte Bodenfliesen, Bauholz und Reihen aus weißen Plastikeimern voller Gips. Mondlicht schien durch ein Loch in der Decke und tauchte alles in einen geisterhaften silbrigen Schimmer, aber selbst in dem unheimlichen Licht konnte Caxton erkennen, dass die Materialien dort seit Jahren unberührt stehen mussten, erworben für ein Projekt, das nie ausgeführt worden war. Vielleicht hatte das Loch in der Decke geflickt werden sollen.

Das Holz war von Würmern zerfressen und fühlte sich schleimig an, ein paar der Eimer waren korrodiert und hatten weißes Pulver auf den Boden verteilt. Caxton ging vorsichtig weiter; in den Schatten jenseits des Fleckens aus Mondlicht konnte sich alles Mögliche verbergen. Ihr Blick fiel auf die Pulverschicht auf dem Boden. Der Wind, der von der Decke hereinströmte, brachte den Gips in Bewegung. Langsam füllte er eine Reihe von Fußabdrücken auf. Caxton war keine Fährtenleserin, aber sie konnte sehen, dass die Füße nicht viel größer als ihre eigenen waren. Die Abdrücke waren frisch. Vor kurzem war hier eine barfüßige Frau vorbeigekommen.

»*Laura*«, sagte jemand in einem Raum in der Nähe. Oder doch nicht? Ihr Verstand spielte ihr keine Streiche, nein, dort drin ging eine Magieshow in Las Vegas-Qualität ab. Sie konnte sich auf nichts verlassen. Was sie gehört hatte, hatte wie ein Husten statt wie ein Wort geklungen. Oder wie etwas völlig anderes. Hätte sie es nicht besser gewusst, hätte sie sich davon überzeugen können, dass alles nur Einbildung gewesen war.

Die Fußabdrücke führten sie zu einer großen Flügeltür am anderen Ende des Korridors. Schwarze Buchstaben auf der Tür verkündeten KRANKENSTATION. Jemand sandte ihr eine Nachricht – sie sollte durch diese Tür gehen. Es war eine Falle. Arkeley hatte ihr viel über Fallen beigebracht. Ihre Glieder zitterten mehr, als ihr lieb war, aber Caxton stieß eine Türhälfte auf. Sie bewegte sich mühelos, ächzte nur leise in ihren Angeln.

Der dahinter liegende Raum war wie eine Höhle und extrem dunkel. Die Taschenlampe verriet ihr, dass man alles Tragbare entfernt hatte. Übrig geblieben waren nur schmiedeeiserne Bettgestelle mit abblätterndem weißen Lack. Es waren Dutzende, vielleicht sogar hundert. Ein paar standen in der Ecke, und hier hatte man sie sogar aufeinandergestapelt.

Die meisten standen aber immer noch da, wo sie gestanden hatten, als das Sanatorium geschlossen wurde, in ordentlichen Reihen, die irgendwo in der undurchdringlichen Finsternis verschwanden.

Wie viele Menschen, wie viele Generationen waren in diesem Saal gestorben? Wie viele Männer hatten in diesen Betten gelegen und sich zu Tode gehustet, bis jemand kam, um den Leichnam wegzukarren? Wie viele Geister hatten sie zurückgelassen? Ihr Vater war auf die gleiche Weise gestorben, ein Husten nach dem anderen. Gestorben in einem Bett...

Jemand tippte ihr federleicht und sanft auf die Schulter.

Furcht schoss ihn ihr hoch, kein Gefühl, sondern ein lebendes, atmendes Wesen, das über ihre Schulter und ihren Nacken kroch wie auf der Suche nach einem Versteck. Caxton wollte davonrennen. Sie wollte schreien. Sie wollte sich umdrehen und stellte fest, dass ihr Körper vor Angst wie gelähmt war.

Sie verharrte mitten in der Bewegung und schaltete das Licht aus. Es kostete sie Konzentration, wieder zu atmen.

»Laura.« Der Wind in den Bäumen vielleicht, durch den Äste aneinander rieben. Ja, sicher. Bäume. Beim ersten Mal hätte sie das vielleicht geglaubt. Aber inzwischen wusste sie es besser. Es war ein Vampir, und der Vampir spielte mit ihr wie eine Katze mit einem verletzten Sperling. Sie bekam eine Gänsehaut.

Es konnte Malvern sein. Das Blutbad hatte ihr möglicherweise genug Kraft verliehen, um sie von der anderen Seite des Sanatoriums aus zu rufen. Oder es war der andere Vampir, der unbekannte.

Ein kalter Windhauch fuhr über Caxtons Gesicht, zerzauste ihr Haar. Es hatte zuvor keinen Wind gegeben. Entweder hatte jemand eine Tür geöffnet oder... oder...

Sie konnte sich nicht dagegen wehren. Sie musste es wissen. Sie schaltete die Taschenlampe gerade noch rechtzeitig ein, um zu sehen, wie eine weiße Hand von ihr wegzuckte. Sie verspritzte rote Tropfen. Caxton keuchte entsetzt auf und wirbelte herum, wollte sehen, wo der Besitzer dieser Hand war, aber sie konnte nichts entdecken. Sie schaltete die Lampe wieder aus und senkte die Waffe. *Drei.*

Eine Sekunde verging. Dann noch eine. Nichts geschah.

Caxton wollte die MiniMaglite wieder einschalten. Sie sagte sich, dass sie sich nur selbst behinderte, wenn sie auf Licht verzichtete. Vampire konnten lebende Menschen in der Dunkelheit sehen. Sie konnten ihr Blut sehen. Sie stellte sich vor, wie der Vampir sie in diesem Augenblick beobachtete. Würde er ihr ängstliches Gesicht sehen oder nur das Blut, das in ihren Adern pulsierte? Sie stellte sich vor, wie das aussehen musste: das verzweigte Netzwerk ihrer Blutgefäße, als hätte man es sorgfältig chirurgisch entfernt und mit Drähten an der Decke aufgehängt. Ein menschlicher Umriss, aber leer, ein zuckendes Geflecht, hellrote, faserige Linien, die in der kalten Luft bebten.

Der Vampir musste in unmittelbarer Nähe sein. Jeden Augenblick würde er oder sie sich auf sie werfen und in Stücke reißen. Warum die Verzögerung? Dort zu stehen und auf ihr Ende zu warten, sich den kommenden Schmerz vorzustellen, war beinahe schlimmer, als tatsächlich zu sterben.

Sie schaltete die Taschenlampe ein und streckte sie aus, forderte den Vampir auf, sich zu zeigen. Der Vampir gehorchte, trat direkt in den Lichtstrahl hinein.

Zehn Meter entfernt, vielleicht auch ein Stück weiter, enthüllte das Licht kaum mehr als einen bleichen menschlichen Umriss. Der Vampir trug ein weißes Spitzenkleid, das Caxton seltsam vertraut vorkam, als hätte sie es in einer Zeitschrift gesehen. Die farblosen Hände waren voller Blut.

Caxton kannte diese Erscheinung. Aus dem Wagen, als sie vor Angst ohnmächtig geworden war. Sie hatte diesen Vampir mit den blutigen Händen gesehen, wie er sie lockte, sie zu sich lockte. Jetzt hoben sich die Hände, die Handflächen ausgestreckt, als wollten sie Caxtons Licht einfangen. Das Rot rieselte durch die Finger. Es war gar kein Blut, wie Caxton erkannte. Es waren Haare, Büschel kurzgeschnittener, roter Haare.

»Sie sind alle auf einmal ausgegangen, Schatz«, sagte die Vampirin und kam näher. Sie bewegte sich so mühelos, als würde sie Rollerskates tragen. »Ich dachte, du würdest sie vielleicht noch einmal sehen wollen, bevor sie weg sind.«

Caxton erstarrte. Sie fühlte sich, als würde sie sich wie ein Fossil in Stein verwandeln. Der Laut, der krächzend in ihr aufstieg, war kein Name, es war der Laut, den Steine machten, wenn sie im Winter gefroren und zersprangen. Doch als er endlich Caxtons Lippen erreichte, ähnelte der Laut auf schreckliche Weise Deannas Namen.

57.

Deanna berührte Caxtons Mund, ihr Kinn. Ihre Finger wanderten ihren Hals entlang und schmiegten sich um ihren Gürtel. In dem bläulichen Licht der winzigen Taschenlampe sah Deanna gar nicht mal so schlimm aus. Obwohl sie untot war.

»Es ist schön, dich zu sehen«, sagte sie sehr leise.

»Dee«, seufzte Caxton. »Dee. Das kannst nicht du sein. Du hast dich nicht… Nein, das hast du nicht.«

»Ich habe nicht Selbstmord begangen?«, fragte Deanna. Ihre Stimme hatte diesen knurrenden Unterton, den sie alle hatten. Ihre Haut hatte die Farbe von Milch. Vermutlich konnte sie mit den Händen einen Knoten in eine Stahlstange machen.

Aber es war Deanna, und sie lebte wieder. Jedenfalls gewissermaßen.

»Ich habe das Fenster mit meinen eigenen Händen eingeschlagen. Ich habe mich selbst geschnitten.« Deannas Blick suchte Caxtons. »Ich schätze mal, das zählt.« Unter dem Knurren wies die Stimme eine gewisse Atemlosigkeit auf. Eine Erregung, die irgendwie sexy klang.

Caxton betrachtete Deanna nicht als lebendes Wesen; diese Bezeichnung wäre streng genommen nicht richtig gewesen. Sie wusste es besser. Ihr Verstand wusste es besser. Doch ihr Körper hatte seine eigenen Impulse und Erinnerungen. Er erinnerte sich an Deannas Gestalt, wie sie ausgesehen hatte, als sie noch lebte. Er erinnerte sich an ihren Geruch.

»Wie konntest du uns das antun? Du weißt, was ich bin. Woran ich gearbeitet habe«, sagte Caxton. Sie trat näher heran und berührte Deannas seltsam knotigen Kiefer. »Du bist so kalt.« Sie beugte sich vor und legte die Stirn an die Stirn der Vampirin. Das hatten sie getan, wenn sie allein waren und alles ruhig war. Sie hatten sich aneinandergedrückt. Es fühlte sich fast wie früher an.

»Ich hatte keine Wahl. Das heißt… doch, ich hatte sie. Congreve.« Die Vampirin schloss die Augen und drückte ihre Hände gegen den reißzahnbewehrten Mund. Ihr Körper schüttelte sich vor Schluchzen.

Caxton konnte es nicht ertragen. »Pst«, machte sie. »Pst.« Sie legte die Arme um Deannas schmächtige Gestalt. Sie wollte sie an sich drücken, bis sie wieder warm war. Bis sie wieder ein lebendiges Mädchen war. Ein Schluchzen erstarb in Caxtons Kehle. Es schaffte es nicht bis nach oben. »Wie hast du von Congreve erfahren?«

Deanna stieß Caxton weg. Sie setzte nur genug Kraft ein, um sich aus der Umarmung zu befreien, aber Caxton konnte genau fühlen, über welche Macht sie jetzt verfügte. Es war, als würde man sanft von einem Pickup weggeschoben.

Aber Deanna wollte Caxton nicht verletzen. Sie würde ihrer Geliebten niemals etwas antun. Caxton merkte es daran, wie sie sie berührte, wie sie sich umeinander herum bewegten.

»So werden wir für alle Ewigkeit zusammen sein können. Das wäre sonst nicht möglich gewesen.«

Caxton schüttelte den Kopf. »Für alle Ewigkeit. Ist klar. Für alle Ewigkeit wie einer von ihnen. Hast du Malvern gesehen?«

Deanna lachte, und es klang beinahe wie ihr altes Lachen. »Aber natürlich. Sie hat mich gerufen.« Und sie war weg, entfernte sich von Caxtons Körper, und alles wirkte jetzt leer. Deanna setzte sich auf eines der Bettgestelle und umschlang ihren untoten Körper. Caxton ging auf die Knie, damit ihre Gesichter näher beieinander waren. »Justinia ist diejenige, die das möglich gemacht hat. Ich wäre gestorben, Schatz. Ich wäre gestorben, und ich wusste nicht, wie ich mich sonst hätte retten können.«

»Pst«, machte Caxton und wischte Deannas Tränen fort. Was aus den Augenwinkeln der Vampirin quoll, war allerdings kein Wasser, sondern dunkles Blut. Caxton rieb sich die Finger an der Hose sauber.

»Vielleicht solltest du mir lieber erzählen, wie das passiert ist«, sagte sie. Ja. Das war gut. Sie musste wieder anfangen, wie ein Cop zu denken. Aber das fiel so schwer mit Deanna in der Nähe, einer Deanna, die sich wieder bewegte und sprach und weinte.

»Congreve wollte mich töten. Es war nichts Persönliches. Er war einfach nur in der Gegend auf der Jagd, und er fand mich. Er kam eines Nachts zum Haus, als du bei der Arbeit warst. Die Hunde fingen an zu wimmern, und das Licht im Schuppen ging an. Ich ging raus, um nachzusehen, was los war. Ich schnappte mir den langen Schraubenzieher aus der Werkzeugkiste, ging raus und sagte: ›Wer auch immer da drin ist, du verschwindest besser. Meine Freundin ist ein Cop.‹ Aber nichts passierte. Also ging ich zur Schuppentür, und er packte mich.«

»Congreve?«, fragte Caxton. Aber wie war das möglich? Sie und Arkeley hatten Congreve lange vor Deannas Unfall getötet.

»Ja. Seine Hände waren so rau und voller Schwielen, und sie hielten mich so fest. Er sagte mir, dass ich sterben würde, und ich fing an zu schreien und zu betteln. Er befahl mir, den Mund zu halten, und ich versuchte es. Ich versuchte es wirklich. Dann fragte er mich, ob ich die Künstlerin sei, ob die Laken in der Scheune meine seien, und ich sagte nein, denn ich hielt ihn für einen verrückten religiösen Spinner und dachte, dass er mich wegen meiner Kunst töten wollte. Da zwang er mich, ihm in die Augen zu sehen, und ich erkannte, dass er kein Mensch war. Danach konnte ich ihn nicht mehr anlügen, nicht einmal, wenn ich gewollt hätte. Ich sagte ja.«

»O Gott«, stöhnte Caxton. »Er hat dich hypnotisiert. Er hat dich mit dem Fluch belegt, und du hast nicht einmal gewusst, was mit dir passiert.«

Deanna zuckte mit den Schultern. »So möchte ich das nicht betrachten. Er sei auch Künstler, sagte er. Musiker. Er hat meine Arbeit wirklich verstanden, Laura. Das muss doch irgendwie zählen, oder? Ein Talent wie das meine sollte nicht verschwendet werden, meinte er. Er fragte mich, ob ich leben oder sterben wolle. Einfach so. Weißt du, ich musste tatsächlich darüber nachdenken.« Deanna schaute auf ihre Hände. Sie fummelte an ihrem Kleid herum. Plötzlich fiel Caxton wieder ein, wo sie es zuvor gesehen hatte. Das war das Kleid, das Deanna bei der Hochzeit ihres Bruders getragen hatte. Hatten die Purfleets sie darin begraben?

»Er hat dich dazu gebracht, ihn zu mögen. Du musst gesagt haben, dass du leben willst«, sagte Caxton, um wieder zum Thema zurückzukehren.

Deanna nickte. »Dann ging er. Und danach bekam ich diese Träume. Diese Träume, in denen du verblutest.«

Caxton ging in der Hocke rückwärts und setzte sich auf ein Bettgestell, damit sie einander ansehen konnte. Sie waren zwei Frauen, zwei lebendige Frauen, die auf Betten saßen und deren Knie sich beinahe berührten. Zwei Frauen, die sich einfach unterhielten. Das war alles, sagte sie sich.

Deanna senkte das Gesicht, bis ihre Stimme von den gefalteten Händen gedämpft wurde. »Ich habe gegen den Fluch angekämpft, so gut ich konnte. Ich habe versucht nicht zu schlafen. Sie wollen dich in deinen Träumen dazu zu bringen, dass du dich selbst verletzt. Aber das ist der gnädige Teil, nicht wahr? Du fühlst nichts, solange du träumst. Ich wünschte, ich hätte gewusst, wie es ist, dann hätte ich nicht so große Angst gehabt. Es tut mir wirklich leid, Laura. Es tut mir leid, dass ich so viel Angst hatte. Sonst hätte ich ihnen nicht von dir erzählt.«

»Wovon sprichst du?«, fragte Caxton und bemühte sich, weiterhin sanft zu reden.

»Ich habe ihnen gesagt, ich könnte das nicht allein tun. Ich könnte keiner von ihnen sein, wenn das bedeuten würde, dass ich dich zurücklasse. Allerdings sagte Mr. Reyes, er wüsste darauf eine Antwort. Er sagte, sie könnten uns beide gebrauchen. Ihm schien die Idee wirklich zu gefallen.«

Nein, so war das nicht abgelaufen. Das war unmöglich. Caxton fühlte sich, als wäre sie zum Ende des Puzzles gekommen und hätte herausgefunden, dass das Bild nicht mit dem auf dem Kartondeckel übereinstimmte. Sie schüttelte den Kopf. »Das ergibt doch keinen Sinn, Deanna. Du hast alles durcheinandergebracht.«

»Was meinst du?«, fragte die Vampirin.

»Dieser… dieser Fall… Es ging um mich, zumindest zuerst. Weil ich den Halbtoten bei meiner Alkoholkontrolle stoppte. So hat Reyes von mir erfahren.« Das war das Einzige, was sie mit absoluter Sicherheit wusste, der einzige Hinweis, der die ganze Zeit fest in ihrem Bewusstsein verankert gewesen war. Darum hatte Arkeley sie doch überhaupt erst für seinen Kreuzzug rekrutiert. Darum war der Halbtote ihr nach Hause gefolgt. Weil der Vampir sie zu einer von ihnen machen wollte.

»Schatz«, sagte Deanna. »Spielt es wirklich eine Rolle, wer was zuerst getan hat?«

»Natürlich.« Das war das Wichtigste. Die Vampire hatten sie verfolgt. Sie waren von ihr besessen gewesen. »Das alles begann in der Nacht meiner Alkoholkontrolle. Als der Halbtote mir nach Hause gefolgt ist.«

Deanna schüttelte leicht den kahlen Kopf. »Nein, Laura, nein. Es hat schon Wochen davor angefangen.«

»Bullshit«, stieß Caxton hervor. Sie schlang die Arme um den Leib. »Woher willst du das wissen?«

»Mein Gott, hör auf. So blöd kannst du doch gar nicht sein!« Deanna stand auf, und sie folgte ihrem Beispiel. Ihr kam es so vor, als wäre sie als Erste auf den Beinen. Deanna war da noch immer in Bewegung. Am Ende richtete sie sich zu beträchtlicher Größe auf. War sie gewachsen, nachdem sie gestorben war? Vielleicht war auch nur ihre Haltung besser. »Dieser Halbtote ist dir nicht zufällig bei deiner Alkoholkontrolle über den Weg gelaufen. Er kam, um dich zu holen.«

»Nein.« Nein, nein, nein, dachte sie. »Nein.«

»Ja.« Deanna streckte die Hände aus und packte Caxton an

den Schultern. Hart genug, dass es kniff. Vielleicht sogar hart genug, dass es wehtat. Sie wollte sie wirklich davon überzeugen, dass sie die Wahrheit sagte. »Congreve hat ihn geschickt, um dich zu finden und um dich zu ihm zu bringen. Damit du und ich dies hier gemeinsam tun konnten.«

»Nein«, sagte Caxton wieder.

»Ja. Weil ich Angst hatte, es allein zu tun. Und weil Reyes ein zueinander passendes Paar wollte. Ich war so verwirrt, als du mich in jener Nacht geweckt hast, als wäre nichts geschehen. Dann hast du den Halbtoten verjagt. Den, den man auf dich angesetzt hatte.«

Nein, dachte Caxton, aber sie konnte es nicht aussprechen. Denn wenn sie es gesagt hätte, wäre es vermutlich als ein Ja herausgekommen. Weil sie begriff, dass es genau so gewesen sein konnte, wie Deanna sagte. Es war möglich. Nur, dass es nicht so gewesen war. Denn wenn es so gewesen wäre, wenn Deanna die ganze Zeit verflucht gewesen wäre und sie es nicht bemerkt hätte, wenn sie sie auf eine so fundamentale Weise im Stich gelassen hätte …

»Diese ganze Sache, der ganze Schmerz und die Qualen, dabei ging es allein um mich. Und hättest du einfach mal versucht, mit mir zu reden, wärst du in der Nacht, in der ich mich verletzte, einfach bei mir geblieben, dann hätten wir … Dann hätten wir es gemeinsam tun können …«

»Nein!«, schrie Caxton. Sie wollte einfach nur, dass es aufhörte. Sie wollte allem ein Ende bereiten. Sie zog die Glock 23 und feuerte ihre letzten drei Kugeln in Deannas Brust. Eins, zwei drei.

Der Lärm löschte alle Worte aus. Wenn auch nur für einen Augenblick.

Dann schaut sie auf das, was sie getan hatte. Das weiße Seidenkleid war verbrannt und zerrissen, aber die Haut darunter war nicht einmal angekratzt. Deanna war völlig unversehrt.

»O mein Gott – du hast heute Nacht getrunken«, wimmerte Caxton.

»Du bist meine Freundin. Du sollst für alle Zeiten mit mir zusammen sein, ganz egal, was passiert! Wir sollten dieselben Dinge mögen. Warum ist das hier so schwer für dich?«

Die Finger auf Caxtons Schulter schlossen sich wie eine Schraubzwinge. Sie konnte die Knochen in ihrer Schulter krachen hören.

»Liebst du mich denn nicht mehr?«, fragte Deanna.

58.

Deannas Finger gruben sich wie Stahlklingen in Caxtons Fleisch. Ihre Fingernägel waren genauso kurz, wie sie immer gewesen waren, trotzdem schnitten sie durch Caxtons Jacke und Uniformbluse wie Rasierklingen. Im nächsten Moment würden sie ihr die Haut aufschlitzen.

Und was würde dann passieren? Deanna war bereits wütend. Wenn sie frisches Blut sah, würde ihr dann noch bewusst sein, was sie einander einst bedeutet hatten? Caxton war ziemlich sicher, dass das nicht der Fall sein würde.

Sie versuchte sich zu befreien, drehte die Schultern nach links und nach rechts. Deannas Gesicht war wie eine Maske der Qual, die Augen aufgerissen, der Mund weit geöffnet. Und all diese Zähne funkelten selbst im schwachen Licht der Krankenstation. Deannas Kopf bewegte sich nach hinten, bereit, auf Caxtons Hals zuzuschnellen. Die Bewegung verlief quälend langsam, vielleicht sogar unbewusst. War sie vollendet, würde sie tot sein. Sie hatte zugeschaut, wie Hazlitt auf diese Weise gestorben war. Sie hatte genug Vampiropfer gesehen.

Ihre Arme und Hände fingen an zu zittern. Der Todesgriff um ihre Schultern schnürte ihr das Blut ab. Die leere Glock fiel ihr aus der Hand und prallte laut gegen ein eisernes Bettgestell. Caxton biss die Zähne zusammen und konzentrierte jeden Rest ihrer noch verbliebenen Kraft darauf, von Deanna wegzukommen, und sie befreite sich aus ihrem Griff. Ihre Jacke riss in Fetzen, und sie taumelte rückwärts, wild mit den Armen rudernd, während sie über das Bettgestell fiel. Deanna schien sie zu überragen, als würde sie noch größer oder könnte über Caxtons Kopf fliegen. Sie würde von oben zuschlagen. Caxton rollte sich zur Seite.

Das Gewicht des Vampirs traf das Bettgestell mit dem Kreischen von Eisen, das verbogen wurde. Caxton rollte sich herum, landete in der Hocke und sprang wieder hoch. Das ganze Adrenalin gab ihr das Gefühl, schwerelos zu sein, als hätte man sie ausgehöhlt und mit Luft gefüllt.

Sie rannte los, ohne sich die Mühe zu machen, die Lampe einzuschalten. Ihr Fuß streifte ein Bettgestell, und um ein Haar wäre sie gefallen, aber allein durch die Furcht fand sie das Gleichgewicht wieder. Sie krachte schmerzhaft in die Flügeltür am anderen Ende der Krankenstation, ihre Hüfte traf den Riegel. Beide Türhälften flogen ächzend auf, und sie rannte hindurch.

Deanna war hinter ihr, eine Hand griff nach der Tür und erreichte sie fast, bevor Caxton im dahinter liegenden Korridor war. Caxton bog zur Seite und rannte den Flur entlang, mit offenem Mund keuchend nach Luft schnappend. Bevor sie eine andere Tür finden konnte, sprang Deanna ihr in den Rücken und schleuderte sie zu Boden. Sie rutschte über das Linoleum. Reine Willenskraft ließ sie wieder auf die Füße kommen und weiterlaufen.

Noch eine Tür. Der Raum dahinter war mit modrigen Fliesen ausgelegt. Sie konnte keine drei Schritte weit sehen. Sie spürte, dass hier etwas nicht stimmte, als gäbe es nicht genug Wände, oder als neigte sich der Boden … Ja, es war der Boden. Irgendetwas stimmte mit dem Boden nicht. Sie stoppte ruckartig und warf sich gegen die Wand.

Deanna schoss durch die Tür wie ein bleicher Komet durch das endlose All. Den Mund weit aufgerissen, um Caxton mit Haut und Haaren zu verschlingen. Im Zwielicht sah sie aus, als würde sie fliegen, wahrhaftig fliegen – und dann verschwand sie abrupt aus der Sicht.

Caxton versuchte wieder zu Atem zu kommen, aber es schien auf der ganzen Welt nicht genug Luft zu geben, um dieses Verlangen zu stillen. Stechender Kopfschmerz flammte in ihrem Hinterkopf auf, als ihr Hirn nach mehr Sauerstoff schrie, nach mehr Adrenalin, mehr Endorphinen, nach mehr von allem. Sie drückte sich fester an die Wand, als könnte die sie absorbieren, als könnten sich die Fliesen teilen und sie hineinlassen in ein Versteck.

Deanna schrie vor enttäuschter Wut. Der Lärm rollte durch den Raum, erzeugte ein seltsames Echo.

Caxton hob die Maglite und schaltete sie ein. Sie ließ den Strahl über die schmutzigen Fliesen gleiten, versuchte zu begreifen, was geschehen war. Anderthalb Meter weiter vorn hörte der Flur auf. Wäre sie weitergelaufen, wäre sie in die Tiefe gestürzt. Sie schaute zu der Tür, durch die sie gekommen war, und ihre Lampe schälte verblichene schwarze Buchstaben aus der Dunkelheit: SCHWIMMBAD.

Das Schwimmbad – Tucker hatte es einmal erwähnt. Sie unterdrückte die aufsteigende Schuld, die sie wegen Tuckers Tod verspürte, und schaute sich um, wollte sehen, wo Deanna geblieben war. Sie schnupperte. Jeglicher Chlorgeruch war schon lange verflogen, und sie war ziemlich sicher, dass das Schwimmbecken leer war. Aber sie roch etwas Widerwärtiges und Unnatürliches, etwas, das sie die Nase rümpfen ließ.

Vampirgeruch. Wo auch immer Deanna steckte, sie war noch in der Nähe. Nahe genug, um jede Sekunde zuzuschlagen. Spielte sie ein Spiel? Caxton glaubte nicht daran.

Sie musste mehr wissen. Aber sie wollte sich nicht von der Wand lösen. Es war, als wäre ihr Körper mit den Fliesen verschmolzen. Sie machte einen vorsichtigen Schritt auf den Beckenrand zu und leuchtete in die Tiefe.

Bis zum Grund ging es drei Meter hinab. Dort unten sah sie Fliesen, noch mehr Fliesen, endlose Reihen. Einst waren sie weiß und glatt gewesen, aber der schwarze Moder, der den Kitt verschlungen hatte, hatte sich über die Oberfläche ausgebreitet. Zeit und Feuchtigkeit hatten ein paar Fliesen zerbrochen und den Boden mit winzigen scharfen Scherben übersät. Eine stehende Pfütze aus schwarzem Matsch füllte eine Ecke. Ein Stück weiter links befand sich ein massiver Abfluss aus Bronze, der völlig geschwärzt war. Caxton führte das Licht langsam über den Boden. Sie musste es wissen, sie konnte nicht nur …

Deanna sprang in die Höhe und riss ihr fast die Lampe aus der Hand. Ihr Kiefer schnappte ins Leere, und sie landete wie eine Raubkatze wieder auf den Füßen. Sie starrte Caxton an, der Blick war voll reinem und unverfälschtem Hass. An der Vorderseite des weißen Kleides war ein dunkler Schmierfleck. Sie war hereingestürmt, in der Absicht, Caxton zu packen und zu töten und ihren Hunger mit ihrem Blut zu stillen. Sie hatte nicht auf den Weg geachtet und war ins Becken gestürzt.

Caxton trat zurück.

Zeit weiterzulaufen.

Sie rannte durch die Tür in den Korridor zurück. Vermutlich hatte sie zehn oder fünfzehn Sekunden, bevor Deanna eine Leiter fand oder am niedrigen Ende des Beckens herausstieg. Mehr nicht. Dieses Mal benutzte sie die Lampe, um den Weg auszuleuchten, lief die Strecke zurück, die sie gekommen war. Allerdings hatte sie nicht die Absicht, zur Krankenstation zurückzukehren.

Sie brauchte drei oder vier Sekunden, um die Tür zu finden, die sie suchte, die mit der Aufschrift WINTERGARTEN. Sie stieß sie auf und trat ins Mondlicht, das so hell war, dass es sie blendete.

Hinter ihr hörte sie Deanna erneut in frustrierter Wut brüllen. Nun würde es nicht mehr lange dauern, sagte sie sich. Sie musste sich bereit machen.

59.

Erstens musste sie eine Entscheidung treffen. Es war nicht leicht. Sie musste sich entscheiden, ob sie Deanna töten würde. Es spielte keine Rolle, wer sie gewesen war. Es spielte keine Rolle, wer wen im Stich gelassen hatte. Sie fragte sich, was Arkeley gesagt hätte, und sie wusste es. Er hätte Deanna als unnatürlich bezeichnet. Als Monster.

Das half ihr nicht annähernd so viel, wie sie wollte. Sie wusste genau, dass sie ein Monster lieben konnte, wenn sie es zuließe. Sie konnte lernen, Deanna wieder zu lieben, sie konnte ihr vergeben, was sie getan hatte, und es würde nicht einmal so schwierig sein. Aber so, wie es aussah, würde sie diese Chance nicht bekommen. Deanna würde sie töten, falls sie sie nicht zuerst umbrachte. Ihre Entscheidung stand fest. Sie würde Deanna töten, wenn sie konnte.

Nun musste sie überlegen, wie sie das anstellen sollte.

Der Wintergarten, den sie endlich gefunden hatte, war einst ein langer, zwei Etagen hoher Raum gewesen, in dem Ziegelwege zwischen Tischen und Spalieren und riesigen Blumenkübeln vorbeiführten. Die Wände und das schräge

Dach bestanden aus breiten Glasplatten in Rahmen aus Stahlträgern. Einst muss es hier wunderschön gewesen sein, dachte Caxton, ein Zufluchtsort für die sterbenden Patienten. Eine Oase, für die sie ihre Betten verlassen konnten, um etwas Sonne zu tanken. Aber die Zeit und die Elemente hatten das Gewächshaus verändert. Die Pflanzen waren entweder eingegangen oder wucherten wilder, als sich die Patienten jemals hätten träumen lassen. Schlingpflanzen waren die Glaswände emporgekrochen, hatten die dreckigen Scheiben verhüllt und den Boden mit abgestorbenen, braunen Überresten verschmutzt. Das andere Ende des Wintergartens bestand nur noch aus Scherben; vielleicht hatte einer der wilden Stürme, die gelegentlich durch die Hügel von Pennsylvania wüteten, dazu geführt. Dort hatte man gelbes Absperrband gezogen, von einem Stahlträger zum nächsten, um das Personal fernzuhalten. Caxton konnte den Grund sehen – eine ganze Reihe kaputter Scheiben waren senkrecht aufgestellt, ragten wie Speere in die Höhe; vielleicht hatten es dieselben Arbeiter getan, die den Gips und das Bauholz vor die Krankenstation geschafft hatten.

Caxton brauchte eine Waffe. Sie schwenkte ihre Taschenlampe und entdeckte eine Stahlstrebe, die einst eines der Gitter gestützt hatte. Sie sah ziemlich verrostet aus; möglicherweise würde sie sich mit ein paar Tritten lösen lassen. Mit einer aus Furcht und Verzweiflung geborenen Wut bekam sie sie frei. Sie packte sie und fühlte sich sofort besser, obwohl sie wusste, dass dieses Gefühl der Sicherheit eine Illusion war. Sie hatte eine Stahlstange von Schlagstocklänge mit einem gezackten, bösartig aussehenden Ende.

Als Nächstes musste sie die Tür sichern. Dort stand ein Terrakottatopf von der Größe eines Kühlschranks, den sie möglicherweise als Barriere benutzen konnte. Sie ging darauf zu, wusste, dass sie jedes Quäntchen Kraft brauchen würde, um ihn zu bewegen – da flog die Tür auf und Deanna stürmte herein.

Sie war mehr als fünf Meter entfernt. Und dann stand sie direkt neben Caxton. Ihr bleicher Arm zuckte auf sie zu wie das Blitzlicht einer Kamera. Caxtons Gesicht brannte vor Schmerz, ihre Ohren dröhnten, als wäre ihr Kopf eine Glocke, die man geläutet hatte. Sie taumelte zurück. Ihre Nase schmerzte, und sie fragte sich, ob sie gebrochen war. Sie kämpfte darum, nicht zu stürzen, und als das hoffnungslos erschien, versuchte sie, den Sturz mit den Händen abzufangen.

Deanna griff zu, und Caxton wurde empor gerissen, noch bevor sie auf dem Boden aufprallte. Die Vampirin versetzte ihr einen Hieb in den Magen, und ihr blieb die Luft weg. Übelkeit schoss in ihr hoch; sie hatte das Gefühl, sich gleich übergeben zu müssen. Deannas Hand landete auf ihrem Unterarm. Sie fühlte die Knochen dort auf unnatürliche Weise aneinander reiben. Sie verlor die Kontrolle über ihre Hand, die erbärmliche Eisenstange flog durch die Luft und rollte klirrend über den Ziegelboden.

Caxton hätte nicht einmal mehr stehen bleiben können, wäre sie von einem Gerüst gestützt worden. Sie sackte zusammen, fiel schmerzhaft auf die Knie und hielt sich den Magen. Es fühlte sich an, als wären ihre Eingeweide zerrissen. Deanna hatte ihre Haut nicht verletzt. Da war kein Tropfen Blut an ihr, nicht einmal an ihrer Nase, die taub und heiß und zumindest gequetscht war. Sie hatte schreckliche Schmerzen und das Gefühl, niemals wieder aufstehen zu können. Aber sie blutete nicht.

Deanna hatte ihren Angriff durchdacht. Sie hatte sorgfältig darauf geachtet, sie in einem Stück zu lassen. »Was willst du von mir?«, ächzte Caxton.

»Du weißt, was wir wollen. Du weißt, was *sie* will.« Deanna ging vor Caxton in die Hocke und legte die Arme um die gebeugten Knie. »Wir wollen, dass du dich umbringst und die Sache endlich zu Ende bringst.«

»Das will sie«, erwiderte Caxton. »Ich habe gefragt, was *du* willst, Deanna.«

Deanna legte den Kopf auf die Arme und schaute zur Seite. Sie musste darüber nachdenken. »Wir haben doch bloß einen kleinen Streit, du und ich, das ist alles. Wir können darüber hinwegkommen und uns wieder versöhnen. Ich liebe dich noch immer. Ich will noch immer mit dir zusammen sein. Aber das geht auf keinen Fall, solange du noch ein Mensch bist. Also will ich, dass auch du Selbstmord begehst.«

Wenn sie darüber nachdachte, klang das gar nicht so schlecht. Es würde alle Schmerzen und alle Furcht beenden. »Ich würde dich für alle Ewigkeit verabscheuen«, sagte sie. »Ich würde dich für das hassen, was du aus mir gemacht hast.«

Deanna lächelte traurig. »Nein, es tut mir leid, aber das ist nicht wahr. Vielleicht wärst du in der ersten Zeit noch aufgebracht. Aber dann würdest du hungrig werden. Dein Blutdurst wäre größer als der Hass auf mich. Sobald du es geschmeckt hast… Nun, sobald ich es geschmeckt hatte, wusste ich, dass das kein Fluch ist. Schatz, es ist mir egal, ob ich alt und runzelig werde. Es ist mir egal, wie schlimm das Blut schmeckt. Als ich fühlte, wie stark es mich macht, war mir alles andere egal. Dir wird es genauso gehen. Ich verspreche es.«

Caxton war sich ziemlich sicher, dass sie die Wahrheit sagte. »Aber ich habe solche Angst, Deanna«, gab sie zu. »Du weißt das mit meiner Mom.« In ihrem Augenwinkel bildete sich eine Träne, aber sie unterdrückte sie. Zu übertrieben.

Deanna streckte die Hand aus und streichelte ihr über das Haar. »Ich weiß. Ich weiß, dass du Angst hast. Aber es dauert doch nur eine Sekunde.« Sie packt Caxtons Arme und hob sie auf die Füße. »Komm. Ich helfe dir.«

»Nein«, sagte sie. »Lass es mich selbst machen.« Sie war noch immer wackelig auf den Beinen, aber sie hatte sich genug erholt, um gehen zu können. Sie trat zu der Stelle, wo die Eisenstange auf dem Boden lag. »Lass uns ins Mondlicht gehen«, sagte sie. »Ich kann das nicht im Dunkeln.«

Deannas Lächeln war völlig rein und unschuldig.

Sie ging zu dem Absperrband und hob die Stange. Deanna hatte sie ziemlich verletzt, hatte aber sorgfältig darauf geachtet, keinen Tropfen Blut zu vergießen. Sie begriff noch nicht genau, warum, aber sie wusste, dass es wichtig sein musste. »Vielleicht sollte ich es so machen«, sagte sie und zog das scharfe Ende der Stange über ihr linkes Handgelenk.

»Schatz, nein«, keuchte Deanna, hob eine Hand, um sie aufzuhalten. Dann ließ sie sie sinken und starrte bloß noch.

Schmerz flammte in einer zerrissenen Linie über Caxtons Arm. Eine Rasierklinge hätte einen sauberen Schnitt verursacht, aber die Wunde hätte nicht so stark geblutet. Caxton beobachtete, wie dunkles Blut in der Wunde emporquoll und den schmalen Riss in ihrem Fleisch füllte. Es rann über die Ränder des Schnitts und lief ihr Handgelenk hinunter. Ein Tropfen landete auf dem Ziegelboden, schimmerte schwarz im Mondlicht.

»Oh, Schatz«, sagte Deanna. Sie starrte das Blut auf Caxtons Arm an.

»Was ist? Mache ich das falsch?«, fragte Caxton. Congreve war besinnungslos und verletzt gewesen, hatte reglos auf dem Boden gelegen, und ein einziger Tropfen Blut hatte ihn wiederbelebt. Er war wie eine Dosis Adrenalin gewesen, die man direkt in sein Herz gepumpt hatte. Reyes hatte sie gefoltert und geschlagen, aber auch er hatte nie ihre Haut verletzt.

Vielleicht hatten sie genauso viel Angst vor dem Blut, wie sie danach gierten. Vielleicht machte das Blut sie verrückt. Vielleicht führte es zu Kontrollverlust.

Deannas Mund war weit aufgerissen. Im nächsten Moment rannte sie los, die Arme weit ausgestreckt, die Augen geschlossen. Sie schien beinahe durch die Luft zu fliegen. Ihre Füße berührten kaum den Boden, und sie bewegte sich mit der Geschwindigkeit eines galoppierenden Pferdes – angelockt von dem Blut.

Caxton wartete den richtigen Augenblick ab, warf sich zu Boden und rollte nach links, und Deanna schoss direkt an ihr vorbei, bewegte sich zu schnell, um einfach stehen bleiben zu können.

Die Vampirin landete in den aufrecht stehenden, zerbrochenen Scheiben, mitten in den Glasspeeren. Ihre Arme fuchtelten durch die Luft, auf der Suche nach einem Halt, um den Aufprall zu stoppen. Splitter flogen wie umherwirbelnde Schneeflocken durch die Luft.

Der Laut … der Laut war unirdisch. Ein gebrochener Schrei. Eine Million winzige klirrende Glocken.

Ein lebendiges menschliches Wesen wäre in Stücke geschnitten worden. Deanna stand langsam wieder auf, das Kleid hing in Fetzen von ihrem Körper. Ihre Haut war ein Labyrinth aus Blut, dunklem, totem Blut, das Arme und Beine hinunterströmte. Sie versuchte es mit den Händen aufzuhalten. Leckte sich wie eine Katze, um sich das verlorene Blut wieder einzuverleiben.

Es würde nicht funktionieren. »Es muss frisch sein«, sagte Caxton. »Es muss warm sein.«

Deanna schaute auf, ihre roten Augen blickten verwirrt. Sie begriff nicht, was gerade mit ihr passiert war. Dann fiel ihr Blick auf Caxtons tropfendes Handgelenk, und unwillkürlich öffnete sich ihr Mund. Sie machte einen Schritt nach vorn – und eine Scherbe bohrte sich sauber durch ihren Fuß. Sie heulte auf.

Caxton nahm die Uniformkrawatte ab und schlang sie sich

um das Handgelenk, zerrte sie fest, bis es wehtat, und verknotete sie dann als Aderpresse. Jetzt noch zu verbluten wäre wirklich albern.

Sie ließ Deanna noch ein paar Schritte auf sich zugehen. Wartete ab, bis das ganze Blut aus ihrem makellosen Körper getropft war, der sich bereits wieder geheilt hatte, nun aber blasser aussah. Viel blasser. Deanna wirkte wie eine Marmorstatue. Ihre Wangen waren nicht mehr gerötet. Das Blut würde sie nicht mehr beschützen. Es wäre nett gewesen, jetzt eine voll geladene Glock zu haben, aber die scharfe Stahlstange war genauso gut. Caxton holte weit aus und trieb das spitze Ende direkt in Deannas Brust, ein kleines Stück links vom Brustbein.

Deanna kreischte und winselte und versuchte Worte zu bilden, um zu betteln, zu flehen. Vielleicht, um Lebewohl zu sagen. Caxton zog die Stange heraus und stach wieder zu. Und noch einmal. Drei Mal musste reichen, entschied sie. Das musste es einfach. Sie hatte nicht mehr die Kraft, um ihre Lebensgefährtin ein viertes Mal zu durchbohren. Ihre Arme fühlten sich wie Gummi an.

Irgendwann hörte Deanna auf, sich zu bewegen. Ihre roten Augen starrten zum Mond hinauf, ihr weißes Gesicht war völlig reglos, unberührt von Schrecken oder Schmerz oder Tod.

60.

Es war nicht einfach, aus dem zersplitterten Wintergarten zu steigen, selbst wenn man nicht von Vampiren verfolgt werde. Aber schließlich hatte sie es geschafft und begab sich zur Vorderseite des Gebäudes. Bewegte sich leise und langsam, um nicht auf Halbtote zu treffen. Sie würde Hilfe für

Arkeley holen. Das würde dann das Ende sein. Sobald er sicher auf dem Weg ins Krankenhaus war – vorausgesetzt, er war noch nicht tot –, würde der Fall offiziell abgeschlossen sein.

Vorn auf dem Rasen erwartete sie eine seltsame Überraschung – buntes Licht, das über die Bäume huschte und auf dem nassen Gras blitzte.

Licht überschwemmte sie, beleuchtete ihre Hände, ihren verletzten Unterarm. Funkelte rot, blau, gelb und weiß in ihren Augen. Nicht weniger als zwölf Streifenwagen standen kreuz und quer auf dem Rasen vor dem Sanatorium. Zwei Krankenwagen und der Granola Roller waren auch da. Captain Suzie ragte aus dem Dach des Panzerwagens, eine MP5 an der Schulter. Mit der freien Hand winkte sie Caxton heran.

Wut schoss in Caxton hoch und rötete ihre Wangen. Wo waren alle diese Leute bloß geblieben? Warum hatte nicht jemand anders Deanna für sie töten können? Während sie hier vor dem Haus gewartet hatten, hatte sie drinnen um ihr Leben kämpfen müssen.

Dann öffnete sich die hintere Tür des Granola Rollers, und Clara sprang heraus, Knie- und Ellbogenschützer über der Uniform des Sheriff's Department. Jemand brüllte sie an, sie solle stehen bleiben, aber sie rannte, bis sie die Arme um Caxton geschlungen hatte.

»Sie haben dich nicht umgebracht », sagte sie. »Als ich deine SMS bekommen hatte, bin ich sofort zu deinem Haus gefahren.«

»SMS?«, fragte Caxton. Ja, richtig – sie hatte eine geschickt, bevor sie und Arkeley den Schuppen verlassen hatten. Vor Stunden.

»Du hast gesagt, du würdest meine Hilfe brauchen, hast bloß vergessen zu erwähnen, worum es eigentlich ging. Ich fuhr zu deinem Haus, und dort sah es aus wie auf einem Kriegsschauplatz. Alles war verwüstet, überall lagen Leichen herum. Die Hunde jaulten wie verrückt.«

»Die Hunde?«

Clara nickte. »Sie sind okay. Sie sind jedenfalls nicht verletzt, bloß verängstigt. Ich dachte mir, du willst das wissen.«

Die Hunde waren okay. Das war doch etwas, eine gute Nachricht, an die man sich klammern konnte. Caxton brauchte mehr davon. Sie brauchte mehr Gutes, mehr Lebenswertes. Irgendetwas, damit sie keinen Nervenzusammenbruch bekam.

»Als mir klar wurde, dass du nicht da bist, rief ich mein Department und die Trooper und das Bureau of Prisons und jeden anderen an, der mir einfiel.« Claras Miene veränderte sich, von allgemeiner Sorge zu einer ganz konkreten. »Hey«, sagte sie. »Geht es dir gut?«

Was sollte sie darauf nur antworten? Nach allem, was geschehen war. Nach dem, was sie getan hatte. War sie überhaupt noch ein richtiger Mensch? Sie war sich nicht sicher. »Ich bin … Nein. Mir geht es nicht gut.«

Clara nickte. »Aber das wird es wieder.« Sie beugte sich vor und drückte ihre Lippen auf Caxtons. Nach dem ersten Moment der Überraschung ergab sich Caxton in die Umarmung. Es fühlte sich an, als würde sie in den Armen der anderen Frau versinken. Von den geparkten Streifenwagen ertönten ein halbes Dutzend schrille Pfiffe und Applaus, aber das war Caxton egal. Es war eine sehr lange Nacht gewesen.

»Danke. Danke, dass du zu meiner Rettung gekommen bist«, sagte sie.

Claras Blick war wissend, so wissend. Vielleicht verstand sie sie ja doch ein kleines bisschen. Jedenfalls half es ihr irgendwie, auch wenn Caxton es nicht begriff. Die flackernden Lichter beschienen Claras Gesicht rot, dann grün, dann blau.

Caxton ging zum Granola Roller und nickte Captain Suzie zu. Sie blickte sich um und entdeckte auch Claras Sheriff.

Er befand sich außerhalb seines Zuständigkeitsbereichs, aber vielleicht hatte die State Police ihn für den Augenblick zum Deputy erkoren. Sie würde sich später Sorgen um den Papierkram machen. »Ich brauche eine Schrotflinte«, sagte sie. Man holte eine aus einem Kofferraum und brachte sie ihr. »In diesem Gebäude hält sich eine unbekannte Zahl an Halbtoten auf«, sagte sie. »Wir müssen sie alle finden. Aber zuerst müssen wir Special Deputy Arkeley dort herausschaffen. Er ist in keinem guten Zustand.« Zu spät begriff sie, dass sie hier keinerlei Autorität hatte – schließlich war sie bloß eine Angehörige der Highway Patrol. »Klingt das akzeptabel?«

Captain Suzie grinste zu ihr herunter. »Übernehmen Sie die Führung, Trooper.«

Caxton versammelte sechs schwer bewaffnete Trooper um sich, die alle starke Taschenlampen trugen. Der Weg zu Malverns Privatstation war in ihre Erinnerung eingebrannt, aber sie hasste es trotzdem, sich wieder in die Dunkelheit von Arabella Furnace zu begeben. Sie hatte das Gefühl, als könnte sich in diesen Schatten alles mögliche verbergen. Als sie endlich den Plastikvorhang vor dem Raum erreicht hatten, atmete sie erleichtert auf. Nichts hatte sie angegriffen. Keine bleichen Gestalten waren aus der Dunkelheit gestürzt, um sie in Stücke zu reißen. »Okay, haltet die Trage bereit«, sagte sie und drängte sich durch den Vorhang.

Es überraschte sie, dass Arkeley aufrecht dasaß. Aber noch überraschender war es, dass Malvern offenbar aus eigener Kraft aufgestanden war.

Die uralte Vampirin sah nicht völlig geheilt aus, nicht einmal annähernd. Ihre Muskeln waren so trocken und dünn wie Schlingpflanzen im Winter, und sie schmiegten sich an Knochen, die sich deutlich unter der papierartigen Haut abzeichneten. Das alte Kleid hing wie ein Zelt an ihr. Ihr Gesicht war hager und fleckig, und das eine gute Auge schien nur zur Hälfte ausgebildet. Aber das Blut, das Scapegrace und Deanna gebracht hatten, musste wohl ausgereicht haben, damit sie das erste Mal seit über einem Jahrhundert aus dem Sarg steigen konnte. Sie hielt sich gerade und näherte sich Arkeley mit geöffnetem Mund. Ihr Gebiss sah wieder völlig intakt aus – die Zähne waren scharf, tödlich und zahlreich.

»So ist es gut. Komm her«, sagte Arkeley. Er stützte sich auf einem Arm auf. Mit dem anderen winkte er Malvern heran. »Komm näher, du alte Hexe. Du willst es. Du kannst es haben.«

Irgendwie musste er sich die Hand aufgeschnitten haben. Auf dem Handteller klebte frisches Blut. Vielleicht hatte er auch einfach nicht zu bluten aufgehört – es war die Hand ohne Finger, die Hand, die Scapegrace zur Hälfte abgebissen hatte. Als sich die Lichtbahnen der Taschenlampen dort kreuzten, schimmerte sie feucht.

Caxton konnte das Verlangen, die Gier spüren, die Malverns Körper ausstrahlte. Jede Faser ihres regenerierten Selbst wollte dieses Blut. Sie sah nichts anderes, und sie konnte an nichts anderes denken.

Caxton wusste, was Arkeley da tat. Vor langer Zeit hatte ein Richter beschlossen, dass Malvern ein menschliches Wesen war, dass das Gesetz sie vor Angriffen der Polizei beschützte. Doch falls Malvern die geringste Anstrengung unternahm, einen Menschen zu verletzen oder zu schädigen, änderte sich das. Kein Gericht in diesem Staat würde den State Trooper verurteilen, der eine Vampirin erschoss, während sie Arkeley angriff. Sobald sie ihn auch nur berührte, war sie Freiwild.

Caxton wollte Arkeley anbrüllen oder ihrer Eskorte befehlen, ihn dort rauszuholen. Sie wollte sein Leben retten. Aber sie wusste, was er davon halten würde. Sein ganzes Leben oder zumindest die letzten zwanzig Jahre hatte er dieser einen

Chance gewidmet. Er würde nicht wollen, dass sie ihm jetzt jemand versaute.

Caxton blieb stehen. Sie spürte, wie die Trooper hinter ihr unruhig wurden. Die Männer wollten angreifen. Sie hielt beide Hände hoch, um sie aufzuhalten.

»Komm schon. Komm und hol es dir«, krächzte Arkeley.

Malvern rauschte auf ihn zu. Ihre an ihrem Körper herunterhängenden Hände ballten sich zu Fäusten und streckten sich wieder. Sie musste es wissen. In ihrem Sarg hatte sie viel Zeit gehabt, sich vorzustellen, wie es wohl sein würde, einen Bissen von dem Fed zu nehmen, der sie eingesperrt hatte – welche Rachephantasien hatte sie wohl gehabt? Aber sie musste auch wissen, was dann mit ihr geschehen würde. Was sie ein Schluck Blut kosten würde.

»Du kannst nicht widerstehen«, verhöhnte Arkeley sie. »Wärst du ein Mensch, dann könntest du vielleicht damit umgehen. Aber du bist ein Vampir, und du kannst dem Geruch von Blut einfach nicht widerstehen, oder?«

Er rutschte ihr entgegen, die Hand ausgestreckt, er wedelte ihr damit vor dem Gesicht herum. Er war kurz davor, eine Anstiftung zu begehen. Caxton entschied, dass sie für ihn lügen würde, wenn man sie vor Gericht dazu befragte. Sie würde alles tun, um ihm seinen Sieg zu ermöglichen.

Ein dünnes, durchsichtiges Lid schob sich über Malverns Auge. Es zitterte leicht, als würde sie gleich in Ohnmacht fallen.

»Komm schon!«, brüllte Arkeley. Auch er bebte am ganzen Leib. Er musste seine letzten Reserven mobilisiert haben. »Komm schon!«

Ihr Mund schloss sich langsam. Gequält. Dann öffnete er sich wieder, und ein raschelnder Laut entfuhr ihm, wie eine Papiertüte, die man zerknüllte. »Sei verdammt«, sagte sie.

Dann drehte sie sich um und schlich zu ihrem Sarg zurück,

kroch über den Rand. Sie legte sich zurück und bettete den runzeligen Kopf auf das Seidenpolster.

»Nein!«, brüllte Arkeley und hieb mit der verletzten Hand auf den Boden. »Ich habe zu viel Zeit damit verbracht. Ich habe alles verloren.«

Mit zögernden, schwachen Bewegungen griff Malvern nach oben zum Sargdeckel. Und zog ihn mit ihren skelettähnlichen Händen zu.

Danksagungen

Viele Leute haben mir beim Verfassen und der Vorbereitung dieses Romans geholfen. Ich möchte allen meinen Online-Lesern danken. Bei jedem Versuch, alle Leute aufzulisten, vergesse ich diejenigen, die Besseres verdient haben, also werde ich es dieses Mal gar nicht erst versuchen. Ihr alle wisst, wen ich meine. Eure Kommentare und eure Unterstützung haben diesen Roman erst ermöglicht.

Danken möchte ich auf jeden Fall Alex Lencicki, der ein wunderbarer Freund und ein toller Geschäftspartner war. Alex hat diesem Buch sein erstes Zuhause gegeben und von Anfang an daran geglaubt.

Mein Lektor Jason Pinter verdient mit Sicherheit meinen Dank für seine Hilfe, das Manuskript zu verbessern und diese Geschichte stärker zu machen. Carrie Thornton hat meine Schriftstellerei schon unterstützt, als ich noch nichts Vernünftiges vorzuweisen hatte, und sie hat in ihren Bemühungen niemals nachgelassen, wofür ich ihr danke.

Und schließlich möchte ich meiner Frau Elisabeth danken. Als ich damit zu kämpfen hatte, wie ich diese Geschichte beenden sollte, schlug sie ein mögliches Ende vor: »Und dann fraß der Goblin den Vampir. Ende.«

Will Elliot
Hölle

PIPER

Für meine Eltern

TEIL EINS

EINZUG DER CLOWNS

A carnival for the human race
Cotton candy, happy face
A child talking with his mouth full
Girlfriend gets stuffed animal

A festive mood is all around
Another world is what we've found

CAROUSEL

KAPITEL EINS
DER SAMTBEUTEL

There was not one among them that did not cast an eye behind
In the hope that the carny would return to his own kind.

»THE CARNY«, NICK CAVE

Jamie hielt mit quietschenden Reifen. Der erste Gedanke, der ihm durch den Kopf schoss, war nicht: *Den Typen hätte ich fast platt gemacht!*, sondern: *Das* Ding *hätte ich fast platt gemacht!* Die Erscheinung im gleißenden Licht der Scheinwerfer trug einen weiten Kittel mit knallbuntem Blumenmuster, übergroße rote Schuhe, eine gestreifte Hose und weiße Schminke im Gesicht.

Was Jamie sofort beunruhigte, waren die Augen des Clowns, seine leeren, glasigen Pupillen, die den Eindruck erweckten, dass er völlig neu auf dieser Welt war und noch nie im Leben ein Auto gesehen hatte. Man hätte meinen können, das Geschöpf sei soeben aus einem Riesenei geschlüpft und geradewegs auf die Straße gelaufen, wo es nun so verwirrt und regungslos stand wie eine Schaufensterpuppe, den geblümten Kittel in den Hosenbund gestopft, über den ein schlaffer Bauch quoll. Die in die Hüften gestemmten Arme standen zu beiden Seiten wie Henkel ab, mit weißen Handschuhen über den geballten Fäusten. Schweißflecken breiteten sich unter den Achseln aus. Die Gestalt starrte Jamie mit gruseligen Glotzaugen durch die Windschutzscheibe an, ehe sie das Interesse verlor und sich von dem Fahrzeug abwandte, das ihr beinahe das Lebenslicht ausgeblasen hätte.

Der Uhrzeiger am Armaturenbrett sprang gerade auf die zehnte Sekunde nach Jamies Vollbremsung. Es roch nach verbranntem Gummi. Seit er den Führerschein besaß, hatte die Welt zwei Katzen, einen Fasan und nun auch beinahe ein absolut hirnrissiges Exemplar von einem Menschen verloren. Jamie ging blitzschnell durch den Kopf, was alles hätte passieren können, wenn sein Fuß nicht *sofort* die Bremse durchgetreten hätte: Prozesse, Verurteilungen, schlaflose Nächte und Schuldgefühle für den Rest seines Lebens. Autofahrer-Zorn erfasste ihn und brach mit Wucht aus ihm hervor. Er kurbelte das Fenster herunter und schrie dem anderen hinterher: *»Hey! Verzieh dich von der Straße, du Arsch!«*

Der Clown blieb stehen und drehte den Kopf – sein Mund klappte zwei Mal lautlos auf und zu. Jamies Zorn brachte ihn an den Rand eines Anfalls. Fand der Typ das vielleicht *komisch*? Er knirschte mit den Zähnen und schlug auf die Hupe. Sein kleiner alter Nissan keifte heiser in die Zwei-Uhr-Morgenstille.

Damit schien er Eindruck zu machen. Der Mund des Clowns klappte noch einmal auf und zu, dann presste die Gestalt die weiß behandschuhten Finger auf die Ohren. Der Blick, der Jamie traf, jagte ihm einen eiskalten Schauer über den Rücken. *Mach das nie wieder, Mann!*, sagten die unheimlichen Augen. *Einer wie ich hat seine Macken, klar? Und du willst doch ganz bestimmt nicht, dass ich meine Macken an dir auslasse, oder?*

Jamies Hand verharrte über der Hupe.

Der Clown wandte sich dem Fußweg zu, tat ein paar torkelnde Schritte und blieb dann erneut stehen. Wenn jetzt ein Wagen von der anderen Seite kam, würde er das vollenden, was Jamie gerade noch verhindert hatte. Egal. Mutter Natur machte es schon richtig – das war nun mal das Schicksal der dummen Gene. Mit Kopfschütteln und einem nervösen Lachen fuhr Jamie los. »Was hatte das zu bedeuten, verdammt noch mal?«, flüsterte er seinem Gegenüber im Rückspiegel zu.

Er sollte es nur zu bald erfahren – um genau zu sein: in der folgenden Nacht.

»Teufel, wo ist mein REGENSCHIRM?«

Jamie stöhnte innerlich auf. Die Frage war nun bereits zum fünften Mal an ihn gerichtet worden, mit wechselnder Betonung der einzelnen Worte. Vor ihm stand kein Geringerer als Richard Peterson, seines Zeichens Briefkastenonkel bei einem der nationalen Käseblätter namens *Voice of the Taxpayer*. Er war durch das Portal des Wentworth Gentlemen's Club hereingerauscht, umweht von Armani und Schuhwichse. In seiner Eigenschaft als Portier erhielt Jamie achtzehn Kröten die Stunde, gerade genug, um solche Tiraden höflich über sich ergehen zu lassen.

Peterson verstummte und bedachte ihn mit einem grimmigen Blick. Sein Schnurrbart zuckte empört.

»Tut mir leid, Sir, ich habe ihn nicht gesehen. Kann ich Ihnen vielleicht mit einem Schirm des Hauses ...«

»Dieser Schirm war ein ERBSTÜCK, verdammt noch mal!«

»Ich verstehe, Sir. Vielleicht ...«

»WO zum Teufel ist mein Regenschirm?«

Jamie verzog das Gesicht, während zwei attraktive Damen am Portal vorbeischlenderten und das Theater lächelnd mitverfolgten. In den nächsten zwei Minuten beteuerte er immer wieder: »Ich verstehe, Sir. Vielleicht –«, während Peterson drohte, seine Mitgliedschaft zu kündigen, das Haus zu verklagen oder dafür zu sorgen, dass Jamie gefeuert wurde ... *Er wisse wohl nicht, wen er vor sich hatte?* Schließlich tauchte einer von Petersons Kollegen im Foyer auf und trieb ihn an die Bar, so wie man einen Dobermann mit einem blutigen Steak überzeugte. Peterson zog sich knurrend zurück. Jamie seufzte. Nicht zum ersten Mal erschien ihm sein Leben wie eine Sitcom.

Der abendliche Ansturm um sechs kam und ging vorüber. Herein brach die bierbäuchige Brisbane-Prominenz – Anwaltskanzleipartner, TV-Nachrichtensprecher, AFL*-Oberbosse, ehemalige Kricketspieler, die es um ein Haar ins Nationalteam

* Australian Football League

geschafft hatten, Abgeordnete des Landesparlaments und Geschäftsleute aller Couleur, außer jungen und weiblichen. Schließlich legte sich wieder Stille über das Foyer. Die einzigen Geräusche, die den Granit der Außenmauern durchdrangen, waren gedämpfter Verkehrslärm, das allmählich nachlassende Hasten und Rennen in der Großstadt und schließlich das Erwachen des Nachtlebens.

Die friedliche Stille im Foyer wurde nur hin und wieder durch Klubmitglieder gestört, die betrunkener und glücklicher gingen, als sie gekommen waren. Nachdem der Letzte von ihnen ins Freie getorkelt war, vertiefte sich Jamie in seinen Science-Fiction-Roman und warf ab und zu einen verstohlenen Blick über die Schulter, um nicht von seinem Chef oder einem versprengten Brisbane-Promi beim Schmökern erwischt zu werden. Er empfand es als ausgleichende Gerechtigkeit, dass er auch für diese Tätigkeit seine achtzehn Kröten die Stunde erhielt.

Die Uhr schlug zwei. Jamie schreckte aus einer Art Trance hoch und fragte sich, wo die letzten sechs Stunden geblieben waren. Im Klub herrschte Stille. Die Belegschaft war nach Hause gegangen, und sämtliche Mitglieder lagen im Bett, mit Bier gut abgefüllt und vermutlich eine schlafende Hostess neben sich.

Jamie schlenderte zum Myer Centre, ein hoch aufgeschossener, schlaksiger junger Rotschopf mit dünnen Beinen und blank gewichsten Schuhen, deren Absätze auf das Pflaster knallten, die Hände in den Hosentaschen vergraben und eine Dollarmünze zwischen Daumen und Zeigefinger drehend. Ein Bettler hatte in Erfahrung gebracht, wann seine Schicht zu Ende war, und versuchte ihn seit Wochen auf dem Weg zum Parkplatz abzufangen. Als könne er Gedanken lesen, trat der Alte vor dem Myer Centre auf Jamie zu, gekleidet wie ein vergammelter Nikolaus und umgeben von einer Fuselwolke. Er murmelte etwas über das Wetter und zeigte sich völlig verwundert, als Jamie ihm den Dollar schenkte. So endete

Jamies Schicht doch noch einigermaßen erfreulich – in einer Flut überschwänglicher Dankesbekundungen.

Während er den Nissan anließ, überlegte er erneut, weshalb er sich all das antun musste. Warum zum Henker er ausgerechnet Kunst studiert hatte. Auf der Heimfahrt sah er wieder einen Clown.

Die Frontscheinwerfer glitten an den geschlossenen Läden von New Farm vorbei, und da stand er, vor einem Lebensmittelgeschäft. Es war nicht der gleiche Clown wie in der Nacht zuvor; dieser hier hatte dunkle Haarbüschel, die wie Stachel von einem basketballrunden Kopf abstanden. Auch sein Kostüm war anders – er trug ein schlichtes rotes Hemd, das an altmodische Feinrippunterwäsche erinnerte und Brust und Bauch eng umspannte, dazu eine Hose des gleichen Alters mit Schnellfeuerklappe. Das weiß geschminkte Gesicht, die Plastiknase und die roten Riesenschuhe waren der einzige Hinweis darauf, dass es sich bei dem Typen überhaupt um einen Clown handelte; ohne dieses Zubehör hätte man ihn vielleicht für einen einsamen Mittfünfziger halten können, der sich nach einer Sauftour verlaufen hatte oder auf der Suche nach einer Hinterhofromanze war.

Im Vorbeifahren bemerkte Jamie, wie verzweifelt der Clown aussah. Er streckte die Arme in die Luft und schrie, als wolle er sich bei den Mächten des Himmels über irgendetwas beklagen. Im Rückspiegel bekam Jamie noch mit, wie der Clown zwischen dem Lebensmittelgeschäft und einem Gartencenter verschwand.

Jamie hätte es am liebsten dabei belassen – jeder wusste, dass in New Farm genug Spinner unterwegs waren. Er wäre gern heimgefahren und über die Hintertreppe nach oben geschlichen, um zu duschen. Danach hätte er etwas Futter für die Katzen verteilt, die in Legionen durch das Viertel streunten, hätte leise sein Zimmer aufgesucht und sich zu einem Internet-Porno einen runtergeholt, bis er einigermaßen zufrieden ins Bett gefallen wäre. Aber sein Wagen hatte andere Pläne. Erst vernahm Jamie das mahlende Geräusch eines großen verstimmten Metallbauchs – und dann stieg ihm der Geruch von Öl und Rauch in die Nase. Mitten auf dem Heimweg gab sein eigentlich unverwüstlicher Nissan den Geist auf.

Er hieb mit der flachen Hand auf den Beifahrersitz. Musikkassetten spritzten wie aufgescheuchte Riesenschaben in alle Richtungen. Sein Zuhause war noch vier Straßen und eine Anhöhe entfernt. Er spannte die schlappen Wadenmuskeln an, um das meuternde Wrack anzuschieben, als er hinter sich eine seltsame Stimme vernahm.

»Goshy!«

Jamies Herz setzte aus. Gleich darauf rief die Stimme erneut.

»Goshy?«

Er hatte den Clown völlig vergessen. Es war die Stimme eines Clowns, eine kindliche, übertrieben besorgte und weinerliche Stimme aus dem Mund eines erwachsenen Mannes. Der Tonfall beschwor in Jamie das Bild eines Dorfdeppen herauf, der sich fortwährend mit dem Hammer auf den Kopf schlug und fragte, was da so schepperte. Wieder rief der Clown: »Goshiiiii?«

Goshy? War das eine Art Schimpfwort? Jamie machte kehrt und ging zurück zum Parkplatz des Lebensmittelgeschäfts. Die Straßen waren still und seine Schritte kamen ihm sehr laut vor. Einem Instinkt gehorchend, der ihm riet, sich verborgen zu halten, kroch er hinter eine Hecke neben dem Parkplatz und spähte durch das Blattwerk. Der Clown stand vor dem Gartencenter, starrte zum Dach hinauf und ging sämtliche Posen eines verzweifelten Vaters durch – fuhr sich mit den Fingern durch den Haarschopf, reckte die Arme himmelwärts, presste wie eine exaltierte Bühnendiva eine Hand an die Stirn, trat dann zurück und stöhnte. Jamie wartete, bis die Gestalt ihm den Rücken zuwandte, ehe er hinter der Hecke hervorflitzte und sich hinter einer riesigen Mülltonne für Industrieabfälle duckte, um das Geschehen besser mitverfolgen zu können. Der Clown gab nicht auf. »Gosh-iiiiii!«

Ein Gedanke schoss ihm durch den Kopf. *»Goshy« ist ein Name. Vielleicht der Name des Clowns, den ich um ein Haar überfahren hätte. Vielleicht sucht dieser hier nach ihm, weil er sich irgendwie verlaufen hat.* Das schien zu passen. Und noch während er den Clown beobachtete, entdeckte Jamie auch den anderen. Der Typ von letzter Nacht stand nämlich auf dem Dach des Gartencenters, steif wie ein Schornstein. Und dann starrte er Jamie an, und zwar so unvermittelt, dass dieser beinahe aufgeschrien hätte. Die Blicke des Clowns zeigten wie in der Nacht zuvor blanke Verständnislosigkeit.

»Goshy, das is nich *lustig*!«, beschwerte sich der Clown unten auf dem Parkplatz. »Komm jetz da runter! Los, Goshy, du sollst jetz da runterkommen, is das *klar*? Goshy, das is nich *lustig*!«

Goshy rührte sich nicht, stand da wie ein trotziges Kind, die Fäuste in die Seiten gestemmt, die Augen weit aufgerissen, die Lippen zusammengepresst, der Bauch unter dem Kittel schlaff wie ein Sack voll nassem Sand. Goshy starrte seinen Kumpel an, ohne auch nur zu blinzeln. Der kam nicht runter vom Dach, so viel stand fest. Allem Anschein nach leistete er passiven Widerstand, denn sein Mund klappte stumm auf und zu, ehe er sich abwandte.

»Goshy, komm runter, *biiitte*! Sonst holt dich Gonko, un der wird *soo bööse* auf dich sein ...«

Keine Reaktion auf dem Dach.

»Goshy, komm *ruuun-* ...«

Goshy wandte sich wieder dem anderen Clown zu, bewegte stumm die Lippen, ging ohne Warnung mit drei steifen Schritten auf die Dachkante zu und trat ins Leere. Er stürzte wie ein Mehlsack etwa vier Meter in die Tiefe und schlug mit dem Kopf voraus auf. Ein hässliches Klatschen begleitete seine Landung.

Jamie atmete tief ein.

»Goshy!« Der andere Clown rannte herbei. Goshy lag mit dem Gesicht nach unten da, die Arme immer noch steif in die Seiten gestemmt. Sein Kumpel klopfte ihm auf den Rücken, als habe sich Goshy nur verschluckt. Das half ganz bestimmt nicht. Wahrscheinlich brauchte Goshy einen Krankenwagen. Jamie beäugte voller Unbehagen den Münzfernsprecher auf der anderen Straßenseite. Sollte er …?

Der andere Clown bearbeitete Goshys Rücken etwas heftiger. Immer noch mit dem Gesicht nach unten rollte Goshy hin und her wie ein umgeworfener Kegel. Offenbar hatte er eine Art Krampfanfall. Der andere Clown packte ihn an den Schultern. Goshy gab ein schrilles, lang gezogenes Pfeifen von sich, das an einen Teekessel mit kochendem Wasser erinnerte: *»Mmmmmmmmmmm! Mmmmmmmmmmm!«*

Der andere Clown zerrte Goshy auf die Beine. Da stand er nun, stieß immer noch dieses pfeifende Geräusch aus und glotzte sein Gegenüber mit weit aufgerissenen Augen an. Sein Kumpel hielt ihn an den Schultern fest, flüsterte: »Goshy!« und umarmte ihn. Der Teekessel schrillte, wurde jedoch mit jedem Luftholen ein wenig leiser und verstummte schließlich ganz. Als der andere Clown ihn losließ, wandte sich Goshy um, deutete mit steif ausgestrecktem Arm auf das Gartencenter und klappte stumm den Mund auf und zu. Der andere Clown sagte: »Ich weiß, aber wir müssen *los*! Gonko is unterwegs, un…« Der Clown versetzte Goshy ein paar Klapse auf das Hinterteil, fuhr ihm dann in die Hosentaschen und zog etwas hervor. Jamie konnte nicht sehen, was es war, aber es trieb den anderen Clown erneut in Verzweiflungsqualen. »Oh! Oh-oh! Himmel, Goshy, was haste dir denn *dabei* bloß gedacht! Du weißt genau, dass du das nich hierher mitnehmen darfst. Oh, oh, oh, Gonko wird … der Boss wird *sooo* …«

Der Clown unterbrach sich und spähte auf dem leeren Parkplatz umher, ehe er das kleine Bündel wegwarf. Es landete mit einem kurzen hellen Klang, der an eine Windharfe erinnerte, und schlitterte in die Hecke neben dem Fußweg, bevor Jamie einen Blick darauf werfen konnte. »Mach jetz endlich, Goshy«, sagte der Clown. »Wir müssen *looos*!«

Er packte Goshy am Kragen und schob ihn vorwärts. Jamie erhob sich, unsicher, ob er dem Paar folgen oder zum Münzfernsprecher laufen sollte – wenn man diese beiden Knallköpfe sich selbst überließ, würden sie noch in ihr Unheil rennen. Dann erregte etwas anderes seine Aufmerksamkeit: ein *dritter* Clown. Er stand neben dem Eingang eines Copyshops, zwei Türen von dem Gartencenter entfernt, die Arme vor der Brust verschränkt. Jamie schüttelte ungläubig den Kopf und ging wieder in Deckung. Er erkannte auf den ersten Blick, dass dieser Typ alles andere als geistig minderbemittelt war: hellwach und mit zusammengekniffenen Augen starrte er den beiden anderen streng entgegen, als sie über den Parkplatz gestolpert kamen. Goshy und sein Kumpel blieben stehen. Während Goshys Miene unverändert war, spiegelte sich in den Zügen seines Begleiters so etwas wie Entsetzen. »Hi ... Gonko«, stammelte er.

Der neue Clown blieb stumm und rührte sich nicht vom Fleck. Er war hager und trug die klassische Arbeitskleidung seines Standes – weite gestreifte Hosen, die von Trägern gehalten wurden, eine Fliege, weiße Gesichtsschminke, ein mit Kätzchenbildern geschmücktes Hemd und einen riesigen Hut. Er musterte die beiden anderen Clowns wie ein Gangster aus einem Mafiafilm. Wenn er je Leute zum Lachen bringen wollte, dann gelang ihm das wohl nur mit vorgehaltener Knarre. Er ließ seine Blicke über den Parkplatz schweifen, als hielte er Ausschau nach möglichen Zeugen. Jamie duckte sich weiter hinter die Tonne, überzeugt davon, dass er besser ungesehen blieb. Das Geräusch, mit dem Goshy auf dem Asphalt des Parkplatzes gelandet war, hallte immer noch in seinen Ohren wider, *Klatschknack*. Ein Schauer lief ihm über den Rücken.

Der neue Clown winkte die beiden anderen mit einem Finger zu sich. Sie schlurften näher. »Ich hab 'n einfach suchen *müssen*, Gonko«, sagte der namenlose Clown. »Das hab ich einfach *müssen*. Der findet sich doch hier draußen nich allein zurecht, echt nich, das kann er nich ...«

»Halt deine verdammte Klappe«, fuhr ihn der neue Clown an. »Los jetzt!« Seine Blicke wanderten erneut über den Parkplatz, vom Fußweg bis zur Tonne, hinter der Jamie kauerte und den Atem anhielt. Er blieb etwa eine Minute lang so sitzen. Sein Herz schlug so laut, dass er befürchtete, die Clowns könnten es hören, obwohl er nicht genau sagen konnte, wovor er eigentlich Angst hatte. Endlich riskierte er einen Blick über den Rand der Tonne. Sie waren fort. Erleichtert trat er aus dem Schatten der Tonne und ihrem Gestank nach verdorbenen Abfällen hervor. An der Stelle vor dem Gartencenter, wo der Clown Goshy vom Dach gestürzt war, bemerkte er einen kleinen weißen Klecks. Schminke. Er nahm eine Probe davon und zerrieb sie zwischen den Fingern. Der Beweis dafür, dass er die Ereignisse der letzten zehn Minuten nicht geträumt hatte.

Die Nachtgeräusche der Stadt rückten näher, als hätte sie jemand wieder eingeschaltet. Ein Hund bellte, eine Autoalarmanlage hupte irgendwo weit entfernt. Jamie fröstelte plötzlich. Seine Armbanduhr zeigte 2 Uhr 59. Ein verdammt langer Heimweg stand ihm bevor.

Als er den Fußweg erreichte, sah er etwas unter der Hecke liegen. Er erinnerte sich, wie der eine Clown dem anderen etwas aus der Tasche gezogen und es weggeworfen hatte. Er hob das Ding auf, einen kleinen Samtbeutel, etwa halb so groß wie eine Faust und oben mit einer weißen Kordel verschnürt. Er fühlte sich an, als sei er mit Sand gefüllt. Oder mit sonst einem körnigen Zeug. Und so wie sich die Clowns verhalten hatten, war es vermutlich genau das Pulver, das Mitglieder des Wentworth-Klubs hin und wieder in winzigen Spuren auf Handspiegeln in ihren Zimmern zurückließen, zusammen mit blutigen Papiertaschentüchern und Strohhalmen. Interessant. Er stopfte den Samtbeutel in seine Tasche, wo er bei jedem Schritt gegen seine Hüfte schlug.

Und nun zu der leichteren Aufgabe. Er ging zu seinem Nissan zurück, nahm den Gang heraus und machte sich daran, ihn zur zwei Straßen entfernten Werkstatt zu schieben. Ein Autofahrer überholte ihn und schrie: »Das kommt davon, wenn du den Japsen ihren Scheißdreck abkaufst, Mann!«

»Arigato, gozaimasu«, murmelte Jamie.

Wenn Jamie später an die Nacht zurückdachte, wunderte er sich, dass er zu diesem Zeitpunkt noch geglaubt hatte, seine einzigen Probleme seien der defekte Wagen und die Rückenschmerzen vom Schieben, während ihn der kleine Samtbeutel in der Hosentasche, dessen Inhalt sich wie Sand anfühlte, keine Sekunde lang beunruhigt hatte.

Noch niemals zuvor hatte er sich dermaßen getäuscht.

KAPITEL ZWEI
TRAUMSTALKING

Die WG befand sich auf einem Hügel, in einer alten Queensland-Villa, die sich beharrlich weigerte, endgültig zu zerfallen, obwohl ihre Bewohner sie vollkommen verwahrlosen ließen. Die Farbe blätterte ab, die hintere Treppe schwankte gefährlich, Ratten von Opossumgröße hatten sich in dem Hohlraum zwischen der Decke des Erdgeschosses und dem Boden im ersten Stock eingenistet, und vielleicht hatte der Eigentümer vergessen, dass es diese Immobilie überhaupt noch gab, denn bei einer bauamtlichen Inspektion hätte man sie allesamt zum Tod durch den Strang verurteilen müssen. Jamie wohnte als Einziger im Erdgeschoss. Sein Zimmer war der sauberste Vorposten dieser Junggesellenwildnis, und wann immer er es betrat, seufzte er wie jemand, der in die Sicherheit seines privaten Luftschutzbunkers heimkehrte.

Anders als seine Mitbewohner, die überzeugte Singles waren und keinen Wert auf solche Dinge zu legen schienen, hatte Jamie sein Zimmer mit einem einzigen Ziel vor Augen ausgestaltet – bei Swetlana, dem russischen Barmädchen im Wentworth-Klub, Eindruck zu schinden, falls er denn eines heiß herbeigesehnten Abends den Mut aufbrachte, sie einzuladen und hierher zu schleppen. Sein wohldurchdachter Plan sah wie folgt aus: Der Computer würde den Anschein erwecken, dass er mit der Zeit ging. Mit den Postern von David Bowie und Trent Reznor gedachte er zu vermitteln, dass er kein Spießer war. Das gut gefüllte CD-Regal und der Karton mit den alten Vinylplatten sollten breit gefächerten Geschmack und umfassende Bildung garantieren. Die Topfpflanzen seinen Einklang mit der Natur. Das Mountainbike in der Ecke seine Sportlichkeit. Der unechte Perserteppich sein weltmännisches Wesen. Das Aquarium seine Tierliebe und seinen Hang zur stillen

Meditation. Der von der Decke baumelnde Traumfänger seine spirituelle Seite. Das kleine Keyboard den unwiderstehlichen Hauch von Kreativität. Jeder einzelne Gegenstand war eine schillernde Feder in seinem Pfauenrad und hatte allein die Aufgabe, die Herzensdame zu umwerben und zu blenden.

Als Jamie in jener Nacht nach Hause kam, untersuchte er wie immer sorgsam jedes Stück der Imponierschau und vergewisserte sich, dass keiner der Mitbewohner oder herumstreunenden Junkies ein aussagekräftiges Utensil entwendet hatte. Unsicher ließ er seinen Blick auf dem Keyboard ruhen. Er fragte sich, ob er es etwas augenfälliger postieren sollte, und entschied zum hundertsten Mal, es genau da zu lassen, wo es stand. Er zog den Teppich zurecht, bis er genau parallel zu den Dielenbrettern lag, drehte sich noch einmal um die eigene Achse, um sein Reich zu begutachten, und seufzte zufrieden, dass alles seine Ordnung hatte.

Er stieg aus seiner Hose, in deren einer Tasche sich immer noch der Samtbeutel befand, und überlegte, für wie viel er den Inhalt verhökern konnte, wenn es sich tatsächlich um Kokain handelte – Abnehmer würde er in der Umgebung der WG mehr als genug finden. Für den Augenblick ließ er den Beutel, wo er war, und ging nach oben, um zu duschen. Das Haus war eine Schande. Die Toilette sah aus, als hätte jemand eine Granate ins Klo geworfen und runtergespült. Irgendjemand hatte während Jamies Abwesenheit seine Vorräte im Wert von zwanzig Dollar aufgefressen und nicht mal den Anstand besessen, die leeren Verpackungen wegzuwerfen. Im Wohnzimmer lag ein bleicher Junkie wie tot auf der Couch – vermutlich ein Freund von Marshall oder sonst einem Mitbewohner. Jamie verzog sich über die Hintertreppe. Wieder einmal überkam ihn eine tiefe Depression. Das war nicht das Leben, auf das ihn das amerikanische Fernsehen vorbereitet hatte. Es gab keine Traumhochzeiten und keine Studentinnenwohnheime, in denen Mädchen in nassen T-Shirts lustige Streiche ausheckten. Nur Rechnungen, die bezahlt werden mussten, und Berge von schmutzigem Geschirr im Küchenbecken.

Wieder in seinem Zimmer, warf er einen Blick auf David Bowie in seinen ausgestellten Jeans, der wie eine zwittrige Vaterfigur auf ihn herunterblickte. Jamie warf sich auf das Bett, stellte den Wecker und dachte nach. Er musste noch einen Blick in diesen Samtbeutel werfen, oder? Das Ding fühlte sich etwas zu schwer für seine Größe an. Er jonglierte eine Weile damit herum und konnte ein schwaches Geräusch hören, so als stießen kleine Murmeln klickernd zusammen. Er öffnete die weiße Kordel und hielt den Beutel unter die Lampe. Im Innern befanden sich winzige Perlen, die wie Glasstaub glitzerten. Er drückte den Beutel zusammen. Jetzt, da die Kordel entfernt war, hörte er den Windharfenklang ganz deutlich. Vorsichtig tauchte er einen Finger in das Pulver: Es fühlte sich so weich wie Asche an.

Er legte den Beutel auf seinen Nachttisch, schaltete das Licht aus und ließ sich in die Kissen sinken. Über ihm knarzten die Dielenbretter, als jemand in die Küche ging, um seine restlichen Lebensmittel zu vertilgen. Jamie überlegte träge, was wohl an dem Tag geschehen würde, an dem er endgültig durchdrehte, und mitten in diesem üblichen Gedankengang schlief er ein.

Der Traum ist so deutlich, dass Jamie sich hellwach fühlt, immer noch hinter der riesigen Tonne versteckt und eingehüllt in ihre Wolke aus Gestank. Fast kommt es ihm vor, als habe er geträumt, sein Auto zur Werkstatt zu schieben, und sei jetzt in die Wirklichkeit zurückgekehrt.

Eine Stimme schreit: »Wo steckst du bloß, du Armleuchter? Verdammt, dieses Traumstalking ist ein Sträflingsjob. Wie viele Beutel hat uns dieser Mist gekostet? DOOPS! Du sollst hier nicht so rumtrödeln! Wir sind schließlich nicht auf einer Safari!«

»Tut mir leid, Gonko, ich hab doch nur … ich wollte nur …«, Jamie erkennt den weinerlichen Tonfall. Die erste Stimme gehört Gonko,

dem hageren Clown, und Jamie sieht ihn, als er einen kurzen Blick über den Rand der Tonne wirft. Gonko schleicht auf dem Parkplatz umher, und irgendwie hat er trotz seiner lächerlichen roten Riesenschuhe etwas Mörderisches an sich. Sein Gesicht ist hart wie Stein und von brutalen Falten zerklüftet – ein Gesicht, das allem Anschein nach in Whisky getaucht und als Schmirgelpapier benutzt wurde. Seine kalt glitzernden Augen verschwinden hinter schmalen Schlitzen und berühren alles, was sie sehen, mit einem eisigen Strahl.

Jamie dämmert allmählich die Wahrheit, während er sich weiter hinter die Tonne duckt. Gonko sucht zweierlei – den kleinen Samtbeutel mit dem körnigen Pulver und die Person, die ihn mitgehen ließ. Und sein Magen verkrampft sich, denn der Beutel befindet sich nicht in Sicherheit zu Hause, sondern hier in seiner Hosentasche. Er erwägt kurz, ihn wegzuwerfen und dann zu flüchten, aber ein schneller Blick auf Gonko belehrt ihn eines Besseren. Der wie eine quietschbunte Vogelscheuche gekleidete Clown scheint allein mit seinen schleichenden Schritten zu sagen: O nein. Ich erwische dich, Freundchen! Lass dich ja nicht blicken! Anordnung vom Onkel Doktor. *Er hegt nicht den geringsten Zweifel daran, dass Gonko ihn platt machen wird, wenn er ihn findet.*

Jamie kriecht auf allen vieren auf die gegenüberliegende Seite der Tonne und entdeckt die beiden anderen Clowns. Er kennt auch ihre Namen. Der eine ist natürlich Goshy. Der andere, der mit den schwarzen Borstenhaaren, heißt Doopy. Irgendwie weiß Jamie, dass sie Brüder sind. Gonko unterbricht sein Umherschleichen, wendet sich den beiden zu und sagt: »Nun steht hier nicht so blöd rum, ihr Narren! Sucht ihn! Er muss in der Nähe sein.«

Jamie späht seitlich an der Tonne vorbei. Im gleichen Augenblick dreht sich Goshy um und starrt ihm mitten ins Gesicht. Fremdartige Blicke bohren sich in Jamie hinein und lähmen ihn. Goshys Mund klappt zwei Mal lautlos auf und zu. Die anderen Clowns beachten Goshy gerade nicht, und das ist Jamies Glück, denn Goshy deutet mit steif ausgestrecktem Arm genau auf die Tonne. Goshys

Mund klappt wieder stumm auf und zu, und Jamie läuft ein eisiger Schauer über den Rücken.

Gonko hat inzwischen einen Singsang angestimmt: »Komm raus, wo immer du bist! Los, komm raus! Aus die Maus! Eins, zwei, drei, nimmer dabei! Links, rechts gilt es nicht …«

Frustriert holt Gonko aus und tritt mit dem Stiefel so heftig gegen einen geparkten BMW, dass die Fahrertür laut scheppernd aus den Angeln springt. Goshy stiert Jamie immer noch an, Raubtierkälte in einem Auge, Verwirrung im anderen: Irgendwie ist es obszön, wie dieses Gesicht beides gleichzeitig zum Ausdruck bringen kann – als teilten sich ein Irrer und ein Reptil den Verstand des Clowns. Goshy macht ein paar steife Schritte auf die Riesentonne zu, und Jamie geht in Deckung. Unmittelbar über ihm erscheinen Goshys Augen und beginnen zu leuchten. Seine Hand stößt in die Tiefe, und Jamie unterdrückt mühsam einen Aufschrei … Aber Goshy fischt nur eine leere Bierdose aus der Tonne und betrachtet sie angestrengt, als gäbe sie ihm ein unlösbares Rätsel auf. Sein Mund klappt auf und zu, und Doopy blickt herüber. »Goshy, tu das weg! Weg, Goshy, das is pfui!«

Goshy blickt noch einen Augenblick lang sinnend auf die Dose, ehe er sie dicht neben Jamies Fuß auf den Boden fallen lässt. Er schlendert zurück zu den beiden anderen Clowns, stolpert jedoch unterwegs und stürzt der Länge nach auf den Beton. »Goshy!«, ruft Doopy und läuft zu seinem Bruder. Goshy rollt auf dem Beton herum, die Arme steif in die Hüften gestemmt, und stößt sein Wasserkesselgeräusch hervor: »Hmmmmm! Hmmmmm!«

Und Jamie wacht auf, als der Kessel in der Küche oben Siedetemperatur erreicht. Kreischend wie ein Clown durchdringt das Pfeifen die Dielenbretter und findet den Weg bis in seinen Kopf.

Jamie hatte beim Aufwachen das beunruhigende Gefühl, zu gut ausgeruht zu sein. Der kleine Wecker bestätigte seine Befürchtungen. Es war drei Uhr nachmittags. Ohne einen Gedanken an den nächtlichen Traum zu verschwenden, sprintete er durch das Zimmer, auf der fieberhaften Suche nach all den Dingen, die sich versteckt hatten, während er schlief – Arbeitskleidung, Handtücher, Socken und Brieftasche. Die Hintertreppe hinauf, durch den Gang, und natürlich war die Dusche besetzt. Er hämmerte gegen die Tür.

»Verpiss dich!« Die gereizte Stimme klang nach Steve, der in der WG als Vernichter fremder Lebensmittel berüchtigt war.

»Nun mach schon, Mann, ich bin zu spät dran!«, brüllte Jamie und hämmerte erneut gegen die Tür. Sie öffnete sich, bei immer noch laufender Dusche. Dampf quoll in den Korridor. Ein rundes Kindergesicht tauchte auf, klitschnass, mit nachdenklicher Miene und einer düster hochgezogenen Augenbraue. Ein kräftiger feuchter Arm schoss aus den Schwaden und versetzte Jamie einen Schlag vor die Brust, der ihn umwarf. Dann schloss sich die Tür mit einem sanften Klicken.

»Das ist Körperverletzung«, beschwerte sich Jamie mit einem Blick zur Decke. Er rappelte sich hoch und starrte kopfschüttelnd die Tür an. Sein Mund stand offen. *Lässt du dir das echt gefallen?*, mahnte der Rebell in seinem Innern. *Wehr dich! Herrgott, wehr dich wenigstens ein einziges Mal im Leben …*

Nicht heute. Stattdessen ging er in die Küche, um sich Kaffee und ein Sandwich zu machen. Er riss die Kühlschranktür auf und zischte durch die zusammengebissenen Zähne. Sein Brot war weg, seine Milch bestand nur noch aus einem kläglichen Rest. »Himmel, verlange ich wirklich zu viel?«, murmelte er. Er sah sich nach etwas Essbarem um: ein vergebliches Unterfangen in diesem Schweinestall von einer Junggesellenküche. Er fand lediglich die Überreste eines Fertignudelgerichts, die sich wie erstarrte Maden über die Arbeitsplatte schlängelten. »Scheiße!«, schrie er und versetzte in einem Anfall von Jähzorn der Kühlschranktür einen Tritt. Dann rannte er nach unten, um seine Schuhe zu holen, während er sich den Kopf zermarterte, wie er diesen Mitbewohnern bloß beibringen sollte, dass Jamie wenigstens eine *Spur* von Respekt erwartete.

Sein Blick fiel auf den Nachttisch mit dem Samtbeutel. Nach einem kurzen Zögern hob er ihn auf. Der Glitzerstaub im Innern erzeugte einen zarten Glöckchenklang. Wenn es sich um eine Droge handelte, dann war jetzt vielleicht der richtige Moment, ihre Wirkung zu erproben – besser noch, ihre Nebenwirkungen. Wieder stieg Jamie die Treppe hinauf in die Küche, öffnete die fast leere Milchflasche und tat eine winzige Prise des Pulvers hinein. Er schüttelte die Milch kräftig durch und stellte sie zurück in den Kühlschrank. Wenn Steve seinen Gewohnheiten treu blieb, würde er in Kürze total high sein und bis zum Abendessen vielleicht die ersten Anzeichen einer Psychose entwickeln. Jamie wusch sich am Küchenbecken flüchtig unter den Achseln, tupfte sich mit einem Geschirrtuch trocken, zog sich an und ging zur Arbeit.

Seine Schicht verlief ohne Zwischenfälle. Es sollten für lange Zeit seine letzten acht friedlichen Stunden sein. Aber das wusste er noch nicht.

Kapitel Drei
Wachstalking

Als er aus dem Taxi stieg, spürte er, dass irgendetwas nicht stimmte. Es war zwanzig Minuten nach Mitternacht. Ringsum herrschte Stille, und er hatte keinen sichtbaren Anhaltspunkt für sein komisches Gefühl, aber es ließ sich nicht verdrängen. *Irgendetwas stinkt da ... Irgendwas ist da faul.*

Während er umherspähte, bemerkte er eine schwache Bewegung hinter dem Vorhang in Steves Zimmer, als habe sich eben jemand hastig vom Fenster zurückgezogen. Das Licht ging aus.

An seiner eigenen Zimmertür blieb Jamie einen Augenblick lang stehen, den Finger auf den Lichtschalter gelegt und angestrengt in das Dunkel horchend. Alles erschien ihm mit einem Mal viel zu still.

Er knipste das Licht an. Gleich darauf ließ er seine Tüte fallen und gab ein gurgelndes Geräusch von sich, als drücke ihm jemand die Luft ab. Im Zimmer sah es aus, als sei ein Wirbelsturm hindurchgefegt. Sein Fernseher war zerschlagen, mit einem Loch im Bildschirm, das ungefähr die Form einer Stiefelsohle hatte. Sein Computermonitor wies eine ähnliche Wunde auf; er lag nach vorn gekippt auf dem Boden – wie ein Kopf, den das Fallbeil vom Rumpf getrennt hatte. Durch das zersplitterte Fenster konnte er sehen, dass seine Unterhosen am Nachbarzaun baumelten. Seine Fische trieben tot im Aquarium, und jemand hatte mit Wachsmalkreide RIP und eine Penishieroglyphe auf das Glas geschmiert. Sein Keyboard, das ihn immerhin 1400 Dollar gekostet hatte, lag in winzigen Einzelteilen auf dem Boden verstreut. Auf seinem Kissen thronte, wie es aussah, ein gewaltiger Scheißhaufen, zusammengerollt wie eine fette tote Schlange. Die Schublade seines Nachttischs war herausgerissen und ihr Inhalt überall im Raum verteilt. Der kleine Samtbeutel fehlte.

Aber was bedeutete das alles? Dieses Unheil hatte jemand bewusst angerichtet. Dieser Gedanke kam ihm so völlig absurd vor, dass er ein Erdbeben noch für logischer gehalten hätte. *Aber warum*, um Himmels willen? Wer würde so etwas *tun*?

Er ging rückwärts aus dem Raum, in der Hoffnung, dass sich die Szene wie eine Halluzination verflüchtigte, wenn er ein zweites Mal über die Schwelle trat. Kopfschüttelnd und mit hängenden Schultern stolperte er die Hintertreppe hinauf und in die Küche. Er setzte den Kessel auf, ehe ihm der Geruch nach Erbrochenem in die Nase stieg. Hellrote Kotze verstopfte den Ausguss und war überall auf dem Boden verteilt. Seine Schuhe standen in einer klebrigen Pfütze. In einer Art Trance starrte Jamie das Zeug an, bis der Kessel zu pfeifen begann und ihn aus seiner Erstarrung weckte.

Goshy. Der Name geisterte wie ein Hintergrundgeräusch durch sein Gehirn. Benommen goss er Wasser in seine Tasse, holte die Milch aus dem Kühlschrank und stellte fest, dass jemand eine tote Fledermaus auf der mittleren Ablage drapiert hatte, dicht neben einer Schüssel mit Kartoffelsalat. Die spitzen weißen Fänge des Tiers waren zu einem bösen Grinsen gefletscht. Jamie starrte es verständnislos an, schlürfte seinen Kaffee und ließ die Kühlschranktür zufallen.

Von der Küche ins Wohnzimmer. Sein Blick schweifte über ein Schlachtfeld und blieb an der Wand hängen, an die jemand mit Schokoladeneis das Wort POLITSCHWEINE geschmiert hatte. Das kam ihm irgendwie bekannt vor, und nach kurzem Nachdenken erinnerte er sich, dass die Manson-Sippe diese Botschaft am Ort des Massakers hinterlassen hatte – geschrieben mit dem Blut ihrer Opfer. Vom Deckenventilator hing ein dünner Strick mit einer Henkersschlinge geknüpft, in der ein kleiner Teddybär baumelte. In seinem Hinterteil klaffte ein Loch, aus dem ein Stück Papier ragte. Jamie zog es heraus und las die Blockschrift, mit Wachsmalkreide geschrieben: LEBE WOL, DU KRAUSAME WELD! Auf dem Boden waren Plastik- und Drahtstücke, die Jamie als Fragmente des zertrümmerten Telefons identifizierte, zu Buchstaben zusammengesetzt: ER IS NICH DA, entzifferte er und stellte distanziert fest, dass diese Art von Vandalismus eine gewisse Geduld und Sorgfalt erforderte, als wolle sie einen bewussten Gegensatz zu den wilden Gewaltausbrüchen ringsum schaffen. Die einzelnen Aktionen verrieten eine geradezu künstlerische Hingabe.

Er hob die Tasse mit ruhiger Hand an die Lippen. Ein kleiner roter Gegenstand neben dem zertrümmerten Fernseher fiel ihm auf. Er hielt ihn erst für einen Gummiball und bückte sich nun, um ihn aufzuheben. Das Ding war an einem weißen Plastikband befestigt – eine Pappnase. Er nahm sie zwischen Daumen und Zeigefinger und ließ sie einen Moment lang an ihrem Band hin und her schaukeln, ehe er sie zurück auf den Trümmerhaufen warf.

Etwa um die gleiche Zeit drang ein Schluchzen aus einem der Zimmer an sein Ohr. Langsam ging er darauf zu. Im Korridor splitterte und knirschte Glas und Kunststoff unter seinen Füßen. Vorbei an der Tür von Marshall, der immer wieder Junkies anschleppte. Vorbei an der Tür von Nathaniel, der schon mal das Geld für die Strom- und Wasserrechnung unterschlug. Stille in beiden Räumen – das Schniefen kam aus Steves Zimmer. Die Tür stand offen, das Licht war ausgeknipst. Jamie blieb auf der Schwelle stehen und nippte an seinem Kaffee. Das Weinen verstummte, aber Steve atmete stoßweise und wurde immer wieder von Schluchzen geschüttelt. Schließlich wisperte er: »Jamie?«

»Steve«, entgegnete Jamie wie von weit entfernt, »was geht hier vor? Weshalb ist das Haus ... Weshalb ist dieses verdammte Haus nur noch ein *Trümmerhaufen*?«

Irgendwo draußen heulte eine Polizeisirene. Nach einer Weile verlor sich das Wimmern in der Ferne. Jamie sah, wie sich Steves dunkle Silhouette auf dem Bett bewegte. »Ich weiß nicht«, erwiderte er nach einer langen Pause. »Diese Typen tauchten plötzlich auf... und ich weiß nicht mehr genau... einiges davon... einiges davon geht wohl auf meine Kappe, weil sie mich gezwungen haben...«

Jamie blinzelte. »Ein paar *Typen* tauchten plötzlich auf? Mann, Steve! Geht's vielleicht ein bisschen genauer? Was für *Typen?*« Tief im Innern kannte er die Antwort. Die Clownnase war ja ein ziemlich plumper Hinweis. Jamie trieb so etwas wie ein mutwilliges Spiel, um sich an einen vernünftigeren Grund klammern zu können. Er wollte einfach, dass Steve für das hier verantwortlich war.

Steve klappte erneut zusammen. Jamie nahm an, er hatte die Bedrohung irgendwie gespürt und rasch wachsen sehen... Politschweine, pah! So was schmierte man doch nicht mit Eiskrem an die Wände! Jamie tat einen Schritt in das dunkle Zimmer. Steve warf sich auf der Matratze herum, dass die Bettfedern knarzten. Jamie tastete nach dem Lichtschalter. »Nein, nicht...«, stöhnte Steve.

Im Zimmer wurde es hell. Fettige Schminke in allen Farben des Regenbogens bedeckte Steves rundes Gesicht. Jemand hatte mit Lippenstift ein breites rotes Lächeln um seinen Mund gekleistert. Haare und Kopfhaut waren weiß überspachtelt. Tränen hatten Rillen und Furchen in die schauerliche Bemalung gepflügt. Steve trug ein Hemd mit einem grellen Blumenmuster und weißen Rüschenmanschetten, und um seinen Hals hing eine rote Pappnase. Das Zimmer sah genauso aus wie der Rest des Hauses. Steves Lavalampe hatte ihr Leben ausgehaucht. Aus seiner Stereoanlage hingen die Eingeweide. Der halbe Fußboden war mit schwarzen Strichen übersät, Brandspuren, die an die Narben, von einer Peitsche verursacht, erinnerten.

Jamie ließ die Tasse fallen. Sie zerschellte. Heißer Kaffee spritzte auf seine Schuhe. »Steve?«, wisperte er.

»Diese Typen«, stieß Steve mühsam hervor. »Sie kamen hier rein und... hielten mich einfach fest und... beschmierten mich mit dem Zeug da. Ich schätze, das waren Freunde von Marshall. Drogendealer oder so. Vielleicht schuldet er ihnen Geld oder sonst was, und sie drangen hier ein, um es ihm mal richtig zu geben. Sie waren ... als Clowns maskiert.«

Natürlich waren sie das. Jamie ging in die Hocke. Er hatte plötzlich Kopfschmerzen. »Wie viele?«, fragte er.

»Drei, glaube ich. Sie fingen unten an. Ich hörte den Krach und das Splittern von Glas ... Ich dachte schon, du wärest durchgedreht, und ging runter, um dich ruhigzustellen, verstehst du? Da packte mich der Dürre und ...« Steve deutete mit einer fahrigen Geste auf sein Gesicht. »Außerdem waren noch zwei andere da. Einer von ihnen sagte andauernd: *Das is nich lustig, das is nich lustig.* Der andere machte nur so ... so ein unheimliches Geräusch ...«

»Wie ein pfeifender Teekessel«, murmelte Jamie.

Steve schien seine Worte nicht zu hören. »Der Dürre hatte ein Messer und drohte, dass er mich aufschlitzen würde, wenn ich ihnen nicht half, das Haus zu verwüsten. Also hab ich ihnen geholfen.«

»Also hast du ihnen geholfen«, ließ sich Jamies lahmes Echo hören.

Steve warf ihm einen vorwurfsvollen Blick zu. »Was blieb mir denn anderes übrig? Die waren zu dritt. Und der Dürre hätte mich aufgeschlitzt, der war richtig drauf aus, echt. Ich musste tun, was sie verlangten. Sie zertrümmerten den Fernseher ...«

»Und diese Schokoeisschrift an der Wand. Wer war das?«

»Der Dürre«, sagte Steve. »Ich weiß nicht, warum er das gemacht hat. Ich weiß nicht mal, was das heißen soll.«

»Und das Gekotze in der Küche?«

»Das war ich«, flüsterte Steve und putzte sich die Nase mit dem Ärmel. »Aber schon vorher. Ich holte mir was zu trinken, und das kam sofort wieder hoch. Mir war den ganzen Tag schon schlecht.«

Was zu trinken. Jamies Augen fielen auf eine halbvolle Tasse mit kaltem Kaffee auf Steves Nachttisch. Dann starrte er den zerbrochenen Becher zu seinen Füßen an. Eine allmählich abkühlende Kaffeepfütze breitete sich auf dem Boden aus. Aus der Tiefe arbeitete sich eine schlimme Erinnerung hoch. Er sah sich eine winzige Prise von dem geheimnisvollen Pulver in die Milch kippen, aus Rache für die blockierte Dusche, aus Rache auch für die geklauten Vorräte. Jamie blieb gerade noch Zeit genug für ein grimmiges Lächeln, ehe es ihn selbst erwischte. Übelkeit presste ihm den Magen zusammen, als habe ihm jemand einen Schlag versetzt. Das Zeug quoll die Speiseröhre hoch und erreichte die Mundhöhle. Über Trümmer und Scherben stolpernd, sprintete er durch den Korridor und schaffte es mit einer Sekunde Vorsprung zum Küchenausguss. Als es vorbei war, schöpfte er sich mit zitternden Händen kaltes Wasser in den Mund und versuchte den ekelhaften Geschmack loszuwerden. Kleine weiße Lichter tanzten hinter seinen Augen. Er starrte sein Spiegelbild im Küchenfenster an. *Was kommt jetzt als Nächstes?*, fragte er sich.

Als Nächstes kamen die Clowns. Es ergab überhaupt keinen Sinn, aber irgendwie wusste er, dass sie sich auf dem Weg hierher befanden.

Was nicht ganz stimmte, wie sich herausstellte.

Sie waren bereits da.

Jamie stand im Bad und gurgelte mit Zahnpasta, als er ein schwaches Geräusch aus seinem Zimmer unten hörte. Er machte eine Pause und hielt den Kopf schräg, in der Hoffnung, dass er sich getäuscht hatte. Eine halbe Minute verstrich in völliger Stille, dann machten sich die Clowns bemerkbar. Kracks, schürf, murmel, Pfeifkessel, PENG.

Die Laute drangen aus seinem Zimmer. Mit einem Stöhnen rannte er vom Bad in die Küche, rutschte in der Kotzpfütze aus und knallte der Länge nach hin. Das tat weh und war mit

Lärm verbunden. Unten geriet die Vernichtungsorgie ins Stocken. Es folgte angespannte Stille, unterbrochen von einer gedämpften Stimme: »Gonko, das is nich *lustig*!« Gleich darauf splitterte Holz.

Jamie rappelte sich hoch und kramte in der Schublade nach einem schönen großen Küchenmesser. Aber alles, was er fand, war ein Nudelholz. Er kam sich ein wenig lächerlich vor, als er mit dem Ding in der Hand durch die Hintertür rumpelte. Dschingis Khan wäre seinen Gegnern nie und nimmer mit einer solchen Waffe zu Leibe gerückt. Am Ende der Hintertreppe blieb er stehen und lauschte. »Gonko, bitte!«, flehte der weinerliche Clown. Gleich darauf hörte Jamie einen gewaltigen Krach, gefolgt von einem leiseren und bedrohlicheren Rauschen, als irgendetwas in Flammen aufging.

Jamie stürmte mit einem angstvollen Wimmern auf sein Zimmer zu. Ein flackernder orangeroter Schein drang durch die offene Tür. Die drei Clowns standen mit dem Rücken zu ihm. Der Jammerlappen mit den schwarzen Borstenhaaren hob gerade vorsichtig das Kissen von Jamies Bett und wiegte es in den Armen wie ein schlafendes Baby; es sah aus, als versuchte er den Scheißhaufen vor den Flammen zu retten, die über die Bettdecke züngelten. Neben ihm stand Goshy, halb zur Seite gedreht, sodass Jamie sein Profil erkennen konnte. Er zeigte immer noch die staunende Miene eines Kindes, das alles zum ersten Mal sah. Dann tat er noch einen schlurfenden Schritt zur Seite und entdeckte Jamie. Sein Blick bekam etwas durch und durch Berechnendes, während sein Mund stumm auf und zu klappte.

Der dürre Clown drehte sich nun ebenfalls um. Die tanzenden Schatten des Feuers verliehen seinem von scharfen Falten und Linien durchzogenen Gesicht etwas Dämonisches. Er musterte Jamie mit schmalen Augen. »Hallo, mein Freund«, sagte er mit gespielt guter Laune. »Von dir hatten wir eben gerade gesprochen.«

Alle drei kamen auf ihn zugerannt: Goshy wie ein trostbedürftiger Dreijähriger mit ausgestreckten Armen, der Dürre wie ein englischer Fußballverteidiger der härteren Sorte, der Jammerlappen über die eigenen Füße stolpernd. Hinter ihnen breitete sich das Feuer über Jamies Bett aus. Die Kerle hatten einen Teil der Holztäfelung von der Wand gerissen und auf die Matratze geworfen, um den Flammen mehr Nahrung zu geben.

Jamie trat einen Schritt zurück und hob die Arme zum Nahkampf, aber er wusste schon, dass er verloren war. Er besaß keinerlei Erfahrung auf dem Sektor der Handgreiflichkeiten – bis jetzt hatte er es nur bis zum Austausch von Todesdrohungen in einem Verkehrsstau gebracht. Seine Knie wurden weich, und dann schleuderte er den Teigroller mit aller Macht in die feindlichen Reihen. Zu seiner Verblüffung landete er einen Treffer. Das Nudelholz wirbelte um seine Längsachse, geradewegs auf Goshy zu, und klatschte gegen seinen schlaffen Bauch. Zu Jamies noch größerer Verblüffung prallte das Geschoss von dort ab und kehrte zu seinem Ausgangspunkt zurück – eine hölzerne Rakete, die genau zwischen seine Augen zielte. Er wandte sich ab, um sein Gesicht zu schützen, und das Nudelholz donnerte an seine Schläfe. Ihm wurde schwarz vor Augen. Er kippte um und war den Clowns auf Gedeih und Verderb ausgeliefert.

Als Jamie aus der Ohnmacht erwachte, erinnerte er sich nur, dass die Welt, aus der er sich verabschiedet hatte, ein unangenehmer Ort gewesen war, und so zwang er sich zurück in die Bewusstlosigkeit. Das funktionierte eine oder zwei Minuten, ließ sich aber nur schwer länger durchhalten, weil ihm jemand in einem gleichmäßigen Vierviertelaktakt einen Zeltpflock in die Schläfe trieb. Er tastete nach seinem Kopf und stöhnte Mitleid erregend, bis er spürte, dass auch unterhalb der Gürtellinie etwas nicht stimmte. Etwas steckte in seinem After – bei Gott, genau so war es. Mit zitternder Hand zog er ein steifes, kratziges Stück Papier aus dem Hintern. Es war eine zusammengerollte Botschaft.

Bam, bam, bam. Der Rhythmus, mit dem der Pflock in seinen Schädel getrieben wurde, beschleunigte sich beim Aufsetzen. Als Nächstes schlug ihm der faulige Gestank entgegen, eine absolut widerliche Mischung aus abgestandenem Bier und Küchenabfällen. Er zwang sich, die Augen zu öffnen, und sah, dass sein Zimmer völlig umgestaltet worden war. Löcher gähnten in der Wand, wo die Holzverkleidung herausgerissen war; offenbar hatten die Clowns ein bestimmtes Dekor im Sinn gehabt – er glaubte die Anfänge eines Smileys zu erkennen – und dann aufgegeben, weil es sich als zu schwer erwies. Das Bett war nur noch ein Aschehaufen, aus dem ein paar Spiralfedern und Drähte ragten. Jemand hatte die Recycling-Tonne reingeschleppt und die zerdepperten Flaschen der letzten Monate auf dem Fußboden verteilt.

Er erhob sich und ging in die Hocke, als sich alles um ihn herum zu drehen begann. Sein Blick fiel auf den Lichtschalter. Ein Kreis aus spitzen Nägeln, von außen in die Wand geschlagen, umgab ihn – eine böse Überraschung für die ahnungslos im Dunkel Umhertastenden. Fast bewunderte Jamie die Phantasie, mit der die Clowns zu Werke gegangen waren.

Drüben auf seinem Schreibtisch stand etwas, das keinen Sinn ergab: eine Vase mit Gänseblümchen, unversehrt und inmitten der Verwüstung bildschön. Und dort, auf dem verkohlten Durcheinander, das einst sein Bett gewesen war, lag eine Art Grußkarte. Unter seinen Sohlen knirschte Glas, als er hinüberwankte und sie aufhob. Sie bestand aus einem roten Herz mit der Aufschrift: *Nur für dich.* Ein Lippenstiftkuss war auf das Papier gedrückt.

Die Rädchen seines Gehirns mahlten und kreischten wie ein Getriebe, das in den letzten Zügen lag. Warum diese absurden Freundlichkeiten mitten im Chaos?

Er warf einen Blick in seinen nahezu leeren Kleiderschrank. Auf dem obersten Brett lag seine ordentlich zusammengefaltete Dienstmontur, gewaschen und gebügelt für die nächste Schicht im Klub. An die hintere Wand war ein Opossum genagelt; das Ganze sah wie die Parodie einer Kreuzigung aus.

Etwas Nasses tropfte ihm von der Decke auf den Kopf. Er wischte den Klecks geistesabwesend weg. Seine Schläfen dröhnten im Rhythmus seines Pulses. Auf dem Boden hob sich sein Umriss gegen die Glasscherben und den Müll ab. Daneben lag das Papier, das er sich aus dem Hintern gezogen hatte. Er strich es glatt und las die mit goldener Tinte in säuberlichen Buchstaben geschriebene Botschaft:

> Nicht schlecht, der Gag mit dem Nudelholz. Den könnten wir brauchen. Wir könnten auch DICH brauchen. Du hast genau zwei Tage Zeit, eine Probe deines Könnens abzuliefern. Sieh zu, dass du bestehst, Freundchen. Der Zirkus wartet auf dich. Ist das nicht das Beste, was dir passieren konnte? Klar ist es das, was sonst? Du hast ein Mordsglück, dass der neue Lehrling nix taugt. Ich bring ihn um, diesen Hurensohn, wirst schon sehen, das tu ich!
>
> *Gonko, im Namen von*
> *Doopy, Goshy, Winston und Rufshod*
> *Clownabteilung Zirkus Pilo*
>
> PS: Wenn du mich noch einmal bestiehlst, schneid ich dir die Eier ab.

Jamie zerknüllte die Botschaft in der Faust und ließ sie zu Boden fallen, während er überlegte, was das nun wieder heißen sollte.

Wenn seine Uhr richtig ging – irgendwie schien sie noch zu funktionieren –, hatte er eine Stunde Zeit, um sich für seine Schicht herzurichten. Als er an der unteren Toilette vorbeikam, sah er, dass die Clowns den restlichen Inhalt seines Schranks in die Kloschüssel gestopft hatten. Wieder zwängte sich ein Tropfen durch die Dielenbretter oben und landete auf seinem Kopf. Wieder wischte er ihn beinahe achtlos weg, aber er brachte einen neuen Geruch mit, der seine Aufmerksamkeit erregte. Auf seinem Handrücken war ein brauner Strich quer über die Knöchel zu sehen. Verwundert starrte er zur Decke. Durch die Ritzen in den oberen Bodenbrettern sickerte Abwasser wie schmelzender Schnee.

Jamie schaffte es, ruhig nach draußen zu gehen und seinen Kopf unter den Waschküchenhahn zu halten, bevor er zusammenklappte und leise vor sich hin kotzte.

Oben bot das Haus Stoff für Albträume. Offenbar hatten die Clowns die Sanitäranlagen so sabotiert, dass alles, was in jüngerer Zeit durch die Rohre in die Tiefe geflossen war, wieder hochkam und die Räumlichkeiten überschwemmte. Die Brühe bedeckte die Böden in Küche, Bad und Flur und kroch nun wie eine langsam steigende Flut auf die übrigen Zimmer zu.

Mit der unerschütterlichen Gelassenheit eines Postboten schaffte Jamie es in die Arbeit. Als er im Klub eintraf, erkundigten sich die Kollegen und einige Mitglieder nach seinem Befinden. Er versicherte, dass alles in Ordnung sei, und starrte dabei tausend Meter in die Ferne. Nach dem Sechs-Uhr-Ansturm der wichtigen Persönlichkeiten kamen zwei Anrufe für ihn. Der erste war von Marshall, der von einer öffentlichen Telefonzelle aus eine Erklärung verlangte. Jamie legte einfach auf. Beim zweiten Mal war erneut Marshall dran. Diesmal allerdings befand er sich am Rande eines Nervenzusammenbruchs und flehte um eine Erklärung. Jamie legte wieder auf und zog den Stecker raus.

Er war kaum in der Lage, sich um die Wünsche der Leute zu kümmern. Allmählich ließ der hämmernde Schmerz in seinem Kopf ein wenig nach. Als es zwei Uhr schlug und seine Schicht zu Ende war, schnappte er sich den Hauptschlüssel, suchte eines der Gästezimmer auf, hängte ein »Bitte nicht stören«-Schild an die Tür und ließ sich auf das Bett fallen.

Mondlicht sickerte durch das Fenster. Jamie genoss die Stille. Die dicken Granitmauern schluckten den Lärm der Stadt. Nur wenige Meter entfernt drehten die Nachtklubbesucher eine letzte Runde um die Häuser, auf der Suche nach noch mehr Alkohol und jemandem, den sie für ein paar Stunden abschleppen konnten – eine ganz normale Samstagnacht im sommerlichen Brisbane. Die Frauen, mächtig aufgestylt und in der Hitze glänzend, taten so, als gehörten sie zum Set von *Sex and the City*. Wer sie genau beobachtete, konnte die Manierismen der von ihnen bewunderten amerikanischen Starlets zuordnen – die Gesten, die Sprechweise, die freche Anmache. Die Männer schienen für das alles keinen Sensor zu besitzen. In scharfen Rudeln zogen sie umher, mit verschwitzten Kragenhemden und in enge Jeans gepresst, jeder Einzelne zum Rodeo gerüstet. Die Arbeiterklasse war losgelassen und fest entschlossen, sich zu vergnügen. Der Gedanke, dass sich alles in seiner gewohnten Ordnung befand, beruhigte Jamie. Es gab Zeiten, in denen selbst die geistloseste Umgebung ein Trost sein konnte. Das Wissen, dass sich bestimmte Dinge nie änderten, war zumindest *etwas*, worauf man zählen konnte.

Er hatte nicht damit gerechnet, in dieser Nacht noch Schlaf zu finden, aber er merkte, wie er immer wieder einnickte, und schloss erleichtert die Augen, um die kurze Ruhepause zu genießen, die da so unverhofft des Weges kam.

Etwas bohrte sich in seinen Nacken. Er erwachte in einem dunklen Raum – wie jemand, der zu lange unter Wasser gewesen war, nach Luft schnappend und sich in der Decke festkrallend. Er hatte wieder schlecht geträumt – diesmal von Clowns, die sich erkundigten, wo er denn steckte. *Auf baldiges Wiedersehen*, hatte der Dürre versprochen.

Es war halb fünf. Jamie griff hinter seinen Kopf und stieß an etwas, das sich wie Kunststoff anfühlte. Er tastete nach der Nachttischlampe. Seine Ahnung bestätigte sich. Er hielt eine rote Plastiknase in der Hand. Am liebsten hätte er losgeheult.

Das war einfach das Allerletzte. Aber dann nahm er sich zusammen. Er wusste, dass die Clowns noch mehr auf Lager hatten. *Vielleicht sind sie sogar noch hier*, schoss es ihm durch den Kopf.

Er sprang auf, plötzlich hellwach, als ihm die Wahrheit dämmerte: Die Clownsnase war nicht einfach eine natürliche Verlängerung seines Albtraums. *Sie waren hier gewesen.* Sie befanden sich mit ziemlicher Sicherheit sogar noch im Haus. Vielleicht ... in diesem Zimmer.

Er schaute in Panik unter das Bett, in den Schrank, ins Bad. Alles in Ordnung. Er machte das Bett und wollte eben gehen, als er etwas an der Innenseite der Tür sah. Wieder eine tote Fledermaus – klar, was sonst? Der zu einer bösen Fratze verzerrte Kopf war an das Holz genagelt. Zwischen den Zähnen steckte ein Stück Papier, zusammengerollt wie eine Zigarette. Jamie zuckte zusammen, als er das Papier an sich nahm. Er glättete es und las:

> Gut geschlafen? Noch dreißig Stunden bis zu deinem Probeauftritt. Bring uns zum Lachen, Kollege! Das ist deine Aufgabe. Egal, wie du es anstellst. Egal, wer dabei draufzahlt oder draufgeht. Falls wir dich lustig finden, hast du bestanden. Dito dein Kumpel. Er hat nur noch zwanzig Stunden Zeit.
>
> *Gonko, im Namen des Zirkus Pilo*

Jamie stopfte den Zettel in die Hosentasche. Als er die Tür öffnete, schnitt er der toten Fledermaus eine Grimasse, die sie erwiderte. Draußen im Gang war alles ruhig. Durch die hohen Dachsparren sickerte eine Andeutung von Frühlicht herein. Nichts bewegte sich. Aus einem der Zimmer drang das schwache Geräusch eines Staubsaugers. Er hastete zum Aufzug, drückte auf den Knopf und hörte in dem Augenblick, da sich die Türen öffneten, in der Ferne eine schrille Stimme: »Das is nich *lustig*!«

Er erstarrte und gab einen erstickten Laut von sich, aber nachdem ein paar Sekunden in völliger Stille verstrichen waren, nahm er an, dass er sich die Stimme nur eingebildet hatte – ein Gedanke, der ihn auch nicht trösten konnte. Der Lift brachte ihn nach unten ins Foyer, wo das Eingangsportal noch genau so versperrt war, wie er es verlassen hatte. Auch in der Arkade draußen rührte sich nichts; die Tore an beiden Enden waren geschlossen. Wie konnten die Clowns hier hereingelangt sein, wenn nicht durch den Haupteingang? Er dachte an die Tür neben der Küche, die auf eine von den Müllautos benutzte Seitengasse hinausführte. Sie hätten über den Zaun klettern und diese Tür aufbrechen können, aber dabei wären sie zu vielen Menschen begegnet. Dann gab es allerdings auch noch die Möglichkeit, wie Spiderman an der Fassade hochzuklettern und durch eines der hoch gelegenen Fenster einzusteigen.

Er nahm kurz am Schreibtisch der Rezeption Platz und lauschte. Nur der gedämpfte, irgendwie friedliche Verkehrslärm von draußen drang an sein Ohr. Eine ganze Flotte von Taxis karrte die betrunkenen Nachtklubbesucher heimwärts. Er schaltete die beiden Überwachungsmonitore neben sich ein; die kleinen Bildschirme warfen ihr dünnes graues Licht in das dunkle Foyer. Die Kamera zeigte eine Schwarzweißansicht der leeren Küche. Nach ein paar Sekunden schwenkte sie in einen der Korridore. Ebenfalls leer. Als Nächstes erfasste sie die Nebengasse mit ihren schwarzen Mülltonnen in Reih und Glied. Alles ruhig da draußen. Dann weiter zum Souterrain.

Und da waren sie.

Es dauerte ein paar Sekunden, bis ihm die Szene wirklich einen Schauer über den Rücken jagte. Der Clown Goshy starrte in die Kamera, genau auf Jamie, und das Gefühl eines Blickkontakts war mehr als real. Goshy hatte den Arm ausgestreckt. Er hielt ein brennendes Feuerzeug in der Hand. Die kleine Flamme tanzte wie ein Ausläufer seines Daumens umher, flackerte in den grauen Schirm und verzerrte das Bild. Hinter Goshy waren ... ein, zwei, *drei* weitere Clowns – sie hatten noch einen Freund mitgebracht. Diese drei beschäftigten sich im Hintergrund. Jamie sah, wie der Dürre eine Axt schwang, ehe sich die Kamera erst einem anderen leeren Korridor und dann wieder der Küche zuwandte.

Warum das Untergeschoss? Ein Feuerzeug. Warum? Was haben sie ...?

Dann kroch die Kälte in ihm hoch. Es gab da unten drei riesige, in den Beton des Souterrains eingelassene Holzwannen, verbunden mit Rohren, die wie Adern durch das Mauerwerk des Klubs führten, in die Küche, in die Bar und in die Wirtschaftsräume. In diesen Bottichen schwappten viele, viele Liter Reinigungsprodukte, Isopropyl-Alkohol, Terpentin- und Ätherstoffe. Allesamt leicht brennbar, allesamt hochexplosiv.

Ein Stöhnen entrang sich Jamies Lippen. Er umklammerte mit beiden Händen die Kante des Rezeptionstisches. Das Feuer würde sich über die Verteilerrohre ausbreiten und als Schwelbrand durch sämtliche Stockwerke fressen. Noch bevor die Feuerwehr hier eintraf, würde sich der Klub in eine Feuerhölle verwandelt haben, der niemand entrinnen konnte. Die Brisbane-Prominenz würde hilflos in ihren Betten verbrennen.

Jamie schnappte sich das Telefon. Seine Finger zitterten. Die Kamera setzte zu einem neuen Schwenk an. Auf dem Bildschirm war kein Mensch zu sehen. Er stellte die Verbindung nach draußen her und wählte den Notruf. Es klingelte drei, vier Mal. Der Monitor zeigte Bilder von der Küche. Endlich meldete sich eine weibliche Stimme. »Polizei, Feuerwehr oder Rettungsdienst?«

Die Kamera erfasste den Korridor. »Polizei«, wisperte Jamie heiser.

»Polizei«, sagte eine andere weibliche Stimme.

»Hallo. Ich habe hier Probleme mit ein paar Clowns – äh, mit ein paar Typen. Ich glaube, sie wollen ...« Er sprach nicht weiter. Auf dem Bildschirm erschien das Untergeschoss. Die

Clowns waren verschwunden. Im Hintergrund standen die Holzbottiche, in den Beton eingelassen und unversehrt wie immer.

»Ja?«, sprach die Stimme in das Kopfhörermikro.

Jamie starrte den Monitor an, bis wieder die Küche ins Bild kam. Einer der Köche schlurfte gähnend durch den Raum und schaltete die Herde ein.

»Ja? Von wo aus rufen Sie an?«

Er legte auf. Dann saß er da und starrte zwei weitere Kameraschwenks lang in die Monitore. Im Souterrain gab es keine Clowns. Vielleicht hatte es dort nie welche gegeben.

Durch das Hauptportal und die Arkade ging er zum Tor, öffnete und entfernte sich mit schnellen Schritten. In seinen Ohren dröhnte die Frage: *Wo warst du in der Nacht zu Samstag, dem zehnten Februar?* Er spähte zwei Mal über die Schulter nach hinten, um sich zu vergewissern, dass der Laden noch stand. Dann joggte er zu einem Taxistand an der Edward Street. Unterwegs hielt er ängstlich Ausschau nach geblümten weiten Kitteln, gestreiften Hosen und geschminkten Gesichtern.

Er stand in der Schlange, zusammen mit den letzten Nachtschwärmern, die heim wollten, um ihren Rausch auszuschlafen und böse zu erwachen. Nur ganz wenige wankten entschlossen zum Kasino, dem einzigen Ort in Brisbane, der zum Frühstück auch Cocktails servierte. Jamie fühlte sich so benebelt wie die Besoffensten unter ihnen.

Es war eine Weile her, seit er zuletzt mit der Clique die Nacht durchgemacht und bei Sonnenaufgang auf ein Taxi gewartet hatte, während sich die Leber abmühte, die Alkoholrückstände zu verarbeiten. Beim Anblick der Jammergestalten ringsum fragte er sich, was ihn eigentlich jemals daran gereizt hatte. Es war einfach das, was alle in der Stadt taten, wenn sie um die zwanzig waren. Die Zeit des Komasaufens. Oder die Zeit der Drogen. Je nachdem, in welche Richtung man abdriftete. Noch vor einem Jahr hatte er bis zu zehn Biere pro Werktag gestemmt – und ein paar mehr an den Wochenenden. Keiner sah darin ein Problem. Die Leute nickten beifällig, *bewunderten* ihn, verdammt noch mal. Rückblickend betrachtet war es einfach unglaublich. Jede Wohnung, in die er kam, schmückte sich mit Kollektionen leerer Flaschen, mit Postersinnsprüchen wie: *Zwischen Leber und Milz passt immer noch ein Pils*, mit Kneipenkrügen und Kneipenaschenbechern, mit Wanddekorationen aus Kronkorken, mit ganzen Sauftouraltären. Und weil das überall so war, fiel es niemandem auf.

In der Schlange vor dem Taxistand drängelten sich die Betrunkenen, eine Gefahr für sich selbst und für die anderen, und führten ihre lallenden kleinen Melodramen auf. Nirgends geblümte Kittel, gestreifte Hosen, rote Pappnasen. Hier draußen erschienen Clowns als ein Ding der Unmöglichkeit.

Ein Taxi hielt vor ihm an. Ein angeheitertes Paar versuchte ihm die Fahrgelegenheit streitig zu machen. In einem Anfall von Rückgrat rempelte sich Jamie den Weg frei und schloss die Tür, bevor der Mann seiner Partnerin beweisen konnte, dass *er* hier der Platzhirsch war. Er nannte dem Fahrer New Farm als Ziel, suchte seine Taschen nach Geld ab und fand die Botschaft, die er der toten Fledermaus aus den Fängen gezerrt hatte – ein handfester Beweis für die Existenz der Clowns.

Noch dreißig Stunden bis zu deinem Probeauftritt. Bring uns zum Lachen, Kollege ...

Das Taxi fuhr die Brunswick Street entlang. Die wenigen Autos, die unterwegs waren, gehörten samt und sonders der Mietwagenzunft an. Die Morgendämmerung zog die Nacht weg wie die Decke von einem zerwühlten Bett. Zum Vorschein kamen die letzten Klubbesucher und Straßenmädchen, die langsam nach Hause schlenderten.

Sie hielten neben dem großen Queensland-Haus, das auf einer Hügelkuppe stand. Jamie bezahlte den Fahrer und versuchte genug Energie für einen Hauch von Neugier aufzubringen. Marshall stand mit einem Schlauch in der Hand auf der Hintertreppe. Das war etwas völlig Neues: Die Jungs räumten auf! Marshalls Gesicht war starr vor Entsetzen, und wer wollte es ihm verdenken? Wasser lief die Stufen hinunter und hinterließ hässliche Scheißestreifen an der Außenseite des Hauses.

Jamie schüttelte angewidert den Kopf und begab sich zum Vordereingang. Wasser wälzte sich träge an ihm vorbei in den Rinnstein. In der Luft lag ein grausiger Gestank. Die Nachbarn standen am Fenster und starrten ihn kopfschüttelnd an. Da er nicht wusste, was er sagen sollte, zuckte er nur entschuldigend die Achseln und ging nach drinnen.

Die zertrümmerte Einrichtung aus Wohnzimmer und Diele war größtenteils weggeschafft. Jemand hatte vergeblich versucht, den Gestank mit einem Raumspray zu bekämpfen. Die POLITSCHWEINE waren von der Wand gewaschen. Aus Steves Zimmer kam ein gedämpfter Aufschrei, als Jamie vorbeiging. Die Tür schwang auf. In Steves weit aufgerissenen Augen flackerte panische Angst. »Jamie? Gott sei Dank!« Einen Moment lang befürchtete er schon, Steve könnte ihm um den Hals fallen. Sein Blick hatte etwas Irres. »Jamie, sie waren wieder da.«

Jamie sah ihn müde an und wartete auf den Rest.

»Die *Clowns* waren wieder da«, erläuterte er. »Verstehst du? *Die* Clowns.«

»Ich dachte mir schon, dass du nicht die Zeugen Jehovas meinst. Und?«

Steve packte ihn am Arm und zog ihn in sein Zimmer. Steve setzte sich auf sein Bett, Jamie auf einen Stuhl – die beiden einzigen Gegenstände, die der Vernichtung einigermaßen entgangen waren. Steves rundes, rosiges Gesicht sah aus, als habe er es lange geschrubbt, aber schwache Schminkespuren waren immer noch zu sehen.

»Sie kamen, als ich schlief«, berichtete Steve. Er hatte sich vorgebeugt und sprach im Flüsterton. »Sie verlangen, dass ich – dass wir beide, glaube ich – eine Art Prüfung ablegen. Wenn wir uns weigern, wollen sie wiederkommen. Ich weiß nicht, wer oder was sie sind, aber sie meinen es wirklich ernst. Könnte sein, dass sie zu einer Art – äh, wie nennt man das – Religion oder so gehören ...«

»Zu einer Sekte.«

»Ja. Du weißt schon, wie dieser Stalker, von dem sie immer in den Nachrichten berichten. Der Mann, der bei allen großen Finalveranstaltungen auftaucht. Vielleicht gibt es *Hunderte* von seiner Sorte, eine Riesenorganisation ...«

Jamie zuckte die Achseln. »Das glaube ich zwar nicht, aber es ist immer noch besser als alles, was mir dazu einfällt. Was ist denn passiert?«

»Ich wachte plötzlich auf, und der Dürre saß mit überkreuzten Beinen auf meiner Brust. Die anderen standen hinter ihm und starrten mich einfach an. Es war vollkommen *gruselig*, Mann! Ich schreie los, und da holt der Dürre so 'ne Dose aus der Tasche und sprüht mir Rasierschaum in den Mund. Ich bin fast erstickt. Dann sagt er so was wie: *Noch zweiundzwanzig Stunden bis zu deinem Probeauftritt!* Ich frage ihn, was zum Henker ich da vorführen soll, und er entgegnet: *Bring uns zum Lachen!* Das war alles. Danach gingen sie.«

Jamie nickte. »Im Klub waren sie auch. Drohten den Schuppen in die Luft zu jagen.«

Steve beugte sich noch weiter vor und tätschelte Jamies Knie. »Wer oder was sind sie? Woher kommen sie?«

Jamie zuckte die Achseln. »Ich kann nur raten, genau wie du. Was hast du den anderen erzählt? Wegen der Schweinerei im Haus, meine ich.«

»Das Gleiche, was ich dir erzählte. Dass plötzlich so ein paar Typen auftauchten. Aber ich sagte, es seien Rocker gewesen, die bei einem von Marshalls Junkiefreunden Schulden eintreiben wollten. Marshall war völlig von den Socken.«

»Keine schlechte Story. Und er hat sie geschluckt, stimmt's?«

»Ja. Hat sich halb ins Hemd gemacht. Nathaniel ebenfalls. Der hat die Flucht ergriffen und will erst wiederkommen, wenn alles vorbei ist.«

Jamie stand auf und wandte sich der Tür zu. Die Brühe aus der Kanalisation lief allmählich ab, verpestete aber immer noch die Luft. Er wollte gar nicht wissen, wie Steve es geschafft hatte, in diesem Gestank zu schlafen. »Sonst sagten die Clowns nichts zu dir?«, fragte er im Hinausgehen.

»Ich weiß nicht, sie redeten allerlei seltsames Zeug. Dieser Dürre – der hat sie nicht alle, Mann. Nennt sich Gonka oder so ähnlich.«

»Gonko.«

»Genau. Hey, Jamie ...«

Gleich wird er mir beichten, dass er Schiss hat, dachte Jamie. *Cool, nun sitzen wir zu zweit in einem Boot. Wir beide gegen den Rest der Welt. Echt obercool.*

»Ich hab Schiss, Jamie.«

Steve traf Anstalten, ihm um den Hals zu fallen. Jamie trat in aller Eile den Rückzug an. Am Ende des Korridors schrubbte und spritzte und wischte ein geschockter Marshall mit nahezu übermenschlichen Kräften. Allem Anschein nach hatte er sich für den Job ein paar Speeds eingeschmissen, seinen bevorzugten Ersatz für Kaffee. Als Jamie an ihm vorbeiging, ratterte er wie ein Schnellfeuergewehr los: »Hör zu, Jamie, tut mir echt leid, die Sauerei da. Aber keine Sorge, diese Rocker kommen nich wieder, ich schwör's. Ich hab 'n paar Leute angerufen und die Angelegenheit geklärt. War wohl bloß'n Missverständnis. Tut mir echt l...«

Jamie knallte mit gespieltem Zorn die Tür zur Hintertreppe zu. Der Boden in seinem Zimmer unten war immer noch mit Glasscherben übersät, mit dem einzigen Unterschied, dass ein wenig von der Scheißebrühe durch die Decke gesickert war und sich auf den Scherben verteilt hatte. Die Vase mit den Gänseblümchen und die Valentinkarte waren genau da, wo er sie zurückgelassen hatte. Zögernd begann er sein Nest zu säubern. Es dauerte zwei Stunden, bis er die letzten Scheißespuren beseitigt und das Zimmer mit Desinfektionsmitteln überschwemmt hatte. Dann kehrte er die Asche und die Spiralfedern zusammen, die sein Bett gewesen waren, und legte ein paar Sitzkissen auf den nackten Boden.

Als er sich in das Chaos niedersinken ließ, fielen seine Blicke auf die Karte, und plötzlich musste er lachen. Er lachte und lachte und konnte nicht mehr aufhören. Minutenlang lag er so da, im Griff eines Hysterieanfalls, der ihn immer fester umklammerte und nicht mehr loslassen wollte.

KAPITEL VIER
STEVES PROBEAUFTRITT

Als er aus seinem unruhigen Schlaf erwachte, merkte er, dass sich die Kopfschmerzen von der Nudelholznummer verflüchtigt hatten. Die Spätnachmittagssonne glitzerte auf Glas, scharfe Lichtpfeile, abgeschossen von unzähligen, noch schärferen Bruchkanten. Er stand auf und bahnte sich einen Weg durch die Scherben bis zur Tür. Kurz vor dem Ziel blieb er mit einem Ruck stehen. Ein Fetzen Papier war an die Klinke geheftet. Er tat einen Schritt rückwärts und stöhnte, als sich ein Glassplitter in seine Ferse bohrte. Mit Tränen in den Augen pulte er das Ding aus dem Fuß und bereicherte das Schlachtfeld auf dem Fußboden durch ein paar Tropfen Blut. Seine Hand zitterte, als er den Wisch an sich nahm, und dabei begriff er, dass er dicht vor dem Abgrund des Wahnsinns stand.

Die Botschaft lautete:

> Noch zwanzig Stunden, Kollege. Lass dir was Nettes einfallen!
>
> *Gonko, im Namen des Z. P.*

Jamie stand einen Moment lang mit einem flauen Gefühl im Magen da. Ihm war, als hätte er einen faustgroßen Lehmbatzen verschluckt. Sämtliche Signale in seinem Innern waren auf totalen Zusammenbruch gestellt. Doch dann murmelte er: »Ihr könnt mich mal!«

Und das war es: Er scherte sich einfach nicht mehr um die Clowns. Im Ernst – was konnten sie ihm schon anhaben? Ihn umbringen? Nein. Er war am Stadtrand aufgewachsen und kannte den Tod nur als fernes Schreckgespenst aus Kinofilmen und Zeitungsschlagzeilen. Wenn sie sich wieder blicken ließen, würde er einfach die Bullen zu Hilfe holen. Und wenn sie gar keine Ruhe gaben, würde er einen von Marshalls Unterweltbekannten fragen, wie man an eine Pistole kam.

Er stöberte in dem Chaos ein Heftpflaster auf und verarztete den Schnitt in der Ferse. Da er nichts außer seiner Arbeitskluft anzuziehen hatte, streifte er sie über und nahm die Hintertreppe nach oben. Die Sonne hatte die Scheißerinnsale entlang der Außenwand zu einem Muster getrocknet und eingebrannt. Ein Stockwerk höher war der Gestank fast verflogen, und jemand hatte sich mit Methanol an die Arbeit gemacht. Ein paar Teller und Tassen hatten das Zerstörungswerk überlebt und befanden sich an ihrem gewohnten Platz – ungespült neben dem Ausguss. Jamie machte Kaffee und schlenderte in einem Zustand heiterer Gelassenheit durch das Haus. Vom Korridor her fiel ihm im Wohnzimmer etwas ins Auge.

Auf der Couch saß ein Mann und schaute zu ihm auf. Er trug einen weiten geblümten Kittel, weiße Schminke im Gesicht, eine große rote Pappnase und riesige rote Schuhe. Es war Goshy. Der Clown Goshy.

Ein wildes Herzklopfen überfiel Jamie. Er blinzelte. Das Wohnzimmer war leer. Alles nur Einbildung. Kein Problem. Vermutlich eine Art Psychose. Stressbedingt. »Ich hab sie echt nicht mehr alle«, murmelte er erstaunt. Dann kicherte er los und kriegte sich nicht mehr ein, bis ihm die Luft wegblieb. Er atmete einige Male tief durch, kämpfte eine größere Panikattacke nieder, brach fast in Tränen aus und hörte ein heftiges Schluchzen. Steve. Jamie klopfte bei ihm an.

»Wer ist da?«, fragte Steve. Der arme Kerl klang völlig verängstigt. Steve gehörte zu den Typen, die es so gewohnt waren, die Schwächeren zu treten, dass sie nicht damit zurechtkamen, wenn sie selbst mal getreten wurden. In diesem Punkt hatte Jamie ihm gegenüber einen Vorteil: Er konnte was einstecken. Darin besaß er Übung. Er wusste, wie man sich gegen den Angriff wappnete, wie man den Hieb abgleiten ließ.

Einen Augenblick lang war er versucht, den Teekessel vor Steves Tür pfeifen zu lassen. Stattdessen sagte er nur: »Ich.« Er öffnete die Tür und sah seinen Mitbewohner mit rot geweinten Augen und tränenüberströmten Wangen auf dem Bett sitzen. Der Gedanke, dass Steve keine achtundvierzig Stunden zuvor noch ein Alphatier gewesen war, versetzte Jamie einen soziopathischen Kick. Das gefiel ihm nicht, aber er konnte es nicht ändern. »Waren sie wieder da?«, erkundigte er sich.

Steve deutete auf seine Kommode. Neben einem gerahmten Foto von seiner Mutter und einem Pornoheft lag einer der gefalteten Zettel, die Jamie schon kannte. Er klappte ihn auf und las:

> Noch vierzehn Stunden, du lascher Wichser! Nun mach aber Dampf!
>
> *Gonko, Z. P.*

»Ich weiß nicht, was die von mir wollen«, stöhnte Steve. Er stammelte etwas von Polizei und beteuerte immer wieder seine Unschuld, aber Jamie hörte nicht zu, sondern überlegte. Erstens war der Tonfall der Botschaft alles andere als freundlich. Und auf dem Schreibtisch befanden sich noch zwei weitere Zettel der Clowns. Jamie las sie.

> Noch dreißig Stunden. Die Uhr tickt, Arschgesicht.
>
> *Gonko, Z. P.*

> Noch neunzehn Stunden. Hör zu flennen auf, du Schwuchtel!
>
> *Gonko, Z. P.*

Im Vergleich dazu waren die Schreiben, die Jamie erhalten hatte, ausgesprochen höflich gehalten. Zweitens klaffte eine Lücke zwischen Steves und Jamies Restzeit. Ach ja, Jamie war an seinem Arbeitsplatz gewesen, als die Clowns zum ersten

Mal vorbeischauten. Das waren grob sechs bis acht Stunden Unterschied – und es bedeutete, dass er miterleben würde, was geschah, wenn Steve seinen »Probeauftritt« verpatzte.

»Ich habe sogar Angst davor, mich ins Bett zu legen und zu schlafen«, jammerte Steve. »Ich wage es nicht, aus dem Haus zu gehen. Ich kann mir nicht mal einen runterholen, ohne an diese Mistkerle zu denken.«

Jamie überließ ihn seinem Selbstmitleid. Er klaute Marshall ein Paar Stiefel, ging nach unten und machte sich auf das Großreinemachen gefasst.

Seine Blicke wanderten ständig zur Uhr. Zwei Stunden vergingen, in denen er die größeren Scherben einsammelte. Dann holte er eine Schaufel und schob die restlichen Splitter zu Haufen zusammen.

Die Uhr schlug zehn. Er hatte den Kampf gegen die Flecken und Gerüche aufgenommen und damit begonnen, die noch einigermaßen verwertbaren Sachen vom Schrott zu trennen. Steves Zeit war mittlerweile auf sechs Stunden abgelaufen.

Ticktack. Ticktack.

Er hatte es sich für eine kurze Ruhepause auf den Sitzkissen bequem gemacht und dämmerte unerwartet weg. Ein lautes Hämmern an der Tür weckte ihn. Er sprang erschrocken hoch und öffnete. Es war Steve.

Jamies Herzrasen sank auf einen immer noch forcierten Sprint ab. »Was ist denn?«

Steve schaute ihn gequält an. »Ich muss mir was einfallen lassen.«

Jamie schloss die Augen. »Wovon redest du?«

»Von dem Probeauftritt. Hast du den vergessen?«

Ach so. Steve war nicht gerade ein Ausbund an Kreativität. »He, vergiss es«, sagte Jamie. »Wenn sie hier auftauchen, rufst du die Bullen. Das ist alles.«

»Aber ... nun ja, *falls* ich wirklich ...«

»Hast du noch eine Botschaft bekommen?«

»Nein. Aber ... ich kann nicht schlafen. Ich sehe ständig auf die Uhr. Ich versuche mir was auszudenken, für alle Fälle, verstehst du, aber mein Gehirn ist völlig leer.«

»Das dürfte ja dem Normalzustand entsprechen«, meinte Jamie, eine Bemerkung, die er eine Woche zuvor um die gleiche Zeit nicht laut zu äußern gewagt hätte. »Ich schätze, du hast einfach nicht das Zeug zu einem Clown, Steve. Lässt du mich jetzt weiterschlafen?«

Der Blick, den ihm Steve über die Schulter zuwarf, erinnerte an ein Hündchen, das einen Tritt erhalten hatte. Jamie ließ sich in die Kissen zurücksinken.

Es war sieben Uhr morgens, als er aufwachte. Er hatte viel zu lange geschlafen. Mühsam rappelte er sich hoch und horchte in sich hinein, ob er Angst hatte oder nicht. Das Ultimatum für Steve war inzwischen verstrichen.

Er ging nach oben. Durch das Küchenfenster sah er, dass neben dem Haus ein Polizeiauto parkte. Sein Gehirn schrillte wie eine Sirene los: *Polizei! Da ist was passiert! Sie haben den Klub in die Luft gejagt! Ich bin ERLEDIGT.*

Vom Korridor her konnte er Stimmen hören. Er schlich ins Wohnzimmer und horchte. Die Bullen redeten mit Marshall. »Keine Ahnung, echt«, sagte Marshall gerade. »Das Letzte, was ich von ihm sah, war, dass er auf dem Dach stand. Fragt mich nicht, was er da oben wollte.«

»Und in seinem Zimmer ist nichts von dem Zeug da?«, erkundigte sich einer der Polizisten.

»Weiß ich doch nicht!«, winselte Marshall. »Ich geh bestimmt nicht rum und schaue, wer in seinem Zimmer Drogen bunkert und wer nicht. Warum seht ihr nicht nach? Ihr seid doch die Bullen, oder?«

Jamie schlich in die Küche zurück und wartete, bis die Polizisten gingen. Als sie weg waren, hörte er, wie Marshall wütend fluchte und alles Mögliche durch die Gegend feuerte.

»Was war'n los?«, fragte Jamie vom Eingang her.

Marshall drehte sich um. Er war ungesund hager, mit einem dünnen Spitzbart, der ihm das Aussehen eines Druiden geben sollte. Sein Zimmer war mit keltischen Symbolen geschmückt, viele davon seit dem Besuch der Clowns zerfetzt und angekokelt. Er wedelte mit einer Gerichtsvorladung hin und her. Sein zitternder Zeigefinger kam Jamies Nase bedrohlich nahe. »Diese ... *verfluchten Schweine* ... fanden eine Pfeife und eine Gürteltasche. Mit Gras, Herrgott noch mal! Die haben mich glatt wegen *Gras* drangekriegt!« Er spuckte aus und schüttelte den Kopf. »Dabei war's noch nicht mal Qualitätsstoff. *Weißt du, wie viel Speed durch dieses Haus gewandert ist?*« Er deutete auf einen Schuhkarton auf dem Boden neben dem Bett und flüsterte: »Letzten Monat hab ich da drinnen Heroin im Wert von fünfzig Riesen aufbewahrt. UND DIE KRIEGEN MICH WEGEN GRAS DRAN!«

Jamie hatte es längst aufgegeben, sich über Marshalls Lebenseinstellung zu wundern. Er zuckte die Achseln. »Hör mal, hast du Steve heute schon gesehen?«

»Ich glaub nicht. Also, das ist einfach nicht zu fassen ...«

»Hab ich mich vorhin verhört, oder war da irgendwas mit Steve und dem Dach?«

»Hä? Ach ja, richtig. Der Knallkopf ist aufs Dach geklettert.«

»Warum?«

»Weiß ich nicht. Schätze, dass er verdammt high war. Schrie rum, dass diese Nummer hoffentlich gut genug sei. Wenn er mir die Bullen auf den Hals gehetzt hat, dann Gnade ihm Gott ... wegen *Gras*!«

Jamie ließ ihn allein weitertoben. Aufs Dach geklettert ... War das Steves Vorstellung von einem guten Auftritt gewesen? Allein für die Banalität dieses Gedankens hätte er schon die Höchstpunktzahl verdient. Kopfschüttelnd klopfte Jamie an Steves Tür. Keine Antwort. Er stürmte ins Zimmer.

Und erstarrte.

Er sah Blut auf dem Bett. Blut auf dem Kissen. Blut auf dem Boden. Rote Fingerspuren und Verschmierungen an den Wänden.

Jamie wankte und wäre um ein Haar in Ohnmacht gefallen. Sein Magen rebellierte. Blut ... Er hatte noch nie im Leben *so viel Blut* gesehen.

Auf dem Kissen lag ein kleiner Zettel, ebenso zusammengefaltet wie die anderen Botschaften. Er wollte hingehen und ihn an sich nehmen, aber seine Beine verweigerten den Dienst. Sie wollten keinen Schritt näher an den roten Albtraum heran. Er überredete sie zum Rückzug und schloss leise die Tür hinter sich.

Mach dich nicht verrückt, dachte er. *Noch ist Zeit. Jede Menge Zeit. Du kannst diesen verdammten Probeauftritt schaffen.*

Im Korridor konnte er Marshall über die aufgeflogene Drogengeschichte fluchen hören, völlig ahnungslos, wie es im Nachbarzimmer aussah. Jamie warf einen Blick auf die Uhr und fragte sich, wie sein Leben in so kurzer Zeit derart kaputtgehen konnte. War bis vor einer Woche nicht alles völlig normal gewesen? Nicht besonders rosig vielleicht, aber ... normal?

In einer Stunde sollte er im Klub sein. Irgendwie glaubte er nicht, dass er das schaffte.

»Bringen wir erst mal das hier hinter uns«, wisperte er.

KAPITEL FÜNF
JAMIES PROBEAUFTRITT

»Wie spät is es, Gonko? Gonko, wie spät is es?«

Gonko, der Boss der Clowns, wartete eine oder zwei Minuten, ehe er Doopy antwortete. In diesen zwei Minuten steigerte sich Doopy derart in seine Fragerei hinein, dass er winselte wie ein Hund. Gonko ließen diese kleinen Jammertiraden aber kalt. Doopys weinerliche Stimme war wie eine vertraute Tapete: Man fühlte sich zu Hause.

»Los, sag schon, Gonko! Das is nich *lustig*!«

Gonko zog eine Taschenuhr hervor und ließ sie an ihrer Silberkette baumeln. Die Kette hatte die Form eines kleinen Galgenstricks. Die Uhrzeiger verrieten, dass Jamie noch zwanzig Minuten Zeit bis zu seinem Probeauftritt blieben.

»Gonko, das is nich ...«

»Noch zwanzig Minuten, Doops«, sagte Gonko ruhig.

Die drei Clowns – Goshy, Doopy und Gonko – saßen in ihrem Zelt auf dem Gelände des Familienzirkus Pilo. Es war der größte Zirkus auf der Welt, obwohl kein Mensch außer Jamie seinen Namen kannte.

»Wo is'n Rufshod, Gonko? Gonko, wo is'n Rufshod?«

Doopy wusste das ganz genau. Er fragte nur, damit er ein mordsmäßiges Getue und Gejammer anstimmen und sich vor Sorge ins Hemd machen konnte, wenn Gonko nicht antwortete. Gonko erwies ihm den Gefallen und blieb stumm – denn wenn er antwortete, kam Sekunden später eine neue Frage. Die Antwort wäre gewesen, dass Rufshod im Bett lag, weil Gonko ihn bewusstlos geprügelt hatte. Rufshod hatte die Prügel außerordentlich genossen, aber das war jetzt unerheblich. Es ging in erster Linie darum, dass er für seinen Streich bestraft werden musste. Denn Rufshod hatte Goshy den Beutel mit dem Pulver in die Hosentasche geschoben, kurz bevor Goshy nach draußen gegangen war und sich wieder mal verirrt hatte.

Nachdem sie den Beutel zurückgeholt hatten, war eigentlich geplant gewesen, Jamie ein bisschen durch die Mühle wandern zu lassen und ihn dann abzumurksen, aber bei der Nummer mit dem Nudelholz hatte sich Gonko halb totgelacht (was sich bei ihm dahingehend äußerte, dass der harte, gerade Strich seiner Lippen eine Spur in die Schräge verrutschte). Er hatte sich den Jungen näher angeschaut, unterstützt von der Wahrsagerin, die ihm widerwillig einen Blick in ihre Kristallkugel genehmigte, und ihm hatte gefallen, was er da sah.

Gonko warf erneut einen Blick auf seine Uhr und murmelte: »Wo bleibt bloß dieser elende Clown?« Er bezog sich auf den Lehrling.

»Äh, weiß ich auch nich, Mann, wo bleibt er bloß?« Doopy putzte Goshy voller Hingabe den Mund mit einem Taschentuch ab. Goshy blinzelte zufrieden vor sich hin, während Doopy ihn säuberte, die Arme in die Seiten gestemmt, die Hände locker ausgebreitet. »Ich glaub, ich hab ihn bei Shalice gesehn. Ja, das glaub ich, Gonko. Ich glaub, das glaub ich.« Er runzelte die Stirn. »Hast du mich nich schon mal gefragt, wo er is, Gonko? Erinnerst du dich? Du hast mich schon mal gefragt, wo er is. Eben vorhin hast du ...«

»Schsch.«

»Entschuldige, Gonko. Ich meine nur, eben vorhin ...«

Gonko schaute zum dritten Mal auf seine Uhr und sog verstimmt an seinen Zähnen. Es hatte ihn ein kleines Vermögen gekostet, sich die Kristallkugel für den Probeauftritt auszuleihen – er gehörte nicht unbedingt zu den Leuten, denen die Wahrsagerin eine Weihnachtskarte schickte.

Durch Doopy ging plötzlich ein Ruck. Er wandte sich Gonko zu. »Ich *mag* den Lehrling nich, Gonko, ich *mag* ihn nich.«

Doopy meinte das ernst. Der Lehrling eckte bei allen an, und es konnte nicht ausbleiben, dass er irgendwann größeren Schaden anrichtete. Das war schlecht. Sie hatten genug Feinde unter den anderen Zirkusleuten und brauchten keinen Saboteur in den eigenen Reihen.

In diesem Augenblick betrat der Lehrling mit der Kristallkugel der Wahrsagerin das Zelt, aufreizend langsam und mit hängenden Schultern. Gonko beobachtete verärgert seine widerspenstige Haltung. *Ich warte nur, bis du mal nicht herschaust,* schien jeder seiner Schritte zu sagen.

Gonko sah ihm in die Augen. Ein gewitzterer Artist hätte den Blick abgewandt. Der Lehrling dagegen starrte frech zurück. Gonko erhob sich mit einer einzigen fließenden Bewegung, die dem Jungen Angst machen sollte. Und tatsächlich zuckte er zurück. Betont sacht nahm Gonko dem Lehrling die Kristallkugel ab, stellte sie auf den Tisch und sagte: »Raus!«

Der Lehrling verließ das Zelt so aufreizend langsam, wie er es betreten hatte. Aber trotzig blieb er im Eingang stehen, wie um den Anführer der Clowns zu zwingen, seinen Befehl zu wiederholen. Das war ebenfalls unklug. Gonko fuhr mit einer Hand in die Tasche, fest entschlossen, den halsstarrigen Kleinen auf der Stelle umzubringen. Aber im gleichen Augenblick schlenderte der Lehrling nach draußen.

Gonko starrte ihm nach und fuhr kurz mit einem Finger über die Klinge, die er gezogen hatte. Dann spuckte er aus und senkte die Waffe. Goshy gab einen kurzen Pfeifton von sich. Vermutlich ein milder Tadel, dachte Gonko, aber der Einzige, der das genau wusste, war Goshy.

Kerzenlicht schimmerte wie ein gelbes Auge auf der Kristallkugel. Der Anführer der Clowns legte die Handflächen auf das kühle Glas und murmelte ein einziges Wort: »Jamie!« Das Glas trübte sich, als würde jemand von innen Rauch gegen die glatte Oberfläche blasen. Nach Gonkos Uhr hatte Jamie noch eine Viertelstunde Zeit.

Ich gebe noch ein paar Minuten dazu, dachte Gonko, während er über den jungen Mann nachdachte. Hinter Jamies Versuch, ein vernünftiges Leben zu führen, in dem alles seinen Sinn und seine feste Ordnung hatte, verbarg sich ein Urquell exzentrischen Verhaltens, der nur darauf wartete, angezapft zu werden, während Jamie offenbar instinktiv verhinderte, dass er übersprudelte. Es war ein Kampf, den er täglich neu führen musste. Und je mehr er kämpfte, desto eindrucksvoller waren die Ergebnisse, wenn der Junge entweder vorübergehend die Kontrolle verlor oder sich auf Dauer seinem Schicksal beugte. Denn jemand, der nur aus geraden Linien besteht, knickt am Ende umso tiefer ein.

Die Trübung im Kristall verschwand, und da war der neue Kandidat. Gonko schätzte, dass ihn das Stalking an den Rand eines Nervenzusammenbruchs getrieben hatte, und er war stolz auf diese Kampagne. Das Timing war perfekt gewesen. Dieser Typ musste nun weich gekocht sein. Die beiden anderen Clowns drängten sich neben ihren Anführer und beugten sich über die Glaskugel. Goshy zirpte leise, ein Laut, den man wohl am besten mit »Ooo!« übersetzte. Vielleicht hieß das, dass er den schlaksigen Rotschopf wiedererkannte, der nun über die Glaskugel schlenderte. »Sei still, Goshy«, sagte Doopy zu seinem Bruder. »Goshy, sei still! Gleich fängt er an.«

Auf der Queen Street Mall drängten sich Touristen, die den Sonnenschein genossen, und Einheimische, die sich danach sehnten, der Hitze zu entrinnen. Der erste Schwung der Montagabend-Pendler mit ihren Anzügen und Krawatten trottete in Richtung Bahnhof. Um 16 Uhr 02 geriet der Strom ins Stocken, und die Gespräche verstummten. Die Leute in der Queen Street reckten die Hälse. Ein Geräusch ertönte am Ende des Einkaufszentrums, und zwar so laut und durchdringend, dass man es nur vage als den Aufschrei eines Menschen wahrnahm. Gleich darauf kamen aus der gleichen Richtung mehrere Detonationen, die an eine Maschinengewehrsalve erinnerten. Alle starrten zum Einkaufszentrum hinüber, wo eine graue Rauchwolke träge in den Himmel stieg.

Der Schrei ertönte erneut, schrill und in die Länge gezogen, und bahnte sich einen Weg durch die Menge: »Eine BOMBE! ACHTUNG, EINE BOOOOOMMMMMBBBBEEE!«

Fünf Jahre Terrorschlagzeilen waren nicht spurlos an den Menschen vorübergegangen. Jedermann erstarrte, und Panik lief durch die Menge wie ein Kräuseln durch Wasser. Das Knallen und Knattern hielt an. Zwei Polizisten liefen vorsichtig auf den Rauch zu, die Hände in der Nähe ihrer Waffen. Plötzlich brach ein schlaksiger, rothaariger und vor allem splitternackter Mann durch die Meute der Einkaufenden und sprintete mit ausgreifenden Schritten die Straße entlang. Strubbeliges rotes Schamhaar spross über dem wild schlackernden Penis. Sein Gang hätte jedem Monty-Python-Sketch zur Ehre gereicht. Mit hochgezogenen Knien und Ellbogen, die wie Flügel abstanden, sprang er mehr, als er lief – einem Gänserich nicht unähnlich. Sein Gesicht war unter einem Kopfkissenbezug auf eine Weise mit Sehschlitzen verborgen, dass er die Gaffer ringsum nur als verschwommene Umrisse und Hindernisse wahrnahm.

Auf die Brust hatte er sich mit grüner Farbe ein umgedrehtes Kreuz gemalt, auf den Rücken ein Smiley. Schweiß rann über die Symbole und verwandelte sie im Nu in ein grünes Geschmier. Auf seiner Fährte befanden sich drei Polizisten, Männer in mittleren Jahren, die ihren Arbeitstag lieber mit der Festnahme von ein paar Ladendieben beschlossen hätten. Sie versuchten ihn einzuholen, aber trotz seines bizarren Laufstils war Jamie richtig schnellfüßig. Er umdribbelte wie ein Fußballer Familien, Universitätsstudenten und japanische Touristen, die ihre Kameras auf ihn richteten. Dazu schrie er aus vollem Hals: »ACHTUNG, EINE BOMBE! ACHTUNG, EINE BOMBE!«

Der Kopfkissenbezug verrutschte, und einen Moment lang war er blind. Ohne lange nachzudenken, riss er sich die Hülle vom Kopf und ließ sie sanft auf das Pflaster trudeln, eine willkommene Beute für die Polizisten. Drüben in Richtung des

Kasinos bildete der Rauch mittlerweile eine eindrucksvolle graue Wand. Das Knallen steigerte sich zu einem Crescendo und verstummte dann ganz.

Er hatte keine Bombe. Der Lärm stammte von Feuerwerkskörpern, die er in einem obskuren Laden in Fortitude Valley gekauft hatte. Nachdem er in einer öffentlichen Toilette die Farbe aufgetragen und dann, nur mit einem Regenmantel bekleidet, die Queen Street betreten hatte, war er bis ans Ende des Einkaufszentrums geschlendert und hatte dort ein dickes Bündel mit Knallkörpern um einen der Sträucher gewunden. Er wusste nicht, ob diese Nummer Eindruck auf die Clowns machen würde. Er wusste nicht einmal, ob sie seinen Auftritt überhaupt sehen konnten. Aber etwas Besseres war ihm nicht eingefallen. Hätten ihn die Drohgebärden der Clowns – zuletzt all das Blut in Steves Zimmer – nicht geschockt, wäre er wohl einfach zur Polizei gegangen und hätte sich auf diese Weise einigen Ärger erspart.

Aber als er durch die Einkaufsmeile sprintete, fielen die Sorgen der letzten Woche mit einem Schlag von ihm ab. Sein Adrenalin putschte ihn auf wie nie zuvor. Seine Gedanken rasten wie ein Band im Schnellvorlauf. Er spürte weder das harte Pflaster unter den Sohlen noch die Muskelarbeit der Beine oder das Auf- und Abhüpfen seiner Kronjuwelen. Er hatte vielmehr das Gefühl, gleich abzuheben und zu fliegen.

Natürlich ließ sich die Show in der belebten Straße nicht ewig fortsetzen. Vor ihm baute sich eine Menschenmauer auf. Er sah kein Durchkommen und rempelte zwei Mädchen in Schuluniform an, die umfielen und sofort loskreischten. Sein Penis streifte eine der Schultaschen. Es war ein Wunder, dass er keine Bauchlandung hinlegte. Im Stolpern sah er, dass ein Team von Seven News bei den Lichtern am Ende der Einkaufsstraße Aufstellung genommen hatte. Ein Kameramann beugte sich grinsend aus dem Fenster, um Jamie zu filmen.

Jamie rappelte sich hoch und bedeckte etwas verspätet sein bestes Teil. Die Schulmädchen kreischten wieder. Das kam in den Nachrichten bestimmt nicht gut rüber. Ein Blick nach hinten verriet ihm, dass die Polizisten bedrohlich nahe waren. Zwei weitere Bullen kamen von vorne auf ihn zu. Er holte tief Luft und bog zum King George Square ab. Im Park wimmelte es von Tauben, Touristen, Pendlern und Studenten, die lesend im Gras lagen. Er rannte mitten durch das Gewühl, immer noch vollgepumpt mit Adrenalin, das die Erschöpfung und das Seitenstechen betäubte. Das auch die Gedanken an das Nachspiel ausblendete. Es würde nur dann Probleme geben, wenn er stehen blieb. Und er hatte nicht die Absicht, stehen zu bleiben ...

Die Sache endete in Handschellen und mit einem Spießrutenlauf durch den King George Square. Eine Polizistin warf ihm mit völlig neutraler Miene ein Handtuch zu. »Ihr versteht das nicht«, hatte er geschrien, als sie ihn zu Boden warfen und überwältigten. »Diese Clowns ... ich hatte keine andere Wahl ... die Clowns zwangen mich dazu ...«

Im Verhörraum hatten sie ihm die Anklagepunkte vorgelesen. Ungebührliches Benehmen und Erregung öffentlichen Ärgernisses, tätlicher Angriff (auf die Schulmädchen), versuchte Notzucht (der Schulmädchen), Ruhestörung, Besitz verbotener Sprengkörper und Rechtsbeugung. Sie erklärten ihm, dass noch weitere Anklagepunkte auf ihn zukämen, sobald sie sich bei der Bundespolizei nach diesen neuen Anti-Terror-Gesetzen erkundigt hätten, die im Strafmaß keinen Unterschied mehr zwischen einem blinden Alarm und einer echten Bombendrohung machten. War Jamie bis dahin nur zum Heulen zumute gewesen, so heulte er an dieser Stelle tatsächlich los.

Zu alledem kam auch noch der mutmaßliche Mord an Steve, den er nicht zu erwähnen wagte. Er wusste, dass er eigentlich die Pflicht hatte, die Bullen darauf hinzuweisen, aber im Moment schaffte er es kaum, ihre Fragen zu beantworten. Nachdem sein Adrenalinspiegel abgesunken war, hatte ihn eine entsetzliche Müdigkeit überfallen. Er wollte sich nur noch in einem warmen Bett verkriechen und die Augen schließen.

Es war Mitternacht, als ihn die Polizei gehen ließ. Etwa um die gleiche Zeit kam ihm ein neuer, höchst beunruhigender Gedanke: *Und wenn sich das alles nur in deinem Kopf abspielt? Du könntest dir diese ganze Geschichte eingebildet haben, vom ersten Augenblick an, da du den Clown auf der Straße sahst. Nun mal angenommen, du bist wirklich so verrückt. Wäre es dann nicht möglich, dass du auch die Verantwortung für das Blutbad in Steves Zimmer trägst? Vielleicht hast du es ja im Schlaf getan. Vielleicht bist du nach oben geschlichen und hast ihn zerstückelt. Vielleicht bist du derjenige, der das Haus verwüstet hat. Es könnte sein, dass du nicht nur bei den Gesetzeshütern bis zum Hals in Schwierigkeiten steckst. Vielleicht macht dein Gehirn nicht mehr mit. Vielleicht siehst du das Tageslicht nie wieder.*

Ihm fielen keine schlüssigen Gegenargumente ein, während er langsam nach Hause ging. Falls er Steve wie durch ein Wunder lebendig und unversehrt antreffen sollte, würde er sich still und leise in eine Nervenklinik begeben und versuchen, das Erlebte zu vergessen.

Als er ankam, sah er einen Zettel auf den Sitzkissen liegen, die ihm vorübergehend als Bett dienten. Er verharrte auf der Schwelle, ein wenig wacklig auf den Beinen, und starrte die Nachricht an. So blieb er fast fünf Minuten stehen – fünf Minuten, in denen es schien, als habe sein Herz zu schlagen aufgehört. Die Stadt ringsum verstummte.

Er ging zu seinem Bett und hob die Botschaft auf. Sie lautete:

Herzlichen Glückwunsch!

Gonko vom Zirkus Pilo

Im Zelt der Clowns hatte Goshy aufgeregt gepfiffen und gezirpt wie ein Lori-Papagei. Die Laute hatten keine besondere

Bedeutung gehabt; sie waren lediglich ein Hinweis darauf, dass einige seiner Schaltkreise noch unter Strom standen – dass Goshy, mit anderen Worten, noch irgendwie tickte.

In der Kristallkugel hatten die Clowns das Schauspiel mitverfolgt, von dem Augenblick an, da Jamie seinen Körper bemalte, bis zu seiner Überwältigung vor dem Rathaus. Zwei Beamte hielten ihn am Boden fest, während er wild um sich schlug und strampelte. Doopy hatte die Geschehnisse mit einem steten Strom von Kommentaren begleitet: »O ... Mann ... Was macht er'n da? ... Wo is er denn? ... Mann ...«

Gonkos Mundachse stand ein wenig schief – ein Lächeln, aber nur für das geübte Auge. Als Jamie abgeführt wurde, die Arme auf den Rücken gedreht und mit Handschellen gefesselt, huschte ein betretener Ausdruck über Doopys Züge. Er wandte sich an Gonko und fragte: »Hat er's denn gut gemacht, Gonko? Gonko, hat er's denn gut gemacht? Hast du schon vergessen, Gonko? Ich hab dich gefragt, ob er's gut gemacht hat.«

Gonko rollte die Augen. »Doch, ich denke, er hat es nicht schlecht gemacht.«

»Ja, das findet Goshy auch, nicht wahr, Goshy? Das findest du auch, ist doch so?«

»Ooo.«

Gonko schirmte die Kugel mit der Handfläche ab, wie jemand, der eine Kerzenflamme löscht. »War jedenfalls weit besser, als auf so'n blödes Dach zu klettern«, murmelte er. »Das muss man ihm lassen.«

Goshy stieß ein monotones Pfeifen aus. Die Clowns erhoben sich. Als Sitzfläche hatten sie einen gefesselten und geknebelten Mann benutzt. Dieser Mann hieß Steve, und er war bewusstlos. »Jetzt lassen wir unseren JJ noch'n paar Stunden in seinem Saft schmoren, und dann holen wir ihn«, sagte Gonko. »Ruf kann ihm eine Botschaft vorbeibringen, wenn er zu sich kommt. Und schafft mir den hier« – er stieß das reglose Bündel mit der Stiefelspitze an – »aus den Augen.«

Als Jamie in jener Nacht sacht hochgehoben wurde, wachte er nicht auf. Dafür sorgte Gonko. Chloroform war vielleicht eine der konventionellsten Waffen im Arsenal des Anführers der Clowns, aber das Zeug wirkte nun mal, und er begab sich nie auf Kidnappingtour, ohne es mitzunehmen. Er hielt dem schlafenden Jamie sechs Sekunden lang ein weißes Tuch unter die Nase und schob es dann wieder in seine Tasche.

Rufshod und Doopy begleiteten ihn. Sie waren auch bei Steves Entführung dabei gewesen. Das Blut in Steves Zimmer stammte in Wahrheit von Rufshod; sie hatten es nur verspritzt, weil es mehr hermachte. Die drei schoben Jamie in den Leichensack, den sie mitgebracht hatten. Gonko gefiel die Vorstellung, dass sich ein Mann beim Erwachen unvermutet in einem Leichensack wiederfand; sein Mund bildete einen Schrägstrich, als er den Reißverschluss zuzog. Die beiden anderen Clowns stemmten das Bündel hoch und schleppten Jamie auf die Straße hinaus. Ein Pick-up parkte neben dem Haus; sein laufender Motor war das einzige Geräusch in der mondhellen Nacht. Sie hievten den Sack auf die Ladefläche. Die großen Clownschuhe schlurften über den Asphalt, als Doopy und Rufshod um die Wette zum Beifahrersitz rannten. Doopy gewann. Rufshod sprang auf die Ladefläche und setzte sich neben Jamie. Gonko raste los und machte einen Schlenker, um zwei streunende Katzen zu überfahren, worauf Doopy ihm erklärte, dass das »nich lustig« sei.

Nach etwa einem Kilometer hielten sie an einer Baustelle, auf der gerade ein Wohnblock errichtet wurde. Hier hatte sich Gonko den Pritschenwagen ausgeliehen. Er sprang vom Fahrersitz, öffnete die Motorhaube und zog eine Axt aus seiner Hose. Aus reinem Mutwillen hieb er auf die Innereien ein; das metallische Scheppern hallte wie Kanonenschüsse durch die Nacht. Er zog eine Geburtstagskarte aus der Tasche und schrieb darauf: *Danke für die Leihgabe, Bob.* Der Besitzer des Pick-ups hieß Bob. Bob kannte Gonko nicht, und Gonko kannte Bob nicht. Zweck der Übung war es, Bob ein wenig

Kopfzerbrechen zu bereiten. Gonko platzierte die Karte auf das Armaturenbrett, pflückte aus der anderen Tasche eine Rose und legte sie neben die Karte.

Die drei Clowns kletterten über den Zaun und senkten Jamie vorsichtig in die Tiefe. Doopy beklagte sich über Rückenschmerzen, aber eigentlich hatte Doopy Blähungen. Die Clowns hielten auf ein mobiles Klo in der Ecke des Baugeländes zu. Sie stellten den Leichensack aufrecht hinein und quetschten sich ebenfalls durch die Tür. Im Innern herrschte drangvolle Enge. Gonko hatte eine Plastikkarte in der Hand, die er über das Schloss hielt. Ein kleines rotes Licht blinkte, und ein Hebel senkte sich von der Decke herab. Gonko zog ihn mit einem Ruck nach einer Seite, und der Boden senkte sich knirschend wie bei einem Lift – denn nichts anderes war das Häuschen. Tausende solcher getarnten Aufzüge waren auf der ganzen Welt verteilt; allein in dieser Stadt gab es mehrere davon. Eine Plattform glitt über ihre Köpfe und verschloss den Schacht. Die Kabine ruckelte heftig. Es war eine lange Fahrt in die Tiefe.

Endlich hielten sie an, aber nicht, bevor Doopy einen lauten Furz gelassen hatte, der die winzige Kabine mit einem so fauligen Gestank erfüllte, dass alle husten mussten.

»Nicht schlecht«, sagte Gonko mit tränenden Augen. Doopy entschuldigte sich wortreich, aber Doopy hatte nun mal ständig Blähungen. Die Lifttüren öffneten sich.

Im Zirkus war es Nacht. Die Umrisse der geduckten Zigeunerbaracken erinnerten an Pappdeckelkulissen. Das Riesenrad ragte wie das dunkle Gerippe eines urtümlichen Geschöpfs gegen den sternenlosen Himmel auf. Weit entfernt ertönte ein lautes Heulen. Die Clowns kehrten nach Hause zurück. Sie hatten ihren neuesten Rekruten an den Füßen gepackt und schleiften ihn mit.

TEIL ZWEI

DER CLOWN II

Into the house of mirrors goes a clown and his elf
Take a look in the mirror und see the clown in yourself.

CAROUSEL

Kapitel sechs
Die Vorstellung

Jamie brauchte lange, bis er wieder zu sich kam. Ein Gefühl der Platzangst hatte die letzte Phase seines traumlosen Schlafs durchdrungen. Sein Verstand versuchte ganz normal hochzufahren, zu booten wie ein Computer, aber irgendetwas blockierte die logischen Schaltungen. In seinem Mund herrschte eine scheußliche Trockenheit; dazu kam der schwache Nachgeschmack einer chemischen Substanz.

Noch etwas fand er komisch. Er glaubte wach zu sein, aber ringsum war alles schwarz. Vorsichtig tastete er nach seinen Augen – sie waren offen. Sobald er die Hand bewegte, hörte er ein sprödes Rascheln, das ihn an Leinwand erinnerte. Einen traumatischen Augenblick lang fühlte er sich in seine Kindheit zurückversetzt, als er mit seiner Familie an einem See gezeltet hatte und nachts aus dem Schlaf geschreckt war, weil er von einer Schlange geträumt hatte – und tatsächlich war ihm damals eine grüne Baumschlange über die Füße gekrochen. In einem Anfall von Panik begann er zu stöhnen und um sich zu schlagen.

Schritte erklangen neben seinem Kopf, gefolgt von einem Reißgeräusch, sehr laut und sehr nahe an seinem Gesicht. Plötzlich strömte Licht in den kleinen dunklen Raum und blendete ihn schmerzhaft. Er blinzelte. Über ihn beugte sich jemand, den er zuallerletzt erwartet hatte: Steve.

»Jamie?«

»Hä?« Das war alles, was Jamie hervorbrachte.

»Du bist auch hier?«, fragte Steve. »Hatte ich doch richtig gesehen, dass sich in dem Sack da was bewegte! Mann, das musst du dir mal ansehen! Ich glaube, wir sind auf einer Art Kirmes oder Rummelplatz oder so. Los, steh auf und komm mit!«

Jamie setzte sich auf und starrte verständnislos den Sack an, in dem er geschlafen hatte. Die schwarze Leinenhülle lag da wie ein aufgeplatzter Kokon. Er blinzelte. Das ergab einfach keinen Sinn. Er rieb sich den Schlaf aus den Augen und versuchte die Ereignisse vor dem Einschlafen zu ordnen. Ein Leichensack stand jedenfalls nicht auf seiner Liste.

»Was zum Henker hattest du da drin zu suchen?«, erkundigte sich Steve, als erwarte er allen Ernstes eine schlüssige Auskunft von ihm. »Ach, da ist er ja!« Steve hob seinen Pullover vom Boden auf. »Du hattest ein Mordsglück, dass ich dich fand. Eigentlich bin ich nur hergekommen, um den hier zu holen. Nun komm schon! Das musst du sehen.«

Zu viel Input in zu kurzer Zeit. Letzte Nacht ..., dachte er. Zum Schlafen auf den Boden hingelegt. Davor ...? Bullen. Hatten das Haus beobachtet. Yeah ... Und ihn erwischt, als er den Blitzer gab ... Und was dann?

Er spähte umher. Allem Anschein nach befanden sie sich in einem hohen, geräumigen Festzelt. Der Boden war von Gras bewachsen, das von plumpen Riesenschuhen niedergetrampelt worden war. Auf einem Tisch in der Ecke lagen Spielkarten und leere Flaschen herum. Daneben gab es Dutzende von Schachteln und Truhen, vollgestopft mit allerlei Krimskrams und bunten Fetzen. Eine mit obszönen Kreide-Graffiti und falsch geschriebenen Pornosprüchen bedeckte Rüstung lag umgekippt auf dem Boden. Gedämpftes Sonnenlicht fiel durch die Leinwandbahnen ein und tauchte den Innenraum in ein fahles Rot.

Plötzlich dämmerte ihm, dass Steve am Leben war. Da stand er, im Zelteingang, umstrahlt von Sonnenschein. »Steve ...?«, begann Jamie heiser.

Steve drehte sich nach Jamie um. Seine Augen glänzten, und sein Kindergesicht wirkte noch kindlicher als sonst.

»Haben sie dich nicht ...?«, fragte Jamie kopfschüttelnd. »Die Clowns ... also, ich habe einen Blick in dein Zimmer geworfen, und da war überall Blut ...«

Steve achtete nicht auf seine Worte. »*Nun beeil dich doch, Mann!* Das musst du einfach sehen.« Er stürmte ins Freie.

Jetzt erst hörte Jamie die schmissigen Klänge einer Marschkapelle und das Stimmengewirr einer vielköpfigen Menge. Er ging zum Zeltausgang, schob den Kopf durch den Spalt, und die Farben draußen trafen ihn wie ein eiskalter Wasserschwall mitten ins Gesicht. Alles war so grellbunt, dass er die Augen schließen musste. Als er sie wieder öffnete, sah er Scharen von Menschen vorbeiziehen, Familien, Großeltern, Eltern, farbenfroh gekleidete Kinder, Säuglinge im Wagen oder auf den Armen ihrer Mütter, Ballons an den Handgelenken befestigt, die wie angeleinte Hündchen in der Luft schwebten. Auf dem Gelände breitete sich eine Miniaturstadt aus Zelten, Buden und Ständen aus, in denen dunkelhäutige Zigeuner allerlei Flitterkram verhökerten. Die Besucher, die in einem langen Zug durch die engen Sträßchen schlenderten, unterhielten sich angeregt. Jamie suchte nach dem Ursprung der Marschmusik, konnte aber nirgends eine Kapelle entdecken: Die Melodien schienen wie eine Brise durch die Luft zu wehen, eine natürliche Begleitung der Farben und des Geruchs nach gebuttertem Popcorn und gebrannten Mandeln.

Er trat ins Freie. So wie es aussah, war er der Einzige, der keine Ahnung hatte, was hier vorging. Steve winkte ungeduldig.

Jamie rieb sich die Augen. »Steve?«

»Was denn *nun* schon wieder, Mann?«

»Sind wir ...« Er hatte fragen wollen, ob sie tot waren. »*Wo* sind wir eigentlich?«

Steve packte ihn am Arm. »Kommst du jetzt mit oder nicht? In dem Zelt dort drüben soll ein Zauberer auftreten.«

Jamie ließ sich von Steve die Gasse entlangzerren. In einiger Entfernung sah er ein buntes Schild: SCHRECKENSKAMMER. Über das Zelt dahinter war ein Spruchband gespannt, das er kaum entziffern konnte: MONSTERSCHAU. Dann kamen sie an einem anderen Zelteingang mit der Aufschrift HAUPTBÜHNE vorbei. Ein Blick über die Schulter zeigte ihm einen hölzernen Torbogen; er bildete den Einlass zu Lichtergeflacker, Glockengebimmel, Getröte und Karussells, zu Kreischen und fröhlichem Lachen. Obwohl er nirgendwo ein Schild sah, erriet er, dass hier der eigentliche Rummelplatz mit seinen vielen kleinen Nebenbühnen und Fahrgeschäften begann.

Damit konnte er auch seine eigene Frage beantworten. Sie befanden sich offensichtlich in einer Art Zirkus. Wo und in welchem Zirkus, das wusste er zwar nicht, aber das erschien ihm plötzlich auch nicht mehr wichtig. Er sog den Duft von gebuttertem Popcorn ein und spürte, wie ihn ein leichter Schwindel erfasste, als habe er ein Narkosegas eingeatmet. *Nein, es ist nicht wichtig, wo du bist*, sagte eine freundliche Stimme in seinem Innern. *Entspann dich einfach! Keine Fragen. Du bist auf dem Rummelplatz. AUF DEM RUMMELPLATZ!*

Und genau so fühlte er sich. Mit einem Mal breitete sich gute Laune in ihm aus, und er kam sich vor wie am Samstagabend in der Stadt, nach dem zweiten oder dritten Bourbon, wenn die Jukebox einen Song der Talking Heads spielte und an der Bar jede Menge Frauen rumhingen. Er blieb stehen, um einen staunenden Blick in die Runde zu werfen, aber Steve fauchte: »Jamie! Kommst du jetzt mit zu diesem Zauberer oder brauchst du erst einen Tritt in den Arsch?«

Jamie sah ihn an und grinste wie ein Idiot, der das Leben schön findet. »Klar komme ich mit«, sagte er und folgte ihm.

Auf einer Tafel vor einem mittelgroßen Zelt stand mit Kreide angeschrieben: MUGABO, DER MYSTISCHE MAGIER. Steve schob Jamie nach drinnen, wo sie eine kleine, mit Zaubererrequisiten überladene Bühne sahen. Da waren der umgedrehte Zylinder, aus dem später bestimmt ein Kaninchen gezogen wurde; ein schwarzer Zauberstab mit weißen Spitzen, der sich vermutlich schlaff durchbog, wenn ihn der Meister in die Hand nahm; ganze Bündel bunter Tücher und Bänder;

dazu silbrig schimmernde, ineinander greifende Ringe. Steve und Jamie nahmen in den Plastikschalensitzen der ersten Reihe Platz. Zuschauer strömten herein und ließen sich ringsum nieder. Bald erfüllte eine gedämpfte Unterhaltung das Zelt. Der Vorhang an der Rampe konnte nach beiden Seiten aufgezogen werden, um dem Magier einen großen Auftritt zu ermöglichen. Die Gespräche verstummten, als man plötzlich hinter der Bühne ein zischelndes Gewisper hören konnte. »Kaniinchentrrick?«, ereiferte sich ein Mann mit starkem Akzent. »Den führre ich selbst vorr! Rrrührr mirr nix an, du Misstkerrl!«

»Mugabo, das war doch längst besprochen«, entgegnete eine andere Stimme. »Verflixt noch mal, du kannst Rufshod nicht ...«

»Dieserr dumme August? Dein Frreund, was? *Kaninchentrrick!* Ich kann den Himmel in Brrand setzen, weiß err das? Ich kann – NIMM DEINE PFOTEN VON ...«

Man hörte ein Handgemenge, ein Klatschen, einen unterdrückten Aufschrei, ein Poltern. Die Zuschauer beobachteten neugierig, wie an dem Vorhang gezogen wurde, bis es an seinem Rahmen ruckte, ohne dass er sich öffnete. Die unsichtbare Rauferei zog sich noch eine Weile hin, ehe sich der Vorhang teilte, aber von einem großen Auftritt konnte keine Rede sein. Der Zauberer stolperte auf die Bühne und fiel der Länge nach hin, als hätte jemand mit einem kräftigen Schubs nachgeholfen. Zögernder Applaus begrüßte ihn.

Verspätet stieg eine weiße Rauchwolke auf. Aus den Schwaden tauchte ein verkniffen dreinblickender Schwarzer mit einem Turban, der sein wallendes Gewand glattzustreichen versuchte. Mugabo, der Magier, war groß und schlaksig und wirkte durch den weißen, in vielen Schichten um den Kopf gewundenen Turban noch größer. Ein Edelstein glitzerte in der Mitte des Gebildes, das an ein Riesenei erinnerte. Beim Anblick der Zuschauer fletschte er die Zähne, die sich leuchtend weiß gegen seine schwarze Haut abhoben. Er stieß die langen Arme heftig in Richtung der Sitzreihen und spuckte auf den Boden. »Hörrt auf zu klatschen!«, brüllte er. Der Applaus verstummte. »Also gutt, ihrr Blödiane! Ihrr wollt den *Kaniinchentrrick*?«

Die Zuschauer klatschten erneut und spornten ihn mit gutmütigen Pfiffen an. Mugabo nickte. Sein Turban geriet ins Wanken. »Wie ihrr wollt! Ihrr bekommt eurren *Kaniinchentrrick*.« Sein tiefer Bass klang verächtlich. Er stakste zum Tisch hinüber, warf einen Blick über die Schulter zum Vorhang und krempelte grinsend die Ärmel hoch. »Hierr«, sagte er. »Ich bin Mugabo, derr mystische Magierr ... oderr so äähnlich. Ich widme den Trrick diesem Arrsch von einem Clown. Bitte sährr – alles nurr fürr ihn!«

Er griff in den Hut, und zum Vorschein kam, ganz so wie Jamie vermutet hatte, ein Paar langer weißer flauschiger Ohren. Das Kaninchen strampelte mit den Hinterpfoten in der Luft. Der Zauberer erntete für eine Weile höflichen Applaus. »Ja, das gefällt euch, das Kaniinchen?« Mugabos Stimme klang so schmalzig, dass sie triefte. »Wie süß! Das Kaniinchen gefällt ihnen. Und ... wie gefällt euch ... DAS?« Auf Mugabos Stirn standen nun düstere Falten. Er schüttelte die Faust mit dem Kaninchen in Richtung des Zuschauerraums. Das Kaninchen ruderte einen Moment lang hilflos mit den Beinen in der Luft, ehe es in einer rotweißen Wolke explodierte. Es klang, als zermatschte jemand eine überreife Frucht. Blut und kleine Fleischfetzen regneten auf die beiden ersten Zuschauerreihen nieder. Ein Häufchen Fell- und Gewebereste sammelte sich zu den Füßen des Magiers.

»HA! HA!«, brüllte Mugabo. Er beugte sich weit vor, hieb mit der Faust auf den Tisch und stieß ein Kreischen aus, das irgendwo zwischen Gelächter und Geheul lag. Im Zuschauerraum wurde es totenstill.

Zwei Gestalten stürmten durch den Vorhang. Jamie erkannte die eine davon – Doopy, den Clown. Irgendwo war er ihm schon begegnet, auch wenn er sich im Augenblick nicht genau erinnern konnte, wann er ihn getroffen hatte. Der andere war ein stämmiger Zwerg mit einer Augenklappe. »Gehört alles zur Show, Leute«, rief der Zwerg, hechtete auf Mugabo zu und packte ihn an den Fußgelenken. Dann schleiften Doopy und der Zwerg den Zauberer von der Bühne, der weiter um sich stieß und schlug.

Der Auftritt schien zu Ende zu sein. Die Zuschauer klatschten unsicher. Jamie pflückte einen weißen Fellfussel von seinem Hemd und wischte sich ein paar Blutspritzer aus dem Gesicht. Das Baby in den Armen seiner Sitznachbarin war über und über mit Kaninchenblut besudelt. Entweder war ihr das egal, oder sie bemerkte es gar nicht. Sie und ihr Mann warteten, bis das Gedränge zu den Ausgängen hin nachgelassen hatte.

Ein vertrautes Geräusch drang an Jamies Ohr. Es kam vom Boden her und klang, als stießen kleine Murmeln klickernd zusammen. Seine Blicke wanderten über das Gras hinweg. Spärlich zwischen den Halmen verteilt schimmerten winzige Kristalle. Wo hatte er dieses Zeug schon mal gesehen? Er konnte sich nicht erinnern. Aber er wusste, dass die Kristalle noch nicht da gewesen waren, als er das Zelt betrat. Nun glitzerten sie um die Füße der Menschen, die durch den Mittelkorridor ins Freie strebten – wie aus den Taschen gefallene Münzen.

Als sie die Magiershow verließen, bewegte sich der Vorhang hinter der Bühne im Takt zu Hieben, Stöhnlauten und Gepolter. Mit einem dumpfen Schlag landete ein Körper auf dem Boden. Gehörte alles zur Inszenierung.

Draußen kam durch den Geruch von Butterpopcorn etwas Stärkeres, ein Weihrauchduft, der ihn wie ein unsichtbarer Finger mit einem langen, manikürten Nagel näher winkte. Wortlos folgte er dem Duft. Steve heftete sich an seine Fersen. In der Menge sah er andere Besucher aus dem Zauberer-Zelt umherschlendern, plaudernd und lachend, ohne die Blutspritzer auf ihren Hemden und Gesichtern zu beachten. Steve erklärte prompt, er wolle noch die Gasse der Schaubuden besuchen, und begann sich mit Schultern und Ellbogen einen Weg durch das Gewühl zu bahnen. Jamie störte sein Verschwinden nicht; er war jetzt abgelenkt von erotischen Visionen, die ihm der süße Duft verhieß. Im Geist sah er dunkelhäutige ägyptische Prinzessinnen, verlockende Gestalten, die splitternackt vor ihm herliefen. Wie ein Betrunkener wankte er einen schmalen Pfad entlang. Das Gedränge löste sich auf, die Hintergrundmusik verstummte und die Luft wurde allmählich kühler.

Zwei raufende Zwerge, die sich im Schmutz neben dem Weg wälzten, erstarrten, als Jamie näher kam, starrten ihn böse an und liefen davon. Plötzlich verschwanden die verheißungsvollen erotischen Bilder, und er stand vor einer kleinen Hütte mit einem Perlenvorhang im Eingang. Er schüttelte sich und blickte verwirrt umher, erschrocken, dass niemand sonst in der Nähe war. Zögernd teilte er die Perlenschnüre, die wie Murmeln klickerten. Offenbar war er in die Wirkungsstätte einer Wahrsagerin geraten, und allem Anschein nach hatte sie gerade einen Kunden.

»Entschuldigung«, sagte Jamie, als sich der Mann in der Hütte umdrehte.

Kälte kroch über seine Haut. Eine innere Stimme riet ihm, auf der Stelle kehrtzumachen und wegzurennen, und zwar so schnell er konnte. Aber nachdem das erste Entsetzen abgeflaut war, kam ihm der Verdacht, dass der Fremde wohl nur ein Make-up trug. Deshalb brannten seine Augen wie Feuer unter den knochig vorspringenden Brauen, die sich dunkel wie eine Gewitterwolke zusammenzogen. Deshalb ähnelten die Umrisse von der Stirn bis zum Kinn so sehr einem Wolf, dass Jamie nichts dabei gefunden hätte, wenn der Mann den Mond angeheult hätte, obwohl er einen ganz gewöhnlichen Anzug trug. Deshalb wirkte er auch so riesig. Und deshalb hatte er viel zu breite Pranken mit gelben Nägeln, die so lang wie Krallen waren.

Das Fabelgeschöpf starrte ihn aus großer Höhe an. »Oh, ich *liebe* Entschuldigungen«, sagte es dann mit dunkler, zuvorkommender Stimme. »Aber kein Problem! Ich wollte ohnehin gerade gehen. Also – glückliche Zukunft!«

Ein beinahe freundliches Lächeln umspielte seine vollen Lippen, als sich das Wesen mit ausgesuchter Höflichkeit an Jamie vorbeischob. Es war das Lächeln eines Werwolfs, der einem Wolfsjungen begegnete. Schaudernd wandte Jamie den Blick ab, und eine Sekunde lang spürte er nichts mehr von der berauschenden Fröhlichkeit, die ihn eben noch umfangen hatte, sondern nur kalte Furcht vor einer Welt der dunklen gefährlichen Orte und Fallgruben, in die ein Mensch stolpern konnte.

Der Riese zog den Kopf ein, um nicht an den Türsturz zu stoßen, schob sich durch die klickernden Perlenschnüre und war verschwunden. Die eisige Kälte nahm er mit.

Der beinahe überwältigende Sandelholzduft, der ihn zur Hütte gelockt hatte, war im Innern nur als schwacher Hauch zu spüren. Die Atmosphäre unterschied sich von der lauten Fröhlichkeit auf dem Rummelplatz; sie vermittelte eher die Kühle und Stille eines langen Schlafs. Eine Zigeunerin saß an einem runden Tisch, ließ die Finger über einen Packen Tarotkarten gleiten und schaute mit einem angedeuteten Lächeln zu Jamie auf. Sie hatte einen glatten, hellbraunen Teint, blitzende Augen und langes schwarzes Haar, das in seidigen Wellen über die Schultern fiel. In den Regalen hinter ihr stapelten sich Unmengen namenloser Bücher. Karten mit hellen Sternen hingen an den Wänden und erfüllten den Raum mit einem schwachen Leuchten. Vor ihr auf dem Tisch ruhte eine Glaskugel in einem hölzernen Ständer, der die Form einer Klaue besaß. »Lass dir von ihm keine Angst einjagen«, sagte die Wahrsagerin und wies mit dem Kinn zum Ausgang. »Kurt Pilo ist harmlos. Ihm gehört der Zirkus.«

»Er wirkt aber alles andere als harmlos«, widersprach Jamie.

»Das ist wahr«, stimmte ihm die Zigeunerin zu. »Wenn er wütend wird, sieht er aus wie das Böse in Person.« Sie starrte einen Augenblick lang in die Ferne, und ihr Lächeln erlosch. »Aber er lässt sich nicht so leicht in Wut bringen. Solltest du es dennoch versuchen, er wäre vermutlich nur belustigt. Bitte, nimm Platz!«

Der Klang ihrer Stimme weckte in Jamie die Vorstellung von schweren, dunklen Likören, die in Kristallgläser gegossen wurden. Er setzte sich auf die Holzkiste neben dem Tisch.

»Ich habe heute nicht viel Zeit«, sagte sie. »Ich erwarte noch ein halbes Dutzend Besucher, denen ich die Zukunft deuten soll. Deshalb muss ich mich kurz fassen. Deine Hand, bitte!«

Jamie streckte ihr die Hand entgegen, und sacht zog sie die Linien der Innenfläche nach. Ihre Finger waren kühl, und die Berührung jagte kleine Schauer auf seine Haut. »Schau mir in die Augen, Jamie«, sagte sie sanft. Er kam der Aufforderung nach und stieß einen überraschten Laut aus. Während sich bei dem einen Auge die Iris zu weiten schien, schrumpfte sie bei dem anderen. Nach einer Weile kehrte sich der Prozess um. »Hab keine Angst«, sagte sie. »Beobachte ganz einfach den Tanz meiner Augen. Sind sie nicht schön, Jamie? Spürst du nicht, wie du durch meine Augen in einen langen dunklen Tunnel eindringst? Du fühlst meinen kühlen Finger auf deiner Handfläche. Er führt dich, zeichnet eine Karte, damit du die Wege durch meine Augen findest. Achte nur auf meine Augen, Jamie ... nur auf meine Augen ...«

Die Stimme glitt wie eine Droge in sein Inneres, eine süße Stimme, die ihm Geheimnisse verriet, Worte, die er hören, aber nicht verstehen konnte. Und ehe er wusste, wie ihm geschah, wurden seine Augen glasig und schlossen sich.

Sie hypnotisiert mich, das war sein letzter Gedanke, ehe er dieser Frau erlag.

Eine Stimme hämmerte so hart wie Stein in seinem Kopf.

Morgen Nachmittag. Du gehst pünktlich um zwanzig nach drei aus dem Haus, aber du lässt deine Uhr dort zurück. Du begibst dich zu folgender Adresse: 344 Edward Street. Du wartest vor der Kneipe, die sich dort befindet. Auf dem Fußweg wirst du eine blonde Frau mit einem Kinderwagen sehen, die auf eine Gelegenheit wartet, die Straße zu überqueren. Du fragst sie, wie spät es ist. Du kratzt dich nervös am Handgelenk, als sie mit dir zu flirten beginnt.

Jamie nickte schläfrig.

Du sagst: »Tausend Dank!« Dann machst du kehrt und gehst schnurstracks nach Hause. Du wirst dich später nicht an ihr Gesicht erinnern. Du wirst überhaupt nicht mehr an den Vorfall denken.

»Warum?«, murmelte Jamie schlaftrunken. »Könnt ihr ... mich nicht ... in Frieden lassen?«

Es entstand eine Pause. Er spürte Augen, die sich wie Zwillingssonnen schmerzhaft in sein Inneres brannten. Jamie rutschte stöhnend hin und her. *Stell keine Fragen*, befahl die Stimme. *Wie kannst du mir Fragen stellen? Hast du ... hast du etwas von dem Staub geschluckt?*

Jamie nickte.

Also, das darf doch nicht wahr sein – wer gab dir das Zeug?

»Gefunden«, murmelte Jamie. »Einfach ... vom Boden aufgehoben.« Das Sprechen fiel ihm so schwer, dass jedes einzelne Wort wehtat. Sein Kopf war nach vorn auf die Brust gesunken. Er hatte nur den Wunsch, dass die Stimme nicht wütend wurde.

War es einer der Clowns?, bohrte sie nach.

»Ja.«

Welcher Clown? Wann? Wo?

»Goshy. Glaube, so heißt er. Goshy. Vor etwa einer Woche. Fiel ihm ... aus der Tasche.«

Eine Woge von Ärger strich wie feurige Luft über ihn hinweg, und er duckte sich wimmernd. Wieder entstand eine Pause. Fingernägel trommelten auf die Tischplatte. Dann sagte die Stimme: *Also gut. Wach jetzt auf, Jamie! Komm zurück zu mir! Wach auf!*

Er kehrte allmählich ins Bewusstsein zurück, angelockt von einer Woge Parfum und einem blitzenden Augenpaar. Anfangs glaubte er, dass er in zwei Diamanten starre, die im Kerzenlicht funkelten; das Gesicht der Wahrsagerin tauchte als verschwommener Umriss hinter den Juwelen auf, und es schien Stunden zu dauern, bis es sich wieder klar und scharf abzeichnete. »War die Reise angenehm?«, erkundigte sich Shalice, die Wahrsagerin.

Jamie versuchte sich an die letzten paar Minuten zu erinnern, aber seine Gedanken quälten sich durch Nebelschwaden. »Was ist geschehen? War da nicht etwas mit einer blonden Frau?«

»Nicht dass ich wüsste«, entgegnete Shalice. Sie begann hastig ein paar Dinge wegzuräumen, in Gedanken versunken und ohne Zweifel über irgendetwas verärgert.

»Nett, dass du mich besucht hast, Jamie. Aber jetzt musst du mich entschuldigen – ich habe noch etwas zu erledigen.«

»In Ordnung«, sagte Jamie und erhob sich. Shalice drängte sich eilig an ihm vorbei und trat durch den Perlenvorhang ins Freie. Schon bald war sie seinen Blicken entschwunden. Jamie starrte einen Moment lang die Kristallkugel an, die nun mit einem Tuch zugedeckt war, und verließ dann ebenfalls die Hütte.

Die Welt außerhalb der dunklen kleinen Behausung mit ihren verlockenden Düften drang mit Lärm und grellen Farben auf ihn ein. Es dauerte einen Augenblick, bis er sich zurechtfand. Die Ereignisse seit der Zauberervorstellung waren wie ausgelöscht, und selbst an den Auftritt des Magiers konnte er sich kaum erinnern. Hinter ihm klickerten die Glasperlen am Eingang der Hütte. Was genau war dort drinnen vorgefallen?

Wieder vernahm er die leise, eindringliche Stimme: *Mach dir keine Gedanken! Genieß einfach den Zirkus!*

Es lag nicht in seiner Macht, gegen diese Stimme anzukämpfen. Die heitere Euphorie kehrte mit einem Windstoß zurück, der nach Popcorn roch, und nach wenigen tiefen Atemzügen fühlte er sich schwindlig. Er schlenderte langsam zu den belebteren Gassen zurück und sah sich an den Verkaufsständen der Zigeuner um, während der Nachmittag verging und die Dämmerung allmählich hereinbrach.

Es wurde Abend. Bunte Streifen durchzogen den Himmel über der Gasse der Nebenbühnen. Instinktiv machte Jamie einen Bogen um die Farben und kam zu einem Holzbau, der von einem rötlichen Schimmer umgeben war. Aus der offenen Tür schlugen orangerote Flammenzungen – wie der heiße Atem eines Drachen. Die SCHRECKENSKAMMER.

Es herrschte wenig Andrang. Die meisten Besucher schienen zu dem riesigen Hauptzelt in der Mitte des Geländes zu strömen. Dort würden – wie es die Zigeuner in den Verkaufsbuden den Passanten zuriefen – in Kürze die Akrobaten und Clowns auftreten. Nur zwei Leute warteten an den Stufen der Schreckenskammer: ein junges Paar, das stocksteif dastand und unverwandt geradeaus starrte, bewacht von einer Kuttengestalt, die einen Stab mit einem Schädel am oberen Ende umklammerte. Eine schwarze Kapuze verbarg das Gesicht des Aufsehers. Aus dem Innern der Schreckenskammer drangen die üblichen Geräusche: Raubtiergeheul, schrille Frauenschreie, das Knirschen von Riesenzähnen. Die üblichen Geräusche – aber bei Gott, sie klangen verdammt echt.

Ein Wagen kam plötzlich durch die Tür geschossen. Funken sprühten, als die Räder und Seitenwände das Geländer streiften. Quietschend hielt das Gefährt an. Die Kuttengestalt winkte mit dem Stab. Wortlos stieg das junge Paar zu. Jamies Blicke wanderten zwischen den beiden und dem Aufseher hin und her. Dann betrat auch er die Stufen zum Eingang. Aber der Aufpasser versperrte ihm mit seinem Stab den Weg. »Was soll'n das?«, fragte ihn Jamie.

Keine Antwort. Jamie zuckte zusammen, als sich der Wagen mit einem grässlichen Quietschen in Bewegung setzte und auf seiner Schiene vorwärtsrollte. Die Köpfe des jungen Paares ruckten, als wären sie Stoffpuppen. Orangerote Flammen züngelten ihnen entgegen. Dann entschwanden sie Jamies Blicken.

Enttäuscht wartete er auf den nächsten Wagen. Er musterte den Aufseher von der Seite, konnte sein Gesicht unter der Kapuze jedoch nicht erkennen. In der Schreckenskammer steigerte sich das Heulen und Kreischen zu einem Crescendo, ehe es in ein ekstatisches Stöhnen und wildes Gelächter überging, das alle anderen Rummelplatzgeräusche übertönte. Auf einmal kehrte Stille ein.

Das war Jamie jetzt eine Spur zu dick aufgetragen. Er verließ die Eingangsstufen und wandte sich zum Gehen. Dann hörte er den Wagen erneut heranrollen und quietschend anhalten. Er warf einen Blick über die Schulter. Die beiden jungen Leute waren nirgends zu sehen. Der Wagen war leer.

Er merkte, dass er seine Schritte beschleunigt hatte, als spürten seine Beine eine Gefahr, die dem Verstand entgangen war.

Gehört alles zur Show, beruhigte ihn eine innere Stimme. Natürlich. Was sonst?

Etwas abseits von den übrigen Attraktionen sah er ein großes Zelt. Es war von nur wenigen Wohnwagen umgeben, in denen die Zwerge und Zigeuner zu hausen schienen. Hin und wieder spähten blitzende Augenpaare böse durch schmale Vorhangschlitze, wenn er vorüberging. Die Zwerge wagten sich seit Einbruch der Dunkelheit scharenweise ins Freie. Übellaunige kleine Geschöpfe waren das, die ihre Streitgespräche unterbrachen, wenn sich Besucher näherten, um gleich darauf hitzig weiterzukeifen. Sie trugen kleine Beutel und Metallpinzetten, mit denen sie das Gras durchkämmten. Jamie glaubte zuerst, sie seien auf der Suche nach Kleingeld, das die Besucher verloren hatten, aber als er nahe genug an einem Pärchen vorbeikam, sah er, dass sie die winzigen Kristalle einsammelten, die er auf dem Boden des Zaubererzelts bemerkt hatte. Die Zwerge funkelten ihn so hasserfüllt an, dass er ängstlich den Rückzug antrat.

Als er sich dem einsamen Zelt näherte, entdeckte er, dass darin die Monsterschau untergebracht war, und er blieb unschlüssig vor dem Eingang stehen. Kranke und abartige Geschöpfe übten eigentlich nicht den geringsten Reiz auf ihn aus, aber die Augen an den Fenstern der Wohnwagen machten ihn schon nervös, und es erschien ihm ratsam, sich den Blicken besser zu entziehen.

Die einzige Beleuchtung im Zelt der Monster kam von den gelben Glühbirnen in den gläsernen Schaukäfigen. Und auf dem Boden glitzerten kleine Lichtpunkte – die Kristalle, die ihm schon bei Mugabo aufgefallen waren, aber hier waren es weit mehr als im Zelt des Magiers.

Vor einem großen Aquarium sah Jamie zu seiner Überraschung Steve stehen, der sehnsüchtig durch die Glasscheibe starrte. Steve entdeckte ihn und winkte ihn näher. »Sieh dir das an!«, sagte Steve.

Auf einem Schild außen am Aquarium stand: *Fühlen Sie mit Tallow, dem Talgmenschen! Jeder Augenblick in seinem Leben ist die Hölle.*

Ein Paar Menschenaugen starrten unglücklich aus einem Gesicht, das gerade zu schmelzen schien. Haut tropfte, perlte und rann wie Kerzenwachs nach unten, sammelte sich in Pfützen auf dem Glasboden und erstarrte zu fleischfarbenen Klumpen.

»Alle paar Minuten kratzt er das Zeug zusammen und kleistert es wieder an seinen Körper«, wisperte Steve genüsslich. Tallow sah sie beide traurig an, während eine Blase an seinem Hals platzte und eine zähe Masse über seine Brust lief. Jamie verzog das Gesicht und wandte sich ab.

»Jamie, sieh doch! Jetzt macht er es wieder!« Steve schien das Schauspiel echt aufzugeilen.

»Verschwinden wir lieber von hier«, drängte Jamie. »Das ist doch krank. Los, komm schon!«

»Du hast dich ja noch gar nicht richtig umgesehen. Da – der Typ dort drüben! Der ist wirklich Spitze.« Steve zerrte ihn am Arm zu einem Exemplar, das sich nicht hinter Glas befand. Sie traten vor ein Geschöpf, aus dem vielleicht ein Mensch geworden wäre, wenn die Natur nicht einen grausamen Streich gespielt hätte. Vom Hals abwärts war es völlig normal entwickelt, eins fünfzig groß, männlich, mit einem grauen Anzug samt Krawatte bekleidet. Problematisch wurde es mit dem Kopf. Der war mit Schuppen bedeckt, zu groß für den Körper und mit Barteln versehen, die aus Kiemen am Hals wuchsen. Als sich das breite Maul mit den brutal spitzen Haifischzähnen zum Sprechen öffnete, hätte Jamie um ein Haar laut aufgeschrien.

»Hallo, ich bin Fishboy, der Kurator der Monsterschau.«

Steve übernahm die Vorstellung. »Das ist mein Freund Jamie. Hör mal, Jamie, Fishboy behauptet, dass er unter Wasser atmen kann.«

»Freut mich, dich kennenzulernen, Jamie«, sagte Fishboy. Seine Stimme klang so hoch, als habe er Helium eingeatmet. Jamie fand, dass seine Freundlichkeit irgendwie obszön wirkte. »Hoffentlich gefallen dir unsere Ausstellungsstücke. Steve ist jedenfalls begeistert. In einer Viertelstunde wird Yeti übrigens wieder mit Glas gefüttert. Ich sage dir, das ist die haarigste, blutigste Nummer im ganzen Zirkus!«

»O Mann, wir bekommen die Glasfütterung zu sehen!«, jubelte Steve.

Jamie schüttelte den Kopf. »Ich geh dann mal. Bis später.«

»Warum?«, fragte Steve. »Was hast du vor?«

»Herrgott, *irgendwas* eben. Vielleicht seh ich mir die Clowns an.«

»Ach ja«, fiepte Fishboy. »Die Clowns sind immer noch unsere größte Attraktion. Trägst du dich beim Hinausgehen bitte in unser Gästebuch ein?«

Jamie schreckte vor dem vollendet höflichen Haifisch-Lächeln zurück. Ihm wäre wohler gewesen, Fishboy hatte geknurrt und mit den Zähnen geknirscht. Er verließ das Zelt, ohne einen Blick auf die Glaskäfige links und rechts vom Mittelgang zu werfen, in denen die ausgestellten Monster stöhnten und zischten. Steve folgte ihm nicht.

Draußen in der warmen Nachtluft wich seine Heiterkeit einem leichten Schwindelgefühl. Ein Hauch von Übelkeit und eine böse Vorahnung stiegen in ihm auf. *Ich glaube, ich bin in einer tiefen Tr…* Aber irgendwie konnte er diesen Gedanken nicht zu Ende führen.

Und … er kam zu dem Schluss, dass er ihn gar nicht zu Ende führen wollte.

Inzwischen hatten sich Scharen von Besuchern an den beiden Großzelten eingefunden. Alle Anwesenden sahen ein wenig verwirrt aus und warfen unsichere Blicke in die Runde, als wollten sie sich vergewissern, dass sie tatsächlich hier waren.

Vor dem größeren der Zelte verkündete ein Schild:

RANDOLPHS
ATEMBERAUBENDE AKROBATEN
TOLLKÜHN UND TODESMUTIG

Am Eingang des zweiten Zelts stand auf einer schlichten Kreidetafel:

LACHEN SIE TRÄNEN MIT
GONKOS FANTABULÖSER CLOWNTRUPPE

Jamie starrte die Tafel an. Gonko … Woher kannte er diesen Namen? Er hatte die Antwort schon fast, als ihn die Menge zur Seite drängte und sich wie auf ein Signal hin, das ihm entgangen sein musste, auf die beiden Zelte zu bewegte. Die Menschen strahlten eine Art Resignation aus, wie verlorene Seelen in einem Sturm, die dem einzigen Schutzdach in Sicht entgegenstrebten. Obwohl das Akrobatenzelt weit größer war, füllte es sich zuerst.

Jamie, der sich immer verwirrter fühlte, seit er am Morgen erwacht und Steve gesund und munter angetroffen hatte, und dessen Erinnerungen wie ein Kartenspiel ständig neu durchgemischt wurden – mal waren sie da, dann wieder weg – Jamie also schloss sich dem Besucherstrom vor dem Zelt der

Clowns an. Er nahm auf einem Plastiksitz in der letzten Reihe Platz und starrte wie die anderen stumm auf eine von hellen Scheinwerfern angestrahlte Bühne.

Gonko. Das klang so vertraut.

Als die Darbietung der Clowns begann, fiel der Einfluss, der sein Denken den ganzen Tag über gesteuert hatte, mit einem Mal von ihm ab. Alles fiel ihm wieder ein. Er sah sich verzweifelt nach den Ausgängen um, doch die waren von Leuten blockiert, die mit leeren Gesichtern nach vorn schauten. Es gab keine Fluchtmöglichkeit. Er machte sich in seinem Sitz ganz klein.

Gonko schlenderte auf die Bühne, die Hände in den Taschen vergraben. Er erhielt Applaus, obwohl er so grimmig dreinblickte, als hätte er am liebsten jedem Einzelnen im Publikum die Kehle aufgeschlitzt. Er hatte eine lächerlich weite, gestreifte Hose an, die von kurzen Trägern festgehalten wurde und wie ein Reifen von seinen mageren Hüften abstand. Mitten in seinem weiß geschminkten Gesicht prangte eine rote Pappnase. Auf dem Kopf trug er einen Hut, der fast so ausladend wirkte wie der Turban des Magiers, und um den Hals hatte er eine winzige Fliege gebunden.

Hinter ihm stolperte Goshy drein, der staunend umherglotzte, wie ein kleines Kind in einer völlig fremden Umgebung. *Was sind das für seltsame Wesen?*, schien er zu fragen. Und doch lag in Goshys Blicken eine gewisse hinterhältige Schläue, als wüsste er tief in seinem Innern ganz genau, dass *er* hier das sonderbare Geschöpf war, und als sei er auch noch stolz darauf.

Goshy hielt ein Gänseblümchen in der Hand. Seine Arme waren eng an den Körper gepresst. Er stolperte auf eine junge Frau in der ersten Reihe zu. Ohne den Ellbogen abzuknicken, hielt er ihr mit einer ruckartigen Bewegung das Gänseblümchen entgegen. Sie lächelte ihn an und zögerte einen Augenblick, ehe sie es nahm.

Goshy stierte sie an. Seine Lider hoben und senkten sich. Er schien auf etwas zu warten. Dann geriet er aus nur ihm bekannten Gründen plötzlich in Rage. Er ging auf sie los und versetzte ihr eine Ohrfeige. Blonde Haare wehten, als ihr Kopf zur Seite flog. Einige Zuschauer lachten auf, wohl in der Annahme, dass man für diesen Gag eine Zirkusangehörige ins Publikum geschmuggelt hatte.

Goshy geriet in Panik, als sich ein Murmeln in der Menge erhob. Er presste die Hände an die Ohren, sein Mund klappte lautlos auf und zu. Dann erklomm er rückwärts wankend die Stufen zur Bühne. Gonko beobachtete das Geschehen mit wachsendem Ärger. Dieser Auftritt verlief nicht wie geplant, aber nach seinem resignierten Schulterzucken zu schließen musste er fast mit etwas Derartigem gerechnet haben.

Die Nummer entglitt immer mehr. Goshy fiel wie von einem Schuss getroffen auf den Rücken und rollte von einer Seite auf die andere, die Hände immer noch an die Ohren gepresst. Die nach vorn gerichteten Ellbogen schienen Gonko um Hilfe anzuflehen. Dann kam, schrill und laut wie eine Sirene, das Teekesselgeräusch, das Jamie nur zu gut kannte: *»HMMMMM! HMMMMM!«*

Aus dem Dunkel hinter den Kulissen stürzte ein weiterer Clown ins Scheinwerferlicht. Doopy rannte zu seinem Bruder und versuchte ihn zum Verlassen der Bühne zu überreden. Goshy wollte aber nicht gehen. Er unterbrach sein Kesselpfeifen und deutete auf die Frau in der ersten Reihe, die sich verwirrt die Wange rieb. Goshys Mund klappte auf und zu. »Ich weiß«, rief Doopy, »das war *pfui* von ihr, das war *echt pfuuii* von ihr, Goshy! Aber komm jetzt nach hinten! Das is ein *Auftritt*! Du kriegst *solchen Ärger* ...«

Gonko saß mit überkreuzten Beinen auf der Bühne und rieb sich die Schläfen. Seine Stimme übertönte das verwunderte Gemurmel der Zuschauer, die nicht recht wussten, ob sie lachen sollten oder nicht. »Ich hab's geahnt, verdammt noch mal«, sagte er. »Die ganze Vorstellung versaut – und das in weniger als einer Minute. Bringen wir die Farce hinter uns! RUFSHOD! Hierher! Und bring den Lehrling mit!« Mit einem unechten Lachen erteilte Gonko seinen Befehl. Ein dünner, irgendwie verrückt aussehender Clown kam auf die Bühne gerannt. Er zerrte einen anderen Clown hinter sich her.

Der Lehrling blieb mit hängenden Schultern mürrisch im Scheinwerferlicht stehen. »He, Goshy!«, rief Gonko. »Sieh mal, da ist der Lehrling! Weißt du auch, was er in seiner Tasche hat?«

Sie hatten Goshy mühsam wieder auf die Beine gestellt. Nun drehte er sich langsam um und watschelte auf den Lehrling zu. Unterdessen fasste Rufshod in die Taschen des Lehrlings und zog etwas hervor, das wie ein abgerissener Farnwedel aussah. Aus irgendeinem Grund übte das Ding eine Schockwirkung auf Goshy aus. Er starrte den Farn mit weit aufgerissenen Augen an, und wieder kam das Kesselgeräusch: *»HMMMMM! HMMMMM!«*

Angst breitete sich auf den Zügen des Lehrlings aus. Goshy kreischte aus nächster Nähe auf ihn ein und versetzte ihm dann – wie schon der Frau in der ersten Reihe – mit starr ausgestrecktem Arm eine kräftige Ohrfeige. Doopy unternahm den halbherzigen Versuch, seinen Bruder zu beruhigen. »Aufhören, Goshy!«, rief er, aber Goshy schlug erneut zu. Der Lehrling wollte wegrennen, aber Rufshod stand hinter ihm und blockierte den Fluchtweg. Goshy holte zum nächsten Hieb aus. Der Lehrling stieß ihn weg. Jetzt mischte sich Doopy ein. »Hey, hey, hey!«, schrie er. *»HEY, HEYYY!«*, und holte Schwung wie eine Lawine. Er warf sich dem Lehrling entgegen, offenbar fest entschlossen, seinen Bruder zu verteidigen. Obwohl Doopy harmloser als die übrigen Mitglieder der Clowntruppe wirkte, griff er an wie ein kleiner Stier. Der Lehrling ging zu Boden und rollte sich den drei anderen Clowns vor die Füße. Verzweifelt versuchte er, den Tritten, Boxhieben, Kopfstößen, Ellbogen und Knien auszuweichen. Goshy presste erneut die Hände gegen die Ohren und löste sich aus der Schlägerei. Das Publikum blieb stumm.

Gonko blieb sitzen und beobachtete die Szene mit versteinerter Miene. Nur die Schrägstellung seiner Lippen deutete an, dass er die Tracht Prügel, die der Lehrling erhielt, guthieß. Nach einer Weile wandte er sich dem Publikum zu und knurrte: »Ende der Vorstellung! Macht die Flatter, Leute!« Hier und da klang unsicherer Applaus auf. Die Zuschauer erhoben sich und strebten auf die Ausgänge zu. Auf der Bühne ließen die Clowns allmählich von ihrem Opfer ab. Sie packten den bewusstlosen Lehrling an den Füßen und schleiften ihn nach hinten. Zurück ließen sie eine breite Spur von Blut und Schminke.

Nachdem sich das Zelt geleert hatte, blieb Jamie abwartend in der letzten Reihe sitzen. Er wusste nicht recht, wohin er jetzt gehen oder was er nun tun sollte. Von allen Seiten drangen Erinnerungen an die letzten Tage auf ihn ein – an den Probeauftritt, an das Stalking, an das Chaos in den WG-Räumen. Das Ganze ergab weniger Sinn denn je.

Von der Bühne herab schaute ihm Gonko in die Augen. »JJ«, rief er. »Komm her!«

Jamie deutete auf sich. *Wer? Ich?*

»Klar, du«, fauchte Gonko. Er stand an der Vorderkante der Bühne und winkte mit einem Finger. Jamie erhob sich und ging langsam auf ihn zu. *Das ist es*, dachte er. *Meine letzte Stunde hat geschlagen.*

Er täuschte sich. »Willkommen in deinem neuen Zuhause«, sagte der Boss der Clowns, als Jamie die erste Sitzreihe passierte. Die Schatten, die der Scheinwerfer über Gonkos Gesicht gleiten ließ, sahen aus wie blutige Schnitte. »Sieht so aus, als hätten sie dieses Glücksgas etwas zu spät abgestellt. Du solltest unseren Auftritt eigentlich hinter der Bühne mitverfolgen – aber egal. Es kommen noch viele Vorstellungen, mein Bester, und die werden ohne Panne ablaufen. Wie du sehen konntest, war die Aufführung heute etwas wacklig.« Gonko spuckte aus.

Jamie starrte ihn an. »Kannst du mir bitte verraten, was zum Teufel hier vorgeht? Bitte!«

Gonko musterte ihn mit zusammengekniffenen Augen. »Das ist eine berechtigte Forderung, die ich gern erfülle«, entgegnete er langsam. »Pass auf! Du bist unser neuer Clown. Ist das nicht eine großartige Neuigkeit? Jubel, Trubel, Heiterkeit. So sieht ab jetzt deine Zukunft aus. Mit einem Extralacher obendrauf. Hättest du dir eine solche Karriere jemals träumen lassen? Ums Verrecken nicht, da wett ich was! Also, komm mit, mein kleiner JJ!«

KAPITEL SIEBEN
KRISTALLKUGELN UND AKROBATEN

Gonko führte Jamie hinter die Bühne, in einen mit Requisiten, Kostümen und Scheinwerfern vollgestopften Raum. Dort lag der Lehrling mit zermalmtem Gesicht. Von seinem Kinn tropfte immer noch Blut und Schminke. Seine Augen waren geschlossen. Goshy starrte verwirrt auf ihn hinunter, ohne ein einziges Mal zu blinzeln, und Doopy tätschelte ihm die Schulter, wohl um ihn aus seiner Apathie zu rütteln. Als Gonko und Jamie erschienen, begannen Doopys feuchte Lippen zu zittern, und nervös verflocht er die Finger ineinander. In diesem Moment hätte ihm niemand die Brutalität zugetraut, die er auf der Bühne gezeigt hatte. Er war wieder der weinerliche Tropf, der verlegen an seinem Hemd herumzerrte und sich mit seiner ganzen Haltung für sein Tun entschuldigte.

»Gute Arbeit geleistet, Doopy«, meinte Gonko nach einem Blick auf das übel zugerichtete Bündel zu seinen Füßen.

»Mann, tut mir das leid, Gonko, aber er is auf Goshy losgegangen!«, rief Doopy. »Er hat Goshy geschlagen, mitten ins Gesicht, und ich *muss* mich um Goshy kümmern. Ich *muss* das, verstehst du?«

Gonko beugte sich über die reglose Gestalt, und sein Mund verzog sich ein wenig. »Ich sagte doch: *gute* Arbeit! Du musst dich nicht entschuldigen, wenn der Boss dir mal auf die Schulter klopft. Spar dir deine *Huchs* und *Hachs* für die Bühne auf.« Gonko stupste den Lehrling mit der Stiefelspitze an und wandte sich dann an Jamie: »JJ, darf ich dir die Truppe vorstellen? Das hier ist Goshy.«

Goshy hatte ihnen den Rücken zugekehrt und gab leise Pfeiftöne von sich. Er hielt den Farnwedel an die Wange gedrückt und schien ihn zu küssen.

»Er weiß, was er mag«, murmelte Gonko. »Und das hier ist Doopy. Ich glaube, du hast ihn kennengelernt, als er Kleinholz aus deinem Zimmer machte.« Doopy stammelte sich durch ein »Freut mich!« und setzte wortreich seine Verteidigungsrede fort. Gonko beachtete ihn gar nicht mehr. »Das hier ist Rufshod«, sagte er. Der dünne, irgendwie verrückt aussehende Clown hob die Hand und winkte. Es war eher ein fahriges Zucken, das so aussah, als habe er einen Stromschlag erhalten. Rufshod war etwa so alt wie Jamie und schien der Jüngste in der Truppe zu sein. »Und diese traurige Figur da ist der Lehrling«, fuhr Gonko fort. »Im Augenblick sieht er zwar aus wie Hackfleisch mit Augen, aber nicht mehr lange, so viel steht fest. Und weißt du was, mein Junge? Du bekommst seinen Job, falls du dich gewundert haben solltest, wo du ins Puzzle passt.«

Jamie starrte zu Boden und versuchte den Gedanken wegzuschieben, wie sein Gesicht wohl aussehen mochte, wenn es die Kollegen ähnlich malträtierten. Er hatte keine Ahnung, wie er sich verhalten sollte. Vermutlich war es das Beste, wenn er den Mund hielt und einfach abwartete, bis er die Situation etwas besser durchschaute. Jeden Augenblick würde sicher jemand kommen und ihm sagen, dass er gerade auf die *Versteckte Kamera* oder den Gag eines Radiosenders reingefallen war oder dass man ihn für ein soziologisches Experiment ausgewählt hatte – *irgendwas* in der Art.

Gonko führte die Clowns aus dem Zelt und ließ den Lehrling blutend im Dreck liegen. »Ihr da«, sagte er zu seiner Truppe, »der Auftritt eben war doch eine Blamage! Doopy, kannst du es irgendwie in die Rübe deines Bruders reinhämmern, dass er keine Zuschauer schlagen darf? Für immer und alle Zeiten? Zuschauer gehören *nicht* zu unserer Nummer. Ihr dürft die Zuschauer nicht schlagen, nicht schubsen und auch nicht mit Gegenständen bewerfen. Sie sind keine Requisiten. Sie schauen sich die verdammte Vorstellung bloß an. Kapiert? Das kann doch nicht so schwer sein! *Sie schauen sich die verdammte Vorstellung nur an.*«

»Tut mir echt leid, Gonko«, stammelte Doopy, »aber manchmal bringt Goshy was durcheinander, und ...«

»Er wusste heute Abend verdammt gut, was er tat«, fiel ihm Gonko ins Wort. »Was soll sich da der Neue denken? Die Vorstellung dauerte gerade mal zwei Minuten. Warum hat er dieser Tante eine gelangt?«

»Sie hat das Blümchen behalten, Gonko, sie ...«

»Er hatte es ihr geschenkt, du Blödian! Das gehörte zum Drehbuch.«

»Aber sie hätt's nich behalten dürfen, Gonko. Das hätt sie nich gedurft. Und da kann er gar nix dafür, er – er ...«

»Na, siehst du jetzt, womit ich mich abplagen muss, JJ?«, fragte Gonko mit einem wehmütigen Lächeln. Jamie zuckte die Achseln, nickte und versuchte sich möglichst im Hintergrund zu halten.

Draußen auf dem Zirkusgelände waren keine Besucher mehr unterwegs. Man hörte nur noch hier und da ein Klirren und dumpfes Dröhnen, wenn die Verkaufstheken hochgeklappt und die Stände verschlossen wurden. Ein paar Zwerge drückten sich in den Schatten herum, wisperten leise und machten böse Gesichter, als die Clowns vorbeikamen. Die Clowns beachteten sie aber nicht. Sie passierten das Zelt des Magiers und die Hütte der Wahrsagerin und erreichten das Zelt, in dem Jamie am Morgen aufgewacht war. Es war viel größer als die umliegenden Unterkünfte.

Goshy gab ein schwaches Fiepen von sich und blieb stocksteif stehen. Die anderen wandten sich ihm zu. Doopy schien zu wissen, was er mit dem Geräusch zum Ausdruck bringen wollte. Er legte einen Finger an die Lippen und sagte: »Pssst!«

In der Nähe war gedämpftes Stimmengemurmel zu hören. Man konnte nicht verstehen, was gesprochen wurde. Jamies Blicke wanderten von einem Clown zum anderen. Er fragte sich, wie das Programm der bösen Überraschungen wohl weiterging. Keinesfalls gewaltfrei, merkte er rasch, denn Gonko holte aus seiner Tasche einen langen Silberdolch. Jamie riss verblüfft die Augen auf. Ihm war vollkommen unverständlich, wie die Klinge in die Tasche des obersten Clowns gepasst hatte.

Gonko scharte die Clowns um sich. Jamie versuchte sich fortzustehlen, aber Rufshod, der verrückt aussehende Clown, nahm ihn in den Schwitzkasten und schob ihn mitten in die Gruppe. Der Schweißgeruch von Goshy war auf engem Raum kaum zu ertragen. »Akrobaten«, wisperte Gonko. »Überlasst das Reden mir. Und niemand außer mir benutzt eine Klinge. Aber wenn es zum Kampf kommt, machen alle mit. Das gilt auch für dich, Goshy. Steh nicht wieder mit offenem Maul rum wie das letzte Mal, als dieses Arschloch Randolph mir eine über die Rübe zog. Und das gilt auch für dich, JJ. Du siehst zwar ziemlich spillerig aus, aber tu wenigstens so, als könntest du sie platt machen.«

Damit war der Kriegsrat beendet. Die Gruppe ging auseinander. Gonko schlich voraus und wirbelte dabei die Klinge geschickt um die Finger. Die anderen folgten. Drei Männer in engen weißen Trikots und Strumpfhosen warteten am Zelteingang auf sie. Sie verstummten und machten grimmige Gesichter, als die Clowns näher kamen.

Jamies erster Eindruck von den Akrobaten war, dass sie eine nahezu magische Anziehungskraft besaßen. Ihre Körper waren gelenkig, ihre Gesichter fein geschnitten und elfenhaft zart, und so empfand Jamie ganz einfach Bewunderung für den genialen Schöpfer dieser anmutigen Wesen. Die Clowns sahen das eindeutig anders. Die beiden Gruppen wechselten feindselige Blicke. Jamie wurde von den Akrobaten misstrauisch beäugt. Dann sagte einer der Artisten: »Mmm, mmm! Soll ja eine tolle Show gewesen sein, die ihr Jungs heute abgeliefert habt. Ganze fünf Minuten, wie man hört.«

»Eher zwei«, warf sein Kumpel ein.

»Zwei Minuten?«, fragte der Mann, der das Streitgespräch eröffnet hatte, mit gespieltem Bedauern. »Ach, du meine Güte!

Sven, wie wird unser guter Mister Pilo eine solche Leistung wohl aufnehmen?«

»Schwer zu sagen. Vielleicht wird er den Ärmsten eine Zeitlang andere Jobs zuweisen. Vielleicht lässt er sie die Aborte der Zigeuner putzen, bis sie sich wieder auf ihre Nummer konzentrieren. Wir fragen ihn ganz einfach, oder?«

»Beeindruckt wird er jedenfalls nicht sein, Sven, oder?«

»Das glaube ich auch nicht, Randolph. Keine Spur beeindruckt, schätze ich.«

Vorhin hatte Gonko noch den Eindruck erweckt, als sehne er sich geradezu nach einem Streit mit den Akrobaten, doch nun schien er unter der Schmach der missglückten Abendvorstellung schwer zu leiden. »Haut ab«, knurrte er. Die Hand, mit der er den Dolch umklammerte, zitterte vor Zorn.

»Oh, *touché*!«, rief der am nächsten stehende Akrobat. »Haut ab – also echt! Deshalb liebe ich die geistige Auseinandersetzung mit dir, Gonko. Diesen Witz und Esprit! Typen wie dich gibt es heutzutage nur noch selten.«

Blitzschnell wie eine Schlange stieß Gonko auf den Sprecher zu, aber der Akrobat wich mit einer eleganten Pirouette aus. Jamie zuckte zusammen, überzeugt davon, dass die Keilerei damit eröffnet war. Aber nein – Gonko trat einen Schritt zurück und begann erneut die Klinge um die Finger zu wirbeln. Auch die Akrobaten schienen die Sache für erledigt zu halten. Sie trollten sich mit einem verächtlichen Lächeln, nachdem sie ihren Gegnern noch ein paar Beleidigungen mit auf den Weg gegeben hatten.

»Schwuchteln!«, rief Gonko ihnen nach.

Die Akrobaten blieben stehen und wandten sich um. »Wie hat er uns genannt?«

»Schwuchteln.«

»Wieder *touché*! Wie heißt es doch? Ein Mann, der einen Mann bumst, ist ein doppelter Mann.«

»Genau das wollte ich ihm eben klarmachen.«

»Wir wissen wenigstens, wer oben und wer unten ist.«

Sie lachten höhnisch, als sie sich entfernten. Doopy wandte sich an Gonko und sagte: »Ich *mag* die Typen nich, Gonko, ich *mag* sie nich!«

»Na, dann könntest du vielleicht deinen Bruder dazu bringen, dass er uns die Show nicht kaputt macht«, erwiderte Gonko. »Auf diese Weise kriegen wir das Zelt mit gut gelaunten Zuschauern voll, und diese blöden Hampelmänner haben nichts gegen uns in der Hand. Das ist doch nicht so schwer zu kapieren, oder?« Gonko schob den Dolch zurück in seine Tasche. »Und«, fuhr er fort, »zum Mitschreiben für euch alle: Wenn's mir echt drum gegangen wäre, den Scheißkerl abzustechen, dann hätt ich's auch getan. Aber auf euch Schnarchnasen kann man sich ja nicht mal auf der Bühne verlassen, geschweige denn bei einer Rauferei.«

Er führte sie ins Zelt. Goshy marschierte auf kürzestem Weg durch eine Leinwandabtrennung im hinteren Teil des Raums. Die anderen ließen sich auf Sofas plumpsen, die entlang der Wände aufgestellt waren. Jamies Blicke wanderten über das von Laternen erhellte Chaos, das ihn an ein Spielzimmer für Riesenbabys erinnerte. Requisiten, Clownkostüme und Schachteln mit allerlei Firlefanz lagen überall verstreut. Er erkannte die Rüstung mit ihren Kreidegraffiti. An der gegenüberliegenden Wand entdeckte er Holzstatuen von irgendwelchen indianischen Gottheiten, in diversen erotischen Stellungen aneinandergelehnt. Einer der Figuren hatte jemand ein Gummihuhn in den Mund gestopft.

Einen Moment lang verharrten seine Augen auf dem Leichensack, in dem er am Morgen erwacht war. »Spitzenmäßiger Gag, was, JJ?«, sagte Gonko und klopfte ihm auf den Rücken. »Hattest du's gemütlich, haha? Auferstanden von den Toten! Und nun pass mal auf, mein Bester. Dieses Zelt ist unser Privatquartier. Ohne unsere ausdrückliche Erlaubnis kommt hier keiner rein. Und wenn doch, dann können wir mit solchen Leuten machen, was wir wollen – schlimmstenfalls muss sich der Zirkus am nächsten Morgen nach neuem

Personal umschauen. Das gilt auch umgekehrt, verstanden? Pass also genau auf, wo du hingehst. Um neun, eins und sechs bringen die Zigeuner was zu essen. Meist lasche Hot Dogs oder Nudeln, die wie versalzenes Plastikzeug schmecken. Wenn dir das zum Hals raus wächst, kannst du auf kandierte Äpfel und Limo ausweichen.« Gonko spuckte aus: »Tja, der Fraß ist leider nicht besonders, hier im Zirkus ...« Nach einer kleinen Pause fuhr er fort: »Wir haben jeder einen Schlafplatz nach hinten raus. Die Auftritte finden nicht regelmäßig statt, mal an zwei Tagen nacheinander, dann wieder wochenlang keine Vorstellung. Hängt davon ab, was die anderen auf die Bühne bringen. Eine Art Wettbewerb, wenn du verstehst, was ich meine. Und hier proben wir.« Er deutete auf einen freien Grasfleck am Boden.

»Aha«, sagte Jamie. »Nur weiß ich nicht so recht, wie das alles ...«

»Du bist unter Freunden, mein kleiner JJ«, unterbrach ihn Gonko. »Sprich freiheraus, wenn dich etwas bedrückt!«

Jamie holte tief Luft. »Wer seid ihr? *Was* seid ihr? Und was tue ich hier eigentlich? Was zum Henker soll das Ganze?«

Gonko musterte ihn mit zusammengekniffenen Augen. »Das willst du *immer noch* alles wissen?« Jamie zuckte ratlos mit den Schultern. »Nun gut«, sagte Gonko. »Dann schauen wir eben bei der Wahrsagerin vorbei und knacken all die harten Nüsse. Komm, mein kleiner JJ, Papa Gonko begleitet dich.«

Gonko führte ihn über das dunkle Zirkusgelände. Die Zwerge waren jetzt in Scharen da draußen. Unter wüstem Geschimpfe und Gezeter hockten sie beim Würfelspiel in den Gassen oder kauerten mit Flaschen in den Händen auf den Dächern. Zwei von ihnen kämpften in einem Hauseingang um einen Schinkenknochen. Als einer von ihnen vor Gonkos Füßen stolperte, kickte der ihn wie einen Fußball aus dem Weg, ohne seine Schritte zu verlangsamen. Der Zwerg flog im hohen Bogen durch die Luft und krachte in einen Zigeunerwagen. Die Tür öffnete sich, eine Hand packte den Zwerg beim Schopf und zerrte ihn nach drinnen. Was dann geschah, war mit jeder Menge Gepolter und Geschrei verbunden. Die übrigen Zwerge verstummten bei dem Lärm und bedachten Gonko mit bösen Blicken. Er tat, als sähe und hörte er gar nichts.

Sie erreichten die Hütte von Shalice, aber Jamies Erinnerungen an den Tag waren so verschwommen, dass er sie kaum wiedererkannte. Nur das Klickern der Perlen kam ihm vertraut vor. Immer noch schwebte ein Hauch von Weihrauch in der Luft. Ein großer weißer Caravan, vermutlich der Wohnwagen der Wahrsagerin, war hinter der Hütte geparkt. Aus beiden Behausungen drang Licht. Gonko marschierte zur Hütte und trat einmal gegen die Außenwand. Eine Hand teilte die Perlenschnüre, und da war die dunkle Schöne mit den schelmisch blitzenden Augen – obwohl sie im Moment ärgerlich die Stirn runzelte. »Sieh mal, wer da kommt«, sagte sie. »Das war eine miese Nummer, Gonko. Weshalb hast du mir nicht verraten, dass der hier neu in deine Truppe aufgenommen werden soll?«

Gonko zog die Augenbrauen hoch. »Wo liegt das Problem?« Er schob sich an ihr vorbei, nahm auf der Holzkiste Platz und schaute mit zusammengekniffenen Augen zu Shalice auf. Die Wahrsagerin bedachte ihn mit einem eisigen Blick.

»Ich habe ihm die Zukunft wie einem ganz normalen Kunden gedeutet«, sagte sie. »*Du weißt, wie das läuft.* Und er leistete Widerstand. Das hätte böse enden können. Im schlimmsten Fall hättest du deinen Mann verloren. Ich muss so etwas vorher erfahren. Dafür gibt es gute Gründe.«

»Ach, hör auf, auf mir rumzuhacken«, gab Gonko zurück. Er wirkte jetzt fast belustigt. »Es konnte doch keiner ahnen, dass er ausgerechnet hier hereinstolpert.«

Shalice fletschte die Zähne. »Solche Dinge passieren öfter, als du denkst.«

Gonko zuckte die Achseln. »Schöner Mist. Aber hättest du das mit deinen unheimlichen Gaben nicht vorhersagen können?«

»Ich sage dir vorher, dass es nicht wieder vorkommen wird«, fauchte Shalice, »denn ich habe mich mit Kurt über die Geschichte unterhalten.«

Gonko sprang auf. Einen Augenblick lang schien er nahe daran, sie ins Gesicht zu schlagen. »Du verdammte Petze!«

Sie trat lächelnd auf ihn zu. Ihre dunklen Augen blitzten. »Oh, oh, beruhige dich, mein Bester. Du weißt, dass es nichts bringt, wenn du die Nerven verlierst.«

Gonko fuhr sich mit einer Hand über die Stirn. Seine Finger zuckten. »Darüber sprechen wir noch«, stieß er hervor. »Im Augenblick braucht JJ ein paar Antworten.«

Shalice musterte Jamie. »Das Übliche?«

»Ja, das Übliche«, bestätigte Gonko. »Wer bist du warum bin ich hier was soll das alles Mama ich habe Angst blablabla.« Gonko versetzte der Holzkiste einen Tritt. Eine der Latten zersplitterte. »Also echt, musst du mich verpfeifen, du blöde Kuh? Das heißt, dass ich jetzt zwei Scheißhaufen gleichzeitig am Dampfen habe.«

Er stürmte aus der Hütte und schlug im Gehen wütend gegen die Perlenschnüre. Shalice sah ihm nach, murmelte etwas Unverständliches und wandte sich dann Jamie zu. Sie musterte ihn von oben bis unten. »Hm. Du willst also wissen, weshalb du hier bist und warum du auch hier bleiben solltest. Du willst außerdem wissen, wer wir sind und was wir so treiben. Ist das alles?«

Jamie nickte. »Es wäre zumindest ein Anfang. Vielleicht noch, wo ich ein Taxi finde, das mich nach Hause bringt. Ich verspreche, dass ich niemanden hier belangen werde. Wenn ihr wollt, unterschreibe ich sogar eine eidesstattliche Erklärung.«

»Du wirst bald merken, dass es uns nicht darum geht«, erklärte sie. Sie nahm hinter der Kristallkugel Platz und hob das Tuch, mit dem sie verhüllt war. Dann sah sie ihn einen Augenblick lang wortlos an. »Ich will es mal so ausdrücken«, meinte sie schließlich. »Du bist genau genommen nicht mehr auf der Erde, Jamie. Aber auch nicht sehr weit weg von ihr. Du befindest dich hier, weil du eine zweite Chance erhalten hast. Siehst du, es war dir vorbestimmt, früh zu sterben, und das Leben vor deinem Tod wäre auch kein Honiglecken gewesen.«

Jamie rieb sich die Augenwinkel. »Und woher weißt du das?«

»Ich weiß es, weil du *hier* bist«, antwortete sie. »Alle, die hierherkommen, wurden vor einem ähnlichen Ende bewahrt. Deshalb bleiben sie. Sie schulden dem Zirkus etwas – du, ich, jeder hier. Ob es die bessere Lösung ist, kann ich dir nicht sagen ... ich bin nie gestorben. Aber ich kann dir zeigen, wie dein Leben weitergegangen wäre, wenn wir dich nicht aufgespürt hätten.« Sie warf ihm einen prüfenden Blick zu. »Es gibt Magie in der Welt, Jamie. Du hast heute genug gesehen, um das zu bestätigen. Es gibt also Magie – sie tritt zwar selten auf, aber wenn du sie findest, dann auf diesem Zirkusgelände. Selbst die Luft, die du hier atmest, ist von Magie erfüllt. Du spürst es, nicht wahr? Du spürst, wie du mit jedem Atemzug den Willen des Zirkus in deine Lungen aufnimmst?«

Jamie konnte nichts darauf antworten. Shalice nickte und fuhr fort: »Die Magie sammelt sich hier bei uns, und zwar aus einem bestimmten Grund. Auf der Erde freigesetzt, ist sie nicht sicher. Und wir sind es ebenso wenig. Nun haben die Clowns in ihrer Weisheit herausgefunden, dass in dir etwas Besonderes steckt. Etwas, das ihrem Auftritt nützt. Du kannst dich glücklich schätzen, dass du hier bist.«

Sie fuhr mit einem Finger über die Kristallkugel und sagte ruhig: »Sieh!«

Die Oberfläche flimmerte weiß. Jamie starrte in den hellen Schein und konnte schon bald Formen unterscheiden. Plötzlich entdeckte er sich selbst in der Kugel, eine Figur in einem Stummfilm. Vor ihm spielte sich eine vertraute Szene ab. In seinem Zimmer zog er sich für die Arbeit im Wentworth-Klub um und suchte wie gewohnt verzweifelt nach seinen Socken und Schuhen. Er schlenkerte mit den Armen, fluchte, beschwor den Himmel. »Das war vor einem Monat«, sagte Shalice. »Du musst wissen, die Zeit enthüllt mir manche ihrer Geheimnisse. Hier und da, ganz zufällig, als wehte ein Windstoß plötzlich einen Vorhang zur Seite. Manchmal, wenn ich sie schön bitte, zeigt sie mir auch Dinge, die ich sehen muss. Vielleicht gewährt sie uns einen Blick in die Zukunft und verrät uns, was aus dir geworden wäre, Jamie, wenn wir dich nicht hierher gebracht hätten.«

Jamies Mund stand offen, die weiche Stimme der Wahrsagerin besaß etwas Hypnotisches, und er starrte wie gebannt in die Kristallkugel. Er beobachtete sich im Alltag, als läge das alles Jahre zurück. Und während er sein Gehampel ansah, seinen verzweifelten Wettlauf mit der Uhr, da kam ihm zum ersten Mal zu Bewusstsein, wie lächerlich er eigentlich aussah. Gab es denn keine größeren Ziele in seinem Leben, als rechtzeitig zu diesem albernen Job zu erscheinen?

Shalice flüsterte ein paar Worte, die er nicht verstand, und die Szene veränderte sich. Anfangs musste er zweimal hinschauen, denn er glaubte seinen Vater vor sich zu sehen. Die Ähnlichkeit war frappierend, bis hin zu den Stress-Falten, dem schütteren Haar und den Bartstoppeln. Aber nein, es war Jamie als Bürohengst, ein Endvierziger mit einem Bierbauch, der schlaff über den Gürtel hing und einen absurden Gegensatz zu seinen langen, schlaksigen Gliedmaßen bildete.

»Sieh«, sagte Shalice. »So siehst du in zwölf Jahren aus. Du hast einen Regierungsjob ohne Aufstiegsmöglichkeiten. Mit zwanzig hattest du dir das Saufen abgewöhnt, aber jetzt bist du lediglich ein Alkoholiker von vielen. Es gibt Zeiten, da verschwindest du auf der Toilette, um dir einen kräftigen Schluck Bourbon zu genehmigen. Deine Mitarbeiter machen oft ihre Witze über dich. Siehst du das Bild da?« Sie deutete auf ein gerahmtes Foto auf seinem Schreibtisch. Er konnte nicht genau erkennen, wen es zeigte. »Du warst nie verheiratet, aber du hast einen Sohn. Er kam zurückgeblieben zur Welt, seine Pflege verschlingt einen Großteil deines Gehalts. Du verdienst zwar genug für eine hübsche Wohnung, aber du gehst jeden Abend allein in deine von Schaben verseuchte Bude. Die anderen Männer im Büro erzählen von ihren Urlaubserlebnissen und Freizeitvergnügen, aber du? Du hast nichts. Und das nach zwölf Jahren harter Arbeit, die ihren Tribut gefordert haben, Jamie. Siehst du das Zucken unter deinem linken Auge? Das lässt sich nicht mehr beheben.«

Jamie betrachtete die hohläugige Vogelscheuche, bis ihm vor Entsetzen schwindlig war. Sein Vater kam ihm in den Sinn, diese traurige Gestalt, überarbeitet und gefangen in einer Ehe ohne Liebe – aber dieses Wrack hier überstieg alles, was sein Vater je gewesen war. »Die Mutter deines Kindes war deine erste Freundin«, fuhr die Wahrsagerin fort. »Ihr kanntet euch seit zwei Jahren. Ein Mädchen aus einer protestantischen Familie. Sehr hübsch. Sie wollte heiraten, du nicht. Sie setzte heimlich die Pille ab, weil sie wusste, dass du sie niemals sitzen lassen würdest. Sie verstand es, dich um den Finger zu wickeln. Aber die Liebe zerbrach dann später an der Behinderung eures Sohnes. Sie gab *dir* die Schuld daran. Da – sieh dir die Geschichte zu Ende an!«

Das Wrack Jamie saß an seinem Schreibtisch und starrte einen Berg von Akten und Schriftstücken an. Ein Bürobote kam hereingeschlurft und knallte einen zweiten Stapel daneben. Der ältere Jamie vergrub das Gesicht in den Händen.

»Das hört nie auf«, sagte Shalice. »Jahrzehnte in dieser Mühle, Jamie. Keine Belohnung. Kein Entkommen. In deinem Innern wächst ein Tumor von Zynismus und Bitterkeit. Sieh dich mal an! In diese Sackgasse haben dich fünfzehn Jahre Lernen und zwölf Jahre Arbeit gebracht.«

Der ältere Jamie schreckte aus seiner morbiden Trance hoch, als das Telefon auf seinem Schreibtisch schrillte. Die Ähnlichkeit mit seinem Vater war in diesem Moment so stark, dass

Jamie den Blick abwenden musste. Seine Gedanken wanderten zurück zu jenem Morgen, an dem sein Vater die telefonische Nachricht erhielt, dass sich Jamies Onkel erhängt hatte. Er war in sich zusammengesackt und gleich darauf in Tränen ausgebrochen. Noch nie zuvor hatte Jamie den Mann weinen sehen, und irgendwie war bei diesem Anblick eine schwer verständliche Schadenfreude in ihm aufgestiegen – etwas, das er seither nie mehr gespürt hatte. Und auch nie mehr spüren wollte.

»Dieser Anruf ist wichtig.« Shalice' Worte holten ihn aus der Vergangenheit zurück. Ihre Blicke flackerten ständig zwischen Jamie und der Kugel hin und her. »Er kommt von der Mutter deines Kindes. Sie droht dir mit einer Klage, weil sie noch mehr Geld haben will. Dein Sohn braucht Pfleger, Medikamente, Hilfsmittel, Förderkurse. Und ihre eigene Pillensammlung ist auch nicht billig.«

Jamies Kehle war wie ausgedörrt. Er versuchte einen Klumpen zu schlucken, der sich nach Fusseln anfühlte. Shalice saß ihm gegenüber und nickte. »Du weißt seit einem halben Jahr, dass dich die Mutter deines Sohnes ganz bewusst in die Falle gelockt hatte. Du weißt es von ihrer Schwester, die nach einem heftigen Streit auspackte, um sich an ihr zu rächen. Und jedes Mal, wenn du jetzt an die Mutter deines Kindes denkst, würdest du am liebsten jemanden umbringen. Du schaffst es einfach nicht, diesen Hass in den Griff zu bekommen. Du träumst davon, deine Feinde mit bloßen Händen zu erwürgen. Diese Vorstellung geht dir nicht mehr aus dem Kopf.«

Jamie schloss die Augen. Seine Stimme war ein heiseres Wispern: »Was macht diesen Anruf zu etwas so Besonderem?«

»Er ist der Tropfen, der das Fass zum Überlaufen bringt«, erwiderte die Wahrsagerin. »Sieh!«

Der ältere Jamie in der Kristallkugel legte den Hörer auf, ganz sacht und ruhig, und lehnte sich dann zurück. Er starrte in die Ferne, als erneut ein Bürobote hereinkam und einen weiteren Aktenstapel auf seinem Schreibtisch ablud. Jamie der Ältere schien es gar nicht zu bemerken. Mit leerem Blick nahm er seine Tasche und schlenderte aus dem Büro zum Lift, ganz sacht und ruhig, dann ging er durch die Eingangshalle und schließlich durch die Pforte ins Freie.

»Wohin geht er?«, fragte Jamie. »Warum zeigst du mir das?«

Er las die Antwort in ihren Augen, und ein kalter Schauer lief ihm über den Rücken. »Aber, aber«, sagte sie. »Solche Dinge geschehen immer wieder. Die meisten Morde laufen nach diesem Schema ab. Das Scheitern einer Liebe. Ein Jammer, aber nichts Ungewöhnliches.«

»Ich will den Rest nicht sehen«, erklärte Jamie. Ekel stieg in ihm hoch. »Deck die Kugel zu. Bitte!«

»Gleich«, entgegnete sie leise. »Du musst alles sehen, Jamie. Ich zeige dir die Bilder aus einem ganz bestimmten Grund.«

Der Jamie in der Kristallkugel stieg nun eine Treppe hoch. Das Gebäude erinnerte an die Mietshäuser im Zentrum, ein wenig heruntergekommen und mit bröckelndem Anstrich. Seine Schultern sackten nach vorn, wie durch ein schweres Gewicht niedergedrückt, und seine Schritte hatten einen schleppenden, schlafwandlerischen Rhythmus. Die Tür öffnete sich, und eine Frau stand im Eingang, eine Brünette um die dreißig, die nur einen Bademantel trug; ihre geweiteten Pupillen verrieten den Einfluss von starken Beruhigungsmitteln. Ihre Miene verriet, dass sie mit dem Besuch von Jamie dem Älteren nicht gerechnet hatte. Die beiden wechselten ein paar Sätze. Dann hob die Frau verärgert die Hände und trat beiseite, um ihn einzulassen.

Drinnen ging sie in die Küche und stellte den Wasserkessel auf den Herd. Jamie der Ältere verfolgte mit leerem Blick ihre Bewegungen. Mit dem gleichen leeren Blick durchquerte er die Küche und trat dicht hinter sie. Sie schien ihn nicht gehört zu haben, denn sie hob zwei Kaffeetassen von einem Regal. Jamie der Ältere legte ihr die Hände um den Hals, ganz sacht und ruhig.

Sie spannte sich an und drehte sich herum, versuchte ihn wegzustoßen, schrie etwas. Ihre Worte schienen Jamies Erstarrung zu lösen. Er packte sie heftiger und versetzte ihr einen Stoß, der sie zu Boden schleuderte. Ihr Bademantel verrutschte, öffnete sich und gab den Blick auf wächserne Beine frei, die sich gegen das Linoleum stemmten. Jamie nahm ein Messer von der Anrichte. Sein Gesicht war völlig ausdruckslos, als er sich über sie warf und ihr die Klinge in den Leib rammte, wieder und wieder und wieder und wieder ...

Blut spritzte, bedeckte seine Hände und Handgelenke wie eine zweite Haut. Endlich gab sie ihre Gegenwehr auf und rollte sich zu einer Embryostellung zusammen, das Gesicht im Schmerz erstarrt. Ihr Mörder trat zur Seite und kümmerte sich nicht mehr um die Sterbende.

Jamie spürte, wie Übelkeit in ihm aufstieg. Er schluckte und unterdrückte den Würgereiz einen Augenblick lang, dann stürzte er aus der Hütte und übergab sich im Gras. Keuchend und schwitzend kauerte er da und bemühte sich, seine Gedanken auszuschalten, um sein Gehirn von dem eben Gesehenen zu befreien.

Auf der anderen Seite des Weges standen zwei Zwerge und beobachteten ihn argwöhnisch. Einer flüsterte etwas hinter vorgehaltener Hand.

»Komm zurück«, rief ihm Shalice von drinnen zu. »Wir haben es gleich geschafft.«

Mit weichen Knien wankte er in die Hütte und setzte sich auf die Kiste. »Genug«, sagte er. »Bitte nichts mehr ...«

»Gleich«, wisperte sie. »Das Schlimmste ist vorbei.«

Es kostete ihn große Mühe, sich wieder auf die Kristallkugel zu konzentrieren, aber irgendwie schaffte er es. Er beobachtete sein älteres Ich im Bad, wie er sein Spiegelbild anstarrte. Jamie der Ältere hatte sich offenbar gesäubert. Kleine Blutspritzer klebten noch am Spiegel und im Waschbecken. Er hielt die Hände wie zum Gebet gefaltet. Er trug noch den gleichen leeren Blick wie in dem Moment, da er mit dem

Messer auf die Mutter seines Kindes eingestochen hatte. Das änderte sich auch nicht, als er durch die Wohnung ging. Er passierte die Tote, ohne sie anzusehen, und öffnete die Glasschiebetür zum Balkon. Gelassen und ohne jedes Zögern schwang er sich über das Geländer und verschwand in der Tiefe.

Die Szenen in der Kristallkugel verblassten, ihr Leuchten erlosch. Shalice verhüllte sie mit einem Tuch. »Das war bestimmt schlimm für dich«, sagte sie mitfühlend, »aber du musstest sehen, was dich dort draußen erwartet – und was dir hier im Zirkus erspart bleibt.«

»Ich kann jetzt vermeiden ...«

»Nein. Das kannst du nicht. Du würdest vergessen, dass du jemals bei uns warst. Dafür würden wir sorgen. Die Clowns würden dich niederschlagen, wir würden die entsprechenden Zauberformeln sprechen und dich mitten in der Nacht in dein Zimmer zurückbringen. Beim Erwachen hättest du nur noch die vage Erinnerung an einen seltsamen Traum. Deine Gegenwart und diese Zukunft hier würden an irgendeinem Punkt verschmelzen. Und das wäre es dann für dich.«

Jamie erhob sich. »Okay ... ich muss jetzt gehen. Ich muss ... über all das nachdenken. Okay?«

»Ja, Jamie.« Sie griff nach seiner Hand und hielt sie fest. Ihre Finger waren kühl und glatt. »Es ist besser so«, sagte sie und schaute ihm in die Augen. »Viel besser.«

Er nickte und stolperte aus der Hütte. Shalice sah ihm nach. Dann rieb sie die Kristallkugel kurz mit dem Tuch ab.

Gleich darauf trat Gonko ein. Sie würdigte ihn keines Blickes. »Hat er die Geschichte geschluckt?«, murmelte Gonko.

»Natürlich«, antwortete die Wahrsagerin. »Unter den Zukunftsdeutern gibt es auch Leute, die sich auf ihre Kunst verstehen. Und jetzt verschwinde von hier!«

KAPITEL ACHT
DER CLOWN WINSTON

Jamie fand zum Zelt der Clowns zurück und setzte sich auf einen Holzklotz im Freien. Aus der Gasse der Schaubuden drang immer noch schwacher Lärm. Der Himmel über ihm breitete sich aus wie ein riesiger schwarzer See, mondlos und ohne Sterne.

Sosehr er sich auch bemühte, es gelang ihm nicht, den Tag in der richtigen Perspektive zu betrachten. Von dem Auftritt, den er miterlebt hatte, waren nur ein paar verschwommene Eindrücke geblieben, Schnappschüsse, die kein Gesamtbild ergaben. Die Geschichte der Wahrsagerin war ihm zwar unter die Haut gegangen, aber er hatte hier schon so viele Dinge gesehen, die es eigentlich nicht geben konnte, dass er keinen Grund fand, sie anzuzweifeln – auch wenn der Gedanke schmerzte, dass sein Weg tatsächlich so enden könnte. Er hatte nie den ganz großen Ehrgeiz besessen und hätte sich schon mit dem Standardpaket zufriedengegeben – Job, Haus, Ehe, zwei bis drei Kinder, hier und da eine Runde Golf und genug Urlaub, um ein wenig von der Welt zu sehen. Das wäre nicht zu viel verlangt gewesen, und er hätte sich dafür redlich abgeplagt.

Dann war das also seine zweite Chance hier? Vielleicht, obwohl sie im Grunde keine seiner ursprünglichen Fragen beantwortet hatte, keine der lästigen kleinen Einzelheiten, die alle mit einem W begannen – wer, was, warum, wo, wie?

Er drehte sich um, als er Schritte hinter sich hörte, und sah Gonko, der ihn mit zusammengekniffenen Augen musterte. »Versuch zu schlafen«, sagte Gonko. »Du solltest nach Einbruch der Dunkelheit nicht allein draußen sein. Nicht hier.«

»Warum nicht?«, erkundigte sich Jamie niedergeschlagen.

Gonko spähte in die Nacht. »Bleib – und du wirst es schnell herausfinden. Diese Zwerge hassen jeden, der kein Artgenosse ist. Und jeden Artgenossen sowieso. Aber sie sind nicht die einzigen Geschöpfe, die sich in der Finsternis rumtreiben. Los, steh auf! Rein mit dir!«

Jamie seufzte. Er erhob sich und folgte Gonko in das Zelt. Petroleumlampen warfen flackernde Schatten an die Wände. Der Leichensack lag immer noch in der Ecke. Jamie und Gonko setzten sich an den Kartentisch; Doopy und Rufshod befanden sich gerade mitten in einer Pokerrunde. Goshy und der Lehrling waren nirgendwo zu sehen. »In der nächsten Runde ist JJ mit dabei«, sagte Gonko und schob ihm eine Handvoll Kupfermünzen zu. Die Clowns hoben kurz die Köpfe, nahmen sonst jedoch keinerlei Notiz von Jamie. Erleichtert lehnte er sich zurück und versank in Verwirrung und Selbstmitleid.

»Was ist mit deinem Bruder?«, fragte Gonko Doopy, der gerade neu austeilte. »Und erzähl mir keinen Scheiß, Mann! Ich will wissen, warum wir in letzter Zeit keine einzige Nummer bis zu Ende bringen. Kurt streicht unseren Auftritt, wenn wir nicht bald was Vernünftiges auf die Beine stellen.«

Doopy warf einen Blick über die Schulter, um sich zu vergewissern, dass sein Bruder nicht mithörte. »Na ja, Goshy ... er hat'n Problem. Mit seiner Freundin. Mit seiner *Freundin*, Gonko.«

»Ich höre«, sagte Gonko.

»Er ...« Wieder schaute Doopy über die Schulter. »Er hat ihr'n Antrag gemacht, Gonko.«

»Ehrlich?«

»Ganz ehrlich. Is einfach hin zu ihr un hat ihr'n Antrag gemacht.«

»Ja – und?«

»Und jetz is er traurig, weil sie nix dazu gesagt hat. Ganz un gar nix, Gonko. Hat sich nich gerührt un is völlig stumm geblieben. Das musst du dir mal vorstellen, Gonko.«

Gonko nahm seine Karten auf. »Doops«, sagte er, »wie soll sie denn antworten? Sie ist doch bloß 'ne blöde Pflanze.«

Jamie rutschte auf seinem Stuhl nach vorn. »Sie ist was?«

»Eine Farnpflanze«, erklärte Gonko. »Goshy liebt eine Farnpflanze. Weiß Gott, wahrscheinlich sitzt er jetzt gerade bei ihr und raspelt Süßholz.«

Jamie erinnerte sich an seine erste Begegnung mit den Clowns, an das hässliche Geräusch, als Goshy mit dem Kopf voraus auf das Pflaster knallte. Auf das Pflaster vor dem ... Garten-Center. Gegen seinen Willen musste er lachen. »Echt?«

»Ja, aber ...« Gonko legte beschwörend einen Finger auf die Lippen. »Das also ist das Problem«, sagte er zu Doopy. »Er schmeißt unseren Auftritt, weil sich diese verdammte Farnpflanze nicht zu seinen Heiratsplänen äußert?«

»Genau, Gonko«, rief Doopy. »Ich bin so sauer auf sie, verstehst du? Sie hätt doch was sagen können. Sie hätt doch Ja sagen müssen, jawoll, das hätt sie müssen.«

»Hm.« Gonko lehnte sich zurück. »Dann werden wir eben dafür sorgen, dass er seine Antwort bekommt.«

»Der MM«, sagte Rufshod, legte zwei Karten ab und nahm zwei neue vom Stoß. »Er soll diesen Farn in eine sprechende Pflanze verwandeln.«

»Nein.« Gonko schlug mit der Faust auf die Tischplatte. »Dieses gruselige Scheißzeug kommt mir nicht hier herein.« Er wandte sich an Jamie. »Hast du bei deinem Rundgang heute die Monsterschau gesehen?«

Jamie nickte.

»Der MM ist der Materie-Manipulator«, sagte Gonko. »Schon mal was von Körperplastination gehört? In Vergessenheit geratene, von ein paar Spinnern vertretene Kunstrichtung im Mittelalter – nur dass sie damals meist Leichen für ihre Werke verwendeten. Der MM schuf die Monster aus lebendigem Fleisch. Zum Kotzen. Widerwärtiger kleiner Typ mit Wieselblick und Schlapphut. Lebt in der Schreckenskammer und kommt nur dann zum Vorschein, wenn sich einer aufspielt und der Boss ihn zurechtstutzen will. Hat eine Bestie von einem Hund, den er zu seinem Schutz überall mit hinnimmt.

Ein paar Zigeuner haben schon Verwandte verloren, wenn du verstehst, was ich meine, aber sie wagen es nicht, sich an ihm zu rächen, damit sie nicht ebenfalls in seinem Atelier landen. Halt dich von ihm fern, selbst wenn dein Zorn noch so berechtigt sein mag. Es heißt, dass er sich, um in Übung zu bleiben, schon mal Schausteller greift, die auf dem Gelände rumstreunen.«

»Diesen Köter bring ich noch um«, warf Rufshod ein. »Guck mal, wie der mich erwischt hat!« Er schwang ein Bein auf den Tisch und rollte die Hose hoch. Eine wulstige, purpurn schillernde Narbe verlief vom Knöchel über die Wade bis zum Knie.

»Das ist eine Brandnarbe«, widersprach Gonko. »Die kann nicht von dem Hund stammen. Die hast du dir selbst zugefügt.«

»Klar, Mann. Ich musste die Wunde ausbrennen, weil sie sich sonst entzündet hätte.«

»Das sieht aua aus, Ruf«, meinte Doopy. »Das sieht aber ganz *aua* aus! Hey, Ruf, erinnerst du dich, dass ich dir gesagt hab, das sieht aua aus? Eben vorhin hab ich dir erst gesagt ...«

»Ruf kann schon ein paar Schmerzen aushalten«, sagte Gonko zu Jamie. »Stimmt's, Ruf?«

Rufshods Augen leuchteten. »Schmerzen machen mir *überhaupt nichts* aus«, bestätigte er. Er legte eine Hand flach auf den Tisch, zauberte irgendwo ein Messer hervor und reichte es Jamie. »Stich zu«, sagte er.

Jamie starrte das Messer an. »Ich glaube nicht ...«

»Los«, drängte Rufshod. »Tu's doch!«

»Warum tust du's nicht selbst?«

»Weil das nicht dasselbe wäre. Stich zu, schneide mich – tu *irgendwas*!«

»Woran du dich noch gewöhnen musst«, sagte Gonko und zog ein Stahlbeil aus einer seiner unergründlichen Taschen, »ist ein wenig Blutvergießen hier und da. Das wird dich abhärten. Wie eine kalte Dusche.« Er wirbelte die Axt zwischen den Fingern wie zuvor das Messer. »Rufshod hat sich fast *zu sehr* daran gewöhnt. Aber jedem das Seine, stimmt's, Ruf?«

Mit einer fließenden Bewegung hielt Gonko das Beil hoch, schloss die Finger um den Stiel und ließ das stumpfe Ende auf Rufshods höckerige, von Narben übersäte Hand niedersausen. Der heftige Aufprall zermalmte die Knochen zu Brei. Rufshod schrie auf, umklammerte sein Handgelenk und fiel vom Stuhl. Die Glöckchen auf seinem Hut bimmelten laut. Er rollte mit lautem Geheul und Gestrampel unter dem Tisch umher.

»Da, ein echter Slapstick«, erklärte Gonko und steckte das Beil weg. »Das macht ihn wochenlang glücklich. HÖR AUF, GEGEN DEN TISCH ZU TRETEN, DU VERDAMMTER BLÖDMANN! Also, wo war ich stehen geblieben? Bei unserem MM. Geh ihm aus dem Weg! Er kann Menschen *verwandeln*. Könnte zum Beispiel deinen Arm nehmen und ihn mit Gefieder schmücken. Könnte dir Flügel verpassen, wenn ihm gerade der Sinn danach stünde. Schon Bekanntschaft mit Fishboy gemacht?«

Jamie nickte.

»Fishboy hat sein Aussehen dem MM zu verdanken«, sagte Gonko. »Ekelhaft, nicht?«

»Schon«, stimmte Jamie zu. »Obwohl er einen freundlichen Eindruck machte.«

»Fishboy ist schon in Ordnung. Der netteste Kerl von all diesen Hurensöhnen.«

Jamie setzte sich plötzlich kerzengerade hin und atmete tief durch. Gonko beobachtete ihn. »Was is denn?«, wollte er wissen.

»Steve«, sagte Jamie. »Ich hatte ihn völlig vergessen. Der ist allein bei den Monstern geblieben ... o nein ...«

Er sprang auf und rannte aus dem Zelt, den ausgetretenen Pfad entlang, ohne genau zu wissen, ob es überhaupt der richtige Weg war. Weiter vorn flackerten die orangeroten Flammen der Schreckenskammer im Dunkel – und er erinnerte sich, dass die Monsterschau ganz in der Nähe war. Er sprintete los, ohne Rücksicht auf die umherwuselnden Zwerge und die Augenpaare, die ihn durch Vorhangschlitze beobachteten.

Gonko folgte ihm mit schnellen, aber lässigen Schritten, die Hände in den Hosentaschen vergraben. Als Jamie kurz stehen blieb, um zu verschnaufen, tippte ihm Gonko auf die Schulter. »Wo brennt's denn, mein Junge?«

»Ich muss meinen Kumpel aus der WG finden«, stieß Jamie hervor. »Er war in der Monsterschau.«

»In Ordnung«, sagte Gonko. »Wir suchen ihn. Aber wir nehmen eine Abkürzung. Komm mit!« Gonko bog vom Hauptweg ab und führte ihn durch ein Gewirr von geschlossenen Buden und Wohnwagen, bis sie dicht vor dem Zelt der Monsterschau standen. Gonko legte einen Finger auf die Lippen. *»Psst!«*

Durch den Zelteingang sahen sie nichts außer dem trüben gelben Licht der Glasvitrinen. Von drinnen war ein schmerzerfülltes Stöhnen zu hören, aber aus dieser Entfernung konnte Jamie nicht erkennen, ob es Steves Stimme war oder nicht. Eine schemenhafte Gestalt, die einen großen schwarzen Hund an der Leine führte, verließ das Zelt und ging in Richtung Schreckenskammer. Der Hund wandte den Kopf zur Seite und knurrte Gonko und Jamie an, aber sein Besitzer schaute gar nicht erst auf.

»Das is er«, wisperte Gonko. »Pass auf, dass du ihm nicht zu nahe kommst.« Sobald der Materie-Manipulator aus ihrem Blickfeld verschwunden war, sagte Gonko: »Wenn *er* hier in der Gegend war, dann hatte dein Kumpel vermutlich einen schlechten Tag. Der Boss erwähnte erst vor Kurzem, dass wir ein paar neue Monster bräuchten. Ich hoffe, du warst nicht zu eng mit diesem Steve befreundet. Reiß dich am Riemen! Wir gehen jetzt rein.«

Das Stöhnen wurde lauter, als sie sich dem Eingang näherten. Die meisten Monster schienen zu schlafen. Ein abgetrennter Kopf in einem Fischglas starrte geradeaus, ohne mit einer Wimper zu zucken.

Dann bemerkte Jamie seinen WG-Mitbewohner. Steve war am Leben und, wie es schien, auch unversehrt. Das Stöhnen kam von Yeti, der auf dem Rücken lag. Sein Zottelpelz war mit Blut verschmiert, das ihm aus dem Mund quoll. Steve versuchte das Fell mit einem nassen Lumpen zu säubern, den er in einem Plastikeimer ausdrückte. Fishboy kauerte neben ihm und strich Yeti wie ein Krankenpfleger über den Kopf.

»Braver Yeti«, sagte Fishboy in seiner piepsigen Heliumstimme. »*Guter* Yeti. Ich mische dir ein Pulver, dann lässt der Schmerz bald nach.« Fishboy wandte sich an Steve. »Er erholt sich meist sehr schnell. An manchen Tagen kommt er um die Glasnummer herum, aber heute hat Mister Pilo zugeschaut. Ach, und Tallows Käfig muss zu den Öffnungszeiten alle zwei Stunden gesäubert werden, weil wir dann die Heizung angestellt haben. Ich denke, sie werden dich den Schaustellern in der Budengasse zuteilen, aber versuch diese Arbeit vormittags zu erledigen – nachmittags brauche ich dich hier …«

Fishboy verstummte und blickte zum Eingang, wo Jamie und Gonko standen und ihn beobachteten.

Gonko zerrte Jamie am Ärmel. Gemeinsam verließen sie das Zelt. »Der Junge hat Glück«, sagte Gonko mit einem leisen Lachen. »Bis jetzt zumindest. Als Laufbursche für die Schausteller macht er hier bestimmt keine Karriere. Aber beim Henker, er hätte es schlimmer treffen können.«

Jamie schluckte und nickte erleichtert. Es erstaunte ihn selbst, dass ihm ausgerechnet Steves Wohlbefinden so am Herzen lag.

Wieder in ihrem Wohnzelt angelangt, verkündete Gonko, dass Rufshod mit seinem Gejammer aufhören und Jamie sein neues Zuhause zeigen solle. Das Zelt der Clowns war größer, als es von außen den Anschein hatte. Hinter dem Wohnbereich befand sich ein von einer Leinwandbahn verdeckter Durchgang zu einer geräumigen, halbrunden Diele, die Zutritt zu mehreren Räumen bot. Man hatte Jamie das Zimmer des Lehrlings zugewiesen, ein enges Kabuff, in dem er sich kaum umdrehen konnte. Es enthielt einen vergammelten Holzschrank und ein Bett, das an eine Krankentrage erinnerte. An jedem freien Fleckchen standen Kartons und Kisten mit Clownkostümen und kaputten Scherzartikeln. Er sah eine Handtröte, eine Spritzblume, eine Propellerschleife und eine ganze Reihe weniger harmloser Dinge – Messer, Patronenhülsen, Dildos, Spritzen. Außerdem gab es Dutzende beschädigter Pappnasen und zwei Gipsschienen, die an den Innenseiten mit rostrot getrocknetem Blut verschmiert waren.

Der Lehrling selbst lag schlafend auf der Krankentrage. Er hatte eine dicke Schicht fettiger weißer Schminke über sein zertrümmertes Gesicht geschmiert.

Rufshod warf einen Blick auf den Schläfer, rannte aus der Kammer und kam mit Gonko zurück, der die Zähne bleckte, nachdem er den Lehrling mit zusammengekniffenen Augen betrachtet hatte. Er kauerte neben der Liege nieder und holte eine Schachtel Streichhölzer aus der Tasche. »Glaub ja nicht, dass wir alle Neuen so behandeln, JJ«, sagte er, während er eines der Hölzchen anzündete und an die Hose des Lehrlings hielt. Eine Flammenzunge leckte über den geblümten Stoff. Dünne schwarze Rauchspiralen stiegen auf. Gonko richtete sich auf, trat einen Schritt zurück und beobachtete sein Werk mit einem Lächeln. Der Lehrling wurde unruhig und wälzte sich hin und her, als das Feuer sein Hemd erfasste. Dann zuckten seine Lider, und er riss die Augen auf. Mit einem erstickten Röcheln schoss er hoch und lief hinaus in die Nacht. Als er an Gonko vorbeikam, streckte der den Stiefel vor. Der Lehrling kam zu Fall, rappelte sich wieder hoch und wankte davon. Zwischen seinen Schultern loderten Flammen. Seine Schreie verhallten in der Ferne.

»Bitte sehr, JJ«, sagte Gonko und rieb sich die Hände. »Du kannst frei über das Zimmer verfügen.« Rufshod heftete sich an seine Fersen, als er lässig davonschlenderte.

Jamie ließ sich auf die Pritsche fallen, froh, dass er endlich allein war und darüber nachdenken konnte, wie tief er eigentlich in der Tinte saß. Wenn die Auskunft der Wahrsagerin stimmte – *du bist genau genommen nicht mehr auf der Erde* –, dann war es nicht schon damit getan, dass er bloß mal über den Zaun sprang und einfach abhaute.

Ihm kam in den Sinn, dass er sich nur Gonkos Hass zuziehen musste, wenn er den Zirkus für immer verlassen wollte.

Am nächsten Morgen weckten ihn Hammerschläge auf Zeltpflöcke und ein heiseres Stimmengewirr in der Ferne. Jamie setzte sich auf und merkte zu seiner Verblüffung, dass er geschlafen hatte. Die Krankentrage war erstaunlich bequem, und er hatte ungemein lebhaft geträumt – fast wie im Drogenrausch.

Er rieb sich die Augen und schrie erschrocken auf, als er sah, dass er nicht allein im Zimmer war.

»Schsch«, sagte der Fremde, ein alter Clown, den Jamie bislang noch nicht gesehen hatte. Kummerfalten und Krähenfüße hatten sich tief in sein eindrucksvoll verwittertes Gesicht gegraben. Unter den Augen hingen schlaffe Tränensäcke. Früher einmal musste er so stark wie ein Stier gewesen sein, und selbst jetzt wirkte der Körper unter dem Clownkostüm aus Fliege, gestreiftem Hemd, Riesenschuhen und weiten Hosen noch straff und gut gebaut. Dünne weiße Strähnen hingen ihm bis zu den Schultern. Er trug keine Schminke und musterte Jamie aus tränenden, rot geränderten Augen. »Also haben sie wieder einen erwischt«, sagte er mit einem traurigen Seufzer. »Wieder einen Neuen für ihre Show.«

Jamie sah sich unauffällig nach einer Waffe um. Seine Blicke fielen auf ein rostiges Messer, das zwar mitten in der Unordnung lag, aber in Reichweite. »Wer bist du?«, fragte er und rückte von dem Fremden ab. Die Liege quietschte verräterisch.

»Ich heiße Winston«, gab der Clown mit schleppender Stimme zurück. »Und du musst JJ sein. Der Clown JJ.«

»Eigentlich Jamie. Aber stimmt, sie nennen mich JJ.«

»Tut mir leid, wenn ich dich erschreckt habe«, erklärte Winston und drehte seine Melone in den Händen, »aber ich wollte dich auch nicht wecken. Du sahst so friedlich aus ... Schätze, du wirst ab jetzt jede Minute Ruhe und Frieden brauchen können.« Winston kratzte sich geistesabwesend unter dem Kinn und setzte dabei jede Menge runzliger Hautlappen in Bewegung. »Kann mich gar nicht mehr erinnern, wann sie mich kriegten«, fuhr er mit einem Seufzer fort. »Das ist schon eine Ewigkeit her. Ich weiß nur noch, dass ich höllisch aufpassen musste, nicht in fremde Angelegenheiten reingezogen zu werden.«

Jamie überlegte, was der alte Clown mit seinem Besuch bezweckte, wollte aber nicht unhöflich erscheinen und ihn gezielt danach fragen. Winston schien seine Gedanken jedoch zu erraten. »Ich hab nur mal vorbeigeschaut, um dir mein Beileid auszusprechen. Da bist du ja in einen schönen Schlamassel geraten, mein Junge. Genau wie ich auch, wenn du's genau wissen willst.«

Ein längeres Schweigen entstand. Winston starrte ins Leere. Jamies Blicke wanderten an ihm vorbei zur Tür, und er fragte sich, ob es wohl möglich war, sie abzuschließen. »Ich habe dich gestern nicht bei der Vorstellung gesehen«, sagte er, um die Stille zu unterbrechen.

»Wie? Ach so. Gonko gab mir für den Abend frei«, erwiderte Winston. »Erzählte ihm, dass mein Rücken Probleme macht. Wie ich hörte, liefen die Jungs wieder zu ihrer Hochform auf – die schmeißen in letzter Zeit jeden Auftritt. Aber egal. Ich erzähl dir jetzt am besten, was hier so läuft. Vielleicht kriegst du dann eher ein Gefühl für den Zirkus und verhinderst, dass sie dich platt machen oder dir noch Schlimmeres antun.«

»Noch Schlimmeres?«

»Ganz richtig«, sagte Winston und schaute ihn dabei so ernst an, dass Jamie ein Schauer über den Rücken lief.

»Gut«, meinte Jamie nach einer kleinen Pause. »Dann erklär mir mal, was ich hier eigentlich soll. Ich bin kein Clown.

Ich weiß nicht, warum sie ausgerechnet mich zu den Spaßmachern holten. Was erwarten sie von mir?«

»Das kommt später«, antwortete Winston. »Die haben so ihre Möglichkeiten, den Clown in dir zu wecken.«

»Na großartig.« Jamie fuhr sich mit den Fingern durch die Haare und murmelte: »In welche Scheiße bin ich da bloß reingeschlittert?«

»Herrgott, tut mir das leid, mein Junge!« Winstons Stimme stockte, Tränen traten ihm in die Augen. Jamie sah ihn betroffen an. *Hey, Mann, da kannst du doch nichts dafür*, hätte er am liebsten gesagt.

Winston hatte sich rasch wieder in der Gewalt. Er beugte sich vor und wisperte: »Also gut, ich sage dir so viel: Entferne nachts unbedingt die Schminke! Leg sie auf, wenn es sich nicht vermeiden lässt, aber nimm sie um Himmels willen so oft wie möglich ab! Du musst die Erinnerung an dein früheres Ich behalten. Wenn du vergisst, wer du warst, verlierst du *alles* und merkst es nicht einmal!« Winston hatte während seiner Ausführungen Jamies Arm umklammert und drückte immer fester zu.

»Was hat denn die Schminke damit zu tun?«

»Das wirst du schon merken. Du musst in den nächsten Tagen einen Drahtseilakt bewältigen ... aber nimm das Zeug ab, wann immer du kannst. Hast du mich verstanden?«

»Nein«, entgegnete Jamie und löste seinen Arm aus dem schmerzhaften Griff des Alten. »Aber gut, ich werde deinen Rat befolgen.«

»Braver Junge! Wie könnte ich dir sonst noch helfen?« Winston kratzte sich am Kopf. »Verdammt, in meinem Hirn geht allmählich alles drunter und drüber.«

Jamie zuckte die Achseln. »Was weißt du über die anderen Clowns? Wie kommt es, dass du im Vergleich zu ihnen so ... normal bist?«

»Ich bin nicht normal, mein Lieber«, widersprach Winston mit einem freudlosen Lachen. »Ganz und gar nicht normal.

Etwas näher dran als die anderen vielleicht, das ist alles. Deshalb rate ich dir ja, hin und wieder mal die Schminke zu entfernen – damit du nicht wie sie endest und deine Vergangenheit vergisst. Die meisten glauben, dass sie schon immer so waren wie jetzt. Goshy und Doopy – du hast sie gesehen. Betrachte sie als Warnung! Für immer verloren, die beiden.«

»Goshy«, sagte Jamie, und ein Frösteln überkam ihn. »Der tut so verdammt komisch.«

»Der spielt kein Theater. Der ist so. Mittlerweile weiß nicht mal mehr Goshy, was in Goshys Kopf vorgeht. Halte dich von ihm fern, Jamie, zumindest so lange, bis er dich besser kennt. Mit Doopy steht es nicht ganz so schlimm, aber auch der kann ganz schön ausrasten.«

Jamie nickte. Die Szene vom Vortag fiel ihm wieder ein. *Hey, hey, hey, hey, HEY, HEYYY!* Patsch, klatsch, knirsch. »Und was ist mit Rufshod?«, fragte er. »Der scheint okay zu sein.«

Winston nickte. »Ist er im Allgemeinen auch. Aber er bringt sich und uns in Schwierigkeiten. Spielt überall auf dem Gelände seine Streiche. Er war es, der Goshy das Pulver in die Hosentasche steckte und ihn dann nach draußen schickte. Wenn der Mistkerl jemals sagt: *Komm mit, ich weiß was Tolles*, dann hör nicht auf ihn.«

»Und Gonko?«

Winston warf einen Blick über die Schulter. »Du hast genug von Gonko gesehen«, wisperte er. »Der ist in Ordnung, solange du deine Arbeit als Clown gut machst. Nicht immer leicht zu durchschauen. Aber wenn du ihm keinen echten Grund zum Ausflippen gibst, behandelt er dich gut. Das muss man ihm lassen. Glaub mir, es gibt im Zirkus Schlimmere als ihn.«

Von draußen drang Stimmengewirr in Jamies kleine Kammer. »Mach dich ab jetzt möglichst unsichtbar«, sagte Winston. »Die Jungs sind wach.«

»Aber ... was *ist* dieser Ort eigentlich?«, fragte Jamie. »Wozu dient das Pulver? Woher kommen all die Leute, die ich gestern auf dem Gelände gesehen habe?«

»Die Schafe. So nennen wir sie. Die Schafe, das sind ganz normale Leute, die nie herausfinden werden, dass sie irgendwo falsch abgebogen sind. Sie erinnern sich später nicht an uns und kommen auch nie zurück. Das Pulver, die Schafe, was wir hier wirklich machen... es ist noch viel zu früh, um dir das alles zu erklären. Im Augenblick bekommst du von mir nur ein paar Ratschläge zum Überleben. Zu viele Dinge auf einmal könnten...« Er verstummte mitten im Satz.

Plötzlich flog die Tür auf, und Rufshod streckte seinen wirren Kopf mit den vorquellenden Augen in die Kammer. »Verschwörung!«, kreischte er, und Jamie schlug das Herz bis zum Hals. Winston drehte sich um, holte aus und versetzte Rufshod eine Ohrfeige. »Raus, du kleiner Stinker!«, fauchte er.

Rufshod stieß ein meckerndes Lachen aus und verschwand. Jamie atmete langsam aus.

»Ganz ruhig«, sagte Winston und wandte sich zum Gehen. »Die hegen nicht den geringsten Verdacht gegen mich.« Er zuckte kurz zusammen, als habe er versehentlich etwas Falsches gesagt, und fügte hastig hinzu: »Natürlich habe ich ihnen bisher auch keinen Grund dazu gegeben. Ich geh jetzt am besten. Und denk an meinen Tipp mit der Schminke!«

Mit harmloser Miene schlenderte der Clown Winston davon. Jamie setzte sich und dachte eine Weile über die Dinge nach, die er eben erfahren hatte. Er fragte sich, ob er dem Alten trauen konnte, und kam zu dem Schluss, dass er kein besonders hohes Risiko damit einging, weil er im Grunde nichts zu verlieren hatte.

Draußen im Aufenthaltsraum hatten sich sämtliche Clowns um den Kartentisch versammelt. Sie steckten die Köpfe zusammen und unterhielten sich leise. Plötzlich stieg in Jamie die paranoide Gewissheit auf, dass er und Winston gegen irgendeine Regel verstoßen haben mussten – dass Gonko ihm gleich genau wie dem Lehrling die Nase zertrümmern und das Gesicht in eine blutige Masse verwandeln würde.

Gonko schaute zu Jamie auf und raunzte Rufshod zu, er solle ein zusätzliches Kostüm holen.

Warum weckt die Unterredung mit Winston dieses seltsame Gefühl in mir?, überlegte Jamie. *Im Gegensatz zu den anderen hasst der Alte den Zirkus ... und wie er ihn hasst!*

Rufshod kam zurück und warf Jamie ein Stoffbündel zu. »Schmeiß nicht so mit den Sachen rum, du Mistkerl!«, brüllte Gonko und schlug mit der Faust auf den Tisch. »Das ist ein Clownkostüm. Ein Symbol unseres Standes, auf das du stolz sein solltest.«

Jamie bemühte sich, Stolz zu zeigen, als er die Kleidungsstücke in seine Kammer trug und überstreifte. Sie waren ihm zwar viel zu groß, saßen aber um Brust und Taille so straff, dass sie nicht ins Rutschen gerieten. Er kam sich lächerlich vor. Seine Hose war mit Hündchen bedruckt, die roten Bällen nachjagten, und das Rüschenhemd wirkte so grell, dass man es kaum anschauen konnte, ohne Augenschmerzen zu bekommen. In den Riesenschuhen konnte er nicht so gut wie gewohnt gehen, sondern bestenfalls mit breiten Seitwärtsschritten watscheln. Als er in den Aufenthaltsraum zurückkehrte, erhielt er stürmischen Applaus von den übrigen Clowns.

Doopy stand auf, kam auf ihn zu und starrte mit kindlicher Begeisterung Jamies Hemd, Hose und Schuhe an. »Mann ... der sieht wie'n Clown aus«, sagte Doopy verblüfft. »Der sieht wie'n *richtiger Clown* aus, Gonko!«

»Ja, Doops, du Schlauberger«, entgegnete Gonko. »Das tut er wirklich. Ich hatte also recht mit meiner Wahl, JJ.«

Alle starrten Jamie erwartungsvoll an. Er trat von einem Fuß auf den anderen und wusste nicht recht, was er noch tun sollte. Musste er jetzt eine Rede halten oder was? Seine Blicke wanderten von einem Clown zum nächsten. Aus jedem der von dicken weißen Schminkeschichten umrahmten Augenpaare leuchtete ihm eine andere Form des Irrsinns entgegen. Jamies Herz pochte schmerzhaft. Am liebsten hätte er die Flucht ergriffen. Er räusperte sich und sagte: »Vielen Dank für ...«

Goshys halb geschlossene Augen blinzelten abwechselnd, erst das linke, dann das rechte. Die Stille dehnte sich aus wie ein langer dunkler Tunnel. Immer noch starrten sie ihn an, bohrend, suchend ... Herrgott noch mal, was *wollten* sie nur von ihm?

Schließlich wurde es ihm zu viel. »Hört endlich mit dieser Scheißgafferei auf!«, schrie er sie an.

Ehe er seine unbedachten Worte bedauern konnte, klatschten die Clowns begeistert Beifall. Goshy war der Einzige, der sich nicht daran beteiligte, weil er die Ellbogen wieder einmal störrisch an den Körper gepresst hielt. »Schön, dass du jetzt zu uns gehörst, JJ«, sagte Gonko. »Und ihr anderen hört jetzt wieder auf zu grinsen. Dazu ist unsere Lage zu ernst. Ich bin stocksauer auf euch alle. Und wisst ihr auch, warum? Weil wir eine Verwarnung bekommen haben.«

Am Tisch brach lautes Stöhnen und Wehklagen aus, das über längere Zeit anhielt und immer mehr vom Thema wegführte. Gonko wartete geduldig, dass sich der Lärm legte. »Un die ham behauptet, dass Goshy wieder unanständig war, aber das stimmt gar nich, ich hab die ganze Zeit gut aufgepasst, er hat überhaupt nix Unanständiges getan, da war nur'n See, in den er gefallen is, 'n großer roter See, un *sie* wollte was von ihm, aber er, er ...« Doopy stockte, als er merkte, dass er der Einzige war, der noch redete.

Gonko spuckte über die Schulter und ergriff wieder das Wort. »Das ist nicht die erste Verwarnung, die wir bekommen, wie ihr wisst, aber es ist die erste seit Langem. Ich schätze, das haben wir dieser Petze von einer Wahrsagerin zu verdanken. Und diesem Buchhalter, den Kurt eingestellt hat.«

»Sag mal, Gonk, willst du Jamie nicht erklären, was es damit auf sich hat?«, schlug Winston vor.

»Wie? Na schön, warum nicht? Vor einiger Zeit, JJ, hatte sich einer der Besucher hier verlaufen, und weil Kurt ihn amüsant fand, behielt er ihn im Zirkus und machte ihn zu seinem Buchhalter. Dieser Typ nun redete Kurt den Schwachsinn ein, dass der Zirkus weit mehr Erfolg hätte, wenn jede Truppe ständig mit einer anderen im Wettstreit läge. Also setzten sie die Nummer des Löwendompteurs zur gleichen Zeit an wie die von Mugabo und den Auftritt der Kraftmenschen zur Öffnungszeit der Monsterschau. Wir müssen es also mit den Akrobaten aufnehmen.«

»Ich mag nicht, dass sie uns gegen die Akrobaten auftreten lassen«, jammerte Doopy. »Das mag ich einfach nicht ...«

»Das wird wohl kein Dauerzustand bleiben«, fuhr Gonko fort. »Ich denke mal, dass Kurt im Augenblick den Wirbel genießt, den er damit auslöst. Aber ich müsste mich schon sehr täuschen, wenn ihn dieser Buchhalter nicht bald langweilt. In spätestens einem halben Jahr hat er genug von ihm und frisst ihn ungekocht. Dann ist dieser Quatsch mit dem Wettstreit erledigt. Also spielen wir brav mit und tun so, als sei uns die Sache scheißegal. Dann läuft alles prima. Doch dazu muss unser nächster Auftritt klappen. Ich meine das ernst, ihr Schnarchnasen, todernst!«

»Und was willst du gegen *sie* unternehmen?«, fragte Winston.

»Gegen Shalice? Da sind uns die Hände gebunden«, entgegnete Gonko. »Das Weibsstück hat die Kristallkugel und ihre dämliche Empathie, mit der sie alles vorausahnt. Und es wäre natürlich gegen Kurts Regeln, wenn ich so was wie ein Kopfgeld aussetzen würde ...« Gonko sah Rufshod von der Seite aus an. »Ein Kopfgeld von, sagen wir, einem ganzen Beutel ...« Er ließ Rufshod nicht aus den Augen. »Ja, das wäre zwar gegen die Regeln, aber es gäbe einem gewissen Mistkäfer die Gelegenheit zur Wiedergutmachung ...«

»Hey, gib's ihr, Rufshod!«, rief Doopy. »Gib's ihr mal richtig!«

»Halt's Maul, du Arschloch!«, zischte Gonko. »Ich will *kein Wort* darüber hören. Die Kuh ist mit allen Wassern gewaschen, vor der müssen wir uns in Acht nehmen. Die könnte sogar in diesem Augenblick auf Schnüffeltour sein. Das Thema ist beendet, klar?«

Goshy löste sich zum ersten Mal an diesem Vormittag aus seiner Erstarrung. Er watschelte hastig zum Fenster, teilte die Vorhänge einen Spalt und spähte nach draußen. Doopy erhob sich und beobachtete ihn genau, als sei jede Bewegung seines Bruders von immenser prophetischer Bedeutung. Aber Goshy stand reglos da wie eine Schaufensterpuppe.

»Dann steht nur noch ein Punkt auf der Tagesordnung«, sagte Gonko. »Zahltag.«

Winston wechselte einen kurzen Blick mit Jamie und nickte. Gonko nahm einen kleinen Sack auf, der sich hinter ihm befand. Er kramte darin herum und zog einige kleine Samtbeutel hervor, die so ähnlich aussahen wie der, den Jamie in jener Nacht aufgehoben hatte, nachdem er Goshy aus der Tasche gefallen war. Gonko warf jedem Clown einen Beutel zu, nur Goshy nicht. Dessen Lohn nahm Doopy in Verwahrung. Aus den Säckchen drang ein zartes Klickern.

Gonko sah Jamie an und meinte: »Du bekommst einen Vorschuss, JJ. Betrachte ihn als eine Art Begrüßungsgeld vom Zirkus. Aber glaub ja nicht, ich sei der Weihnachtsmann! Ab jetzt musst du dir dein Brot selbst verdienen.«

Er warf Jamie einen Beutel zu. *Das ist unser Lohn?*, dachte Jamie. *Wozu in aller Welt soll das Zeug gut sein? Offenbar nichts zum Schlucken, wie ich anfangs dachte ...* Er ging die verschwommenen Eindrücke des Vortags durch. Die winzigen Kristalle, die in Mugabos Zelt den Boden bedeckt hatten, fielen ihm wieder ein, und die Zwerge, die den Glitzerstaub nachts eingesammelt hatten.

»So, ihr Dumpfbacken, Ende der Besprechung!«, bellte Gonko plötzlich los. »Zehn Minuten Pause und danach Probe. Tragt frische Schminke auf – alle! Winston, du bist hier der Opa mit der meisten Erfahrung. Hilfst du JJ das erste Mal beim Anmalen?«

Winston nickte. Er winkte Jamie zu sich, und gemeinsam suchten sie Winstons Zimmer auf. Goshy blieb am Fenster stehen, stumm, ohne sich zu rühren und ohne ein einziges Mal zu blinzeln.

Kapitel neun
Der Clown II

»Kaum größer als eine Zelle«, sagte Winston. Sein Zimmer war um einiges geräumiger als Jamies Kabuff, mit einem richtigen Bett und Schränken für allerlei Nippes und Kram, hauptsächlich Stapel von Puzzles gegen die Langeweile. Ein Goldfisch schwamm in einem Glas neben dem Fenster; zwei zahme Mäuse flitzten in einem Terrarium umher. »Frank und Simon«, sagte Winston, griff mit knorrigen Händen in den Käfig und holte eine der weißen Mäuse heraus. »Der Fisch hat noch keinen Namen, aber ich kann mir auch nicht vorstellen, wozu ein Fisch einen Namen braucht. Immerhin – so ziemlich die netteste Gesellschaft auf dem ganzen Zirkusgelände. Das hier ist Jamie«, sagte er zu der neugierig schnüffelnden Maus und streichelte sie mit einem Finger, ehe er sie behutsam zurück ins Terrarium setzte.

Auf dem Nachttisch stand ein Schwarzweißfoto von einer Frau, die ein Baby im Arm hielt. Ihrer Kleidung nach zu schließen war die Aufnahme noch vor Beginn des zwanzigsten Jahrhunderts entstanden. Winston bemerkte Jamies Blick. »Meine Frau und Tochter. Nun ja ... *nicht direkt.*« Er kratzte sich verlegen am Hinterkopf. »Hatte keine Chance, ein Foto einzupacken, als sie mich herbrachten. Das hier fand ich an einem Verkaufsstand in der Gasse der Schaubuden. Es erinnert mich ganz einfach an früher – an die Frau und Tochter, die ich mal hatte. Ist alles eine Ewigkeit her.«

Jamie nickte und kam insgeheim zu dem Schluss, dass der Alte zwar harmlos, aber nicht ganz bei Troste war. Auf dem Fußboden waren Zeitungen ausgelegt, manche in eine Schutzfolie geschweißt. Jamie bückte sich nach dem am nächsten gelegenen Exemplar und las das Datum: 9. Oktober 1947. »Sammelst du alte Zeitungen?«, fragte er.

»Nein. Ich sammle druckfrische Zeitungen«, erklärte Winston. »Nur so kannst du auf dem Laufenden bleiben über die Ereignisse da draußen. Manche davon behalte ich auch – als Ersatz für ein Tagebuch.«

»Und wie kommst du an die Blätter ran?«

»Nun, manchmal werden wir zurückgeschickt, um bestimmte Aufträge zu erledigen. Gewöhn dich am besten gleich daran, dass sich die Welt da draußen verdammt schnell verändert, Jamie. Irgendwann schickt dich der Boss für eine Besorgung los, und auf dem verdammten Planeten wimmelt es plötzlich von fliegenden Vehikeln.«

Mich daran gewöhnen?, dachte Jamie. *Nie und nimmer! Du kannst mich »anmalen«, was immer das auch heißen mag, aber dann nutze ich meine zehn Minuten Pause, um den Hauptausgang zu suchen und die Flatter zu machen, ganz gleich, was mir diese Wahrsagerin ins Ohr geblasen hat! Mich wundert bloß, weshalb du selbst nie auf diesen Gedanken gekommen bist, Alter.*

Winston kramte im obersten Fach eines Schranks herum. Dabei grummelte er ständig vor sich hin, ohne es selbst zu merken. »Ah, da ist sie ja.« Er holte einen kleinen Plastikeimer hervor und setzte sich auf sein Bett. »Die Wirkung ist ziemlich drastisch, besonders am Anfang. Du wirst unberechenbare Dinge tun – mindestens zwei Jahre lang. Ich schätze, es dauert einfach eine Weile, bis die Persönlichkeiten ... verschmelzen. Jedenfalls spricht alles dafür, dass du dieses Zimmer in ein paar Minuten völlig verändert verlassen wirst.« Winston seufzte. »Bringen wir's also hinter uns! Mach die Augen zu!«

Winston tauchte eine Hand in den Eimer, und Jamie spürte, wie ihm der alte Clown eine kühle Paste auf Wangen, Nase, Stirn und Kinn verrieb. Das Zeug roch unangenehm – wie eine Mixtur aus Sonnencreme und Benzin. »Fertig«, erklärte Winston, nachdem er ihm noch eine rote Pappnase verpasst hatte.

Jamie schlug die Augen auf. »Ich fühle mich genauso wie vorher«, erklärte er.

»Wirf mal einen Blick in den Spiegel – dort drüben, neben der Tür.«

Jamie fand einen Handspiegel, hielt ihn hoch und betrachtete die dicke weiße Fettschicht, die Winston auf seinem Gesicht verteilt hatte. Unmittelbar danach setzte die Verwandlung ein. Es begann mit einem Kribbeln im Bauch, als würden ihn Finger kitzeln und stupsen. Die Beinmuskeln nahmen die Schnellkraft von eng gewickelten Spiralfedern an. Blut rauschte in seinen Schläfen, das Gesicht fühlte sich heiß an, und kleine weiße Punkte flimmerten vor seinen Augen. Sein Verstand stockte, als habe jemand ganz plötzlich auf eine Aus-Taste gedrückt ... Und als das Band weiterlief, spulte es fremde Gedanken ab.

»Gib mir bitte den Spiegel!«, sagte Winston vom Bett her.

JJ drehte sich um. Er schien aus einem Traum hochzuschrecken, sich von hypnotischen Augen loszureißen – seinen eigenen Augen. Er trat einen Schritt auf das Bett zu und merkte, dass er den alten Clown hämisch angrinste. »Du willst den Spiegel, Winston?«, fragte er in übertrieben freundlichem Tonfall. »Bitte sehr, Winston, du kannst ihn haben.«

Winston beobachtete ihn argwöhnisch. »Dann gib schon her!«

JJ legte den Spiegel auf die flache Hand und schleuderte ihn in Winstons Richtung. Der Wurf geriet zu kurz. Der Spiegel klirrte zu Boden und zersprang. JJ starrte die Scherben und dann den alten Mann an, grinste erneut und überlegte, ob er Winston eine scheuern sollte. Dann drehte er sich herum und stampfte mit seinen übergroßen Schuhen aus dem Zimmer.

Winston seufzte. »Je netter der Mensch, desto hinterhältiger der Clown«, murmelte er, während er die Glassplitter einsammelte. So liefen die Dinge nun mal.

Damian, der Aufseher der Schreckenskammer, brachte mit seinem Schubkarren neue Schminke für die Clowns. Gonko lud elf Plastikeimer ab und stapelte sie in einer Ecke des Aufenthaltsraums, ohne ein Wort mit der düsteren Kuttengestalt zu wechseln. Langsam und stumm wie ein wandelnder Toter machte sich Damian auf den Rückweg.

Gonko stand kerzengerade wie ein Militärschleifer mitten auf einer großen Turnmatte, die den Boden bedeckte. Mürrisch scharten sich die Clowns um ihn.

»Hey!«, schrie Gonko sie an. »Zeigt wenigstens eine *Spur* von Begeisterung, ihr Lahmärsche!«

Die Clowns wechselten fragende Blicke. Zögernd begann Doopy in die Hände zu klatschen. Rufshod schloss sich an. Goshy verließ endlich seinen Spähposten am Fenster, sah den anderen fasziniert an und klatschte dann ebenfalls, ohne jedoch die Ellbogen abzuwinkeln. Mit vorquellenden Augen und weit offenem Mund beobachtete er seine eigenen Hände. Gonko versuchte dem Lärm mit einer beschwichtigenden Geste Einhalt zu gebieten. Aber sie machten weiter, und so setzte er sich seufzend hin und wartete, bis der Ausbruch vorbei war. Es war noch zu früh am Tag, um die Eisenfaust zu schwingen.

Aus dem Augenwinkel sah er JJ durch den Wohnbereich schleichen, vermutlich um sich vor der Probe zu drücken. Gonko musterte ihn mit zusammengekniffenen Augen und fragte sich, welchen Typ von Clown die Schminke wohl zum Vorschein bringen würde. »JJ«, rief er. »Komm her und stell dich zu den anderen!« JJ erstarrte und spitzte die Lippen wie eine Tunte. »Komm«, wiederholte Gonko. »Hierher.« JJ trat einen Schritt auf die Matte zu. »So ist es gut.« Gonko versuchte ihn wie ein eingeschüchtertes Hündchen zu locken. »Komm! Stell dich auf, JJ. Sei ein braver Junge. Wir müssen proben. Nun mach schon!«

JJ wagte einen zweiten Schritt. Gonko seufzte. So würden sie noch den ganzen Tag verplempern. Er stand auf, in der Absicht, den Mistkerl am Ohr auf die Matte zu ziehen. Erschrocken wich JJ einen Schritt zurück. *Der kriegt die Krise und haut ab*, dachte Gonko. »O nein, du Blödmann, lass das!«, schrie er.

Die anderen Clowns hörten auf zu klatschen und wandten sich dem Neuen zu. JJ wich noch einen Schritt zurück und Gonko platzte der Kragen. Er stürmte los, und JJ ergriff die Flucht, kreischend wie ein tropischer Papagei. Verärgert warf Gonko die Arme hoch und ließ ihn laufen. »Einer von *denen*«, murmelte er angewidert. »Diese Sorte kenn ich.«

Sobald er sicher war, dass Gonko ihn nicht verfolgte, entspannte sich JJ. Er dachte gar nicht daran, sich beim Boss einzuschleimen, nur weil sie den letzten Lehrling halb totgeprügelt hatten.

Bunt gekleidete Zigeuner wuselten geschäftig umher. »Zirkusratten«, dachte JJ, als er an zwei alten Weibern vorbeikam. »Aus dem Weg!«, brüllte er sie an. »Seht ihr nicht, dass ein Clown kommt? Verpisst euch, ihr Gesindel!«

Und zu JJs freudiger Überraschung spritzten sie tatsächlich zur Seite, um ihm Platz zu machen, respektvoll, die Augen vor Angst geweitet ... Sicher, er las auch eine Spur von Hass, aber wen juckte das schon? »Daran könnte ich mich gewöhnen«, sagte JJ. »Jawohl, ihr Zirkusratten! Schaut ruhig auf zu mir, ihr schleimiges Pack!« Sie warteten, bis er vorbei war. *Gar nicht schlecht!*, dachte er. *Die wissen, wer hier das Sagen hat.* Er rempelte sich durch eine größere Gruppe, schubste jeden, der ihm in die Quere kam, schlug den Leuten Kisten und Schachteln aus den Händen oder stellte ihnen ein Bein.

Sobald ihm das zu langweilig wurde, schlenderte er ziellos umher, bis er durch einen hölzernen Torbogen in die Gasse der Schausteller kam. Zu beiden Seiten erstreckten sich Schieß- und Wurfbuden, Imbiss- und Losstände. Weiter vorn gab es die Fahrgeschäfte, darunter ein Riesenrad, Karussells und ein paar technische Spielereien, die wie gigantische Kreisel umherwirbelten. Am Rande des Rummelplatzes war offenbar eine große Barackensiedlung entstanden. Zigeunerinnen standen in schäbigen Hauseingängen, rauchten Zigaretten und unterhielten sich. JJ registrierte mit Vergnügen, dass die Zirkusratten einen großen Bogen um ihn machten, wo immer er auftauchte, breitbeinig und die Daumen in die elastischen Hosenträger gehakt. Überall wurden Stände geputzt und in Ordnung gebracht: die Entenjagd (jeder Treffer ein Preis), der Torkelnde Seemann (wer wirft ihm den Rettungsring zu?) und der Jukeboxjongleur. Er blieb vor den Fünf Clowns stehen: Das waren Gipsbüsten mit weit aufgerissenen Mündern, die sich im Wechsel auf und ab bewegten. Ein älterer Schausteller mit müden Augen wischte mit einem feuchten Tuch die Regalbretter, auf denen die Gewinne ausgestellt waren. Er drehte sich um und schnitt eine Grimasse, als sich JJ räusperte, seine Hose öffnete und mit dem Penis in den Mund des mittleren Clowns zielte. *»No, señor!«*, wimmerte die Zirkusratte. *»Debo mantener este limpio!«*

JJ lächelte entschuldigend, als sei er nicht in der Lage, sein Wasser zu halten, während gelber Urin den Hals des Clowns entlang in das Kästchen mit den Glücksnummern lief. Zu JJs großem Vergnügen stöhnte der Mann nur herzzerreißend. Er knöpfte die Hose zu, sagte »Gesegneten Abend, Sir!« und schlenderte weiter, zu den Ständen mit den Geschicklichkeitsspielen, deren Betreiber bei seinem Anblick alle sehr beschäftigt taten. Er blieb neben dem *Hau-den-Lukas*-Turm stehen und beäugte den schweren Holzhammer, der am Podest lehnte. Ein kahlköpfiger Schausteller mit einem stattlichen Schnurrbart stand auf einer niedrigen Leiter und polierte die Messingglocke an der Spitze der Messlatte. JJ blinzelte zu ihm hoch. »Hey!«, schrie er.

Der Mann ließ seinen Lumpen fallen und wäre um ein Haar von der Leiter gestürzt. »Ja?«, fragte er mit spanischem Akzent. »Was wollen Sie?«

»Darf ich mal, Mister?«, fragte JJ mit honigsüßer Stimme. »Ich wüsste zu gern, wie stark ich bin.«

»Viel zu stark, wenn ich Sie so ansehe«, knurrte der Jahrmarktsmann. »Lassen Sie mich in Ruhe!«

JJ nahm den Hammer. Er lag schwer in seinen Händen. »Fertig da oben?«, grölte er. »Es geht los!«

Der Schausteller kletterte leise fluchend von der Leiter herunter. »Auf drei!«, schrie JJ. »Eins. Zwei. Drei!« Bei drei drehte er sich wie ein Hammerwerfer herum und ließ das schwere Gerät los. Der Hammer segelte im hohen Bogen über die Dächer hinweg und verschwand. Der Standbetreiber starrte ihn mit offenem Mund an. »Was ist?«, fragte JJ. »Hab ich was falsch gemacht?« Lachend steuerte er den nächsten Stand an.

Während der folgenden Stunde amüsierte sich JJ auf diese und ähnliche Weise. Er schikanierte Zirkusratten, spuckte sie an, kippte ihre Stände um, stahl Stofftiere und Papierblumen, brüllte herum, bis er ein Bier bekam ... Er war der Boss auf dem Zirkusgelände, und das machte einen Heidenspaß – bis er auf die Akrobaten stieß.

Vor ihm tauchten drei geschmeidige Typen in glänzend weißen Lycratrikots auf, die mit einer Schaustellerin mittleren Alters plauderten. Einer von ihnen lehnte am Tresen einer Würstchenbude. JJ fand es schamlos, wie sich ihre Männlichkeit unter dem eng anliegenden Stoff abzeichnete. Und ihm fiel die unerfreuliche Begegnung vom Vortag wieder ein. JJ stieß ein Fauchen aus.

Es war seine Pflicht, für die Clowns zu kämpfen. Mit entschlossener Miene zog er seine Hose hoch und ging auf sie zu, ein einsamer Westernheld. Seine Stiefel knirschten im Sand. Immer näher kam er, so nahe, dass er ihre Worte verstehen konnte. Heiliger Zorn erfasste ihn. Sie tauschten *Pfannkuchenrezepte* aus! Er schöpfte aus einer Pfütze am Rand der Gasse zwei Hände voll schwarzen Schlamm und schrie: »JJ! JJ, der Clown!« Dann bewarf er den am nächsten stehenden Akrobaten mit dem Dreck.

»Gah!«, prustete der Mann und riss den Kopf nach hinten. JJs Timing war perfekt – der Akrobat hatte seinen Mund gerade weit offen, als die Ladung ankam. JJ schüttelte sich vor Gelächter. Der getroffene Gegner spuckte und hustete und wischte sich den Schlamm aus den Augen. »Hey, findest du das witzig?«, fragte einer der Akrobaten.

»Genau das tut er«, meinte ein anderer. »Hält sich für'n tollen Scherzkeks. Das is' denen ihr Neuer.«

»Haben die dich angestiftet, Neuer? Oder stammt dieser spitzenmäßige Einfall von dir selbst?«

Die Akrobaten schienen so platt vor Empörung zu sein, dass sie sich mit ihren Fragen eigentlich nur vergewissern wollten, ob sie das eben Erlebte auch richtig einordneten. Immer noch lachend bewaffnete sich JJ erneut mit einem Batzen Dreck und machte Anstalten, ihn auf das Trio zu schleudern.

»*Das* würde ich *nicht* tun«, warnte der Akrobat, der ihm am nächsten stand. »Nein-nein!«

»Deswegen könntest du auch nie ein Clown werden«, erklärte JJ und schickte die stinkende Ladung los. Sie klatschte dem Akrobaten, der eben gesprochen hatte, in den Nacken. Schnaubend wich er zurück.

JJ schloss die Augen und johlte vor Begeisterung. Deshalb sah er auch nicht, was ihn traf. Er spürte einen harten Schlag mitten ins Gesicht, der ihn zu Boden schickte. Benommen blinzelte er und sah zwei Akrobaten auf sich zukommen. Der dritte wartete im Hintergrund. Er schwang sein Bein hoch über den Kopf, um die Muskeln zu dehnen. Offensichtlich hatte er JJ mit einem Tritt niedergestreckt. Sein Fuß hatte sich wie ein Schmiedehammer angefühlt.

JJ war erstaunt: Sie hatten sich tatsächlich gewehrt! Er rappelte sich hoch. War *er* in der Lage, gegen sie zu kämpfen? Schwer zu sagen.

»Ha!«, röhrte er los.

»Hoch die Flossen!«

Unbeholfen hob er die Fäuste. Er hatte Mühe, seine Bewegungen zu koordinieren.

»Brav, kleiner Clown«, spöttelte einer der Akrobaten. Schritt für Schritt kamen sie näher. »Noch nie einen echt hohen Kick gesehen, was?«

Im nächsten Moment gab ihm der Akrobat eine Privatvorstellung. Sein Stiefel sauste so dicht an JJs Gesicht vorbei, dass er nur einen verschwommenen weißen Strich sah. Ein Luftzug streifte seine Wange. »Nicht schlecht, Sven, oder?«

»Nicht schlecht, Randolph. Aber jeder weiß doch längst, wie hoch wir unsere Beine schwingen können. Was hältst du davon, wenn wir mal was anderes probieren?«

»Du meinst ... *wie oft* wir kicken können?«

»Oh, Tuskan, das ist klasse! Wir versuchen einen neuen Rekord aufzustellen. Wir waren bei tausend Mal, stimmt's?«

»*Ungefähr.* Jeder von uns, wohlgemerkt.«

»Mir macht ihr keine Angst«, schrie JJ, drehte sich herum und ergriff die Flucht. Kreischend vor Panik stürmte er an den Zirkusratten vorbei, die hastig Platz machten. Er konnte hören, dass die Akrobaten aufschlossen, und seine Panik steigerte sich zu blindem Entsetzen. Er packte die Zirkusratten, die nicht schnell genug auswichen, und schubste sie den Akrobaten in die Bahn. Einer der Verfolger stürzte fluchend. JJ riskierte einen Blick über die Schulter. Zwei Mann klebten ihm immer noch an den Fersen. Schluchzend sprintete er durch den hölzernen Torbogen und bog scharf nach rechts ab. Er betete, dass dies der kürzeste Weg zum Zelt der Clowns war. Aber in seiner Hast verlief er sich und stand plötzlich vor der Schreckenskammer. Er jagte an dem Aufseher mit seinem Gruseloutfit vorbei, quetschte sich in einen schmalen Gang zwischen zwei Baracken und wartete, bis sein Schluchzen nachließ und er wieder Luft bekam. Kurz darauf kamen zwei Akrobaten in schlammbespritzten Hemden vorbei, offenbar immer noch auf der Suche nach ihm. Sie schauten in seine Richtung, doch er huschte davon. Sein immer lauteres Flennen über die Ungerechtigkeit der Welt hätte ihn um ein Haar verraten. Warum hatte ihn niemand vor all den Gefahren gewarnt? Warum hatten die Zirkusratten die Entwicklung nicht vorausgesehen und ihm einen Wink gegeben? Er fand das alles so gemein und niederträchtig, dass er nicht mehr an sich halten konnte und laut aufheulte.

JJ verbrachte eine schlimme Stunde in der schmalen Seitengasse, bis er sich einigermaßen getröstet hatte. Als er wieder aus seinem Versteck hervorkam, liefen Tränenspuren durch die Schminke, und weiße Kleckse tropften auf seine Brust. Er hielt den Kopf schräg und horchte, aber er hörte nur das dumpfe Dröhnen der Eisenhanteln, mit denen die Kraftmenschen für ihren Auftritt übten. Er schaute sich immer wieder besorgt um, während er den Hauptweg entlanghastete und überlegte, wohin er sich noch wenden konnte. Erst jetzt war ihm wieder eingefallen, dass er gerade die Vorstellungsprobe schwänzte.

Jemand rief seinen Namen. »JJ? Jamie?«

Er hätte um ein Haar total schlapp gemacht, aber es waren nicht die Akrobaten. Diese Stimme gehörte zu Winston. »Du bist es bloß«, rief JJ. »Na, Gott sei Dank!« Vor lauter Erleichterung gaben seine Knie nach.

Winston kam schnaufend angetrabt. »Yeah? Wen hattest du denn erwartet?«

»Keinen. Und komm mir ja nicht blöd! Ich war's nicht. Ich hab den Schlamm nicht geschmissen!«

»Das erklärt auch deine verschmierten Hände, du Blödmann!«, sagte Winston. Er seufzte. »Wenigstens weiß ich jetzt, was passiert ist. Willst du mir deine Version der Geschichte erzählen?«

»Nein.«

Winston packte ihn an der Schulter und zerrte ihn in ein nahe gelegenes Zelt. Seine Stimme hatte einen scharfen Unterton. »Nun hör mir gut zu! Du trägst die Schminke zum ersten Mal. Deshalb bist du nicht allein für das verantwortlich, was du angestellt hast. Aber jetzt ist der Spaß vorbei. Sieh zu, dass du dich wieder in den Griff kriegst!«

JJ brach erneut in Tränen aus.

»Schluss jetzt«, fauchte Winston. »Genau das meine ich.« Er zog ein Taschentuch hervor und machte sich daran, JJs Gesicht von der Schminke zu säubern, aber JJ stieß ihn weg. »Später«, sagte er. »Ich versuche immer noch rauszufinden, wie das Zeug wirkt, verstehst du?«

»Meinetwegen«, entgegnete Winston. »Aber du bleibst für den Rest des Tages unter meiner Aufsicht. Verstanden? Und jetzt erzähl mir die Sache mit den Akrobaten. Du hast sie mit Dreck beworfen? Das ist alles?«

JJ nickte und versuchte ein Kichern zu unterdrücken. Als er das nicht schaffte, wandelte er es in einen gequälten Seufzer um. »Selbstverteidigung«, sagte er. »Die haben mich beleidigt. Also, ich stehe da ganz harmlos in der Gasse der Schaubuden und tausche mit einer Standfrau Pfannkuchenrezepte. Plötzlich tauchen sie aus dem Nichts auf und umringen mich. Ich weiß nur noch verschwommen, was dann geschah. Ich glaube, sie schubsten mich von hinten. Zwei Mal. Ich fiel hin und muss wohl mit den Händen in einer Pfütze gelandet sein. Ich rappelte mich hoch und ballte die Fäuste, ungefähr so« – er führte vor, was er meinte – »um sie abzuwehren. Dabei müssen sie ein paar Schlammspritzer erwischt haben. Mehr war nicht. Wirklich! Daraufhin hetzten die mich über das ganze Zirkusgelände. Die sind *wahnsinnig*, Winston.«

Winston musterte ihn mit unbewegter Miene und seufzte. »Weißt du, worüber ich heilfroh bin, weil es so manches Menschenleben gerettet hat? Dass Doopy und Goshy zusammen keinen Funken Verstand besitzen! Rufshod hat zwar ein bisschen Hirn, und damit richtet er schon genug Schaden an. Dein Verstand aber ist vollständig, mein Sohn – zumindest hast du genug davon, um dich in ernsthafte Schwierigkeiten zu bringen. Lass den Rest der Truppe aus dem Spiel! Du hast heute ein Drama in Gang gesetzt, das uns allen zum Verhängnis werden kann.«

JJ spielte den braven Schüler und nickte. »Haben euch die Akrobaten etwas anderes erzählt?«, fragte er.

»Nein. Allerdings tauchten sie plötzlich in unserem Zelt auf, und da wussten wir, dass irgendwo die Kacke am Dampfen war. Im Normalfall stören sie uns nicht bei den Proben. Das gilt auch umgekehrt. Eine Art Waffenstillstand, weil beide Seiten eingesehen haben, dass die Sache sonst gefährlich wird. Mörderisch gefährlich sogar. Aber heute sind sie mitten in eine Übungseinheit geplatzt und wünschten uns viel Glück für unseren Auftritt.«

»Klingt ja *höchst* bedrohlich«, sagte JJ.

»Das war eine Botschaft, du Blödmann! Eine Warnung, dass die Zeit der Worte vorbei ist. Ich dachte mir schon, dass du dahintersteckst. Weil sie dich ausdrücklich erwähnt haben. *›Euer neuer Mann kommt sicher ganz groß raus!‹*, sagten sie. Und dass aus dir noch ein echter Superstar werden könnte. Wir fragten uns alle, was du wohl angestellt hattest. Rufshod platzt schier vor Neugier.«

Ein unangenehmer Gedanke kroch in JJ hoch und trübte seine Freude. »Äh ... und was meint der Boss dazu?«

»Gonko blieb ganz ruhig. Schickte mich nur auf die Suche nach dir.« Winston fuhr sich mit einer Hand über die Stirn. »Du hast wirklich nur Dreck geschmissen? Das war alles?«

»Ich schwör's!«

»Gut. Dann lässt sich die Geschichte vielleicht noch ausbügeln. Wir werden sehen.« Er verließ das Zelt und JJ folgte ihm. »Schätze, dir hat noch keiner das ganze Gelände hier gezeigt«, sagte Winston mit einem Seufzer. »Das bleibt vermutlich auch wieder an mir hängen. Wie alles andere, verdammt noch mal!«

KAPITEL ZEHN
KURT PILO

Winston führte JJ herum, zeigte ihm dies und das und gab dazu kurzatmige Kommentare über allerlei belangloses Zeug. JJ tat schüchtern und respektvoll, denn im Augenblick war er JJ, der zaghafte, von den vielen Eindrücken überwältigte neue Clown. Er erschrak über jeden Schatten, klammerte sich an Winstons Hemd, bat ihn, langsamer zu gehen, damit er ihn um Himmels willen nicht aus den Augen verlöre. Winston schien das Theater zu schlucken. Er gab sich Mühe, ihn zu beruhigen und zu trösten – und knurrte, als das nichts half, er solle sich nicht wie eine Schwuchtel aufführen.

»Was kann ich dir sonst noch zeigen?«, überlegte Winston. Sie verschnauften vor der Schreckenskammer, nachdem sie bei den Kraftmenschen und dem Löwenbändiger vorbeigeschaut, einen Bummel durch die Budengasse gemacht und ein Hot Dog gegessen hatten. JJ war in Winstons Gegenwart ungemein freundlich zu den Zirkusratten gewesen, konnte aber nichts gegen die hasserfüllten Blicke tun, die sie ihm zuwarfen. »Ich würde gern den Boss kennenlernen«, sagte JJ. »Diesen ›Kurt‹, von dem alle reden.«

Winston dachte über diesen Vorschlag gründlich nach. »Gar nicht so schlecht, die Idee«, meinte er schließlich. »Im Allgemeinen ist es zwar besser, den beiden Pilos auszuweichen, falls du verstehst, was ich meine. Es gibt meist Scherereien, wenn einer von denen nach dir fragt – und so wie du dich aufführst, wird das wohl bald geschehen. Vielleicht können wir wenigstens dafür sorgen, dass sein erster Eindruck von dir positiv ist. Komm!«

Winston führte ihn einen Trampelpfad mit gelb verdorrtem Gras entlang, dem er bis dahin ausgewichen war. Ein paar baufällige Holzhütten säumten ihn, verlassen wie alte Grabsteine. Winston senkte die Stimme, damit die Zirkusratten nicht mitbekamen, was er sagte. »Also, dieser Kurt Pilo ist ziemlich schwer einzuschätzen, weil du nie weißt, ob ihm diese Woche etwas nicht passt, das letzte Woche noch ganz okay war. Benimm dich am besten möglichst normal. Wenn er einen Witz macht, dann lachst du – ist das klar?«

»Dann leitet Kurt den ganzen Laden hier, oder?«, erkundigte sich JJ.

»Wir nehmen unsere Befehle von Kurt und George Pilo entgegen«, erklärte Winston. »Das ist alles, was du wissen musst. Der MM steht auf der gleichen Stufe wie die beiden, aber der verkriecht sich die meiste Zeit in der Schreckenskammer und macht da alles Mögliche – formt Skulpturen oder panscht die Schminke, die wir benutzen. Es gibt noch ein paar andere wie ihn: Sie kommen und gehen, wie es ihnen gefällt, und halten sich von uns fern.«

Sie erreichten das Westende des Zirkusgeländes, einen Platz, auf dem es keine Attraktionen gab. Die tiefe Stille, die hier herrschte, verriet allen umherstreifenden Schafen, dass sie sich verlaufen hatten. Vor ihnen tauchte ein winziger weißer Wohnwagen auf, von dem die Farbe abblätterte. Er war vor einem hohen Zaun auf Klinkersteinen abgestellt.

»Hey, was is'n da hinter dem Zaun?«, fragte JJ.

»Nichts Besonderes, und unter uns – ich würde da nicht rüberklettern. Der Wohnwagen ist Kurt Pilos Zuhause, falls du das je wissen musst. Hoffen wir, dass es dir erspart bleibt!«

»In diesem kleinen Kasten lebt der *Boss*?«, rief JJ. »Da ist ja unser Zelt noch besser.«

»Das geht dich nichts weiter an. Denk lieber an das, was ich dir gesagt habe: Halt den Mund und zeig dich von deiner besten Seite!«

Sie stiegen die Metallstufen hinauf, und Winston klopfte an der Tür.

»Hmmm?«, brummte eine sehr tiefe Stimme von drinnen.

Winston schob die Tür auf, die wie ein Sargdeckel knarzte, und sie traten ein. Eine verblichene Blümchentapete bedeckte die Wände des Wohnwagens, in allen Ecken hingen Kruzifixe. Auf dem Boden stapelten sich Aktendeckel aus brauner Pappe, zusammengeheftete Schriften und, zu JJs großer Überraschung, Dutzende von Bibeln, zum Teil aufgeschlagen, als seien sie benutzt und dann achtlos beiseitegelegt worden. Ganz hinten im Caravan, halb begraben unter Bergen von Papierkram, stand ein Schreibtisch aus Holz. Hier saß Kurt Pilo und spielte mit einem Kugelschreiber.

JJs Herz schien stillzustehen. Das war der unheimliche Fremde, den er in der Hütte der Wahrsagerin gesehen hatte. Zwei seltsam leuchtende Augen starrten JJ aus knochigen Höhlen an. Wolfsaugen. Kurt Pilos Kopf war kahl und glänzte wie poliert. Sein Gesicht wirkte viel zu lang, und die Lippen, blau und wulstig wie bei einem Fisch, waren zu einem betont sanftmütigen Lächeln verzogen. Eine Raubtierenergie, die sich als Hitze bemerkbar machte, schien von ihm auszustrahlen, aber als er sprach, klang sein Tonfall höflich, kultiviert, ja geradezu samtweich. »Hallo, Winston! Was hast du da mitgebracht? Etwas Neues? Was Geborgtes? Was Blaues?« Kurts Fischlippen zuckten leicht nach oben. »Kleiner Scherz meinerseits«, sagte er. »Vielleicht kannst du ihn mal in einem Auftritt verwenden, Winston.«

»Vielleicht, Sir«, entgegnete Winston. Seine Stimme klang unsicher. JJ beobachtete, wie er schluckte. Er schob das Kinn vor und tat, als sei er völlig unbekümmert. »Ich spreche mal mit Gonko drüber. Der macht bei uns die Texte. Aber es ist ein Gag, der sicher gut ankommt.«

»Hmm.« Kurt schien mit der Antwort zufrieden.

»Das hier«, fuhr Winston fort, »ist Jamie. Oder JJ, wie ihn Gonko nennt. Unser Neuer. Unser neuer Clown.«

»Ausgezeichnet!« Kurt wandte JJ seine volle Aufmerksamkeit zu. »Komm näher, damit ich dich begrüßen kann!«

JJs Beine drohten nachzugeben. Er ging auf den Schreibtisch zu, stolperte fast über eine Mormonenbibel und streckte

Kurt eine Hand entgegen. In Kurts Augen funkelte ein weißes Licht, als seine Riesenpranke JJs Finger umschloss. JJ spürte die zermalmende Kraft, die von dieser Hand ausging, und er schaute nach unten, um sich zu vergewissern, dass der Schraubstock seine Finger nicht zerquetschte, denn er konnte den Blickkontakt nicht aufrechterhalten, solange Kurts Augen derart leuchteten. Seine Nerven lagen blank. Er sah Krallen und Fell, die seine Hand umschlossen, und er kämpfte gegen den Impuls an, sich aus dem Griff seines Gegenübers zu befreien.

Nach einer Weile ließ Kurt seine Hand sanft los. JJ trat vom Schreibtisch zurück und murmelte unbeholfen: »Freut mich, Sie kennenzulernen ...«

Kurts Fischlippen dehnten sich zu einem breiten Lächeln. Gleich würden sie reißen – wie ein Gummiband. »Sag mal, JJ«, fragte er unvermittelt, »glaubst du an Jesus?«

JJ warf einen Blick auf die Kruzifixe und die gestapelten Bibeln und überlegte, ob das eine Fangfrage war. Ja oder nein? Verdammt, da hatte ihn der Zirkusboss aber kalt erwischt. »Manchmal«, versuchte er sich herauszuwinden.

Einen Moment lang befürchtete JJ das Schlimmste, aber Kurt schien hoch erfreut. »Das gefällt mir«, sagte er. »Was für eine kluge Antwort! Findest du es merkwürdig, dass wir das Werkzeug verehren, mit dem er gefoltert und getötet wurde?« Kurt nahm ein Kruzifix von seinem Schreibtisch und wog es in der Riesenpranke. »Ein schönes Artefakt! Einen ans Kreuz genagelten Gott könnte man den ganzen Tag lang geißeln.«

Nun, da Kurts Blick nicht mehr auf ihn gerichtet war, fühlte sich JJ mutiger. »Ja, Sir«, sagte er. »Früher wussten die Menschen, wie man einen Verbrecher behandelt.«

Er merkte, dass Winston der Atem stockte. Vielleicht hatte sich JJ eben gerade auf dünnes Eis begeben, aber bei Gott, der neu entdeckte Clown in ihm *wollte* Kurt Pilo ausloten. Er hatte Lust, sich bis an die Grenzen vorzuwagen und zu sehen, wie weit er kam, ehe ihn der große Brutalo zurückpfiff. Es war eine Art Reflex, der sich kaum steuern ließ. *Spuck ihm auf den Schreibtisch!*, hetzte ein Teil von ihm. *Zeig ihm deinen Schwanz! Fick ihn, damit du siehst, aus welchem Holz er geschnitzt ist!*

Aber Kurt lehnte sich in seinem Stuhl zurück und lachte. Er hatte einen dröhnenden Bass, der die Wände des Wohnwagens erschütterte. Mit einem Finger tupfte er eine Träne ab, die ihm über das Gesicht lief. JJ zuckte zusammen, als eine Kralle Kurts Augenwinkel ritzte und ein Tropfen schwarzes Blut aus dem Kratzer quoll. Kurt schien es nicht zu bemerken. »Danke, JJ«, sagte er. »Das habe ich gebraucht. Meine schlechte Laune ist wie weggeblasen. Ich hatte vorhin Ärger mit meinem Bruder George – alter Familienknatsch, wie das eben so ist. Ich versuchte ihn letzten Mittwoch umzubringen, und er ist stinksauer, dass dieser Angriff kam, während er gerade seinen Darm entleerte ... Lange Geschichte. Aber das bringt mich wieder auf einen Gedanken, der mir seit einiger Zeit durch den Kopf geht. Findest du es nicht komisch, dass Satan den Polizisten Gottes spielt?«

JJ nickte. Seine Augen verfolgten den dicken Blutstropfen, der Kurts Wange langsam hinunterrollte.

»Ich auch«, fuhr Kurt fort. »Höchst merkwürdig, nicht wahr? Satan hat nur bei denen Erfolg, die sich nicht an die Regeln halten. Er schafft es nie, Leute *einfach so* für sich zu gewinnen.« Die Blutspur erreichte Kurts Mundwinkel. »Ah, genug davon. Willkommen in der Manege! Wir halten eine schöne alte Tradition hoch. Das scheinen mir die passenden Worte für einen Zirkusdirektor zu sein ...« Kurt tastete unter seinen Schreibtisch. Als er sich wieder aufrichtete, hielt er ein totes Tigerkätzchen in seinen Riesenpranken. »Wenn mich die Herren jetzt entschuldigen würden – immer nur Arbeit und keine Pause ...«

»Geht es denn mit der Sammlung voran, Boss?«, erkundigte sich Winston schüchtern.

»O doch, o doch«, erwiderte Kurt. »Ich bekomme im Augenblick viele junge Katzen, aber leider keine ausgewachsenen

Tiere. Und mein Bedarf ist groß.« Kurt legte das tote Tier quer über den Schreibtisch, öffnete eine Schublade und entnahm ihr ein paar Zangen.

»Also dann, noch einen schönen Nachmittag, Sir!«, sagte Winston. Er fasste JJ an der Schulter und schob ihn nach draußen.

»Dir ebenfalls«, meinte Kurt zerstreut. »Danke, dass du mir den Neuen vorgestellt hast. Schön, wenn man das richtige Händchen ... für das Personal ...«

JJ warf einen letzten Blick auf Kurt Pilo, ehe die Caravantür ins Schloss fiel. Der hünenhafte Mann hatte sich mit funkelnden Augen über die Katze gebeugt, spreizte ihr das Maul auf und machte sich mit der Zange an ihrem Gebiss zu schaffen. Als sie die Metallstufen hinuntergingen, hörten sie Kurt sagen: »So, und jetzt ...«

»Was tut er da?«, wollte JJ wissen.

»Er sammelt Zähne«, murmelte Winston. »Alles an Zähnen, was er kriegen kann.«

Winston seufzte erleichtert, als sie sich dem Ende des schmalen Weges näherten.

»Was meinte er damit, als er sagte, dass er letzte Woche versucht habe, seinen Bruder umzubringen?«

»Ein uralter Streit. Die beiden bekämpfen sich, solange ich zurückdenken kann. Wenn einer von ihnen umkommt, leitet der andere den Zirkus. Ganz allein. Hat was mit dem Testament des alten Pilo zu tun, aber keiner kennt die Einzelheiten.« Winston überlegte. »George wird nie im Leben mit Kurt fertig. Umgekehrt schon eher. Aber beide sind so gerissen, dass bis jetzt jeder die Mordanschläge des anderen überlebt hat.«

»Winston, hast du Kurt Pilo schon mal richtig wütend gesehen? So wütend, dass ihm die Sicherung durchging?«

Winstons Blick ging in die Ferne, und als er antwortete, hatte JJ das Gefühl, dass er nicht die Wahrheit sagte. »Ich glaube nicht. Und ich bin auch nicht scharf drauf, das zu erleben. Du solltest es ebenso wenig sein. Haben wir uns verstanden?«

»Klar«, versicherte JJ, der Clown. »Ich muss das nicht unbedingt haben.«

Da sie noch zwei Stunden Zeit bis zum Sonnenuntergang hatten, nahm ihn Winston mit in die Monsterschau. Fishboy begrüßte JJ mit großer Herzlichkeit und wehrte all Provokationsversuche so humorvoll und diplomatisch ab, dass es JJ schwerfiel, seine Sticheleien durchzuhalten. Fishboy fand es nicht weiter schlimm, dass ihm JJ Wasser ins Auge spritzte, ihn in die Kiemen zwickte und witzelte, ob er mal in seinen Laichteich pinkeln dürfe. Fishboy hatte die Manieren eines englischen Gentleman und lächelte selbst dann noch über JJs abfällige Bemerkungen, als sie ätzender und geradezu hasserfüllt wurden. »Ein Gesicht wie ein zermatschter Krebs, findest du nicht? Ich würde ja meine Ehre verteidigen, aber leider hast du voll ins Schwarze getroffen.«

JJ verfiel in ein mürrisches Schweigen und ließ sich von Fishboy die Ausstellungsstücke zeigen. Er durfte Nugget, dem abgetrennten Kopf, Proteinflocken ins kinntiefe Wasser werfen. Er veranstaltete ein Armdrücken gegen Yeti, das er glaubhaft verlor. Er grinste hämisch, als Steve Tallows fleischfarbene Klumpen vom Boden des Aquariums kratzte. JJ verließ die Monsterschau in Hochstimmung und musste Gonko gegen seinen Willen recht geben: Fishboy war ein netter Kerl, ein Komiker, wie er im Buch stand, und ein großartiger Kurator.

Am späten Nachmittag kehrten sie in ihr Zelt zurück. Die anderen Clowns saßen gerade beim Poker und unterhielten sich über die Probe. Jetzt erst fiel JJ wieder ein, dass er sie geschwänzt hatte. Er ersetzte seinen angeberischen Gang rasch durch ein ängstliches Altweibergetrippel und seine Bitte-tu-mir-nichts-Pose.

Winston knurrte etwas Unverständliches und zog sich in sein Zimmer zurück. Goshy sah zufällig in JJs Richtung, als dieser den Aufenthaltsraum betrat, und machte ein Geräusch wie eine Schleiereule. Doopy drehte sich um. »Hey, da is der Neue. Gonko, der Neue is wieder da. Gonko, schau doch mal!«

Gonko drehte sich ebenfalls um und musterte ihn mit zusammengekniffenen Augen. »Oh, hallo, mein Kleiner«, sagte er.

JJ zuckte zurück, als habe ihn jemand geschlagen.

»Nun komm schon rein, JJ«, versuchte ihn Gonko sanft zu überreden. »So is es brav! Wir haben nix Böses im Sinn, keiner von uns, außer vielleicht Rufshod, aber dem klopfen wir auf die Finger, wenn er Unfug treibt. Komm, setz dich, mein Junge!«

JJ spitzte ängstlich die Lippen und spannte die Armmuskeln an, bis seine Hände zitterten. Langsam schob er sich auf den Tisch zu und nahm zwischen Rufshod und Doopy Platz. Der Lehrling war nirgendwo zu sehen.

»Frohe Kunde, Kleiner«, sagte Gonko. »Die Probe verlief ohne jeden Zwischenfall. Wir haben beschlossen, Goshy mal aussetzen zu lassen. Die Liebe bringt ihn ganz schön durcheinander. Weiber, ist doch so, Gosh?«

Goshy stieß ein leises Gurgeln aus.

»Aber alle anderen – spitzenmäßig, auf den Punkt genau, wie geschmiert und sonst noch was! Damit hauen wir diese tuntigen Turner glatt aus dem Rennen. Dabei fällt mir ein ...« Die Begeisterung verabschiedete sich aus Gonkos Stimme. »Du hattest Zoff mit denen?«

JJ wollte die Geschichte nicht noch einmal aufwärmen. Er tat, als sei er von der Frage zutiefst getroffen, machte auf dem Absatz kehrt und rannte wie eine gekränkte Soap-Diva schluchzend davon. Niemand folgte ihm.

In seinem Zimmer legte er sich hin und dachte über die Ereignisse des Tages nach. Er überlegte, wie er Winstons Gutmütigkeit für seine Zwecke ausnützen könnte. Wenn es JJ in der Clownhierarchie zu etwas bringen wollte, so war es an der Zeit, eine Sprosse nach oben zu klettern.

Und jetzt ...

Und jetzt was? Die Schminke entfernen? Verdammtes Zeug. JJ tappte auf der Suche nach einem Lappen umher. Da es allmählich dunkel wurde, zündete er eine Kerze an. Schatten huschten durch die winzige Kammer. Der Anblick seiner Umgebung erfüllte ihn plötzlich mit Begeisterung für seinen neuen Job und sein neues Leben. »Yeah«, wisperte er, »Das wird klasse.«

Er begann sein Gesicht zu säubern. Die Schminke ließ sich nach einem Tag des Schweißes und der Tränen leicht abwischen. Nach einer Weile warf JJ den fettigen Lappen zu Boden und schloss die Augen. Er schlief sofort ein.

Durch seinen Schlaf geisterte ein Albtraum. Angekettete Menschen standen in Reih und Glied da, gefügig wie eine Rinderherde. Kurt Pilo ging freundlich plaudernd von einem zum anderen und saugte Blut aus den Halsschlagadern, in die Jamie zuvor mit seinem messerscharfen Fingernagel ein Loch gebohrt hatte.

Jamie erwachte und setzte sich auf. Im nächsten Augenblick wurde ihm übel, sein Körper verkrampfte sich. Er stöhnte, wimmerte, betete zu Gott, ihn von den Schmerzen zu erlösen. Das Ganze fühlte sich wie ein Schwarm von Insekten an, die ihn von innen zerfraßen. Er hatte sich noch nie so elend gefühlt.

Dann wunderte er sich, warum er sich so sehr bemühte, nicht zu schreien. Aber er schrie, und die Schreie verhallten jämmerlich. Draußen erklangen Schritte und Stimmen. Kurz darauf betrat Winston seine Kammer. »Mann«, murmelte der alte Clown, »das hatte ich völlig vergessen. Die Nachwirkungen der Schminke. Tut mir leid, Jamie, ich hätte dich warnen sollen.«

»Das ist schon okay«, keuchte Jamie, »aber sag mir, was ich tun muss, damit es wieder aufhört!«

»Genau. Hast du noch diesen kleinen Beutel, den dir Gonko gegeben hat? Deinen Vorschuss? Du weißt schon, dieses Pulver ...«

Jamie versuchte sich zu erinnern, während der nächste Krampfanfall durch seine Eingeweide jagte. Er rollte sich in Embryostellung zusammen; der Beutel in seiner Hosentasche drückte gegen die Hüfte. Er zog ihn hervor und reichte ihn Winston, der eine kleine Tonschale in seinen Händen hielt.

»Ich habe inzwischen erfahren, dass du hierherkamst, weil du versehentlich etwas von dem Zeug geschluckt hattest«, sagte Winston, während er den Beutel öffnete. »Ich vermute zumindest, dass es ein Versehen war, denn nur ein Wahnsinniger käme auf den Gedanken, ein komisch aussehendes, komisch riechendes, komisch *klingendes* Pulver zu schlucken, das kurz zuvor einem sonderbaren Clown aus der Tasche gefallen war.«

Winston schüttete eine winzige Menge des Pulvers in die Tonschale. Die Kristalle klirrten leise. »Egal. Dass du es geschluckt hattest, weckte die Aufmerksamkeit der Zirkusleute. Aber du hast wohl nicht viel gemerkt, als du das Zeug zu dir nahmst. War nicht richtig zubereitet, verstehst du? Es hilft praktisch gegen alles, was dir wehtut – und *alles* kannst du ruhig wörtlich nehmen –, aber du musst es vorher verflüssigen. Pass auf ...«

Winston schnippte ein silbernes Feuerzeug an und hielt es unter die Schale. »Es geht nur mit einer Flamme«, erklärte er. »Du kannst es nicht sieden lassen, verdampfen oder in die Sonne legen. Du brauchst eine Flamme.«

Die runden Kristalle in der Schale zersprangen mit einem leisen Knall und sandten einen dünnen, bläulichen Rauch aus, der einen fauligen Geruch verströmte. Einen Augenblick lang glaubte Jamie ein leises Wimmern zu hören. Dann war das Pulver zu einer silbrigen Flüssigkeit geschmolzen. »Und jetzt wünsch dir was«, sagte Winston.

»Wie ...?« Jamie schaute ihn verständnislos an.

»Ich sagte: Wünsch dir etwas! Das ist kein Scherz. Sprich rasch deinen Wunsch aus, schluck das hier, und alles ist wieder gut. Nun mach schon!«

Jamie wischte sich den Schweiß von der Stirn und sagte: »Ich wünsche mir, dass – Herrgott noch mal – dieser Schmerz vergeht.«

»Das reicht. Schluck das Zeug! Schnell.«

Jamie nahm die Schale so hastig, dass er den Inhalt fast verschüttet hätte. Er hielt sie an die Lippen und schlürfte die Flüssigkeit. Sie hinterließ einen seltsamen, unangenehmen Geschmack im Mund. Aber unmittelbar darauf erlosch der Schmerz, als habe jemand eine Kerze ausgeblasen. Es gab keinen Nachhall und kein allmähliches Abklingen – der Schmerz war weg, einfach so. Er tastete ungläubig seinen Körper ab und starrte Winston an.

»So, nun geht es uns wieder besser, nicht wahr?«, sagte der alte Clown, stand auf und wandte sich zum Gehen.

»Warte noch«, bat Jamie. Er untersuchte verblüfft seinen Magen. »Das ist unser Lohn? Ein schmerzstillendes Mittel?«

»Das Pulver ist weit mehr als das.« Mit einem Seufzer nahm Winston wieder Platz. »Es erfüllt dir – in einem vernünftigen Rahmen – jede Bitte. Deshalb nennen es manche auch Wunschstaub. Es ist ... wohl sehr teuer. Das teuerste Zeug, das ich kenne. Mehr wert als alles andere auf der Welt.«

Jamie umspannte den kleinen Samtbeutel mit einer Hand. »Wie meinst du das? Ich spreche eine Bitte aus – und schon bekomme ich, was ich haben will?«

»*Ganz* so ist es nun auch wieder nicht«, erklärte Winston. »Sieh, alles, was du dir wünschst, muss genehmigt werden ... verdammt, wie lässt sich das am besten ausdrücken?« Er schlug sich mit der flachen Hand gegen die Stirn, beugte sich dann vor und senkte die Stimme zu einem Flüstern. »Dafür ist die höchste Instanz im Zirkus zuständig. Höher als Kurt Pilo, höher als jeder hier, den wir kennen. Mehr will ich dazu nicht sagen, und mehr kann ich dazu auch nicht sagen, okay? Lassen wir es also dabei. Es gibt Regeln. Falls du etwas forderst, das gegen die Regeln verstößt, dann hast du deinen Lohn verschwendet. Und das Zeug hier ist sauer verdient.«

»Woher weiß ich aber, was den Regeln entspricht und was nicht?«

»Bleib besonnen. Wünsch dir erst mal kleine Dinge – so wie eben. Wünsch keinem von den anderen Zirkusleuten etwas Böses. Abgesehen davon, dass so ein Zauber vermutlich nicht aufginge, legen wir unsere Streitigkeiten hier auf andere Weise bei. Benutze das Pulver sparsam und hebe einen Teil davon für Notfälle auf. Du könntest unvermutet in eine missliche Lage geraten. Oder mit noch schlimmeren Schmerzen aufwachen als vorhin.«

Winston erhob sich, und seine Miene verriet, dass er noch eine Menge zu tun hatte. »Betrachte es wie ein kleines Gebet, das erhört wird«, sagte er, ohne Jamie anzusehen. »Du darfst nicht übertreiben, das ist alles. Und mach dir keine Sorgen wegen deiner Schmerzen. Die sind in spätestens drei Tagen vorbei. Du hast inzwischen sicher gemerkt, dass diese Schminke ein echter Hammer ist.«

Winston ging. »Schminke?«, fragte Jamie, und dann dämmerte ihm die Wahrheit. »Ach, du Scheiße ... Winston!«, schrie er. »Was zum Henker ist gestern passiert?« Aber Winston kam nicht zurück.

Was war geschehen? Von dem Augenblick an, da ihm Winston das weiße Zeug ins Gesicht geschmiert hatte, war alles verschwommen. Deutlich entsann er sich nur noch an seine *Stimmung* – diese Bösartigkeit, diese abgrundtiefe Gemeinheit. *Ich verwandelte mich in einen Fremden*, dachte er, und der Gedanke ließ ihn so erschauern, dass er die Decke enger um die Schultern wickelte. *Genau, das war es. Und ich verlor völlig die Kontrolle über mich.*

Als Nächstes kam die Erinnerung an Kurt Pilo zurück, an seine funkelnden Augen und die finstere Stirn, die sie wie eine Gewitterwolke überschattete. Jamie schloss die Augen und stöhnte. Plötzlich fühlte er sich elend.

Ich stecke ... verdammt ... tief ... in der ... Scheiße ...

Und nicht nur das. Weggewischt war auch der letzte Rest an Zweifeln, dass die unglaublichen Dinge, die ihm die Wahrsagerin gezeigt hatte, eine Täuschung oder Lüge sein könnten. Nein, alles entsprach den Tatsachen. Davon war er seit dem gestrigen Tag felsenfest überzeugt. Von nun an gehörte er zum Zirkus.

Jamie fand, dass jetzt durchaus der geeignete Augenblick gekommen war, um noch etwas von dem Pulver zu verwenden. Mit zitternden Händen schüttete er ein paar Körnchen in die Tonschale, die Winston neben der Krankenliege abgestellt hatte. Er suchte eine Schachtel mit Streichhölzern und schmolz die Kristalle zu einer silbrigen Flüssigkeit. »Bitte, lass mich etwas Schlaf finden«, wisperte er. Er schluckte das Zeug, stellte die Schale ab und fand kaum Zeit, sich hinzulegen. Schon wurde sein Gebet erhört.

KAPITEL ELF
DER EINBRUCH

Der Tag verstrich, und vielleicht verdankte er es dem Zauberstaub, dass ihn niemand vor Einbruch der Dunkelheit zu wecken versuchte. Irgendwann aber zerrte eine Hand ungeduldig an seiner Schulter. Benommen und kaum in der Lage, zwei Gedanken logisch miteinander zu verknüpfen, blinzelte er die Silhouette eines Dreispitzes mit Silberglöckchen an, die leise neben seinem Bett bimmelten. Es war ein Clown, der sich über ihn beugte, und einen glückseligen Augenblick lang war er wieder in New Farm und fragte sich, was denn ein Clown in seinem Zimmer suchte. Der Augenblick ging vorbei. »Hey, JJ!«, wisperte Rufshod aufgeregt. »Aufwachen!«

»Hä?« Jamie setzte sich auf und rieb den Schlaf aus den Augen. »Ich bin wach.«

»Komm mit! Das wird ein Riesending. Aber trag zuerst die Schminke auf! Ohne das Zeug hast du vermutlich zu viel Schiss.«

Bitter, aber wahr. Jamie erinnerte sich, dass Winston ihn gewarnt hatte, Rufshod bei seinen Streichen zu begleiten. Aber verschlafen, wie er war, fiel ihm keine Ausrede ein. Er hörte Rufshod im Dunkel herumkramen. »Aha!«, sagte er, setzte sich auf Jamies Brust und schubste ihn in die Rückenlage zurück. Rasch rieb er Jamies Wangen mit einer Handvoll fettiger weißer Schminke ein.

»Moment mal«, sagte Jamie. »Musst du dich unbedingt auf mich draufsetzen? Ich trage das Zeug schon selbst auf.«

Rufshod schnellte wie ein Schachtelteufel von seiner Brust. Er holte einen Handspiegel und ein Feuerzeug, schnippte es an und konfrontierte Jamie mit seinem Spiegelbild. Sein Gesicht war nur zur Hälfte geschminkt, aber das reichte.

Schwindel erfasste ihn, und der Begriff Angst verabschiedete sich aus seinem Denken.

JJ packte Rufshod am Kragen und zog ihn dicht zu sich heran. »Du platzt da einfach rein und weckst mich«, zischte er. »Ich mach dich kalt, verstehst du? *Ich schwör's dir, ich mach dich kalt.*«

Rufshod grinste und zog einen Strich quer über Jamies Stirn. »Das hat gerade noch gefehlt«, sagte er. JJ sprang hoch und wollte ihn packen. Rufshod wich elegant aus und versetzte ihm einen Tritt in die Magengrube. »Das hat gerade noch gefehlt!«

»Jetzt reicht es aber!«, brüllte JJ los.

»Schsch...« Rufshod verzog das Gesicht. »Halt die Klappe! Wir verstoßen gegen die Regeln. Morgen ist Auftritt. Keine Späße am Vorabend eines Auftritts. So lautet die Regel. Bist du jetzt einigermaßen wach? Wir müssen los.«

»Wohin gehen wir?« Allmählich fing sich JJ. Er notierte im Geiste, dass er bei Rufshod »einen gut« hatte.

Rufshod kam näher und raunte ihm grinsend ins Ohr: »Kennst du die Wahrsagerin?«

JJ nickte.

»Die nehmen wir uns vor. Die kriegen wir richtig dran. Und zwar noch vor dem Auftritt!« Rufshod kicherte. »Die wird so was von sauer sein!«

JJ betrachtete den Vorschlag von allen Seiten und fand ihn gut. Wenn er es genau bedachte, hatte sich die Wahrsagerin auch ganz schön aufgespielt.

Rufshod hob etwas vom Boden auf, das er dort abgestellt hatte, als er Jamie weckte. Er drückte es vorsichtig an die Brust und gab JJ durch einen Wink zu verstehen, dass er ihm folgen solle. Sie schlichen durch das Zelt zum Wohnbereich, wo Rufshod kurz anhielt, den Finger auf die Lippen legte und zum Tisch deutete, wo Doopy schnarchend neben einer leeren Flasche lümmelte. Als sie auf Zehenspitzen an ihm vorbeigingen, murmelte Doopy im Schlaf: »Nein... du darfst sie nich anfassen, Goshy... das is nich *lustig*...«

JJ blieb stehen und hörte zu. »Goshy muss ... überall rumficken ... un alles kaputt machen ... alles kaputt, Goshy ...«

Total zugedröhnt, dachte JJ. Er fühlte sich angewidert, obwohl er nicht recht wusste, warum. Rasch lief er Rufshod hinterher, und gemeinsam huschten sie über die grasbedeckten Trampelpfade zwischen den Behausungen der Zirkusratten. Grabesstille herrschte auf dem Gelände. JJ merkte, dass er sich völlig lautlos bewegen konnte, wenn er es darauf anlegte. Dann knackte kein Gelenk und raschelte kein Hosenbein.

Die Hütte der Wahrsagerin kam bald in Sicht. In ihrem Wohnwagen brannte kein Licht. Rufshod ging in die Knie und entfernte das Tuch von seinem Bündel, hielt ein Feuerzeug hoch und zeigte JJ, was er da hatte – eine Glaskugel. JJ kauerte neben ihm nieder. »Was ist das?«

»Schsch! Pass auf!« Rufshod strich mit der Hand über die glatte Fläche, wie es die Wahrsagerin mit ihrer Kristallkugel auch immer tat. Im Schein der winzigen Flamme zeigte sich ein Abbild auf dem Glas – ein Hodensack und alles, was dazugehörte. »Meine Eier«, erklärte Rufshod. »Die wird sie den ganzen Tag über zu sehen kriegen.« Er wollte schon losprusten, beherrschte sich aber schnell. »Wir nehmen ihre Kugel mit und lassen ihr die hier als Ersatz da.«

JJ ließ seine Blicke den schmalen Weg auf und ab wandern. Niemand war zu sehen, aber das erste Dämmerlicht zeigte sich am Horizont. »Schläft da drinnen«, wisperte Rufshod und deutete auf den Caravan. »Behalte ihre Tür im Auge. Wenn sie rauskommt, ahmst du einen Eulenschrei nach und verschwindest. Okay?«

JJ nickte. Er schlich zur Tür des Wohnwagens und kauerte neben den Eingangsstufen nieder. Er konnte hören, wie Rufshod mühsam ein Kichern unterdrückte. Eine Minute lang herrschte völlige Stille, dann drang das Knirschen von Holz obszön laut durch die Nacht. JJ horchte angestrengt, ob sich im Caravan etwas rührte. Sein Herz klopfte laut. Allem

Anschein nach war die Sache noch einmal gut gegangen ... In diesem Augenblick aber wiederholte sich das laute Knirschen.

Was treibt denn der verdammte Blödmann?, dachte JJ. Der Adrenalinschub ließ ihn unruhig werden, und er biss sich auf die Knöchel, um nicht loszulachen. Leise klickerten die Perlenschnüre am Eingang der Hütte. Einen Moment lang schien alles den Atem anzuhalten und zu warten – die Nachtluft, die Behausungen ringsum, das Gras unter seinen Füßen. Dann brach ein gewaltiger Lärm los. Etwas krachte mit einem dumpfen Aufprall zu Boden, Glas splitterte.

JJ hörte drinnen eine Frauenstimme im Halbschlaf murmeln.

Beeil dich, du Idiot!, dachte er aufgeregt. *Herrgott noch mal, Mann, beeil dich!*

Wenn jetzt alles still bleibt, haben wir es geschafft, dachte er ... Und wie auf dieses Stichwort hin kam der lauteste Knall – ein Geräusch, als sei eine Vitrine mit Glasstatuen umgekippt. Aus dem Caravan drang eine Stimme, die alles andere als verschlafen klang. »Wer ist da?«, fragte Shalice scharf.

Schritte kamen näher. JJ sprang auf und rannte davon. Er vergaß den Eulenschrei. Als er um die Hütte der Wahrsagerin herumkam, sah er Rufshod durch den Vorhang sprinten. Die Perlenschnüre rasselten wie Klapperschlangenschwänze. Er hielt ein Bündel an die Brust gedrückt. Vorhaben ausgeführt. Die beiden stürmten unter irrem Gelächter davon. Als sie in sicherer Entfernung eine Verschnaufpause einlegten, sahen sie in der Hütte Licht. »Mist!«, wisperte Rufshod. »Wir müssen uns beeilen.« Sie rannten zu ihrem Zelt zurück.

Doopy schlief immer noch am Kartentisch. JJ, nach wie vor mit Adrenalin vollgepumpt, nahm ihm die Flasche weg und zerschmetterte sie an dem Holzpfosten neben seinem Kopf. Glassplitter flogen durch den Aufenthaltsraum, und nun flüchteten sie in die Sicherheit von JJs Kammer. Doopy grunzte vor sich hin, wachte aber nicht auf.

Rufshod zündete zwei Kerzen an und legte das Bündel behutsam auf JJs Kopfkissen. Die Flammen leuchteten wie zwei gelbe Augen auf der Kristallkugel. Rufshod wischte mit der Hand über die polierte Fläche. »Weshalb der fürchterliche Krach?«, erkundigte sich Jamie.

»Ich hatte keine Ahnung, dass sie die Hütte nachts verbrettert«, erklärte Rufshod und trommelte mit dem Daumen gegen das Glas. »Musste erst ein paar Planken lösen. Dabei kippte wohl ein Regal um. Wie setzt man das Ding in Betrieb?« Er hielt beide Hände über die Kugel, und plötzlich war sie in weißes Licht getaucht. »Na also! Da! Sieh sie dir an! Sie ist wach ...«

Rufshod begann wie ein Irrer zu kichern. In der Kugel sah man die Wahrsagerin. Sie hielt eine Gaslaterne in der Hand und untersuchte den Trümmerhaufen in ihrer Hütte. Gleich neben dem Eingang lagen Holzplanken auf dem Boden. Dahinter waren Ziergegenstände und Bücher verstreut. Das Gesicht der Wahrsagerin schien wie versteinert. Sie hob kurz das dünne Tuch von der nachgebauten Kristallkugel und ließ es wieder fallen. Allem Anschein nach hatte sie nichts von dem Betrug gemerkt. JJ und Rufshod wechselten einen schadenfrohen Blick.

JJ konnte sich gut vorstellen, dass er und Ruf irgendwann noch Freundschaft schließen würden.

»Warte nur, bis sie ihr Bad nimmt«, wisperte Rufshod. »Da kriegen wir dann noch mehr zu sehen. Ich hätte das Ding schon längst klauen sollen.«

JJ *wusste*, dass er und Ruf schon bald Freundschaft schließen würden.

Sie beobachteten Shalice, während die Sonne aufging und die Kristallkugel Jamies kleine Kammer in ihr flackerndes Licht tauchte. Die Wahrsagerin hatte gerade begonnen, ihre Hütte aufzuräumen; in jeder ihrer Bewegungen war verhaltene Wut zu erkennen. »Is 'ne ganze Weile her, seit die mal ihre Quittung bekommen hat«, sagte Rufshod. »Das is sie nicht mehr gewöhnt. Sieht so aus, als hätt sie vergessen, wie man sich dabei fühlt. Die is in den letzten Jahren viel zu mächtig geworden. Weiß zu viel über die Leute und das, was sie so treiben. Sieht alles in ihrer Kristallkugel und denkt, die Pilos brauchen sie wegen ihrer Schnüffeleien notwendiger als alle anderen. Der haben wir's aber gegeben! Heute is Vorstellung, und alles, was sie den lieben langen Tag sieht, sind meine Eier!«

Als sich zeigte, dass Shalice wohl nicht so bald in die Spaß-Kugel schauen würde, stand Rufshod auf und wandte sich zum Gehen. »Leihst du mir die eine Weile?«, fragte JJ.

»Yeah, warum nicht? Hast ja Schmiere gestanden. Aber wenn sie sich auszieht, holst du mich, okay?«

»Mach ich, Kumpel.« JJ beobachtete die Wahrsagerin noch eine ganze Zeit. Er sah, dass eine kräftige Zigeunerin kam und ihr beim Aufräumen der Hütte half. Dann hörte er die anderen Clowns im Aufenthaltsraum und versteckte die Kugel unter seiner Bettdecke.

Als JJ seine Kammer verließ, hätte er um ein Haar laut aufgeschrien. Goshy stand direkt vor seiner Tür und glotzte ihm mitten ins Gesicht. Erst blinkte sein linkes Auge, dann das rechte. Es war eine bedrohliche und zugleich surreale Situation, die JJ gar nicht gefiel. Er wandte sich mit einem Schaudern ab.

Goshy wandte den Kopf nach rechts und glotzte den Korridor entlang. JJ beobachtete ihn einen Augenblick lang, ehe er sich an ihm vorbeischlängelte.

Was zum Henker war das jetzt?, überlegte er, bis ihm einfiel, dass er die Flasche neben Doopys Kopf zertrümmert hatte. Sollte das eine Art Warnung gewesen sein? Er wusste es nicht genau. Und als er einen Blick über die Schulter warf und sah, dass Goshy immer noch ein Loch in die Wand zu starren versuchte, kam er zu der Überzeugung, dass es Goshy auch nicht so genau wusste.

KAPITEL ZWÖLF
DER AUFTRITT

Am Vormittag versammelten sich die Clowns zu einer letzten Probe vor dem Auftritt. Gonko begann mit aufmunternden Worten, um allen die Köpfe zurechtzurücken, aber die Köpfe, mit denen er arbeitete, saßen auf starren Hälsen und ließen sich nur mühsam oder gar nicht bewegen. Immerhin passten die Kerle auf, was nicht oft geschah. Sie waren alle gekommen, vom Lehrling einmal abgesehen, aber den hatte Gonko ohnehin abgeschrieben. Die Botschaft, die er ihm mit dem Abfackeln seiner Hose übermittelt hatte, war deutlich genug gewesen: *Du bist gefeuert, du Arsch!* Vermutlich hing er jetzt irgendwo in der Gasse der Schaubuden herum. Aber ausgemusterte Artisten hielten sich nicht lange. Was die Zirkusbosse letztlich mit ihm machten, ging Gonko nichts an.

Er warf einen Blick auf seine Taschenuhr: noch eine Stunde, bis die ersten Schafe eintrafen. Eine kleinere Herde diesmal, von New South Wales. Irgendein kleineres Volksfest, einer dieser Rummelplätze, auf denen die Besucher nach Mist stanken, sich die Brieftaschen klauen ließen und Fingerfarben-Bilder von Vorschulkindern anschauten. Ein Highlight in ihrem Rackerdasein. Sie sollten an diesem Abend eine ehrliche Unterhaltung bekommen.

Gonko musterte seine Truppe mit zusammengekniffenen Augen. JJ, der Neue, versteckte sich hinter den anderen und versuchte so unauffällig wie möglich zu bleiben. Er schien schüchtern und verängstigt zu sein, von der Zirkusumgebung etwas zu sehr beeindruckt. Sicher rechnete er damit, dass er in der Anfangszeit viel falsch machte, und das ging schon in Ordnung; Gonko reichte es zunächst, wenn er so etwas wie eine Persönlichkeit entwickelte. Solange sich JJ gut in die Truppe einfügte – kein Problem. Den vorherigen Lehrling hatten sie weder als Artisten noch als Kameraden gebrauchen können. Dabei waren beide Eigenschaften fast gleich wichtig: Im Zirkus konnten Streitereien innerhalb der Mannschaft tödlich sein.

Sein Morgenspaziergang hatte Gonko ganz zufällig an der Hütte der Wahrsagerin vorbeigeführt, und ihm war weder die Verwüstung noch die Besorgnis von Shalice entgangen. Rufshod hatte irgendetwas angestellt, was Gonko zwar klasse fand, aber – und das war doch wesentlich – er wusste nichts Näheres darüber. Shalice mit ihrem Psycho-Hokuspokus konnte man nämlich nicht so leicht belügen. Sie hatte Gonko auf seinem Erkundungsspaziergang sofort entdeckt und ihm eine Reihe anstrengender Fragen gestellt. Zum Glück war sie zu aufgeregt gewesen, um ihn in eine Falle zu locken.

Gonko nahm sich Rufshod vor der Probe zur Brust, schloss seine Informationslücken und vernahm befriedigt, dass JJ bei dem Gaunerstück mitgemacht hatte. Er erhöhte seine Belohnung auf zwei Beutel, und Ruf teilte brav mit dem Neuen. Eine herzerwärmende Geschichte.

Der Boss der Clowns kehrte in die Gegenwart zurück. »Maul halten und zuhören!«, fuhr er seine Truppe an. Doopy säuberte Goshys Ohr gerade mit einem Wattestäbchen, was Goshy mit einem munteren Zwitschern quittierte, aber beide sahen ihn aufmerksam an. »Heute Abend«, fuhr Gonko fort, »ist ein wichtiger Auftritt. Vergesst nicht, dass wir eine Verwarnung bekommen haben. Wie ich gestern schon sagte – tut so, als sei euch das scheißegal, und legt eine ordentliche Show hin! Man weiß nie, ob der gute Kurt nicht mal ein Exempel statuiert, wenn wir die Sache wieder verhauen. Außerdem habe ich keine Lust, mich von dieser Hampelmännerriege blöd anmachen zu lassen. DOOPY, PASS AUF!«

»Tut mir leid, Gonko, ich wollte doch bloß ...«

»Jetzt stellt euch mal auf! JJ, du bist noch nicht bühnentauglich, weil du die Proben bisher geschwänzt hast, als sei ich der große böse Wolf, der dich fressen will.« JJ machte ein verlegenes Gesicht und versteckte sich hinter Winstons Schultern. Gonko beschloss, weiterhin so zu tun, als fiele er auf das Theater herein, und dämpfte seine Stimme. »Das geht schon in Ordnung. Du bist neu hier. Früher oder später kriegst du den Dreh schon noch heraus. Es ist eine große Umstellung. Wir waren alle mal neu und unbedarft.« JJ machte sich noch kleiner, als sei er arg gescholten worden. »Aber, JJ, sieh demnächst bei den Proben zu, damit du was lernst. Okay?«

»Okay«, stammelte JJ.

»So ist es brav. Und nun an die Arbeit, meine Herzchen!«

Doopy lockte seinen Bruder auf die Matte, und gemeinsam gingen die Clowns ihr Programm durch. Gonko beobachtete sie mit kritischer Miene. Die Nummer kam gut rüber. Goshy fing Fledermäuse ein und setzte sie sich auf den Kopf. Sein Staunen wirkte echt, vermutlich weil es auch ganz echt war. Und sein Kopf hatte genau den richtigen hohlen Klang, als Rufshod mit dem Hammer draufschlug. *Boing!* Ruf seinerseits wich den Äxten, die Gonko warf, mit Leichtigkeit aus – und Doopys Hose rutschte nach unten, ohne sich auf halbem Weg zu verheddern. Winston sah ein wenig blass und müde aus. Vielleicht hatte er heimlich Kummer. Was immer es auch sein mochte, das Pulver würde ihn aufmuntern, und der Alte bekam mehr als seinen gerechten Anteil davon.

Auch wenn die Probe Gonko nicht unbedingt vom Hocker riss, so war er doch überzeugt, dass sich der Reinfall vom letzten Mal nicht wiederholen würde. »Das wär's!«, rief er. Die Clowns gingen ihrer Wege. Gonko hatte sich vorgenommen, JJ einige Feinheiten des Programms zu erklären, aber als er sich nach ihm umdrehte, war JJ schon verschwunden.

JJ hatte der Probe nicht beigewohnt, sondern sich verkrümelt, sobald ihm Gonko den Rücken zuwandte. Er glaubte felsenfest, dass er tun und lassen konnte, was er wollte, solange er es schaffte, dass seine Stimme zitterte und seine Augen feucht wurden. Jetzt jedenfalls wollte er sich wieder mit der

Kristallkugel befassen, die in seinen Augen ein wahres Gottesgeschenk war. Kein Wunder, dass die Wahrsagerin so hochnäsig tat. Sie konnte praktisch alles über jeden erfahren und bekam auf diese Weise jede Menge Material für Erpressungen in die Hand. JJ hatte fest vor, in dieses Geschäft einzusteigen.

Außerdem gab es noch viele unbeantwortete Fragen zu diesem Zirkus. Er war selbst neugierig, aber auch im Namen Jamies, den die ganze Geschichte ziemlich mitzunehmen schien. Erstens wollte er mehr über Kurt Pilo wissen. Sehr viel mehr. Er wollte wissen, wozu dieses Monster fähig war, wenn man es richtig in Zorn versetzte. Dann war da noch die Sache mit den Schafen. Woher kamen sie? Es schien sich um ganz normale Leute zu handeln – Leute, die Pizza aßen, Fußball schauten und sich fortpflanzten. Sie tauchten hier zu Hunderten auf. JJ durchforschte kurz Jamies Gedächtnis nach einem Hinweis auf den Familienzirkus Pilo. Er fand aber keinen. Ein solches Unternehmen blieb doch nicht unbemerkt; wie konnten so viele Menschen alle paar Tage hierherkommen, wieder nach Hause gehen und das Ganze geheim halten? Es war ja nicht so, dass alle Besucher am Schluss der Vorstellung ... haha, das fehlte noch ... *umgebracht* wurden.

Oder doch?

Hm ... nein. Nein, das glaubte er nun nicht. Nicht gerade umgebracht, aber ... *irgendetwas* geschah, wenn sie hier waren. Welchen Nutzen zog der Zirkus aus den Vorstellungen? Es ging sicher nicht nur um das Geld aus dem Kartenverkauf.

Sein Plan für den Abend stand jedenfalls fest. Er würde die Vorstellung von Anfang bis Ende in der Kristallkugel beobachten.

Als er seine Kammer aufsuchte, um sich umzuziehen, sah er eine schöne neue Hose auf seinem Bett liegen – ganz ähnlich wie die von Gonko. Er runzelte die Stirn, beschwichtigte aber den leisen Verdacht, dass etwas mit dieser Hose nicht stimmte, und zog sie an. Sobald er sich fein gemacht hatte, schlenderte er die Hauptstraße entlang. Die ersten Schafe waren bereits eingetroffen, ein paar Familien und alte Leutchen, die langsam und mit glasigen Augen an den Buden vorbeizogen.

Was JJ brauchte, war ein abgeschiedener Platz, von dem aus er hinter die Kulissen sehen konnte. Er spähte mit zusammengekniffenen Augen zum Dach des Clownzelts hinauf, das hoch über die umliegenden Attraktionen und Zigeunerbehausungen aufragte. Dort oben hätte er seine Ruhe. Er lief zurück in seine Kammer, packte die Kristallkugel und wickelte sie in einen Kissenbezug. Als er eben wieder nach draußen huschen wollte, ließ ihn ein Geräusch abrupt erstarren. Zunächst hielt er es für eine Sirene oder Alarmanlage – ein lang gezogener schriller Ton, der sich absurd hob und senkte: »IIIIIIIIIII-*IIIIIIIIIII*-IIIIIIII!«

Es klang unheimlicher als alles, was er je gehört hatte. Das Geräusch verebbte und begann von Neuem, eine Mischung aus Hundegejaule und Feuerwehrauto, das seinen Ursprung irgendwo im Zelt hatte. JJ presste die Hände an die Ohren – Herrgott, war das laut. Und es zog sich auch noch unbarmherzig in die Länge.

»IIIIIIIIIII-*IIIIIIIIIII*-IIIIIIII!«

Nach einer Weile verdrängte seine Neugier die Angst, und er versuchte das Geräusch zu orten. Plötzlich kam Doopy in den Korridor gestürmt. »Leute!«, rief er. »Leute, kommt und schaut mal! Kommt und schaut mal, Leute! O Mann, er is ja *so glücklich*!«

»HERRGOTT NOCH MAL!«, brüllte JJ, dem der Lärm den letzten Nerv raubte. »Was soll denn das?«

»Komm, JJ!« Doopy watschelte auf ihn zu und zupfte ihn am Ärmel. »Das is Goshy. Das is Goshy, weil sie Ja gesagt hat. Sie hat Ja gesagt, JJ! Ich hab's gewusst, dass sie Ja sagen würde, JJ. Ich hab's einfach gewusst!«

Goshy? Sie hat Ja gesagt? Was sollte der Quatsch? Doopy zerrte ihn zu Goshys Zimmer. Was er dort sah, ließ ihn frösteln. Goshy stand mitten im Zimmer, mit einem Gesichtsausdruck, der nichts Irdisches mehr an sich hatte. Seine Augen quollen so weit vor, dass sie aus den Höhlen zu kugeln drohten. Der weit aufgerissene Mund gab den Blick auf die Gaumen und die spitzen kleinen Tierzähne frei. Die Haut um Stirn, Wangen, Kinn und Hals warf Falten wie ein schlecht gekneteter Teig. Die gruseligen Augen richteten sich in schierer Verzückung auf JJ. Dann kam der nächste schrille Begeisterungsausbruch.

Als sich JJ von dem Clownmonster abwandte und seine Blicke durch das Zimmer schweifen ließ, bemerkte er endlich die Ursache des irren Gewimmers. Auf einem niedrigen Tischchen stand eine Farnpflanze in einem schwarzen Topf. An einem der kräftigeren gelbgrünen Wedel hing ein Goldring mit einem Diamanten. Goshys Verlobte. Doopy kam von hinten und hieb JJ auf die Schulter. »Is das nich klasse?«, wisperte er. »Is das nich einfach obercool?«

JJ brachte nicht den Mut auf, ihm zu widersprechen. Seine Knie drohten nachzugeben. Neben ihm wimmerte Goshy und kriegte sich nicht mehr ein. JJ zog sich unauffällig zurück.

Sobald alles still war, schlich er mit der hinter dem Rücken versteckten Kristallkugel ins Freie und suchte nach einer Möglichkeit, auf das Zeltdach zu gelangen. Er klopfte mit den Knöcheln gegen die Außenwand; zu seiner Verblüffung war das Material so hart wie Holz oder ein Panzer. Als er es jedoch zu erklimmen versuchte, fand er weder mit den Fingern noch mit den Zehen einen Halt. JJ steckte die Hände in die Hosentaschen und musterte nachdenklich den Steilanstieg, als er unversehens einen kalten, metallischen Gegenstand ertastete. Er zog ihn heraus – es war ein Stahlhaken, wie ihn Freikletterer benutzten. Stirnrunzelnd verlagerte er die Kristallkugel in die Achselhöhle und erforschte die andere Hosentasche. Auch dort befand sich ein Haken.

Er war völlig sicher, dass die beiden Dinger noch nicht in den Taschen gesteckt hatten, als er die Hose anzog. »Wie wär's damit?«, murmelte er und verankerte die Haken mit einem lauten *Klonk* in der Zeltwand. Dann schob er die Kristallkugel vorne in seine weite Hose und begann sich an der Schräge des Zelts hochzuziehen. Für seine Armmuskeln war das ein Kinderspiel. Was immer diese Schminke im Kopf eines Menschen auch anrichten mochte – für den Körper war sie jedenfalls ein echter Raketenantrieb.

Auf dem Dach angekommen, genoss er erst einmal den Anblick des Zirkusgeländes aus der Vogelperspektive. Ebenerdig wirkte der Rummelplatz längst nicht so groß wie von hier oben aus. Die Besucher zeigten alle die gleichen schlafwandlerischen Bewegungen, wenn sie durch die Gassen schlenderten, an den Fahrgeschäften stehen blieben oder sich vor den Schauzelten anstellten. Nach Süden zu verlief die Gasse der Schaubuden, in der die Zigeuner ihre Attraktionen aufgebaut hatten; sie endete an den Baracken und Wohnwagen der Schausteller, die eine eigene kleine Behelfssiedlung am Rande des Geländes bildeten. JJ sah, wie die Zirkusratten umherwuselten und überall noch einmal nach dem Rechten sahen, ehe die Vorstellungen begannen.

Er wandte sich nach Norden. Die Abendsonne spiegelte sich im Dach von Kurts Wohnwagen, der so harmlos und unauffällig dastand, dass man ihn für einen Geräte- oder Besenschuppen des Hausmeisters halten konnte. Noch während JJ den Wagen beobachtete, öffnete sich die Tür, und jemand trat ins Freie. Aus der Entfernung konnte er nicht erkennen, wer es war, aber er hatte das Gefühl, dass es sich um die Wahrsagerin handelte. Vielleicht war sie beim Boss gewesen, um ihm von dem nächtlichen Überfall zu berichten. Danach versuchte JJ über den hohen Holzzaun hinter Kurts Wohnwagen zu spähen. Aber es war seltsam: Er sah nichts außer einem dunstigen weißen Lichtschein, der die Augen so blendete, dass er sofort wegschauen musste. »Also, das ist doch …«, murmelte er. Er konnte sich nur zusammenreimen, dass der Zirkus irgendwo in einem tiefen Tal stand, aus dem dichte Nebelschwaden aufstiegen.

Doch damit durfte sich Jamie jetzt nicht befassen. Für ihn gab es im Augenblick wichtigere Dinge – Dinge, die ihn eigentlich nichts angingen. Er holte die Kristallkugel aus seiner Hose, entfernte die Kissenhülle und lehnte sich im Schneidersitz gegen den Stützmasten in der Mitte des Zeltes. Dann tat er, was Rufshod getan hatte: Er klopfte gegen das Glas und fuhr mit der flachen Hand darüber, bis sich ein Bild zeigte.

Nach ein paar Minuten hatte er den richtigen Dreh heraus. Wenn er die Finger über die Kugel bewegte, nach links oder rechts, nach oben oder unten, konnte er beliebige Schwenks durchführen. Dächer und Wände stellten kein Hindernis dar. Mit einer fließenden Handbewegung ließ sich das Gelände von einem Ende zum anderen erfassen. Im Moment war das winzige, aber kristallklare Bild einer Gruppe von Schafen zu sehen, die wie Zombies die staubige Hauptstraße entlangmarschierten. Manche hatten Kameras, aber niemand fotografierte. JJ verlagerte den Ausschnitt auf die Gasse der Schaubuden – die Richtung, aus der sie zu kommen schienen – und verfolgte den Weg der Herde rückwärts. Auf diese Weise kam er an einen Platz, wo der Weg einfach endete. Eine Sackgasse, ohne Tür und ohne Tor, aber mit einer Glaskabine, in der eine fette alte Zirkusratte saß, gelangweilt und lebensüberdrüssig, und sich an den Kronjuwelen kratzte. JJ runzelte die Stirn und holte die Kabine näher heran. KASSE stand darauf.

Ein verdammtes Rätsel weniger, dachte er. Er wollte eben wegschwenken und ein neues Motiv suchen, als aus dem Nichts ein junges Paar erschien und benommen neben dem Kassenhäuschen der alten Zirkusratte stand. Eben war es noch ein Fleck zertretenes Gras, und dann zwei Leute… Keine Blinklichter oder Wirbel, zumindest keine für ihn erkennbaren Veränderungen. Einfach eine Sekunde lang nicht hingesehen – und da waren sie. Er blinzelte kurz, und schon standen zwei weitere Leute da, Rentnertypen, die sich ein wenig rechts von dem jungen Paar hielten, einer mit so einer Gehhilfe.

Er machte einen kleinen Schwenk zum Zelt des Zauberers. Den verrückten Kerl hatte er fast vergessen – *Ihrr bekommt eurren Kaniinchen-Trrick – klatsch!* JJ presste die Finger auf die Kugel und warf einen Blick in Mugabos Zelt. Noch waren die Plastikschalensitze leer. Niemand hatte sich eingefunden, um die Mystische Magiershow zu erleben. Auf der Bühne stand ganz allein der Zauberer mit seiner nachtschwarzen Haut und dem hohen Turban, der ihm eine gewaltige Größe verlieh. Mugabo hatte das Gesicht in den Händen vergraben, allem Anschein nach war er zutiefst bekümmert. Aber als er den Kopf hob, sah JJ, dass er nicht weinte, sondern vor Wut schäumte. Er redete, nein, er schrie vor sich hin, bis die Adern an seinem Hals anschwollen, rollte die Augen und knirschte mit den Zähnen. Zwischendurch versuchte er sich zu beruhigen, indem er tief durchatmete, seine Nackenmuskeln massierte und über das lange, cremefarbene Gewand strich. Aber das half nichts. Fünf Sekunden später fing er wieder an zu brüllen und versetzte einem Stuhl in der ersten Reihe einen Tritt. JJ pfiff erstaunt, als von der Stiefelspitze des Magiers ein kleiner Funkenschauer aufsprühte.

JJ rieb sich das Kinn und überlegte. Der Typ war echt nicht schlecht. Vielleicht war es genau das: Obwohl er enorme magische Kräfte besaß, wurde er dazu verdonnert, Kaninchen aus dem Zylinder und Dutzende von Taschentüchern aus dem Ärmel zu ziehen. JJ fragte sich, was wohl geschah, wenn sich Mugabo schlicht weigerte, mit dem Schwachsinn aufzutreten. Und wer bekam dann die undankbare Aufgabe, ihn sich vorzuknöpfen?

Die Frage blieb nicht lange unbeantwortet, denn Gonko kam ins Zelt des Zauberers geschlendert. Der Anführer der Clowns lächelte, als er auf die Bühne zuging, lässig, die Hände tief in den Hosentaschen vergraben. Mugabo fletschte die Zähne, spannte sich an wie eine sprungbereite Raubkatze und hieb mit gekrümmten Fingern durch die Luft. Er deutete anklagend auf Gonko und brüllte ihm etwas zu. »Vorsicht,

Gonks!«, wisperte JJ. Aber Gonko schien nicht im Geringsten beunruhigt. In seinem Blick lag Verachtung, fast Mitleid. Mit einem geschmeidigen Sprung war er auf der Bühne und drängte Mugabo Schritt für Schritt bis an die hintere Wand zurück. Der Magier wich zur Seite aus, stolperte über etwas, und Gonko stand hoch über ihm, die Hände immer noch in den Hosentaschen, ein schwaches Lächeln auf den Lippen. Mugabo stemmte die Fersen in den Boden und kroch ein Stück weg. Gonko nahm eine Hand aus der Tasche, deutete auf den umgedrehten Zylinder und versetzte Mugabo mit ein paar ausgesuchten Gemeinheiten in einen Zorn, der sich immer höher schraubte. JJ sah dem Zauberer an, dass er drauf und dran war, Gonko anzugreifen, aber der Boss reizte ihn weiter: *Nun komm schon, ich warte ...*

In den nächsten Sekunden geschah dann eine ganze Menge gleichzeitig. Zuerst schnappte Mugabo nach dem Köder und schluckte ihn. Er war urplötzlich auf den Beinen und hob die Arme über den Kopf, als zielte er mit zwei schussbereiten Pistolen.

Ebenso schnell sprang Gonko rückwärts. Er schien in der Tiefe seiner Hosentaschen nach einer Waffe zu tasten, fand aber nur ein paar Wollfussel. Mit bestürzter Miene starrte er seine leeren Hände an. JJ entging, was als Nächstes geschah, denn ein grellweißer Blitz erhellte plötzlich die Kristallkugel. In der Ferne hörte er eine schwache Explosion, wie von einer Fehlzündung. Sobald das gleißende Licht in der Kugel erloschen war, sah JJ Gonko aus dem Zaubererzelt und um sein Leben rennen. Mugabo verfolgte ihn ein paar Schritte, immer noch mit hoch erhobenen Armen, und schrie ihm etwas nach, so laut, dass JJ seine Stimme aus dem Hintergrundlärm heraushörte. Dann gab Mugabo die Jagd auf, beruhigte sich und stolzierte triumphierend zur Bühne zurück.

JJ löste seinen Blick einen Moment lang von der Kugel und versuchte zu begreifen, was eben geschehen war. Er erinnerte sich, dass Gonkos Hände ständig in den Hosentaschen gesteckt hatten, als verwahrte er dort etwas zu seiner Verteidigung. Beweisstück B – die Kletterhaken. In seinen Taschen war nichts gewesen, als er diese Hose anzog. Dann fiel ihm ein, was Gonko im Bedarfsfall schon alles aus seinen Taschen geholt hatte – Beile, Dolche und so fort.

Etwa zu der Zeit, da er eine Verbindungslinie zwischen den beiden Punkten zog, hörte er jemanden ganz in der Tiefe aus vollen Lungen brüllen. Es war Gonko.

»*Wenn ich den Arsch finde, der mir die Hose geklaut hat* – GANZ EGAL, WER DU BIST: CLOWN, AKROBAT, ENGER FREUND ODER VERWANDTER, EIN UNBELEBTER GEGENSTAND ... EIN ASTRALLEIB ... ICH SELBER ... EIN FELSBLOCK ODER EIN GURKENGLAS ... ETWAS, DEM MAN IM GRUNDE NICHTS BÖSES ANTUN KANN ... HÖR GENAU ZU: ICH BRINGE DICH UM, VERDAMMT NOCH MAL ... ICH FINDE EINEN WEG, UND WENN ES HUNDERT JAHRE DAUERT ... ICH FINDE ... EINEN ... WEG!«

Jede Pause in seinen Sätzen war erfüllt von Geklirr und Geschepper. Gonko war, wie es schien, bereits dabei, ein paar Gegenstände zu erledigen, denen man im Grunde nichts Böses antun konnte – Tische und Stühle und Fenster und was sich sonst in seiner Reichweite befand, eigentlich alles, was sich in seiner Reichweite befand.

Das war der Augenblick, in dem JJ einen Daumen in den Gummizugbund seiner Hose schob und ihn nach außen rollte, bis er das kleine weiße Namensschild lesen konnte: Gonko.

Minuten vergingen. Unten hatten sich Gonkos Drohungen in zusammenhanglose, zwischen den Zähnen hervorgepresste Schreie verwandelt, hier und da unterbrochen von Geräuschen, die auf das Splittern von Holz, das Zerstampfen von Glas und das Verbeulen von Metall schließen ließen. Dann hörte JJ ein Dröhnen, das ein schwaches Beben durch das Zeltdach schickte, auf dem er saß. Vielleicht hatte der Boss den Kartentisch gegen die Wand geschleudert ... Kein schlechter Kraftakt, das. JJ begab sich in Rückenlage und wartete darauf, dass Frieden und Stille wieder einkehrten. Er unterdrückte den Wunsch, ein lautes *Ruhe!* in die Tiefe zu schleudern. Bei der Vorstellung, wie der Angsthase Jamie diese Geschichte wohl später aufnehmen würde, musste JJ unwillkürlich grinsen.

Er fuhr mit dem Finger über die Kugel, fort von Mugabo und in Richtung Hauptstraße, von der ein heftiger Lärm zu ihm heraufdrang. Ein paar Schafe standen in Hörweite von Gonko, verwirrt wie Schlafwandler, die ein fremdes Geräusch aus ihrer Trance gerissen hatte. Einige Zirkusratten hatten sich am Straßenrand versammelt, spähten zum Zelt der Clowns hinüber und schienen sich zu fragen, was das Spektakel zu bedeuten hatte. Durch diese Gruppe schob sich plötzlich ein Mann, den JJ bisher noch nicht auf dem Zirkusgelände gesehen hatte, der ihm jedoch merkwürdig bekannt vorkam. Natürlich – er hatte die Augen, die Stirn und die Lippen von Kurt Pilo.

Es machte Klick. *George Pilo! Ah, das muss der andere Big Boss sein. Kurts Bruder.*

Die Ähnlichkeit mit Kurt endete am Kinn. George war *winzig* – er maß höchstens eins zwanzig. Obendrein – oder vielleicht gerade deshalb – wirkte er äußerst jähzornig. Er stapfte auf das Zelt der Clowns zu, dorthin, wo Gonko noch immer ein kehliges Geheul ausstieß und Gegenstände mit Tritten durch die Gegend beförderte. Kurz bevor George um die letzte Kurve vor dem Zelteingang wetzte, kam Gonko ins Freie gestürmt. Die beiden verpassten sich knapp. George betrat das Zelt und stimmte ein schrilles Gekeife an. »Wer scheucht hier die Schafe auf? Ist das Gonko?« Eine gedämpfte Stimme – vermutlich Winston – antwortete. George spuckte eine Schnellfeuersalve an Flüchen aus und marschierte von dannen. Sein Gekeife verlor sich im Lärm des Rummelplatzes, der allmählich zum Leben erwachte.

Drei weitere Stunden lang beobachtete JJ den Umgang zwischen Zirkusratten und Schafen und versuchte den tieferen Sinn des Ganzen zu begreifen. Die Schafe lachten über die Scherze, kauften bunten Kram und Souvenirs an den Ständen und benahmen sich wie Schafe, die ein Beruhigungsmittel bekommen hatten. Die Zigeuner nahmen zwar ihr Geld, schienen aber nicht besonders scharf darauf zu sein. Zwei Mal sah er, wie sie Münzen und Scheine fallen ließen, ohne sich die Mühe zu machen, sie wieder aufzuheben. Eine Weile schaute er den Akrobaten bei ihrer Probe zu und musste sich trotz der jüngsten Vorkommnisse eingestehen, dass sie wirklich einiges auf dem Kasten hatten. Sie sprangen und drehten Saltos, balancierten furchtlos auf dem Hochseil, schnellten durch die Luft, ohne auch nur einen Augenblick lang das Gleichgewicht zu verlieren. Und er stellte fest, wie leicht hier eine kleine Sabotage zu einem Todesurteil wurde.

Er machte auch einen Abstecher zu Mugabos Zauberer-Show, und der Magier führte seinen Kaninchentrick heiter und begeistert vor, mit weit ausholenden Gesten, die ihm sicher halfen, etwas von seinem aufgestauten Dampf loszuwerden. Als Nächstes spionierte JJ seine Clownkumpels aus. Er sah Goshy reglos in seinem Zimmer sitzen und die Pflanze anstarren. Doopy schummelte beim Solitär und linste immer wieder vorsichtig über die Schulter, um sich zu vergewissern, dass ihn keiner dabei erwischte. Rufshod lag neben seinem Bett: Er sah aus wie tot, nachdem er seinen Kopf mit Wucht so lange gegen die Wand geschlagen hatte, bis er das Bewusstsein verlor.

Das Einzige, was JJ bis jetzt nicht so recht gewagt hatte, war ein Blick in Kurt Pilos Behausung. Nun schwenkte er über den Rummelplatz hinweg auf das verlassene Gelände ganz im Norden. Die wenigen Zirkusratten, die in dieser Ecke unterwegs waren, bewegten sich verhuscht und mit gesenkten Blicken. Er holte den kleinen Wohnwagen näher heran, peilte das Dach an und entdeckte den Zirkusdirektor an seinem Schreibtisch. Kurt beugte den kahlen Schädel tief über eine Bibel. Er hielt einen Markierstift in der Riesenpranke – allem Anschein nach färbte er gerade seine Lieblingspassagen ein. Seine Forellenlippen umspielte das Lächeln, das er fast immer auf Lager hatte. Auf dem Schreibtisch neben ihm stand eine große Schale mit etwas, das JJ zunächst für Popcorn hielt. Bei näherem Hinsehen sah er jedoch, dass die weißen Dinger Zähne waren – groß, klein, perlweiß in allen Nuancen. Kurt griff in die Schale, schob einen Zahn in den Mund und bearbeitete ihn wie einen Lutscher. JJ zuckte zusammen, als der Boss dann aber krachend zubiss, den Zahn zermalmte und runterschluckte.

»Du bist vielleicht ein perverses Ekelpaket«, wisperte JJ, während Kurt die Bibelseiten behutsam umblätterte. Kurts Kopf fuhr mit einem Ruck in die Höhe. Er runzelte angestrengt die Stirn, schaute starr vor sich hin und schien aufmerksam zu lauschen. Obwohl das Lächeln weiterhin seine Lippen umspielte, wirkte es nun irgendwie tot. Dann legte er langsam und bedrohlich den Kopf in den Nacken, bis er JJ durch die Kristallkugel direkt anschaute. Kurts Augen weiteten sich und sein Lächeln wurde breiter. JJ stockte der Atem. Sein Herz setzte einen Moment lang aus. Langsam hob Kurt eine Hand und winkte lässig.

JJ fuhr mit dem Finger hastig seitwärts über das Glas, weg von dem Wohnwagen. Er hielt das Bild bei der Schreckenskammer an. Im Eingangsbereich stand ein leerer Wagen auf den Schienen.

Nichts überstürzen, dachte er, während sich sein Herzschlag allmählich wieder beruhigte.

Unten im Zelt konnte er Gonko umherstampfen hören, immer noch aufgebracht, aber mit deutlich gemäßigter Zerstörungswut. JJ fand, dass es an der Zeit war, seinen Beobachtungsposten zu verlassen und die Hose zu verstecken. Er lief bis zur Kante des Zeltdachs und blickte in die Tiefe. Die Seitenbahnen waren steil, aber er hatte es eilig. Deshalb drückte er die Kristallkugel mit einem Arm fest an sich, stellte sich seelisch auf eine harte Landung ein und rutschte auf dem Hinterteil in die Tiefe. Seine Angst vor dem Aufprall erwies sich jedoch als unnötig: Die Taschen seiner Hose blähten sich zu zwei kleinen Fallschirmen auf, die seine Talfahrt abbremsten und sich wieder klein zusammenfalteten, sobald seine Füße den Boden berührten.

Er lief nach drinnen. Ein wahres Schlachtfeld zeugte von Gonkos Wutanfall. In seiner Kammer wickelte JJ die Kristallkugel in ein altes, von Schweiß und Blutflecken steif gewordenes Handtuch, zog hastig die Hose aus und faltete sie ordentlich zusammen. Draußen im verwüsteten Aufenthaltsraum schob er sie unter eines der größeren Trümmerstücke. Wenn er Glück hatte, würde Gonko denken, sie sei immer dort gewesen.

Er warf einen Blick auf seine Uhr – eins. Wenn er sich recht erinnerte, fand um diese Zeit Yetis Glasfütterung statt. JJ sprintete in seinen Boxershorts über das Zirkusgelände, vorbei an den Schafen und Zirkusratten, und widerstand dem Drang, nach ihnen zu spucken und zu schlagen. Im Zelt mit der Monsterschau hatte sich eine größere Menschenmenge um Yeti versammelt, der traurig auf dem Boden saß, umgeben von einem Arrangement bunter Glasgegenstände. Steve stand mit einer Spritze und Handtüchern neben ihm und begrüßte JJ mit einem Kopfnicken, als dieser sich an den Zuschauern vorbei nach vorn drängte. Steve wirkte aufmerksam und schien stolz darauf, Teil der Show zu sein – der Junge hatte mehr Rückgrat als Jamie, das musste JJ ihm lassen.

Im nächsten Moment schob Yeti langsam einen blauen Glaspinguin in den Mund, schloss die Augen und begann mit einem dumpfen Stöhnen zu kauen. Blut lief ihm über das Kinn. JJ lachte schallend los.

Steve warf ihm einen vorwurfsvollen Blick zu, während er niederkniete, um das Blut mit seinem Handtuch abzuwischen. Die Zuschauer murmelten. Manche zuckten zusammen und wandten sich von dem Spektakel ab. Yeti griff mit zitternden Händen nach einem Tiger aus hellgrünem Glas. Tränen quollen ihm aus den Augen. »Hau rein, Struppi!«, kreischte JJ vergnügt. »*Bon appetit*, du komischer Wischmopp!«

Yeti warf ihm einen schmerzerfüllten Blick zu. Als er jedoch sah, dass es kein Besucher war, der ihn verhöhnte, sondern ein Artist, glomm Zorn in seinen Augen auf. Er fletschte die Zähne und erhob sich knurrend. »Was denn?«, rief JJ und sah Steve an, der kopfschüttelnd neben Yeti stand. JJ wandte sich an die Zuschauer. »He, das is doch sein Job, oder? Das gehört zur Show, verdammt noch mal. Warum soll ich so was nicht sagen dürfen? Glaubt ihr vielleicht, ich werde nicht blöd angemacht, wenn ich als Clown auf der Bühne stehe?«

Yeti setzte unsicher einen Fuß vor den anderen und kam auf ihn zu. Eine Hand umklammerte JJs Schulter und riss ihn hinter die Mauer der Zuschauer zurück. Winston und Fishboy schoben ihn ins Freie. »He, Moment mal!«, beschwerte sich JJ. »Ich will die Fütterung zu Ende ansehen.«

»Das ist leider nicht möglich«, entgegnete Fishboy scharf.

JJ hob die Augenbrauen. »Ach, komm!«, sagte er.

»Nein. Winston wartet schon. Er wird dich zu eurem Zelt zurückbringen.«

»Was?«

»Schluss jetzt, JJ«, sagte Winston und schob ihn durch die Schafherde. »Es ist Fishboys Show. Er stellt die Regeln auf. Gehen wir!«

»Wo liegt das Problem?«, erkundigte sich JJ auf dem Rückweg zum Zelt der Clowns.

»Du musst wissen, dass Fishboy diese Freaks echt am Herzen liegen«, erklärte Winston. »Der ist nicht wie Gonko. Fishboy besitzt noch einen Funken Mitgefühl. Ich denke, du hast ihn mit deinem Spott über diesen armen Bastard aus der Fassung gebracht.«

»Armer Bastard?«, empörte sich JJ. »Und was ist mit mir? Was ist mit *meinen* Rechten?«

Winston packte ihn so hart an der Schulter, dass er verblüfft schwieg. »Armer Bastard ist genau die richtige Bezeichnung. Versetz dich einmal in seine Lage! Yeti war früher ein ganz normaler Mensch. Und nun muss er zu jeder Vorstellung Glas zerkauen. Begreifst du das? Zu jeder Vorstellung, Jahr um Jahr um Jahr! Du hattest verdammt Glück, dass ich dich von ihm wegzerrte – er hätte nicht länger als eine Sekunde gebraucht, um dir deinen dämlichen Kopf abzureißen.«

Winston ließ ihn überraschend los und ging einfach weiter. JJ versuchte zu verstehen, wie er das gemeint hatte, mitleidmäßig und so. Aber vergeblich. Er fand das Ganze immer noch komisch – und umso komischer, je länger er darüber nachdachte. Mühsam unterdrückte er ein Lachen. Winston schaute ihn verächtlich von der Seite an.

Sie erreichten das Zelt der Clowns. Winston blieb stehen, betrachtete die Verwüstung und pfiff leise durch die Zähne. »Ich möchte ja nicht in der Haut des Kerls stecken, der ihm seine Hose weggenommen hat«, sagte er.

»Ich auch nicht«, erklärte JJ mit gut gespielter Unschuld, bis er merkte, dass er im Begriff war, sich zu verraten. »Moment mal? Was meinst du eigentlich?« Winston ging wortlos weiter. JJ lief ihm nach und versperrte ihm den Weg. »Was meinst du damit, Winston? Warum dieses Ich-weiß-etwas-das-du-nicht-weißt-Getue?«

Der alte Clown starrte ihn einen Augenblick lang an und deutete dann mit dem Kinn auf JJs Schlafkammer. Sie gingen hinein. JJ setzte sich auf seine Liege und versuchte Winstons Gesichtsausdruck zu deuten. »Mit der Zeit kriegt man ein Gespür für den Charakter eines Clowns«, sagte Winston. »Und für den Charakter der Menschen. Ich habe alle möglichen Typen erlebt. Manche, wie Gonko, hätte man besser nie kennengelernt, weil das Gefahren birgt. Bei anderen ist es eher riskant, ihnen zu vertrauen, als sie zu kennen.« Winston sah ihm in die Augen. »Ich gehöre keiner dieser beiden Gruppen an, nur damit du Bescheid weißt. Und ich weiß auch nicht so recht, wo ich dich einsortieren soll, JJ.«

Winston hat die Hose hier reingeschmuggelt! Dessen war sich JJ plötzlich ganz sicher. *Dieser MISTKERL hat Gonkos Hose hier eingeschmuggelt. Mit voller Absicht.*

»Es gab schon früher Clowns wie dich«, fuhr Winston fort. »Glaub mir, ich habe sie *alle* beobachtet, mein Kleiner. Ich weiß, was geschieht, wenn du und deinesgleichen hier frei herumlauft. Also – du könntest Dinge spitz kriegen, Dinge über mich und gewisse Leute, mit denen ich mich treffe. Dinge, die mir das Genick brechen könnten, wenn sie herauskommen. Ich zweifle keine Sekunde daran, JJ, dass du mich verraten würdest, um deine eigene Haut zu retten. Deshalb ... schadet es nie, vorsichtig zu sein und sich gegen solche Fälle abzusichern.« Winston stand auf und wandte sich zum Gehen. »Ich habe offen mit dir gesprochen«, sagte er. »Das heißt, dass du mir vertrauen kannst.«

Er ging. JJ starrte dem alten Clown mit offenem Mund nach. Er war geschockt.

In der nächsten Stunde dachte er laut und angestrengt nach. Winston hatte natürlich recht – JJ hätte ihn rein zum Spaß hinterrücks erdolcht, hatte sogar schon nach einer Möglichkeit gesucht, ihm einen echt bösen Streich zu spielen. Aber nun sah es doch so aus, als sei der Alte aus dem Schneider, was immer er in seiner Freizeit auch anstellte.

Natürlich wollte JJ unbedingt herausfinden, um was genau es sich dabei handelte.

KAPITEL DREIZEHN
DIE ABENDVORSTELLUNG

Es wurde Abend, Dunkelheit legte sich über das Zirkusgelände, hier und da durchbrochen von Lichtreflexen über der Gasse der Schaubuden. Manche waren so grell und bunt, dass sie durch das Fenster im Aufenthaltsraum des Clownzelts flackerten.

Gegen sieben wurden die anderen Clowns wegen des bevorstehenden Auftritts nervös und rappelig. Doopy beschwerte sich über alles und jedes, doch Rufshod schaffte es mindestens genauso gut, den anderen auf den Geist zu gehen. Goshy wanderte mit leerem Blick durch die Gegend und pfiff dazu wie ein Wellensittich. Winston hielt sich von den anderen fern. Er machte in einer Ecke seine Dehnübungen und vermied es, JJ anzusehen, als sich ihre Wege kreuzten.

Draußen im Aufenthaltsraum sah JJ den Boss – zum ersten Mal seit seinem Ausraster am Vormittag. Gonko war mies gelaunt: Er hatte sich Doopy geschnappt und stauchte ihn wegen irgendeines Vergehens zusammen. Auf Gonkos Hemdrücken zeichnete sich ein riesiger Brandfleck ab, darunter kam ein Stück stark geröteter Haut zum Vorschein.

Gonko drehte sich um und entdeckte ihn. »JJ!«, fauchte er. »Wo zum Teufel hast du den ganzen Tag gesteckt?«

JJ hob die Hände und zog die Schultern hoch. Diesmal wirkte seine Tu-mir-nichts-Pose sogar einigermaßen überzeugend.

»Lass den Scheiß!«, brüllte Gonko. »In einer Stunde ist unser Auftritt. Du sollst ihn dir anschauen, du sollst was dabei lernen, du sollst Spaß dran finden! Schleich dich ja nicht wieder davon, sonst nagle ich deine Eier am Fußboden fest! Wo ist Rufshod?«

Rufshod kam in den Aufenthaltsraum geflitzt, baute sich vor Gonko auf und behauptete: »Ich hab deine Hose geklaut, Boss. Ich war das.«

Gonko starrte ihn nur verdrießlich an.

»Schlag mich!«, forderte ihn Rufshod auf und sank vor ihm auf die Knie. »Bitte ...«

Gonko wandte sich mit einem angewiderten Kopfschütteln ab. Doopy nahm es auf sich, Rufshod seinen Wunsch zu erfüllen. Er machte eine dicke runde Faust und schlug einen unbeholfenen Seitwärtshaken, der jedoch seine Wirkung tat. Rufshod kippte nach hinten, aus seiner Nase schoss Blut. »Mann, Ruf, das hab ich aber nich gewollt«, stammelte Doopy. »Tut mir leid, das hab ich nich gewollt, ganz ehrlich nich, ich ...«

»ALLE HERHÖREN!«, brüllte Gonko. Die Clowns gehorchten. Gonko bedachte sämtliche Anwesenden mit einem vernichtenden Blick. »Also gut. Seht zu, dass die Vorstellung heute Abend klappt, sonst könnt ihr was erleben – und zwar von mir persönlich. Ich kriege ganz schön Druck von oben, und es wird mir eine besondere Freude sein, jeden von euch aufzumischen, der die Show versaut. Eine ganz besondere Freude. Denkt daran, bevor ihr wieder Mist baut! Und jetzt an die Arbeit!«

Doopy schlurfte zu Gonko und flüsterte ihm etwas ins Ohr. Gonko nickte und sagte: »Yeah. Außerdem möchte ich Goshy zu seiner bevorstehenden Hochzeit gratulieren. Ich hoffe nur, dass du trotzdem ganz bei der Sache bist, Goshy.«

Die anderen Clowns klopften Goshy auf den Rücken, und er musterte sie mit neugierigen Blicken, als habe er sie noch nie im Leben gesehen. Dann begab sich die gesamte Truppe mit finsterer Entschlossenheit zu ihrem Bühnenzelt.

Sie marschierten am Bühnenzelt der Akrobaten vorbei, die im Lauf des Tages Sitzreihen aus dem Zelt der Clowns abmontiert und in ihren Zuschauerraum gebracht hatten. Gonko hatte sichtlich Mühe, seinen Zorn zu unterdrücken. Die Vorstellung der Akrobaten hatte bereits begonnen, und sie konnten die *Ooohs* und *Aaahs* des Publikums hören, während die Artisten hoch oben in der Zeltkuppel todesmutige Schwünge und Sprünge wagten.

Hinter der Bühne ihres eigenen Zelts mussten sich die Clowns die dummen Sprüche von George Pilo anhören. JJ sah den Mann zum ersten Mal aus der Nähe, und er empfand – anders als bei Kurt, vor dem er insgeheim Respekt hatte – eine instinktive Abneigung gegen ihn. Hass funkelte in Georges Augen, die sich etwa auf der Höhe von Doopys Nabel befanden, aber sein Mund war zu einem Lächeln verzogen. Gonko versteifte sich, seine Schultern zuckten, aber seine Stimme blieb sanft. »Hallo, George. Siehst du dir heute mal unsere Show an? Du wirst deine Freude an unseren Späßen haben.«

»Nein«, entgegnete George. Seine Stimme war herablassend, höhnisch und quengelnd zugleich. »Ich bin gekommen, um euch daran zu erinnern, dass die Verwarnung immer noch gilt und ich deshalb heute Abend eine *perfekte* Vorstellung erwarte. Eine absolut perfekte Vorstellung. Ist euch eigentlich aufgefallen, dass wir die Sitzplätze geändert haben? Die *Anzahl* der Sitzplätze?«

»Ja, George, das ist uns aufgefallen«, sagte Gonko.

Die Antwort hielt George nicht davon ab, das Thema breit auszuwalzen. »Ich ließ drei Sitzreihen aus eurem Zelt entfernen und ins Zelt der Akrobaten bringen. Sie haben es verdient. Sie haben mehr Zuschauer.«

»Danke, dass du uns darauf hinweist, George«, entgegnete Gonko. »Sag mal, George ...«

»Das ist noch nicht alles«, unterbrach ihn George, und er genoss es sichtlich, Gonko das Wort abzuschneiden. »Ich befand mich auf der Suche nach dir, Gonko, und ich konnte nicht umhin, deinen kleinen Wutausbruch über das halbe Gelände hinweg mit anzuhören. Du hast die Schafe erschreckt. Du hast sie sogar in Panik versetzt.«

»George, es gab da einen Streit mit dem Zauberer ...«

»Glaub ja nicht, dass es mir etwas ausmachen würde, dich persönlich zu verwarnen. Ich weiß, dass du mit Kurt ganz gut kannst, aber *ich* mag dich nicht besonders, Gonko.«

»Das ist mir absolut neu, George.«

»Ich mag keinen von euch«, zeterte George und schwenkte die Arme wie ein Schimpanse. Er schob sich näher an Gonko heran, sogar so nahe, dass sein Gesicht gegen Gonkos Bauch stieß und seine Stimme erstickt klang. Gonko beugte sich vor und blickte in die feuchten farblosen Augen, die ihn wütend anstarrten, ohne zu blinzeln. »Hier im Zirkus wird es Veränderungen geben«, geiferte George. »Veränderungen, hörst du? Für manche von uns ist die Party zu Ende. Für manche von uns.«

»Danke für den Tipp, George«, wisperte Gonko.

George Pilo funkelte ihn noch einen Moment lang wortlos an. Dann stürmte er aus dem Zelt, mit rudernden Armbewegungen, die alles beiseiteräumten, was ihm im Weg stand.

»Ich *mag* George nich, Gonko, ich *mag* ihn nich!«

»Halt deine verdammte Klappe«, fauchte Gonko.

Vom Akrobaten-Zelt drang stürmischer Applaus zu ihnen herüber. »Vergesst die Vorstellung nicht!«, murmelte Winston.

Ihr eigenes Publikum unterhielt sich leise, und JJ spürte, wie ihn eine Woge der Erregung erfasste. Bei dem Gedanken daran, dass er jetzt dort vorne auf der Bühne stehen und eine Schar von Fremden zum Lachen bringen könnte, bereute er fast, dass er die Proben geschwänzt hatte.

Gonko winkte die Clowns zu sich. »Seid ihr bereit?«, fragte er. »Doops macht den Anfang, wie in der Probe. Dann erscheint Ruf und stiehlt ihm das Taschentuch. Leichte Nummer. Ich komme raus und spiele den Polizisten. Holt aus den ersten drei Minuten raus, was ihr könnt, und strengt euch noch mehr an als in der Probe – da wart ihr grottenschlecht! Wenn sich die Zuschauer nicht vor Lachen biegen, erscheine ich etwas früher. Sobald ich Doops die Handschellen anlege, tritt Goshy in Aktion. Gib ihm einen Schubs, Winston, oder bring ihn bis zu den Stufen, damit er im richtigen Moment loslegt. Wenn er die Show heute wieder schmeißt, Doops, dann kriegt er echt was zu pfeifen! JJ, du passt genau auf, was die anderen machen, und schleich dich nicht wieder davon, sonst schlage ich dir den verdammten Schädel ein! Also gut. LOS!«

Doopy stolperte die Stufen hoch. Gleichzeitig flammten die Scheinwerfer auf und tauchten die Bühne in Hitze und Licht. Was immer er da draußen tat, es entlockte dem Publikum ein kurzes Lachen, und JJ stellte sich auf eine Kiste, um den Ablauf der Show zu beobachten. Rufshod schnaufte einmal tief durch und hüpfte auf die Bühne. Seine Verrücktheit entlud sich mit jedem Schritt wie eine hochschnellende Feder. Die Zuschauer schienen den Atem anzuhalten, als die grelle Comicfigur ihre hohen Luftsprünge vollführte. Doopy setzte ein gekränktes Gesicht auf, weil sich die Aufmerksamkeit Rufshod zuwandte, warf dem Kollegen einen tieftraurigen Blick zu, schwenkte die Arme und versuchte ins Scheinwerferlicht zu stolpern. Rufshod deutete Grimassen schneidend auf das Publikum – *haha, die wollen mich sehen!* Doopy schlurfte nach hinten, eine verlorene Gestalt. Kurz bevor er in den Kulissen verschwand, blieb er jedoch mit einem Ruck stehen, als sei ihm plötzlich ein glänzender Einfall gekommen. Er riss sich die Hose herunter und stand in gestreiften Boxershorts da, die Arme ausgebreitet wie ein Dirigent. Der Scheinwerfer schwenkte zurück zu ihm, und Rufshod erstarrte, zutiefst getroffen, während Doopy Kusshände in die Menge warf. Rufshod lief zu Doopy hinüber und zog ihm aus Rache das Taschentuch aus der Hemdtasche. Doopy richtete sich empört zu seiner vollen Größe auf. Die Hose schlotterte ihm immer noch um die Füße, und er zog sie hoch, aber so ungeschickt, dass die Zuschauer losprusteten. Doopy vergaß seinen Streit und verbeugte sich tief, was Rufshod dazu nutzte, ihm einen kräftigen Tritt in den Hintern zu versetzen.

Hinter der Bühne murmelte Gonko: »Schnee von vorgestern, tut aber immer noch seinen Dienst.« Er war in die Uniform eines englischen Polizisten geschlüpft, mit einem Sheriff-Abzeichen und einem hölzernen Schlagstock. Mit einem bizarren Stechschritt marschierte er auf die Bühne, zog eine Trillerpfeife aus der Tasche und blies hinein. Von da an ging alles schief.

Dem lauten, schrillen Pfiff folgte ein leises »Plop« von den Dachstützen und ein Zischen vom Fußboden her. Rauch begann aufzusteigen. Eine dicke graue Wolke hüllte Rufshod und Doopy ein. Gonko blieb wie angewurzelt stehen und starrte besorgt umher.

JJ sah Winston fragend an. »Gehört das zum ...«

»Nein«, sagte Winston grimmig. »Das ist Sabotage.«

Winston gab Goshy einen Wink, und die beiden betraten die Bühne. Goshys Arme waren steif an den Körper gepresst. Er ging unsicher auf seinen Bruder zu und verschwand im Nu in der Rauchwolke. JJ sah, dass Winston am Boden kniete und mit den Händen umhertastete, auf der Suche nach der Rauchquelle. Der Qualm wurde dichter und breitete sich in den Zuschauerraum aus. Bald darauf husteten die ersten Besucher. JJs Augen tränten, und er spürte ein heftiges Kratzen im Hals. Auf der Bühne pfiff Goshy in seiner Hilflosigkeit wie ein Teekessel los: *»HMMMMM! HMMMMM!«*

Dann hörten sie ein gedämpftes: »Das is nich ... *lustig* ...«

Gonko brüllte aus vollen Lungen: *»Wenn ich den ... Drecksack ... erwische ...«*, aber der Rest ging in einem Hustenanfall unter. Die Zuschauer stimmten ebenfalls einen wilden Hustenchor an. Panik breitete sich aus. Die Leute kletterten über das Plastikgestühl und drängten zu den Ausgängen. Gleichzeitig wankten die Clowns von der Bühne, röchelnd und keuchend, alle bis auf Goshy, der immer noch wie ein Teekessel pfiff. Die Gruppe rannte ins Freie und schnappte nach Luft. Goshy schaute sich erschrocken um, mit dem gleichen grotesken Gesichtsausdruck, den JJ schon einmal an diesem Tag beobachtet hatte, das Fleisch wie bei einem Batzen Teig zu dicken Wulsten verschoben. »Goshsh-iiii!«, rief Doopy, stolperte zu seinem Bruder hinüber und packte ihn an beiden Schultern. »Sie ham uns ausgeräuchert, Goshy, jawohl, das ham sie getan ... uns alle ausgeräuchert!« Doopy umarmte seinen Bruder und versuchte ihn zu beruhigen, aber das Teekesselpfeifen wollte einfach kein Ende nehmen.

Im Zelt nebenan ernteten die Akrobaten gerade donnernden Applaus.

Die Clowns saßen still um ihren neuen Kartentisch herum, den Rufshod den Kraftmenschen geklaut hatte. Stille hatte JJ am allerwenigsten erwartet – zumindest nicht von Gonko. Stattdessen lümmelte Gonko mit grüblerischer Miene in einem Sessel. Das Reden hatte Winston übernommen. »Rauchbomben. Für ein paar Körnchen Pulver kriegst du die am Jux-Artikel-Stand nachgeschmissen.« Er hob eine zwischen Daumen und Zeigefinger hoch, ein kleines Ding, das wie ein schwarzer Tischtennisball aussah. »Platzen und spucken jede Menge Qualm aus, sobald sie irgendwo aufschlagen. Die Mistkerle müssen ein paar Dutzend vom Dach auf die Bühne geworfen haben.«

»Weshalb gingen die genau in dem Augenblick los, als Gonko in seine Trillerpfeife blies?«, fragte Rufshod.

»Schwer zu sagen. Vermutlich der reine Zufall. Oder sie postierten eine Zirkusratte mit einem ganzen Sack von dem Zeug im Dachgestänge. Ich muss den Zigeuner fragen, der als Beleuchter bei uns arbeitet. Vielleicht hat er was gesehen.«

»Wer immer das war, er kann sich auf was gefasst machen«, erklärte Gonko. »Und das meine ich ernst. Wenn ich mit dem fertig bin, werden sie einen Wischmopp und ein paar Rollen Heftpflaster brauchen.«

»Wir finden raus, wer das war«, rief Rufshod. »Wir brauchen doch bloß einen Blick ...«

JJ schnitt ihm das Wort mit einem heftigen Hustenanfall und beschwörenden Blicken ab. Winston ließ seine Blicke nachdenklich zwischen den beiden hin und her wandern, sagte aber nichts.

»Du wollt'st doch was sagen, Ruf«, meinte Doopy. »Was wollt'st 'n du sagen, Ruf?«

»Äh, wir... brauchen doch bloß einen Blick in ihr Zelt zu werfen.«

»Wessen Zelt, Ruf?« Doopy ließ nicht locker.

»Na, in das Zelt von denen eben, die das getan haben.«

Doopy dachte lange und gründlich nach. »Yeah!«, rief er dann. »Genau so machen wir's. Richtig, Gonko, so machen wir's. Wir werfen ein' Blick in das Zelt von denen, die das getan haben, und ...«

»Wir wissen alle, wer das getan hat«, sagte Gonko. »Unsere Trikotträger. Sie wünschten uns gestern viel Glück für unseren Auftritt. JJ, dieser Schatz, hatte sie mit Dreck beworfen. Und keine Sorge, die kriegen ihre Quittung. Aber nicht jetzt! Schreibt euch das hinter die Ohren! Im Augenblick tun wir noch so, als sei überhaupt nichts gewesen.« Gonko kniff die Augen zusammen und starrte sie der Reihe nach an. »Keiner von uns wird die Schmach von heute Abend vergessen. Denn sie haben uns sauber getroffen, das muss der Neid ihnen lassen. Und werden genauso gut treffen, wenn wir zurückschlagen. Dafür brauchen wir Zeit. Zeit und Vorbereitung.«

»Tock, tock«, ertönte eine Stimme an der Tür.

»Ah, geht schon los«, murmelte Gonko.

George Pilo kam hereinmarschiert, im Schlepptau einen dicken Mann, dessen Augen so eng zusammenstanden, dass sie in einer Höhle zu sitzen schienen. Allem Anschein nach hatte der Materie-Manipulator auch sein Gesicht verschönt. Da er Schlips und Anzug trug, schloss JJ haarscharf, dass es sich bei diesem Mann um den hochgeschätzten Buchhalter der Pilos handelte, der den bösen Wettstreit zwischen Clowns und Akrobaten in die Wege geleitet hatte. George strahlte vor Schadenfreude. »Gonko!«, rief er. »Ich denke, wir müssen mal ein offenes Gespräch über euren heutigen Auftritt führen. Ja, wo fangen wir denn am besten an? Warst du selbst mit der Vorstellung zufrieden?«

»Nicht immer die neuesten Gags, wenn ich ehrlich sein soll, George«, entgegnete Gonko heiter.

»Nicht immer die neuesten Gags!«, wiederholte George strahlend. »Das gefällt mir. Kein Wunder, dass du mit dieser Truppe arbeitest. Du bist ein echter Spaßvogel. Roger und ich haben vorhin ein paar Berechnungen angestellt, eine Art Kosten-Nutzen-Analyse deiner Show. Heute Abend, Gonko, haben neun Schafe eure Vorstellung mit dem Leben bezahlt. Neun Schafe, die wir noch nicht melken konnten, umgekommen bei dieser Stampede, die euer Auftritt hervorgerufen hat. Also, die meisten Zuschauer buhen doch, wenn ihnen ein Programm nicht gefällt. Deshalb ist eine selbstmörderische Flucht vor einem Auftritt, in dem ›nicht immer die neuesten Gags‹ gezeigt werden, nicht besonders gut fürs Geschäft. Was kosten neun Schafe in Pulver, Roger?«

Roger, der Buchhalter, stellte seine Aktenmappe hastig ab und zog einen Taschenrechner hervor. Er tippte ein paar Zahlen ein und sagte: »Neun Beutel, Mister Pilo.«

»Neun Beutel!«, rief George und grinste von einem Ohr zum anderen. »Neun Beutel, Gonko. Roger, welches Honorar wollten wir den Clowns für die heutige Vorstellung noch mal zahlen?«

Der Buchhalter tippte weitere Zahlen ein. »Neun Beutel«, verkündete er.

»Richtig«, sagte George. »Und wie viel ist neun minus neun?«

Roger rechnete. »Das macht ... äh ... null, Mister Pilo.«

»Sehr richtig. Eine schöne runde Zahl. Oder siehst du das anders, Gonko?«

Gonko klappte den Mund auf, um etwas zu entgegnen, und schloss ihn wieder, als George ein Blatt Papier auf den Tisch klatschte. Er beäugte das Schreiben mit einem gleichgültigen Blick und meinte: »Was mag das wohl sein, George?«

»Einstweilige Suspendierung!«, krähte George.

Gonko seufzte. »Und wenn ich dagegen vorbrächte, dass unsere Vorstellung durch einen Sabotageakt beeinträchtigt wurde?«

George wippte auf den Zehen und tat, als müsste er nachdenken. »Wenn du *das* vorbrächtest, würde ich dich allerdings bitten, schlüssige Beweise für diese doch recht weit hergeholte Behauptung vorzulegen.« Gonko hielt die Rauchbombe hoch. »Ich hatte von *schlüssigen* Beweisen gesprochen«, sagte George, und Gonko warf die Rauchbombe weg. »Darf ich dich außerdem daran erinnern, dass jede Artistentruppe für ihren Auftritt selbst verantwortlich ist. Das betrifft ebenso die Instandhaltung der Vorstellungsräumlichkeiten und/oder gegebenenfalls auch die der Bühne. Das also würde ich, rein hypothetisch, sagen, falls du, natürlich ebenfalls rein hypothetisch, etwas Derartiges vorbrächtest. Selbstverständlich bliebe dir noch die Möglichkeit eines Gnadengesuchs an einen der Zirkusdirektoren, aber seine Entscheidung wäre endgültig und bindend. Und besagter Direktor wäre ... ich, Gonko.«

»Danke, dass du alle Unklarheiten beseitigt hast, George.«

»Bitte. Gern geschehen. Und ich danke *dir*, dass du die Vorschriften respektierst. Genau das sagte ich auch zu Shalice, als ihre Kristallkugel verschwand. Eure Show ist also auf unbestimmte Zeit abgesetzt. Aber keine Sorge, ich habe andere Aufgaben für euch.«

»Ich *mag* keine anderen Aufgaben nich«, jammerte Doopy. »Ich *mag* so was nich!«

»Still, Doops«, sagte Gonko.

»Melde dich nächsten Freitagabend bei mir im Wohnwagen«, befahl George, »damit ich euch für Außenarbeiten einteilen kann. Du unterstehst mir persönlich. Ein Glückstreffer für uns beide, findest du nicht?« George machte auf dem Absatz kehrt und marschierte wortlos hinaus. Der Buchhalter folgte ihm beflissen.

Gonko fegte die Einstweilige Suspendierung vom Tisch, stand auf und ging ebenfalls. JJ wandte sich an Winston. »Was meinte er mit *Außenarbeiten*?«

»Was schon?«, entgegnete Winston. »Genau das, was er sagte. Arbeiten außerhalb des Geländes. Dort, wo wir herkamen. Bevor sie uns zum Zirkus holten.«

In seiner Kammer fragte sich JJ, wie Jamie wohl auf die jüngsten Ereignisse reagieren würde. Es war ein großer Tag für sie gewesen, für sie beide, eine ständige Gratwanderung sozusagen ... Verdammt, JJ hätte sie einige Male um ein Haar in die Tiefe stürzen lassen.

Ich werde dem armen Kerl einen Gefallen tun, dachte JJ. *Ich lasse die Schminke dran. Yeah, dafür wird er mir dankbar sein.*

Damit legte sich der Clown JJ schlafen. Aber Kissen und Bettdecke vereitelten seine rücksichtsvolle Geste. Die Träume im Zirkus sind lebhaft. Im Schlaf wälzte er sich schwitzend hin und her, und so dauerte es keine zwei Stunden, bis die Schminke ab war.

Kapitel vierzehn
Der Morgen danach

Jamie erwachte.

Seine Hände schienen von selbst zu agieren, als sie zitternd nach dem kleinen Samtbeutel griffen. Sobald er sich rührte, setzte der Schmerz ein, und sein erster Morgengedanke war, dass ihn dieser Schmerz noch umbringen würde.

Langsame, bedächtige Bewegungen ... Hast konnte dazu führen, dass er das Pulver verschüttete und noch einmal ganz von vorne beginnen musste. In die Tonschale schütten, ein Streichholz anzünden. Irgendwie gelang es ihm, die Hand ruhig zu halten, während er die Körnchen zu einer silbrigen Pfütze schmolz. »Ich will, dass der Schmerz vergeht«, krächzte er, trank das Zeug und ließ sich zurücksinken. Es war wie das Auflegen heilender Hände – er seufzte und dankte Gott, genoss das Gefühl, wieder unversehrt zu sein und nicht jeden einzelnen Nerv wie Feuer zu spüren.

Als die Minuten verstrichen, tauchte auch sein Verstand aus dem Schlummer auf. Die Gedanken, die er vorfand, waren unerfreulich, schwache Erinnerungen an den Vortag und den Fremden, der von seinem Körper Besitz ergriffen hatte. Sein Verstand ging ein Programm durch, das von nun an bei jedem Erwachen Routine werden sollte: *Was hier geschieht, kann nicht sein, aber es ist so. Ich befinde mich in diesem Zirkus, obwohl es mir unmöglich erscheint. Ich habe mich die meiste Zeit über nicht mehr unter Kontrolle. Ein Wahnsinniger steuert mich, und ich bin ihm hilflos ausgeliefert. Selbst wenn er mich umbringen wollte, könnte ich ihn nicht davon abhalten. Ich habe die Akrobaten angegriffen. Ich habe Diebesgut bei mir versteckt. Mein Leben wäre nichts mehr wert, wenn man es in meinem Besitz entdeckte. Und es kann nicht mehr lange dauern, bis mir dieser Psychopath, der den Zirkus leitet, auf die Schliche kommt.*

Als Nächstes fiel ihm der Tod der neun Schafe ein. Der Tod von neun Menschen, wenn man es genau nahm. Mit dumpfem Entsetzen erkannte Jamie, dass er – oder JJ – bisher keinen Gedanken auf sie verschwendet hatte. Keinen einzigen Gedanken.

»O Mann!«, wisperte er. Jedes Mal, wenn er Schminke auftrug und sich in die Gewalt dieses Wahnsinnigen begab, würde er weitere Morgen wie diesen erleben.

Und was nun? Was dann? Was konnte er dagegen tun? Die Antwort schien klar: Er hatte *überhaupt keine* Ahnung. Aber es musste einen Ausweg geben. Es musste doch eine Möglichkeit geben, diesen Ort zu verlassen.

Sicher. Aber wenn er den Ausweg fand, würden sie ihn aufspüren. Genau wie das letzte Mal. Sie würden ihn an seinem Arbeitsplatz aufsuchen, spät nachts in sein Zimmer eindringen, ihm nachschleichen, wohin er auch ging. Sie würden ihn zurückholen oder töten. Er saß in der Falle und gewöhnte sich am besten bald daran. Niemand in der richtigen Welt würde ihm helfen – oder ihm auch nur glauben. Er vergrub sein Gesicht in den Kissen wie ein Vogel Strauß, der den Kopf in den Sand steckte, und weinte, bis jemand seine Kammer betrat. Winston.

Der alte Clown seufzte, als er sich auf die Bettkante setzte. »Mach dich nicht fertig, mein Junge«, sagte er ruhig. »Das wird schon.«

Der Klang einer menschlichen Stimme und der Trost, den sie bot, lösten eine solche Woge der Dankbarkeit in Jamie aus, dass er die Arme nach dem alten Mann ausstreckte. Winston drückte ihn an sich und tupfte ihm die Wangen mit einem Taschentuch ab. »Das wird schon«, sagte er noch einmal. »Schsch.«

»Ein hässliches Geschäft, das wir da mit unseren Auftritten betreiben«, murmelte Winston, nachdem sich Jamie beruhigt hatte. »Ein sehr, sehr hässliches Geschäft, dessen Ausmaß deine Vorstellungskraft übersteigen würde – selbst wenn ich dir erklärte, was dahintersteckt.«

»Ich wüsste es dennoch gern«, sagte Jamie und wischte sich die Tränenspuren von den Wangen.

»Kann ich mir denken, ja. Aber wir wollen nichts überstürzen. Du erfährst es schon noch. Und mach dir keine Sorgen wegen Gonkos Hose. Ich habe das nicht getan, um dich zu erpressen. Ich muss mich gegen JJ absichern, das ist alles. Dem traue ich das Schlimmste zu, wenn der mal losgelassen ist. Der ist doch unberechenbar. Scheint ihm Freude zu bereiten, andere Leute leiden zu sehen.«

Jamie nickte seufzend. »Und das ist von jetzt an mein Schicksal? Hier im Zirkus gefangen zu bleiben bis an mein Lebensende?«

Winston antwortete nicht gleich. »Vielleicht. Aber ... vielleicht auch nicht.«

Jamie schluckte. Er merkte, dass er den Arm des alten Clowns mit beiden Händen umklammerte. »Gibt es einen Ausweg?«, fragte er. »Wie komme ich von hier fort?«

Aber Winston zögerte sichtlich, mehr zu verraten. Er kratzte sich kurz am Kopf und schnitt eine Grimasse, ehe er sich vorbeugte und flüsterte: »Pass auf, ich gebe dir einen Hinweis. Er besteht aus einem einzigen Wort, das jetzt allerdings noch keinen Sinn ergibt. Aber wenn die Zeit reif ist, wirst du ihn verstehen. Das Wort lautet *Freiheit*. Stell mir keine weiteren Fragen, nicht jetzt, solange ich nicht weiß, was du sagen oder tun wirst, wenn du die Schminke aufträgst.«

»Ich trage sie nicht mehr auf«, sagte Jamie. »Nie wieder.«

»Dir wird aber keine andere Wahl bleiben.«

»Ich will aber nicht.«

»Egal, was du willst oder nicht – dir wird keine andere Wahl bleiben. Du kennst dich hier noch viel zu wenig aus, um etwas auf eigene Faust zu unternehmen. Du schaffst es nicht, JJ zu spielen, wenn du Jamie bist. Sie würden den Unterschied merken und über dich herfallen. Oder es käme zu einem Unfall, weil dir der Schutz der Schminke fehlt. Und du würdest durchdrehen. Ich weiß verdammt gut, wovon ich rede. Glaubst du, dass du Kurt Pilo so unverschämt in die Augen schauen könntest, wie JJ es tut? JJ, der zu dämlich ist, um sich vor jemandem zu fürchten?«

Jamie wurde blass, als er an seine erste Begegnung mit Kurt zurückdachte. Ein Schauer durchlief ihn. »Nein, das glaube ich nicht.«

Winston nickte. »Merk dir nur das eine Wort. Freiheit. Ich schätze, dass du bald genug verstehen wirst, was ich damit meine. Und wenn du JJ bist, wirst du dich an Gonkos Hose erinnern und an das, was Gonko dem Dieb seiner Hose angedroht hat. Aber nur, wenn du JJ bist.«

Winston verließ ihn.

Winston hatte vertrauliche Angelegenheiten zu erledigen. So vertraulich, dass die Brüder Pilo ihn geschnetzelt, zu Hackfleisch verarbeitet oder püriert hätten, wenn ihnen das Geringste davon zu Ohren gekommen wäre. Vielleicht hätten sie ihn der Monsterschau einverleibt oder, noch schlimmer, dem Materie-Manipulator überlassen. Und dem wäre sicher etwas besonders Perverses eingefallen, um ihn bis an sein Lebensende zu quälen. Aber das Geheimnis wurde schon seit Langem sorgsam gewahrt.

Es war früh, und die meisten Zirkusleute schliefen noch. Am Tag nach der Vorstellung ließ man die Dinge im Allgemeinen gemächlich anlaufen. Winston schlenderte die Hauptstraße entlang, vorbei an der Hütte der Wahrsagerin und dem Zelt der Akrobaten. Ein paar Zirkusratten waren wach, machten ihre Stände sauber und füllten Ware nach. Die meisten begegneten den Clowns mit Argwohn und schauten deshalb weg, wenn er näher kam.

Neun tote Schafe. Das würde draußen für einigen Wirbel sorgen. Winston seufzte. Die Trauer, die er empfand, saß tief. Er wusste zwar sehr gut, wie wenig hier im Zirkus ein Menschenleben wert war, aber die gestrige Vorstellung hatte ihn noch einmal schmerzhaft daran erinnert.

Er betrat das Zelt der Monsterschau, überzeugt davon, dass ihm keine neugierigen Blicke folgten, und ebenso überzeugt davon, dass sich selbst von den Neugierigen niemand wundern würde, weshalb er so viel Zeit mit Fishboy verbrachte. Sie achteten beide darauf, dass sie keinen Anlass zu Spekulationen gaben. Fishboy unterhielt sich gerade mit Nugget, wie der abgetrennte Kopf von seinen Freunden genannt wurde. Yeti hatte die Erlaubnis erhalten, draußen am Zaun Gras zu rupfen – das kühlte seinen übel zugerichteten Gaumen nach den Glasfütterungen.

»Winston!« Fishboy eilte erfreut herbei und klopfte ihm jovial auf die Schulter. Die beiden begannen ein belangloses Gespräch über das Wetter und die Abendvorstellung, Smalltalk für den Fall, dass sie doch belauscht wurden. Nach ein paar Minuten senkte Winston die Stimme. »Unser Auftritt gestern Abend ...?« Er beendete die Frage mit hochgezogenen Augenbrauen.

Fishboy antwortete mit einem klaren Blick aus schmalen, weit auseinander stehenden Augen. *Nein*, bedeutete dieser Blick. *Wir hatten nichts damit zu tun.*

Winston nickte. »Das dachte ich mir schon. Ich wollte nur jeden Zweifel ausschließen. Aber ich habe Neuigkeiten für dich.«

Fishboy kam Winston ganz nahe. Eine Vertraulichkeit entstand, bei der die meisten anderen zurückgewichen wären. »Ich hatte recht ... mit der Kristallkugel der Wahrsagerin«, wisperte Winston. »Sie befindet sich in der Kammer von JJ, unserem Neuen. In eine Kissenhülle gewickelt. Schlimmer noch – George weiß, dass sie verschwunden ist!«

Fishboy hob die Augenbrauen. *Bist du sicher?*, drückte seine Miene aus. Winston hatte gelernt, seine Mimik zu entschlüsseln.

Winston nickte. »Keine Gefahr«, raunte er. »Ich habe etwas Pulver genommen ... um meine Gedanken vor ihr zu verbergen.« Fishboy nickte: Diese Geste bedeutete, dass er ein wenig von seinem Vorrat für den gleichen Zweck opfern würde. Winston war im Lesen und Verstehen seiner Körpersprache noch nicht allzu geübt, aber er ging davon aus, dass Fishboy diese Vorsichtsmaßnahme ebenso treffen würde wie alle anderen, die er einweihte. *Verratet JJ nicht!* Mehr musste nicht gesagt werden. Wenn ein Dutzend von ihnen das Wissen vor den Psi-Kräften der Wahrsagerin und ihren Schnüffeleien geheim hielt, war die Kristallkugel bei JJ in Sicherheit.

Sie tauschten noch ein paar belanglose Sätze, ehe sich Winston verabschiedete und ging. Der Clown war heilfroh, dass seinen alten Augen nur wenig entging ... sonst hätte er am Morgen wohl die runde Beule am Fußende von Jamies Bett übersehen, die seinen Verdacht vom Vorabend bestätigte. »Wir finden raus, wer das war«, hatte Rufshod gerufen. »Wir brauchen doch bloß einen Blick ...« Auch das war Winston nicht entgangen. Und obwohl sein Besuch bei Jamie vor allem ein Akt der Menschlichkeit gewesen war, hatte er alles klar gemacht. Auch wenn es noch zu früh war, die volle Tragweite von Rufshods Einbruch bei Shalice zu erkennen, konnte dieser Unfug doch mehr bewirken, als Winston zunächst geahnt hatte.

Auf dem Rückweg nahm Winston nicht den kürzesten Weg. Er schlenderte lässig durch den Zirkus, traf hier und dort Bekannte und sorgte dafür, dass seine Neuigkeiten bei den richtigen Leuten die Runde machten. Nun, da Shalice auf ihre Kristallkugel verzichten musste, war das neugierigste Augenpaar auf dem Gelände blind. Aber neugierige Augen sind immer einen Spalt weit offen ... Das durfte er keine Sekunde lang vergessen.

Jamie fand Steve im Zelt der Monsterschau, wo er gut gelaunt und mit gespieltem Eifer leere Käfige säuberte, während sich die Freaks ein wenig Bewegung verschafften. Steve hatte sich hier so locker eingewöhnt, dass Jamie ihn dafür fast bewunderte.

»Mann, das ist ein Leben nach meinem Wunsch«, sagte Steve, als sich Jamie hinsetzte und mit dem Rücken an einen der Glaskäfige lehnte. »Hast du dich schon näher mit diesen Zwergen befasst? Ich geh heute Abend mit einem Mädchen aus, das zu ihnen gehört. Loretta heißt sie. Wir kamen ins Gespräch, als ich die Zahnräder am Riesenrad schmierte.«

Jamie schaute ungläubig zu ihm auf. »Moment mal – du passt dich nicht nur an, sondern bist hier sogar echt *glücklich*?«

Steve musterte ihn, als habe er eben etwas sehr Komisches gesagt. »Klar, warum denn nicht? *Kapierst* du nicht, was man mit dem Pulver alles machen kann? Ich will dir mal was sagen! Wenn Marshall hier wäre, er würde sich das Zeug rund um die Uhr reinziehen.« Steve winkte ihn näher und senkte die Stimme. »Stell dir vor, du hättest Lust, es mal mit, sagen wir, Pamela zu treiben. Eine Stunde oder so bist du tatsächlich *da* und tust es. Wenn es vorbei ist, wachst du auf... wie aus einem Traum. Ehrlich, ich hab's ausprobiert.«

Jamie schüttelte den Kopf. »Aber... unser *Leben*... Macht es dir überhaupt nichts aus, dass unser Leben vorbei ist?«

Steve lachte. »So ein Scheiß, Mann! Vorbei ist, dass du von neun bis fünf malochst und Hypotheken abzahlst, bis du alt und grau bist! Geht das nicht in deinen Schädel? Keine Miete, keine Rechnungen, nichts. Stattdessen bekommst du das verrückteste Zeug zu sehen – Sachen, von denen andere Leute nicht mal träumen. Weißt du, wie lange diese Typen schon dabei sind, die Akrobaten und all die anderen? *Jahrhunderte*, Jamie! Die sterben nicht. Die sehen so jung aus wie an dem Tag, als sie zum Zirkus kamen.«

Jamie hatte nicht das Herz, ihn darauf hinzuweisen, wie mitgenommen und kaputt die meisten Zirkusratten von der endlosen Schufterei im Zirkus aussahen – all jene, die wie Steve nicht zu den Artisten gehörten. »Wir werden unsere Familien nie wieder sehen«, sagte er mit stockender Stimme. »Nie wieder. Macht dir das denn gar nichts aus?«

»Ich pfeif auf die Familie.« Steve zuckte die Achseln. »Meinen Vater kenn ich sowieso nicht, und meine Mutter konnte nie was mit mir anfangen. Schickte mir jede Woche Geld – damit ich ja nicht heimkam, denke ich mal. Egal. Schaff dir eine neue Familie an! Außerdem, woher weißt du, dass du deine Leute nie wiedersehen wirst? Vielleicht kreuzen sie ja irgendwann hier auf, oder vielleicht kannst du im Urlaub nach draußen. Wichtig ist nur, dass du keinen Unfug machst, der dich in Schwierigkeiten bringen könnte ... Einige der Kerle hier *hassen* sich regelrecht. Schon mitgekriegt, wie die Clowns und die Akrobaten aufeinander losgehen? Musst du wohl, was? Bist ja selber ein Clown, oder? Herrgott, hast du ein Glück, Mann. Hey – wie ist dieser Gonko eigentlich privat?«

Jamie seufzte. »Hundsgemein. Halt dich bloß von ihm fern!«

»Ein echter Hardcore-Mann«, sagte Steve mit Ehrfurcht in der Stimme. »In der Gasse der Schaubuden haben alle eine Heidenangst vor ihm. Die stellen extra Wachen auf, und wenn er kommt, gehen sie in Deckung. Die Zwerge würden ihn am liebsten umbringen, aber keiner hat den Mut, es wirklich zu tun.«

Eine Zeitlang schwiegen sie, während Steve die Eisenstangen eines Käfigs polierte. Dann meinte Jamie: »Hey, weißt du eigentlich Näheres über diese Sache zwischen den Clowns und den Akrobaten? Warum sie sich diesen Krieg liefern, meine ich.«

»Yeah, ich hab was läuten gehört. Du solltest dich mal mit einigen der Alten aus der Gasse der Schaubuden unterhalten ... Oder nein, lieber doch nicht, die sind gar nicht gut auf dich zu sprechen. Musstest du denn unbedingt in das Maul dieses Gipsclowns pinkeln, Mann?« Jamie zuckte zusammen, und Steve fuhr fort: »Also, die Alten, die beobachten das nun seit vielen Jahren. All diese Streitereien entzünden sich wegen nichts und wieder nichts. Wenn ein Haufen Psychos auf so engem Raum zusammenlebt, reichen oft Kleinigkeiten, um einen Krieg auszulösen.«

»Was zum Beispiel?«

»So Sachen eben wie in Chopper Reads* Buch. Da brach wegen ein paar Würstchen der große Bandenkrieg aus. Der erste Kampf zwischen Clowns und Akrobaten drehte sich um die vollkommen *blödsinnige* Frage, wer bei einer Vorstellung zuerst auf die Bühne durfte. Und von da an ging es immer weiter. Jede Menge dieser Verrückten musste dran glauben. Das kommt und geht so in Wellen, wenn man den Alten glauben darf. Keiner vergisst eine einmal erlittene Kränkung. Außerdem ist es allen langweilig.«

»Da muss doch mehr dahinterstecken«, sagte Jamie.

»Yeah. Das sind doch schlicht und einfach Spinner. Fälle für die Klapsmühle. Die brauchen keinen Grund, um loszulegen. Die Bosse sind auch keine Hilfe. Kurt hat eine Schwäche für solche Kämpfe. Die Zirkusratten behaupten, er sähe darin eine Art Sport.«

Jamie nickte, zwar keineswegs beruhigt durch diese Auskünfte, aber doch irgendwie froh, dass man die Angelegenheit hier so nebenbei ansprach und dann so lässig akzeptierte. Es verlieh dem Ort eine gewisse Normalität. Deshalb war ihm auch daran gelegen, dass Steve weiterredete. »Und was hältst du von den Bossen?«, fragte Jamie. »Von diesen Pilo-Brüdern?«

Steve pfiff durch die Zähne. »Unheimliche Typen. Fishboy hat mir geraten, ihnen aus dem Weg zu gehen, genau das zu tun, was sie befehlen, und ihnen hinten reinzukriechen, wenn sich eine Begegnung nicht vermeiden lässt. Die gleichen Spielregeln eben wie bei jedem Boss. Für Fishboy arbeite ich gern. Der ist echt cool. Hey, weshalb warst du gestern eigentlich so ein Arsch?«

Jamie schnitt eine Grimasse.

»Ist doch wahr.« Steve war es nicht gegeben, sich gewählt auszudrücken. »Über Yeti hast du dich fast totgelacht. Er

* Mark »Chopper« Read: australischer Krimineller und Bestseller-Autor

wollte dich schon platt machen. Ich und Fishboy mussten ihn nach der Vorstellung beruhigen. Jetzt hast du vermutlich nichts mehr von ihm zu befürchten, aber lach ihn ja nicht aus, wenn er Glas zerbeißt. Das mag er nicht.«

»Das bin nicht ich.« Jamie wusste nicht recht, wie er den Sachverhalt erklären sollte. »Du kennst doch diese Clownschminke? Wenn ich sie auftrage, passiert irgendwas mit mir. Ich kann das nicht steuern.«

»Nee, Mann, ich hab's genau gesehen! Das warst *du*!« Wütend schmiss Steve den Lappen auf den Boden. »Der gleiche dürre, rothaarige Wichser wie immer! Ich kann's einfach nicht glauben, dass du den armen Kerl auch noch verspottest. Hast du schon mal versucht, Glas zu fressen? Du bist ein solcher Arsch, Mann, ich schwör's.«

Jamie lächelte reuevoll, stand auf und wandte sich zum Gehen. »Viel Spaß bei deinem Date«, sagte er zum Abschied.

»Wie? Ach so, Loretta. Die ist echt nett – 'n bisschen klein halt. Hey, gib mir Bescheid, wenn ihr das nächste Mal probt, okay? Ich würd gern mal zuschauen.«

Jamie nickte, um einen Streit zu vermeiden, und ging.

Auf den Clowns lastete der Morgen danach mit voller Schwere. Nur Goshy schien frei von Lethargie; aus seinem Zimmer drang gelegentlich ein lautes Gurren, das sich wie fremde Finger in die Ohren aller bohrte, die sich in seiner Hörweite befanden. Gonko und Rufshod saßen am Kartentisch, beide mit verdrießlichen Gesichtern. Bei dem Schatz, den Gonko im Lauf der Zeit zusammengerafft hatte, waren neun Beutel ein Nichts, aber die ganze Geschichte machte ihn immer noch fuchsteufelswild. Eine Sabotage bei den Clowns – das hatte noch *nie* jemand gewagt. Um den Durchhänger nach dem verpatzten Auftritt zu bekämpfen, unterhielt er sich mit Rufshod über die künftige Taktik gegenüber den Akrobaten. »Wir tun zunächst mal so, als gäben wir uns geschlagen. Wir behandeln diese Turnhanswurste wie die absoluten Sieger.

Wir werden ihnen hinten reinkriechen, bis ihnen das Kotzen kommt, wenn sie uns nur sehen. Wenn wir uns sauer zeigen, wissen sie, dass wir gerade machtlos gegen sie sind. Wenn wir dagegen nett tun, werden sie garantiert misstrauisch. Also wünschen wir ihnen viel Erfolg bei den Proben, jeden Tag. Und viel Glück für ihre Vorstellungen, wann immer eine auf dem Programm steht. Damit verunsichern wir sie derart, dass sie am Ende nicht mehr richtig proben können, vor lauter Angst, jemand hätte ihre Seile angesägt oder irgendeine Schraube gelockert. Die werden ihr Zelt nicht mehr aus den Augen lassen.«

Rufshod nickte feierlich und bettelte dann Gonko an, ihn zu schlagen, nur dieses eine Mal.

»Erst wenn du es verdienst, mein Kleiner!«

Jamie kam in den Aufenthaltsraum. »Morgen, JJ«, sagte Gonko.

»Morgen«, murmelte Jamie.

Gonko musterte ihn genau. Der schüchterne Tonfall war nicht gespielt. Der Junge hatte entweder etwas zu verbergen oder richtig Schiss. Wenn es Letzteres war, half vielleicht ein Gespräch unter Kumpels. »Was ist los, JJ? Ein Anfall von ›Mami-ich-hab-Angst‹?«

Jamie zuckte zusammen und schüttelte den Kopf. »Gar nichts ist los ... nur 'n bisschen Heimweh, glaub ich.«

»Ach, das vergeht schon wieder«, meinte Gonko. Diagnose: Schiss. »Du bist hier zu Hause. Warum also Heimweh? Erzähl mir nicht, dass dir dieser elende Sumpf da draußen fehlt!«

»Doch, Gonko«, entgegnete Jamie leise. »Das könnte es sein.«

»Vergiss es, mein Lieber. Wir stecken hier gerade selbst ganz schön tief in der Scheiße. Komm mit rein, du wirst dich wohlfühlen! Außerdem müssen wir ohnehin bald nach draußen. Dank des letzten Abends. Und dank Georgie.« Gonko spuckte aus. »Ich hasse diese Außenjobs. Aber wir können bei dir vorbeischauen, wenn du willst. Wie findest du das? Hast du 'ne Freundin? Oder willst du deine Eltern besuchen? Lässt sich alles einrichten. Ich verspreche dir auch, dass ich mich anständig aufführe. Es wird keine Toten geben. Und wenn, dann geht alles ganz schnell. Sag schon, wie findest du das, JJ? Heiland! Was hat er nun schon wieder? Rennt davon, als hätt ich ihm seinen Lutscher weggenommen! Wo waren wir stehen geblieben?«

Shalice war mit ihrem Lover zusammen, einem gut gebauten Zigeuner, der nun schweißbedeckt neben ihr im Caravan lag. Vor langer Zeit hatte sie seine Flucht aus dem Gefängnis arrangiert, ihn zum Zirkus geholt und dann in ihre Fänge gelockt, nicht gerade als ihren *Sklaven*, aber auch nicht als einen ebenbürtigen Freund. Sie empfand wenig für ihn und brauchte ihn nicht zum Leben. Sein Körper war alles, was zählte. Ihre Gefühle belastete er kaum; die waren im Lauf der Jahre abgestumpft, betäubt durch die ständige Nähe von Schmerzen und Tod, deren Überbringerin sie auf Befehl der Pilos oft selbst gewesen war. Sie lag mit halb geschlossenen Augen da und zupfte geistesabwesend an ihrer Unterlippe, eine Pose, die sie meist dann einnahm, wenn sie von unerfreulichen Gedanken über ihre Position im Zirkus heimgesucht wurde.

Sie und ihr Lover redeten selten, da alles, was gesagt werden musste, ohnehin schon längst gesagt war. Er hatte keine neuen Erkenntnisse zu bieten, und wiederholen mochten sie sich auch nicht. Diesmal jedoch stellte er fest: »Etwas hat dich durcheinandergebracht.«

Sie zuckte zusammen, als habe sie seine Anwesenheit vergessen. »Ja«, erwiderte sie. »Ich dachte, die Zirkusleute hätten nach all den harten Lektionen gelernt, mich in Ruhe zu lassen. Aber allem Anschein nach muss ich ihnen das wieder mal in Erinnerung bringen.«

»Den Clowns?«, fragte er.

»Möglich.« Sie seufzte. »Wenn sich die Menschen nicht mehr vor Alter und Tod fürchten müssen, hören sie wohl auf, nach Weisheit zu streben. Sie haben keine Angst mehr davor, mit dem Feuer zu spielen.«

Der Zigeuner knurrte und rollte sich mit Schwung zur Seite. Die Matratze federte unter seinem Gewicht. Seine mächtige tätowierte Schulter ragte wie ein Wall zwischen ihr und dem Fenster auf. Die blauen Vorhänge waren zugezogen und filterten das einfallende Licht. Er wusste, dass Shalice keine hilfreichen Ratschläge von ihm erwartete. Nach ein paar Minuten schnarchte er. *Diese Eigenschaft hätte ich voraussehen müssen, ehe ich ihn hierher brachte*, dachte Shalice nicht zum ersten Mal. Dann wandte sie ihre Aufmerksamkeit wieder dem eigentlichen Problem zu.

Die Kristallkugel war zwar ihr wichtigstes, aber längst nicht ihr einziges Hilfsmittel. Sie war sicher, dass sie den Dieb bald entlarven würde. Irgendwann würde er sich zeigen, in einem Traum oder einer Vision, plötzlich und unaufgefordert. Aus einem ihr unbegreiflichen Grund verriet das Pulver überhaupt nichts, und sie sehnte sich nach dem Augenblick, da sie herausfand, weshalb das so war. Plötzlich schien sie von mehr Geheimnissen umgeben, als sie gedacht hatte.

Mit wem hatte sie in letzter Zeit die Klingen gekreuzt? Mit Gonko beispielsweise, der bei Kurt einen Stein im Brett hatte und deshalb zu glauben schien, dass er sich alles erlauben konnte. Der und seine Gruseltruppe. Vor nicht allzu langer Zeit hatte er entgegen aller Regeln eine Besucherin in sein Zimmer mitgenommen und ihr etwas von dem Pulver eingeflößt – wozu, das konnte sie sich natürlich denken. Shalice jedoch hatte beabsichtigt, das gleiche Mädchen als eine Art Dominostein zu benutzen. An der richtigen Stelle platziert, hätte sie ein ganzes Wirtschaftsreich zum Einsturz bringen können. Der Fachbegriff für diese Art von Magie lautete *Fortuna Imperium* oder Steuerung des Schicksals. Besonders gut darauf verstanden hatten sich die Könige, Königinnen und Kaiser früherer Zeiten.

Das Spiel lief ungefähr so: Ein Mann zeigt einem Autofahrer den erhobenen Mittelfinger. Der wundert sich, was den

Fremden verärgert hat, und ist dadurch so abgelenkt, dass er seine Ausfahrt verpasst und mit einem Lieferwagen zusammenstößt. Dessen Fahrer kommt ums Leben – wie es von Anfang an geplant war. Ein einfaches Szenario. Aber es gab auch Ereignisketten, die so raffiniert waren und weit reichten, dass sie den Lauf der Geschichte veränderten: Kriege konnten ausgelöst oder beendet werden.

Die Handlungsfäden von JJ, dem Clown, hatte Shalice bei seinem ersten Besuch auf Kurts Geheiß so verknüpft, dass sie im Jahr darauf zu einer Schießerei und einem Massaker in Neuseeland führen würden. Durch sein Eingreifen konnte der Clown das eigentliche Ziel jedoch in mancherlei Weise abwandeln, bis hin zu einem Blutvergießen von globalem Ausmaß.

Oft gelang es ihr, unbemerkt in solche weniger angenehmen Abläufe einzugreifen und ihnen eine neue Richtung zu geben. Aber ebenso häufig musste sie sich den Befehlen beugen: Sie durfte nämlich auf keinen Fall riskieren, dass die Pilos misstrauisch wurden. Sie leugnete nicht, dass sie ihre Macht genoss, und hätte es kaum ertragen, diese Macht an eine andere Person abgeben zu müssen. So wie sie es sah, waren der Welt bis jetzt eine Menge Schmerzen für den Preis einiger weniger Katastrophen erspart geblieben. Was nun dieses Mädchen betraf, so hatte Gonkos Einmischung dazu geführt, dass der erste Dominostein in die falsche Richtung umgekippt war. Seitdem begegneten sie einander mit kühler Höflichkeit. Doch die Clowns hatten andere Feinde, denen es ein diebisches Vergnügen bereiten würde, den Hass zwischen Shalice und Gonko zu schüren. Und solange sie nicht völlig sicher war, was eigentlich gespielt wurde, wollte sie auch keine Schüsse abfeuern.

Wer sonst kam in Frage? Mugabo natürlich. Sie hatte zu Beginn des Monats die undankbare Aufgabe aufgetragen bekommen, ihn zu einer Vorstellung zu überreden. Wer immer das tat, musste sich auf ein böses Erwachen gefasst machen und fand sich garantiert für längere Zeit auf Mugabos schwarzer Liste. Er besaß die magischen Kräfte, ihr die falsche Kristallkugel unterzuschieben. Sie hielt es zwar für unwahrscheinlich, dass er hinter der Sache steckte, aber er war auch unberechenbar. Noch einer also, den sie im Auge behalten musste.

Dann waren da die Kraftmenschen, mit denen sie in einer Dauerfehde lag, seit sie sich vor fünfundsechzig Jahren dem Zirkus angeschlossen hatten. In den Augen der rauen Kerle war sie das einzig tolle Weib auf dem ganzen Gelände, und wann immer sie in die Nähe kam, fingen sie mit ihrem idiotischen Gepfeife und ihren zweideutigen Sprüchen an. Vor Jahrzehnten hatte einer sie mal zu vergewaltigen versucht – danach waren ihm mehrere »Unfälle« zugestoßen, und er hatte seinen nächsten Geburtstag nicht mehr erlebt. Der ganzen Truppe schien seitdem das Pech an den Fersen zu kleben: Zusammenstöße mit führerlos dahinrollenden Wagen, Stromschläge, rätselhafte Krankheiten ... Jedes Gramm Pulver, das sie verdienten, gaben sie zur Schmerzlinderung und Heilung ihrer Gebrechen aus. Vielleicht hatten sie endlich mal begriffen, dass *sie* hinter diesen Vorkommnissen steckte, und versuchten sich nun zu rächen. Auch das schien eher unwahrscheinlich, aber sie hatte schon die wildesten Überraschungen erlebt.

Damit war die Liste der Verdächtigen vollständig. Die Monster, Zigeuner und Zwerge hatten, soviel sie wusste, nichts gegen sie. Beinahe bemitleidete sie den Idioten schon, der ihr diesen Ärger bereitet hatte.

In seinem Wohnwagen klappte Kurt Pilo, an einem Wolfszahn lutschend, eine Bibel zu. Er hatte die Lektüre genossen und seine Lieblingsstellen – praktisch jede Zeile – mit einem Textmarker hervorgehoben.

Seine Intuition sagte ihm, dass sein Bruder George gerade Anlauf zu einem neuen Mordversuch nahm. Kurt überlegte mit einem angenehmen Schauer, was der arme Kerl wohl dieses Mal planen mochte. Er überlegte, ebenfalls mit einem angenehmen Schauer, ob George es wohl dieses Mal schaffen würde. Aber er hegte da so seine Zweifel. Kurt nahm an, dass George die Kugel der Wahrsagerin in seinen Besitz gebracht hatte – er hatte sich gestern beobachtet gefühlt. Es musste George sein. Wer sonst würde so etwas wagen? Wenn jemand *derart* selbstmörderisch veranlagt war, würde er oder sie vermutlich einen schnelleren Tod wählen, als den Zorn von Kurt Pilo auf sich zu ziehen. »George, George, George«, fragte Kurt, »warum empfinden wir nur einen solchen Hass auf diejenigen, die wir lieben?«

Er presste die Kiefer zusammen und zermahlte den Wolfszahn zu Pulver; das klang so, als knackte er mit den Knöcheln. Er schluckte das Zeug herunter und griff in die Schale, wühlte eine Zeitlang darin herum und wählte eine Hirsch-Grandel. Er hielt sie zwischen Daumen und Zeigefinger hoch und begutachtete sie mit einem heiteren Lächeln, ehe er sie auf die Zunge legte.

Sein Blick fiel auf den Wandkalender. Der 9. März war rot umrandet. Kurt seufzte zufrieden. Was würden sich die Zirkusleute diesmal als Geburtstagsüberraschung ausdenken? Sie stellten vermutlich schon jetzt das Programm zusammen. Die Gruppen lieferten sich jedes Jahr einen heißen Konkurrenzkampf um das schönste Geschenk. Jeder versuchte sich bei ihm einzuschmeicheln oder zumindest seinem Zorn zu entgehen. *Was für ein herrliches Gefühl, der Boss zu sein*, dachte er.

Wieder in seiner Kammer, saß Jamie da und starrte müde die Wand an. Die Wahl seiner Mittel war eng begrenzt. Genau genommen hatte er nur zwei Möglichkeiten: bleiben oder gehen. Letzteres erschien ihm unmöglich und obendrein sinnlos – wie beim letzten Mal würden sie ihn aufstöbern. Das hieß, ohne großes Theater hierzubleiben – und war gleichbedeutend damit, sich noch einmal zum Abschied zu küssen und dann auf Gedeih und Verderb JJ auszuliefern. Vielleicht sollte er versuchen, sein Schicksal zu akzeptieren – oder sogar freudig zu akzeptieren, wie Steve es getan hatte. Keine Weihnachtsbesuche mehr bei seinen Eltern. Keine Computerspiele mehr ... kein *Sim City*. Keine Vinylscheiben mehr von David Bowie oder Devo. Keine Pläne mehr für ein Date mit Swetlana, dem russischen Barmädchen im Wentworth-Klub. Keine Regennächte mehr mit einem Roman von Stephen King im Schein der Nachttischlampe. Kein Gar Nichts mehr.

In gewisser Hinsicht musste er sich wohl als tot betrachten. Er griff nach dem Tiegel mit der Schminke, damit er seine Sorgen für eine Weile vergaß.

TEIL DREI

JAMIE GEGEN JJ

Love and blood begin to meld, you've lost the self you once held
Merry go round your head – awake, asleep, alive or dead.

CAROUSEL

KAPITEL FÜNFZEHN
KURTS GEBETSSTUNDE

Vier Tage waren seit der Vorstellung vergangen, bei der neun Schafe den Tod gefunden hatten und die Clowns zu Arbeiten außerhalb des Zirkusgeländes strafversetzt worden waren. George Pilo wollte ihnen an diesem Abend ihren ersten Auftrag erteilen, und so wirkten die Clowns angespannt.

Für den Spätnachmittag hatte Kurt (zum Leidwesen aller, nicht nur der Clowns) eine seiner »Gebetsstunden« angesetzt, eine neue Marotte, die im Zusammenhang mit seinem jüngst erwachten Interesse für alles Biblische stand. Sämtliche Zirkusleute von Rang und Namen – also alle mit Ausnahme der Heerscharen von Zigeunern und Zwergen sowie der Schattengestalten in der Schreckenskammer – versammelten sich brav, um mitzuerleben, wie Kurt auf und ab stolzierte und eine aufmunternde, mit kleinen Scherzen gewürzte Rede an seine Schützlinge hielt. Die Gebetsstunden sollten eigentlich das Gemeinschaftsgefühl der Zirkusleute fördern, aber wie so oft gingen Kurts gut gemeinte Absichten völlig ins Leere.

JJ war mittlerweile zu der Erkenntnis gelangt, dass er die Kristallkugel vor den anderen Clowns verstecken musste. Er hatte Rufshod erklärt, dass sie ihm abhanden gekommen war und sich nun vermutlich im Besitz eines gemeinen Diebs befand. Rufshod hatte die Geschichte auch geschluckt, lungerte seither im Zelt herum und blies Trübsal. Was Jamie betraf, so hielt der am Morgen bestenfalls fünf Minuten durch, ehe er zur Schminke griff. Er sah sich kurz um, taumelnd wie ein Mann, der nach angenehmen Träumen erwacht und dann in einen echten Albtraum geraten war, und übergab das Kommando an JJ.

Seine jüngste Beschäftigung galt dem Wunschpulver; er versuchte herauszufinden, wo genau die Grenzen der magischen Substanz lagen. Einmal hatte er beispielsweise eine kleine Dosis geschluckt und sämtlichen Akrobaten den Tod gewünscht. Nachdem er die Worte ausgesprochen hatte, schienen sie irgendwo in der Luft zu hängen, wie eine ausgeworfene Angelleine, die das Wasser noch nicht berührt hatte. Als er die Augen dann aber öffnete und aufgeregt zum Zelt der Akrobaten rannte, sah er zu seiner Enttäuschung, dass sie alle noch gesund und munter waren. Wieder in seiner Kammer angelangt, hatte er sich eine größere Dosis reingezogen und das Ganze noch einmal probiert – wiederum vergeblich. Das hatte einen Wutanfall zur Folge gehabt. Er hatte eine Stunde lang gegen die Wände geboxt und mühsam seine Tränen runtergewürgt. Dann hatte er es beleidigt mit einem anderen Wunsch versucht. Nichts Großes – nur dass Rufshod mal richtig über seine eigenen Füße stolperte. Draußen im Aufenthaltsraum sah er, wie Rufshods Hosenbein an der Ecke des Kartentisches hängen blieb und Rufshod voll auf die Schnauze fiel.

An diesem Punkt dämmerte es JJ, dass er seinen kostbaren Vorrat verschwendete, und er fragte ganz einfach Gonko nach der Wirkung des Pulvers. »Alles ist möglich, solange das Gleichgewicht der Dinge erhalten bleibt«, erklärte Gonko. Und auf die Frage, was er mit dem Gleichgewicht der Dinge meinte, hatte Gonko nur knapp gesagt: »Nun, du musst darauf achten, dass die Show nicht beeinträchtigt wird. Je mehr Pulver du für einen Wunsch verwendest, desto wahrscheinlicher wird er dir auch erfüllt.«

JJ verbrachte den Rest seiner freien Zeit damit, die Zirkusratten zu quälen. Er bewarf sie mit allerlei Sachen, kippte ihre Stände um, verpasste den Frauen Fußtritte, spuckte ihren Männern ins Gesicht, raffte von ihren Waren zusammen, was er tragen konnte, und schmiss es in die Latrinen, ließ den großen Hammer vom *Hau-den-Lukas*-Turm alle paar Stunden über die Dächer hinwegsegeln und bediente sich an den Würstchen- und Pommes-frites-Buden. Er steigerte sich zum absoluten Schrecken des Zirkusgeländes. Die Zirkusratten ertrugen ihn geduldig, weil sie hofften, dass er bald wieder von ihnen abließe. Aber diese Hoffnung war vergeblich, denn einen besseren Zeitvertreib fand JJ nicht. Manchmal rannten die Ratten los und holten die Akrobaten zu Hilfe. Dann schlenderten die drei Typen in ihren engen Trikots und der schamlos zur Schau getragenen Männlichkeit die Gasse der Schaubuden auf und ab, verfolgten ihn auf Schritt und Tritt durch das Gelände und zwangen ihn, sich leise schluchzend zu verstecken. Waren sie dann endlich wieder fort, begann er von Neuem sein Unwesen zu treiben, mit Vorliebe bei denen, die ihn bei den Turnern verpetzt hatten.

JJ befand sich in seiner Kammer und polierte gerade die Kristallkugel der Wahrsagerin mit einem Lumpen, als vom Wohnbereich her eine dunkle Stimme zu hören war, die gut gelaunt »Tock, tock!« rief.

Kurt! JJ keuchte und begab sich im Eiltempo in den Aufenthaltsraum. Kurt stand im Eingang, ein joviales Lächeln auf den toten Lippen. Gonko tauchte aus seinem Zimmer auf und rief: »Wir kaufen nichts!«, als sei der Besucher ein Hausierer. Kurt lachte anerkennend. »Nur hereinspaziert, Boss!«, sagte Gonko. Kurt trat wirklich ein und schaute sich mit heiterer Miene im Zelt um. Seine Wangen hatten ein fröhliches Rot, und er schien über alles, was er sah, vage belustigt. Nur die gefurchte Stirn verriet, dass ihn vor allem der eine Gedanke amüsierte, alles ringsum in einem Strom aus Blut zu versenken.

Gonko näherte sich dem Zirkusdirektor mit einem Lächeln, das nicht zu seinem Gesicht passen wollte, so als habe die Natur bei ihm die Muskeln vergessen, die den Mund in die Breite zogen. Kurt klopfte ihm herzlich auf die Schulter. JJ beobachtete Gonko genau. Er versuchte herauszufinden, wie es der Boss der Clowns schaffte, sich so mühelos bei Kurt einzuschmeicheln. Es schien letztlich darauf hinauszulaufen, dass er dem Zirkusdirektor vollkommen furchtlos gegenübertrat, ohne dabei seine guten Manieren aufzugeben. »Gebetsstunde heute, nicht wahr, Boss?«, fragte Gonko.

»Ganz recht.« Kurt seufzte zufrieden. »Ach ja, und es tut mir leid für euch Jungs, dass ihr zu Außenarbeiten abkommandiert seid. Aber wie ich euch kenne, schafft ihr das mit links.«

»Nun ja, alles hat seine guten und seine schlechten Seiten, Boss.«

»Das ist die richtige Einstellung, Mann.« Wieder klopfte Kurt Gonko auf die Schulter. »Eigentlich kam ich her, um mir einen eurer Schirme auszuleihen. Du weißt schon, diese kleinen Schirme, die alles ablenken, was von oben kommt. Alles, was größer und schwerer als ein Regentropfen ist.«

»Klar, kein Problem, Boss. RUFSHOD!«

Rufshod tauchte von irgendwoher auf, und Gonko blaffte ihn an, einen der »komischen Schirme« zu holen. Dann senkte er die Stimme und unterhielt sich leise mit Kurt. JJ tat so, als suchte er etwas, und versuchte sich dabei so dicht an die beiden heranzuschleichen, dass er hörte, was sie sagten. Aber sie verstummten, sobald er in ihre Nähe kam. Rufshod kehrte nach kurzer Zeit mit einem kleinen grünen Schirm zurück, der in Kurts Pranke winzig wirkte. »Meinen innigsten Dank«, sagte er. »Ich bringe ihn nach der Gebetsstunde zurück. Später werde ich ihn wohl nicht mehr brauchen. Ciao, Clowns!« Kurt eilte mit großen Schritten davon.

Gonko trat an den Tisch und teilte vor den leeren Stühlen, die nach und nach von Clowns besetzt wurden, Pokerkarten aus. »Hey, Gonko«, sagte Doopy. »Was is mit dem Lehrling passiert, Gonko? Gonko? Ich hab gefragt, was mit dem Lehrling …«

»Ach, *der*. Ich hatte gestern einen kleinen Zusammenstoß mit ihm, drüben an der Box der Kraftmenschen.« Gonko spuckte über die Schulter. »Müsste ziemlich weich geklopft sein. Sonst fehlt ihm nix, Doops.«

»Er hat Goshy gehauen!«, rief Doopy. »Das hätt er nich gedurft. Er hätt ihn nich hauen dürfen.«

»Du bist doch sonst nicht so nachtragend, Doops«, sagte Gonko. »Und jetzt hört mal zu, ihr Blödmänner! Außenarbeiten, das ist eine Beleidigung, aber wir tragen es mit Fassung, und wir proben weiter. Kurt hat jetzt bald Geburtstag, und wir brauchen bloß die anderen mit unserem Geschenk zu übertreffen, dann kriegen wir unsere Vorstellung zurück. So einfach ist das, Leute!«

»Was schwebt dir denn so vor, Gonko?«, erkundigte sich Winston.

»Ich bin noch am Überlegen. Wisst ihr, worin Kurts neuester Fimmel besteht? Ich habe nicht so darauf geachtet. Irgendwas mit Religion, oder?«

»Ja.« Winston nickte. »Christentum.«

»Genau. Da lässt sich vermutlich leichter was Passendes finden als damals während seiner Muslimphase.« Gonko rieb sich nachdenklich das Kinn. »Ach, ich weiß auch nicht. Vielleicht ein Splitter von Noahs Arche? Eine von Jesus signierte Bibel? Eine nackte Nonne? Was auch immer. Für Vorschläge bin ich offen.«

JJ sah eine Bewegung am Eingang. George Pilo wuselte herein, ohne anzuklopfen.

»Hallo, George«, sagte Gonko. »Wie geht es so?«

Ohne ihn zu beachten, deutete George auf JJ und Rufshod und bellte: »Ihr beide – mitkommen!« Er machte kehrt und marschierte ebenso rasch aus dem Zelt, wie er hereingekommen war, gefolgt von Rufshod und JJ. Rufshod stöhnte leise. George führte sie in das Bühnenzelt der Akrobaten und blieb vor den leeren Sitzreihen des Zuschauerraums stehen. Bestimmt war diese Exkursion eine Art Strafe für den Diebstahl der Kristallkugel. JJ begann zu flennen.

Rufshod schaute ihn ungläubig an. »Was ist denn mit dir los, verdammt noch mal?«, wisperte er. »Drehst du jetzt völlig durch?«

»Ich habe solche Angst«, entgegnete JJ. Er wandte sich George Pilo zu und wimmerte: »Das war ich nicht!«

Pilo drehte sich um, stiefelte auf JJ zu und starrte aus Nabelhöhe mit boshaft glitzernden Augen zu ihm auf. JJ spürte, wie sich Georges Lippen dicht vor seinem Bauch bewegten. »Es ist mir scheißegal, was du warst oder nicht warst, du Dorftrottel! Heute ist Gebetsstunde, und du hilfst mir beim Aufbau. Du kannst meinetwegen heulen, wenn dir danach ist, aber du arbeitest, während du heulst, verstanden?«

»Jawohl, Sir«, schniefte JJ und wischte sich die Tränen ab.

George trat einen Schritt zurück und stiefelte zur Bühne, den Kopf weit in den Nacken gelegt, um die Kuppel zu prüfen. An den Trägern waren Haken, Rollen und Seile für die Bühnenscheinwerfer befestigt. Zu beiden Seiten befanden sich Plattformen für Trapeze und das Hochseil, das im Augenblick jedoch nicht gespannt war. Die Akrobaten benutzten kein Sicherheitsnetz – unter ihnen war nichts außer den Holzbrettern der Bühne.

George starrte eine Minute lang prüfend nach oben. »So müsste es gehen«, sagte er schließlich und deutete auf eine Stelle hinter der Bühne, wo sich mehrere Holzkisten befanden. »Seht ihr die Dinger da?«

»Jawohl, Sir«, erwiderte JJ unterwürfig. »Wir sehen sie.«

»Gut. Dann schafft sie hinauf in die Kuppel. Alle. Schiebt sie neben den Scheinwerfer, der mit einem X gekennzeichnet ist. Und bindet sie mit einem Seil fest, das sich löst, wenn man kräftig daran zieht.«

»Wie zum Henker sollen wir das denn schaffen?« Rufshod wirkte nun auch eingeschüchtert.

»Denkt euch was aus! Und wenn ihr nicht binnen zwei Stunden fertig seid, verkauft ihr für den Rest eures Lebens Pizza in der Budengasse. Der Pizzastand der Gefeuerten Clowns. Genau das, was unserem Zirkus noch gefehlt hat. Und jetzt mal hopp an die Arbeit!«

George grinste und weidete sich einen Augenblick lang an ihrem Entsetzen, ehe er von dannen stakte. Rufshod besah sich die Kisten und warf die Arme hoch. »Wie zum Kuckuck sollen wir ... Hey, sieh dir mal diese Kisten an! Die sind ja bis an den Rand mit Sandsäcken gefüllt. Wozu denn das, du meine Fresse? Was will er mit dem Zeug dort oben? Ich kann die Dinger nicht mal hochheben.«

»Mir fällt da was ein«, sagte JJ. »Du kennst doch dieses – äh, wie heißt 'n das? Dieses Trampolin, das die Akrobaten immer benutzen. Warum kletterst du nicht einfach in die Kuppel, und ich schleudere die Kisten mit dem Ding zu dir hoch?«

»Mann, immer krieg ich die Jobs, die kein anderer macht!«, maulte Rufshod.

»Wo ist das Trampolin?«

»Wahrscheinlich im Wohnzelt der Akrobaten.«

»O nein!«, stöhnte JJ.

»O doch. Und da ich bereits Kopf und Kragen riskiere, wenn ich in der Kuppel herumturne, gehst du zu ihnen hin und fragst, ob sie es uns mal kurz leihen.«

»NEIN!«

»Doch.«

»NEIEIEIEIN!« So ging es hin und her, bis Rufshod feststellte, dass ihre zwei Stunden bereits auf eine Stunde und vierzig Minuten geschrumpft waren. JJ hatte die Vision, Seite an Seite mit den Zirkusratten zu arbeiten, stieß einen Angstschrei aus und machte sich auf den Weg zum Wohnzelt der Akrobaten. Dort angelangt, musste er sich eine halbe Stunde Spott und Hohn gefallen lassen, während er alles tat, um sie zur Zusammenarbeit zu bewegen. Er kroch vor ihnen zu Kreuze, schmeichelte ihnen, versuchte es mit Rollentausch-Psychologie, drohte einen Hungerstreik an, bockte, bot ihnen an, die anderen Clowns ans Messer zu liefern, mimte den starken Mann ... Schließlich warf er einen Stein nach Sven, worauf die anderen hochschossen und ihn aufforderten, das noch einmal zu tun. Nun warf sich JJ winselnd vor ihnen in den Staub – und hatte gewonnen. Sie erklärten ihm, er solle das Ding endlich nehmen und abhauen, weil ihnen kotzübel von seinem Anblick sei. Schluchzend zerrte er das sperrige

Trampolin aus ihrem Zelt, begleitet von ihren finsteren Drohungen, dass sie ihm für jeden Kratzer, den sie an dem Ding fanden, drei Knochen brechen würden. JJ glaubte ihnen und schluchzte noch heftiger, während er das Trampolin hochkant kippte und wie ein hexagonales Rad zum Bühnenzelt rollte. Zirkusratten grinsten boshaft, als er vorbeikam, die Wangen von Tränen und Schminke verschmiert. Er schrie ihnen zu, sie sollten sich verpissen, sonst könnten sie sich auf was gefasst machen, jawohl. Er würde es ihnen schon heimzahlen.

Im Bühnenzelt angekommen, sah er Rufshod halsbrecherisch in der Kuppel herumgaukeln. »Mann, wo warst du so lange?«, brüllte sein Leidensgefährte und hielt sich gerade noch fest, bevor er in die Tiefe segelte.

»Ich verbitte mir diesen Ton«, schrie JJ zurück. »Du hast überhaupt keine Ahnung, was ich inzwischen durchmachen musste.« Er schleifte das Trampolin auf die Bühne und reihte mit viel Gejammer und Geschimpfe die Kisten daneben auf. »Das war eine blödsinnige Idee«, stellte er fest. »Wo kriege ich jetzt genug Schwung her, um das Zeug nach oben zu befördern?«

»Hey, die Akrobaten benutzen das Gerät für ihre Show«, sagte Rufshod. »Das ist kein Kinderspielzeug. Das *funktioniert.*«

JJ kippte eine der Kisten auf das Trampolin. Er rechnete damit, dass die gespannte Leinwand reißen würde, aber die Federn knarzten nur. Er sprang auf die Kiste und versuchte ein wenig Schwung aufzubauen. Zu seiner Überraschung war die Kiste bald in der Luft und flog mit jedem Aufprall ein Stück höher. Es war ein bedrohlicher Anblick, aber sie behielt ihren Kurs brav bei und geriet zu keinem Zeitpunkt ins Trudeln. »Hab ich dir's nicht gesagt?«, schrie Rufshod nach unten. »Das Ding funktioniert. Ich weiß zwar nicht, wie ich die Kiste auffangen soll, aber irgendwie wird es schon klappen.«

Er hatte nur ein paar Sekunden Zeit, um sich eine Lösung zu überlegen, dann schwebte die Kiste schon neben ihm. Rufshod packte sie, als sie den höchsten Punkt erreicht hatte, und senkte sie vorsichtig auf dem Stützgestänge ab, wo er sie mit dicken Tauen umwickelte und festband. Auch die zweite Kiste schafften sie ohne größere Zwischenfälle nach oben, und zu Rufshods Begeisterung zerquetschte sie ihm die Zehen, als sie auf dem Gestänge landete.

George Pilo war unbemerkt hereingekommen und beobachtete sie bei der Arbeit. Sie entdeckten ihn erst, als die letzte Kiste auf dem Weg nach oben war. Rufshod wollte sie gerade einfangen, als George schrie: »War doch gar nicht so schwer, oder?«

Das lenkte Rufshod kurz ab. Er verlor das Gleichgewicht und knallte auf den Bretterboden, eine Sekunde vor der Kiste, die wie ein platzendes Riesenei auf ihm landete. Rufshod keuchte einmal und blieb dann reglos liegen.

JJ sah George entsetzt an, doch dessen Miene blieb unbewegt. Er griff in seine Tasche und holte zwei Samtbeutel hervor. »Zwei Kisten reichen wohl«, sagte er. »Da – für eure Mühe.« Er warf JJ einen Beutel zu und legte den anderen neben Rufshod. Dann verließ er wortlos das Zelt.

JJ hörte ein Stöhnen unter der Kiste und sah, dass Rufshods Beine zuckten. Irgendwie tickte der Junge wohl noch. »Kannst du mich hören?«, fragte JJ. Rufshod gab ein gurgelndes Geräusch von sich. Blutiger Schaum quoll aus einem Nasenloch und zerplatzte.

JJ ging seine Möglichkeiten durch. Eine davon war, den einzigen Zeugen für seine Mittäterschaft beim Diebstahl der Kristallkugel für immer zum Schweigen zu bringen. Aber er entschied sich doch dafür, Rufshod nur den Samtbeutel zu klauen und im Laufschritt zum Zelt der Clowns zurückzukehren. Die anderen saßen gerade beim Pokern, als er ankam – alle bis auf Goshy, der neben dem Tisch auf dem Boden lag und leise vor sich hin zirpte. JJ stand keuchend im Eingang.

»Was wollte denn George?«, erkundigte sich Gonko.

»Rufshod ... Er ist TOT!«, schrie JJ in dem Tonfall, den er unterwegs eingeübt hatte. Er brach in Tränen aus und fügte hinzu: »Fast.«

Gonko sah nicht einmal von seinem Blatt auf. »Witz?«, fragte er.

»Nein, Boss!«

»Rücksichtsloser Scheißkerl!« Wütend schmiss Gonko seine Karten auf den Tisch. »Ausgerechnet zu dem Zeitpunkt, wenn ich mal eine Straight kriege.« Die Gruppe begab sich geschlossen zum Bühnenzelt der Akrobaten, wenngleich es niemand sonderlich eilig zu haben schien. Sie fanden Rufshod zuckend unter der Holzkiste. Eine Blutlache versickerte langsam im Gras unter der Bühne. Wenn JJ nicht alles täuschte, schwang im Stöhnen seines Kumpels die pure Lust mit.

»Ach, JJ, du mit deiner Hysterie!«, schimpfte Gonko und stieß Rufshod mit der Stiefelspitze an. »Das ist doch gar nichts. Ein Kick für Ruf, vermutlich das Highlight der Woche für den armen Irren. So schnell stirbt ein Clown nicht, mein Herzchen. Unsereins verträgt schon was, echt.«

Gonko versetzte der Kiste einen Tritt, der das Holz splittern ließ. Sie kippte zur Seite. Darunter kam Rufshods blutdurchtränktes Hemd und sein an mehreren Stellen eingedrückter Brustkorb zum Vorschein. »Okay«, sagte Gonko. »JJ und Winston, ihr beide habt noch am meisten Ähnlichkeit mit liebreizenden Krankenschwestern. Kratzt den Kerl von den Brettern und schafft ihn zurück in unser Zelt. Wenn ihr ihn unterwegs aber umbringt, kürze ich euch den Lohn.«

Sie schleppten Rufshod zurück zu ihrem Zelt und warfen ihn auf sein Bett, wo er mit vorquellenden Augen und schweißbedecktem Gesicht liegen blieb. JJ, der irgendwie fand, dass man seine Rolle bei dem Drama nicht genügend gewürdigt hatte, spielte den Beleidigten, bis Gonko die Clowns um fünf Uhr zusammentrommelte und sich mit ihnen zu Kurts Gebetsstunde begab.

Die Akrobaten fingen sie ab. Zwei Zirkusratten, die sich zufällig in der Nähe befanden, ergriffen die Flucht, als sie aus einer Seitengasse geprescht kamen und den Clowns den Weg versperrten. »DU!«, sagte der, den sie Sven nannten und deutete auf JJ. »Wo ist unser Trampolin?«

»Da, wo ich es abgestellt habe, du dumpfbackiger Rauschgoldengel«, entgegnete JJ, der sich von einem Turner nicht einschüchtern ließ, wenn die anderen Clowns kampfbereit hinter ihm standen. »Und jetzt macht die Flatter!«, fügte er noch mutig hinzu.

»Was hatten wir dir versprochen, Kleiner?« Randolph warf sich in die Brust und kam auf JJ zu. »Dass wir dich in zwei Hälften zerlegen würden, wenn du das Ding nicht sofort zurückbrächtest.«

»Genau so war es, Schätzchen«, bestätigte Sven.

»Also dann.« Randolph spreizte ein Bein ab, flexte den Fuß und brachte die Ferse gefährlich dicht an JJs Gesicht heran. »Alle anderen halten sich da gefälligst raus«, sagte er. »Wir machen die Sache kurz und schmerzhaft.«

Gonko seufzte. »Nun hört mal her, Freunde! Ihr habt uns mit eurem kleinen Rauchbombenscherz einen sauberen Treffer verpasst. Wenn ihr JJ in Ruhe lasst, sind wir quitt! Wie findet ihr das?«

»Rauchbomben?«, staunte Randolph. »Keine Ahnung, wovon du redest. Mach uns nicht verantwortlich, wenn ihr euren Auftritt versaut! Es gibt eben einen gewissen Unterschied zwischen Amateuren und Profis. Pass mal auf!« Randolph schnellte anmutig auf JJ zu, die Ferse zu einem Kick nach vorn geschoben. Er bewegte sich so elegant, dass JJ voller Bewunderung zusah, anstatt ihm auszuweichen. Gonko allerdings ließ sich nicht in den Bann des Akrobaten ziehen; er sprang zwischen Randolph und JJ, riss eine Eisenstange aus einer seiner Taschen und hieb sie dem Turner voll in die Rippen. Randolph flog durch die Luft, schlug einen Salto wie in der Zirkuskuppel und landete unsanft im Gras.

Die anderen Akrobaten sahen, wie ihr Kamerad ausgestreckt liegen blieb, und begannen Gonko zu umzingeln. Aber sie wirkten stärker eingeschüchtert, als JJ es bei Männern in Trikots für möglich gehalten hätte. Gonko drehte sich mit gefletschten Zähnen und erhobener Eisenstange zu ihnen herum. Und dann geschah etwas Unerwartetes. Goshy rettete den Tag. Alle Anwesenden, vermutlich sogar alle, die sich überhaupt auf dem Zirkusgelände befanden, pressten die Hände an die Ohren, als ein unerträglicher Ton die Luft zerschnitt, schriller als die Alarmsirene bei Luftangriffen und lauter als eine Explosion. Clowns und Akrobaten warfen sich zu Boden und vergruben die Köpfe in den Armen. Dann rappelten sich die Akrobaten hoch und ergriffen die Flucht.

JJ war als Erster in Deckung gegangen und beobachtete nun Goshy aus den Augenwinkeln. Wieder einmal warf die Haut des verrückten Clowns um Mund und Hals Falten: wie ein schlecht geknoteter Teig. Am seltsamsten aber war, dass Goshy die anderen überhaupt nicht beachtete, sondern die Blicke starr auf den Zeltpflock eines nahe gelegenen Zigeunerverkaufsstands richtete. Es war höchst unwahrscheinlich, dass er den Streit mitverfolgt oder absichtlich losgezetert hatte, um ihn zu beenden; vermutlich wäre sein Ausbruch auch ohne jeden Anlass erfolgt. Ein Tropfen Blut sickerte aus seinem Ohr.

Es dauerte lange, bis sein Kreischen wieder verstummte. Doopy lief zu seinem Bruder. »Goshy!«, flüsterte er ehrfürchtig. »Das hast du *guuuut* gemacht! Das hast du *echt* gut gemacht, Goshy!«

Goshy hielt die Arme eng an den Körper gepresst. Er ging mit drei schlurfenden Schritten auf Doopy zu, starrte ihn an, als habe er ihn noch nie im Leben gesehen, und stieß einen leisen Pfiff aus. Gonko entfernte die Stöpsel, die er in seinen unergründlichen Taschen gefunden hatte, aus den Ohren und klopfte Goshy auf die Schulter. JJ fröstelte, als Doopy seinem Bruder das Blut abtupfte.

Die Clowns setzten ihren Weg fort. Zirkusratten spähten ihnen aus den Fenstern nach und fragten sich, was zum Teufel diesen Lärm veranstaltet haben mochte. Alle anderen auf dem Zirkusgelände stellten sich die gleiche Frage. Auch Goshy.

Ein Grasfleck unterhalb der Bühne war noch immer von Rufshods Blut verfärbt. Die Akrobaten hatten bereits Platz genommen, als die Clowns eintrafen, und warfen ihnen von der anderen Seite des Zuschauerraums her eisige Blicke zu, die Gonko mit Kusshänden beantwortete. Nach und nach füllten die übrigen Artisten das Zelt, und die feindselige Stimmung entspannte sich ein wenig. Da waren diese stämmigen, in Jeans und Jeanswesten gepressten Kraftmenschen, die ihre Muskeln bestimmt nicht brauchten, um gewaltige Mengen an Hirnmasse mit sich rumzuschleppen. Sie kratzten sich hier und dort und gafften blöde durch die Gegend. Auch einige Vertreter der Monsterschau hatten sich eingefunden, darunter der zottelige, gut zwei Meter große Yeti mit seinem sanften, traurigen Gesicht. Fishboy rollte den abgetrennten Kopf in einem Einkaufswagen herein. Die Freaks ließen sich in den hinteren Reihen nieder und Fishboy winkte freundlich in die Menge. Er schien der Einzige zu sein, der keine Feinde hatte, und JJ fragte sich, wie er das nur schaffte.

Mugabo stolperte wie durch Zufall herein und nahm mit verwirrter Miene ganz links außen Platz. Gleich nach ihm kam Shalice. Ihre Blicke wanderten über die Anwesenden, und Zorn schwelte in ihren Augen. JJ machte sich hinter Doopy unsichtbar. Als Nächster stürmte George Pilo herein, ganz eine einen Meter zwanzig lange beleidigte Leberwurst, und nahm in einiger Entfernung vom Podest Aufstellung, ohne irgendjemanden eines Blickes zu würdigen. Stattdessen spähte er angespannt zu den Kisten in der Zeltkuppel hinauf. Ein weiteres Seil war an der wackligen Konstruktion befestigt worden, vermutlich von ihm selbst. Es verlief parallel zur Trapezstütze in die Tiefe und endete zu Georges Füßen.

Jetzt erst fiel JJ auf, dass sich die Kisten direkt oberhalb des Podests befanden, und er erbleichte unter seiner Schminke, als ihm dämmerte, was sie bezwecken sollten. George hatte einen Mordanschlag auf Kurt vorbereitet – und er, JJ, war dabei sein Handlanger gewesen! Angst durchflutete ihn wie ein Schwall Eiswasser, und er rutschte auf seinem Sitz hin und her. Vielleicht war ja noch Zeit genug, den Boss zu warnen ...

Doch da kam er schon. Die Hände in den Hosentaschen vergraben, schlenderte er durch den Mittelgang nach vorne und bedachte seine Angestellten mit diesem unverwechselbaren Lächeln ... Er ging gezielt auf das Podest zu und hob die Arme, als wolle er das Publikum um Ruhe bitten, obwohl eigentlich niemand sprach. JJ drückte sich tiefer in seinen Sitz. Er konnte gar nicht hinsehen.

»Einen angenehmen Nachmittag«, begann Kurt mit seiner tiefen, volltönenden Stimme. »Wie geht es uns allen? Wie geht es mir? Gut, würde ich sagen. Nichts hat mich seit unserem letzten Treffen umgebracht, und das Gleiche lässt sich zum Glück auch von euch behaupten. Eine anstrengende Woche liegt hinter uns. Zwei Vorstellungen. Das war in der Tat harte Arbeit, die volles Lob verdient. Fast alle von euch haben den hohen Unterhaltungsansprüchen genügt, die der Familienzirkus Pilo von seinen Artisten fordert. Es ist unser erklärtes Ziel, jedem Besucher unseres Zirkusunternehmens ein unvergessliches Erlebnis zu bieten. Nur deshalb konnten wir uns auch so lange in diesem Geschäft halten, Herrschaften. Ihr bietet den Zuschauern Höchstleistungen. Ihr bietet ihnen das, was sie verdienen.«

Das banale Blabla zog sich hin, und die Blicke der Zuhörer wurden überall hingeworfen, nur nicht auf das Podest. JJ beobachtete Kurt nervös. Er überragte sämtliche Anwesenden, und seine Riesenpranken durchschnitten die Luft mit zivilisierten Gesten. Irgendwie erinnerte er an einen Löwen, dem man Tischmanieren beigebracht hatte. »Aber leider muss ich auch ein paar unerfreuliche Dinge anschneiden.« Kurts Lächeln verwandelte sich in das milde Stirnrunzeln eines geduldigen Schulmeisters. »Siebzehn Leute haben den Namen des Herrn sündhaft in den Mund genommen, Shalice sogar zwei Mal, allerdings während der Kopulation, was wohl am ehesten verzeihlich ist ... obwohl ich es doch für etwas übertrieben halte, Shalice, wenn du den Herrn anflehst, dich zu ficken. Das kannst du nun wirklich nicht von ihm verlangen. Nugget von den Monstern tat es einmal im Schlaf – gute Arbeit, Fishboy, du hast deinen Laden großartig in Schuss. Bei den Clowns gab es sechs Regelverstöße von Rufshod, zehn von Gonko, zwei von Winston und zweiunddreißig von JJ. Mein lieber Bruder George hat elf Einträge. Ich will diesmal auf schriftliche Verwarnungen verzichten, aber nehmt euch *bitte* zusammen! Es gibt so viele andere Ausdrücke. Warum müsst ihr ausgerechnet den Namen des Herrn missbrauchen?«

Bei der Erwähnung von George blickte JJ in Richtung Bühne, aber George war verschwunden. Dann fiel ihm eine Bewegung ins Auge, und er sah, dass etwas an dem Seil ruckte, das parallel zur Trapezstütze verlief. Oben im Gerüst begann eine der Kisten zu wackeln, kippte zur Seite und riss die andere mit in die Tiefe.

Kurt machte jedoch keine Pause in seiner Ansprache, auch dann nicht, als die beiden Kisten links und rechts von ihm auf die Bühne donnerten. In seiner Hand hielt er den Schirm, den ihm die Clowns geliehen hatten. Er hatte ihn aufgespannt – Sekundenbruchteile, bevor die Kisten auf seinen kahlen Schädel gekracht wären. Die Artisten wurden aus ihrem Halbschlaf geschreckt, als die Kisten mit einem lauten Knall auf die Bühne krachten und zersplitterten. Wispernd rieselte der Sand aus den geplatzten Säcken.

Kurt würdigte die herabgestürzten Kisten keines einzigen Blickes. George, der hinter ihm stand, hatte einen hochroten Kopf und fuchtelte wie ein von Krämpfen geschüttelter Schimpanse mit den Armen. Kurt klappte ruhig den Schirm zusammen und legte ihn beiseite, während er seinen Schützlingen einschärfte, sich nicht zu fragen, was Jesus für sie tun könne, sondern vielmehr, was sie für Jesus tun könnten.

JJ kaute an seinen Fingernägeln. Nichts geschah. Gonko und Winston brachten kein gesteigertes Interesse auf für den Mordversuch.

»Winston!«, flüsterte JJ. »Ich habe die Kisten da oben befestigt.«

»Ja und?«, fragte Winston.

»JA UND? Hast du sie nicht mehr alle oder was?«

»Ruhe, bitte!«, mahnte Kurt von seinem Podest aus. JJ verlor die Beherrschung und stieß einen Angstschrei hervor. Winston rückte etwas näher und sagte leise: »Dieses Theater haben wir schon tausend Mal erlebt. Es spielt keine Rolle, ob du George geholfen hast oder nicht. Nächste Woche bittet dich wahrscheinlich Kurt, seinem Bruder das Lebenslicht auszublasen. Tu einfach, was sie dir auftragen, und halt den Mund!«

Kurt spulte seine Predigt weiter ab. George verdrückte sich, zitternd vor Wut und über die eigenen Füße stolpernd. »Sieht allerdings so aus, als hätte sich George diesmal eine echte Chance ausgerechnet«, meinte Winston.

»Da können wir uns heute Abend auf was gefasst machen, wenn er die Außenarbeiten verteilt.« Gonko spuckte aus.

Zum Schluss beschwor Kurt seine Zuhörer noch, es dieses Jahr mit Geburtstagsgeschenken nicht wieder so zu übertreiben, obwohl er natürlich nichts dagegen einzuwenden hätte, wenn sie sich tüchtig ins Zeug legten. Die Artisten scharrten mit den Füßen, erleichtert, dass das Ende der Gebetsstunde nahte.

Plötzlich vernahmen die Versammelten ein lautes Knirschen. Es schien aus dem Gestänge der Zeltkuppel zu kommen. JJ blickte erschrocken hoch. Das ganze Zelt schien zu schwanken. Die Trapezgerüste wackelten, und die Zuhörer verstummten. Winston kroch sofort unter seinen Sitz. Sogar Kurt machte eine kurze Pause und warf einen neugierigen Blick in die Runde. In diesem Moment kippten die Stützmasten wie gefällte Bäume nach vorne, und man hörte ein Knattern, als sei ein kräftiger Windstoß in eine Flagge gefahren. Ein Transparent entfaltete sich über den Querträgern, festgezurrt an dem gleichen Gestänge, auf dem Rufshod ein paar Stunden zuvor die Kisten in Empfang genommen hatte. Es war ein weißes Laken, auf dem in roten Buchstaben ein einziges Wort prangte: FREIHEIT.

Dann stürzte das Zelt ein. Die Masten fielen um, die Stützgestänge der Kuppel klappten nach innen und das Reißen von schwerem Stoff übertönte alle anderen Geräusche. Lautes Geschrei war von draußen zu hören, als die Leinwandbahnen zu Boden klatschten und sämtliche Passanten unter sich begruben. Mit einem dumpfen Dröhnen zerbrachen die Holz- und Metallstützen und krachten in die Sitzreihen. JJ hatte gerade noch Zeit, unter seinem Sitz in Deckung zu gehen und so einer Stange auszuweichen, die neben ihm landete. Der Boden erzitterte bei ihrem Aufprall.

Von seinem Podest aus betrachtete Kurt Pilo den Ort des Grauens. »Also, damit hatte ich wirklich nicht gerechnet«, sagte er mit einer Spur von Belustigung in der Stimme.

Der offensichtliche Sabotageakt sollte in den folgenden Tagen für eine Menge Gesprächsstoff sorgen. Es war erstaunlich, dass es bei diesem gegen die Allgemeinheit gerichteten Attentat keine Todesopfer gegeben hatte. Vandalismus im kleineren Rahmen war nichts Ungewöhnliches. Irgendjemand hatte immer jemanden auf dem Kieker, und die meisten Zirkusleute hatten weit mehr erlebt, als ihnen guttat. Das war ein idealer Nährboden für Gewaltausbrüche. Ein Unglück schied also aus. Das Transparent oben in der Kuppel sprach natürlich gegen einen Unglücksfall. Freiheit? Ein schönes Wort, aber niemand wusste, was er davon zu halten hatte.

George war der Hauptverdächtige, auch wenn ihm das keiner ins Gesicht sagte. Dass er sich kurz vor dem Einsturz aus dem Zelt geschlichen hatte, sprach nicht gerade zu seinen Gunsten. Falls George in der Tat der Schuldige war, erhob sich zwangsläufig die Frage, wie man ihn zur Verantwortung ziehen sollte. Immerhin war er der stellvertretende Direktor, und Kurt trachtete ihm bereits nach dem Leben. Aber niemand griff George offen an. Die Artisten hätten ihn zwar mit dem größten Vergnügen abgesägt, aber keiner glaubte im Ernst, dass er es wirklich getan hatte. Die chaotische Art und Weise des Angriffs, bei dem so viel dem Zufall überlassen gewesen war, trug nicht die Handschrift des zwanghaften Pedanten George ... Das Ganze passte einfach nicht zu ihm.

Am schlimmsten hatte es die Akrobaten erwischt. Ihre Bühne war ruiniert, und ihnen blieb keine andere Wahl, als in das viel kleinere Zelt der Clowns umzuziehen. Sobald das feststand, hatten die Clowns den Schwarzen Peter, und die Akrobaten sahen einen breiten Silberstreif am Horizont. Dennoch mussten sie ihre Vorstellung auf ein Notprogramm mit Gymnastikmatten beschränken, während ihre Bühne neu errichtet wurde. Letzteres wiederum erforderte harte Arbeit, wobei niemand genau wusste, ob die magischen Effekte der Technik nachher noch ebenso funktionieren würden wie zuvor.

Die Monster waren ebenfalls betroffen. Einer der umstürzenden Masten hatte Fishboy unter sich begraben und ihm den Kopf platt gedrückt. Nur ein rasches Eingreifen des Materie-Manipulators hatte ihm das Leben gerettet. Währenddessen war Mugabo in Panik geraten und hatte einen kleinen Feuersturm entfesselt, der einen Teil der unbeschädigten Metallstützen zum Schmelzen brachte. Er schwor, nie wieder öffentlich aufzutreten, und lehnte es strikt ab, die Brandwunden versorgen zu lassen, die er sich selbst zugefügt hatte.

Die übrigen Verletzungen waren eher harmloser Natur. JJ hatte nicht mehr als eine Schwellung an der Schulter und einen nassen Fleck vorn an der Hose, entstanden durch die Kombination aus Angst und dem reichlichen Genuss von Limonade. Einige andere, die sich in Goshys Nähe aufgehalten hatten, bekamen vorübergehend Hörprobleme. Sein Schreien, als das Zelt zu wanken begann, hatte letztlich niemandem genützt. Danach war er drei Stunden lang hyperaktiv gewesen, und erst, als das Teekesselgeräusch in das leisere Wellensittichpfeifen überging, hatten sich die anderen allmählich entspannt.

»Also, das war vielleicht ein Ding«, meinte Gonko, als sie um den Kartentisch Platz nahmen.

»Wer hat 'n das getan, Gonko?«, fragte Doopy. »Wer hat 'n das getan? Das hätt keiner nich tun dürfen, Gonko. *Goshy hat richtig Angst gekriegt*, Gonko, richtig Angst hat der gekriegt.«

»Unser kleiner JJ auch, wenn mich nicht alles täuscht«, sagte Gonko. »Sollte vielleicht die Hose wechseln, unser Nesthäkchen.«

»Die ist bloß verschwitzt«, sagte JJ und schlug die Beine übereinander, um den Fleck zu verstecken.

»Fishboy scheint schwer verletzt zu sein«, meinte Winston, während er Karten für eine Runde Siebzehnundvier austeilte.

»Das ist hundsgemein!« Gonko hieb mit der Faust auf den Tisch. »Fishboy hat noch nie einer Fliege was zuleide getan. Wer immer das getan hat, er verdient es, ganz langsam massakriert zu werden!«

»Wer hat 'n das getan, Gonko?«, fragte Doopy. »Wer hat 'n das getan? Der das getan hat, der hätt das nich ...«

»Keine Ahnung, Doops. Gute Frage allerdings – du warst schon immer ein heller Kopf. Wer käme auf die Idee ... *alle* umzubringen? Und was sollte bloß dieser ›Freiheit‹-Scheiß?«

Etwas klickte in JJs Hirnwindungen. *Merk dir nur das eine Wort. Freiheit.* Winston! Warum hatte er nicht früher daran gedacht? Er drehte den Kopf wie die Fünf Clowns in der Budengasse, und sein Mund war ebenso weit aufgerissen. Winston warf ihm einen flüchtigen Blick zu und sagte: »Komisch, was? Ich möchte ja nicht in der Hose – äh – in den Schuhen dessen stecken, der dieses Transparent befestigt hat.«

JJ verstand den Hinweis, aber sein Mund stand immer noch offen. Winston blitzte ihn an und rief: »JJ, setzt du jetzt endlich oder willst du den ganzen Abend Taschenbillard spielen?«

Das entlockte Gonko ein Kichern, und JJ schloss den Mund. »Du klingst so aufgedreht«, sagte Gonko zu Winston. »Ich hab noch nie so zweideutiges Zeug von dir gehört.«

»Nun ja, es kann einige Zeit vergehen, bis wir wieder vor Publikum auftreten, oder?«, entgegnete Winston ruhig. »Hast du gehört, was George sagte? Die Akrobaten kriegen unsere Bühne. Wie lange wird es wohl dauern, ihr Zelt wieder aufzubauen?«

»Ach ja, verdammt, du hast recht!«, stöhnte Gonko.

JJ merkte, dass er Winston immer noch ungläubig angaffte und entschied sich deshalb zum Gehen. »Hey!«, fauchte ihn Gonko an, als er sich unauffällig zurückziehen wollte. »Wo willst du hin? Das is doch kein Poker mit drei Mann!« JJ wimmerte los und lief weg. »Keiner kauft dir das Theater ab!«, rief ihm Gonko nach. »Ich durchschau dich, Freundchen, ich durchschau dich ganz genau!«

In seiner Kammer setzte sich JJ auf die Pritsche und versuchte seine Gedanken zu ordnen. Winston hatte ihn immer noch in der Zange – aber hatte er Winston nicht ebenfalls in der Zange? Freiheit. Was bedeutete das? Warum hatte er das Wort Jamie in einem sentimentalen Augenblick verraten? Glaubte er, dass es für Jamie eine Möglichkeit gab, dem Zirkus zu entfliehen? Der Spleen eines alten Mannes?

»Vielleicht«, wisperte JJ. »Ja, ich glaube, dass es sein Spleen ist.«

Er streckte sich aus, und sein Kopf stieß gegen etwas Hartes, Rundes. Ein Grinsen huschte über seine Züge, als er die Kristallkugel tätschelte. Er wusste schon, wie er den morgigen Tag verbringen würde. Er nahm die Kugel aus ihrer Hülle, strich sacht über die glatte Fläche und sagte: »Du und ich, wir beide gegen den Rest der Welt, Baby!«

KAPITEL SECHZEHN
DER MITTÄTER JJ

Jamie erwachte und durchlitt das Übliche: Schwindel, Übelkeit, Angst, Hilflosigkeit und Resignation. Auf der Plus-Seite war anzumerken, dass die körperlichen Schmerzen so weit nachgelassen hatten, dass sie nicht mehr zum Ritual gehörten. Wie gewohnt erinnerte er sich, dass er am Vortag nur knapp dem Tod entronnen war, diesmal durch fallende Stützmasten. Einer war dicht an seinem – oder JJs – Gesicht vorbeigeschrammt. Und wie hatte JJ das alles aufgenommen? Ohne größere Gemütsbewegung, sobald er sich dem Gemetzel entronnen glaubte. Dem Kerl war es doch wirklich scheißegal, was mit dem Körper geschah, den sie gemeinsam bewohnten. *Ich werde hier sterben*, dachte Jamie gefasst. Er war sich seiner Sache absolut sicher. *Und zwar bald.*

Mit dieser Vorstellung erwachte Jamie jeden Morgen, und deshalb griff er für gewöhnlich sofort nach dem Tiegel mit der Schminke. Nicht jedoch an diesem Morgen. Er musste nachdenken. Etwas Gewaltiges hatte sich gestern ereignet, etwas, das nicht mit den Regeln dieses Ortes übereinstimmte. Irgendwer hatte *alle* Zirkusleute angegriffen – zumindest alle, die zählten. Das waren keine der üblichen Kindereien gewesen. Die hatten es ernst gemeint. Dieses Transparent: FREIHEIT. Das Wort, das Winston ihm so eindringlich ans Herz gelegt hatte. *Winston hatte da seine Finger mit im Spiel!* Daran gab es keinen Zweifel.

Winston war für ihn jedoch die einzige Schulter, an der er Halt fand.

Freiheit.

Aber vielleicht gab es viele Schultern. Er betrachtete den kleinen Schminketiegel mit einem Gefühl des Ekels. Heute würde er diesem Ort als Jamie gegenübertreten.

Der übrige Rummelplatz erwachte allmählich zum Leben, und Jamie hörte den Lärm, der den Beginn der Aufräumarbeiten am Bühnenzelt der Akrobaten ankündigte. Er schlüpfte in sein Kostüm – Riesenschuhe, rote Nase, gestreiftes Schlabberhemd, quietschrosa Hose mit Punkten – und untersuchte sorgfältig alle Taschen, fand aber nichts als Wollfussel darin. So ausstaffiert setzte er sich auf sein Bett und horchte in den Wohnbereich hinaus. Nichts rührte sich. Er stand auf, öffnete die Tür und unterdrückte mühsam einen Aufschrei. Goshy stand wieder einmal dicht vor der Schwelle, und nur der Herrgott wusste, wie lange er schon die Türfüllung anstarrte. Die ganze Nacht vielleicht?

Jamies Finger umkrampften die Klinke. »Guten Morgen«, stieß er hervor.

Goshy sah ihn an, ohne die Miene zu verziehen. Jamie bemerkte etwas Grünes auf seiner Oberlippe, das Ähnlichkeit mit einem Grasfleck hatte. »Morgen, Goshy«, wiederholte Jamie. Goshy blinzelte erst mit dem rechten und dann mit dem linken Auge. Er stieß ein leises Glucksen aus, drehte sich um und spähte den Korridor entlang. Jamie hielt es nicht für ratsam, ihn aus dem Weg zu schieben, und so quetschte er sich an ihm vorbei, sorgsam darauf bedacht, ihn nicht zu berühren.

Er ließ seine Blicke nervös den Gang auf und ab wandern und versuchte sich zu erinnern, welches Zimmer Winston gehörte. Als er an der Tür klopfte, hörte er von drinnen die Stimme des alten Clowns. »Ja? Wer ist da?«

»Jamie.«

Bettfedern knarrten. »JJ?«

»Jamie.«

»Jamie? Komm rein!«

Er folgte der Aufforderung und nahm auf dem Boden neben Winstons Bett Platz, weil das der einzige freie Fleck war. Winston setzte sich gähnend auf. »Hab dich länger nicht gesehen«, meinte er.

»Ja. Pass auf... ich möchte heute keine Schminke auftragen.«

Winston kratzte sich am Kinn und begann ein Ohr mit einem Wattestäbchen zu säubern. »Da hast du dir aber einen ungünstigen Tag ausgesucht«, sagte er. »Wir proben doch heute, und du sollst deine erste Rolle übernehmen. Wir müssen in Übung bleiben, für den Fall, dass sie uns wieder auftreten lassen.«

»Warum kann ich bei der Probe nicht so bleiben, wie ich jetzt bin?«

»Weil die Verletzungsgefahr zu groß wäre. Die Schminke hat nämlich nicht nur die Eigenschaft, dich in einen fiesen Kretin zu verwandeln.« Jamie senkte den Blick. »Tut mir leid«, sagte Winston. »Wir wissen doch beide, dass du nichts dafür kannst, aber es ist nun mal die Wahrheit. Hat keinen Sinn, sich was vorzumachen.« Der alte Clown lehnte sich zurück und seufzte tief. »Du sitzt ganz schön in der Klemme, was? Ich kann dir nichts verraten, weil du alles ausplaudern würdest, sobald du geschminkt bist.«

»Aber die Sache mit der Hose?«, warf Jamie ein. »JJ glaubt, damit hättest du ihn am Wickel. Er gibt sich alle Mühe, dich nicht zu verärgern.«

»Schön und gut, aber wenn JJ alles erfahren würde, was ich weiß, hätte er *mich* am Wickel, so viel steht fest. Und ich gehe kein großes Risiko ein, wenn ich dir das sage, denn im Ernstfall stünde sein Wort gegen meines, und da ich schon viel länger hier bin als er, würden sie mir glauben.« Winston schwieg und schüttelte den Kopf. »Ich weiß gar nicht, was ich mit dir machen soll, Jamie. Ich hab einfach keine Ahnung.«

»Und wenn ich – wenn ich es so drehe, dass du noch mehr gegen JJ in der Hand hast? Was dann?«

Winston zog die Augenbrauen hoch. »Ich höre.«

Jamie beugte sich vor. »Wenn ich heute etwas anstellen würde, etwas echt Schlimmes, und wenn ich damit durchkäme, dir aber irgendwie einen Schuldbeweis gegen JJ zukommen ließe – dann könntest du mir doch ohne Bedenken erzählen, was es mit diesem Freiheit-Zeug auf sich hat.«

Winston blickte ängstlich zur Tür. »Schsch! Um Himmels willen, Jamie, sprich leiser!«

Jamie verzog schuldbewusst das Gesicht. »Tut mir leid.«

Winston saß nachdenklich in seinem Bett. »Das wäre eine Möglichkeit«, sagte er nach einer Weile. »Aber weißt du auch, welches Risiko du damit eingehst? Wenn du erwischt wirst ... die verstehen keinen Spaß, mein Junge. Ich will dir lieber nicht erzählen, was die dir antun könnten.«

»Du hast recht, ich weiß es wahrscheinlich nicht«, sagte er niedergeschlagen. »Aber ich habe es einfach satt, jeden Morgen so aufzuwachen, mich so elend zu fühlen. Ich ertrage das nicht mehr lange.«

Winston nickte. »Harte Zeiten verlangen drastische Mittel oder so ähnlich. Nun, uns wird schon was einfallen, um JJ zum Schweigen zu bringen.«

»Winston, ich wollte dich schon länger etwas fragen.«

»Ja?«

»Warum veränderst *du* dich eigentlich nicht? Wenn du die Schminke nimmst, meine ich.«

Der Hauch eines Lächelns huschte über Winstons Züge. »Ich nehme sie nicht«, sagte er und holte eine kleine Dose unter dem Bett hervor. »Das hier ist ganz normale Schminke. Von draußen. Nicht das Zeug, das sie in der Schreckenskammer herstellen. Keiner bemerkt den Unterschied. Ich spiele einfach den grimmigen Alten. Ist nicht allzu schwer. Meine Rolle auf der Bühne unterscheidet sich kaum von meiner Rolle im Leben. In dieser Hinsicht hatte ich wohl Glück.«

»Aber wie überstehst du die Auftritte?«

»Ich achte darauf, dass ich keine gefährlichen Sachen machen muss. Das ist gar nicht so leicht. Wenn die Übungen zu riskant werden, jammere ich Gonko vor, dass mein Rücken schmerzt. Dennoch ernte ich jede Menge blauer Flecken. Und manchmal verlasse ich mich bei schwierigen Stunts einfach auf mein Glück. Aber nun ein Wort an dich, JJ: Falls du die Absicht haben solltest, mein kleines Geheimnis zu verpetzen, dann denk daran, dass ich jederzeit die richtige Schminke auftragen und dir dein verdammtes Genick brechen könnte!«

Jamie blinzelte, verblüfft über die plötzliche Gehässigkeit in Winstons Stimme.

»Und jetzt hinaus mit dir, Jamie. Ich werde mir etwas überlegen, das JJ zwingt, den Mund zu halten – wenn du wirklich meinst, dass das der richtige Weg ist.«

»Ich sehe keinen anderen. Ehrlich nicht.«

Winston zuckte die Achseln. »Ich auch nicht – jetzt, da du es erwähnst.«

Jamie kehrte in seine Kammer zurück, schaltete die Gedanken ab und wartete, bis sein Herz nicht mehr ganz so heftig klopfte. Nach einer halben Stunde riss Gonko die Tür auf und raunzte: »Probe um eins! Außenarbeiten heute Abend ab elf. Das Leben ist ein Kampf, der nie endet.«

Es war ein quälendes Warten, während Winston einen Plan ausheckte. Jamie sehnte sich nach JJs Todesverachtung, die vielleicht unrealistisch, aber doch ungemein wirkungsvoll war. Als Winston endlich zu ihm kam, trug er einen Stoffbeutel. Er presste das Ohr kurz an das Schlüsselloch, um sicher zu sein, dass niemand sie belauschte, ehe er den Beutel öffnete und ein zusammengefaltetes weißes Laken herausholte. Es war eine kleinere Ausgabe des Transparents, das jemand kurz vor dem Zelteinsturz in der Kuppel aufgespannt hatte. Das Wort FREIHEIT leuchtete in roter Farbe auf weißem Grund. Winstons Stimme sank zu einem Flüstern herab. »Pass auf! Im Zelt der Monsterschau findest du eine Leiter, mit deren Hilfe du in die Kuppel kletterst und das Ding hier ganz oben an den Stützmasten festmachst. Wenn du damit fertig bist, begibst du dich zum Haupteingang. An der Innenseite wird ein Zettel kleben. Nimm ihn ab, lies, was drauf steht, und verschluck ihn dann.«

»Was ist, wenn mich jemand sieht?«

»Du musst eben dafür Sorge tragen, dass das nicht geschieht. Bist du nicht mit diesem Steve befreundet, dem neuen Assistenten von Fishboy? Du besuchst ihn doch hin und wieder.«

»Yeah.«

»Das ist dein Alibi. Und jetzt beeil dich!«

»Werden mich die Freaks nicht sehen?«

Winston schüttelte wortlos den Kopf und verließ den Raum, während Jamie sich fragte, was den Alten so sicher machte. Er warf einen Blick auf die Taschenuhr, die JJ in der Gasse der Schaubuden geklaut hatte. Noch zwei Stunden bis zur Probe. Mit einem Seufzer nahm er das Transparent und stopfte es unter sein Hemd, das weit genug war, um die Wölbung zu verdecken. Als er durch den Wohnbereich schlenderte und dann die Hauptstraße entlang, versuchte er sich wie JJ zu bewegen: die Knie seitlich vorgeschoben und mit einer Hand im Schritt fummelnd warf er den Zigeunern finstere Blicke zu. Er kam sich vor wie ein Idiot. Bald erreichte er die Schreckenskammer. Damian, der Aufseher, stand wie immer vor dem Eingang, eine reglose Kuttengestalt. Er schien sich überhaupt niemals vom Fleck zu rühren. Jamie glaubte, an einem der höher gelegenen Fenster eine schwache Bewegung wahrzunehmen – ein Vorhang, der kurz zur Seite und wieder zurück schwang. Aber er war sich seiner Sache nicht sicher.

Jenseits der Schreckenskammer standen ein paar Baracken, von deren morschem Holz die Farbe abblätterte. Zigeunerunterkünfte. Hastig huschte er an den schäbigen Behausungen vorbei, darauf bedacht, ja nicht gesehen zu werden. Er fühlte sich einigermaßen sicher; dem fernen Stimmengewirr nach zu schließen, waren die meisten Zirkusratten mit den Aufräumarbeiten am Bühnenzelt der Akrobaten beschäftigt. Die Rückseite des Zelts für die Monsterschau lag im Schatten. Der geheimnisvolle Bretterzaun verlief genau dahinter. Jamie, der zum ersten Mal seit Langem an Flucht dachte, spähte durch eine Ritze im Holz, konnte aber nichts außer dem seltsamen weißen Dunst erkennen, den JJ vom Zeltdach aus gesehen hatte. Er presste das Ohr an das spreißelige Holz und hörte zu seiner Überraschung einen Laut, der an das Rauschen in einer Meeresmuschel erinnerte.

Er war schon fast versucht, die Barriere zu erklimmen, doch plötzlicher Lärm aus der nächstgelegenen Hütte ließ ihn zur Besinnung kommen. Er hörte ein lautes Klatschen, gefolgt von wütenden Flüchen auf Spanisch. Ein Mann und eine Frau waren offenbar in Streit geraten. Jamie rannte zum Zelt der Monsterschau und fand einen Schlitz in der Leinwand. Einen Moment lang verharrte er und horchte auf das Gekeife der Zigeuner, das an Heftigkeit noch zunahm. Die Frau stieß einen schrillen Schrei aus, dann herrschte bedrohliche Stille. Ein etwa fünfzigjähriger Kraftprotz mit olivendunkler Haut stieß die Hintertür der Baracke auf. Ein mächtiger Bierbauch quoll über seinen Hosenbund. Er schleppte den leblosen Körper einer älteren Frau. Blut quoll aus einer klaffenden Wunde an ihrem Hinterkopf. Der Zigeuner warf sie achtlos wie einen Sack neben dem Zaun zu Boden. Jamie zuckte zusammen und zog sich ins Innere des Monsterschauzelts zurück.

Bloß ein Mord. Solche Dinge passieren.

»Nun mach schon«, wisperte er, um sich zu beruhigen. Er war gefährlich nahe daran, die Nerven zu verlieren, schob eine Hand in den Mund, biss sich auf die Knöchel, dass sie schmerzten, zählte bis zehn und gewann die Selbstbeherrschung zurück. *Hier passieren noch schlimmere Dinge.* Er glaubte Winstons Stimme zu hören. *Auch dir wird etwas Schlimmes passieren, wenn du dich nicht beeilst.*

Im Innern des Zeltes herrschte wie immer Dunkelheit, bis auf das trübe gelbe Licht in den Vitrinen. Jetzt, da die Glaskäfige leer waren, wirkte die Beleuchtung irgendwie obszön. Sie erinnerte an den Keller eines Serienmörders mit Operationstisch, schalldichten Wänden, roten Flecken und scharfen Skalpellen.

Das einzige Ausstellungsexemplar im Raum war Nugget, der abgetrennte Kopf. Nugget befand sich kinntief im Wasser und hatte die Augen geschlossen. Die Aluleiter lag flach am Boden neben der Wand. Jamie richtete sie an einer Zeltstütze auf und schlüpfte aus den Clownschuhen. Die Sprossen gruben sich scharf in seine Fußsohlen, als er nach oben kletterte, bis sein Kopf gegen die Kuppel stieß. Er schlang ein Ende des Transparents um die Dachstützen und bekam plötzlich weiche Knie, als ihn der Gedanke überfiel, er könnte aus dieser Höhe abstürzen.

Als er das Laken ausrollte, hörte er aus der Tiefe einen schwachen Knall, gefolgt von einem Lichtblitz. Sein Herz klopfte wie wild, und um ein Haar hätte er das Gleichgewicht verloren. Eine Gestalt zeichnete sich gegen den Eingang des Monsterschauzelts ab. Winston. Was zum Henker hatte aber das Geräusch zu bedeuten? Eine Kamera? Er verfluchte Winston, dass er ihn nicht vorgewarnt hatte. Nun gab es also einen eindeutigen Beweis für seine Mittäterschaft. Heiland, er hoffte nur, dass er dem alten Clown trauen konnte.

Jamie kletterte in die Tiefe und sah zu seinem Ärger, dass das Transparent verkehrt herum hing. Er rannte zum Ausgang, blieb unterwegs kurz stehen, um sich zu vergewissern, dass der abgetrennte Kopf noch schlief, und tastete die Leinwand nach dem Zettel ab, den er dort angeblich vorfinden würde ... Da war er. Er löste ihn hastig und lief zu einer der Vitrinen. Im gelben Licht der Glühbirnen las er:

> Kipp den Kopf um, aber erst, nachdem du die Vitrinen zerstört hast. Nugget ist sediert und wird nichts hören. Dann verschwindest du durch den Hinterausgang, schleichst am Zaun entlang und kehrst in einem weiten Bogen zum Zelt der Clows zurück. Pass auf, dass dich niemand sieht.

»O Mann«, murmelte Jamie. Er überlegte, womit er die Schaukästen zerschlagen könnte, und sein Blick fiel auf eine Eisenstange, die an Yetis Käfig lehnte. Winston hatte wirklich an alles gedacht. Er hob die Stange auf, rannte zu Nuggets Schüssel, hustete und schnippte mit den Fingern – keine Reaktion. *Achtung, es geht los*, dachte er. Der hohe Schutzkäfig war zuerst dran; ein Schlag, und ein Netz aus Sprüngen durchzog die Glaswände. Zwei weitere Hiebe, und das Ding zerfiel klirrend in kleine Splitter, die sich wie Konfetti auf dem Boden verteilten. Dann kam Tallows Vitrine an die Reihe. Der erste Stoß hinterließ ein klaffendes Loch in der linken Wand, ein zweiter ergab Scherben, die von ekligem Talg verschmiert waren. Jamie eilte weiter zu einem sargähnlichen Behälter und zerstörte ihn mit einem einzigen wuchtigen Schlag.

Plötzlich hörte er von weit entfernt lautes Geschrei; es klang nach George Pilo. Er musste sich beeilen, denn wenn er George hören konnte, dann konnte George ihn doch ebenfalls hören. Seine Blicke wanderten über die restlichen Ausstellungsstücke. Yetis Käfig bestand aus Eisen; da ließ sich nicht viel machen. Blieb noch der abgetrennte Kopf in seiner Schüssel. Jamie lief hinüber und versetzte dem Ständer einen Tritt. Das Ding kippte, und Nugget schlitterte über den Fußboden, bis er gegen die Leiter stieß und sich um seinen Scheitel drehte.

Zeit zum Verschwinden. Er schaffte es in die Schattenzone hinter dem Schauraum und zwängte sich gerade so durch den Schlitz, der ihm Einlass gewährt hatte, als ein vor Zorn schnaubender George Pilo vier Schritte von ihm entfernt durch den Haupteingang gestürmt kam. »Wer ist da?«, kreischte George. »Wer ist da?«

Jamie sprintete den Zaun entlang, an der Rückseite der Schreckenskammer vorbei, und erstarrte, als er im Dunkel eine Bewegung wahrnahm. Ein Stück hinter ihm wuchtete der Zigeuner die leblose Frau über seine Schulter in die Höhe. Ihre schlaffen Glieder baumelten wie bei einer großen Stoffpuppe. Jamie rannte weiter und blieb nur noch einmal kurz stehen, um einen Blick auf den Zigeuner zu werfen. Der

Mann stand auf einer Mülltonne und hievte die Tote über den Zaun. Einen Augenblick lang verfing sich ihr Kleid in den Zaunlatten. Ihr Kopf pendelte hin und her, bis der Stoff zerriss und sie mit wehendem Haar über die Barriere kippte.

Jamie legte den gesamten Weg zum Zelt der Clowns im Laufschritt zurück, um nicht unterwegs in Panik zu geraten.

Alles war glattgegangen, soweit er das beurteilen konnte, aber die Minuten, die er allein in seinem Zimmer verbrachte, kamen ihm unerträglich lang vor. Jeden Moment würde George Pilos keifende Stimme ertönen: *»Schafft mir JJ her! Der Kerl kommt in die Schreckenskammer, er kriegt einen Freifahrschein!«*

Und tatsächlich drang bald darauf aufgeregtes Geschrei vom Aufenthaltsraum herein. »LEUTE! HE, LEUTE!«, brüllte Doopy. »DIE HABEN DIE MONSTERSCHAU KAPUTT GEMACHT, LEUTE! DIE HABEN SCHON WIEDER ALLES KAPUTT GEMACHT. DAS HABEN DIE GETAN, JAWOHL, DIE HABEN DAS GETAN, DIE!«

»Was quatschst du da für einen gottverdammten Stuss?«, schrie Gonko aus seinem Zimmer.

»DIE HABEN DIE MONSTERSCHAU KAPUTT GEMACHT, GONKO! ALLES ZERBROCHEN HABEN DIE, GONKO, EINFACH ALLES ZERBROCHEN!«

»Wer hat das getan?«, erkundigte sich Gonko.

»WEISS ICH NICH, WER DAS GETAN HAT, GONKO! WER HAT 'N DAS GETAN, GONKO?«

»Du bist ein solcher Trottel, Doops. CLOWNS! Alle hierherkommen und abzählen!«

Jamie rannte in den Aufenthaltsraum, ohne darüber nachzudenken, wie leicht ihm Gonko das schlechte Gewissen anmerken würde ... Es stand auf seiner Stirn geschrieben, drang wie Schweiß aus allen seinen Poren. Ein Blick in seine Augen, und es war vorbei ...

»Abzählen!«, schrie Gonko wieder. »Nun beeilt euch, Leute! Irgendwas Krummes ist da draußen abgelaufen, aber dieses Bonbon lassen wir uns nicht ans Hemd kleben, diesmal nicht, wenn ich es verhindern kann. Alle hierher – pronto! Macht Gonko nicht wütend, Leute!«

Jamie blieb im Gang stehen. Auf seiner Hose glitzerten kleine Glassplitter. Er lief in seine Kammer zurück, schälte sich hastig aus der Hose, überlegte ... Er konnte den anderen nicht ins Gesicht schauen. Er konnte das einfach nicht. Er würde sich binnen zwei Minuten um Kopf und Kragen bringen. Er lief zum Schrank, packte den Schminketiegel, klatschte sich das Zeug auf die Wangen, nahm den Handspiegel und betrachtete sich ...

JJ stand da und rührte sich nicht von der Stelle. Er war sprachlos. Die letzte Stunde lief im Eiltempo vor seinem inneren Auge ab. Er konnte es nicht fassen.

»GOSHY UND JJ!«, brüllte Gonko. »HIERHER – AUF DER STELLE!«

JJ zuckte erschrocken zusammen und lief in den Aufenthaltsraum. Die anderen Clowns waren alle da, einschließlich Winston. JJ fletschte die Zähne und fauchte wie ein Raubtier.

»Großartig, keiner fehlt!«, sagte Gonko. »Ich hab noch nie im Leben so viele unschuldige Blödmänner auf einem Haufen gesehen. Wären zu keinem Unfug fähig, selbst wenn man ihnen eine Kettensäge in die Hand drückte. JJ, zum allerletzten Mal, zieh eine Hose an! Und vergiss das nie wieder, sonst rauscht es im Karton!«

»Is gut, Boss«, winselte JJ und durchbohrte Winston mit seinen Blicken, doch dieser bedachte ihn nur mit einem milden Lächeln. Nachdem JJ sich fertig angezogen hatte, führte Gonko seine Clowns zur Monsterschau hinüber. JJ schlich sich an Winston heran und zerrte ihn an der Schulter außer Hörweite der anderen. »Das war ein ganz, ganz mieser Trick«, wisperte er.

Winston blieb gelassen. »Was meinst du?«, entgegnete er. »Ich weiß von nichts.«

»Ha, warte nur, das wirst du mir noch büßen«, fauchte JJ. Er zitterte vor Wut.

»Das Foto macht sich bestimmt prima, wenn man es vergrößert, hübsch rahmt und an die Tür von Kurts Wohnwagen hängt. Du bist echt gut getroffen.«

JJ ließ sich die Angelegenheit mit all ihren logischen Folgen noch einmal durch den Kopf gehen und beschloss, seine Strategie zu ändern. »Du hältst doch den Mund, oder? Ich sage das nicht meinetwegen ... aber Jamie tut mir leid. Der arme Kerl wurde überhaupt nicht gefragt, sondern einfach da mit reingezogen. Das hat er nicht verdient ... echt nicht ...« JJs Stimme triefte vor Mitgefühl. Winston schüttelte nur angewidert den Kopf und trabte los, um zu den anderen aufzuschließen.

»Mistkerl!«, zischte JJ. Wie konnte Jamie auf dieses freundliche Opa-Getue hereinfallen? Wie *konnte* er nur? »Ha, Jamie, du kriegst dein Fett auch noch weg«, drohte er. Und er meinte es ernst.

Im Zelt der Monsterschau herrschte dichtes Gedränge. Stumm betrachtete die Menge die zerbrochenen Vitrinen und das Transparent, das immer noch verkehrt herum im Kuppelgestänge hing. Kurt Pilo war gekommen, um zu sehen, was der Aufruhr sollte. JJ beobachtete ihn scharf. Kurts Fischmaul war wie immer zu einem gutmütigen Lächeln verzogen, aber auf seiner Stirn stand eine steile Falte. Er sah aus wie jemand, der plötzlich einen Raum betreten hatte, in dem alle schallend lachten, und der nun den Verdacht hegte, dass sie über ihn gewitzelt hatten, es aber nicht beweisen konnte. Gonko schlenderte zu Kurt – Gonko war, wie JJ feststellte, der Einzige, der es wagte, sich Kurt in dieser Situation zu nähern. Die beiden wechselten ein paar Worte. Kurts Stimme klang weich und ruhig. Gonko kehrte zu seiner Clowntruppe zurück und pfiff leise durch die Zähne. »Er ist ganz und gar nicht glücklich«, sagte er.

Doopy zupfte Gonko am Hemd. »*Gonko!* Wer hat 'n das getan, Gonko?«

»Pssst! Später.«

Kurt ging mit großen Schritten zum Eingang der Monsterschau und räusperte sich. »Freunde«, sagte er, »wir sind schon wieder Opfer eines bösen Streichs geworden. Das scheint mir kein Zufall mehr zu sein.«

»Was du nicht sagst, Kurt«, murmelte Gonko.

»Mich schmerzt der Gedanke«, fuhr Kurt fort, »dass sich der Missetäter unter meinen geschätzten Angestellten ... und Freunden versteckt und auch noch Schadenfreude über den Unfug empfindet, den er unseren geliebten Freaks zugefügt hat. Schadenfreude zu empfinden, ist *absolut verwerflich* – wie oft muss ich das noch sagen? Denkt daran, dass wir hier alle eine große Familie sind. Eine große Zirkusfamilie, an deren Spitze ich stehe – ich, Kurt Pilo. Böse Streiche unter Freunden mögen ja noch angehen, aber in einer *Familie* haben sie nichts zu suchen. Ich werde daher in den nächsten Tagen jeden Gruppenleiter zu diesen Vorkommnissen befragen.«

Kurt brachte das alles mit geradezu sanfter Stimme vor, während seine Raubtieraugen über die Gesichter der Menge wanderten. JJ spürte seinen Blick wie einen heißen Lichtstrahl, aber das Fischmaul war immer noch zu einem Lächeln verzogen, und der rosige Schimmer der Wangen wirkte gemütlich und heiter. »Noch zwei Dinge«, sagte Kurt. »Wer auch immer die Kristallkugel von Shalice hat, er möchte sie bitte zurückgeben.« Er machte eine Pause und fügte hinzu: »Ach ja, und jeder, der weiß, wo sie sich befindet, kann mit einer Belohnung rechnen ... aber natürlich nur, wenn er – oder sie – Meldung macht. Und nun zu meinem letzten Anliegen ...« Kurts Lächeln verstärkte sich, und einen Moment lang wich das Wolfsfeuer aus seinen Augen. »Obwohl mein Bruder George als Erster am Schauplatz war, obwohl er, sagen wir es mal so, ganz in der Nähe *herumschlich*, während das Verbrechen geschah – bevor *und* während das Verbrechen geschah –, *obwohl er genau genommen an Ort und Stelle war, als das Verbrechen geschah* und trotz des hellen Tageslichts den Schuldigen weder erkennen noch benennen konnte, möchte ich keinerlei Gerüchte hören, dass er selbst der Täter war. Mir wäre es in der Tat lieber, wenn seine verdächtige *Nähe* zu dem Verbrechen unerwähnt und damit einem Großteil unserer Gemeinschaft unbekannt bliebe. Gott segne euch!«

Gonko und Winston wechselten belustigte Blicke. JJ atmete ein wenig freier. Jetzt konnte er sich darin üben, seine Mordgedanken gegenüber Winston zu verdrängen, auch wenn ihm das bestimmt nicht leichtfiel.

Die Clowns hatten Probe, und JJ wurde auf die Übungsmatte gezerrt, ehe er die Flucht ergreifen konnte. Gonko erklärte ihm seine erste Nummer – den Gag mit dem Nudelholz. »Du machst das genau so wie damals in deiner WG«, sagte Gonko. »Ganz die klassische Tour. Du kamst die Treppe runter wie eine angefressene Ehefrau, die es ihrem Alten mal richtig geben will. Erinnerst du dich noch?«

»Und ob«, entgegnete JJ bitter.

»Ich hab das Nudelholz damals mitgenommen, zusammen mit deinem Führerschein. Beides Dinge, die man ab und zu ganz gut gebrauchen kann. Achtung!« Gonko warf den Teigroller. JJ fing ihn schmollend auf. »Goshy, jetzt stellst du dich gegenüber auf. Der Gesichtsausdruck ist prima, versuch ihn einfach beizubehalten. So, JJ, nun wirf das Ding nach Goshy!«

Goshys linkes Auge blinzelte überrascht, das rechte schien sich zu verengen ... *Trau dich!*

JJs Gesicht verzog sich zum Flennen. Tränen standen in seinen Augen. »Ich ... ich kann doch nicht einfach ...«

»JJ!«, brüllte Gonko. *»WIRF DAS VERDAMMTE NUDELHOLZ!«*

JJ wimmerte und warf. Goshy trötete erstaunt, als das Nudelholz gegen seinen Bauch klatschte, abprallte und in Richtung von JJs Stirn segelte. Dieser duckte sich gerade noch, aber es war knapp. Goshys Mund klappte stumm auf und zu. Beide Augen richteten sich auf JJ.

»Tut mir leid«, keuchte JJ und warf sich vor Goshy zu Boden. »Tut mir leid. Der Boss hat es befohlen. Ich wollte nicht ... aber er hat es befohlen ...«

Goshy sah auf ihn herab, ohne mit einer Wimper zu zucken. »Nun mach aber mal 'n Punkt, JJ«, fauchte Gonko. Seine Stimme klang angewidert. »Goshy ist ein Profi. Der nimmt das doch nicht persönlich. Heiland, was glaubst du, wie oft mir Ruf während der Vorstellung in die Eier tritt? Hat mich nie aus der Fassung gebracht. Los, steh auf und wirf das Ding noch einmal!«

Also warf er das Nudelholz wieder und wieder und wich dem Abpraller jedes Mal ganz knapp aus. Tränen strömten ihm über die Wangen, und er flüsterte eine Entschuldigung um die andere. Aber niemand konnte sagen, ob Goshy sie überhaupt verstand. Sein rechtes Auge war starr auf JJs Gesicht gerichtet, während das linke der Bewegung des Teigrollers folgte.

Um seine Nerven zu beruhigen, holte JJ nach der Probe die Kristallkugel hervor, die er mittlerweile höher schätzte als alles andere. Insbesondere versuchte er zu ergründen, was es mit dieser »Freiheits«-Bewegung auf sich hatte. Er beobachtete, wie Fishboy die Leiter erklomm, um das Transparent abzunehmen. Sein Kopf war immer noch dick bandagiert. Glasscherben übersäten den Boden des Monsterschauzelts. Plötzlich betrat Kurt Pilo den Showroom, und JJ vollführte einen hastigen Schwenk. Er durchsuchte Winstons Kammer, ohne das verdammte Foto zu entdecken, und schaute anschließend bei Goshy und Doopy vorbei, die sich beide in Goshys Zimmer aufhielten, zusammen mit der Pflanze, die an einem Wedel immer noch den Verlobungsring trug. Es war schwer zu begreifen, aber irgendwie schien Goshy Krach mit seiner Liebsten zu haben, und Doopy bemühte sich, die beiden zu versöhnen. »Total hinüber, die armen Schweine«, flüsterte JJ und schwenkte zu den Kraftmenschen. Die kümmerten sich um einen ihrer Kumpel, der offenbar aus großer Höhe herabgestürzt war und nun mit befremdlich abgewinkeltem Arm am Boden lag. JJ schüttelte den Kopf. Diese Burschen waren einfach die ganz großen Pechvögel. Wann immer er sie heimlich besuchte, war einer von ihnen gestolpert, ins Feuer gefallen oder von einer fliegenden Axt getroffen worden.

Er seufzte. Einfach nicht viel los im Augenblick. Selbst Mugabo stand einigermaßen friedlich in seiner Giftküche und braute irgendwelche Zaubertränke zusammen. Erst als die Kugel den Bereich der Schreckenskammer erfasste, sah JJ etwas, das sein Interesse weckte. Eine Gestalt robbte auf allen vieren aus dem Eingangsbereich und über die Schienen. JJ holte das Bild näher heran und stieß einen überraschten Laut aus. Es war der Lehrling, den er zuletzt mit brennenden Kleidern auf der Flucht vor Gonko gesehen hatte. Damian, der Aufseher der Schreckenskammer, rührte keinen Muskel, als der Lehrling an ihm vorbeikroch. Der Junge sah vielleicht aus – dürr und ausgemergelt, mit viel zu weiten Sachen, die seine Arme und Beine umschlotterten. Seine schwarz versengte Haut schälte sich in großen Fetzen. Seine Augen, früher unruhig und verschlagen, waren nun weit aufgerissen und wirkten starr vor Entsetzen. Rauch stieg in weißen Wolken von seinen Kleidern auf. Er schleppte sich zu einem Fleck im Schatten und setzte sich dort zitternd hin.

JJ stieß einen leisen Pfiff aus. Das also geschah, wenn jemand Gonko verärgerte. Diese Erkenntnis löste eine neue Frage aus: Was würde geschehen, wenn jemand JJ verärgerte?

KAPITEL SIEBZEHN
AUSSENARBEITEN

Wie schon vorhergesagt war George Pilo übel gelaunt, als die Zeit kam, die nächtlichen Aufträge an die Clowns zu vergeben. Es war nicht so, dass George ernsthaft an den Erfolg seines Attentats geglaubt hatte – was ihn jedoch nervte, war die Lässigkeit, mit der Kurt den Versuch abgewehrt hatte. Für George wäre es schon ein Triumph gewesen, seinem Bruder ein wenig Kummer zu bereiten; er hätte Monate davon gezehrt, wenn es ihm nun gelungen wäre, dieses blöde Fischmaullächeln wenigstens einen Moment lang vor den Zirkusleuten ins Wanken zu bringen.

Der Einsturz des ganzen *Zelts* dagegen hatte auch ihn verblüfft. Nachdem sich die erste Überraschung gelegt hatte, wurde George fuchsteufelswild. Aber im Grunde war er immer fuchsteufelswild. Seit jenem Testament vor gut 470 Jahren, in dem Kurt Pilo senior 70 Prozent der Zirkusanlagen Kurt Pilo junior vermacht hatte, bluteten seine Wunden unentwegt. Übrigens hatte Kurt eine halbe Stunde nach Abfassung dieses Letzten Willens Papas Gesicht zerbissen – wie eine reife Frucht.

Der Gedanke, dass jemand zum Schlag gegen seine Show ausholte, war so völlig unerträglich, dass George der Zorn durch sämtliche Poren schoss, in Hitzewogen verdunstete und die Luft ringsum verpestete. Und an diesem Nachmittag nun die zweite Sabotage! Unfassbar! Dabei hatte George – oder genauer genommen Shalice – das Ganze kommen sehen. Sie hatte bei einem ihrer Empathieanfälle, oder wie der Scheiß hieß, einen Blick in die Zukunft getan und ihn unverzüglich gewarnt. Er zog los und trieb sich in der Nähe der Monsterschau herum, sah Fishboy und seine Truppe beim Rundgang über das Zirkusgelände, sah Winston das Zelt betreten und wieder verlassen, sah auch, dass absolut nichts passieren würde und machte sich auf die Suche nach der Wahrsagerin, um ihr wegen der vergeudeten Zeit ein paar Freundlichkeiten zuzuflüstern. Dann aber hörte er das Glas klirren.

Kein Wunder also, dass George noch gereizter war als im Normalfall. Als die Clowns um elf vor seinem Wohnwagen aufkreuzten, riss er die Tür so heftig auf, dass die Zirkusratten in der Budengasse glaubten, einen Schuss zu hören. »Was wollt ihr?«, kreischte er die Clowns an. In seiner Wut war ihm entfallen, dass er sie selbst herbestellt hatte.

»Wir stehen ab sofort zu deinen Diensten, George«, sagte Gonko mit einer tiefen Verbeugung und einem gutmütigen Zwinkern. George erinnerte sich an die Außenarbeiten, runzelte böse die Stirn und ging nach drinnen, um die Anweisungen zu holen.

Auf der Schwelle wandte sich Gonko zu seinen Leuten um und legte beschwörend einen Finger auf die Lippen. »Georgie hatte einen verdammt harten Tag«, wisperte er. »Seid nett zu ihm. Das Reden übernehme ich.«

George kehrte zurück, knallte die Tür zu und sah, dass ihn die Clowns mitfühlend angrinsten. Er knurrte angewidert. »Alles ganz einfach«, fauchte er. »Ihr begebt euch nach draußen, sucht die angegebene Adresse auf und fackelt das Haus ab, das dort steht.« George warf Gonko einen Umschlag zu. Das Ding prallte von Gonkos Stirn ab und fiel ihm in die ausgestreckte Hand. »Dann schlagt ihr den Mann zusammen, der zur angegebenen Zeit diese Straße entlanggeht.« Er wollte Gonko einen zweiten Umschlag ins Gesicht schleudern, aber der Boss der Clowns fing ihn mitten in der Luft auf. »Zuletzt stehlt ihr dieses Auto, fahrt es zu Schrott und kommt wieder zurück. Drei Jobs also. Leicht zu machen.« Er warf den Umschlag erst, nachdem Gonko schon zurückgewichen war, und traf ihn am Kinn. »Alles klar, ihr Dumpfbacken?«

»Ja, George«, entgegnete Gonko freundlich. »Sonnenklar.«

George riss seine Tür auf und knallte sie zu.

Gonko räusperte sich. »George?«

»*WAS?*«

»Die Magnetkarten für draußen wären vielleicht ganz hilfreich.«

Die Tür ging blitzschnell wieder auf und zu, und ein Täschchen flog Gonko an die Brust. Er kramte darin herum und zog einen Stapel Plastikkarten heraus, durch die jeweils ein Band gefädelt war – für jeden Clown eine. »Eine Art Passierschein«, sagte Gonko, als er JJ eines der Dinger in die Hand drückte. »Ohne den kommst du nicht raus. Häng ihn dir um den Hals, und wenn du ihn verlierst, ziehe ich dir das Fell über die Ohren. Vorwärts, Leute!«

»Ich *mag* aber nich nach draußen, Gonko. *Ich mag das nich.*«

»Dieser Pygmäe ist der beste Beweis für die These, dass man zu kurz geratene Leute niemals an die Macht lassen sollte«, sagte Gonko und deutete mit dem Daumen auf Georges Wohnwagen. Er führte die Clowns – mit Ausnahme von Rufshod, dessen eingedrückte Rippen noch nicht verheilt waren – an den verlassenen Ständen der Budengasse mit ihren Glücks- und Geschicklichkeitsspielen vorbei. Auf Wegen, die JJ bislang noch nicht erforscht hatte, erreichten sie ein Gewirr dunkler Straßen, die an einen Londoner Slum erinnerten. Vom Lichterglanz des Jahrmarkts war hier nichts mehr zu sehen. Schmutz und Gestank umgaben sie, und Glasscherben knirschten unter ihren Füßen. Zwerge mit hinterhältigen Gesichtern beobachteten sie von Fenstern und engen Durchgängen aus. JJ warf ihnen finstere Blicke zu; er hatte sich in ihren Kreisen den Ruf des Bösewichts verschafft, und so wagten sie sich nicht in seine Nähe.

Sie kamen zu einem kleinen Klohäuschen in einer finsteren, schmalen Gasse. Gonko öffnete die Tür. An der hinteren Wand befand sich ein kleiner Schlitz. Er las seine Magnetkarte ein, und ein rotes Signal leuchtete auf. Die anderen Clowns taten das Gleiche. JJ betrat den Abort als Letzter und musste sich eng an Goshy drücken, dessen Atem nach faulem

Obst roch. Gonko zog einen Hebel an der Decke, der wie ein Schaltknüppel aussah, und schob ihn in eine Kerbe mit der Aufschrift »City 4«. Mit einem Ächzen setzte sich der Lift in Bewegung. Die Fahrt nach oben erschien JJ endlos, und Goshys Atem stank mit jeder Sekunde ekliger. Als die Kabine endlich anhielt, stieß er die Tür auf und stolperte hustend und würgend in die kühle Nachtluft hinaus.

Sie befanden sich mitten auf einer Baustelle, und zu seiner Verblüffung erkannte er die umliegenden Straßen sofort. Das hier war Brisbane, keine Meile von dem Haus entfernt, in dem Jamie gelebt hatte. Zementmischer und schwere Baumaschinen umstanden ebenso reglos wie die Fossilien mechanischer Tiere einen halb fertigen Wohnblock. »Da wären wir«, sagte Gonko und trat ebenfalls ins Freie. Kies rollte unter seinen Sohlen. »Gutes altes Brisbane«, murmelte er. »Stinkendes Dreckskaff. Hält sich inzwischen für eine Großstadt. Scheißdreck. Längst nicht genug Morde für eine Großstadt. Den ersten Auftrag erledigen wir hier, die beiden nächsten in Sydney. Etwas größer, aber auch nur ein Dreckskaff.«

JJ folgte Gonko zum Bauzaun, und zu seinem Schrecken folgte Goshy *ihm* – mit eifrigen, schlurfenden Schritten und so dicht auf den Fersen, dass er ihm ohne Weiteres einen Kopfstoß verpassen konnte. JJ quiekte los und hätte sich vor Panik fast in die Hose gemacht. Doopy bemerkte das drohende Unheil, stürzte herbei und packte seinen Bruder an den Schultern. »Nein, Goshy ... das is *JJ*. Goshy, das is *JJ*. Der mit dem *Nudelholz*. Den kennst du doch, Goshy. Das is JJ mit dem *Nudelholztrick*.«

Goshy musterte Jamie wie einen völlig Fremden. Mit kalter Feindseligkeit. Sein Mund klappte auf und zu. JJ erschauerte und dachte: *Mann, du bist entweder der King aller Kopfgesteuerten oder der größte Blödmann auf diesem Planeten!*

»Er gehört zu den *Clowns*, Goshy«, versicherte Doopy seinem Bruder. »Nun komm schon, wir haben zu tun, ganz viel haben wir zu tun.«

Gonko stand am Zaun und las im Schein eines Feuerzeugs die Anweisungen, die George ihnen mitgegeben hatte. Nachdem Goshy ein Stück von ihm abgerückt war, drehte sich JJ um und warf einen Blick auf das unscheinbare Klo, das von einem Bulldozer halb verdeckt wurde. Er deutete nach hinten. »Sag mal, Gonko, schleust ihr so die Schafe in den Zirkus?«

Gonko schaute auf. »Was? Du weißt nicht, wie die Schafe in den Zirkus kommen? Nein, nicht mit dem Lift. Wie stellst du dir das vor? Dass hundert Leute gleichzeitig vor einem Scheißhaus Schlange stehen? Winston, klär ihn mal auf!«

»Die Schafe stellen sich an echten Kassen an«, sagte Winston. »Unsere Leute machen diese Wanderzirkusse ausfindig, die ein oder zwei Mal im Jahr in den großen Städten ihre Vorstellungen geben, und errichten dort ihre Tore wie Spinnennetze vor den eigentlichen Eingängen. Keiner merkt was. Die Schafe gehen durch und landen bei uns.«

»Aber wie funktioniert das?«, fragte JJ.

»Keine Ahnung. Die Tore gehören zu den technischen Spielereien, die Pilo senior auf seinen Reisen durch die weite Welt sammelte. Manche behaupten, er habe die Pyramiden ausgeplündert und kostbare Schätze erbeutet. Aber glaub mir, das waren sicher seine kleineren Fischzüge. Dem alten Pilo ging es vor allem darum, Geheimwissen zusammenzutragen. Und wenn du dir den Zirkus so anschaust, musst du zugeben, dass er jede Menge davon besaß. War vermutlich der größte Dieb, den die Welt je gekannt hatte. Aber Genaueres weiß ich nicht – weder über die Tore noch über die Schminke oder sonst was. Die Schafe gehen einfach durch und landen in unseren Vorstellungen. Sie merken nicht mal, dass sie in keinem richtigen Zirkus sind. Vielleicht ... kommen sie gar nicht vollständig ... mit Leib und Seele, meine ich. Vielleicht kommt nur der Teil von ihnen, der sie am Leben erhält. Im Zirkus läuft alles ein wenig anders ab als hier draußen.«

»Warum errichten sie dann die Einlasstore nicht irgendwo in der Stadt?«, fragte JJ. »In einer belebten Straße. Da würden die Schafe den ganzen Tag durchströmen.«

»Geheimhaltung«, sagte Winston. »Zu uns kommen die Leute, die ohnehin einen Rummelplatz und eine Zirkusvorstellung besuchen wollten. Und dieses Vergnügen kriegen sie dann auch. Pilo senior achtete zwanghaft darauf, dass sein Unternehmen unentdeckt blieb. Wir mussten sogar die Sprache unseres Gastlandes pauken, wann immer wir unseren Standort wechselten. Frag mich nicht, warum – ich habe die Regeln nicht aufgestellt. Die Schafe verlassen den Zirkus mit verschwommenen Erinnerungen, ahnen aber nichts Böses. Wenn jedoch Leute von der *Straße* verschwommene Erinnerung an einen Zirkus hätten, obwohl sie eigentlich zur Arbeit oder zum Einkaufen unterwegs waren, und wenn das nicht nur einem, sondern Tausenden so ginge – nun, wahrscheinlich würde das letzten Endes auch nichts ändern, aber so genau lässt sich das nicht sagen. Ich weiß nur, wie es bisher gehandhabt wurde, und ich denke, dass sich daran auch in Zukunft nichts ändern wird.«

»Seid ihr fertig mit dem Quatschen, ihr beiden?«, fragte Gonko und stopfte Georges Anweisungen wieder in seine Tasche. »Dann kann es nämlich losgehn.« Er ging in die Knie, drückte sich kräftig vom Boden ab und übersprang mit einem einzigen Satz den Zaun, allerdings so knapp, dass der Maschendraht vibrierte. Doopy schubste Goshy gegen die Abgrenzung, duckte sich und schob Kopf und Nacken unter Goshys gespreizte Beine. Mit großem Gejammer und Gezeter erklomm er das Drahtgeflecht, während Goshy rittlings auf seinen Schultern saß und verwirrt vor sich hin pfiff. Winston überwand das Hindernis als Letzter, schnaufend und keuchend.

Die Stadt schien zu schlafen. Ganz schwach drang von den weit entfernten Schnellstraßen Verkehrslärm herüber. Dicke Wolken, an den Unterseiten rosaweiß angestrahlt, bedeckten den Nachthimmel über der Innenstadt. Die Clowns joggten durch die dunklen Straßen. Nur ab und zu begegneten sie einem Betrunkenen, der heimwärts wankte. Wenn das geschah, scheuchte Gonko sie in die Schatten, ein Manöver, das die Clowns trotz ihrer grellen Kostüme zu einer hohen Kunst entwickelt hatten: Sie verschmolzen mit der Finsternis, als habe jemand ein Licht in ihrem Umfeld ausgeknipst, und kein Einziger der Nachtschwärmer nahm sie wahr. »Was is 'n das überhaupt für ein Einsatz?«, erkundigte sich Winston.

»Interessante Geschichte«, entgegnete Gonko. »In dem Haus, das wir suchen, befindet sich ein vier Wochen alter Säugling namens Louis Chan. Dieses Baby wird, wie Shalice behauptet, zu einer Art Forscher heranwachsen und die eine oder andere Wunderkur entwickeln. Georgie findet das ganz und gar nicht gut. Deshalb sind wir hier.«

»Und wir fackeln das Haus ab?«, fragte Winston. Es gelang ihm nicht ganz, den wütenden Unterton in seiner Stimme zu verbergen. JJ feixte.

»Genau das tun wir, Winston«, sagte Gonko fröhlich. »Wir fackeln das Haus ab – legen es in Schutt und Asche. Drei Straßenblocks von hier entfernt. Also, ein bisschen dalli, ihr Lahmärsche!«

Die Clowns erreichten das Haus am unteren Ende einer Straße, die hügelan führte. Zwei Stockwerke, halb Backstein, halb Holz. Im Vorgarten schirmte sie die Krone eines Mangobaums gegen das Licht der Straßenlaternen ab. Gonko griff tief in seine Taschen und holte eine kleine, mit Benzin gefüllte Flasche hervor. Ein halbes Dutzend weiterer Flaschen folgte. Er verteilte sie an seine Leute. Winstons Miene war ernst und verschlossen, und JJ fühlte sich stark versucht, ihn zu einem Gefühlsausbruch zu provozieren. Er trat neben den Alten und sagte: »Ich hab solche Angst, Winston. Ich hab noch nie versengtes Babyfleisch gerochen. Ich ...«

Winstons Augen blitzten so gefährlich, dass JJ einen Schritt zurücktrat und verstummte.

»Ich zähle bis drei«, sagte Gonko. »Eins. Zwei. Drei. Los!« Gonko nahm Anlauf und übersprang den Zaun. Ein Deutscher Schäferhund tauchte knurrend aus den Schatten auf. Mit einem Tritt gegen den Kopf brach ihm Gonko das Genick. Der Anführer der Clowns zog eine Flasche nach der anderen aus seinen Taschen und übergoss die Seitenmauer des Hauses mit Benzin. Doopy lief die andere Seitenmauer entlang und tat das Gleiche. JJ verteilte sein Benzin auf dem überdachten Verandavorbau; er spürte, wie ihm das Adrenalin durch die Adern schoss, und er musste an sich halten, um keine lauten Begeisterungsschreie auszustoßen. Gonko verschwand unter dem Haus, tränkte die Stützen und entfachte die erste Flamme.

Winston warf seine Flasche gegen die Hauswand und traf ein Fenster, das mit lautem Klirren zersplitterte.

»Wer war das?« Gonko tauchte aus dem Untergeschoss auf.

»Ich, Gonks«, sagte Winston. »Tut mir leid.«

»Hoffentlich hat sie der Lärm nicht geweckt.« Gonko wischte sich die Hände an seiner Clownhose ab. »Ach was, das ist nicht unser Problem. Zurück zum Lift. Dalli, dalli!«

Die Clowns rannten los. Ihre Schritte hallten in den dunklen Straßen wider und riefen im ganzen Viertel wütendes Hundegebell hervor. Hinter ihnen breitete sich ein orangeroter Feuerschein aus. JJ blieb an der Hügelkuppe stehen, um die Flammen zu bewundern, die das Haus wie Dämonenarme umschlossen. Ein Schwindel erregender Machtrausch erfasste ihn, und er dachte: *Ich habe das getan.* Plötzlich glaubte er auf einer Bühne zu stehen. Das Publikum klatschte Beifall, rief seinen Namen, forderte Zugaben ... Oder buhte ihn aus. Aber was machte das schon? Innerlich lachte er wie ein Irrer und zappelte vor Begeisterung. Es war ein erhabenes Gefühl.

Winston war dicht vor ihm stehen geblieben, um zu verschnaufen. JJ rannte an ihm vorbei und strahlte ihn an. Der alte Clown starrte geradeaus, heiße Tränen in den Augen.

Dein Durchhänger kommt auch noch, dachte JJ, und ein Schauer lief ihm über den Rücken. *Verlass dich drauf! Und wie der kommt!*

An der Baustelle angelangt, sprangen sie über den Zaun und rannten zum Lift. Die ersten Sirenen heulten los. Goshy blieb stehen und starrte in die Ferne, als habe er den Schrei einer verwandten Seele vernommen. »Mach *schnell*, Goshy!«, mahnte Doopy und deutete auf die Aborttür. Goshy drehte sich einmal um die eigene Achse und stieß einen leisen Pfiff aus. Auf seinen Zügen lag ein Ausdruck kindlicher Begeisterung. Er warf seinem Bruder einen bedeutsamen Blick zu und wies mit dem Daumen über die Schulter, als aus einer anderen Richtung weitere Sirenen ertönten. »Ich *weiß*, Goshy«, sagte Doopy, packte ihn an den Schultern und starrte ihm in die Augen. »Ich hab's auch gehört, echt, ich hab's auch gehört!«

JJ rutschte unbehaglich an der Tür hin und her, während der Lift in die Tiefe fuhr. Schließlich hielt er es nicht länger aus. »Von welchem Deppenplaneten kommt ihr beide eigentlich?«, schrie er.

Doopy und Goshy schwiegen ihn an.

Die Clowns erledigten ihre restlichen Pflichten in Sydney. Gonko schob den Lifthebel in die Kerbe mit der Aufschrift »City 2«, und die Kabine rumpelte sieben Minuten lang in die Tiefe. Als sie endlich stoppte, fanden sie sich erneut auf einer Baustelle wieder, diesmal in einer Stadt mit ziemlich kühler und sehr verschmutzter Luft. Sie schlugen zuerst einen Fußgänger zusammen, das war ein Nachtklubrausschmeißer mit Verbindungen zum organisierten Verbrechen, der sich gerade auf dem Heimweg von der Arbeit befand. Sie hatten sich wirklich mächtig ins Zeug gelegt, dunkle Silhouetten im huschenden Scheinwerferlicht vorbeifahrender Autos, die mit Fäusten und Stiefeln auf eine sich krümmende Gestalt am Straßenrand losgingen. Wenn die Wahrsagerin recht behielt, würde dieser Überfall einen großen Bandenkrieg auslösen, mitsamt Autobomben, Schießereien in der Öffentlichkeit und unschuldigen, von Querschlägern getroffenen Passanten. JJ fragte, warum George so scharf darauf war, diesen Bandenkrieg ins Rollen zu bringen, aber Gonko zuckte nur die Achseln und riet ihm, diese Frage nicht noch einmal zu stellen, da George wahrscheinlich selbst nur Befehlen von irgendwo weiter oben folgte.

Als Nächstes war das Auto an der Reihe, ein rassiger BMW, den sie im Westen von Sydney für eine Spritztour entwendet hatten. Sie verbeulten ihn gründlich und setzten ihn dann gegen eine Hauswand. Der Wagen gehörte einem aufstrebenden Politiker der Arbeiterpartei mit Ambitionen für einen Sitz im australischen Parlament. Gonko hatte allerdings nicht erfahren, was mit diesem Einsatz bezweckt war; er wusste nur, dass er Teil einer schier endlosen Ereigniskette war, deren Auswirkungen sich erst ein Jahrzehnt später zeigen würden. »Wir machen bloß die Hausaufgaben dieser Schlampe«, erklärte Gonko, als sich die Clowns auf dem Rückweg befanden. »Keine Schafe zur Hand? Dann erledigen das die Clowns. Das Weib nervt mich.«

JJ hatte nichts dagegen, sich die Beine auch mal ein wenig in der wirklichen Welt zu vertreten. Er hatte aus dem Vorgarten des Politikers eine Zeitung geklaut. Im Wohnzelt der Clowns entfaltete er sie und las die Überschrift:

Gerichtliche Untersuchung der Todesfälle von Penrith

Die Polizei ist der Aufklärung des mysteriösen Unfalls, der sich im Februar bei einer Zirkusvorstellung auf dem Jahrmarkt von Penrith ereignete und neun Menschenleben forderte, bisher keinen Schritt näher gekommen. Die allem Anschein nach zu Tode getrampelten Besucher wurden nach Ende der Veranstaltung gefunden. Bisher haben sich keine Zeugen des Unglücks gemeldet. Der Bericht der Untersuchungskommission steht zwar noch aus, aber wie bereits bekannt wurde, erwägen die Angehörigen gerichtliche Schritte gegen die Organisatoren des Marktes und der Zirkusshow. Die Polizei führt inzwischen weitere Befragungen durch. Der Fall hat weltweit, insbesondere aber in den USA und in Großbritannien, ein gewaltiges Medienecho hervorgerufen.

»Ich glaub's nicht!«, rief JJ. »He, Leute! Wir sind berühmt. Wir haben es in die Schlagzeilen geschafft.«

JJ zeigte Gonko den Artikel. »Dachte mir schon, dass ihnen das auffallen würde«, sagte Gonko. »Neun tote Schafe. Obwohl die Toten besser dran sind als die Lebenden, wenn du mich fragst.«

»Wie meinst du das?«

Gonko grinste selbstgefällig. »Schafe sind dämlich, JJ. Sie strömen in unseren Zirkus und lassen sich von uns scheren. Es gibt allerdings einen Unterschied zu echten Schafen. Ihr Fell wächst nicht mehr nach. Kapiert?«

»Nein. Wovon zum Henker redest du? Was soll der Scheiß mit Fell scheren und so?«

»Das solltest du eigentlich wissen, mein Kleiner. Immerhin bekommst du jede Woche einen Beutel von dem Zeug, das wir ihnen abnehmen.«

JJ schwieg, und Gonko begann die Pokerkarten auszuteilen. »Aber neun tote Schafe machen dich noch nicht berühmt, JJ«, fuhr er fort. »Wir hatten unsere Finger schon in weit größeren Schweinereien. Versuch's mal mit fünfzig Millionen. Das kommt eher hin. Das hat uns echten Ruhm verschafft. Damit sind wir auf der ersten Seite gelandet. Mehr als einmal.«

»Was?«

Gonko kniff die Augen zusammen. Ein dünnes Lächeln umspielte seine Lippen. »Drücken wir es mal so aus: Ein gescheiterter österreichischer Maler verdankt seinen politischen Erfolg Kurt Pilo. Er war zwar nicht gerade wegen seiner Bilder bekannt, aber gehört hast du ganz bestimmt schon von ihm.«

JJ ging das Gespräch auf die Nerven. Er suchte seine Kammer auf, öffnete einen der Samtbeutel – er besaß mittlerweile drei davon, da George den Clowns bei ihrer Rückkehr von draußen missmutig ihren Lohn ausgezahlt hatte – und schüttete ein paar Kristalle auf seine Handfläche. Sie brachen das Licht in allen Farben des Regenbogens. »Was *ist* das für ein Scheißzeug?«, murmelte er.

Bald darauf gingen die anderen Clowns schlafen, und über dem Zirkusgelände breitete sich Stille aus. JJ nahm die Kristallkugel aus ihrem Versteck, obwohl er nicht damit rechnete, zu dieser späten Stunde etwas beobachten zu können. Er beschloss, bei den Zwergen herumzuschnüffeln, um mal zu sehen, was sie anstellten, wenn die Lichter ausgingen. Nachdem er ein paar Minuten lang ihr Gezanke auf den Dächern mitverfolgt hatte, richtete er die Kugel auf den Wohnbereich des Clownzelts. Zu seiner Verblüffung sah er eine Gestalt, die im Schutz der Schatten zum Eingang schlich. JJ bemühte sich, die Szene so nahe wie möglich heranzuholen, aber wer auch immer da in das Zelt eindrang, er bewegte sich so verstohlen wie die Clowns selbst durch das Dunkel. JJ konnte nur einen Umriss mit hängenden Schultern und einem stark humpelnden Gang erkennen. Plötzlich aber wusste er, wer der heimliche Besucher war – er hatte die gleiche Elendsgestalt schon früher am Tage mit versengter Haut und rauchenden Kleidern aus der Schreckenskammer robben sehen. Als der Lehrling an einer Laterne im Wohnbereich vorbeikam, sah JJ sein von purpurnen und rosa Brandwunden entstelltes Gesicht. Der harte Blick verriet ihm, dass der Junge mit der Welt längst abgeschlossen hatte. Seine Faust umklammerte ein Bleirohr.

Furcht streckte ihre Krallen nach JJ aus, als ihm zu Bewusstsein kam, dass er selbst vermutlich das Ziel des Mordanschlags war; immerhin hatte er den Lehrling verdrängt, aus seiner

Kammer und auch aus der Truppe. Mit einem leisen Wimmern schob er einen Stuhl unter die Türklinke, um zumindest etwas Zeit zu gewinnen. Seine Hände zitterten jetzt schon. Er kramte in den Kisten herum, fand aber außer dem Nudelholz keine Waffe. Er nahm es und kehrte zur Kugel zurück, um die Geschehnisse mitzuverfolgen. Der Lehrling humpelte mühsam, aber unerbittlich näher.

JJ versuchte den Teigroller ruhig zu halten, während er den Arm hob. Er hatte beschlossen, das Ding mit aller Kraft gegen den Angreifer zu schleudern. Wenn er haargenau traf, konnte er dem Bastard die Visage zerschmettern. Seine Blicke huschten von der Kugel zur Tür. Der Lehrling tauchte auf... und ging an JJs Tür vorbei, ohne sie eines Blickes zu würdigen.

JJ wechselte seine Gefühle noch schneller als seine Socken. Jegliche Furcht fiel von ihm ab. Stattdessen überkam ihn urplötzlich die Lust zum Blutvergießen. Er senkte das Nudelholz und trat über die Schwelle. Der Lehrling wankte vorwärts – wie ein eben dem Grab entstiegener Zombie. JJ folgte ihm. Im Augenwinkel nahm er eine Bewegung wahr. Er drehte sich um und sah Doopy ebenfalls den Korridor entlangschleichen. Ihre Blicke trafen sich für einen Moment. Dann bewegten sich beide lautlos weiter.

Der Lehrling torkelte etwa vier Schritte vor ihm her. Von seinem mit Blasen und offenen Stellen bedeckten Nacken löste sich die Haut in Fetzen. Seine rußverschmierten, mit weißer Asche bedeckten Kleider wiesen hier und da große Löcher auf, unter denen grauenhafte, stark nässende Wunden zum Vorschein kamen. Auf seinem vormals grell bedruckten Clownhemd leuchtete verloren ein Gänseblümchen.

Der Lehrling hielt vor Gonkos Tür an, ohne seine Verfolger zu bemerken. JJ überlegte, ob er den Boss warnen sollte. Gonko war ihm zwar gleichgültig. Aber egal, ob Gonko schlief oder nicht – wenn er diese Elendsgestalt nicht überwältigen konnte, hatte er vermutlich ohnehin keine Führungsqualitäten.

Der Lehrling streckte eine übel zugerichtete, von Blasen überzogene Hand nach der Tür aus. An seinen Knöcheln platzte die Haut, als er die Klinke umfasste. JJ hörte, wie er leise durch die Zähne zischte. Dann öffnete er die Tür und betrat das Zimmer. Doopy und JJ hatten mit ein paar raschen Schritten den Eingang erreicht.

Eine einzige Kerze brannte in Gonkos Schlafkammer, ein kleines Flämmchen, schon halb erloschen in einem Tümpel aus rotem Wachs. Der Anführer der Clowns lag in seinem Bett. Er atmete tief und gleichmäßig. Seine Füße mit den Riesenschuhen hingen über die Bettkante, während Gesicht und Brust unter der Decke steckten. Der Lehrling hob das Bleirohr und trat näher, einen Schritt, zwei Schritte. Die Finger umklammerten die Waffe fester. Dann blieb er stehen und starrte auf seinen hilflosen Gegner herunter. Entweder genoss er den Augenblick – oder er musste seinen ganzen Mut zusammennehmen, um die geplante Tat auszuführen.

Plötzlich schrillte in einer von Gonkos Taschen ein Wecker los und hörte nicht mehr auf zu läuten. Der Lehrling erstarrte, als Gonko die Decke abwarf und die Augen öffnete. Mit einem Ruck hatte er sich aufgerichtet und mit einer Rolle rückwärts bewirkt, dass das Bett zwischen ihm und dem Angreifer stand. Er warf einen Blick auf den Lehrling und das Bleirohr, seine Mundwinkel zuckten nach oben. Obwohl Gonkos Gesicht die gleiche kantige Maske zeigte wie immer, glaubte JJ in seinen Augen schiere Freude zu erkennen.

Der Lehrling erholte sich von seiner Überraschung und hob das Rohr. Gleichzeitig ging er in die Knie, als wolle er auf das Bett springen. Gonkos Augen verengten sich. Er griff in seine Tasche, zog den immer noch lärmenden Wecker heraus, schaltete ihn mit dem Daumen aus und warf ihn beiseite. Seine Blicke wanderten über die Schulter des Lehrlings zu JJ und Doopy. Wieder griff er in die Tasche und brachte etwas zum Vorschein, das Ähnlichkeit mit einer zusammengerollten Socke hatte. Wie ein Baseballwerfer holte er aus und schleuderte das Ding. Der Lehrling wich aus, und es landete in Doopys Händen. JJ stieg ein chemischer Geruch in die Nase. Als habe er in Gonkos Blicken einen bestimmten Befehl gelesen, schlich Doopy von hinten an den Lehrling heran und drückte ihm das Stoffknäuel ins Gesicht. Der Lehrling schnaubte, ließ das Rohr fallen und sackte ohnmächtig zu Boden.

Gonko schlenderte näher, beugte sich über die bewusstlose Gestalt und zog eine zweite zusammengerollte Socke aus der Hosentasche. Wieder fing JJ einen Hauch von Chemikalien auf. Spuckend und hustend schlug der Lehrling die Augen auf. Gonko ragte wie ein mächtiger Gott über ihm auf, in einer Hand das Bleirohr, das Gesicht zu einem beinahe väterlichen Lächeln verzogen. Der Anführer der Clowns warf dem Lehrling eine Kusshand zu, ehe er das Rohr hochschwang und niedersausen ließ, ein Mal, zwei Mal, drei Mal... Jeder Hieb hatte seine eigene dumpfe Note, begleitet vom Krachen und Splittern von Knochen. Doopy beobachtete mit mäßiger Neugier, wie Blut auf Gonkos Unterschenkel spritzte und sich auf dem Boden rings um den Sterbenden ausbreitete.

JJ beobachtete, wie sein Boss auf den zuckenden, vollkommen wehrlosen Körper zu seinen Füßen einschlug. Der Anblick und die Geräusche des Mordens lösten eine Art sexuelle Erregung in ihm aus, die tiefer und heftiger ging als alles, was er bisher empfunden hatte. Sein Mund stand offen, seine Augen sogen jeden Blutstropfen, jede Schwellung und jeden Riss auf. Das Bleirohr donnerte auch dann noch auf den Clown nieder, als seine Glieder längst zu zucken aufgehört hatten.

Endlich ließ Gonko den Arm sinken. »Clowns sind nicht so leicht umzubringen, JJ«, murmelte er. »Die wehren sich gegen den Tod.« Er warf das Bleirohr beiseite, verschränkte die Arme und wies mit dem Kinn auf den Leichnam. Doopy schien zu wissen, was das bedeutete. Er kniete nieder, als sei das ein oft geübter Vorgang, und packte den Toten an den Füßen. JJ bückte sich und fasste ihn unter den Schultern. Der Kopf mit dem schlimm zugerichteten Gesicht sank gegen JJs Brust, als er und Doopy den Lehrling in die Nacht hinaus schleppten, durch das totenstille Kirmesgelände bis zu dem hohen Holzzaun am Rand der Zirkuszelte. Ihre Schritte knirschten im Kies. Sie ließen den schlaffen Körper mehrmals hin und her pendeln, bis der Schwung ausreichte, um ihn über den Zaun zu hieven. Ein Streifen aus roten Blutspritzern markierte die Stelle, an der sie sich des Leichnams entledigt hatten.

Stumm kehrten die beiden Clowns zu ihrem Zelt zurück. Augenpaare spähten durch schmale Vorhangschlitze, als sie an den Hütten der Zigeuner vorbeikamen. Der Tod war nie weit entfernt. Es konnte von Nutzen sein, durch die Vorhänge zu spähen, wenn in der Nacht Schritte über den Kies knirschten. Es konnte auch von Nutzen sein, die Türen zu verriegeln.

Die Nacht war noch nicht zu Ende.

Im Bett ging JJ im Geiste noch einmal jeden Schlag mit dem Bleirohr durch, jedes noch so kleine Detail. Er sah jeden Blutspritzer, hörte jedes Knochensplittern zum dumpfen, metallischen Beat von Gonkos Hieben und entdeckte dabei ein neues Gefühl.

Fast ohne nachzudenken, stand JJ auf. Er erinnerte sich noch verschwommen an Jamie, erinnerte sich auch an den Überfall auf die Monsterschau und an die fette Zirkusratte, die Jamie gesehen hatte, als er floh. Jede Ausrede wäre ihm recht gewesen – diese hier ergab sogar einigermaßen Sinn. JJ wusste nicht mehr, inwiefern Jamie ihn im Stich gelassen hatte, aber das spielte keine Rolle. Wichtig war auch, ihm beizubringen, es nie wieder zu tun. Wichtig war, seine Spuren zu verwischen.

Draußen im Freien gab er sich keinerlei Mühe, seine Schritte zu dämpfen. Laut knirschte der Kies in der Stille der Nacht, und in den Gassen der Zigeunerbaracken flackerten Lichter auf, als er vorüberging. Der Tod war nie weit entfernt, und der neue Clown hatte gelernt, anderen den Tod zu bringen. An einem Holzstoß lehnte eine Axt. Er nahm sie und küsste ihre Schneide.

Jamie erwachte gegen Mittag. Seine Schminke war wie gewohnt auf dem Kissen verschmiert. Das Bett fühlte sich heiß und muffig an und stank nach Schweiß. Nach Schweiß und auch noch nach einer anderen, irgendwie ganz ähnlichen Ausdünstung. Etwas klebte an seinen Fingern, und so hielt er sie dicht an die geschwollenen, feuchten Augen. Als er das Blut sah, legte sein Herz einen Gang zu, noch bevor der Verstand begriff, was er sah. Blut besudelte seine Finger und bedeckte die ganze Hand bis zum Gelenk.

Die Erinnerungen kehrten zurück, so verschwommen und grausig wie ein Albtraum: Wie er die Tür eingetreten und eine Laterne angezündet hatte. Der Zigeuner, der tief und fest schlief, eine leere Flasche zu seinen Füßen. Der vor Schweiß glänzende Bierbauch, der ihm aus der Hose quoll wie ein riesiger, fetttriefender Schweinebraten. Wie er die Axt gehoben und geflüstert hatte: *Guckst du auch zu, Jamie? Das hier hast du angerichtet!*

Auf. Ab. Auf. Ab. Mit der Flachseite der Axt. Die Leichtigkeit der Schwünge, ruhig und ganz und gar frei von Gefühl. Nicht das geringste Zögern. Das kurze Stöhnen des Zigeuners noch, als der Schädelknochen nachgab. Das war sein Ende gewesen, während JJs Spaß erst richtig begann. Etwas war geschehen, während er tötete. Er war bei klarem Verstand gewesen, ruhig, beinahe losgelöst von seinem eigentlichen Tun. Aber er hatte gespürt, wie sich das Blut in seinen Adern erhitzte. Ein Rausch hatte ihn erfasst, eine Art sexuelle Ekstase. Er hatte die Axt so fest umklammert, dass sie sich wie ein Teil von ihm selbst anfühlte. Selbst als kein Blut mehr aus den Wunden schoss, hatte er die Waffe noch geschwungen, o ja, verdammt, o ja, auf ab auf ab, immer schneller, mit der Absicht, bis zur Erschöpfung weiterzumachen. Aber seine Arme wollten gar nicht ermüden. Er hatte gehechelt wie ein Wolf, und das Blut hatte wie eine zweite Haut an ihm geklebt. Schließlich war er in einer der roten Pfützen ausgerutscht, hatte im Sturz die Axt losgelassen – und das war es dann gewesen. Er hatte den Toten zum Zaun geschleppt, ohne sich die Mühe zu machen, ihn selbst auf die andere Seite zu hieven. Stattdessen hatte er ihn verkehrt herum gegen die Bretter gelehnt.

Jamie erinnerte sich an alles, was er eigenhändig angerichtet hatte. Und er erinnerte sich an alles, was Gonko mit dem Bleirohr angerichtet hatte. Übelkeit erfasste ihn. Er verließ das Bett und brach zusammen. Seine Laken waren blutgetränkt. Er hatte die ganze Nacht über in dem Zeug geschlafen.

Ein feuchter Traum der ganz anderen Sorte, plapperte sein krankes Gehirn. Er versuchte sich aufzurichten, stützte sich auf Hände und Knie und kotzte, bis nur noch Galle aus seinem Mund floss.

Und es kam noch schlimmer. JJ hatte ihm eine Botschaft hinterlassen, in Blut und mit völlig ruhiger Hand quer über die Schranktür geschrieben:

DEIN DURCHHÄNGER KOMMT, JAMIE

Er kam auch wirklich. Und wie. Jamie erinnerte sich. JJ hatte es ihm prophezeit. Letzte Nacht hatte er nur die offene Rechnung beglichen. Die eigentliche Party stand noch aus.

Er zwang sich zur Ruhe.

Ich bin ein Mörder, dachte er.

Aber nur einen Moment lang.

Die Zeit verging. Das Zittern und die Übelkeit ließen nach. Gonko schaute kurz vorbei, um ihm zu sagen, dass die nächste Probe um zwei Uhr stattfand. Er warf einen Blick auf die blutbesudelten Laken. »Heißes Date, JJ?«, fragte er lächelnd, ehe er wieder verschwand.

Jamie versuchte sich aufzurichten, zum vierten Mal an diesem Morgen, und diesmal schaffte er es. In seinem Kopf drehte sich alles, als habe er zu viel Pot erwischt. Auch seine Gedanken gingen im Kreis. *Ich habe jemanden umgebracht. Aber das war nicht ich, weil ich mich gar nicht unter Kontrolle hatte. Aber als ich die Schminke auftrug, wusste ich, dass ich die Kontrolle über mich verlieren würde. Außerdem bin ich nicht freiwillig hier.* Immer im Kreis, untermalt von Bildern des Tötens und dem kurzen Stöhnen des Zigeuners, als er starb. Breitbeinig torkelnd schaffte er es bis zu Winstons Zimmer und klopfte an der Tür. »Was gibt's?«, kam die gedämpfte Antwort. Jamie trat ein. Das Blut klebte immer noch an seinen Händen.

»Du liebe Güte, was ist geschehen?« Winston setzte sich auf und packte ihn an den Schultern.

Er versuchte zu antworten, schluckte, versuchte es noch einmal. »Ich habe jemanden umgebracht.«

Winstons Stimme klang scharf. »Was? Wen? Wen hast du umgebracht?«

»Ich weiß nicht. Einen Zigeuner. Er wohnt – Herrgott, *wohnte* – in der Hütte gleich neben der Monsterschau.«

Winston lehnte sich mit einem Seufzer zurück. »Und ich hatte mir schon Sorgen gemacht.«

Jamie starrte ihn mit offenem Mund an; er kam sich vor, als habe der Alte einen Überraschungstreffer gelandet. »Hast du nicht zugehört? Ich habe jemanden *umgebracht.*«

Winston sah ihn zwar ernst an, aber seine Stimme klang sanft. »Jamie, hier passieren weit schlimmere Dinge als der Mord an einer Zirkusratte. Das ist *gar nichts*. Die Pilos werden sein Fehlen nicht mal bemerken. Und nicht du warst der Mörder, sondern JJ. Habe ich recht?«

»Ja, aber ich ...«

»Kein Aber. Du bist in zwei Persönlichkeiten gespalten. Begreifst du das? In zwei völlig verschiedene Persönlichkeiten.

Aber darüber möchte ich jetzt nicht reden. Weißt du, warum JJ diesen Mord beging? Hatte er einen Grund, oder wollte er nur seinen Spaß haben ...«

»Doch, ich glaube, er hatte einen Grund ... Erinnerst du dich an gestern, an die Sache mit der Monsterschau ...?«

»Kein Wort darüber, verdammt noch mal.«

»Tut mir leid. JJ glaubte, der Zigeuner könnte mich gesehen haben. Ein Augenzeuge.«

»Merkwürdig«, sagte Winston nach einer kleinen Pause. »Wenn er dich tatsächlich sah, dann hat uns JJ wohl einen Gefallen erwiesen.« Winston fuhr sich mit der Hand über das Gesicht. »Pass auf, Jamie, ich weiß nicht, wie viel ich dir verraten kann. JJ habe ich am Wickel. Der hat kapiert, was gut für ihn ist, und wird den Mund halten. Was ich dagegen dir erzählen kann ... schwer zu sagen. Ich will dir helfen, mein Junge. Gleichzeitig brauche ich aber auch deine Hilfe. Nur weiß ich nicht, ob ich das Risiko eingehen kann. Ich mache mir nicht nur wegen der Pilos Sorgen. Es geht auch um die anderen Clowns. Gonko ist gern im Zirkus. Er spielt hier den King, verstehst du? Eine Meuterei von einem aus seiner Truppe käme ihm mehr als ungelegen. Du kannst dir sicher vorstellen, was er täte, wenn wir versuchten, ihm den Teppich unter den Füßen wegzuziehen.«

»Was soll ich denn machen, Winston? Letzte Nacht habe ich – hat JJ – einen Mord begangen. Und er ist wütend auf mich. Er ist sogar sauwütend. Er wird versuchen, mir was reinzuwürgen – und zwar so, dass es richtig schmerzt. Er weiß noch nicht, was er mir als Nächstes antun soll. Er kann alles sehen, was ich mache. Ich kann alles sehen, was er macht. Das ist, als würdest du eine Partie Schach gegen dich selbst spielen.« Jamie wollte sich den Schweiß von der Stirn wischen und ließ die blutverschmierte Hand angeekelt sinken. Winston reichte ihm einen Lappen. »Letzte Nacht hat ihm nicht gereicht«, fuhr Jamie fort. »Er findet, dass wir noch nicht quitt sind. Vor ihm muss ich mich in Acht nehmen, Winston. Er meint es ernst.«

»Bist du sicher?«, fragte Winston. »Käme mir komisch vor, wenn er dir echt schaden würde. Du und er – ihr nehmt doch schließlich den gleichen Platz ein. Das Schlimmste, was er tun könnte, wäre, dass er dir einen Schrecken einjagt oder dein schlechtes Gewissen weckt.«

»Aber er ist wahnsinnig. Er wird mit jedem Tag noch wahnsinniger. Letzte Nacht hast du selbst miterlebt, wie er sich aufführte, als wir dieses Haus abfackelten. Er war verrückt. Er glaubte ... ich weiß auch nicht ... irgendwie von einem Dämon besessen zu sein. Und er *freute sich* darüber, fühlte sich ganz oben. Ein Baby umzubringen ... Herrgott, Winston, was haben wir letzte Nacht *getan*?«

Winston stand auf, wandte sich ab und ging zu seinem Mäusekäfig. Offenbar wollte er vermeiden, dass Jamie sein Mienenspiel beobachtete. Er brach ein Stückchen von einer Keksstange ab und schob es durch die Gitterstäbe. Als er wieder sprach, klang seine Stimme stockend. »Wir haben auf Befehl unserer Bosse gehandelt. Und sie handeln auf Befehl ihrer Bosse. Keiner denkt nach. Jeder macht seinen Job, nimmt sein Pulver in Empfang ... Ach, verdammt noch mal, Jamie! Ich möchte, dass du mich heute Abend begleitest. Versuch den Tag ohne Schminke durchzustehen. Es wird dir nicht leichtfallen, und vielleicht trägst du auch die eine oder andere Verletzung davon, aber versuch es wenigstens. Heute Abend hole ich dich dann ab. Ich muss dir etwas Wichtiges zeigen.«

Winston ging zur Tür, kniete nieder und beugte sich dicht über den Spalt zwischen Tür und Boden. Er schien beruhigt, dass niemand lauschte. Dennoch senkte er die Stimme zu einem kaum hörbaren Flüstern und sah Jamie nicht an, als widerstrebe es ihm, überhaupt zu sprechen. »Wir sind eine ganze Gruppe«, sagte er. »Wir haben lange gezögert, etwas gegen den Zirkus zu unternehmen, aber jetzt ist es genug. Ich nehme dich heute Abend mit, um dir die anderen vorzustellen. Aber nur, wenn du es schaffst, ohne Schminke durchzuhalten. Du wirst erfahren, was und wer die Freiheit ist.«

Für einen Augenblick oder zwei war Jamie sprachlos; der Gedanke an organisiertem Widerstand erregte ihn und flößte ihm zugleich Angst ein. »Noch eines«, fuhr Winston fort und schaute ihm zum ersten Mal in die Augen. »Die Sache mit der Kristallkugel muss unbedingt geheim bleiben.«

Jamie zog die Augenbrauen hoch. »Woher wusstest du ...«

»Ich habe sie vor ein paar Tagen in deiner Kammer entdeckt. Was immer du tust, gib sie auf keinen Fall den Pilos. Und verrate keinem Menschen, dass du sie besitzt. Glaubst du, JJ würde sie herausrücken?«

»Nie und nimmer. Dafür schätzt er sie zu sehr. Sie ist sein Lieblingsspielzeug.«

Winston wirkte immer noch besorgt. »Nun gut«, sagte er, »wenn du dir sicher bist ...«

Kapitel Achtzehn
Die Freiheitsbewegung

Jamie verkroch sich immer noch in seiner Kammer und wartete auf den Moment, da er im Aufenthaltsraum erscheinen musste. Die anderen Clowns schienen angespannt – Doopy und Rufshod gerieten sich über ihrem Kartenspiel ständig in die Haare. Das ging nun schon den ganzen Vormittag so; irgendwann hatte sich Rufshod auf Goshys falsche Seite gesetzt, was ein schrilles Gekreische zur Folge hatte, gefolgt von Rufshods empörtem Geschrei und Doopys weinerlichem Appell an Gonko, den *armen kleinen Gosh-Gosh zu retten*. Schließlich ging Jamie nach draußen, spielte mit den anderen Karten und blieb die meiste Zeit stumm. Die Clowns beachteten ihn nicht weiter. Die Probe kam und ging, und obwohl seine Nerven flatterten, hielt er bis zum Ende durch. Goshy war bereits durch den Streit mit Rufshod gereizt, und so kam das Nudelholz mit mörderischer Wucht zu Jamie zurückgeflogen; Jamie wich so weit zurück, wie es Gonko nur erlaubte. Und Gonko erklärte ihm, dass er während eines Auftritts dafür zu sorgen habe, dass ihm der Teigroller ins Gesicht oder noch besser voll in den Unterleib krachte. Als sie fertig waren und die Übungsmatte verließen, heftete sich Goshy so dicht an Jamies Fersen, dass Jamie laut schreiend die Flucht ergriff. Doopy lief herbei, um seinen Bruder zurückzuhalten. Dabei sagte er etwas, das Jamie das Blut in den Adern erstarren ließ: »Nein, *noch* nicht, Goshy, *noch nicht*!«

Jamie floh in seine Kammer und atmete tief durch. *Noch nicht?* Was zum Henker sollte das heißen? Wahrscheinlich spürten die Clowns nur, dass sie einen »Normalen« in ihren Reihen hatten – dafür schienen sie einen Riecher zu haben. Vielleicht würde JJ sie im Ernstfall beide verteidigen. Schon komisch, dass sie gleichzeitig Waffenbrüder und Feinde waren … Im Augenblick konnte er sich nur im Fünf-Minuten-Takt vorwärtsschleppen und nach jedem einzelnen Schritt fragen, ob er noch tickte. Er zwang sich, nicht darüber nachzudenken, wie viele Stunden er noch durchhalten musste. Heiland, das drohte wirklich ein langer Tag zu werden.

Gegen sechs rief Gonko die Clowns in den Aufenthaltsraum. Er saß da und lachte sich halb kaputt. Sie nahmen ihre Plätze am Kartentisch ein. »Das müsst ihr euch anhören!«, rief Gonko und wischte sich die Augen, obwohl dort nicht eine einzige Lachträne zu sehen und seine Haut so trocken wie Schmirgelpapier war. »Erstens – keine Außenarbeiten heute. George ist einfach zu wütend.«

»Was is denn passiert, Gonko?«, fragte Doopy. »Goshy will es wissen, du *musst* es ihm endlich sagen, Gonko, jawoll, das *musst* du!«

»Ich hab George noch nie so stocksauer gesehen«, berichtete Gonko. »Der wollte doch tatsächlich auf mich losgehen. Das muss man sich mal vorstellen, verdammt noch mal! Aber was willst du machen? Diese zu kurz geratenen Typen sind einfach alle gleich.«

»Wo liegt das Problem?«, fragte Winston. Seine Stimme klang zwar beiläufig, aber Jamie hatte den Eindruck, dass keine von Winstons Bemerkungen beiläufig war – und dass er selbst jedes Wort aufnahm, das er hörte.

»Kurt hat es George heimgezahlt«, sagte Gonko schadenfroh. »Er hat sich gerächt, aber wie er das getan hat … ah, phantastisch! Er verbindet Georges Bett mit Stromkabeln, die zu einem Generator auf dem Dach von Georges Wohnwagen führen. Sobald ein Schalter betätigt wird, jagen tausend Volt durch Georges Bett. Er wartet also, bis George schlafen geht, und entfernt dann einen der Auflageblöcke unter dem Wohnwagen. Ein Ruck geht durch das Ding, es neigt sich nach einer Seite. George steht auf, ganz schön angefressen – aber wie angefressen er wirklich ist, merkt er erst etwa zwanzig

Sekunden später. Er reißt die Tür auf, schreit was Unflätiges nach draußen, ohne zu erkennen, wer ihm den Streich gespielt hat, und geht wieder nach drinnen, um sich endgültig in die Falle zu hauen. Und jetzt kommt es! Er hat schon zwei Stunden lang im Bett gelegen, und Kurt wäre es jederzeit möglich gewesen, den Generator einzuschalten und ihm einen Stromschlag zu versetzen. Aber das Schöne ist, dass er George leben lässt. Er wartet, bis George sein Bett fast erreicht hat, und betätigt dann den Schalter. BUMMM! Durch das Bett fährt ein greller Blitz. George rennt schreiend in die Nacht, und als er endlich wieder klar denken kann, merkt er, dass Kurt Katz und Maus mit ihm gespielt hat. Hätte ihn mit einem einzigen Knopfdruck erledigen können, aber stattdessen lässt er ihn am Leben. Weil es ihm einen Mordsspaß macht, den Kleinen zu ärgern!«

Rufshod bog sich vor Lachen.

»Kurt machte sich sogar die Mühe, eine aufgeschlagene Bibel auf Georges Schreibtisch zu legen und die Stelle *›Du sollst nicht töten!‹* mit einem Marker anzustreichen«, fuhr Gonko fort. »Ach je, diese Profilierungswerkelei zwischen Brüdern ...«

»Was is 'n das für eine Ferkelei, Gonko? Goshy will das wissen, und du musst es ihm erklären, Gonko, jawoll, das musst du ...«

»Was steht dann für heute Abend auf dem Programm, Gonks?«, erkundigte sich Winston.

»Heute Abend kaufen wir ein Geburtstagsgeschenk für Kurt – das steht auf dem Programm. Wer will mitkommen?«

»Ich«, erklärte Rufshod.

»Sonst niemand? Geht in Ordnung. Zwei reichen völlig aus.«

»Was besorgst du ihm denn?«, wollte Winston wissen.

»Du wirst schon sehen«, entgegnete Gonko mit einem Lächeln. »Damit kriegen wir vielleicht unsere Vorstellung zurück, Jungs. Kurt wird sich vor Freude nicht mehr einkriegen.«

Gonko und Rufshod brachen bald danach zu ihrer Einkaufstour nach draußen auf. Gonko schien bestens gelaunt, seit er die Frage mit dem Geburtstagsgeschenk geklärt hatte. Und das allein wirkte schon irgendwie bedrohlich. Jamie hoffte nur, dass keiner seiner Freunde oder Verwandten dem Clownboss versehentlich über den Weg lief.

Die anderen Clowns gingen ihren privaten Beschäftigungen nach. Goshy wollte einen romantischen Abend mit der Pflanze seines Herzens verbringen. Doopy spielte Solitär und schwindelte dabei, erzählte aber jedem, der vorbeikam, dass er nicht schwindelte. *Nee, ehrlich nich, frag Goshy!* Gegen neun herrschte im Aufenthaltsraum Stille. Winston kam herein und gab Jamie ein Zeichen, dass er ihm folgen solle. Die Wege waren dunkel, als die beiden auf die Gasse der Schaubuden zuhielten. Jamie hatte das untrügliche Gefühl, dass ihnen Augenpaare nachstarrten, denen nichts entging. Weit vorne tauchte plötzlich Shalice auf. Winston packte Jamie an der Schulter, zerrte ihn hinter einen kleinen Caravan und drückte ihn zu Boden. Sie warteten. Shalice erstarrte kurz, als sie an ihnen vorüberging, warf einen Blick über die Schulter, zog ihre Kapuze tief in die Stirn und eilte weiter. »Nimm dich vor der in Acht!«, wisperte Winston, als sie verschwunden war. »Ich glaube, die ist gefährlicher als alle anderen Zirkusleute.«

»Auch gefährlicher als Gonko?«, fragte Jamie.

»Bestimmt. Die hat mehr Trümpfe im Ärmel als er – weit mehr!«

Winston bog in einen der scheinbar unzähligen Durchgänge zwischen den Buden ab. Um sie herum erklangen die Nachtgeräusche des Zigeunerlebens, Gesprächsfetzen auf Spanisch, fremdartige Musik, das gackernde Gelächter alter Vetteln – und das alles noch überlagert von schwach Ekel erregenden Essensgerüchen. Sie befanden sich in einer Sackgasse, an deren Ende der hohe Grenzzaun hinter dem Wrack eines Zirkuswagens aufragte. Winston legte die Hände flach auf die Bretter und stemmte sich mit seinem ganzen Gewicht gegen den Zaun. Seine Schultern zitterten von der Anstrengung. Eine der Bohlen gab leise knirschend nach, fiel jedoch nicht zu Boden, sondern blieb in einer Seilschlaufe hängen, die auf der anderen Seite der Barriere angebracht war. »Hat lange gedauert, bis wir ein Schlupfloch im Zaun fanden«, sagte Winston schnaufend. »Die Bretter saßen verdammt fest.« Er warf einen besorgten Blick über die Schulter, zog den Bauch ein und zwängte sich durch die enge Lücke. Sobald er auf der anderen Seite war, winkte er Jamie, ihm zu folgen. »Pass auf, wo du hintrittst«, warnte Winston, »und das meine ich wörtlich!«

Jamie hatte geglaubt, das Meer rauschen zu hören, als er vor der Verwüstung der Monsterschau sein Ohr gegen den Holzzaun hinter dem Zelt gepresst hatte. Der Eindruck verstärkte sich nun, aber sehen konnte er nichts außer tiefschwarzer Nacht, einer ausgedehnten Finsternis ohne Wolken und ohne Sterne. Als er sich durch die Lücke schob, spürte er unter seinen Füßen lediglich einen schmalen Sims entlang des Zauns. Einen Schritt weiter war ... Vergessen. Es schien, als befände sich das Zirkusgelände auf einer kleinen Insel, die in ihrer eigenen dunklen Blase des Universums schwamm – nur, wo waren die Sterne? Eben noch hatte der Mond geschienen. Hier draußen herrschte jenseits des schmalen Grasstreifens absolute Leere und Finsternis. Jamies Knie gaben nach. Winston packte ihn hart an der Schulter, grub ihm die Fingernägel in das Fleisch und rief seinen Namen. Der Schmerz holte ihn zurück, aber bei Gott, um ein Haar wäre er ohnmächtig über die Kante gestürzt. Immer tiefer, immer weiter, bis er verhungerte. »Sieh zu, dass du dich an das Gefühl gewöhnst«, sagte Winston. »Ich muss den Zaun in Ordnung bringen. Man weiß nie, wer hier vorbeikommt.«

»Okay.« Jamie schluckte. »Alles okay.«

»Nimm meine Hand«, riet ihm Winston, nachdem er das Brett mit der Schulter an seinen Platz geschoben hatte. »Ein kleines Stück noch, und das Schlimmste ist geschafft.« Sie hatten kaum Platz genug, um die Füße aufzusetzen. Jamie schloss die Augen und tastete sich den Zaun entlang. Nach etwa einer Minute, die ihm wie eine Ewigkeit erschien, sagte Winston: »So, ab jetzt wird es leichter.«

Der mit staubigem, gelb verdorrtem Gras bewachsene Sims verbreiterte sich auf etwa zwanzig Fuß. »Wo sind wir hier?«, fragte Jamie.

»Du musst nicht flüstern«, entgegnete Winston. »Sie können uns weder sehen noch hören. Sie haben keine Ahnung, dass es uns gibt. Deshalb treffen wir uns auch hier draußen. Wo wir sind? Am Rande der Hölle. In einer kleinen Nische der Welt, die nur für den Zirkus reserviert ist. Pachtgrund, würdest du wohl sagen. Kurts Bosse haben dieses seltsame Gelände eingerichtet. Er vergisst wahrscheinlich, dass es über ihm noch Bosse gibt, aber so ist es. Sein Vater hat sich mit ihnen angefreundet. Oder sich ihnen angedient, um die Wahrheit zu sagen. Wer oder was sie genau sind, das weiß ich beim besten Willen nicht.«

Schwindel erfasste Jamie. Nur zehn Schritt von einem Meer schwarzer Unendlichkeit entfernt nervten ihn Winstons Worte mehr, als er sich eingestehen wollte. Dicht nebeneinander gehend, umrundeten sie die Außenseite des Grenzzauns. »Unheimlich, das erste Mal hier draußen«, meinte Winston. »Aber es gibt einfach keinen anderen Ort, an dem wir uns ungestört versammeln können, ohne belauscht zu werden. Die anderen müssten inzwischen da sein.«

Und tatsächlich hörten sie kurz darauf Stimmen in der Nähe. Als sie um eine Biegung kamen, weitete sich der Weg zu einer bernsteinfarbenen Felsenplattform von der Größe eines Basketballfeldes, deren Flanken ins Nichts abfielen. Jamie erkannte viele der Leute, die sich auf der Fläche versammelt hatten. Er sah Randolph von den Akrobaten; Fishboy von der Monsterschau mit sämtlichen Freaks außer Nugget; Stu, den Löwendompteur; eine Hand voller Zwerge;

ein Dutzend Zigeuner mit schmutzigen Gesichtern, darunter war auch der Mann vom *Hau-den-Lukas*-Turm. Als er Jamie kommen sah, erstarrte seine Miene irgendwo zwischen Wut und Verzweiflung.

Seine Reaktion spiegelte sich auch in den Gesichtern der anderen, und Jamie begriff, dass Winston ihn zu dem Treffen eingeladen hatte, ohne die anderen vorher zu fragen. Die Gruppe verstummte und starrte den beiden Clowns entgegen.

»Nun, ich denke, einige von euch kennen Jamie bereits«, sagte Winston. »Und allen von euch dürfte JJ bekannt sein.«

»Hallo allerseits«, murmelte Jamie in die frostige Stille hinein.

»Jamie, das hier ist die Freiheitsbewegung«, fuhr Winston fort.

Randolph brach das Schweigen. »Winston, was hast du dir dabei bloß gedacht? Dem Kerl kann man nicht trauen. Er ist durch und durch ein Clown.«

»Er ist wie Gonko, nur ein gutes Stück dümmer und feiger«, erklärte ein Standbetreiber aus der Budengasse, dem JJ besonders arg zugesetzt hatte.

»Ich habe gute Gründe, ihm zu trauen«, sagte Winston. »Und ihr könnt *Jamie* trauen. Vielleicht nicht gerade dann, wenn er Schminke trägt. Aber selbst in diesem Fall erwarte ich keine Schwierigkeiten.«

»Er hat recht«, warf Fishboy ein, obwohl man ihm seine Abneigung anmerkte – und Abneigung auf den Zügen von Fishboy ein besonders unangenehmer Anblick war. »Wir haben Beweise, dass JJ die Einrichtung in unserem Zelt zerstört hat. Und dass er das Transparent mit der Aufschrift *Freiheit* anbrachte.«

»Was für Beweise?«, hakte Randolph nach.

Winston griff in seine Tasche und brachte das Foto zum Vorschein. Es zeigte Jamie, wie er auf der Leiter stand und ein Ende des Transparents am Dachgestänge befestigte. Randolph entfachte ein Streichholz und betrachtete die Aufnahme genau, ehe er sie an die anderen weitergab. Die Gruppe schien sich ein wenig zu entspannen. »Ja, wenn das so ist«, murmelte Randolph. »Ich gehe davon aus, dass es noch mehr Abzüge von diesem Foto gibt …«

»Allerdings«, bestätigte Winston. »Sicher aufbewahrt. Ein paar andere hier kennen das Versteck, für den Fall, dass JJ auf die Idee käme, mich platt zu machen. Aber jetzt sollten wir Jamie erst mal hier an Bord willkommen heißen. Gott weiß, dass wir jedes zusätzliche Händepaar gebrauchen können. Und vielleicht erweist sich ja sogar JJ als nützlich. Er war es, der die Kristallkugel an sich nahm.«

»Dann pass bloß auf, dass niemand sie zu sehen bekommt«, sagte Randolph zu Jamie. »Wenn die sich das Ding wieder aneignen …«

»Ein scheußliches Gefühl.« Winston nickte Jamie ostentativ zu. »Man war nie sicher, wann einem dieses Weib über die Schulter schaute … Die Wahrsagerin ist auch ohne die Kristallkugel noch gefährlich genug. Dennoch grenzt es fast an ein Wunder, dass die Pilos nicht viel unternommen haben, um den Diebstahl aufzuklären. Hätten wir gewusst, dass sie so untätig bleiben würden, dann hätten wir die Kugel längst entführt.«

»Ich finde es nicht gut, dass sie in seinem Besitz ist«, erklärte einer der Zigeuner. »Wir sollten sie hierher holen und über die Kante werfen.«

»Vielleicht hast du recht«, sagte Fishboy. »Jamie, bist du sicher, dass sie bei dir in sicheren Händen ist? Und bist du sicher, dass sie bei JJ in sicheren Händen ist?«

Jamie nickte. »JJ ist ganz fasziniert von dem Ding. Er würde es für nichts auf der Welt hergeben.«

»Dann lassen wir erst mal alles so – auch wenn mir nicht recht wohl dabei ist«, meinte Fishboy. »Im Augenblick bleibt es deine Aufgabe, die Kugel zu bewachen. Und ich warne dich! Falls JJ auf dumme Gedanken kommt, werden wir keine

Sekunde zögern, ihn auszuschalten – ohne Rücksicht auf dein Leben, mein Freund! Dir muss klar sein, dass du nicht der Einzige bist, der etwas zu verlieren hat.«

»Mich musst du nicht überzeugen«, sagte Jamie und spürte, wie ihm die Röte ins Gesicht stieg. Er hatte die entrüsteten Seitenblicke der anderen allmählich satt. Immerhin hatte er sich nicht freiwillig als Clown gemeldet.

Winston räusperte sich. »Wollt ihr unsere kostbare Zeit damit verplempern, auf Jamie rumzuhacken? Er gehört jetzt zu uns, und ihr könnt ihm vertrauen. Fishboy, willst du ihm mehr über die Hintergründe der Gruppe erzählen?«

»Gern.« Fishboy erhob sich, und alle anderen nahmen Platz. Seine Halskiemen öffneten und schlossen sich. »Jamie, es gibt einige Dinge, die du erfahren solltest, damit du verstehst, weshalb der Zirkus geschlossen werden muss. Es geht nicht nur darum, unsere Leben zu retten oder die Leben der Menschen, die von außen in die Vorstellungen geschleust werden. Dieser Ort ist ein Tumor in der Welt, den man *niemals* entdecken wird. Ich denke, du hast mittlerweile schon ein wenig darüber gehört und genug mit eigenen Augen gesehen.«

Gonkos Stimme sickerte durch JJs Erinnerungen: *Wir hatten unsere Finger in weit größeren Schweinereien. Versuch's mal mit fünfzig Millionen. Das kommt eher hin …*

»Wir begannen mit diesen Treffen«, fuhr Fishboy fort, »als wir erkannten, dass unser Leiden niemals ein Ende nehmen würde. Wir Freaks waren die Ersten, die einen Aufstand in Erwägung zogen – warum, das kannst du sehen. Wir alle waren ganz normale, gesunde Menschen gewesen, als wir hier ankamen. Sieh uns jetzt an! Sie haben uns zu abartigen Wesen verzerrt, uns alles Menschliche genommen, uns verstümmelt und zerstört. Sieh dir Tallow an! Könntest du so leben?«

Jamie sah Tallow an, den Talgmenschen, dessen Substanz unentwegt schmolz, in kleinen Bächen von seinen Fingern rann und am Boden Pfützen bildete, die zu fleischfarbenen

Klumpen erstarrten. »Man kann sich daran gewöhnen«, sagte Tallow. Seine Stimme klang, als gurgelte er.

»Und Yeti«, sagte Fishboy, »in ein wildes Tier verwandelt und wie ein Affe im Zoo zur Schau gestellt! Dazu bei jeder Vorführung die entsetzlichen Fütterungen mit Glas! Es hat schon Freaks gegeben, die ihre Qualen nicht länger ertrugen und lieber den Tod wählten.« Fishboy deutete zum Abgrund jenseits der Kante, und ein Frösteln überlief Jamie. »Dabei leiden wir nicht einmal für eine gute Sache, Jamie«, fuhr Fishboy fort. »Wir leiden für das Böse. Weißt du eigentlich, was der Zirkus mit den ›Schafen‹ macht?«

»Nein«, entgegnete Jamie. »Ich glaube aber zu wissen, was die Wahrsagerin tut. Sie richtet Botschaften an das Unterbewusstsein. Zumindest hat sie es gleich am ersten Tag bei mir versucht.«

»Ja, das hast du ganz richtig erkannt. Aber weißt du auch, was diese Botschaften bewirken? Katastrophen, Leid, Mord und Totschlag überall auf der Welt. Shalice könnte einen Krieg entfesseln, wenn sie den Befehl dazu erhielte. Und ich bin sicher – es wäre nicht der erste Krieg, den sie entfesselt hat.«

»Und wir anderen?«, fragte Jamie. »Du, ich, die Akrobaten? Wozu sind wir da? Worin besteht unsere Aufgabe?«

»Wir sind Diebe, Jamie. Wir stehlen etwas, das kostbarer ist als das Leben selbst. Ach, um wie viel einfacher wäre es, diejenigen zu töten, die uns in die Falle gehen! Aber jeder einzelne Auftritt zielt darauf ab, den Schafen das Wertvollste zu entreißen, was sie besitzen – die Menschenseele, Jamie. Das begann schon vor langer Zeit. Kurt Pilo senior errichtete den Zirkus als eine Art Sammelbecken für Menschenseelen, und das ist er bis heute geblieben. Während seiner Reisen stahl Kurt senior viele verbotene Dinge, Artefakte und Bücher, die man der Welt vorenthielt – und zwar aus gutem Grund! In zwei Jahrzehnten stöberte er die tiefsten Geheimnisse der Erde auf, geleitet von einer so unfehlbaren Intuition, dass sie unmöglich seinem eigenen Verstand und Gefühl entspringen konnte. Zweifellos wurde er benutzt, ohne es zu wissen. Obwohl er auf seinen schändlichen Diebestouren durch die ganze Welt kam und der übelste Verbrecher war, den man sich vorstellen kann, blieb er in der Menschheitsgeschichte völlig unbekannt. Er beschritt Wege der schwarzen Magie, die niemand vor ihm je beschritten hatte. Mit jedem neuen enthüllten Geheimnis wuchs seine Macht. Er tat sich mit Wesen zusammen, die seit Langem aus der Welt verbannt waren – verbannt, um Platz für die Menschheit zu schaffen. Diese Geschöpfe besitzen die Leiber von grausamen Reptilien und verfügen über Kräfte, die sie uns gottgleich erscheinen lassen. Sie würden uns allesamt verschlingen, wenn sie nur die Möglichkeit dazu hätten. Wir stellen etwas Besonderes für sie dar, Jamie, eine erlesene Köstlichkeit. Sie sind süchtig nach uns.

Niemand weiß, wer diese Wesen aus der Menschenwelt vertrieb. Vielleicht war es Gott. Wenn es Gott gibt ... Vielleicht waren es Schamanen, die irgendwann in grauer Vorzeit lebten. Vielleicht war es die Mutter Natur selbst. Hier in diesem dunklen kleinen Reich lauerten die Dämonenungeheuer und sehnten sich nach der Welt, in der sie einst ihr Unwesen getrieben hatten. Sie hungerten und warteten sehr lange, und sehr lange kannte niemand ihre Geheimnisse. Niemand wusste, dass sie überhaupt existierten.

In ihrem Gefängnis besaßen die Naturgesetze keine Gültigkeit, denn diese Gesetze hätten sie nicht festhalten können. Andere, stärkere Gesetze waren vonnöten. Aber sie hämmerten so lange gegen die Wände ihrer Zelle, bis jemand sie hörte. Dieser Jemand war Kurt Pilo senior. Er fand mithilfe seiner verbotenen Studien einen Weg, mit diesen gefangenen Wesen Kontakt aufzunehmen. Sie handelten mit ihm. Sie lockten ihn zu sich, brachten ihn auf ihre Seite. Und er erklärte sich bereit, ihnen das zu bringen, was sie sich nicht selbst beschaffen konnten – das, wonach sie am meisten lechzten. Sie halfen ihm, der Sterblichkeit ein Schnippchen zu schlagen, ihm und allen, die für sie arbeiten. Das Pulver verhilft uns zu ewigem Leben. Hätte Kurt junior die Machtübernahme nicht erzwungen, Pilo senior würde immer noch unter uns weilen.

Sobald Menschen hierher gelockt werden, sind sie so gut wie verloren. Sie sind in der Hölle. Sie kennen weder die Dimensionen noch die Grenzen des Reiches, in dem diese gierigen Bestien eingesperrt sind. Ihnen die Seelen zu rauben, ist so einfach, als würde man jemanden hypnotisieren und ihm dann befehlen, seine Kleider abzulegen. Und hier kommen *wir* ins Spiel. Jeder von uns überredet die Schafe auf seine Weise, sich von ihrem kostbarsten Gut zu trennen. Wir werden mit einem Teil dessen entlohnt, was wir stehlen – dem Staub. Er ist die menschliche Seele, zersplittert und weggeworfen wie eine Glasstatue, denn hier, wo die Naturgesetze etwas verändert sind, kann die Seele in etwas Konkretes, Fassbares, beinahe in etwas Körperliches umgewandelt werden. Manche nennen das Ergebnis Wunschstaub, Gebetsstaub – aber in Wahrheit ist es Seelenstaub.

Ein Mensch muss überredet werden, sich von seiner Seele zu trennen. Ihm muss etwas vorgegaukelt werden. So wie es für jeden Menschen eine Grenze gibt, an der er den Tod wählt, weil er das Leben nicht mehr erträgt, so gibt es auch eine Grenze, an der er sich von der Kraft trennt, die *hinter* der physischen Existenz steht. Für manche ist die Habgier Grund genug, das zu tun. Sie verlieren ihre Seele in der Budengasse. Lassen sich von den Preisen der Geschicklichkeits- und Glücksspiele blenden. Die Habgierigen gewinnen auf dem Zirkusgelände allerlei Flitterkram und verlieren dabei weit mehr, als sie ahnen. Kleine Diamantkristalle fallen wie Schweißperlen zu Boden. Und nachts sammeln die Zwerge sie auf.

Die Akrobaten appellieren an die Eitelkeit. Mit ihrer Schönheit und Anmut blenden sie alle, die ihre Schwünge durch die Kuppel verfolgen. Die Eitlen und Unsicheren schwärmen für sie. Lautlos wispert in ihren Ohren die verführerische Stimme des Zirkus; die Dämonenungeheuer berauben sie mit Versprechen. Diese Schönheit könntest auch du besitzen. *Was würdest du nicht alles mit solcher Macht, mit solcher Grazie erreichen?* Kleine Diamantkristalle fallen zu Boden. Die Zwerge sammeln sie nachts auf.

Und so geht es weiter. Die Show der Magier wendet sich an die Machtbesessenen, auch wenn selbst Mugabo das nicht ahnt. Während er seine schäbigen Tricks vorführt, raunt er dem Publikum unterschwellig zu: *Diese Macht könnte euch gehören. Was würdet ihr mit dieser Macht anfangen?* Oder die Kraftmenschen. Sie wenden sich an die Schwachen und Gebrechlichen, die im Leben immer den Kürzeren ziehen. Die Clowns sind die Lieblinge der Widerspenstigen, Grausamen, von Natur aus Bösen – und einen gewissen Hang zum Bösen hat jeder. Ist dir schon aufgefallen, dass bei jedem Auftritt der Clowns eine Respekts- oder Amtsperson lächerlich gemacht wird?«

Jamie dachte an die Vorstellung, die er miterlebt hatte und bei der Gonko als Polizist aufgetreten war.

»Siehst du das Schema, das dahintersteckt, Jamie?«, fuhr Fishboy mit seiner seltsam hohen Stimme fort. »Jede Zirkusnummer bedient eine bestimmte menschliche Schwäche, und wie Motten vom Licht werden die Besucher von den Vorstellungen angezogen, die ihren jeweiligen wunden Punkt ausnutzen, um ihnen die Seele zu rauben. Dennoch gibt es einige, die sich zur Wehr setzen und zäh an ihren Seelen festhalten. Und hier kommen wir Monster ins Spiel. Unser grauenhaftes Äußeres flößt ihnen solches Entsetzen ein, dass ihre Widerstandskraft erlahmt und letzten Endes besiegt wird.«

»Woher weißt du das alles?«, fragte Jamie kopfschüttelnd.

»Die meisten von uns sind schon lange hier, Jamie«, entgegnete Fishboy. »Jeder mit einigermaßen scharfen Augen und Ohren kann nach einiger Zeit erkennen, was hier vorgeht.

Hör genau hin, wenn sich die Schafe auf ihren Rundgängen durch das Zirkusgelände unterhalten! Hör genau hin, wenn Kurt prahlt, was für ein bahnbrechender Pionier sein Vater war. All die Antworten liegen ausgebreitet vor dir ... du musst nur gut verbergen, dass du nach ihnen suchst. Wenn dir das gelingt, kannst du vielleicht überleben – wie wir.«

»Noch eines«, sagte Jamie. »Die Wahrsagerin. Was macht sie, wenn sie nicht gerade die ... die Seelen der Menschen stiehlt?«

»Die Menschen, die den Zirkus besuchen, verlassen ihn als leere Hüllen. Aber das genügt den Pilos noch nicht. Sie wollen der Außenwelt so viel Leid und Schmerz zufügen wie nur möglich. Zu diesem Zweck setzt Shalice Ereignisketten in Gang, die in Katastrophen enden. Jeder Besucher von draußen, dessen Willen sie unterwirft, wird für sie eine Art Dominostein, den sie anstößt und der im Umfallen immer mehr Steine mit ins Verderben reißt. Vermutlich ist dies die Rache der Verbannten. Oder sie wollen so viel Unheil anrichten, dass sich ihr Gefängniswärter gezwungen sieht, mit ihnen zu verhandeln. Niemand weiß es genau.«

Winston räusperte sich. »Fishboy, ich denke, wir haben nun genug Zeit mit Erklärungen verbracht. Jamie weiß nun im Wesentlichen, worum es geht, nicht wahr, mein Junge? Wir sollten allmählich weitermachen.«

»Du hast völlig recht, Winston«, sagte Fishboy. »Leute, heißen wir Jamie in unserer Mitte willkommen! Es ist genug über den Zirkus selbst gesagt. Lasst uns nun beraten, was wir als Nächstes unternehmen. Wie bereits erwähnt, die Betreiber sind momentan nicht in der Lage, uns über die Schultern zu schauen.« Fishboy sprach schneller, nachdem ihm zu Bewusstsein kam, dass die Zeit wie im Flug vergangen war. »Zum ersten Mal können wir, dank Jamie und dem Diebstahl der Kristallkugel, ungesehen zu Werke gehen. Wir wagen uns sozusagen in fremde Gewässer vor. Der Anschlag auf das Bühnenzelt der Akrobaten war unser erster Schritt zum offenen Widerstand, und er hat die großen Bosse verunsichert. Yeti und ich schlichen eine Woche lang jede Nacht ins Freie, wenn alle anderen schliefen, und bereiteten die Sabotage mit vereinten Kräften vor. Jamies nachfolgender Angriff auf unser Zelt sollte jeglichen Verdacht von den Freaks ablenken. Als Nächstes ist geplant, bereits vorhandene Spannungen zu verstärken. Die Rivalität zwischen Clowns und Akrobaten muss ebenso angeheizt werden wie die Feindschaft zwischen Mugabo und Shalice. Und vielleicht gelingt es uns doch irgendwie, die Pilos gegen alle anderen aufzuhetzen. Wenn sie zu hart durchgreifen, wer weiß? Manchmal reicht ein einziger Schuss, um eine Revolution auszulösen.

Ihr alle wisst, wer wen hasst und welche alten Rechnungen noch offen stehen. Denkt darüber nach, wie ihr die Risse vertiefen und neue Zwietracht säen könnt. Beweist Wagemut, aber vermeidet jeden Leichtsinn.«

Jamie spürte, wie ihn eine Woge der Erregung erfasste. Der Gedanke, den Zirkus zu zerstören und sein altes Leben zurückzugewinnen, entfachte einen Funken Hoffnung, wo eben nur noch Asche gewesen war. Aber zugleich empfand er Todesangst. JJ würde bald in jedes Wort eingeweiht sein, das hier fiel, würde die Namen und Gesichter aller Rebellen kennen.

»Es gibt genug Instabilität im Zirkus, um ihn zum Einsturz zu bringen«, sagte Fishboy. »Das von den Bossen angezettelte Konkurrenzdenken zwischen den Artistengruppen wird uns dabei ungemein helfen. Schürt jeden Streit! Hetzt jeden auf! Wir müssen das Zirkusgelände in ein Minenfeld verwandeln. Wir müssen dafür sorgen, dass die Ränder bröckeln. Verschont niemanden – verschont *insbesondere* niemanden aus den eigenen Reihen! Jeder, der unbehelligt bleibt, wird zu den Verdächtigen zählen.«

»Mir ist nicht klar, was *genau* all diese Maßnahmen bewirken sollen«, warf Jamie ein.

Fishboy blickte ihm ruhig in die Augen. »*Irgendetwas* wird geschehen, Jamie. Die Kräfte, die diesen Zirkus steuern, sind schon im Normalfall instabil – ein mit Sprengstoff gefülltes Fass, das bis jetzt zum Glück noch keinen harten Stoß bekam, noch keine Erschütterung überstehen musste. Kurt hat es nie drauf ankommen lassen. Er wurde bisher allerdings auch nur von seinem Bruder und nicht von seinen Untergebenen auf die Probe gestellt. Es gab Regelverstöße, ja. Sie hatten so strenge Strafen zur Folge, dass keiner mehr zu rebellieren wagte – und Gott sei uns gnädig, wenn sie uns dabei erwischen. Aber verdrängt das aus euren Köpfen! Wir versuchen zwar den gesamten Zirkus lahmzulegen, doch in Wahrheit zielen wir auf Kurt. Wenn er wütend genug wird, ist alles möglich – sogar der vollständige Zusammenbruch.«

Mit anderen Worten, dachte Jamie, *du hast keine Ahnung.*

Winston erinnerte Fishboy erneut daran, dass die Zeit drängte. Fishboy beendete das Treffen und rief einzelne Teilnehmer zu sich, um vertrauliche Dinge mit ihnen zu besprechen. Jamie wartete mit Winston am Grenzzaun. Randolph und einige andere tasteten sich im Gänsemarsch den schmalen Grasstreifen entlang zum Durchgang in das Zirkusgelände. In der vollkommenen Schwärze wirkten sie so winzig wie Insekten. Das ferne Meeresrauschen schien nur darauf zu lauern, heranzurollen und sie alle in einer einzigen schwarzen Woge zu verschlingen. Endlich kam Fishboy zu ihnen und warf Jamie einen prüfenden Blick zu. Seine Kiemen zitterten, was immer dann der Fall zu sein schien, wenn er bekümmert war. »Jamie«, begann er, »da ist noch etwas. Ich sage es nicht gern, aber es muss gesagt werden. Und eigentlich spreche ich jetzt mit JJ – denn ich weiß, dass du zuhörst, JJ. Du sollst wissen, dass wir nicht zögern werden, dich zu töten, wenn du gegen uns arbeitest. Es steht einfach zu viel auf dem Spiel. Hast du dir das gut eingeprägt, JJ? Ich rate dir, den Zirkus zu genießen, solange es ihn noch gibt. Nutze deine Privilegien! Mach dir wie bisher einen Spaß daraus, die Zigeuner anzugreifen, die Kraftmenschen zu verspotten, die Akrobaten zu ärgern! Doch was immer du tust, *lass uns in Ruhe!* Wenn du das schaffst, dann lassen auch wir dich in Ruhe.«

Die Schärfe verschwand aus Fishboys Blick und Stimme. »Denk immer an diese Warnung, Jamie! Und sorge dafür, dass auch er daran denkt!«

Jamie schluckte und nickte. Winston klopfte ihm auf den Rücken. »Es wird Zeit«, sagte er. »Wir sind schon viel zu lange hier draußen.«

»Ja«, stimmte ihm Fishboy zu. »Ich hätte nicht so viel schwafeln sollen. Wartet, ich bringe euch noch zurück.« Fishboy eilte voraus, und Jamie hielt den Atem an, als er sah, wie schnell der Kurator der Monsterschau den schmalen Sims bewältigte. Winston legte ihm eine Hand auf die Schulter, und sie folgten dem Freak mit raschen Schritten.

Ein Schubs würde reichen, dachte Jamie unwillkürlich. *Ich bin nur eine Belastung für die Gruppe. Ein kleiner Schubs nach links. Und ein langer Sturz in die Tiefe.*

Endlich kamen sie an den Durchgang, lösten die Zaunlatte und kehrten in den Zirkus zurück. Jamie war erleichtert, als er das Kirmesgelände betrat, aber er bezweifelte, dass dieses Gefühl lange anhalten würde.

KAPITEL NEUNZEHN
EIN GESCHENK FÜR KURT

Winston führte ihn auf langen Umwegen zum Zelt der Clowns, denn die Anhänger der Freiheitsbewegung sollten nicht als Gruppe auffallen. Doopy war über einem Solitärblatt eingenickt und schlief am Kartentisch, als sie den Aufenthaltsraum betraten. Nichts rührte sich. Gonko und Rufshod waren zu ihrer Erleichterung noch nicht da; Winston hatte sich auf dem Rückweg Sorgen gemacht, dass ihnen die beiden begegnen könnten. Jamie ging in seine Kammer und legte sich hin, plötzlich in Hochstimmung, weil er den Tag unbeschadet überstanden hatte. Denn wenn er einen Tag schaffte, dann konnte er vielleicht auch einen zweiten schaffen.

Kurz darauf hörte er Gonko und Rufshod von ihrer Mission zurückkehren. Er stand auf, holte die Kristallkugel aus ihrer Umhüllung und richtete sie auf den Wohnbereich. Die beiden Clowns schlichen durch den Aufenthaltsraum. Sie schleppten einen Leichensack, in dem etwas zappelte, und verschwanden dann mit ihrer Last in Gonkos Zimmer. Ein neues Opfer. Jamie seufzte. Die Hochstimmung war verflogen und machte einer müden Trauer Platz.

Er streckte sich auf seiner Pritsche aus, aber der Schlaf wollte sich nicht einstellen. Jemand klopfte an der Tür. In dem Glauben, dass es Winston war, setzte sich Jamie auf und sagte: »Komm rein!«

Es war aber Gonko. Er stand im Eingang, die Arme vor der Brust verschränkt. Das schwache Licht hinter ihm warf einen langen Schatten über die Schwelle. Jamies Herzschlag setzte einen Moment lang aus. »JJ, tu mir einen Gefallen!«

»Äh, gern, Gonko. Worum geht's denn?«

Gonko lächelte, als habe soeben etwas seinen Verdacht bestätigt. »Vergiss morgen nicht, deine Schminke aufzutragen! Kann ich mich darauf verlassen?«

Jamies Herzschlag setzte ein zweites Mal aus. Sein Mund war plötzlich trocken. »Klar doch, Gonko«, krächzte er. Gonkos Mundwinkel zuckten leicht nach oben. Er wandte sich ab und schloss die Tür.

Jamie starrte lange Zeit die Wand an. Dann tastete er unter sein Bett und holte einen der kleinen Samtbeutel hervor. Ihm blieb nichts anderes übrig, als etwas von dem Pulver zu benutzen, wenn er nachts Schlaf finden wollte. Er wog den Beutel spielerisch in der Hand und versuchte das Gefühl zu verdrängen, dass in Kürze alles ans Licht kommen würde ... dass er alle verraten würde, sobald JJ in Erscheinung trat. Dass er Winston aus reiner Bosheit in den Rücken fallen würde, egal, was für Folgen das auch hatte.

Die winzigen Glaskristalle klickerten leise in seiner Handfläche. Plötzlich kam ihm eine Idee.

In dieser Nacht schlief er so fest, dass er nicht wach wurde, als Rufshod am frühen Morgen in seine Kammer geschlichen kam. So bekam er auch nicht mit, wie der ungebetene Besucher den Eimer mit der Schminke aus seinem Schrank nahm, sich über ihn beugte und ihm das Zeug auf Wangen, Nase, Stirn und Kinn verteilte. Rufshod entfachte ein Streichholz, hielt einen kleinen Handspiegel vor die Flamme und kreischte Jamie ins Ohr: »ICH HABE DEINE MUTTER GEFICKT!«

Jamie schlug um sich, fuhr hoch und erblickte sein Spiegelbild. »Hey«, fauchte JJ, »du Sohn einer ...« Er ballte die Faust, kam zur Besinnung und sagte: »Mann, das war obercool! Dieser Bastard muss meinen Körper nicht ständig in Beschlag nehmen. Gestern hatte er ihn auch schon den ganzen Tag.« JJ war drauf und dran, Rufshod überschwänglich zu danken, doch dann sah er, dass sich Rufshod auf die Kristallkugel setzen wollte, die in eine Kissenhülle gewickelt war. »Raus!«, kreischte JJ. »Hau bloß ab! Ich will nicht, dass du mich so siehst!«

»Kann ich gut verstehen«, entgegnete Rufshod. JJ jagte ihn aus dem Zimmer und verrammelte die Tür mit einer schweren Kiste.

Jamie. Was hatte der Kerl gestern nur angestellt? JJ konnte es nicht auf Anhieb sagen. Er ließ sich auf das Bett sinken und versuchte die Erinnerungen an den Vortag zu sortieren. Mal sehen. Er war aufgewacht, wie immer mit Angstanfällen – *bitte, bitte, tut mir nichts, bitte, lieber Gott, beschütze mich* – und all dem Zeug. Danach ... danach ...

Alles blank. JJ runzelte die Stirn. Weshalb war das so? *Etwas* musste doch geschehen sein. Jamie hatte den Körper den ganzen Tag über benutzt.

Er stand auf und zog seine Schuhe an. Diese Leere im Kopf bereitete ihm Unbehagen ... großes Unbehagen. Er konnte sich an den gesamten Schrott aus seiner Kindheit und Jugend erinnern: verregnete Nachmittage, an denen er Häuser gemalt hatte; Computerspiele; die Jungs, die ihn nach der Schule an der Bushaltestelle verprügelt hatten. Das war alles da. Aber nichts von den Ereignissen des Vortags.

Als er sich bückte, um die Schnürsenkel zu binden, sah er den kleinen Samtbeutel auf dem Boden liegen. Er hob ihn auf und stellte verblüfft fest, dass er leer war. Er tastete unter dem Bett umher, bis er die übrigen Beutel gefunden hatte. Auch sie waren leer. Selbst das kleinste Glitzerkörnchen – verschwunden. »Was soll der Scheiß?«, schrie er. »MEIN ERSPARTES!«

Das Schreien ging in ein Schluchzen über. Seine Hände zitterten vor Wut. »Diesmal bist du zu weit gegangen«, flüsterte er. Er war mit seinem drohenden Tonfall sehr zufrieden und bedauerte nur, dass er kein Publikum hatte, dem er diese Nummer vorführen konnte. »Viel zu weit, Jamie.« Er zerknüllte die Beutel in der Faust und schleuderte sie zu

Boden. Ihm kam der Verdacht, dass die fehlenden Kristalle etwas mit seinem fehlenden Gedächtnis zu tun haben könnten. Vielleicht ein Zusammenhang nach dem Ursache-Wirkung-Prinzip. Wie *konnte* Jamie ihm so etwas antun? Ausgerechnet ihm, JJ ... Obwohl er tapfer gegen die Tränen ankämpfte, begann er Rotz und Wasser zu heulen.

Jemand öffnete die Tür. JJ blinzelte durch den Tränenschleier und sah Gonko, der ihn anlächelte. »Gut, dass du wieder bei uns bist, JJ«, sagte er.

»HAU AB!«, kreischte JJ. Gonko lächelte noch breiter und ging.

Nach einer Weile hörte er auf zu flennen und versuchte das Wie und Warum auf die Reihe zu kriegen. Ein Name schoss ihm durch den Kopf: Winston. Im nächsten Moment sprang JJ auf und stürmte hinüber zu Winstons Zimmer. Vor der Tür, die Arme *à la* Goshy in die Seiten gestemmt, die Hände zu zitternden Fäusten geballt, bemühte er sich um eine einigermaßen höfliche Anrede. »Hallo, Winston, altes Haus!«

»Wer ist da?«, fragte eine verschlafene Stimme.

»Hast du Zeit für ein kleines Schwätzchen?«

»Jamie?«

»Mehr oder weniger.«

Winston stöhnte. »JJ. Was willst du?«

JJ musste einen Zornausbruch unterdrücken. »Das weißt du ganz genau«, wisperte er heiser.

»Nein, eben nicht. Warum machst du die verdammte Tür nicht einfach auf?«

JJ riss sie auf und blieb im Eingang stehen, eine drohende Gestalt, wie er fand, auch wenn sich Winston seine Furcht nicht anmerken ließ. »Du!«, schrie er.

Winston beobachtete ihn aufmerksam. »Komm rein und schließ die Tür, wenn du etwas ... *Privates* zu besprechen hast.«

JJ knallte die Tür hinter sich zu, leckte sich die Lippen und starrte Winston an.

»Nun«, meinte Winston, »ich sehe, dass dich ein paar Dinge beschäftigen.«

»Eben nicht. Das ist es ja«, entgegnete JJ. »Was weißt *du* darüber, Alter?«

Winston runzelte die Stirn, ohne JJ aus den Augen zu lassen. »Keine Ahnung, wovon du redest. Mach mal langsam, zum Mitschreiben, und erzähl mir in schlichten Worten, wo das Problem liegt!«

»Ich kann mich nicht erinnern«, stammelte JJ. Dann stockte er, weil sein Verstand blitzschnell ein paar Schlüsse zog. Winston wusste nicht, wovon er redete. Daraus folgte für Winston, dass JJ alles wusste, auch die dreckigen Geheimnisse, die Jamie von der Festplatte gelöscht hatte. Vielleicht konnte er ein wenig improvisieren und dabei einige der Lücken füllen ...

»Heraus damit«, sagte Winston. »Du kommst hier an und reißt mich aus dem Schlaf. Nun will ich die Geschichte aber auch hören.«

»Du!« JJ schaltete um. Sein Tonfall klang nicht mehr drohend, sondern gekränkt und traurig. »Wie konntest du mir das gestern nur antun?«

Winston blinzelte. »Sprich weiter!«

»Du weißt, wovon ich rede. Von gestern. Von dieser Sache. Wie stehen die Dinge nun?«

»Welche Dinge meinst du genau?«

»Wie konntest du mich da mit hineinziehen? Wie konntest du Jamie einer solchen Gefahr aussetzen?«

»Bis jetzt drückst du dich reichlich unverständlich aus, mein Junge«, sagte Winston und lehnte sich in seine Kissen zurück. »Und ich finde es ein wenig früh am Morgen für solche Spielchen. Was hältst du davon, wenn du deinen Arsch wieder in Richtung Heimat bewegst und mich weiterschlafen lässt?«

»Nein. Irgendetwas ist gestern passiert. Das wissen wir beide. Was war das? Warum kann ich mich nicht daran erinnern?«

»Ach so. Ich verstehe.« Ein schwaches Lächeln umspielte Winstons Lippen. »Du bist also mit vollkommen leerem Kopf aufgewacht?«

»Genau. War das deine Idee?«

»Ganz sicher nicht. Ich nehme an, dass Jamie diesen Einfall vor dem Schlafengehen hatte. Allerdings weiß ich nicht, weshalb er das tat, denn eigentlich hatte er nichts zu verbergen. Verschwendetes Pulver, wenn du mich fragst.«

JJ runzelte die Stirn und trat einen Schritt auf den alten Clown zu. Er senkte die Stimme zu einem heiseren Zischen. »Was immer es war, es muss wichtig gewesen sein. Warte nur, ich komme noch dahinter. Und ich werde es weitersagen, hörst du? Ich werde dich verpetzen. Einfach so, um mich zu rächen. Ich werde dafür sorgen, *dass du ganz tief in der Scheiße sitzt*, Winston – selbst wenn ich mit dabei draufgehe. Ist das klar?«

Winston zog die Augenbrauen hoch. »Du drückst dich deutlich genug aus. Aber ich weiß nicht, was du verpetzen willst. Ich bin hier der Einzige, der etwas ausplaudern könnte. Aber ich habe gelernt, den Mund zu halten. Wie steht es mit dir?«

JJ stand einen Augenblick lang unschlüssig da, verstrickt in unverständliche Wortspiele. Er starrte hasserfüllt in die von Krähenfüßen und Lachfalten umgebenen Augen des Alten und suchte verzweifelt nach einer hämischen Abschiedsbemerkung. Doch ihm fiel nichts Passendes ein. So machte er kehrt und knallte die Tür hinter sich zu.

Winston wartete, bis das Knirschen der Türangeln verstummt war, und lehnte sich dann tief in Gedanken versunken zurück. Jamie hatte in einem Punkt recht gehabt – JJ veränderte sich. Er wurde aggressiver und wagemutiger. Der alte Clown begriff, was in der Nacht geschehen sein musste: Jamie hatte sich ausgemalt, was alles schiefgehen konnte, wenn JJ wirklich die linke Tour versuchte. Und er hatte das Pulver genommen, um die Ereignisse des Tages aus seinem Gedächtnis zu verdrängen ... Ein guter Gedanke, obwohl es Winston ein wenig überraschte, dass man ihm den Wunsch erfüllt hatte. Das war verdammt riskant, und dass es geklappt hatte, bedeutete nur, dass die Dämonenungeheuer, wie Fishboy sie zu nennen pflegte, dem Treiben ihrer Schützlinge augenblicklich keine allzu große Beachtung schenkten. Es hatte Phasen gegeben, in denen ihre bedrückende, aber schwer fassbare *Präsenz* sehr real und unausweichlich gewesen war. Erinnerungen an jene Zeiten hatten Winston oft davon abgehalten, sein Pulver zu benutzen, für den Fall, dass er den höheren Mächten je einen Grund zu erhöhter Aufmerksamkeit gegeben hätte, für den Fall, dass es ihnen jemals in den Sinn gekommen wäre, sich näher mit ihm zu befassen.

Und Winston hatte etwas Neues entdeckt: JJ flößte ihm eine Heidenangst ein. Er würde das zwar nie zeigen, denn er wäre weg vom Fenster, wenn JJ das wüsste. Aber vor sich selbst konnte Winston es nicht leugnen: Er hatte eine Scheißangst.

Ein weiterer schlimmer Gedanke quälte ihn neuerdings: Was geschah, wenn sich JJ irgendwie neues Pulver besorgte und selbst Wünsche zu äußern begann?

Winston hatte ein flaues Gefühl in der Magengegend, und er verfluchte sich, dass er so gutmütig gewesen war, Jamie unter seine Fittiche zu nehmen. Das Leben im Zirkus war ohnehin schon schwer genug, auch ohne Feinde unter dem eigenen Dach. Seine Blicke fielen auf die armselige Sperrkette an der Tür, und er fragte sich, ob er schnell genug aus dem Bett käme und zu einer Waffe greifen könnte, wenn nachts jemand mit Gewalt einzudringen versuchte.

JJ ließ im Aufenthaltsraum Dampf ab. Er fuchtelte mit den Fäusten und trat gegen alles, was ihm im Weg stand. Aber sosehr er sich auch bemühte, er kam nicht einmal in die Nähe von Gonkos Wutanfall, bei dem sämtliche Möbel zu Bruch gegangen waren. Nach einer Weile hörte Gonko den Lärm und kam aus seinem Zimmer. »Was gibt's Neues, JJ?«, fragte er.

»Ach, nichts.« Aus reiner Gewohnheit schaltete JJ auf seine Tu-mir-nichts-Haltung um.

»Du mit deinen Ticks«, grummelte Gonko. »Aber vielleicht habe ich ein Mittel gegen schlechte Laune. Willst du sehen, was wir Kurt zum Geburtstag schenken?«

Das wollte JJ in der Tat sehen. Er folgte Gonko zu einem der Lagerräume. Einige Kisten waren in den Gang hinausgeschoben worden, um Platz für den Leichensack zu schaffen, der auf dem Boden lag. Man sah einen klumpigen Umriss, der plötzlich zu zappeln begann. JJ stieß mit der Stiefelspitze dagegen. Durch die Leinenhülle drang ein leises Stöhnen. Gonko bückte sich. Ein gequältes metallisches Kreischen ertönte, als er den Reißverschluss öffnete. In dem Sack lag ein halb bewusstloser Mann um die fünfzig, mit schütterem Haar und dem Ansatz eines Doppelkinns. Er trug eine schwarze Soutane mit weißem Kragen. »Du hast ihm einen Pfaffen besorgt?«, fragte JJ.

»Genau.«

»Das wird ihm gefallen.«

»Hoffentlich! Das Einfangen ging zwar ruck, zuck, aber ihn in seine Priesterklamotten zu stecken, war der pure Stress.«

Der Priester schlug mühsam die Augen auf und blinzelte ins Licht. Seine Stimme klang belegt und er schien völlig verwirrt. »Was ist los? Wo sind wir?«

»Gute Nacht, Pater, gute Nacht«, sagte Gonko und zog den Reißverschluss wieder zu. Der Priester warf sich eine Weile stöhnend hin und her. Dann lag er wieder still da.

»Tolles Geschenk!«, lobte JJ.

Gonko blinzelte und sperrte die Tür des Lagerraums zu. »Aber das bleibt unter uns, JJ! Ich will nicht, dass die anderen Gruppen Wind davon bekommen.«

JJ fühlte sich etwas besser, als er in seine Kammer zurückging. Eine ausgiebige Beschäftigung mit der Kristallkugel würde sein angeschlagenes Gemüt vollends heilen.

Auf dem Zirkusgelände schien alles normal zu laufen. JJ richtete die Kristallkugel auf das Akrobatenzelt und beobachtete, wie Randolph seine Kollegen zu einem Ausflug überredete. Sie waren kaum verschwunden, als sich zu seiner Verblüffung Winston in das Zelt schlich. »Hallo, hallo, was soll das denn werden?«, murmelte JJ. Winston hatte einen Koffer in der Hand. Er spähte umher, als wollte er sich vergewissern, dass er allein war. Dann ging er in die hinteren Räume, wo die Akrobaten ihre Requisiten aufbewahrten. Das Trampolin, das sich JJ ausgeliehen hatte, lehnte an einer Wand. Winston kippte es in die Waagerechte, holte ein Messer aus seiner Gesäßtasche und zerschlitzte das gespannte Tuch. Als Nächstes wandte er sich dem Balancierseil zu, das an einem Wandhaken aufgerollt war. Er nahm es ab, legte es auf den Boden und kramte aus seinem Koffer ein Glas mit einer klaren Flüssigkeit, die er über das Seil goss. Dann zündete er ein Streichholz an und ließ es fallen. Im Nu leckten Flammen über das Seil hinweg. Er sah sich um, streifte ein paar Garnituren Ersatztrikots von ihren Kleiderbügeln und warf sie ebenfalls ins Feuer.

Der Koffer enthielt noch mehr Flüssigkeitsbehälter. Das gelbe Zeug – Urin. Winston öffnete eine der Flaschen und schüttete den Inhalt über Hanteln, Übungsmatten, Medizinbälle und Springseile. Er öffnete eine zweite Flasche und tränkte damit alles, was sich in Reichweite befand, ehe er den Aufenthaltsraum der Akrobaten betrat und dort die restlichen drei Flaschen über den Wildledercouches und Sitzsäcken entleerte. Wieder kramte er in seinem Koffer. Eine rote Pappnase kam zum Vorschein. Verwirrt sah JJ zu, wie er das Ding gut sichtbar auf ein von Urin durchweichtes Kissen legte. Dann packte er seinen Koffer, warf einen nervösen Blick in die Runde und flüchtete aus dem Zelt.

JJ wusste nicht, was er von dieser Geschichte halten sollte. Vielleicht hatte er Winston doch falsch eingeschätzt. Aber irgendetwas war hier faul, etwas, das er nicht genau durchschaute. Hatte Gonko dem Alten diese Sabotage heimlich befohlen?

JJ beschloss, das herauszufinden. Er verhüllte die Kristallkugel und machte sich auf die Suche nach Gonko. Der Boss kniete neben dem Leichensack, hatte eine Flasche in der Hand und spritzte dem bewusstlosen Priester Wasser ins Gesicht. Gonko wandte sich zu JJ um, schob die Flasche in den Leichensack und zog den Reißverschluss wieder zu.

»Sag mal, Gonks«, begann JJ, »wann zahlen wir es eigentlich diesen Turnern heim?«

»Ehrenwort, die kommen schon noch dran«, entgegnete Gonko. »Ich hab sie nicht vergessen, mein Kleiner. Das kannst du mir glauben. Aber unternimm nichts auf eigene Faust, sondern warte ab, bis ich euch grünes Licht gebe. Jetzt, da diese absonderlichen Vandalen durch die Gegend schwirren, ist wohl nicht der rechte Augenblick dafür.«

»Das sehe ich auch so«, sagte JJ und runzelte die Stirn.

»JJ, komm in drei Stunden hierher zurück und flöße dem Kerl da ein wenig Wasser ein. Wäre blöd, wenn er vor morgen über den Jordan ginge.«

»Klar, Boss. Wird gemacht.« JJ war nicht viel schlauer, als er in seine Kammer zurückging. Winston handelte also gegen Gonkos Befehl – aber irgendwie bewunderte JJ den Alten auch. Warum sollten sie die Abrechnung verschieben? Die Akrobaten hatten schon viel zu lange Oberwasser.

Als Winston das Zelt der Clowns erreichte, war er noch zuversichtlich, dass ihn von den Leuten, die zählten, niemand gesehen hatte. Dann sah er JJ im Korridor herumschleichen, und sein Puls geriet ins Stolpern. *O Mann*, dachte er gereizt. *Was jetzt?*

»Hi, Winston«, sagte JJ und feixte.

Winston war zu dem Schluss gelangt, dass er JJ wohl am besten mit lässiger Gleichgültigkeit begegnete. Er durfte keine Angst zeigen, ihn aber auch nicht herausfordern. »Was gibt's, JJ?«, fragte er also.

»Nichts, nichts. Gute Arbeit. Mehr wollte ich nicht sagen.«

Gute Arbeit? In diesem Augenblick fiel Winston die Kristallkugel ein. Natürlich. »Yeah«, seufzte er. »Die waren einfach fällig. Und jetzt entschuldige mich, JJ. Ich bin hundemüde.«

»Klar, kann ich mir denken. Hey, Winston, tut mir leid wegen heute Morgen. Ich wollte nicht... du weißt schon. Ich wollte nicht aufdringlich sein.«

»Schon okay, JJ. Und die ganze Sache bleibt unter uns, ja?«

JJ errötete, aber er behielt den launigen Tonfall bei. »Klar. Ich bin doch keine Petze. Und dass du den Mund halten kannst, weiß jeder.« Damit trollte sich JJ.

Winston schloss die Tür und legte die Kette vor. Er seufzte. Auf keinen Fall konnte er JJ die Kristallkugel lassen, auf gar keinen Fall. Dass JJ von den Ereignissen etwas mitbekommen hatte, war schon riskant genug. Aber als Big Brother konnte er noch alle Pläne zum Scheitern bringen. Und vielleicht, nur vielleicht, mussten sie Fishboys harte Linie gegenüber JJ verfolgen, obwohl Winston schon bei dem Gedanken daran übel wurde. Bis jetzt hatten sie geglaubt, das bekannte Übel sei auch das kleinere Übel – wer konnte schon sagen, welcher Ersatz in den Zirkus kommen würde, wenn sie Jamie kaltmachten? Aber das bekannte Übel geriet langsam außer Kontrolle, und am Ende blieb vielleicht nur noch die Möglichkeit, Jamie zu töten, um JJ aus dem Weg zu räumen.

KAPITEL ZWANZIG
LODERNDE FEUER

Winston war nicht der Einzige, der an der Sabotagefront kämpfte. Mehrere Artisten, die für den Zirkus arbeiteten, erlebten in ihren Schauzelten böse Überraschungen.

Mugabo war eben von einem Besuch bei Kurt Pilo zurückgekommen. Kurt erfüllte ihn mit Angst und Wut. Wenn der Magier nachts nicht einschlafen konnte, stellte er sich Kurt als einen rauchenden Aschehügel von gigantischen Ausmaßen vor. Denn es war Kurt, der das erniedrigende Programm für seine Auftritte zusammenstellte. Der ihn zwang, den Kaninchentrick vorzuführen, den Kindern in der ersten Reihe Münzen aus den Ohren zu holen, silberne Ringe ineinanderzuschieben und wieder zu lösen, verknotete bunte Tücher aus seinen Ärmeln zu ziehen ... Und die Kerle, die dafür sorgten, dass er Kurts Befehle ausführte, waren keinen Deut besser als der Boss. Mugabo stieß wirre Verwünschungen und Racheschwüre gegen sie alle aus: Gonko, Shalice, die Kraftmenschen, ja sogar Fishboy – obwohl Fishboy ihn entschieden höflicher behandelte als die anderen.

An diesem Nachmittag hatte er sich vorgenommen, mit Kurt mal Klartext zu reden, und seinen Zorn so lange angefacht, bis er heiß genug für ein kühnes Klopfen an der Tür des Wohnwagens gewesen war. Als Kurts sanftes »Hmmm?« jedoch von drinnen ertönte, versteiften sich Mugabos Finger zu Stöcken, seine Lippen zitterten, und der Zorn erkaltete. Wäre Mugabo noch bei klarem Verstand gewesen, er hätte sich erinnert, dass er die gleiche Geschichte schon hundert Mal erlebt hatte.

Drinnen im Wohnwagen hatte ihm Kurt geduldig zugehört, obwohl Mugabo seine Beschwerde nicht besonders geschickt vortrug. Unter Kurts Blicken verwandelte er sich in ein zitterndes Häufchen Elend. »Ich kann den Kaniinchentrrick nicht mehrr vorrführen«, stotterte er. »Kann ich vielleicht den Feuerrtrrick machen?«

»Ach, Mugabo«, sagte Kurt, freundlich wie immer. »Das haben wir schon so oft besprochen! Dein Programm bleibt, wie es ist. Du hast doch ein paar nette Tricks auf Lager, oder? Wenn wir dir den Feuertrick erlauben, erschreckst du nur das Publikum. So was vertragen die Leute nicht. Denen reicht ein Hauch deiner magischen Kräfte. Gerade mal eine Andeutung.«

»Meine Trricks sind ...« Mugabo spitzte geringschätzig die Lippen, spuckte aber lieber nicht. Mehr Widerstand traute er sich kaum zu.

»Du bist zu selbstkritisch«, entgegnete Kurt. Sein Fischmaul war zu einem Grinsen erstarrt. »*Viel* zu selbstkritisch. Gefährlich selbstkritisch. Wir haben schon unsere Gründe, wenn wir dich um den Kaninchentrick bitten. Du sollst das Publikum umschmeicheln, sollst es verführen und zum Lachen bringen, anstatt es mit pyrotechnischen Kunststücken in die Flucht zu schlagen.«

Mugabo hätte so gern widersprochen, aber Kurt erhob sich hinter seinem Schreibtisch und kam auf ihn zu. Mugabo versuchte die Schultern zu straffen und dem Blick des Zirkusdirektors standzuhalten. Aber keine Chance! Kurt schob sich etwas Weißes in den Mund, zerbiss es krachend und schluckte. »Mmm. Apropos Kaninchen ... prächtige Kauwerkzeuge ... mmm. Prächtig. Wo waren wir stehen geblieben?« Seine Augen hatten sich getrübt. »Ach, ja. Ich mache dir einen Vorschlag, Mugabo. Was hältst du davon, dem Zirkuspersonal eine Sondervorstellung zu geben? Da könntest du sämtliche Tricks zeigen, die du auf Lager hast. Nun – wie findest du das?«

Mugabo fand das abstoßend. Er hasste die meisten Artisten und hatte keine Lust, sich von ihnen auspfeifen oder ausbuhen zu lassen. Aber Kurt überragte ihn nun mal ... »Das wäre okay«, sagte er leise, wieder einmal geschlagen.

»Wunderbar!« Kurt hieb ihm mit seiner Riesenpranke auf die Schulter. »Ich plane das ein, am besten an einem Wochentag. Und jetzt ab mit dir und an die Arbeit, damit dein Auftritt klappt. Du musst das Kaninchen jedes Mal so perfekt aus dem Zylinder ziehen, als wäre es deine allerletzte Vorstellung. Das süße kleine Kaninchen. Du gehörst zu meinen guten Leuten, Mugabo, zu den besten Leuten, die ich habe. Gott segne dich!«

Auf dem Heimweg wuchs Mugabos Wut mit jedem Schritt. Bald würde sie ihn so blenden, dass er nichts mehr außer dem gleißenden Schleier hinter seinen Augen sah. *Der Kerl hält sich für soo überlegen*, dachte Mugabo verbittert. Das Problem bestand nur darin, dass er auch vollkommen recht hatte. Kurt *war* überlegen.

Seine Hände zitterten, als er das Schauzelt betrat. Hinter der Bühne befand sich ein kleines Labor, in dem er während seiner Mußestunden allerlei Tränklein und Medizinen mischte. Es schmerzte ihn sehr, dass nicht ab und zu jemand kam und nach einer Kostprobe verlangte, denn er hatte für praktisch jede Krankheit ein Heilmittel – zumindest glaubte er das. Im Augenblick beispielsweise brauchte er ein Tonikum zur Nervenberuhigung, damit er den Nachmittag durchstand, ohne zu explodieren. Am besten dieses neu komponierte blubbernde Purpurzeug – wenn das kein Nerventonikum war, dann wusste er auch nicht ...

Er zog die Stirn in Falten, als er an den leeren Sitzreihen vorbeiging, erreichte die Bühne – und blieb wie vom Schlag getroffen stehen. Quer über den Fußboden hatte jemand mit weißer Farbe gepinselt: HÄSCHEN IM ZYLINDER, SITZT UND LACHT, SITZT UND LACHT, ARMER MAGIER, BIST DU BÖS, WEIL ES NICHT MEHR STINKT UND KRACHT?

Stammelnd sank Mugabo auf die Knie und las den Vers wieder und wieder. Ein heiserer Schrei entrang sich seiner Kehle. Hier war der Beweis in Blockschrift. Die ganze Welt war gegen ihn. Man spottete hinter seinem Rücken. Aber warum? Weil er den Kaninchentrick vorführte? Oder weil er den Kaninchentrick nicht gut genug vorführte?

Nicht dass dies eine Rolle spielte. Mit zitterndem Arm deutete er auf die Schrift und ließ erneut einen heiseren Wutschrei los. Im nächsten Augenblick schossen orangerote Flammen aus seinen gespreizten Fingern. Die Worte qualmten los, rauchten und wurden unleserlich. Zurück blieb ein verkohlter Fleck im Fußboden. Mühsam bekam er sich in die Gewalt, ehe er die gesamte Bühne abfackelte. Er hob einen der vielen Säcke auf, die griffbereit dalagen und erstickte damit das Feuer.

Es sollte noch einige Zeit vergehen, ehe sich Mugabo hinter die Bühne begab und feststellte, dass Vandalen in seinem Labor gehaust hatten. Die Flaschen waren zerbrochen, die Tränke verschüttet, die Notizen mit den Formeln zerfetzt. Auf den Wänden war die Botschaft zu lesen: DU KANNST NICHT MAL DIE ZUKUNFT DEUTEN, DU HASENDOMPTEUR!

Shalice saß in ihrer Badewanne und wusste genau, dass sie durch die gestohlene Kristallkugel beobachtet wurde. Ähnlich wie Kurt spürte sie die fremden Blicke wie einen kalten Schatten, der auf sie fiel.

Sie wartete immer noch geduldig darauf, dass der Dieb einen Fehler beging. Den Pilos schien nicht bewusst zu sein, wie selten und kostbar so eine Kristallkugel war, denn weder Kurt noch George hatte ihre Bitten um Unterstützung ernst genommen. Vielleicht würde ein neuer Anschlag der geheimnisvollen Vandalen die ehrenwerten Brüder endlich zum Handeln bewegen. Und wenn sie nun selbst einen solchen Anschlag in die Wege leitete?

Sie hob ein Bein aus dem Schaum und ließ heißes Wasser die Wade entlangrinnen. Ihre Augen waren geschlossen. Ein träges Lächeln umspielte ihre Lippen. »Gaff nur, du Spanner«, wisperte sie. »Du entwischst mir nicht.«

Während sie sich in der Wanne ausstreckte und überlegte, was sie mit dem Dieb anstellen würde, wenn sie ihn entlarvt hatte – und bei Gott, da gab es eine Menge Möglichkeiten –, überkam sie plötzlich eine Vision. Es war eine starke Vision, mit klaren, eindringlichen Bildern. Sie sah Mugabo, der mit flammenden Augen und Händen ihre Hütte betrat. Sie sah, wie sie sich dem Magier zuwandte, und dann spürte sie eine orangerote Feuerwoge, die sich über sie hinwegwälzte.

Ihr Herz raste, und sie wäre am liebsten sofort aufgesprungen, um die Türen zu verriegeln und das Licht auszuschalten. Aber sie beherrschte sich. Sie musste die Vision vollständig aufnehmen, um möglichst viele Hinweise zu erhalten. Erst nach geraumer Zeit verblassten die Eindrücke. Ganz zuletzt sah sie Mugabo, der sich mit gefletschten Zähnen und laut schreiend über ihren brennenden Leib beugte. Sobald die Vision vorbei war, stieg sie aus der Wanne, trocknete sich ab und horchte angespannt, ob sich von draußen Schritte näherten. Alles blieb jedoch still. Sie rannte in ihre Hütte, sperrte die Tür zu und dachte fieberhaft nach. Dann nahm sie ihre Tabellen und Diagramme von der Wand, steckte die Tarotkarten ein und flüchtete in die Zigeunersiedlung, um sich bei ihrem Lover zu verstecken. Es sollte eine unruhige Nacht werden.

Als einige Zeit später ein dröhnendes WUMM die Stille zerriss, drehten viele die Köpfe in Richtung von Mugabos Hütte. Sie sahen eine Feuersäule zum Himmel schießen, als sei ein Komet auf einem gigantischen Trampolin gelandet. Ein heißer Wind fegte über das Zirkusgelände hinweg.

Die Detonation ereignete sich zwei Minuten, nachdem Mugabo sein Labor betreten und die Verwüstung entdeckt hatte. Er war mit letzter Beherrschung nach oben gerannt und hatte das Dach erklommen. Dort lag er nun, bewusstlos und all seiner Energien beraubt.

Kurt Pilo blickte aus dem Fenster seines Wohnwagens, während die letzten Flammen erloschen. Er zog kurz die Augenbrauen hoch und nahm dann wieder an seinem Schreibtisch Platz. Der Zauberer hatte allem Anschein nach für seine Sondervorstellung geprobt. Kurt Pilo war richtig stolz auf sich und seinen Geniestreich in Sachen Personalführung. Während Pa dem Magier bei lebendigem Leib die Haut abgezogen und ihn dann den Bewohnern der Schreckenskammer löffelweise zum Fraß vorgeworfen hätte, kam Kurt junior seinen Artisten auf halbem Wege entgegen. So sah gutes Management aus, jawohl! »Das wird sicher eine Supershow«, murmelte er vor sich hin.

Die Akrobaten hatten den Tag in der Budengasse verbracht, wo sie die Frauen umgarnten und mit den Männern klönten. Als sie spätabends heimkehrten und ihre übel zugerichtete Ausrüstung sahen, waren sie sich einig, dass die Clowns in den nächsten Tagen Blut pissen und ihre eigenen Zähne scheißen würden.

Nur Randolph tanzte aus der Reihe. »Nein, nein, nein«, sagte er, »wir sollten zunächst ganz cool tun und sie eine Weile in ihrem eigenen Saft schmoren lassen. Mal sehen, was dabei rauskommt.«

»Vielleicht«, entgegnete Sven. »Aber was immer wir auch unternehmen mögen – dieser Mist muss ein für alle Mal aufhören!«

»Ein für alle Mal?«, warf Tuscan ein. »Das geht nur, wenn wir sie platt machen.«

»Dann sollten wir das vielleicht tun«, erklärte Sven.

»Du meinst – alle umbringen?«, fragte Randolph.

»Zumindest einen oder zwei«, schränkte Sven ein.

»Und an wen hattest du gedacht?«

»Wie wäre es mit dem Alten?«

»Winston?«, fragte Randolph. »Nein, der ist doch eher harmlos. Den nicht ...«

»Wen dann?«

»Den Neuen«, schlug Randolph vor. »Diesen Rotschopf, der immer die Zigeuner ärgert. Wie heißt der doch gleich?«

Er hieß JJ, und Randolph fand, dass man ihm nicht über den Weg trauen könne. Die anderen pflichteten ihm bei.

Wenn sie den Kerl aus dem Weg räumten, würden die Clowns in Zukunft kuschen.

JJ legte die Kristallkugel weg und überlegte, ob er irgendwie vermeiden konnte, dass die Schminke nachts abging und das Kissen verschmierte. Er war drauf und dran, Rufshod zu bitten, ihn am Morgen mit dem Zeug einzureiben, als seine Hände ein zusammengefaltetes Blatt Papier unter dem Kissen spürten. Es war ein Brief von Jamie. Wahrscheinlich hätte er ihn bereits beim Aufstehen finden sollen. Er überflog die Zeilen.

> Lieber JJ,
> tut mir leid, dass ich so viel von dem Pulver verbraucht habe, aber anders hätte ich keinen Schlaf gefunden. Ich musste immer an das viele Blut denken, das morgens an meinen Händen klebte. Ich weiß, dass wir unsere Meinungsverschiedenheiten hatten, aber ich möchte dir einen Waffenstillstand vorschlagen. So wie es aussieht, wird von mir ohnehin nichts übrig bleiben, wenn ich ein paar Jahre lang die Schminke benutze. Lass mich bis dahin in Ruhe! Ich werde das Gleiche tun. Was hältst du davon?

JJ zerknüllte das Papier in der Faust und warf es achtlos zu Boden. Ein Grinsen breitete sich auf seinen Zügen aus. »Du wirst schon sehen, was ich davon halte, Freundchen.«

Vorbei an der Hütte des Löwendompteurs und durch den hölzernen Torbogen am Eingang der Budengasse schlich eine Gestalt. Nur die schärfsten Augen hätten sie entdeckt. JJ, der Clown, huschte wie ein Schreckgespenst durch die Schatten. Er hielt eine Axt in Händen, die er manchmal zwirbelte, als sei sie ein Spazierstock, und dann wieder wie einen Sonnenschirm auf die Schulter stützte. Beinahe lautlos pfiff er *Que sera, sera* vor sich hin.

Niemand hörte ihn, als er die Tür eines Schuppens hinter dem Entenjagdstand (jeder Treffer ein Preis) behutsam aufhebelte. Dort lebte – noch – eine Zigeunerin, die Halsketten aus Muscheln herstellte. Sie war älter als alle anderen Zirkusratten und erinnerte sich noch genau an das Gepolter, mit dem Kurt Pilo senior seine Untergebenen einst in Angst und Schrecken versetzt hatte. Sie erinnerte sich auch noch genau daran, was in jenen Zeiten mit Zigeunermädchen geschah, die das Pech hatten, hübsch zu sein.

Einige hörten den schrillen Aufschrei, mit dem sie sich aus dem Zirkus verabschiedete. Andere hörten das dumpfe Dröhnen der Axthiebe, *bumm, bumm, bumm*. Niemand ging nachzusehen. Solche Dinge waren nichts Besonderes. Die Zirkusratten taten das, was sie immer taten, wenn ein dumpfes Dröhnen durch die Nacht hallte: Sie vergewisserten sich, dass ihre Türen und Fenster gut verriegelt waren, bekreuzigten sich und überlegten flüchtig, wen es wohl diesmal erwischt haben mochte, ehe sie sich wieder schlafen legten.

JJ grinste immer noch, als er die Antwort für Jamie mit einem blutigen Finger an die Schranktür malte. Dann nahm er einen Stift und hinterließ eine zweite Botschaft draußen an der Wand. Sie war für Rufshod bestimmt und enthielt die Bitte, ihn am nächsten Morgen auf gar keinen Fall zu schminken. JJ wollte, dass Jamie las, was er geschrieben hatte.

Jamie las es. Er erwachte vom geschäftigen Treiben im Zirkus, der sich für die nächste Vorstellung bereit machte, und überwand ein kurzes Staunen – er hatte nicht damit gerechnet, so schnell wieder auf die Beine zu kommen.

Seine Blicke wanderten zur Schranktür, und Verzweiflung erfasste ihn, als ihm der nächtliche Mord wieder einfiel. Auf der Tür stand, mit Blut geschrieben:

ABGEMACHT

Er schob eine Kiste gegen die Tür, in der Hoffnung, auf diese Weise eine Zeitlang ungestört nachdenken zu können. Sein Plan war es gewesen, einen weiteren Tag als Jamie zu gewinnen, und dieser Plan war aufgegangen. JJ hatte den Köder geschluckt. Es war ihm gelungen, seine Clowninkarnation auszutricksen. Und was er einmal geschafft hatte, konnte er erneut schaffen. Irgendwie musste er weitere Rachefeldzüge provozieren und seinen Verstand ausschalten, wenn die Zeit kam, neue Schminke aufzutragen.

Er trat in den Korridor hinaus und klopfte an Winstons Tür. Eine gereizte Stimme murmelte: »Aahh, was ist denn nun schon wieder? Kann ich nicht mal einen verdammten Morgen ausschlafen?«

Jamie trat ein und berichtete, was von dem Augenblick an geschehen war, da ihm Rufshod die Schminke ins Gesicht gekleistert hatte. Dann erklärte er dem Alten, weshalb er noch mehr von dem Pulver benötigte. Winston hörte zu und nickte, als habe er sich das meiste bereits selbst zusammengereimt. »Ich schlage dir ein Geschäft vor, Jamie«, sagte er. »Ich habe vermutlich genug Kristallstaub, um deine Erinnerungen vor ihm so lange geheim zu halten, bis wir unser Ziel erreicht haben. Ich benutze das Zeug kaum, es ist mir unheimlich und irgendwie auch gruselig. Wenn ich also merke, dass du als Jamie zu mir kommst, gebe ich dir von dem Pulver, was du brauchst. Wenn du als JJ kommst, schicke ich dich in die Wüste. Aber die Geschichte hat ihren Preis.«

»Natürlich. Was verlangst du?«

»Gib mir die Kristallkugel! Ich wollte sie erst nicht nehmen, weil sie mir Probleme bringen könnte, die ich nicht unbedingt haben muss. Doch nun habe ich meine Meinung geändert. Es ist zu gefährlich, wenn JJ Zugriff auf die Kugel hat. Viel zu gefährlich. Ich kann gut darauf verzichten, dass er jeden unserer Schachzüge mitverfolgt.«

Jamie seufzte bei der Vorstellung, wie zornig JJ auf den Verlust der Kugel reagieren würde, aber er konnte jetzt nicht gut ablehnen. Also nickte er.

»Braver Junge!«, sagte Winston. »Ich werde sie gut verstecken, und du hast sicher Verständnis dafür, wenn ich dir das Versteck nicht verrate. Aber jetzt richte dich endlich her! Kurt hat heute Geburtstag. Setz dein bestes Pokerface auf! Wenn ich du wäre, würde ich sofort etwas von dem Pulver nehmen und anschließend Schminke auftragen. Besser *du* entscheidest, wann JJ auf der Bildfläche erscheint. Sonst zerrt ihn Rufshod aus der Versenkung, wenn du für seine Schandtaten nicht bereit bist. Wenn er dich überrascht und du ...«

Winston verstummte und hielt den Kopf schräg. Draußen im Aufenthaltsraum hatte sich lautes Geschrei erhoben und Geschirr ging zu Bruch. »Was soll das nun wieder?« Winston stöhnte gereizt. »Ach, zum Henker damit, sie werden das auch ohne mich auf die Reihe kriegen. Ich brauche noch etwas Schlaf.«

Winston drückte Jamie einen Samtbeutel in die Hand und warf sich so heftig auf sein Bett, dass die Federn quietschten. Jamie bedankte sich und ging. Als er am Aufenthaltsraum vorbeikam, hörte er ein trockenes *Krack*, das so laut wie ein Gewehrschuss klang, und sah einen Akrobaten durch die Luft fliegen. Der Turner landete unsanft auf dem Boden. Jamie blieb im Gang stehen, kaum sichtbar für die anderen, und schielte vorsichtig um die Ecke. Gonko stand in der Nähe des Akrobaten, einen Holzprügel in den Händen, umringt von Goshy, Doopy und Rufshod. Es schien das Ende eines sehr kurzen Kampfes zu sein. »Der wollte was ganz Böses machen, Gonko, ich schwör's!«, rief Doopy. »Sieh mal, was der in der Hand hatte, Gonko, sieh doch mal!«

Gonko bückte sich und hob etwas vom Boden auf, eine Spritze, gefüllt mit einer klaren Flüssigkeit. »Du hast wie immer recht«, sagte er. »Bist ein echt kluger Kopf, Doops. Der *wollte* was Böses machen, ganz bestimmt.«

Der Akrobat versuchte aufzustehen, aber sein Knie war in einem merkwürdigen Winkel abgeknickt. Gonko trat lässig zu ihm und versetzte ihm einen sanften Schubs, der ihn nach hinten kippen ließ. »Das is keine Tetanus-Auffrischung, Sven, so viel steht fest. Was soll dieser Quatsch? Und überhaupt – wie kommst du dazu, in unserem Zelt rumzuschleichen?«

Der Akrobat versuchte wieder aufzustehen. Gonko versetzte ihm einen Tritt in den Brustkorb, diesmal weniger sanft. »Du lässt mich jetzt besser gehen«, fauchte Sven, »sonst sorge ich dafür, dass du für den Rest deines Lebens Außenarbeiten verrichten musst. Du wirst keine einzige Vorstellung mehr kriegen.«

»Du kennst die Regeln«, entgegnete Gonko. »Du bist ohne unsere Erlaubnis hier eingedrungen. Wir können dir den Arsch aufreißen, wenn wir wollen. So – und nun spuck aus! Was habt ihr gegen JJ?«

Entsetzt riss Jamie die Augen auf.

»Das fragst du noch – nach allem, was ihr uns angetan habt?«, stieß Sven hervor. »Du glaubst doch nicht, dass ihr ungeschoren damit davonkommt?«

Gonko drehte sich um und warf den anderen Clowns einen verwirrten Blick zu. Der Akrobat versuchte im Kriechgang zu flüchten. Goshy stimmte sein Teekesselpfeifen an. Gonko hob den Holzprügel wie ein Golfer, der den nächsten Abschlag vorbereitet. Doch er wurde von George Pilo gestört. »Hey!«, kreischte George vom Eingang her. »Was zum Henker soll das denn werden?«

»Hallo, George«, sagte Gonko, den Prügel immer noch zum Schwung erhoben. »Ich verteidige nur unsere Räumlichkeiten. Wollte dem Mistkerl da eben das ... äh, Gegenteil eines Facelifting verpassen.«

»Ein Matschgesicht wolltest du ihm patschen, Gonko«, half Doopy aus. »So heißt das, glaub ich, Gonko, und Goshy glaubt das auch, jawohl, der glaubt das auch. Ein Matschgesicht patschen.«

»Sehr schön, Doops, genau so heißt das. Yeah, George, der Kerl drang mit einer Mordwaffe hier bei uns ein. Was sagst du dazu?«

»Mir sind eure Streitereien scheißegal«, sagte George, kam auf Gonko zu und bohrte ihm die Nase mehr oder weniger in den Nabel. Seine hellen, wässrigen Augen blinzelten böse. »Ich will nicht, dass du dich mit anderen Artisten zankst, Gonko. Du gehörst zu den Führungskräften im Zirkus. Du solltest ein gutes Beispiel geben.«

»So was *Ähnliches* hatte ich eben auch vor, George«, sagte Gonko.

»Ich kürze euch den Lohn für die heutigen Außenarbeiten«, keifte George. Gonko zuckte zusammen, und einen Augenblick lang hatte es den Anschein, als wollte er aus George Pilos wutverzerrten Zügen ein Matschgesicht patschen. Aber dann ließ er den Holzprügel sinken und setzte ein versöhnliches Lächeln auf. »Hart, aber fair, George, wie immer«, sagte er.

George wandte sich an den Akrobaten. »Sieh dir dein Bein an, du Idiot! Wir haben für heute eine Vorstellung angesetzt, und du bist arbeitsunfähig. Schlepp dich rüber zum MM und sieh zu, dass er dein Knie in Ordnung bringt. Ich gebe ihm Bescheid, dass du kommst.«

Ein Schatten huschte über das Gesicht des Akrobaten, während sich Gonkos Mund zu einem breiten Grinsen verzog. George stürmte aus dem Zelt. Der Akrobat folgte langsam und auf allen vieren. Zurück blieben die Clowns, die sich gegenseitig beglückwünschten und auf die Schultern klopften. Jamie machte die Fliege, aber keine zwei Minuten später stand Gonko vor seiner Kammer.

»JJ?«

»Ja?«, fragte Jamie. »Ich bin gerade dabei, die Schminke ...«

»Bist du den Akrobaten irgendwie blöd gekommen?«

»Ich doch nicht.«

»Warum wollen sie dich dann platt machen?«

»Ich hatte keine Ahnung, dass die mich platt machen wollen.«

»Sieht aber ganz danach aus. Dieser Mistkerl von einem Turner hat sich in aller Frühe in unser Zelt geschlichen. Doops entdeckte ihn, sperrte ihn in den Wandschrank und legte sich noch mal schlafen. Irgendwie befreite sich der Typ dann aber und suchte nach deiner Kammer, um dir eine Spritze zu verpassen. Ich glaube nicht, dass da Morphium drin war.«

Jamie zuckte die Achseln. »Warum sollte ausgerechnet ich dran glauben?«

»Genau das will ich von dir wissen, Mann. Du hast sie nicht geärgert? Sie mit Dreck beworfen oder so?«

»Nein. Ich schwör's.«

Gonko beobachtete ihn scharf. »Entweder du sagst die Wahrheit oder du bist ein verdammt guter Lügner. Wie auch immer, mir kann beides recht sein. Aber unternimm nichts – noch nicht! Unsere Rache kommt schon noch, verlass dich drauf! Im Augenblick aber heißt die Parole leben und leben lassen, ist das klar? Friede, Freude, Eierkuchen und all der Scheiß. Wir Clowns ziehen die Köpfe ein und warten ab, während dieser unbekannte Scherzkeks in der Scheiße rührt. Der Boss schaut da nicht mehr lange zu, da wette ich einen nagelneuen Penny.«

Jamie nickte.

»Und vergiss die Schminke nicht«, sagte Gonko, während er die Tür hinter sich schloss.

KAPITEL EINUNDZWANZIG
DUNKLE WOLKEN IM ANZUG

Gegen Mittag gingen die Clowns zu ihrem Bühnenzelt hinüber, um Kurts Geburtstag zu feiern. JJ bewegte sich mit federnden Schritten; irgendwie erleichterte es ihn, dass die Dinge zwischen ihm und seinem Pendant nun doch einigermaßen ins Lot kamen. Jamie hatte seine Schminke gleich am Morgen aufgetragen, ein sicheres Zeichen dafür, dass die Spielchen vorbei waren. Wenn das so blieb, konnte JJ die Zügel ein wenig lockerer lassen ... Dem kleinen Schisser war anfangs nur nicht klar gewesen, mit wem er sich da Duelle lieferte. Aber nun hatte er seine Lektion gelernt. Hoffentlich.

Die Clowns kamen als Letzte in das Bühnenzelt, wenn man mal von Kurt absah. Gonko und Rufshod hatten den Leichensack mit seinem schwach strampelnden Inhalt neben sich auf dem Boden liegen. Kurt hatte die Vorbereitungen für das Fest an die Zigeuner delegiert, damit er so tun konnte, als wüsste er von nichts. Als er das Zelt betrat, ein Klemmbrett unter dem Arm, als sei er auf Inspektionstour, mimte er Verblüffung. Alle Anwesenden kannten das Protokoll. Wie immer riefen sie im Chor:

»Überraschung!«

Kurt errötete, presste die Riesenhände mit gespielter Verlegenheit gegen die Wangen, rief ein um das andere Mal: »Das ist doch ...« und »Ach, ihr!« und wedelte kraftlos mit den Armen, als wollte er alle Gratulanten fortscheuchen. Dann stand er vor dem Bühnenpodest und blickte erwartungsvoll in die Runde.

Die jüngsten Anschläge hatten den Geschenkwettbewerb stark überschattet, und die Rivalität um die Gunst des Chefs kochte längst nicht so hoch wie in den vergangenen Jahren.

Die Akrobaten waren ganz auf Nummer sicher gegangen und überreichten ihm einen Plastiksack mit Zähnen, das gleiche Geschenk, das ihnen vier Jahre zuvor in sämtlichen Streitereien diplomatische Immunität verschafft hatte. Damals hatten die Akrobaten ihr Zelt noch mit dem Schwertschlucker geteilt und erbitterte Fehden gegen ihn geführt. Die Akrobaten hatten schließlich gesiegt, und der Schwertschlucker war in Mugabos Zelt verbannt worden, bis ihn der Magier während einer buchstäblich hitzigen Diskussion in einen Schmorbraten verwandelt hatte. Aber das war lange her, und die Akrobaten schienen zu spüren, dass sie diesmal nicht unbedingt den Vogel abgeschossen hatten. Immer wieder warfen sie giftige Blicke auf die Clowns, die selbstgefällig neben ihrem zappelnden Leichensack saßen.

Die Akrobaten übergaben ihr Geschenk als Erste, und Kurt zeigte sich erfreut. Nicht gerade *überwältigt*, aber erfreut. »Ich habe ein gutes Gefühl«, wisperte Gonko seiner Truppe zu.

Shalice, die noch etwas vergrätzt darüber war, dass den Pilos der Diebstahl ihrer Kristallkugel nicht besonders nahe zu gehen schien, hatte sich keine besondere Mühe gemacht. Sie schenkte Kurt eine Zahnbürste mit Elfenbeingriff, die sie in der Budengasse entdeckt hatte – gerade noch teuer genug, dass Kurt nicht beleidigt sein konnte. Kurt zeigte seine Enttäuschung auf elegante Weise. Er seufzte wie ein Schulmädchen, das das Poster eines unerreichbaren Filmstars anschmachtete.

Der Löwendompteur hatte eindeutig keine Ahnung von Kurts derzeitigen Interessen. Er schien zu glauben, dass der Boss wie im Vorjahr auf dem Vogelkundetrip war und kam mit einem Papagei an, dem er beigebracht hatte, »Happy Birthday« zu krächzen. Aus irgendeinem Grund regte sich Goshy furchtbar auf, als der Dompteur das Tuch vom Käfig nahm. Offenbar sah er in dem Vogel so etwas wie einen Rivalen. JJ musterte ihn ratlos von der Seite. Je mehr er über Goshy in Erfahrung brachte, desto weniger verstand er ihn.

Kurt war mit dem Papagei alles andere als glücklich. Er verzog das Fischmaul zu einem Lächeln, aber kein Wort des Dankes kam ihm über die Lippen. Seine Stirn umwölkte sich. Der Löwendompteur kehrte bleich und mit unsicheren Schritten zu seinem Platz zurück.

Die Kraftmenschen überraschten alle. Sie hatten den Finger genau am Puls der Zeit und schenkten Kurt ein riesiges Kruzifix, das sie aus Edelhölzern gezimmert hatten. Als die vier Männer es hereinschleppten, strahlte Kurt und überschüttete sie mit Lob. Gonko fand, dass nun die Zeit für seinen Auftritt gekommen war. Er gab Rufshod ein Zeichen, und gemeinsam trugen die beiden den Leichensack zur Bühne. Der Priester stöhnte und warf sich in seinem Gefängnis hin und her – wie ein Fisch im Netz. »Was ist das denn?«, erkundigte sich Kurt, aber er konnte seine Vorfreude kaum verbergen, als sie den Sack zu seinen Füßen ablegten.

»Eine Kleinigkeit, von der wir dachten, dass sie deinen Geschmack treffen könnte, Boss«, sagte Gonko. »Bitte sehr!« Kurt löste begeistert die Schleife, versuchte zu erraten, was der Sack enthielt, witzelte noch, dass es vermutlich wieder mal Socken waren – nicht dass es jemand gewagt hätte, ihm welche zu schenken – und zog den Reißverschluss auf.

»Wo bin ich?«, krächzte der Priester. »Ich habe Durst... bitte...« Er blinzelte in die Zuschauerreihen und zuckte zusammen, als er den Hünen sah, der sich mit einem breiten Grinsen über ihn beugte. Kurts unheimlich leuchtende Augen erfassten den Priesterkragen, die schwarze Robe und das Kruzifix, und sein Jubel war überschwänglich. *»Ich fasse es nicht!«*, sagte er. »Ist der echt?«

»Für dich nur das Allerbeste, Boss«, entgegnete Gonko und bedachte die Akrobaten mit einem bösartigen Grinsen. »Mit Billigkopien wollten wir gar nicht erst anfangen. Den haben wir aus seiner Pfarrei in Perth entführt. Zu deiner alleinigen Verfügung...«

Kurt war überwältigt. »Ich fasse es nicht!«, war alles, was er hervorbringen konnte. Er umfasste den Kopf des Priesters mit seinen Pranken. Er schob ihm einen Daumen in den Mund und inspizierte seine Zähne, als sei er ein Ackergaul. *»Ich fasse es nicht!«*, wisperte Kurt.

»Wir dachten uns, wenn er schon mal da ist, könnte er Goshy gleich trauen«, meinte Gonko. »Natürlich nur, wenn's dir recht ist, Boss. Eine echte Hochzeit mit Segen und so.«

»Aber sicher doch!« Kurt warf sich den Geistlichen – der einen Krampf im Bein hatte und nicht stehen konnte – über die Schulter. Der schlaffe Körper des Priesters wirkte im Vergleich zu Kurts Gestalt winzig. »Ihr könnt ihn jederzeit ausleihen. Ihr anderen stapelt eure Geschenke vor der Tür meines Wohnwagens! Ich muss jetzt erst mal mit dem Kerlchen hier spielen.« Kurt entfernte sich mit großen Sätzen. Die Artisten strömten aus dem Zelt.

Gonko war bestens gelaunt, als die Clowns heimkamen. »Habt ihr diese Blicke gesehen? Morgen kriegen wir unsere Vorstellung zurück, da gehe ich jede Wette ein!«

JJ ließ die anderen feiern und zog sich in seine Kammer zurück. Er wollte unbedingt beobachten, was Kurt mit dem armen Pfaffen anstellte. Er errichtete eine Barrikade gegen ungebetene Besucher, tastete nach der Kissenhülle unter dem Bett und –

Die Kugel war weg. Sofort wusste er, dass da Verrat im Spiel war. Er stieß einen Schrei aus, der ein wundes Gefühl in der Kehle hinterließ. Es folgte eine lange, ergebnislose Durchsuchung der Kammer. Dann setzte sich JJ auf das Bett, starrte ins Nichts und knirschte mit den Zähnen. Von Zeit zu Zeit boxte er wutentbrannt in sein Kissen. »Jamie«, flüsterte er, »das bedeutet Krieg!«

Winston war müde. Die Last seines schier endlosen Daseins drückte ihn mit voller Wucht nieder. Vielleicht war es überhaupt nur die Schminke, die sie alle so lange durchhalten ließ – er selbst hatte aufgehört, die Jahre zu zählen. Aber Winston hegte mittlerweile den Verdacht, dass schon die bloße Anwesenheit auf dem Zirkusgelände ihr Leben verlängerte. Er nahm seit Langem keine Schminke mehr, doch sein Körper machte einfach weiter. Er hatte Gerüchte von Schafen gehört, die nach ihrem Zirkusbesuch heimgekehrt und draußen steinalt geworden waren, traurige, seelenlose Geschöpfe, leere Hüllen, die keinen Anspruch mehr ans Leben stellten und doch nicht sterben konnten. Genau so fühlte sich Winston in diesem Augenblick.

Er versuchte gerade, Randolph zu treffen, ein äußerst schwieriges Unternehmen, seit sich Clowns und Akrobaten gegenseitig belauerten. Die Lage war seit der letzten großen Fehde, bei der die Akrobaten drei und die Clowns zwei ihrer Artisten verloren hatten, nicht mehr so angespannt gewesen. Der Zirkus hatte Winston im Jahr 1836 als Ersatz für den legendären Wendell rekrutiert, ein vierhundert Kilo schweres Ungetüm, das als der Fette Clown in die Geschichte einging. Viele hatten behauptet, Wendells Auftritt – eine groteske Ballettnummer im Tutu – hätte besser in die Monsterschau gepasst. Eine ganze Weile lag das nun schon zurück. Damals war der Zirkus von Frankreich in jene entlegene Sträflingskolonie gezogen, die sich im Lauf der Zeit zu einer richtigen Nation entwickelte. Vor Frankreich war er in Schottland gewesen, vor Schottland in Griechenland und vor Griechenland … hier verwischten sich die Aufzeichnungen. Winston konnte sich noch gut daran erinnern, wie bei seinem Eintritt alles neu aufgebaut wurde, nachdem man die Zelte abgebrochen und in Einzelteilen durch die Kassentore geschleust hatte.

Obwohl Winston im Körper eines alten Mannes steckte, war er doch eher neu hier. Rufshod war noch später als er gekommen, Doopy und Goshy dagegen befanden sich schon so lange in der Truppe, dass ihre Geschichte in Vergessenheit geraten war. Ihr Verstand hatte sich jedenfalls so verwirrt, dass er ihr Alter auf mehrere hundert Jahre schätzte. Und Gonko? Winston hatte keine Ahnung. Angeblich waren Gonko und Pilo senior eng befreundet gewesen ... und Pilo senior hatte längst das Zeitliche gesegnet.

Winston stand vor dem Zelt der Akrobaten und stieß einen lauten Anmachepfiff aus – das Signal für Randolph, dass es etwas Wichtiges zu besprechen gab. Im nächsten Augenblick kamen zwei Akrobaten ins Freie gerannt und stießen wüste Drohungen aus. Randolph folgte ihnen etwas gemächlicher. »Lasst mal, das lohnt sich nicht«, sagte er verächtlich und trat zwischen Winston und die beiden Angreifer. »Der alte Grufti kippt auch ohne unseren Beistand irgendwann aus den Latschen.«

»Lass dich hier nicht wieder blicken«, fauchte Sven, dessen Bein dick bandagiert war. »Wenn ich dich noch einmal in der Nähe unseres Zelteingangs erwische, breche ich dir den Hals!«

»Das Gleiche gilt für deine Freunde«, sagte Randolph. In seiner Stimme schwang Erleichterung mit.

»Was regt ihr euch denn so auf?«, erkundigte sich Winston. »Ich komme auf meinem Weg zur Monsterschau immer hier vorbei.« Einen Moment lang schaute er Randolph in die Augen. Die Botschaft war abgeschickt und empfangen.

»Verpiss dich!« Randolph spuckte ihm vor die Füße und machte auf dem Absatz kehrt. Die anderen Akrobaten folgten ihm nach drinnen.

Ein paar Minuten später trafen sie sich im Halbdunkel der Monsterschau.

»Was gibt es?«, wollte Randolph wissen.

»Das frage ich dich«, entgegnete Winston. »Einer von deinen Hampelmännern hat versucht Jamie wegzupusten.«

»Ja. Rache.«

»Aber warum Jamie? Er ist doch einer von uns. Warum nicht Rufshod oder Doopy?«

»Jamie – nein, JJ – ist gefährlicher als die anderen, Winston. Er kennt unser Geheimnis, verdammt noch mal! Es war ein Fehler, ihn zu dem Treffen mitzubringen.«

»Das geht in Ordnung. Jamie hat einen Weg gefunden, seine Gedanken vor JJ zu verbergen. Schirmt seine Erinnerungen mithilfe des Pulvers ab. Wenn JJ aufwacht, hat er keine Ahnung mehr von den vorangegangenen Ereignissen.«

»Und woher wissen wir, dass das stimmt?«

»Ich lebe mit den Clowns zusammen. Ich sehe JJ täglich.«

Randolph wirkte genervt. »Wie soll ich die anderen dazu bringen, ihm zu vertrauen?«

»Ich weiß es nicht. Vielleicht geht das auch gar nicht. Aber es gibt bessere Ziele als ihn, das steht fest. JJ könnte sich noch als nützlich für uns erweisen.«

»Er könnte uns auch alle über die Klinge springen lassen, verdammt noch mal!«

Winston seufzte und massierte sich die Schläfen. »Ich werde es nicht zulassen. Jamie ist ein anständiger Junge, im Gegensatz zu diesem Arsch JJ. Aber ich denke, dass Jamie seinen bösen Zwilling unter Kontrolle hat.«

»Mann, Winston ...«

»Glaub mir, auch ich hätte eine Last weniger, wenn er tot wäre. Aber ich habe schon genug auf meinem Gewissen. Er kam nicht freiwillig her, Randolph.«

Randolph erwiderte nichts, aber sein Blick sprach Bände: *Das gilt auch für dich und mich, für alle, die hier arbeiten, für die Besucher, die hierher gelockt werden, für die Opfer von Shalices Machenschaften und, und, und ...*

Winston seufzte wieder. »Ich ... ich weiß auch nicht. Gib mir wenigstens Bescheid, wenn sie einen Angriff planen. Okay? Ein Signal. Irgendeine Warnung. Ich werde ihn persönlich schützen.«

Randolph wandte sich zum Gehen, ohne Widerspruch, aber auch ohne Zustimmung. Winston schaute ihm nach – und war nahe daran, ihn zurückzurufen. Ihm zu sagen: *Los, mach's doch! Bring ihn um!* Er war sogar sehr nahe daran.

Gegen drei Uhr nachmittags verteilte Doopy höchstpersönlich Briefe an alle Artisten, auch an die Akrobaten, obwohl er von ihnen nicht gerade mit offenen Armen aufgenommen wurde. Das blaue Auge, das er sich holte, erklärte er mit einem Sturz – »ehrlich, Gonko, ganz ehrlich« –, obwohl er selbst nicht recht wusste, warum er log.

Die Briefe enthielten Einladungen zu Goshys Hochzeit. Gonko hatte vorgeschlagen, die Zeremonie auf diesen Abend vorzuverlegen, da der Priester wohl nicht mehr lange in der Lage war, Trauungen abzuhalten. Doopy hatte es verdammt schwer, Goshy einzureden, dass es so am besten sei, nicht etwa, weil sein Bruder kalte Füße bekam – also das auf gar keinen Fall –, sondern eher, weil er die Vorfreude noch etwas länger genießen wollte. Was Doopy nie preisgeben würde – nie und keinem auf der ganzen Welt nich, ganz ehrlich –, war, dass er selbst den Ring über den Farnwedel gestreift hatte.

Es blieb nicht viel Zeit, um die Trauung vorzubereiten, und da Doopy nicht gerade *der* geschliffene Redner war, bat er Kurt Pilo sehr höflich, ob das vielleicht der Priester für ihn übernehmen könnte. Als Doopy Kurts Wohnwagen wieder verließ, kam ihm Shalice entgegen, und etwas an ihrer Körpersprache und ihrem Lächeln bereitete ihm mehr Sorgen, als es ein blaues Auge je vermocht hätte.

»Das is so ein Jetzt-krieg-ich-dich-aber-Lächeln«, flüsterte Doopy vor sich hin. Er kratzte sich am Kopf, zuckte dann zusammen und schrie noch einmal laut: *»Das is so ein Jetzt-krieg-ich-dich-aber-Lächeln.«*

Er sprintete zurück zu Kurts Wohnwagen und murmelte dabei: »Au, Mann, au, Mensch Mann, au, au, Mann ...« Auf der Schwelle blieb er stehen und presste das Ohr ans Schlüsselloch. Heimlich beim Boss rumzuspionieren, war streng verboten, aber heimlich bei Shalice rumzuspionieren, ging völlig in Ordnung. Und deshalb fand Doopy nichts weiter dabei, an der Tür zu horchen. Er konnte allerdings nicht verstehen, was Shalice sagte, aber Kurts Stimme drang deutlich bis ins Freie. »Bist du sicher, dass er es ist?«

Stille. Dann: »Bist du absolut sicher?«

Stille. Dann: »Also, ich hätte nie gedacht, dass *er* es ist. Ich hatte George im Verdacht. Na schön, wir werden etwas in der Angelegenheit unternehmen ...«

Schritte näherten sich der Tür, und Doopy rannte davon. So schnell er konnte.

Wer ist er?, überlegte Doopy unruhig. *Er is doch nich ich, oder?*

Als er das Zelt der Clowns betrat, hörte er Goshy den Teekessel machen und vergaß im Nu alle anderen Probleme. Goshy war aufgeregt! Er rannte in Goshys Kammer und sah seinen Bruder stocksteif dastehen, die Arme in die Hüften gestemmt, die Fettschichten im Gesicht zu Wulsten verschoben. Goshy war im Begriff, schrill loszuheulen, jawohl, das war er. »Goshy!«, wisperte Doopy. »Was is denn los? Was is denn nur los, Goshy?«

Und dann sah er selbst, was los war: Der Ring war von seinem Wedel gerutscht und lag am Boden. »Oh, Goshy!«, rief Doopy. »O, o nein! O neieiein!«

»IIIIIIIIIII-*IIIIIIIIIII*!«, kreischte Goshy. »IIIIIIIIIII-*IIIIIIIIIII*!«

»Was zum Henker soll der KRACH?«, brüllte Gonko. In Goshys Zimmer angekommen, sah er die Ursache des Spektakels. »Ah, ihr verdammten Blödmänner!«, fauchte er. »Da!« Er hob den Verlobungsring vom Fußboden auf und streifte ihn wieder über den Farnwedel.

»Danke, Gonko«, rief Doopy, während Gonko zur Tür hinausstürmte. »Übrigens, sie wird ihn kriegen, ich weiß nur nich, wer er is, aber es könnte einer von uns sein.«

»Ja, toll«, sagte Gonko über die Schulter hinweg. »Schon mal dran gedacht, ein Stück zu schreiben, Doops? Shakespeare wäre neidisch.« Als Gonko den Aufenthaltsraum betrat, hörte er Kurts Stimme: »Tock, to-*ock*!«

Shalice stand neben ihm auf der Schwelle – wie seltsam! »Hey, Boss«, sagte Gonko und runzelte die Stirn. »Was führt dich hierher?«

»Oh, eine schlimme Geschichte«, erklärte Kurt und trat näher. »Wie ich aus zuverlässiger Quelle hörte« – er deutete ein wenig plump auf die Wahrsagerin – »so hält sich der Dieb der Kristallkugel hier in deinem Zelt auf.«

»Kristallkugel?«, wiederholte Gonko. »Ihre Kristallkugel? Wer soll die denn haben?«

»Winston«, sagte Shalice und warf Gonko einen eisigen Blick zu. »Dein Freund Winston.«

»Winston?« Gonko schüttelte den Kopf. »Der doch nicht. Wie zum Kuckuck kommst du ausgerechnet auf den?«

Shalice lächelte und tippte sich mit einem langen, spitz gefeilten Fingernagel an die Stirn. »Durch meine ›unheimlichen Gaben‹, wie du sie zu nennen pflegst. Bliebe nur noch zu klären, ob er allein oder auf Befehl eines anderen gehandelt hat.«

Kurt ließ seine Blicke zwischen Shalice und Gonko hin und her wandern und lächelte heiter.

»Warum klärst du das nicht selbst?«, giftete Gonko die Wahrsagerin an. »Benutz doch deine unheimlichen Gaben!«

»Wo ist sein Zimmer?«, fragte Kurt in liebenswürdigem Ton.

Gonko führte die Besucher zu Winstons Zimmer. Es war zugeschlossen. Winston schien nicht zu Hause zu sein. Gonko trat die Tür ein. Shalice zwängte sich an ihm vorbei. Sie durchwühlte die Kleidung und die Kisten des alten Clowns. »Sie muss hier irgendwo sein«, beharrte sie. »Ich sah den alten Wüstling heute früh ganz deutlich vor meinem inneren Auge. Er hat sich täglich eine kostenlose Peepshow gegönnt.«

Gonko beobachtete mit zusammengekniffenen Augen, wie die Wahrsagerin alles in Reichweite von unten nach oben kehrte. Er fand, dass *Peepshow* so ganz und gar nicht nach Winston klang. Sie klopfte die Wände ab und horchte nach einem Echo, das auf einen Hohlraum hindeutete. »So, jetzt reicht es aber«, knurrte Gonko. »Winston ist schon ewig in der Truppe und hat mein volles Vertrauen ...«

»Aha«, unterbrach ihn Shalice. Ihre Augen glänzten. Sie fuhr mit ihren Nägeln einen Fleck nach, der etwas heller getüncht war als der Rest der Wand. Die Verkleidung öffnete sich mit einem Krrck. Ihr Arm tauchte tief in die Öffnung. Triumphierend holte sie die Kristallkugel aus ihrem Versteck.

Gonko rieb sich die Stirn und seufzte. »Ehrlich, Boss, ich bin geschockt.«

Kurt lächelte heiter, aber Gonko kannte Kurt und las die Enttäuschung in seinen Zügen. Er konnte froh sein, dass es nur Enttäuschung war. »Das verstehe ich gut«, sagte Kurt. »Aber ich denke, wir sollten erst mal die Trauung hinter uns bringen, ehe wir diese Sache besprechen, oder?«

Gonko zuckte die Achseln. »Du bist der Boss.«

»Das hoffe ich doch.« Kurt verließ mit großen Schritten das Zelt. Shalice folgte ihm, ohne Gonko noch eines Blickes zu würdigen. Er schaute ihnen eine Weile nach. Dann trat er mit dem Stiefel ein Loch in die Gipswand. »Winston …«, sagte er mit einem Seufzer, ohne den Satz zu beenden. Insgeheim dachte er: *Du bist mir eine Erklärung schuldig, Alter.*

Während Shalice die Kristallkugel entdeckte, versuchte Winston auf George Pilos Befehl bei Mugabo gut Wetter zu machen. Es ging das Gerücht, dass Mugabo in einer schlechten Verfassung war und niemanden in die Nähe seiner Hütte ließ – was am Tag vor dem Auftritt nichts Gutes verhieß. Winston hatte ebenfalls kein Glück; der Zauberer war gereizt wie nie zuvor. Nachdem Winston eine Stunde lang vor Mugabos Tür Plattitüden vom Stapel gelassen hatte, gab er endlich auf und kehrte zum Zelt der Clowns zurück. Nun fielen also bereits zwei Nummern des morgigen Programms aus, und der Nachmittag war noch jung. Wenn das so weiterging, musste vielleicht die ganze Vorstellung abgesagt werden. Solange Winston zurückdenken konnte, war das noch niemals geschehen.

Eine böse Vorahnung beschlich ihn, während er sich dem Zelteingang näherte, und sie verstärkte sich noch, als er den Aufenthaltsraum betrat. Gonko saß am Kartentisch und starrte ihn mit zusammengekniffenen Augen an. Er wirkte alles andere als glücklich. »Setz dich, Winston«, sagte er.

Die Gedanken flatterten wie aufgescheuchte Vögel durch Winstons Kopf. *Da stimmt was nicht. JJ hat geredet. Er hat sich an alles erinnert und uns verpfiffen. Aus. Alles aus.*

Als er Platz nahm, merkte er, dass Gonko eher traurig als wütend wirkte. Das verstörte ihn erst recht. Gonko schaute ihm in die Augen und sagte: »Was kannst du zu deiner Entlastung vorbringen?«

Winston rutschte auf seinem Stuhl hin und her und bemühte sich, seiner Stimme einen festen Klang zu geben. »Wie meinst du das, Gonks?«

»Kurt und Shalice fanden das Ding in deinem Zimmer«, sagte Gonko langsam. »Der Diebstahl an sich ist mir völlig egal, aber wie konntest du dich erwischen lassen? Ich hätte dich für klüger gehalten.«

Einen Augenblick lang war Winston richtig verwirrt, doch dann spürte er eine Woge der Erleichterung. Es ging also nur um die Kristallkugel. Die größeren Geheimnisse waren nicht ans Licht gekommen. »Ach«, murmelte er, »das da.«

Gonkos Augen blitzten. »Das scheint dich auch noch zu freuen.«

»Zu freuen? Nein, nein. Ich habe dich nur nicht gleich verstanden.« Winston überlegte fieberhaft. »Ich habe die Kugel draußen rumliegen sehen. Und mir war klar, dass es Ärger geben würde, wenn man sie entdeckte. Also brachte ich sie lieber in ein sicheres Versteck. Zumindest dachte ich, es sei ein sicheres Versteck.«

Gonko nickte. Die Erklärung schien ihn zufriedenzustellen, obwohl in solchen Situationen schwer zu erkennen war, was er dachte. »Dumm gelaufen, Winston«, sagte er. »Wir mussten unbedingt aus Kurts Geburtstagsgeschenk Kapital schlagen, aber das können wir jetzt vergessen. Das können wir echt vergessen.«

»So ein Mist! Tut mir leid, Gonks.«

»Tja.« Gonko seufzte tief. »Ich weiß auch nicht, wie sie dahinterkamen. Wahrscheinlich hatte Shalice wieder so ein Gesicht. Aber Schwamm drüber! Es kommt nicht allzu oft vor, dass du einen Fehler machst, deshalb will ich die Geschichte auf sich beruhen lassen. Ich weiß allerdings nicht, ob Kurt das auch so sieht.«

Winston straffte die Schultern und wischte sich den Schweiß von der Stirn. »Kurt? Was hat denn Kurt gesagt?«

»Ich soll dich sofort zu ihm rüberschicken. Er möchte ein paar Takte mit dir reden. Wahrscheinlich ist er ganz schön angefressen, insbesondere nach seiner Aufforderung, die Kugel zurückzugeben. Das fällt für ihn wohl in die Sparte Gehorsamsverweigerung – was es genau genommen ja auch war. Und Kurt ist nach all diesem *Freiheit*-Scheiß nicht gerade in bester Laune.«

»Heiland ...«

»Ach, nimm's nicht zu tragisch«, meinte Gonko. Er sah aus, als habe er die Augen geschlossen, aber er beobachtete Winston sehr genau. »Geh gleich zu ihm hin, bring es hinter dich, und vergiss die Sache dann! Du hast mich noch nie enttäuscht ... ich schätze, das war ein einmaliger Ausrutscher.«

Winston nickte und stand auf, aber seine Knie gaben nach, und er musste sich einen Moment lang an der Tischkante abstützen. Gonkos Blicke folgten ihm, als er das Zelt verließ. Der Anführer der Clowns blieb noch eine ganze Weile gedankenverloren sitzen.

Winston war immer noch wie betäubt, als er Kurts Wohnwagen erreichte und an die Tür klopfte. Er fragte sich, ob Shalice wirklich eine Vision gehabt oder ob JJ ihn aus purer Niedertracht verpfiffen hatte. »Hmmm?« Kurts Stimme klang so jovial wie immer.

Winston gelang es, das Zittern aus seiner Stimme zu verbannen. »Ich bin's, Chef.«

»Oh, Winston! Komm herein!«

Er schob die Wohnwagentür auf, trat über die Schwelle und erstarrte, als er Shalice in einem Sessel neben Kurts Schreibtisch sitzen sah. *Na großartig*, dachte er. In ihrem Beisein würde er sich mit dem Lügen schwertun. Die Ausreden, die er sich auf dem Weg hierher zurechtgelegt hatte, konnte er jedenfalls vergessen.

Kurt verschränkte die Hände und legte sie auf eine dicke Bibel, die seinen Schreibtisch zierte. »Winston«, sagte er, »ich wollte dich etwas fragen... Mal überlegen... ach ja. Wie war das mit dieser Kristallkugel der Wahrsagerin?«

»Schwer zu erklären, Boss«, erwiderte Winston. »Ich weiß selbst nicht, was mich bewog, sie in meinem Zimmer zu verstecken, nachdem ich sie gefunden hatte. Aber es tut mir ehrlich leid, dass ich sie nicht sofort zurückgegeben habe.«

Kurt sagte gar nichts. Sein Schweigen lastete schwer im Raum, und als Shalice das Wort ergriff, war Winston fast erleichtert. Fast. »Du hast sie nicht *gefunden*«, fauchte sie. »Du lügst. Das sehe ich dir an.«

Winston hielt den Blick fest auf Kurt gerichtet. »Es tut mir leid, Boss.«

»War *Du sollst nicht stehlen* nicht eines der – wie hießen sie gleich?« Kurt verstummte.

Da Winston nicht wusste, ob die Frage an ihn gerichtet war, schwieg er. Nach einer kleinen Pause sagte Shalice: »Eines der Zehn Gebote? Ja.«

»Hm.« Kurt trommelte mit dem Zeigefinger auf der Bibel herum. »Dann ist das alles andere als eine Kleinigkeit. Ich dulde nicht, dass jemand stiehlt. Außerdem hast du mir nachspioniert. War das auch eines dieser Gebote? Du sollst mir nicht nachspionieren?«

»Nein, Boss!« Winston konnte nicht fassen, wie unglaublich bescheuert JJ sich verhalten hatte. »Ich habe nicht ein einziges Mal in das Ding geguckt. Und ich schwöre bei ... bei Gott, dass ich es auch nicht der Wahrsagerin gestohlen habe.« Mühsam beherrschte sich Winston, ehe er doch noch zu viel sagte.

Kurt wandte sich Shalice zu, und Winston hatte plötzlich das Gefühl, als sei er gerade einer unbarmherzigen Umklammerung entronnen. Sie nickte zögernd. »*Diesmal* sagt er die Wahrheit.«

»Hmm.« Kurt dachte nach. »In diesem Fall wollen wir nicht allzu streng urteilen. Aber da ist noch eine Sache, die mir Kummer bereitet, Winston. Seit Shalice die Kugel abhanden kam, gab es eine Reihe von *Zwischenfällen*. Du weißt, wovon ich spreche?«

Das war jetzt der kritische Moment. Winston nahm seine ganze Willenskraft zusammen, um seine Gesichtsmuskeln und seine Stimme unter Kontrolle zu halten. »Ja, Boss, ich denke schon.«

»Hmm.« Wieder trommelte Kurt mit seinem klobigen Finger auf der Bibel herum. Der lange, spitze Nagel zerkratzte den harten Deckel. *Tapp, tapp, tapp.* »Ich habe nichts gegen ein wenig Spaß und Sport«, fuhr Kurt fort. »Der Wettbewerb ist gut für die Show. Würdest du das für mich wiederholen, Winston?«

Winston schluckte. »Der Wettbewerb ist gut für die Show.«

Kurt nickte. »Das ist ein sehr gutes Argument, Winston. Aber die Ausrüstung des Akrobatenzelts war nicht billig. Es wird lange dauern, bis alles erneuert und wieder aufgebaut ist.«

Tapp, tapp, tapp. Das Trommeln steigerte sich, drang wie die chinesische Wassertropfenfolter in Winstons Schädeldecke ein. Er versuchte sich zu konzentrieren, aber das Zittern in seiner Stimme ließ sich nicht länger verbergen. »Ja, Boss, das kann ich mir denken.«

Tapp, tapp, tapp. Zwei riesige Augen bohrten sich wie weiß glühende Lichtstrahlen tief in Winston hinein, und er war nahe daran, laut aufzuschreien. Wenn er diesen Blick noch eine Sekunde länger ertragen musste, würde er sich in die Hose machen und die Flucht ergreifen.

Plötzlich ließ sich Kurt in seinen Sessel sinken und löste die verschränkten Hände. Winston wich zurück, erschrocken über die plötzliche Bewegung. Die Bibel auf dem Schreibtisch hatte ein Loch im Deckel, wie von einer Kugel getroffen. »Sehr schön«, sagte Kurt leichthin. »Ich danke dir für dieses Gespräch, Winston.«

Winston zuckte zusammen. Hatte er da richtig gehört? Kurts Fragen und der lebendige Lügendetektor an seiner Seite hatten ihn schon mit dem Schlimmsten rechnen lassen. »Ich danke dir, Boss«, sagte er nach einem kurzen Zögern.

»Hmm«, machte Kurt. Dann, als sei ihm das nachträglich eingefallen, fügte er hinzu: »Ach, noch eins. Ich möchte, dass du heute Abend in der Schreckenskammer vorbeischaust und dem Materie-Manipulator einen Besuch abstattest. Die Leute glauben sonst, ich hätte keinen Biss mehr. Ich hoffe, du verstehst das.«

Winstons Mund war mit einem Mal trocken, seine Knie gaben nach. »Jawohl, Boss«, wisperte er.

»Gut so«, lobte Kurt. »Und jetzt ab mit dir. Viel Spaß bei der Hochzeitsfeier!«

Winston entfernte sich mit schlurfenden Schritten von Kurts Wohnwagen, fast so benommen wie die Schafe, die an den Vorstellungstagen durch die Tore geströmt kamen. Shalice überholte ihn wortlos. Zumindest teilweise war ihr Gerechtigkeit widerfahren. Mehr hatte sie in dieser Farce auch nicht zu erhoffen gewagt. Aber nun gab es dringendere Angelegenheiten auf den Weg zu bringen, unter anderem eine ganz bestimmte Ereigniskette, deren Ablauf sie rasch noch einmal ändern musste. Um die Pilos für die Suche nach ihrem kostbaren Besitz zu gewinnen, hatte sie George darauf hingewiesen, dass sie diese Vandalen in der Kristallkugel sehen und überwachen könnte. Und um dieses Argument zu unterstreichen, wollte sie höchstpersönlich einen Angriff inszenieren. Die Dominosteine fielen bereits. Während sie über das Gelände eilte, sah sie zwei Zirkusratten eine Kiste mit Feuerwerkskörpern zur Schreckenskammer schleppen. Angeblich geschah das auf Befehl von George, doch in Wahrheit hatte Sven die Unterschrift auf der Anordnung gefälscht. Die Akrobaten hegten den Plan, die Feuerwerkskörper als Waffe gegen die Clowns einzusetzen. Shalice hatte diese Geschichte in der Nacht zuvor eingefädelt. Sie war zum Zelt der Akrobaten geschlichen und hatte den Weg vor dem Eingang so lange mit Wasser besprengt, bis er glitschig war. Ein Zwerg, der an dem Zelt vorbeikam, war prompt ausgerutscht und hatte eine Glasvitrine fallen lassen, die er zum Zelt der Monsterschau bringen sollte. Als Sven draußen nach dem Rechten gesehen und fälschlich angenommen hatte, dass die Clowns wieder mal einen Streich ausheckten, zog gerade eine Sternschnuppe ihre Leuchtspur über den Himmel, und das brachte ihn auf die Idee mit dem Feuerwerk.

Die Sternschnuppe und die Rolle des Zwergs waren Teil einer natürlichen Ereigniskette, die sich Shalice zunutze gemacht hatte, als sie den Weg wässerte. Es war so komplex und zugleich so einfach wie das Umlegen eines Hebels an einer Schienenweiche. Alles, was sie dazu brauchte, war ein Plan der ganzen Zukunftslandschaft, um zu sehen, was wann wohin führte. Das hatte sie drei Stunden Meditation, Befragung der Tarotkarten, Konsultation ihrer Sternkarten und Berechnung der Schicksalsknoten gekostet. Hätte es Zeugen dafür gegeben, wie sie den Boden nass machte, wären diese dann zu dem Schluss gekommen, dass sie die Schuld an einer verfrühten Explosion trug?

Sie hatte wahrscheinlich noch Zeit genug, den Lauf der Ereignisse zu verändern und zu stoppen, aber genau betrachtet schuldete sie den Pilos keinen Gefallen. Außerdem hatte sie Wichtigeres zu erledigen, in erster Linie die Sache mit

Mugabo. Sie hatte mehrere Möglichkeiten vorbereitet, wusste aber noch nicht recht, welchen Kurs sie einschlagen sollte. Was in aller Welt hatte der Magier nur vor? Ein paar Hinweise in dieser Richtung hätten ihr die Arbeit erleichtert.

Bis jetzt hatte sie keine weiteren Visionen erhalten, aber egal – nun hatte sie ja die Kugel wieder. Sie würde den Zauberer ganz genau beobachten.

Und zwar nur den Zauberer. Was den übrigen Zirkus betraf, so konnte der ihretwegen in Rauch und Asche aufgehen.

KAPITEL ZWEIUNDZWANZIG
DIE HOCHZEIT

»Nein, Goshy, du kannst die Braut nich vor der Trauung sehen, das kannst du einfach nich. Das is gegen die *Tradition*, verstehst du, Goshy, gegen die *Tradition* is das.«

»HMMMMM! HMMMMM!«

Die Zwerge und Zirkusratten richteten die Bühne des Clownzelts für die Trauungszeremonie her. Doopy, der die Vorbereitungen beaufsichtigte, ging allen auf die Nerven, weil er die Dekorationen »nich hübsch genug« fand. Aber sie bekamen die Sache schließlich doch so hübsch hin, wie es sich in der kurzen Zeit machen ließ, und Goshy schien damit zufrieden. Er hatte irgendwo einen Anzug aufgetrieben, und sein Bruder führte ihn durch das Zelt, um ihm dies und das zu zeigen oder seinen Rat einzuholen. Er war nicht aufgeregt, das zumindest konnten alle erkennen.

Doopy hatte die Braut noch nie so strahlend gesehen. Er hatte Goshy aus seinem Zimmer gelockt und dazu gebracht, zwanzig Minuten lang aus dem Fenster des Aufenthaltsraums zu schauen, während er die Auserwählte mit etwas Lametta, Lichtern und Christbaumkugeln schmückte.

Am frühen Nachmittag hatten sich alle eingefunden. Wie versprochen schleppte Kurt den Pfarrer an, der mit gequälten, weit aufgerissenen Augen vor den Reihen mit den Plastikstühlen Aufstellung nahm, in den zitternden Händen das Ehegelöbnis. Auf einem Tisch dicht vor ihm erhob sich Goshys Braut in ihrem Topf und spreizte die zarten gelbgrünen Wedel.

Goshy kam in seinem Anzug wie ein mutierter Pinguin in das Zelt gewatschelt. Man hatte unter den Zigeunerinnen ein paar passende Brautjungfern gefunden, die wie alle anderen stumm wartend dastanden und voller Ekel Goshy und die

Pflanze anstarrten. Alle, die einen Vorwand fanden, die Einladung abzulehnen, hatten das getan. Von den Akrobaten war kein einziger aufgetaucht. Lediglich Fishboy, Gonko, Nugget, Yeti und Kurt Pilo hatten sich freiwillig eingefunden.

Unter den liebevoll prüfenden Blicken von Kurt begann der Priester – der mittlerweile zwei Schneidezähne eingebüßt hatte – die Gelöbnisformeln zu verlesen. Seinem Gesichtsausdruck nach zu schließen hegte er immer noch den schwachen Hoffnungsschimmer, irgendwann aus diesem Albtraum zu erwachen. Seine Stimme schwankte, als er begann: »Liebe Gemeinde, wir haben uns hier und heute versammelt, um ... äh ... um die Eheschließung zwischen ... äh ...«

Er schüttelte den Kopf und blickte die Anwesenden der Reihe nach an. Wie um ihm moralischen Beistand zu geben, legte Kurt dem Geistlichen eine Hand sanft auf die Schulter. Der Mann zuckte zusammen, schloss die Augen und fuhr mühsam fort: »... zwischen ... äh ... Gosh ... Goshy? und ...« Doopy kam geschäftig an seine Seite getrippelt und flüsterte ihm etwas ins Ohr. »Und dieser *Athyrium filix-femina*. Äh ... Gott lehrt uns, dass die Liebe zwischen zwei ... und ...« Der Priester taumelte, als würde er jede Sekunde zusammenbrechen. Kurt flüsterte ihm etwas ins andere Ohr, offensichtlich einen Befehl, die Zeremonie abzukürzen. »Sollte einem unter den Anwesenden ein zwingendes Ehehindernis bekannt sein, so möge er jetzt sprechen oder für immer schweigen.«

Die Stille, die dieser Aufforderung folgte, war lauter als alles, was JJ bisher gehört hatte.

»Hiermit erkläre ich euch ...«, murmelte der Priester, »so wahr mir Gott helfe ...«

Kurt begann laut und herzlich zu klatschen. Nach und nach stimmten auch die übrigen Anwesenden in den Beifall ein. Doopy versetzte Goshy einen Rippenstoß. Goshy hatte die gesamte Zeremonie verwirrt und aufgeregt über sich ergehen lassen, die Ellbogen an den Körper gedrückt, die Augen weit aufgerissen. Als der Applaus verstummte, pressten sämtliche Gäste die Hände an die Ohren. Aus Goshys Mund brach sich ein schriller Laut Bahn. Der Schrei dauerte zwar nicht länger als eine Sekunde, durchlöcherte jedoch die Trommelfelle der Versammelten wie eine Gewehrkugel. »Was hatte das jetzt zu bedeuten?«, erkundigte sich Rufshod, als die Clowns die Hände von den Ohren nahmen.

»Ich schätze mal, dass er glücklich ist«, sagte Gonko. »Aber wer weiß das schon bei Goshy?«

Die Leute verschwanden viel schneller, als sie sich eingefunden hatten. JJ rannte noch vor den anderen los. Er war schon früher am Tag in Rufshods Zimmer eingedrungen, um ein wenig Pulver zu klauen, da er für Jamie eine kleine Überraschung auf Lager hatte. Er betrat Goshys Zimmer, öffnete den Wandschrank, hockte sich auf den Düngersack, der darin aufbewahrt wurde, und schrubbte hektisch seine Schminke ab. Dann zog er die Schranktür zu – es war so eng hier, dass er die Knie bis ans Kinn hochziehen musste –, schmolz mühsam das gestohlene Pulver und wünschte sich genau zwei Stunden Schlaf.

Als Braut und Bräutigam den Raum betraten, gab er keinen Mucks von sich.

Jamie erwachte zum vorgesehenen Zeitpunkt in dem engen Verlies von Goshys Schrank. Er wusste nicht, wo er war, warum er dort war und woher der Düngergeruch kam. Er tastete sein Hinterteil ab und schnitt eine Grimasse. Dünne Lichtschlitze markierten die Umrisse der Schranktür. Er spähte durch die schmale Öffnung, um herauszufinden, ob er sich in unmittelbarer Lebensgefahr befand, konnte draußen aber nichts erkennen.

Noch bevor ihm einfiel, was JJ getan hatte, bevor er einschlief, hörte er ganz in der Nähe Geräusche. Seltsame Geräusche, die aus einer menschlichen Kehle zu kommen schienen, aber selbst das ließ sich nicht mit Bestimmtheit sagen – eine Art schrilles Glucksen, eine Mischung aus Pfeifen und Gurgeln, untermalt von einem trockenen Rascheln, das an Papiergeknister erinnerte.

So leise er nur konnte schob Jamie die Schranktür auf. Laternenlicht sickerte durch den Spalt herein.

Er sah zwei fleischige Knollen, runzlig und rosig, Haut, auf die allem Anschein nach noch nie das Sonnenlicht geschienen hatte. Ein schmaler Streifen störrischer Haarkringel und ein einzelner Schweißtropfen markierten die Mitte. Es war ein Hinterteil über zwei fetten, faltigen Schenkeln, die in Waden und Knöchel übergingen und in einer weiten, zu einem Bündel zusammengerutschten Clownhose endeten. Das ganze Gestell bewegte sich in einem grotesken, gleichmäßigen Rhythmus, der zwar nichts anderes als Sex bedeuten konnte, zugleich aber etwas vollkommen Irrwitziges an sich hatte. Jamies Blicke wanderten aufwärts, und er sah in Hüfthöhe der Gestalt einen Tisch mit einer Pflanze der Gattung *Athyrium filix-femina* – gelbgrüne, gefiederte, mit allerlei Flitterkram geschmückte Farnwedel.

In diesem Augenblick begriff Jamie, dass JJ ihn in das Brautgemach eingesperrt hatte. Heimgezahlt.

Vor und zurück bewegte sich Goshys Hinterteil. Aus seiner Kehle drang jenes abartig gurgelnde Pfeifen, während die unter seinen Stößen erzitternden Farnwedel leise raschelten. Die Hinterbacken ragten bedrohlich vor Jamie auf. Das Glucksen verstärkte sich, als Goshy sein Tempo steigerte. Das Holz der Schranktür knarzte.

Goshy drehte sich um, das teigige Gesicht in zu dicken Wulsten verschoben, die Augen aus ihren Höhlen quellend. Sein Penis, in ein Kondom verpackt und fünfzehn stolze purpurrosa Zentimeter lang, senkte sich und schlackerte traurig hin und her. Unheimlicher Zorn verzerrte seine Züge. Dann setzten die Schreie ein.

Der Lärm durchdrang jeden Raum im Zelt, kurze Stöße kreischender Wut, ein Ausbruch war immer noch lauter als der vorangegangene. Jamie verkroch sich schaudernd in der hintersten Ecke des Schranks, während Goshy drohend vor ihm stand, die Hose immer noch heruntergelassen, und sich in sein irres, ohrenbetäubendes Gebrüll hineinsteigerte. Die Pflanze stand stumm auf dem Tisch. Jemand hämmerte gegen die Tür. Goshy verstummte und schien sich zu einer Art Entscheidung durchzuringen. Er hob etwas vom Boden auf und trat einen Schritt auf Jamie zu. Es war eine Säge.

»HILFE!«, schrie Jamie.

»Goshy!« Das war Doopys Stimme.

Gonko und Doopy traten die Tür ein und überblickten die Szene: Goshy, bewaffnet und erregt; Jamie, zu seinen Füßen kauernd. Goshy wandte sich den beiden Eindringlingen zu, und Jamie nutzte die kurze Ablenkung. Er drängte sich an Goshy vorbei und flitzte los wie ein Kaninchen, quer durch den Aufenthaltsraum und hinaus ins Freie. Er rannte über das Zirkusgelände, bis seine Knie nachgaben. Dann erst blieb er stehen, beugte sich weit vor und kotzte.

Als sich sein Magen endlich beruhigt hatte, sah sich Jamie um und erkannte, dass er am Grenzzaun war, ganz in der Nähe des Durchschlupfs, der in das sonderbare Niemandsland führte. Da er nicht wusste, wohin er gehen sollte, löste er die Zaunlatte und begab sich auf die andere Seite.

Unterdessen lag Gonko im Zelt der Clowns auf dem Fußboden von Goshys Zimmer. Seine Rippen schmerzten, und er befürchtete allen Ernstes, dass er sich totlachen könnte.

Da es nicht jedermanns Sache war, sich in der Nähe der Schreckenskammer herumzutreiben, hatte Sven befohlen, die Kiste mit den Feuerwerkskörpern dort abzustellen. Ein leerer Kartoffelsack verbarg die Fracht, die noch fünf zusätzliche Dynamitstangen enthielt, seit Sven der gelieferten Ware früher am Tag einen kleinen Besuch abgestattet hatte. Er hegte nämlich die Absicht, das Zelt der Clowns mit einem Schlag in die Luft fliegen zu lassen. Dass er seine Pläne auch dieses Mal nicht verwirklichen konnte, lag an Shalice und einem Zirkusarbeiter, der als Slimmy, der Rauchende Zwerg, bekannt war.

Slimmy hatte die Angewohnheit, sich jeden Abend um sechs aus seiner Behausung zu stehlen und im Schatten der Schreckenskammer eine Zigarre zu rauchen, weit entfernt von seinen Feinden unter dem Kleinen Volk. Eine weitere schlechte Angewohnheit von Slimmy war die, das abgebrannte Streichholz in den ausrangierten Reifen zu werfen, der umgekippt im Gras lag, vier Schritte entfernt von der Kiste, auf der er Platz genommen hatte. Er führte genau Buch. Bis jetzt hatte er den Reifen 12566 Mal getroffen – etwas mehr als fünfzig Prozent aller Streichholzwürfe. An diesem Nachmittag sollten sich Slimmys Zielübungen, die er seit sechzig Jahren Tag für Tag betrieb, als recht kostspielig erweisen. Slimmy zündete die Zigarre an, warf das Streichholz, sah es durch die Luft fliegen, vom Reifenrand abprallen und irgendwo verschwinden. Slimmy grunzte ärgerlich und machte im Geiste eine Kerbe auf der Messlatte mit den Fehlversuchen.

Das Streichholz landete direkt auf einer Zündschnur, die wie ein dünner Schwanz aus der Kiste mit den Feuerwerkskörpern heraushing. Slimmy hörte das schwache Knistern, als sich das Feuer die Zündschnur entlangfraß, konnte aber gerade noch das dritte Viertel seiner Zigarre zu Ende genießen, bis es zur Explosion kam. Er starb mitten in einer Beschäftigung, die ihn zufrieden und glücklich stimmte.

Die Explosion zerfetzte eine Wand der Schreckenskammer und dröhnte durch das Zirkusgelände. Alle bis auf Shalice suchten erschrocken nach dem Ursprung des Knalls. Schuttbrocken flogen in die Luft und fielen als tödliche Geschosse auf Dächer und Wege, rissen Löcher in Zelte und zersplitterten Fensterscheiben. Zwei Zwerge waren sich gerade über einem Würfelspiel in die Haare geraten, als ein schwerer Teil des Daches sie platt drückte und ihren Streit für immer beendete.

Im Zelt der Clowns setzte sich Gonko auf und murmelte: »Herrgott noch mal!« Dann rannte er in den Aufenthaltsraum hinaus, wo gerade ein Ziegelstein durch den Eingang geschossen kam. Aus einem plötzlichen Impuls heraus beschloss er, nach Winston zu schauen.

Er lief von Zimmer zu Zimmer, klopfte oder presste das Ohr an die Türfüllung und horchte. Winston und JJ waren nirgendwo zu finden.

TEIL VIER

FREIHEIT

Roly Poly
Topsy Turvy
Hang upside down
Fall to the ground.

CAROUSEL

KAPITEL DREIUNDZWANZIG
SCHOCKWELLEN

Am künstlichen Kirmeshimmel leuchteten weder Mond noch Sterne, ein Vorteil für die Rebellen der Freiheitsbewegung, die zu ihrem Sondertreffen schlichen. Unter den gegebenen Umständen war es eine der wenigen Segnungen dieses Ortes, die sie für sich in Anspruch nehmen konnten. Ihre Stimmung war gedämpft, da sie ihren kurzen und längst überfälligen Widerstand erneut gefährdet sahen, seit sie keine Sekunde mehr vor neugierigen Blicken sicher sein konnten. Keiner von ihnen hatte damit gerechnet, dass Jamie an diesem Abend erscheinen würde, und als er zu der grimmig schweigenden Gruppe stieß und ihren Hass spürte, fragte er sich, ob er es nicht besser mit Goshys Zorn aufgenommen hätte. Ein Stoß, noch ein Stoß ...

Randolph erhob sich. »Und *was* willst *du* hier?«, fragte er. »Dich an unserem Ende weiden?«

»Wie meinst du das?«, erkundigte sich Jamie und entfernte sich so weit wie möglich von der Kante, die ins Nichts führte.

»Ihn trifft ebenso wenig eine Schuld wie alle anderen«, sagte Fishboy und legte Randolph besänftigend eine Hand auf die Schulter. »Setz dich, Jamie.«

Randolph schüttelte ihn mit einem leisen Fluch ab. »Dich trifft zwar keine Schuld, aber Randolph hat trotzdem recht«, fuhr Fishboy fort. »Wir sind praktisch erledigt. Die Pilos verfügen wieder über ihre Augen und Ohren. Dagegen sind wir machtlos.«

»Wir haben die Kugel schon einmal gestohlen«, sagte Jamie. »Vielleicht gelingt es uns ja wieder.«

»Irgendwelche Freiwilligen?«, fragte Fishboy ruhig. »Komm, Winston, zeig's ihm!«

Wortlos schob Winston sein Hemd hoch, und Jamie hatte Mühe, einen Aufschrei zu unterdrücken. Ein blutroter Schein strahlte ihm entgegen. Es sah aus, als habe jemand den Brustkorb des alten Clowns ausgehöhlt und mit glühenden Kohlen gefüllt. Von den geschwärzten Hauträndern stieg Rauch auf. Ein Geruch von verbranntem Fleisch hing in der Luft.

»Schmerzt wie die Hölle«, wisperte Winston. »Der Materie-Manipulator sagte, ich könnte in einer Woche wiederkommen und das Zeug entfernen lassen. Ich hab das Brennen mit Wunschpulver zu lindern versucht. Es ist zwar besser geworden, aber nicht völlig vorbei. Der Geruch macht mir zu schaffen, vor allem der Geruch.«

Jamies Kehle schnürte sich zusammen. Wie leicht hätte ihn diese Strafe treffen können! Er legte Winston eine Hand auf die Schulter. »Tut mir leid ...«

»Nicht deine Schuld«, murmelte Winston. »Ich glaube ... die Wahrsagerin hatte ein Gesicht. Das ist alles. Aber sie weiß nichts über die Gruppe. Deshalb ist die Sache in Ordnung.«

»Wie geht es weiter?«, erkundigte sich einer der Zwerge. »Morgen ist Vorstellung. Noch können wir sie verhindern.«

»Nein«, sagte Winston schwach. »Vielleicht sollten wir das alles im Augenblick besser vergessen. Wenn ihr euch entscheidet, beim Zirkus zu bleiben, dann macht auch das Bestmögliche daraus. Seht, dass ihr irgendwie durchkommt. Es gibt schlimmere Dinge, als hierzubleiben. Wenn ihr weg wollt, wisst ihr, was ihr zu tun habt. Es lohnt sich nicht, sie zu bekämpfen. Die Welt hat sie bis jetzt überlebt, Jahrtausende ... lohnt sich nicht, sie zu bekämpfen.«

Fishboys absonderliche Züge waren wie aus Stein gemeißelt. »Niemand würde es dir verdenken, wenn du aussteigen wolltest, Winston. Aber ich mache weiter. Gar nichts zu unternehmen wäre quälender, als sie zu bekämpfen.«

»Das wage ich zu bezweifeln«, sagte Winston. »Sie haben mich noch gut wegkommen lassen. Hätte weit schlimmer sein können. Ihr solltet mal die armen Krüppel sehen, die er da oben in seinem Versuchslabor gefangen hält …« Seine Stimme versagte, er wandte sich zum Gehen. »Wir sehen uns später. Ich brauch jetzt Schlaf. Und noch eine Dosis Wunschpulver. Das Brennen nimmt nämlich zu.«

Sie starrten ihm hinterher, als er benommen zum Übergang schlurfte. Der Löwendompteur lief ihm nach und half ihm über die schmalste Stelle des Weges. Sobald er ihren Blicken entschwunden war, ergriff Fishboy das Wort. »Kann einer der Anwesenden den Kampf aufgeben, nachdem ihr gesehen habt, was sie unserem Freund antaten?«

»Nein«, ertönten vereinzelte Stimmen – aber Jamie fand, dass die Antworten ohne große Überzeugung kamen.

»Ihr wisst nun, wie sie mit Rebellen umgehen«, fuhr Fishboy fort. »Wir müssen weiter Druck machen. Die Pilos verfügen zwar wieder über ihre Augen und Ohren, aber sie können doch nicht überall gleichzeitig spionieren. Ich bin bereit, mein Leben für einen Angriff zu riskieren. Gibt es jemanden unter euch, der dieses Wagnis nicht auf sich nehmen würde?«

»Nein«, erwiderte Jamie. Randolph sah ihn überrascht und zugleich geringschätzig an. Jamie hielt seinem Blick stand. »Sagt mir, was ich tun soll! Ich übernehme jede Aufgabe.«

»Beweise dich erst mal«, erklärte der Akrobat.

»Wie?«

»Nun komm endlich zur Vernunft, Randolph«, mahnte Fishboy.

»Also, was ist?« Jamie sprang auf und ballte die Fäuste. Die Zwerge beäugten ihn neugierig, als hofften sie auf einen Zweikampf. »Wie kann ich mich denn beweisen?«

Fishboy redete mit mühsam bewahrter Geduld über ihn hinweg. »Unser nächster Schritt besteht darin, Kurt Pilo bis ins Mark zu erschüttern. Er kennt bis jetzt nichts außer Speichelleckerei und blindem Gehorsam. Er muss mal das Gefühl bekommen, dass ihm der Teppich unter den Füßen weggezogen wird – selbst wenn das nur eine Illusion sein sollte.«

»Wie?«, fragte Jamie noch einmal, ohne den Blick von Randolph zu lösen. »Ich werde tun, was ihr verlangt. Überlasst mir den gefährlichsten Teil des Unternehmens, was immer das auch sein mag.«

Fishboy starrte ihn aufmerksam an. Seine Kiemen pulsierten. »Ist das dein Ernst?«

»Ja.«

»Also gut, Jamie. Du kannst die Aufgabe haben, die ich Randolph zuweisen wollte. Den Einbruch.«

»Einen Einbruch? Geht in Ordnung. Wo?«

»In Kurts Wohnwagen«, sagte Randolph mit einem Lächeln. *Da steigst du aus*, besagte das Lächeln. »Jemand muss dort eindringen und alles verwüsten. Ich lasse dir den Vortritt.«

Ehe Jamie antworten konnte, wandten sich alle Köpfe dem schmalen Pfad zu. Winston kam auf sie zugelaufen. Seine Schritte waren so unsicher, dass er mehrmals über die Kante zu kippen drohte. Unter seinen Sohlen lösten sich Staub und Steine und rollten in die Tiefe. Als er es endlich um die enge Biegung geschafft hatte, ging ein Seufzer der Erleichterung durch die Versammlung. Winston stützte sich mit einem Arm am Zaun ab und rang nach Luft. Seine Augen waren weit aufgerissen.

»Was ist los?« Fishboy rannte auf ihn zu, gefolgt von den anderen.

»Ein Angriff«, stieß Winston hervor. Sein Atem ging immer noch keuchend. »Auf die Schreckenskammer ... eine Explosion. Seht zu, dass ihr auf das Gelände zurückkehrt! Schnell! Jeder ist ... für sich selbst verantwortlich.«

»Das war doch keiner von uns«, erklärte einer der Zwerge. Er zog die buschigen Augenbrauen hoch und starrte die anderen grimmig an. »Oder doch?«

»Irgendjemand beteiligt?«, erkundigte sich Fishboy. Als niemand die Hand hob, wandte er sich wieder Winston zu. »Erzähl uns alles, was du weißt, aber beeil dich!«

»Viel ist es nicht«, sagte Winston. »Ich stieß auf einen Zirkusarbeiter, der mir zurief, dass die halbe Schreckenskammer in die Luft geflogen sei. Die Pilos sind vor Ort. Kurt dreht durch. Er ... verwandelt sich.«

Fishboy erstarrte. »Verwandelt sich? Wie meinst du das?«

»Verändert die Gestalt, das Gesicht. Stößt ein seltsames Geheul aus ... Ich denke, diese Geschichte hat ihm arg zugesetzt. Er bricht zusammen. Los, kommt! Wir müssen *zurück*! Alle.«

Die Gruppe überwand im Gänsemarsch den schmalen Sims. Fishboy hob eine Hand und rief: »Wartet!« Er schien fieberhaft nachzudenken. Dann nickte er und fuhr fort: »Okay, hört zu! Jeder von euch steigert in dieser Nacht seinen Einsatz! Vergesst die Gefahr und greift mit Volldampf an! Sie werden einige von uns erwischen, bestrafen und töten – oder ihnen noch Schlimmeres antun. Aber lasst euch davon bloß nicht abhalten! Vielleicht ist es das letzte Opfer, das wir bringen müssen. Vielleicht bedeutet diese Nacht das Ende für den Zirkus. Jamie, du nimmst dir wie geplant den Wohnwagen vor – jetzt sofort, während Kurt sich um die Schreckenskammer kümmert.«

»Was genau soll ich dort tun?«, fragte Jamie, der zum ersten Mal ernsthaft darüber nachdachte, worauf er sich da eingelassen hatte.

»Komm, streng deinen Verstand an!« Fishboy klang gereizt. »Du weißt selbst, was Kurt am meisten hasst. Aufsässigkeit. Also, sei *aufsässig*, Jamie! Mach alles kaputt, woran ihm persönlich liegt. Wenn du das nicht schaffst, sag es jetzt – dann schicke ich einen anderen.«

Jamie stöhnte. Während er zurück zum Übergang hastete, konnte er hören, wie Fishboy Winston befahl, »unverzüglich den Goshy-Plan durchzuführen«. Jamie fragte sich, was zum Henker das heißen mochte, und fühlte sich vage erleichtert, dass ihm diese Aufgabe erspart geblieben war. Er drehte sich noch einmal kurz um. Fishboy klopfte seinen Helfern auf die Schultern und erteilte mit lauter Stimme Befehle.

Nun, wenn JJ wirklich erreichen wollte, dass Kurt ihn aus seinen Klauen entließ, dann bekam er jetzt vielleicht die

Chance dazu – falls Jamie lange genug lebte, um noch einmal die Schminke aufzutragen. Er zwängte sich durch die Zaunlücke, atmete tief durch und rannte zu Kurts Wohnwagen.

Die Detonation war eine Stunde alt. Eine beachtliche Menschenmenge hatte sich am Unglücksort eingefunden. Die Seitenwand der Schreckenskammer sah so abgerissen wie ein Schorfgrind aus, und aus der frischen Wunde quoll fahlrotes Licht in die Nacht – wie Blut, das sich mit Wasser vermischte. Im Obergeschoss befand sich der Materie-Manipulator, der zum ersten Mal in seinem Schattendasein unfreiwillig in den Mittelpunkt der Aufmerksamkeit geriet. Der kleine Mann mit dem teigigen Gesicht starrte der neugierigen Menge aus einem Labor entgegen, das an ein Hotelzimmer in der Hölle erinnerte. Die hintere Wand bestand aus Fleisch, einem flachen, pulsierenden Gewebe aus Haut und Adern. Grausige, blutüberströmte Kreationen aus menschlichen und tierischen Körperteilen lagen sterbend im Raum, umhergeschleudert durch die Explosion, manche auch eingebettet in die Wand. Hier entstanden die Monster, hier wurden all jene bestraft, die gegen die Regeln verstießen, hier landeten immer wieder Zirkusbesucher als Spielzeug für den Mann, der Skulpturen aus Fleisch schuf. Jetzt aber schien er selbst gefangen im Scheinwerferlicht, unfähig, sich zu rühren. Erst nach langer Zeit schlich er fort und versteckte sich hinter einer seiner zuckenden Statuen. Nun fanden die Betrachter Zeit, sich mit einem Phänomen zu beschäftigen, das sie noch mehr verstörte: Kurt Pilo.

Kurt und George waren sofort nach der Detonation auf der Bildfläche erschienen, aber George hatte die Flucht ergriffen, als er sah, in welcher Verfassung sich sein Bruder befand. Kurts Mundwinkel blieben zur Maske eines Lächelns verzerrt. Zwischen den halb geöffneten Lippen blitzten gelbe Riesenzähne, und ein grollendes Lachen stieg aus seiner Kehle auf, als seien die Zähne Gitterstäbe, die einen schadenfrohen Verrückten in Schach hielten. Abgehärtete Zirkusratten, die bis dahin geglaubt hatten, auch die schlimmsten Dinge zu kennen, wichen vor dem Direktor zurück, der um den Trümmerhaufen schlich und sein irres Lachen ausstieß.

»Oh hohohoho, hoho*hooooo*!«, gluckste Kurt. Offenbar versuchte er den Vorfall als einen Streich zu verbuchen, den man ihm gespielt hatte, und kämpfte mit aller Macht darum, den Schein seiner üblichen guten Laune zu wahren. Die Belastung war immens – und sie machte sich bemerkbar. Wie Winston bereits berichtet hatte, ging eine Veränderung in Kurt vor. Seine Augen glommen weiß, die gebräunte Haut spannte sich zum Zerreißen über Wangen- und Kieferknochen, und das Kinn schob sich nach vorn. Die Hände waren zu Fäusten geballt und zitterten. »Oh hoho*hooooo*«, stieß er hervor. »Also, das ist doch mal was, hohoho, das ist doch mal was zum Lachen, hoho, wir haben Verräter unter uns, hoho, und ich ...« Seine Worte gingen in ein Grollen über, das aus den Urtiefen eines Krokodilschlunds zu kommen schien und gleich darauf wieder von seinem abgehackten Gelächter überlagert wurde. Er durchstreifte das Chaos. Unter seinen Füßen zerbröckelten Gips und Glas. Die Umstehenden wichen zurück.

Gonko befand sich in der Menge und beobachtete seinen Boss mit zusammengekniffenen Augen. Er hatte Kurt schon einmal so aufgewühlt gesehen, allerdings vor sehr, sehr langer Zeit. Es war kein schöner Anblick. *Er steigert sich immer mehr in seine Wut hinein*, dachte Gonko. *Sein Zorn nimmt mit jeder Minute zu. Das könnte böse enden. Höchste Zeit, dass ich mich verdrücke ...* Und genau das tat er dann auch, so unauffällig wie möglich.

Kurts Hemd dehnte sich um die Schultern. Eine geheimnisvolle Schwellung zeichnete sich unter dem Stoff ab. Eine dröhnende Lachsalve – das Hemd zerriss und ein mächtiger Buckel kam zum Vorschein. Die Zuschauer ergriffen die Flucht.

Im Zelt der Clowns angelangt, sah Gonko, wie sich Winston vom Eingang zurückzog. Gonko nickte ihm zu, erleichtert, dass er in Sicherheit war, doch dann stutzte er. Winston hielt eine Hand hinter den Rücken, als versteckte er dort etwas.

»Was hast du da in der Hand, mein Lieber?«, fragte Gonko.

»Nix, Gonks«, entgegnete Winston. »Sieh!« Er streckte ihm die Hand entgegen. Sie war leer. »Warum fragst du?«

»Ich glaube, da kommt einiges auf uns zu«, meinte Gonko. »Deshalb versammle ich jetzt die Truppe. Uns bleibt keine Zeit für Spielchen.«

»Wenn du willst, suche ich nach JJ«, sagte Winston.

Gonko nickte. »Tu das.« Der Boss warf ihm einen prüfenden Blick zu, der besagte: *Mir ist klar, dass du irgendeine linke Tour planst, Alter. Aber ist es etwas, worüber ich Bescheid wissen muss, oder etwas, worüber ich gar nicht Bescheid wissen will?*

Wohl eher Ersteres, dachte Winston. Hinten in seiner weiten Hose steckte ein Büschel gefiederter gelbgrüner Farnwedel. Was Gonko – dem Himmel sei Dank – nicht bemerkt hatte, war die dünne Spur, die von Winstons Hosenboden zurück zu Goshys Zimmer führte. Wenn alles nach Plan verlief, sollte diese Spur an der Hütte der Wahrsagerin enden. Winston atmete tief durch und verdrängte den Schmerz, den die immer heißer glühende Höhle in seiner Brust verursachte.

Unterdessen kämpfte Jamie drüben bei Kurts Wohnwagen darum, die Beherrschung zu behalten. Die vermehrte Adrenalinausschüttung ließ seine Hände zittern. Allem Anschein nach kam Kurt überhaupt nicht auf den Gedanken, jemand könnte die Frechheit besitzen und in seinen Trailer einbrechen, denn die Tür war nicht nur unversperrt, sondern stand obendrein einen Spalt offen. Jamie holte tief Luft, kam zu der Erkenntnis, dass seine Überlebenschancen deutlich höher wären, wenn er ab und zu sein verdammtes Maul halten könnte, stieg die Stufen hinauf und trat ein. Es roch in der

Enge des Wohnwagens, der nur durch eine kleine Gaslampe auf dem Schreibtisch erhellt wurde, nach Zoo. Motten und Mücken umschwirrten das Licht. Jesus blickte von einem halben Dutzend Plastikkruzifixen auf ihn herab. »Sehr geschmackvoll, Mister Pilo«, wisperte Jamie. »Vielen Dank für das tolle Ambiente.«

Hier ging nichts. Er begann die Bibeln zu zerreißen, die sich auf dem Schreibtisch stapelten. Jede Seite eines jeden Exemplars war mit Textmarkern verschmiert. Jamie ließ die Papier- und Pappefetzen zu Boden rieseln. War das genug Verwüstung? Es kam ihm nicht so vor. Was würde JJ tun? Der wüsste ganz sicher, wie man hier das Chaos inszenierte. Wenn er sich einfach in JJ hineinversetzte ...

Jamie schnitt eine Grimasse und ließ die Hose herunter. Er hockte sich auf die Schreibtischplatte und ging ungemein gründlich zu Werk, was angesichts der äußeren Umstände gar nicht so einfach war. Er wischte sich mit Bibelseiten ab und klebte sie an die Wand. Er holte ein Kruzifix vom Haken und verteilte damit die Fäkalien auf dem ganzen Schreibtisch. Die Pisse tropfte in kleinen Bächen zu Boden. Was zum Henker konnte er noch anstellen? Der Aktenschrank an der Wand hinter dem Schreibtisch ... Er rüttelte daran, und das Ding kippte mit einem Heidenlärm nach vorn. Die beiden obersten Schubladen gingen auf und verschütteten ihren Inhalt – keinen Papierkram, wie Jamie vermutet hatte, sondern unzählige kleine weiße Klunker, die wie Hagel zu Boden prasselten. Zähne. Tausende und Abertausende von Zähnen.

Obwohl sich Jamie erst seit einigen Minuten hier befand, meinte er doch, dass er genug getan hatte. Als er sich zum Gehen wandte, hörte er ein leises Stöhnen und ein Getrampel unter dem Schreibtisch. Panik durchzuckte ihn wie ein elektrischer Schlag. Er starrte die Tür an, so erfüllt von Entsetzen, dass er Kurt leibhaftig im Eingang zu sehen glaubte, ein heiteres Lächeln auf den Wulstlippen, in den Raubtieraugen aber ein tödliches Licht. Jamie blinzelte – und das Bild war verschwunden. Er untersuchte den Schreibtisch und entdeckte neben der untersten Schublade einen kleinen Hebel, der Ähnlichkeit mit einer Handbremse hatte. Er zog daran, ohne zu wissen, was ihn erwartete. Eine Feder wurde dadurch betätigt. Mit leisem Knarren glitt ein flacher Unterschrank auf die Tür des Trailers zu. Darin eingepfercht lag der Priester, Kurts Geburtstagsgeschenk. Er zitterte am ganzen Körper und sah Jamie mit den Augen eines gehetzten Tieres an.

Jamie bückte sich und schnitt die Stricke an den Handgelenken des Gefangenen durch. Der Geistliche schlug um sich und versuchte ihn anzugreifen. »Schscht, ich lasse Sie hier raus«, sagte Jamie. »Aber geben Sie keinen Mucks von sich!«

»Gott sei Dank«, stammelte der Priester. Die Worte klangen undeutlich, und Jamie sah auch, warum. Kurt hatte dem Mann sämtliche Zähne ausgebrochen.

»Können Sie gehen?«, erkundigte sich Jamie. Der Priester stand auf und brach halb zusammen. Jamie stützte ihn, und gemeinsam stolperten sie aus dem Wohnwagen.

In ihrer Hütte beobachtete Shalice den Zauberer durch die Kristallkugel. Sie hatte kein Licht gemacht, aber die Caravanscheinwerfer eingeschaltet, damit ihr etwas mehr Zeit zur Flucht blieb, wenn er zum Schlag gegen sie ausholte. Zwei Mal war er entschlossen ins Freie getreten, mit einem wilden Glanz in den Augen, und beide Male hatte er gezögert und eine Weile überlegt, um dann wieder umzukehren. Die übrige Zeit hatte seine Stimmung zwischen rasendem Zorn und stumpfer, untätiger Verzweiflung geschwankt. Während seiner depressiven Phasen pflegte er vor sich hin zu murmeln und sich ganz allmählich in eine irre Wut hineinzusteigern. Dann raufte er sich die Haare, ließ Funken aus seinen Fingerspitzen sprühen und brüllte wie ein Tier. Shalice zweifelte nicht daran, dass sie es war, die im Mittelpunkt seiner Rage stand: Sie hatte ihren Namen ein Dutzend Mal von seinen

Lippen abgelesen. Ihr war auch die vermeintliche Ursache seines Hasses bewusst: die Zerstörung seines albernen Labors. Aus irgendeinem Grund gab er ihr die Schuld daran, obwohl sie doch überhaupt nichts damit zu tun hatte. Sie nahm sich vor, nach den wahren Tätern zu suchen, sobald sich der Wirbel ein wenig gelegt hatte.

Für den Augenblick hatte sie ohnehin genug von Mugabo gesehen.

Gerade als sie sich zu der Entscheidung durchgerungen hatte, ihre Überwachung abzubrechen, klopfte jemand an die Tür. Mit einer geschickten Drehung aus dem Handgelenk verstellte sie den Blickwinkel der Kugel. Zu ihrer Verblüffung stand George Pilo vor ihrer Hütte.

»Aufmachen!«, bellte er.

Sie ging an die Tür und öffnete. »Was ist denn los, George?«

»Sprich nicht in diesem Ton mit mir!«, keifte dieser. »Etwas Seltsames geht hier vor. Gib mir die Kugel! Ich brauche sie.«

Ach, du kleiner Scheißer!, dachte sie. »George, bitte – das geht gerade ganz schlecht. Was immer du beobachten willst, ich übernehme es für dich.«

»Also, das ist doch die Höhe!« George presste sein Gesicht in ihren Bauch und spähte mit boshaft glitzernden Augen zu ihr hinauf. »Bin ich nun der Boss oder nicht, Shalice? Ich könnte mich täuschen, aber was meinst du?«

Sie wich einen Schritt zurück, angewidert, dass er so dicht vor ihr stand. »Ja, George. Du bist, soviel ich weiß, einer der Zirkusdirektoren.«

»Sehr gut«, sagte er, ohne auf die Spitze in der Äußerung einzugehen. »Dann gib das Ding her! Für jeden Einwand, den du *nicht* bringst, erhältst du die Kugel einen Tag früher zurück.«

»George …«

»Sagte ich *Tag*? Eigentlich meinte ich *Jahr*.«

»Du verstehst nicht«, sagte Shalice, obwohl sie wusste, dass nun jedes Wort vergeblich war. »Mein Leben ist in Gefahr …«

»Also, das musst du mir mal näher erläutern. Ich lasse den Zirkus vor die Hunde gehen, während ich hier rumstehe und du dich ausheulst! Habe ich dir je gesagt, dass mir deine Gefühle wichtig sind, Shalice? Sieht ganz danach aus. Aber es stimmt einfach nicht, du dumme Kuh! *Und nun gib mir endlich die Kugel!*«

Ohne ihn anzusehen, reichte sie ihm das Instrument. George riss die Kugel an sich und verließ die Hütte, so schnell ihn seine Napoleonbeinchen tragen konnten. Mit blitzenden Augen sah ihm Shalice nach. »Du kommst auch noch dran, mein Kleiner«, murmelte sie, als sie die Tür hinter ihm schloss und zusperrte.

Auf dem eiligen Marsch zu seinem Wohnwagen erinnerte George an einen Miniaturfeldwebel in einem Film, der zur Steigerung der Komik mit doppelter Geschwindigkeit ablief. Aber seine Züge zeigten nicht den Hauch eines Lächelns. Er rempelte jeden an, der das Pech hatte, ihm in die Quere zu kommen. In seinem Innern lieferten sich zwei widersprüchliche Gefühle einen heftigen Kampf: ein böser Triumph, weil Kurts Schiff im Sinken war, und zornige Empörung darüber, dass es jemand wagte, einen Schlag gegen den Zirkus zu führen. Wenn es nach George ginge, müssten alle außer ihm diesen Frevel mit dem Leben büßen… Er kannte nur bittere Emotionen.

Im Wohnwagen angelangt, stellte er die Kristallkugel auf seinen Schreibtisch und starrte sie finster an. Kurt durchstreifte immer noch die eingestürzte Schreckenskammer, während sich die übrigen Zuschauer längst zerstreut hatten. Ein mächtiger Buckel verunstaltete seinen Rücken, und das Kinn war so weit vorgeschoben, dass er die zu einem *Oh hohohooooo* erstarrten Lippen nicht mehr schließen konnte.

George schwenkte weiter zu Kurts Wohnwagen und entdeckte etwas, das seine Augen schier überquellen ließ. Dieser neue Clown – J-nochwas – schlich da zusammen mit Kurts Pfarrer den Weg entlang. George stieß ein kurzes Bellen aus, das wie Lachen klang. Er griff sich einen der Notizblöcke, die dem Buchhalter gehörten, und kritzelte: *Übeltäter.* Darunter schrieb er als ersten Namen: *J, der Clown.* Dann schwenkte er weiter zum Zelt der Akrobaten. Nur Randolph war zu Hause, und aus irgendeinem bizarren Grund verteilte er gerade dampfenden Mist aus einem prall gefüllten Sack über die Möbel. *Weshalb zum Henker versaut er das EIGENE ZELT?*, dachte George verwundert. Als Nächstes platzierte Randolph eine rote Pappnase mitten auf die mit Dung verschmierte Veloursсouch und rannte davon. Kopfschüttelnd setzte George Randolph ebenfalls auf seine Liste.

Er verbrachte die nächste Stunde vor der Kristallkugel und beobachtete seltsame Vorgänge, die, so unglaublich es ihm auch vorkam, doch *verdammt gut organisiert* wirkten. Immer wieder murmelte er: »Der auch!« oder: »Ha, hab ich euch erwischt!« und trug einen neuen Namen in seine Liste ein. Er sah, wie mehrere Zwerge und Zigeuner, die er namentlich kannte, Dinge zerstörten und in Brand steckten, umkippten oder kurz und klein schlugen. Binnen kürzester Zeit enthielt seine Aufstellung ein Dutzend Namen. George rief nach dem Buchhalter, der eifrig angewetzt kam. »Bringen Sie das zu Kurt«, befahl George und reichte ihm die Liste. »Ich glaube, er hält sich immer noch in der Nähe der Schreckenskammer auf. Wenn nicht, so befindet er sich vielleicht in seinem Trailer.« Der Buchhalter nickte so heftig, dass seine Hamsterbäckchen zitterten, und zog los. Eigentlich brauchte George seine Dienste von jetzt an nicht mehr.

Kurt strich nicht mehr um die Schreckenskammer herum. Er stand im Eingang seines Wohnwagens, ließ die Blicke langsam umherwandern und nahm jede Einzelheit seines entweihten Arbeitszimmers auf – die verstreuten Zähne, die menschlichen Exkremente, die zerfetzten Bibeln und den offenen, leeren Unterschrank. Kaum hörbar hatte er *»Oh hohohooooo«* gemurmelt, als er die Zerstörung sah.

Selbst der durchdringende Schrei, der so laut wie eine Explosion aus der Ferne erklang, als Goshy entdeckte, was mit seiner Frau geschehen war, vermochte Kurt nicht aus seiner Erstarrung zu lösen.

Hinter ihm räusperte sich jemand. Kurt fuhr zusammen, als sei er aus einer Trance erwacht, und drehte sich um. Wäre der Räusperer besser mit Kurts Grinsen vertraut gewesen, er hätte lieber den Mund gehalten, kehrtgemacht und sich möglichst schnell entfernt, denn der Schock, den Kurt durch die Entweihung seines Arbeitszimmers erlitten hatte, machte sich auch äußerlich bemerkbar. Plötzlich schien sein Gesicht in zwei Hälften unterteilt: Stirn und Brauen waren unverändert geblieben, aber der Nasenrücken hatte sich weit vorgeschoben und nach unten gekrümmt, während sich Lippen und Wangen zu den Schläfen hin spannten. Die gebleckten Zähne waren scharfkantige Höcker aus fleckigem Elfenbein. Kurt Pilo hatte kaum noch Ähnlichkeit mit einem menschlichen Wesen. Die untere Hälfte seines Gesichts hatte sich in eine Waffe verwandelt, die eher an ein umgekehrtes Haifischmaul als an das Kinn eines Menschen erinnerte. Den Anblick dieses Gesichts hatte Pilo senior mit ins Grab genommen.

Der Oberkiefer senkte sich wie eine Zugbrücke. »Hmmm?«, fragte Kurt.

Dem Buchhalter blieb etwa eine Sekunde Zeit, um zu erbleichen und sich in die Hose zu machen, ehe ihm Kurt den Kopf abriss. Mit einem dumpfen Aufprall plumpste er ins Gras. Die Brille allerdings blieb intakt, bis auf ein paar Sprünge in den Gläsern. Kurt tupfte sich mit einem Taschentuch die Wangen ab. Seine Worte waren undeutlich, aber so jovial wie immer. »Was haben wir da angerichtet? Ein Gemetzel. Wir müssen uns besser beherrschen.«

Er bückte sich und hob mit überlangen Fingern – die Knochen hatten die Haut gesprengt – das Blatt Papier auf, das dem Buchhalter entglitten war. Er überflog die Notiz, wenngleich es einen Moment dauerte, bis sich seine Augen wieder an die Buchstaben und Worte gewöhnt hatten. Er kannte die aufgelisteten Namen. Auch Gesichter, die zu den Namen gehörten. Die Übeltäter. *»Oh hohohooooo«*, sagte Kurt, verließ seinen Wohnwagen und begab sich zum Zelt der Clowns.

Goshys Gesicht wechselte von einem Augenblick zum anderen die Farben. Seine Haut wurde blau, gelb, grün, schwarz und knallrot, ehe sie wieder ihren üblichen kränklich rosa Ton annahm. Er stand reglos im Eingang seines Zimmers, wie eine Säule aus Schmalz, die jemand in grobe menschliche Umrisse gepresst und dann grell angemalt hatte. Der schwarze Blumentopf lag vor ihm auf dem Boden, die Erde in Form einer riesigen braunen Träne verteilt. Die Fetzen gefiederter gelbgrüner Wedel bildeten eine Spur, die über die Schwelle in den Korridor hinausführten.

Doopy schien die Stimmung seines Bruders aus der Ferne zu spüren. Er kam aus seinem Zimmer gerannt und rief: »Goshy? G-G-Goshy?« Der ohrenbetäubende Schmerz, den Goshy fühlte, blieb niemandem auf dem Zirkusgelände erspart. Die Glühbirnen im Zelt zersprangen. Ein dünner Blutfaden rieselte aus Doopys Ohr, als er den leeren Topf anstarrte. »Oh, Goshy!«, sagte er atemlos. »O nein, Goshy!«

Goshy deutete mit steif ausgestrecktem Arm auf die Blätterspur, und sein Mund klappte stumm auf und zu.

»Ich weiß, Goshy«, sagte sein Bruder, »vielleicht sollten wir ihr folgen, vielleicht sollten wir schauen, wo sie *hinführt*, Goshy, ja, das wär vielleicht das, was wir tun sollten! Komm, Goshy, komm ...«

Mugabo hatte sich in einen paranoiden Zorn hineingesteigert. Er versuchte ihn zwar zu unterdrücken, aber das Feuer wollte endlich heraus und spielen. *Gib mich frei*, wisperte es. *Es ist trocken da draußen, es raschelt nur so vor Trockenheit, wir könnten ein Leuchten zaubern, du und ich, orangerot und dann schwarz, komm, worauf wartest du noch, du hast deine Gründe, ich habe meine, lass uns brennen brennen brrrennnenn …*

»Nein«, entgegnete er mit schwacher, krächzender Stimme. »Nein, ich … muss … nachdenken … sichergehen, dass sie … es wirklich … ist … sichergehen …«

Der Kampf tobte seit zwei Nächten, und Mugabo war dabei, ihn zu verlieren. Die Feuer sprachen lauter, gaben nicht nach: *Sie ist so trocken, alle sind so trocken, Bündel aus Stroh, sie werden knistern und lodern …*

»Sei still!«, schrie Mugabo mit einigem Nachdruck. Die Feuer verstummten kurz und gaben Mugabo die Zeit, durchzuatmen, sich zu beruhigen …

Und genau in diesem Augenblick durchbohrten Goshys Schreie seine Ohren wie spitze Pfeile. *SIE!*, brüllten die Feuer. *SIEH NUR, WAS SIE GETAN HAT!*

Mugabo war zu Boden gestürzt und zitterte am ganzen Körper. »Sieh nur, was sie getan hat«, wisperte er.

BESTRAFEN WIR SIE …

»Glühe«, befahl er und erhob sich, trat die Tür ein und lief in die Nacht hinaus.

Nachdem George gegangen war, hatte Shalice ihre Tabellen zu Rate gezogen und errechnet, dass der Angriff dicht bevorstand. In höchster Eile errichtete sie ihre Falle. Ein rascher Abstecher in die Gasse der Schaubuden, ein paar Worte an vier Zigeuner, ein an das Unterbewusstsein gerichteter Befehl und – *voilà*, es konnte losgehen. Sie warf einen Blick auf ihre Taschenuhr. In genau zwei Minuten war Mugabo erledigt, für immer von seinem Elend erlöst. Soeben hatten die Zigeuner einen Wagen mit Holz für die Kraftmenschen beladen. Vier lose Pflastersteine befanden sich auf der Straße, an einer genau vorherberechneten Stelle. Wenn der Wagen an ihrer Hütte vorbeirumpelte, würde er zur Seite kippen, mit einem Rad von der Straße abkommen und gegen ihre Schwelle krachen, auf der zu diesem Zeitpunkt Mugabo stünde. Das Holz würde ihn zerquetschen – wie ein Insekt. Es war kein perfekter Plan, da einige Dinge dem Zufall überlassen blieben, aber es war doch das Beste, was sie in der Eile zuwege brachte.

Jemand hämmerte gegen die Tür. Shalice warf einen ungläubigen Blick auf ihre Taschenuhr. Er kam zu früh. Eine Minute und vierzig Sekunden. Konnte sie sich verrechnet haben? Unmöglich. Sie hatte schon weit kompliziertere Ereignisketten ausgeklügelt, und das Timing war stets perfekt gewesen. Eine Minute vierzig daneben? Ebenso gut hätten es Jahre sein können.

Wieder das Hämmern an der Tür. Jahre? Vielleicht doch nicht ganz. Sie musste ihn einfach noch siebzig Sekunden lang hinhalten. Sie zog sich von der Tür zurück, falls er auf die Idee kommen würde, sie zu sprengen, und legte sich flach auf den Boden. »Wer ist da?«, rief sie.

»Mach die Tür auf, Shal! Das hättste nich tun dürfen, das hättste echt nich gedurft!«

»HMMMMM OOOOOOO HMMMMMMM *IIIIIIIII*!«

Moment mal ... »Wer ist da?«, fragte Shalice. »O Scheiße! Macht, dass ihr von der Tür weggeht! Habt ihr gehört? Verschwindet auf der Stelle von dieser Tür!«

»Du dreckiges Luder, du, das hättste nich gedurft, du, jetz machen wir dich tot, da gibt's nix, jetz machen wir dich maustot, weil ... das hättste nich tun dürfen, das hättste echt nich ...«

Shalice rappelte sich hoch und ging an die Tür. »Hört mal her, ihr beiden Blödköpfe, ich weiß zwar nicht, wo euer Problem liegt, aber ...«

»Duuuu biiiist HIN!«, kreischte Goshy.

Shalice zuckte zusammen und hielt sich die Ohren zu. »Aber wenn ihr nicht von der Tür weggeht ...«

Zu spät. Sie hörte ein metallisches Geräusch, als hiebe jemand mit einer Axt auf eine Eisenkette ein. Hufschläge kamen näher. Shalice sprang im gleichen Augenblick nach hinten, als der Wagen gegen den Eingang donnerte. Die Tür fiel nach innen. An ihren Bohlen klebten zwei platt gewalzte Gestalten in grellen Kostümen, geblümt und gestreift.

Doopy hatte die Holzladung im Genick erwischt. Wäre sie gegen seinen Oberkörper gekracht, er hätte es vielleicht geschafft ... Clowns hielten einiges an Stößen aus. Goshys Arme und Beine zuckten noch. Er wandte seine Glotzaugen Shalice zu, und sein Ausdruck unterschied sich in nichts von dem Ausdruck, den er einst angenommen hatte, als er zu Goshy wurde. Das linke Auge sah erstaunt, dass sich sein Bruder in eine schlaffe Clownmasse verwandelt hatte; das rechte wanderte mit kalter Berechnung über Shalice hinweg und schien zu überlegen, wie er sie am besten vernichten konnte, sobald sie in seine Reichweite kam.

Shalice ihrerseits hatte keine Ahnung, dass Goshy noch lebte und die kurze Zeit bis zu seinem Ende nutzen wollte, um sich zu rächen. Sie fragte sich, warum ihre Sternkarten das Kommen von Mugabo angekündigt hatten, wenn dann an seiner Stelle die verrückten Zwillinge mit irgendeinem Kummer vor ihrer Haustür auftauchten. Zwei tote Clowns – das gab ganz bestimmt mächtigen Ärger mit den Bossen.

Plötzlich zuckte ein grellweißer Blitz auf, gefolgt von einer Feuerzunge in Orangerot, als Mugabos geballte Energie Goshy traf. Der Magier hatte Goshy an der Tür gesehen, wo der Kerl das gleiche schrille Zeug von sich gab, das ihn Minuten zuvor aus seinem Zelt getrieben hatte. Als Shalice begriff, dass ihr Pulver für die Konfrontation mit ihrem Erzfeind wirkungslos verschossen war, rannte sie nach hinten in die Hütte, verkroch sich unter dem Tisch und schob eine Faust in den Mund. Das Herz klopfte ihr bis zum Hals. *Was für ein Ende*, dachte sie. *Und ich habe es kommen sehen. Gefangen wie eine Ratte, abgefackelt. Ich hatte die Macht einer Göttin und konnte meinem Schicksal doch nicht entrinnen.*

Aber Mugabos Wut war verraucht, und völlig perplex starrte er auf die beiden toten Clowns herab. In den verworrenen Tiefen seines Gehirns setzte sich der Eindruck fest, dass die ganze Zeit über Goshy der Antagonist gewesen war. Und so machte er vor der Hütte der Wahrsagerin kehrt und wankte den schmalen Weg zurück. Die Feuer in seinem Innern waren erloschen, zumindest für den Augenblick.

Die Minuten tickten weiter, und Shalice begriff allmählich, dass Mugabo sie verschont hatte. Und dann überfiel sie eine neue Vision, so klar und auch so lebhaft, dass sie beinahe schon glaubte, sie sei bereits Realität. Aber nein – das Unheil war erst im Anmarsch, schnell und tödlich, und wenn sie sich beeilte, konnte sie ihm vielleicht noch entrinnen. Aus einem der Bände in ihrem Bücherregal holte sie einen Passierschein, den sie vor langer Zeit dort versteckt hatte – für Notfälle. Dann schlich sie sich durch die Schatten zur Budengasse, wo sich der Ausgang des Zirkusgeländes befand. Das Unheil kam näher. Kurt kam näher.

Unterwegs sah sie Fishboys neuen Helfer Steve unter dem hölzernen Torbogen der Budengasse hervorkommen, ein Hot Dog in der Hand und Schmiereflecken an der Arbeitskleidung. *Der Junge hat noch genau eine Stunde zu leben*, dachte Shalice. Sie erschauerte und blieb mit einem Ruck stehen. Im Geist sah sie Winston in Kurts Trailer, schwitzend vor Angst, wenn er an seine Strafe dachte. *Hat sich geopfert und damit vielen anderen Schmerzen und Leid erspart*, dachte sie. Sie packte Steve am Arm, sah ihm in die Augen und sagte: »Komm mit! Wir hauen ab.«

»Was?« Steve runzelte die Stirn. »Warum?«

»Darum. Wegen Kurt. Stell jetzt keine Fragen. Komm!«

Kapitel Vierundzwanzig
Demaskiert

Gonko hörte den Lärm, fand jedoch, dass diese Schweinerei andere in Ordnung bringen sollten. Er zog diverse Gegenstände aus den Tiefen seiner Hosentaschen und breitete sie auf seinem Bett aus: eine geladene Glock-Pistole, ein Wurfbeil, einen Giftpfeil, eine Axt. Er war zu dem Schluss gekommen, dass er in Zukunft auf Winstons Flunkereien verzichten konnte; die Show vertrug es, wenn ein Clown weniger auftrat. Gonko hatte die grüne Blätterspur sehr wohl bemerkt. Sein erster Impuls war es gewesen, Winston auf der Stelle den Bauch aufzuschlitzen, aber er hatte sich beherrscht ... Solche Entscheidungen wollten überlegt sein. Winston war ihm lange Zeit treu ergeben gewesen; zumindest hatte sein Verhalten darauf hingedeutet. Wäre alles andere im grünen Bereich gewesen, hätte ihm Gonko eine Tracht Prügel verabreicht und ihn am Leben gelassen. Aber es war keineswegs alles im grünen Bereich. Plötzlich, aus dem Nichts heraus, schien sich das Zirkusgelände in ein Kriegsgebiet verwandelt zu haben.

Er entschied sich aus ästhetischen Gründen für die Axt. Es erschien ihm besonders stilvoll, einen Clown mit einer Axt zu beseitigen. Er nahm sie auf, warf sie in die Luft und fing sie am Stiel wieder auf. »Du wirst mir fehlen, Alter«, murmelte er, während er mit dem Finger prüfend über die Schneide fuhr, »aber da komme ich drüber weg.« Er betrat den Aufenthaltsraum und hätte die Axt um ein Haar fallen lassen, als er sah, was da draußen auf ihn wartete.

Es dauerte einen Augenblick, bis ihm dämmerte, dass das Kurt war. Er erkannte ihn nur an dem zerfetzten Schlips, der sich an seinem Buckel verfangen hatte und von den Schultern baumelte. Das Monster musste den Kopf einziehen, sonst hätte es den Türrahmen gesprengt. Kurt hatte mittlerweile mehr Ähnlichkeit mit einem Dinosaurier als mit einem Menschen; die obere Hälfte seines Gesichts klebte wie eine zerbrochene Maske am Scheitelansatz. Seine Beine hatten Hose und Schuhe gesprengt: schuppenbedeckte, muskelbepackte Säulen mit Klauen, die sich tief in das zertrampelte Gras gruben. Seine tiefe, kultivierte Stimme klang immer noch jovial; aber das Haifischmaul hatte Mühe, Worte zu formen. »Gonko ... sonst hast du immer ... einen kleinen Scherz auf Lager ... wenn ich anklopfe.«

Gonko schluckte, blinzelte, rieb sich die Augen und überlegte einen Moment, was Kurt wohl meinte. Dann fiel es ihm ein und er nickte erleichtert. »Klar, Boss«, sagte er und schluckte wieder. »Äh ... nein, danke, wir kaufen nichts!«

Die Kiefer erzitterten. Kurts Gelächter klang, als überlagerte ein dumpfes Krokodilgebrumm seine gewohnte Tonhöhe in einer Zweistimmigkeit, die das Blut in den Adern erstarren ließ. »Oh hoho*hooooo*.«

Gonko wischte sich den Schweiß von der Stirn und umklammerte den Stiel der Axt fester. Ob die Schneide den Schuppenpanzer auch nur ritzen konnte, falls Kurt ihn angriff? Gonko bezweifelte es.

»Gonko, wir haben Ärger«, sagte das Monster.

»Äh, tatsächlich, Boss?«

»Ja, Gonko.« Eine dicke Purpurzunge hing schlaff zwischen zwei Zähnen hervor, die fast die Länge von Stoßzähnen erreicht hatten. »Es gibt Verräter in unserem Zirkus«, fuhr die schreckliche Stimme fort, »aber die Show muss weitergehen. Das siehst du doch auch so, Gonko, oder?«

Gonkos Stimme war zu einem heiseren Flüstern herabgesunken. »Yeah, Boss, das sehe ich auch so.«

»Ich dachte zuerst ... das sei Georges Werk.« Kurt kam zwei Schritte auf ihn zu. Gonko stand stocksteif da. Er riss sich eisern zusammen, um nicht zurückzuweichen. »Deshalb habe ich bisher auch nichts gegen diesen faulen Zauber unternommen. Aber dann hat mein Bruder diese Liste aufgestellt.« Kurt hob eine Hand, genauso knochig und mit Schuppen bedeckt wie sein Kinn, und schwenkte ein Blatt Papier. Seine Augen bohrten sich aus großer Höhe in Gonko hinein. »Zwei deiner Leute stehen drauf. Das ist eine Schande, Gonko. Aber darüber sprechen wir noch ... später.«

»Yeah, Boss«, sagte Gonko. »Ich bin ebenso geschockt wie du.«

Kurt sprach sehr langsam. »Ich glaube nicht ... dass du *so sehr* geschockt bist. Oder doch?«

»Nein, Boss«, wisperte Gonko.

»Hmmmmm. Dann komm, Gonko. Es gibt Arbeit!«

Nur eine Tür trennte Jamie von den Albträumen draußen. Er kauerte in seinem Zimmer und wartete auf das Ende. Er hatte Schritte im Aufenthaltsraum gehört und einen flüchtigen Blick von dem Ding erhascht, in das sich Kurt Pilo verwandelt hatte. Dann war er zurückgerannt, hatte sich zitternd auf sein Bett geworfen und wie ein Embryo zusammengerollt. Jamie glaubte nicht mehr, dass er diese Nacht überleben würde. Kurt wusste, dass er zu den Rebellen gehörte; es war bekannt, dass er den Priester gerettet, zu der losen Holzplanke im Zaun geführt und ihm die sicherste Stelle auf der anderen Seite gezeigt hatte, mit der Ermahnung, erst dann zurückzukommen, wenn die Gefahr vorbei war – ha, wenn die Gefahr vorbei war! Woher wusste er, dass Kurt das alles bekannt war? Er wusste es nicht. Sein logisches Denken hatte einen kleinen, wohlverdienten Urlaub genommen und nichts als lähmende Erschöpfung zurückgelassen. Er konnte nicht einmal mehr sagen, ob es eine Rolle spielte, dass er vermutlich noch vor Tagesanbruch tot sein würde. Er wusste nur, es würde Ruhe bedeuten.

Ein Bild des schmalen Weges kam ihm in den Sinn. Er dachte daran, wie der Geistliche den Pfad entlanggestolpert war, immer darauf bedacht, nur ja keinen Blick in den Abgrund zu seiner Rechten zu werfen. Dort draußen hatte Jamie gedacht, dass es vielleicht besser war, wenn der Priester in die Tiefe stürzte, anstatt abzuwarten, was ihm noch bevorstand. Wenn er in die Tiefe stürzte ... oder sprang. Sprang. *Eigentlich ein verdammt guter Gedanke*, schoss es ihm durch den Kopf. *Im Augenblick wohl sogar die einzig logische Konsequenz. Irgendwie habe ich genug gesehen.* Dennoch blieb er noch eine Weile länger zusammengerollt auf seinem Bett liegen. Draußen auf dem Zirkusgelände hörte er das tiefe vulkanische Grollen Kurt Pilos, der seine Maske abgestreift hatte.

Jamie erhob sich und ging ruhig durch den Aufenthaltsraum, mit festem Schritt und gleichmäßigem Herzschlag. Wenn er es bis zum Rand des Abgrunds schaffte, ehe sie ihn entdeckten, war das wohl eine Art Sieg. Wenn nicht – nun ja, dann spielte es auch keine Rolle mehr.

Immer mehr Leichen pflasterten den Weg. Gonko mordete so eifrig wie nur möglich, weil er merkte, dass der Boss ihn im Auge behielt. Der Boss suchte überall nach Verrätern. Und er fand sie. Die Akrobaten lagen in ihrem Blut. Kurt hatte ihnen erklärt, dass die Show weitergehen müsse, bevor er sie wie Stoffpuppen zerfetzte. Noch am Vortag wäre Gonko vor Begeisterung ausgerastet, wenn man ihm erklärt hätte, dass er zusammen mit Kurt die Akrobaten niedermetzeln dürfte. Aber jetzt hatte er dabei kein gutes Gefühl. Die Show ging *nicht* weiter. Das Ganze kam ihm so vor, als fiele der Vorhang zum letzten Mal, und er konnte nur hoffen, dass Kurt irgendwann wieder zur Vernunft fand.

Kurt stampfte zum Zelt der Monsterschau, dicht gefolgt von Gonko. Fishboy erwartete sie bereits am Eingang. Er wirkte winzig, als Kurt vor ihm aufragte, von oben bis unten mit Blut verschmiert. Fishboy stand mit verschränkten Armen da und hielt Kurts bohrenden Blicken gelassen stand. Nur ein einziges Mal zuckten seine Kiemen. Gonko, der sich hinter Kurt verschanzte, musterte ihn ungläubig und signalisierte ihm, er solle den Eingang freigeben ... Warum zum Teufel versuchte er überhaupt, Kurt die Stirn zu bieten?

Hinter Fishboy beobachteten die Missgestalten in ihren Glaskäfigen stumm das Duell der Blicke.

»Du hast dir aber Zeit gelassen«, sagte Fishboy, ohne Gonko zu beachten. »Wir warten schon eine ganze Weile auf diesen Moment. Die meisten von uns hätten sich längst umgebracht, wäre da nicht die leise Hoffnung gewesen, dass wir dich mit in den Tod nehmen könnten.«

Gonkos Kinnlade klappte nach unten. Was für ein blödes Gequatsche gab Fishboy da von sich?

Kurt konterte mit einem leisen: »Oh hoho*hooooo* ...«

»Fishboy, was ...«, begann Gonko, musste seinen Satz aber nicht beenden. Kurt griff unvermittelt an. Es war in einer Sekunde vorbei.

»Siehst du, Gonko?«, sagte Kurt und drehte sich um. Wasserfälle von Blut quollen zwischen seinen Zähnen hervor und liefen den Hals entlang. »Verräter. Überall. Weg mit ihnen, Gonko!«

Gonko gehorchte. Minuten später waren sämtliche Missgestalten der Monsterschau erledigt. Yeti hatte sich heftg gegen Kurt zur Wehr gesetzt, nach seinen Klauen geschnappt und ihm einen Finger abgebrochen, aber Kurt hatte lediglich eine Weile mit ihm gespielt, ehe er ihn ganz plötzlich umklammerte und zermalmte. »Budengasse«, befahl Kurt, dem das Sprechen immer schwerer fiel. »Noch mehr Verräter auf der Liste ... halten sich dort versteckt ... die Show muss weitergehen, Gonko.«

»Wenn du das sagst, Boss«, murmelte Gonko und erstarrte, als Kurt plötzlich den Kopf hob und ein markerschütterndes Geheul zum Himmel sandte. Ein Schauer lief Gonko über den Rücken. Kurts Atem roch nach modrigem Sumpfland, nach den uralten Schlachtfeldern schuppenbewehrter Krieger, die lange Zeit vor der Menschheit gelebt hatten. Dann preschte die Bestie los, mit stampfenden Schritten, die den Boden erzittern ließen.

Allem Anschein nach war Gonkos Hilfe nicht mehr nötig. Der Anführer der Clowns ließ seine Blicke noch einmal über die niedergemetzelten Monster schweifen und dachte, dass er gestern noch von einem ganz normalen Tag geträumt hatte. Es wurde also höchste Zeit für einen kleinen Urlaub. Zeit, seine Leute einzusammeln und sich so schnell wie möglich vom Acker zu machen.

JJ stand auf und klopfte sich den Staub aus den Kleidern. »O Mann, das nennt man: bis zum Hals in der Scheiße stecken«, sagte er und half Rufshod auf die Beine. »Danke für deine Hilfe. Dafür hast du was gut.«

»Bedank dich bei Gonko«, entgegnete Rufshod. »War seine Idee. Hat stundenlang nach dir gesucht.« Er hielt den Kopf schräg und horchte auf die Schreie der Zirkusratten, die – wodurch auch immer – völlig außer Rand und Band geraten schienen. Dann ließ er die Schminke und den Handspiegel fallen und rannte zurück zum Zelt der Clowns. »Los, beeil dich!«, rief er über die Schulter. JJ folgte ihm durch obskure Hintergassen.

»*OHHHH* HO HO HO!«, brüllte etwas. Es klang entfernt nach … es war Kurt, es musste Kurt sein. JJ hielt mitten im Lauf inne und überlegte, ob er sich die Show ansehen sollte oder nicht. Er hatte darauf gewartet, seit ihm der Koloss zum ersten Mal begegnet war. Und dann fiel ihm mit einem Schlag alles ein; Jamie hatte diesmal nicht die Zeit gefunden, seine Erinnerungen zu löschen, bevor Rufshod ihm aufgelauert war. JJ warf einen raschen Blick auf die geschützten Dateien – he, sieh mal da, geheime Treffen, Verschwörung – und musste zugeben, dass er Verständnis für Jamies Entschluss hatte, ihm all das Zeug vorzuenthalten. Jamie war ein Feind des Zirkus und machte JJ indirekt zum Mitschuldigen. Ohne dass er selbst etwas dafür konnte, war JJ ein Verbrecher. »Du verdammter Hurensohn!«, schrie er.

»JJ?«, rief jemand. Er drehte sich um und sah Gonko neben Rufshod stehen. Gonko war von oben bis unten mit Blut bespritzt.

»Ich war das nicht, Boss, ich schwör's«, sagte JJ. »Jamie hat mich reingelegt.«

»Bist du immer noch ein Clown?«, fragte Gonko. »Alles andere ist mir egal. Wir hauen ab. Die Clowns sind raus aus der Show. Wir tauchen unter und warten ab, bis die Kacke hier nicht mehr dampft.«

»Wir hauen ab? Aber wohin?«

»Weiß ich nicht. Wir suchen uns eine Hippie-Kommune oder gründen eine Sekte. Komm, wir sind unterwegs zu Georgies Trailer, um uns ein paar Passierscheine zu besorgen. Du, ich, Ruf und Winston. Lassen wir die Vergangenheit ruhen! Ich bin plötzlich einigermaßen knapp an Personal. Gosh und Doops haben endlich doch noch den Abgang gemacht. Ich schätze, dass sie irgendwann zurückkommen, aber im Moment sind sie jedenfalls tot. Gehen wir!«

»Okay«, sagte JJ. »Ich komme mit.« Er war mit ein paar langen Schritten an Gonkos Seite. »Und du bist nicht sauer, Boss? Wegen der Verschwörung, die all das hier ausgelöst hat?«

Gonko musterte ihn mit zusammengekniffenen Augen. »Wenn du mich fragst, ihr hättet nie und nimmer Kurts kleinen Wutanfall planen können – nicht mal an eurem hellsten Tag.«

»Genau.« JJ nickte heftig. »Nicht im Traum hatten wir an so was gedacht.«

Über das Zirkusgelände kam ein Gebrüll, das den Boden erbeben ließ. Der Lärm, der gleich darauf folgte, hörte sich an, als werde ein Haus in seine Bestandteile zerlegt. »Mann, ist der von der Rolle!«, murmelte Gonko.

»Wer hat ... Gott, den Herrn ... gelästert?« Kurts Stimme grollte wie Donner über das Zirkusgelände.

»O Mann, da kommt er«, sagte Gonko. »Beeilt euch!« Gonko, Rufshod und JJ rannten auf Georges Trailer zu. Plötzlich stand ihnen eine seltsame Gestalt im Weg. Über Mugabos Mantel und Turban waberte bläuliche Elektrizität. JJs Haare stellten sich auf, und die Luft roch nach Ozon. »Mugabo!«, rief Gonko vergnügt. »Wie geht's denn so, mein Freund?«

Mugabo schien zu wachsen. Er führte die gespreizten Hände über dem Kopf zusammen. »Weißer Mann bringt die Pest«, knurrte er.

»Na super«, murmelte Gonko und schob beide Hände in die Hosentaschen. »Hey, Mugabo, komm bloß nicht auf falsche Gedanken, weil du es kürzlich mal geschafft hast, mir eine zu zünden ...«

Mugabos Hände stießen in die Tiefe, und zwei Kugeln aus weißem Feuer schossen durch die Luft. Gonko hechtete zur Seite, machte eine Rolle, kam wieder auf die Beine – und zog gleichzeitig einen schmalen Feuerlöscher aus seinen Taschen. Er hüpfte mit zwei Schritten vorwärts und übersprühte den Magier mit Schaum. Mugabo spuckte und tastete blind umher. Gonko warf ihm den Kanister entgegen. Das Ding landete mit einem metallischen *Klonk* mitten in Mugabos Gesicht. Der Magier ging zu Boden. Gonko rannte an ihm vorbei und versetzte ihm zum Abschied noch einen Tritt.

Sie kamen zu Georges Wohnwagen. Gonko blieb stehen und scharte die Clowns dicht um sich. »Also, wir fordern von Georgie die Passierscheine, und wenn er sie nicht sofort ausspuckt, kann er mit unserer freundlichen Unterstützung für immer ausmustern. Soweit ich weiß, ist Georgie mit dem Mundwerk schneller als mit den Fäusten, und selbst da gibt er nur heiße Luft von sich. Alles so weit klar?«

Rufshod und JJ nickten. Gonko trat gegen die Tür, aber von innen ertönte kein »Herein«. Achselzuckend riss er sie auf, und die Clowns stürmten über die Schwelle. Gonko durchwühlte die Schreibtischschubladen, bis er die Passierscheine fand. Eben als er die Formulare hochhielt und »Ab – marsch!« rief, knallte die Trailertür ins Schloss. Gonko lief hin und stemmte sich mit der Schulter dagegen. Vergeblich. Er bearbeitete sie mit Tritten. Wieder vergeblich. »Na, das ist ja mal ganz was Neues«, sagte er.

»Ich habe Angst«, jammerte JJ, und das war nicht unbedingt Theater.

»Das Ding bewegt sich«, sagte Rufshod. »Seht doch ...« Er riss die Vorhänge vom Seitenfenster. Draußen zog die Landschaft im Schneckentempo vorbei. Der Trailer schaukelte.

»Was zum Henker soll das denn werden?«, schrie Gonko.

Die Antwort war einfach. George Pilo besaß zwar keine Muskelkraft, aber die List einer Ratte. Kurt war so hin und weg von dem Priester gewesen, den ihm die Clowns zum Geburtstag geschenkt hatten, dass er völlig vergessen hatte, das riesige Edelholzkruzifix in seinen Wohnwagen bringen zu lassen. George hatte es aber entdeckt und überlegt, dass es vermutlich die einzige ausbruchssichere Barrikade war, falls es ihm gelang, Kurt zu sich zu locken und einzusperren. Dass er nun die Clowns gefangen hatte, fand er fast genau so gut; auch sie sollten nicht lebend entwischen, wenn er das verhindern konnte. Auf sein Zeichen hin hatten die Kraftmenschen das Kruzifix in der Tür verkeilt. Die schweren Eisenringe an den Frontecken des Trailers, die dafür sorgten, dass das Kreuz nicht verrutschen konnte, hatte George erst vor Kurzem anschweißen lassen; sie gehörten zu einer Falle, die er sich für seinen nächsten Mordversuch an Kurt ausgedacht hatte. Nun rollte der Trailer langsam am Haken einer kleinen Zugmaschine über das Gelände. Er hörte die eingesperrten Clowns schreien und gegen die Wände trommeln – und er lächelte. Das war einer der wenigen bitteren Siege in seinem Leben. Andere würden vielleicht folgen – aber zuerst musste er diese Clowns zur Schreckenskammer bringen.

Im Innern des Wohnwagens heulte JJ Rotz und Wasser, als er erneut Bekanntschaft mit seinem inneren Feigling machte. Eine Zeitlang hatte er den Todesengel gespielt und schlafende Zirkusratten umgebracht, aber jetzt, da ihn die Gefahr schief anschaute, putzte er sich die Nase an den Vorhängen und winselte wie ein Welpe. Rufshod schien das alles völlig kalt zu lassen. Er blickte lässig aus dem Fenster und gab seinen Kommentar zu der breiten Spur des Gemetzels, die Kurt hinterlassen hatte. »Hey, den da kenne ich! Der Kerl hat mir mal ein kaputtes Feuerzeug verkauft. Jetzt ist er hinüber. Seht doch, sein Schädel ist in drei Stücke gehauen.«

Gonko holte aus seinen Hosentaschen alle möglichen Dinge, mit denen sich eine Tür öffnen ließ – Bolzenschneider, Dynamit, Dietriche –, aber nichts davon schien zu helfen. »Verfluchter Mist!«, fauchte er, nachdem er vergeblich versucht hatte, das Schloss mit einer Kreditkarte zu knacken. »Manchmal habe ich das Gefühl, dass diese Hosen einen Sinn für Humor besitzen.« Er rüttelte heftig an der Klinke und gab dann mit einem Seufzer auf. »Also, Jungs, sieht ganz so aus, als hätte uns George in der Falle. Sollte es uns gelingen, jemals aus diesem Trailer zu entkommen, habt ihr meine Erlaubnis, ihn windelweich zu hauen. Vielleicht kannst du deine Tränen sammeln, JJ, und ihn darin ersäufen. Du bist in Krisenzeiten eine echte Hilfe.«

»Tut mir leid«, flennte JJ.

»Ich hab Leichen gesehen, die mehr Kampfgeist hatten als du. Wie kann man nur so verdammt wehleidig sein!«

»Lass mich in Ruhe!«, kreischte JJ.

Der Wohnwagen stieß gegen ein Hindernis und blieb mit einem harten Ruck stehen, der die Clowns von den Beinen holte. Gonko ging in die Hocke. »Haltet euch bereit«, sagte er. »Gleich geht die Tür auf.«

Sie hörten George Pilo draußen Befehle bellen. Etwas Schweres knallte gegen die Tür, und der Boden verwandelte sich mit einem bedrohlichen Quietschen in eine schiefe Ebene. Der Trailer wurde hinten angehoben und nach vorne gekippt. Der Schreibtisch schlitterte durch die Gegend, zusammen mit einem Aktenschrank und einer Schubladenkommode. Die Clowns sprangen zur Seite, als die Möbel in die Tür donnerten. Plötzlich war alles still. Gonko zog die Stirn in Falten, kletterte auf die Möbel, beugte sich vor und horchte angespannt. Er boxte versuchsweise gegen die Tür und wich hastig zurück, als sie aufschwang. »Was zum ...«, begann er. »Ach, du meine Fresse! Wir sind ... das ist ... die Schreckenskammer.«

George hatte den Trailer in einem 45-Grad-Winkel angehoben, um die Clowns ins Freie zu befördern. Vor ihnen gähnte wie ein weit offenes Maul das Loch, das die Explosion in die Schreckenskammer gerissen hatte. Es gab den Blick auf die Eingeweide des Zirkusgeländes frei. Der Keller der Schreckenskammer war ein gemauertes Gewölbe zehn Fuß unter dem Erdboden. In seiner Mitte befand sich eine Grube – der Eingang zu einem langen Tunnel, der sich irgendwo in der Tiefe verlor. Ein orangeroter Schein kam von dort herauf und ein Gestank nach verbranntem Gummi und gegartem Fleisch.

JJ warf einen kurzen Blick nach draußen und kreischte: »O nein, nein, ich will nicht, bitte, ich will da nicht hinunter, bitte ...«

»Du klingst ja schon wie Doops«, sagte Gonko angewidert. »Aber er wäre wenigstens ...« Er unterbrach sich jedoch, als der Trailer noch stärker in Schräglage ging. »Oh!«, schrie er.

»Ruhe da drinnen!«, keifte George ganz in ihrer Nähe. Seine Stimme triefte vor Genugtuung. »Ihr seid immer noch Zirkusangestellte und habt meinen Befehlen Folge zu leisten. Springt! Los, springt aus meinem Trailer!«

»Leck mich am Arsch!«, brüllte Gonko. Der Trailer ruckte erneut. Gonko horchte. »Die Kraftmenschen«, sagte er. »Sie versuchen uns rauszukippen.« Er griff in seine Hosentasche und brachte eine Pistole zum Vorschein, die er Rufshod zuwarf. »Putz sie weg!«

Rufshod zielte auf die Rückseite des Wohnwagens und feuerte zwei Mal. Zwei kleine Löcher entstanden in der Wand. Draußen kommandierte George mit einer Stimme, die sich überschlug, herum, und der Trailer schaukelte heftiger denn je. Alle drei Clowns verloren das Gleichgewicht. Die Pistole entglitt Rufshods Fingern und fiel auf den Steinboden des Kellergewölbes, knapp neben die orangerot glühende Grube. »Verdammt«, murmelte Gonko und beschloss, seine Taktik zu ändern. »Was soll das, George? Was willst du eigentlich?«

»Ich will, dass du die Schnauze hältst und abkratzt!«, entgegnete George hämisch.

Gonko zitterte vor Wut. Er wartete einen Augenblick, bis er sich gefangen hatte, dann sagte er ruhig: »Also wirklich, George! Hat das was mit Kurt zu tun? Warum weihst du uns nicht in die Geschichte ein? Vielleicht können wir dir ja helfen.«

»Ihr könnt in der Schreckenskammer verschwinden, jawohl, das könnt ihr!« Das klang wie die Antwort eines bockigen Kindes. »Mitsamt eurem J-Verräter! Kurt kommt gleich zu euch.«

Gonko runzelte die Stirn und überlegte rasch. »Aahh«, wisperte er den beiden anderen zu, »er will Kurt dazu bewegen, den Keller zu betreten. Aber wozu, verdammt noch mal?« Er machte eine Pause und wandte sich dann wieder an George: »Ist JJ der Einzige von uns, den du da unten brauchst?«

»NEIN!«, wimmerte JJ. »BITTE NICHT!«

»Krieg dich wieder ein«, zischte Gonko. »Ich will doch nur ausloten, was er vorhat. Vertrau mir! George? Nur JJ?«

George beachtete ihn nicht, sondern schrie den Kraftmenschen neue Befehle zu. Der Trailer kippte noch ein Stück. Der Aktenschrank rutschte aus der offenen Tür und hätte Gonko um ein Haar mitgerissen. Er krachte in die Grube, schlitterte den Tunnel hinunter und verschwand außer Sicht. Orangerote Flammen schossen aus der Tiefe herauf. Ein winziger Rauchpilz hing über dem Schacht. Im Feuer waren wirbelnde Schemen zu sehen, schwarze Umrisse, die an Fledermäuse erinnerten.

Eine steile Falte stand zwischen Gonkos Brauen, als er sich JJ zuwandte. »Hör sofort zu flennen auf, du Arsch, oder ...«

JJ hörte zu flennen auf. Er hatte etwas entdeckt. In der Wand dicht über ihm war ein Holzschränkchen eingebaut. Er wusste nicht, weshalb das Ding seine Aufmerksamkeit erregte und er plötzlich Hoffnung schöpfte. Er schwang sich auf den Schreibtisch, der im Eingang feststeckte, und bemühte sich, nicht an den Sturz in die Tiefe zu denken, der ihm drohte, wenn seine Sohlen abrutschten. Sein Arm tastete nach dem Griff des Schränkchens. Gonko wandte sich wieder George zu. »Du weißt, ich war immer ein guter Clown, der seine Arbeit ohne Murren erledigt hat. Warum also willst du unsere ganze Truppe auslöschen?«

»Pah!«, sagte George nur.

Aus weiter Ferne kam ein neues Geräusch, ein Donnergrollen, das sich unaufhaltsam verstärkte. Kurt war auf dem Weg hierher. George schnauzte die Kraftmenschen wütend an, und der Trailer wankte wieder.

JJ bekam den Griff zu fassen. Das Schränkchen war verschlossen. »Hey, Gonks ...«

»Halt die Klappe, JJ, ich will jetzt nichts hören«, fauchte Gonko.

Er hatte den Boss um ein Werkzeug zum Öffnen des Schlosses bitten wollen, doch dann sah er auf dem Schreibtisch den Dietrich liegen, den Gonko aus seiner Hosentasche gefischt hatte. Er bückte sich, der Trailer neigte sich mit einem Ruck der Schreckenskammer entgegen, und der Dietrich flog ihm fast von selbst in die ausgestreckten Finger. Ein paar Sekunden lang stand der Trailer still, dann ruckte er von Neuem. JJ und Gonko hatten einen sicheren Stand, aber Rufshod verlor den Halt und rutschte wild rudernd in den Keller der Schreckenskammer. JJ schaute ihm fasziniert nach. Einer Stoffpuppe gleich stürzte er in die Tiefe, verfehlte die Grube und klatschte mit dem Rücken auf einen Sockel daneben, wo er wie auf einem Opferstein liegen blieb. Er wand sich vor Schmerzen und Begeisterung. Gonko verzog das Gesicht. »Hörst du mich, George?«, schrie er. »JJ ist eben aus dem Wagen gestürzt. Da unten liegt er. Los, richte den Trailer wieder auf! Du hast den Verräter.«

»Einen von ihnen«, sagte George.

Diese Antwort schien Gonko den Rest zu geben. »Wenn ich es schaffe, da heil rauszukommen, du Wichser, dann bringe ich dich ganz langsam um. Kapierst du das, du elender kleiner Scheißkerl? Seit Jahren warte ich auf eine Gelegenheit, dich vom Hocker zu holen. Und ich werde *Jahre* brauchen, um dich zu töten. Hast du das gehört, George?«

»Du schreist ja laut genug. Dabei wollte ich eben schon mit dir verhandeln.«

»Einen *Dreck* wolltest du! Du bist ein toter Zwerg, Georgie. Kein Wunder, dass dein Alter dir nicht zutraute, den Zirkus zu leiten. Einmal ein feiger Scheißkerl, immer ein feiger Scheißkerl! Wann immer du versucht hast, Kurt um die Ecke zu bringen, hab ich ihm deinen Plan verraten. Es war einfach zu schön, deine zum Heulen verzogene Visage zu sehen.«

»Pah! Du solltest jetzt mal deine eigene Visage sehen, Gonko!«

Während des Wortwechsels kamen Kurts dumpf dröhnende Schritte unaufhaltsam näher. JJ schob den Dietrich in das Schloss des Schränkchens und drehte ihn herum. Die kleine Holztür klappte auf. Ganze Stapel von Samtbeuteln kamen zum Vorschein. Einige davon plumpsten aus ihrem Versteck und fielen durch die Trailertür in die Tiefe. Gonko drehte sich um. »Was zum ... Georges Schatztruhe! Ich fass es nicht! Das war verdammt knapp. Hey, JJ, schmeiß rüber!«

»Ich brauche eine Schale«, sagte JJ, »und ein Feuerzeug.«

»Gut, gut, lös mir eine Portion auf!« Gonko zog eine Schale und ein Feuerzeug aus seinen Hosentaschen. »Ich lenke inzwischen George ab. – Hey, Georgie! Weißt du noch, damals anno vierundvierzig, als dein Papagei über den Jordan ging? Wie hieß er noch? Reynold? Der einzige Freund, den du je hattest, stimmt's? Das war ich, George! Ich hab ihn zu Tode gefickt und danach Goshy zum Abendessen vorgesetzt.«

»Wenn du in die Hölle fährst, kannst du den kleinen Mistkerl von mir grüßen!« Georges Stimme klang schrill, und Gonko wusste, dass er einen Treffer gelandet hatte.

JJ schwankte gefährlich auf der Schreibtischplatte hin und her, während er die Flamme des Feuerzeugs unter die Schale hielt und die Kristalle von drei kleinen Beuteln verflüssigte.

Gonko streckte beide Hände nach dem Gefäß aus. »Beeil dich, JJ, Herrgott noch mal!«

Erneut ließ ein Donnergrollen die Luft erzittern: »DEN HERRN ... GELÄSTERT!« Kurt war ganz nahe. Kurt war *hier*. Sie hatten keine Zeit zu verlieren. JJ hielt Gonko die Schale entgegen ... und zog sie wieder zurück.

Eine Sekunde, dachte er. *Ich* habe keine Zeit zu verlieren – und schon gar nicht dadurch, dass ich den netten Kerl mime, den guten Kameraden, den edlen Helden, den RETTER, DER SEIN EIGENES LEBEN AUFS SPIEL SETZT. Hatte diese Rolle denn jemals zu JJs Repertoire gehört? Mitnichten. Ebenso wenig wie der Satz: *Bitte sehr, Mister Gonko, Sie zuerst!*

Ohne ein Wort der Entschuldigung schluckte er die Flüssigkeit.

Gonko starrte ihn mit offenem Mund an. »JJ! WAS ZUM HENKER SOLL DAS ...«

»Holt mich hier raus«, murmelte JJ mit geschlossenen Augen. »Holt mich raus aus dieser Klemme. Aus dem Trailer, pronto! Bitte, bitte, bitte!«

JJ öffnete die Augen und warf einen Blick in die Runde. Der Trailer schwankte erneut. Nichts war geschehen. Entsetzt starrte er Gonko an, der mit zornblitzenden Augen den Kopf schüttelte. »Jetzt hast du's, du blöder Wichser! Jetzt hast du's ...«

Durch den Trailer ging ein mächtiger Ruck, als sei er mit einem Lastwagen zusammengestoßen. Kurt hatte das Heck gerammt, und die beiden Clowns wurden in den Keller der Schreckenskammer geschleudert. JJs Wunsch war in Erfüllung gegangen.

Jamie hatte den vollen Überblick. Er war hochgeschreckt, als habe ihn ein Erdbeben aus dem Schlaf gerissen. Er lag im Gras, dreißig Meter von der Schreckenskammer entfernt, und hatte eine perfekte Seitenansicht von Kurt, dem *Koloss*, der mit gesenktem Kopf zu seinem zweiten Angriff auf den

Trailer losstürmte. Der hintere Teil des Wohnwagens war so eingedrückt und verbeult wie eine alte Blechdose. Als der nächste Ruck durch das Gefährt ging, sah Jamie Gonko in die Schreckenskammer segeln. Und Gonko war nicht allein. Ein anderer machte die Reise mit. Einer, der so aussah wie er selbst.

Jamie strich sich über Arme und Brust, um ganz sicher zu sein, dass es ihn noch gab, und zwar heil und in einem Stück. Er wusste nicht, wie das zugegangen war, aber da lag er, von Kopf bis Fuß in ein Clownkostüm gehüllt. Nur die Schminke fehlte. Stattdessen war sein Gesicht von Schweiß bedeckt.

Wie das?, schrie ihn sein Verstand an, aber das ließ sich vermutlich auch später noch klären. Jamie rappelte sich hoch und rannte.

Als Kurt mit dem Trailer seines Bruders fertig war, spannte er die Armmuskeln an und warf den Blechhaufen zur Seite. Das Ding flog durch die Luft und landete auf den Kraftmenschen, die eine wohlverdiente Pause am Kiosk von Slimmy, dem Rauchenden Zwerg, machten. Zu erschöpft, um die Flucht zu ergreifen, tauschten sie einen letzten, verzweifelten Blick, ehe der zerknautschte Trailer auf sie niederstürzte.

Kurt spähte unterdessen in das Kellergewölbe der Schreckenskammer. Wie ein Drache stieß er in kurzen, rasselnden Atemzügen Dampf aus. Er triefte rot, vom Schuppenscheitel bis hinab zu den Klauenfüßen, als sei er in einen Blutregen geraten. George Pilo beobachtete seinen Bruder im Schatten eines Holzstapels, den die Kraftmenschen aufgeschichtet hatten. Dann beschloss er, ein kalkuliertes Risiko einzugehen. Er trat aus seiner Deckung und rief: »Hey, Kurt!«

Kurt drehte den Kopf zur Seite und musterte George mit zusammengekniffenen Augen.

»Pass bloß auf«, sagte George mit perfekt geheuchelter Besorgnis. »Gonkos Clownhose ... sehr gefährlich.«

Kurt bleckte die Stoßzähne, von denen ebenfalls Blut tropfte. »Danke, kleiner Bruder.«

»Keine Ursache. Hol dir die Verräter, Kurt! Ach, sieh mal ... vielleicht hilft dir das da! Zur Selbstverteidigung.« George deutete auf das große Kruzifix aus Edelholz, das ganz in seiner Nähe auf dem Boden lag. Wäre Kurts Gesicht noch zu menschlichen Regungen fähig gewesen, so hätte es in diesem Augenblick vor Freude gestrahlt. »Wie schön«, fauchte er, hob es auf und wiegte es in den Armen. »Und so passend, nicht wahr?«

»Ja, Kurt«, entgegnete George und ging wieder hinter dem Holzstapel in Deckung. »Passend – für die Verräter. Hol sie dir!«

Kurt wandte sich der Schreckenskammer zu und sprang in den Keller, eine massige Gestalt, die wie eine einstürzende Brücke in der Luft hing – oder wie ein von Wirbelstürmen mitgerissenes Auto. Und damit war das Spiel beendet. Schachmatt, George Pilo. Seine Augen leuchteten triumphierend, als er zur Schreckenskammer rannte. Die am Ende des Feuertunnels versammelten Leute hatten es nicht so mit den Kruzifixen. Im Gegenteil – die Dinger waren ganz und gar nicht nach ihrem Geschmack.

Verglichen mit den Kreaturen in der Tiefe war Kurt Pilo nur ein kleiner Bösewicht, aber das begriff er nicht, weil er in seiner Monstergestalt kaum noch klar zu denken vermochte. Die Gesellschaft dort unten betrachtete das Mitbringen eines Kruzifixes als unverzeihlichen Verstoß gegen die Etikette. Kurt jedoch interpretierte das Geschrei, das sich nun erhob, als Anfeuerungsrufe von Gleichgesinnten – ein unmenschliches Brüllen, das die überlebenden Zirkusleute bis in ihre Träume verfolgen sollte.

Drei Hiebe mit dem schweren Kreuz reichten, um Rufshod zu töten. Gonko setzte sich zwar heftig zur Wehr, aber keine der Verteidigungswaffen, die er aus seinen Hosentaschen zog, konnte Kurt etwas anhaben. Das Ungeheuer hatte seine Maske abgelegt. Es schleuderte Gonko gegen die Wand und wandte sich dann JJ zu, der auf den Knien rutschend und um Gnade winselnd starb.

Kurt ließ das Kruzifix fallen und klemmte sich den bewusstlosen Gonko unter den Arm. Mit der freien Hand strich er zärtlich über den Kopf des obersten Clowns, doch seine sanft gemurmelten Klagen gingen im Urgrollen unter, das aus seiner Kehle drang. Das Kruzifix schlitterte in das Höhlenmaul, stieß einige Male gegen die Schachtwände und trudelte dann brennend in die Tiefe.

Kurt, der seine Rolle als Höllenschwert voll auskostete, merkte selbst dann nichts, als die Flammen aus der Grube schlugen und starke, schemenhafte Hände nach ihm griffen. Sie zerrten ihn zu sich heran, und er fiel, für immer demaskiert, in den Kreis der Seinen, den ohnmächtigen Gonko mit sich reißend.

KAPITEL FÜNFUNDZWANZIG
DIE ÜBERLEBENDEN

Als das Heulen aus der Schreckenskammer allmählich verstummte, erhob sich Jamie mit zitternden Knien und starrte wie ein Blinder in die Gegend. Nichts schien er aufzunehmen, nichts von dem blutigen Zerstörungswerk um ihn herum. Kurt hatte niemanden verschont. Fishboy und die anderen hatten zwar ihre Freiheit erhalten, sie jedoch mit dem Leben bezahlt.

Jamie lenkte seine Schritte unwillkürlich zum Zelt der Clowns; er wusste nicht, wohin sonst er gehen sollte. Auf dem Kartentisch lag ein verlassenes Solitärspiel. Er wanderte durch die Räume. Nichts schien sich verändert zu haben. Da stand das Bett, in dem er jeden Morgen mit Schuldgefühlen und quälenden Erinnerungen aufgewacht war – und mit den bösen Überraschungen, die JJ ihm bereitet hatte. Er ruhte sich einen Moment lang aus, ehe er wie ein Schlafwandler zu Winstons Zimmer weiterschlenderte.

Winston saß auf seinem Bett. Jamie rieb sich die Augen und blinzelte, um sicherzugehen, dass er sich nicht täuschte. Langsam wandte Winston den Kopf der Tür zu. »Es hat geklappt«, sagte er ruhig.

»Was ...«, begann Jamie. Am Fußende von Winstons Bett lagen mindestens hundert kleine Samtbeutel. Alle waren leer.

»Der Lohn von etwa zwei Jahren«, sagte Winston. »Alles auf einmal futsch. Ich habe das Zeug geschluckt, bis es mir fast aus den Ohren kam. Wusste nicht, ob mein Plan funktionieren würde. Sie machen nur selten Ausnahmen von den Regeln. Vielleicht war schon alles zu Ende, und sie machten sich nicht mal mehr die Mühe, was dagegen zu unternehmen. Ich hatte mich so oft schon fort von hier gewünscht – gefleht, gebettelt, verhandelt. Es nützte nie was. Sie geben dir alles, was du willst, nur nicht die Freiheit.«

Jamie setzte sich ans Fußende des Bettes. Winston starrte in die Ferne. »Diesmal habe ich aber einfach nicht lockergelassen. Und es sieht so aus, als hätten sie dich frei gegeben.«

Jamie umarmte ihn. Tränen traten ihm in die Augen. »Lass gut sein«, sagte Winston mit einem schwachen Lächeln. »Erzähl mir lieber, was draußen los war. Allem Anschein nach hatten da ein paar Leute einen Heidenspaß.«

Jamie berichtete über die Ereignisse, die ihm im Gedächtnis geblieben waren; das meiste davon holte er aus JJs Erinnerungen. Er schwieg erst, als er zu dem Wunsch kam, den JJ – der verstorbene JJ – geäußert hatte. »Ich habe keine Ahnung, ob Kurt immer noch ... da draußen ist«, setzte er nach einer Weile hinzu.

»Ich glaube nicht«, entgegnete Winston. »Ich weiß nicht, ob du dieses irre Schreiduell mitgekriegt hast, aber es klang, als hätten die großen Bosse Kurt mit weit offenen Armen empfangen.«

Jamie lief ein Schauder über den Rücken. Die Welt da draußen war zur Ruhe gekommen. In der Ferne konnten sie eine einsame Stimme jubeln hören. »Georgie macht noch einen drauf«, murmelte Winston. »Hält sich wohl für den Sieger. Mal sehen, was sich dagegen tun lässt.« Er stand auf und warf Jamie eine Plastikkarte zu, durch die ein Band gefädelt war. Ein Passierschein. »Hier. Du solltest nach Hause gehen.«

»Und du?«

Winstons leises Lachen endete in einem Seufzer. »Ich weiß noch nicht. Vielleicht verschwinde ich auch von hier. Könnte noch ein paar Jahre die Beine hochlegen, ehe ich den Löffel endgültig abgebe.« Er zog eine kleine Pistole aus der Tasche. »Bis später, Jamie. Jetzt möchte ich erst mal George die Party verderben.«

»Winston ...«, sagte Jamie. Winston blieb auf der Schwelle stehen, ohne sich umzudrehen. Jamie hatte plötzlich eine

Menge zu sagen und wusste nicht, wo er anfangen sollte. Stumm stand er da und rang nach Worten.

»Schon gut.« Winstons Stimme klang erschöpft. »Du hast dir das hier nicht ausgesucht, genau so wenig wie ich. Vielleicht treffen wir uns irgendwann mal dort draußen. Leb wohl, mein Junge. Und jetzt sieh zu, dass du von hier fortkommst.«

»Vergiss den Priester nicht«, sagte Jamie. »Er wartet auf der anderen Seite des Zauns.«

Winston nickte und ging. Jamie spürte den Wunsch, ihn zu begleiten, ins Freie zu treten und die letzte Schlacht zu schlagen – aber er spürte auch den Wunsch, von hier zu fliehen. Was hätte JJ getan? JJ wäre geflohen. Jamie beschloss, JJ eine letzte Entscheidung für ihn treffen zu lassen, auch wenn er sich dafür vielleicht später einmal hassen würde. Er floh.

Er lief wie betäubt durch den blutigen Morast der Budengasse, vorbei an aufgehäuften, zerstückelten Leichen. Kurt hatte dieses Gemetzel innerhalb weniger Minuten angerichtet. Jamie schloss die Augen, versuchte die grässlichen Szenen auszublenden. Er lief an der Glocke des *Hau-den-Lukas*-Turms vorbei, an den Fünf Clowns und der Entenjagd, am Riesenrad, das sich starr gegen den künstlichen Himmel abhob. Als er den Lift erreichte und die Tür öffnete, peitschte in der Ferne ein hohles *Plop* auf, ein Mal, zwei Mal und nach einer Pause noch ein drittes Mal.

»Ich hoffe, du hast ihn erwischt«, murmelte Jamie. Er zog den Hebel mit der Aufschrift Brisbane und kehrte heim.

Natürlich hatten die Leute an den Kassen nichts über die Ereignisse der Nacht erfahren und errichteten ihre Fangtore wie befohlen am Jahrmarkt von Woomera. Eine Reihe von Zirkusbesuchern würde einen denkwürdigen Tag erleben.

EPILOG

Das Land brauchte einen Schuss Folklore, etwas Düsteres und Geheimnisvolles, um die Menschen von unmittelbar bevorstehenden Gefahren abzulenken, von solchen Dingen wie Krieg und Terror, die jederzeit hinter dem nächsten Busch lauerten. Die Sensationshungrigen durchstreiften die Wildnis und suchten draußen im Buschland nach dem sagenumwobenen Zirkus. Manche behaupteten, sie hätten ihn gefunden, und versuchten die Story zu verkaufen ... und manchen gelang das sogar. Je mehr die Gerüchte wucherten und der Aberglaube zunahm, desto schweigsamer wurden die wahren Augenzeugen. Die Storys breiteten sich wie ein Lauffeuer per Internet aus. Die Ufologen mit ihren Hüten aus Alufolie liefen zur Hochform auf und bogen die Berichte irgendwie für ihre Verschwörungstheorien zurecht, denen zufolge die Außerirdischen nur darauf warteten, die Weltherrschaft zu übernehmen. Nur so ließ sich ihrer Ansicht nach erklären, weshalb so viele brave, ehrenwerte Leute Stein und Bein schworen, die bizarrsten Dinge gesehen zu haben.

Blut, wohin man schaute – so hatten sie berichtet. Berge von Leichen. Ein Zirkus, das schon, aber ein Zirkus, den jemand durch einen Mixer gedreht und dann über das ganze Gelände verteilt hatte.

Manche waren einem schwarzen Mann begegnet, einem fröhlichen schwarzen Mann mit einem Turban, der unglaubliche Feuertricks vorgeführt hatte. Kometen hatten sich von seinen Fingerspitzen gelöst und waren in den Himmel aufgestiegen ...

Hier stockten die meisten Zeugen, schüttelten die Köpfe, erschauerten, vergaßen, was sie hatten sagen wollen, und baten die Reporter, das Interview zu beenden. Bitte.

Es gab Leute, die einen Zusammenhang mit einem anderen ungelösten Rätsel sahen. Diese neun Toten, die allem Anschein nach einer Massenpanik zum Opfer gefallen waren – hatte man die nicht auch in einem Zirkus gefunden?

Und was war mit diesem Kerl im Clownkostüm, den die Polizei von Brisbane an einer Baustelle aufgegriffen hatte? Richtig, der Typ, der vor einiger Zeit zusammen mit einem Freund spurlos verschwunden war. Anfangs dachte man, da könnte eine Drogengang dahinterstecken – zwielichtige Burschen, die beiden, nach allem, was man so hört.

Aber da stand er nun, Wochen später. Die Polizei stellte ihm eine Menge Fragen. Psychologen bezeichneten ihn als den normalsten Verrückten, den sie je gesehen hätten. Er wisse nicht, wo er gewesen sei, erklärte er, und er machte keineswegs den Eindruck eines Lügners. Die hässliche Visage des anderen Kerls, der mit ihm untergetaucht war, konnte man eine Woche lang in sämtlichen Nachrichtensendungen sehen. Jemand behauptete, er sei ihm draußen im Buschland begegnet, zusammen mit einer merkwürdigen Frau. Aber diese Meldung blieb unbestätigt.

Nachdem der Wirbel vorbei war, all die Gespräche mit Polizei und Psychoheinis und die endlose Fragerei von Familienangehörigen und Freunden – die ihn irgendwie mit anderen Augen betrachteten als früher –, ging Jamies Leben weiter, als sei eine Reihe von Jahren für immer aus seinem Gedächtnis gelöscht. Irgendeine Tortur hatte eine große Müdigkeit in seinen Knochen hinterlassen, während sein Verstand nach Schatten griff. Sein Zeitgefühl schien gestört, und die Wochen ohne Beschäftigung, in denen er bei seinen Eltern herumhing und sich wieder an das normale Leben zu gewöhnen versuchte, flossen zu einem einzigen langen Tag zusammen. Hin und wieder stiegen tief aus seinem Innern quälende Fragen auf, die ein Fremder zu stellen schien. Oft hielt er mitten in seinem jeweiligen Tun inne, schüttelte den Kopf und murmelte niedergeschlagen etwas vor sich hin. Manchmal vernahm man die Worte: »Ich weiß es nicht.« Dann wieder starrte er, ein Buch auf den Knien, geistesabwesend ins Leere und tastete nach Gedanken – wie eine Hand, die im Dunkeln nach einem Schalter sucht.

Mit einer Mischung aus Faszination und Grauen las er die Zeitungsartikel, die ihm seine Eltern zeigten, über die zu Tode getrampelten Menschen, über den zahnlosen Priester, der etwas von einem Zirkus murmelte und von da an kein Wort mehr herausbrachte, über sich selbst, wie er im Kostüm eines Clowns durch die Straßen gewandert war und sogar auf einfache Fragen, etwa nach den Blutspritzern auf seinen Schuhen, keine Antwort geben konnte.

Sein Verstand versuchte vorsichtig zu ergründen, was in jener Nacht geschehen war, aber er forschte nicht allzu lang und auch nicht allzu tief. Jamie erinnerte sich, dass er wie ein Betrunkener umhergetaumelt und vornübergekippt war, ehe ihn die Polizisten gefunden hatten. Aber davor…? Da war etwas gewesen, musste etwas gewesen sein. Und zutiefst in seinem Innern wusste er, dass diese Ereignisse besser im Verborgenen blieben.

Um zu vergessen, hatte er einen letzten Wunsch zu den leuchtenden Sternen gesandt, mithilfe jenes kleinen Samtbeutels, den er in seiner Tasche gefunden hatte, als er das Zirkusgelände für immer verließ. Zu dem Zeitpunkt, da die Polizei ihn aufgriff, hatte er die ganze Episode bereits aus seiner Erinnerung getilgt.

Und der kleine Samtbeutel blieb halb gefüllt in seiner Nachttischschublade. Von Zeit zu Zeit nahm Jamie ihn in die Hand. Das Ding war ein wenig zu schwer für seine Größe und machte ein schwaches Geräusch, als stießen kleine Murmeln zusammen. Dann ließ Jamie es los, als habe er etwas glühend Heißes angefasst, und wusch sich hastig die Hände.

Bei all dem Vergessen suchten ihn immer noch Albträume heim. Schlimme, unbarmherzige Visionen von der Hölle,

Visionen von der Urerde, auf der andere Gesetze galten, von grausamen, schuppenbewehrten Kriegern, die den Boden mit ihren stampfenden Tritten erschütterten und ihr wildes Geheul zum Himmel sandten, aus einem verborgenen Gefängnis heraus, an den Gitterstäben rüttelnd...

Und inmitten dieser furchtbaren, brutalen Albträume ertönte eine irgendwie vertraute Stimme: »Deine Zeit ist noch nicht abgelaufen. Hörst du mich, Freundchen? Gefällt dir dein Urlaub da oben? Wie findest du die kleinen Horrorszenen jede Nacht? Hier ein Tipp, mein Kleiner. Das sind *Schnappschüsse*, keine Träume. Yeah, *jetzt* weißt du etwas über die Show. *Jetzt* weißt du Bescheid. Der Spaß hat erst angefangen. Jubel, Trubel, Heiterkeit, so viel du willst. Komm zu uns, wann immer du bereit bist, denn wenn sie *mich* nicht gehen lassen, dann lassen sie *dich* auch nicht gehen. Großes Ehrenwort! Die Show macht eine Pause, aber sie geht weiter, lass dir das gesagt sein! Wir kommen wieder in die Stadt, mein Kleiner, und ich kann mich nicht erinnern, dass ich dir eine vorzeitige Kündigung angeboten hätte...«

Und immer beim Erwachen hatte er das Gefühl, dass über Nacht etwas Neues in ihm gewachsen und dann mitsamt der Wurzel ausgerissen und fortgeworfen worden war, etwas Neues, das jederzeit wieder nachwachsen konnte. Er würde auf der Hut sein müssen, auch wenn er nicht wusste, welcher Feind ihn bedrohte.

Jedenfalls ahnte er, dass es seltsame Orte auf der Erde gab. Die Welt erschien ihm wie ein großer Zirkus, für den wir alle eine Freikarte besaßen.

Und irgendwann würde für jede Vorstellung zum letzten Mal der Vorhang fallen. Irgendwann.

PIPER
SEI UNSER
HELD!
PIPER FANTASY
Gleich mitmachen und die magische
Welt der Piper Fantasy erleben! Neugierig?
Dann auf zu www.piper-fantasy.de!
Piper-Fantasy.de